小説の賞事典

日外アソシエーツ

A Reference Guide to Awards and Prizes of Novels

Compiled by
Nichigai Associates, Inc.

©2015 by Nichigai Associates, Inc.
Printed in Japan

本書はディジタルデータでご利用いただくことができます。詳細はお問い合わせください。

●編集担当● 加藤 博純
装 丁：齋藤 香織

刊行にあたって

　本書は日本国内の小説に関する賞の概要、受賞情報を集めた事典である。

　文壇の登竜門として毎年話題にのぼる「芥川賞」、新人推理小説作家の登竜門「江戸川乱歩賞」、地方文学賞の草分けとして定着した「坊っちゃん文学賞」、"売り場からベストセラーをつくる"を合言葉に全国書店員が選ぶ「本屋大賞」など、受賞を機にプロとして活躍する作家、また受賞作品がベストセラーとなるなど読書のきっかけにつながることも多い。

　本書は、日本国内の主な文学賞の中から、小説に関する賞を収録した。純文学、ミステリ、SF、ホラー、ファンタジー、歴史・時代小説、経済小説、ライトノベルなどの国内の300賞について、関連賞を含めて賞ごとにその概要や歴代受賞者、受賞作品などを創設から一覧することができ、受賞者名索引・作品名索引を利用すれば、特定の人物・作品別の受賞歴を通覧することも可能である。

　小社では、賞の概要や受賞者について調べたいときのツールとして、分野ごとに歴代の受賞情報を集めた「児童の賞事典」(2009)、「映画の賞事典」(2009)、「音楽の賞事典」(2010)、「ビジネス・技術・産業の賞事典」(2012)、「漫画・アニメの賞事典」(2012)、「環境・エネルギーの賞事典」(2013)、「女性の賞事典」(2014)を刊行している。本書と併せてご利用いただければ幸いである。

2014年11月

日外アソシエーツ

凡　例

1．本書の内容
　　本書は国内の小説に関する300賞の受賞情報を収録した事典である。

2．収録範囲
 1) 小説に関する賞を2013年末現在で収録した。
 2) 特定の時期に小説関連の部門が設けられていたり、賞の一部に小説関連部門が存在する場合は、該当する年・部門を収録した。

3．賞名見出し
 1) 賞名の表記は原則正式名称を採用した。
 2) 改称や他の呼称がある場合は、目次に個別の賞名見出しを立て、参照を付した。

4．賞名見出しの排列
　　賞名の五十音順に排列した。その際、濁音・半濁音は清音とみなし、ヂ→シ、ヅ→スとした。促音・拗音は直音とみなし、長音（音引き）は無視した。

5．記載内容
 1) 概　要
　　賞の概要として、賞の由来・趣旨／主催者／選考委員／選考方法／選考基準／締切・発表／賞・賞金／公式ホームページURLを記載した。記述内容は原則として最新回のものによった。

 2) 受賞記録
　　歴代受賞記録を受賞年（回）ごとにまとめ、部門・席次／受賞者名（受賞時の所属、肩書き等）／受賞作品または受賞理由の順に記載した。
　　主催者からの回答が得られず、他の方法によっても調査しきれなかった場合は"＊"印を付した。

6．受賞者名索引
 1）受賞者名から本文での記載頁を引けるようにした。
 2）排列は、姓の読みの五十音順、同一姓のもとでは名の読みの五十音順とした。姓名区切りのない人物は全体を姓とみなして排列した。アルファベットで始まるものはABC順とし、五十音の後においた。なお、濁音・半濁音は清音とみなし、ヂ→シ、ヅ→スとした。促音・拗音は直音とみなし、長音（音引き）は無視した。

7．作品名索引
 1）受賞作品名から本文での記載頁を引けるようにした。
 2）排列は読みの五十音順とし、作品名に続けて著者名を括弧に入れて補記した。アルファベットで始まるものはABC順とし、五十音の後においた。なお、濁音・半濁音は清音とみなし、ヂ→シ、ヅ→スとした。促音・拗音は直音とみなし、長音（音引き）は無視した。

目　　次

- *001*　青森県文芸新人賞 ……………………………………………………………… 3
- *002*　アガサ・クリスティー賞 ………………………………………………………… 4
- *003*　秋田魁新報社新年文芸 …………………………………………………………… 5
- *004*　芥川龍之介賞 ……………………………………………………………………… 7
- *005*　朝日時代小説大賞 ………………………………………………………………… 12
- *006*　朝日新人文学賞 …………………………………………………………………… 13
- *007*　あさよむ携帯文学賞 ……………………………………………………………… 13
- *008*　鮎川哲也賞 ………………………………………………………………………… 14
- *009*　池内祥三文学奨励賞 ……………………………………………………………… 15
- *010*　石坂文学奨励賞 …………………………………………………………………… 17
- *011*　一葉賞 ……………………………………………………………………………… 18
- *012*　伊藤整文学賞〔小説部門〕 ……………………………………………………… 18
- *013*　茨城文学賞 ………………………………………………………………………… 19
- *014*　井原西鶴賞 ………………………………………………………………………… 21
- *015*　岩下俊作文学賞 …………………………………………………………………… 22
- *016*　岩手芸術祭県民文芸作品集 ……………………………………………………… 22
- *017*　岩手日報新聞小説賞 ……………………………………………………………… 26
- *018*　インターネット文芸新人賞 ……………………………………………………… 26
- *019*　潮賞〔小説部門〕 ………………………………………………………………… 27
- 　　　内田百閒文学賞　→*030* 岡山県「内田百閒文学賞」
- 　　　内田康夫ミステリー文学賞　→*054* 北区内田康夫ミステリー文学賞
- *020*　噂賞 ………………………………………………………………………………… 28
- *021*　HJ文庫大賞 ……………………………………………………………………… 29
- *022*　江戸川乱歩賞 ……………………………………………………………………… 30
- *023*　FNSレディース・ミステリー大賞 …………………………………………… 32
- *024*　MF文庫Jライトノベル新人賞 ………………………………………………… 33
- *025*　エンタテイメント小説大賞 ……………………………………………………… 35
- *026*　エンターブレインえんため大賞小説部門 ……………………………………… 36
- *027*　大阪女性文芸賞 …………………………………………………………………… 38
- *028*　大原富枝賞 ………………………………………………………………………… 39
- *029*　大藪春彦賞 ………………………………………………………………………… 42
- 　　　岡山・吉備の国文学賞　→*030* 岡山県「内田百閒文学賞」
- *030*　岡山県「内田百閒文学賞」〔小説部門〕 ……………………………………… 43

目　次

- *031*　岡山県文学選奨 ……………………………………………… 44
- *032*　織田作之助賞 …………………………………………………… 48
- *033*　オムニ・スペース・グランプリ …………………………… 50
- 　　　オール新人杯　→*034* オール讀物新人賞
- *034*　オール讀物新人賞 …………………………………………… 50
- *035*　オール讀物推理小説新人賞 ………………………………… 53
- *036*　女による女のためのR-18文学賞 …………………………… 55
- *037*　海燕新人文学賞 ……………………………………………… 56
- *038*　「改造」懸賞創作 …………………………………………… 57
- *039*　学生援護会青年文芸賞 ……………………………………… 58
- *040*　学生小説コンクール ………………………………………… 59
- *041*　カドカワエンタテインメントNext賞 ……………………… 59
- *042*　角川学園小説大賞 …………………………………………… 60
- *043*　角川小説賞 …………………………………………………… 62
- *044*　角川つばさ文庫小説賞 ……………………………………… 62
- *045*　角川春樹小説賞 ……………………………………………… 63
- *046*　角川ビーンズ小説大賞 ……………………………………… 63
- *047*　神奈川新聞文芸コンクール ………………………………… 65
- *048*　河合隼雄物語賞 ……………………………………………… 67
- *049*　かわさき文学賞 ……………………………………………… 68
- *050*　河出長編小説賞 ……………………………………………… 72
- *051*　川端康成文学賞 ……………………………………………… 72
- *052*　川又新人文学賞 ……………………………………………… 74
- *053*　奇想天外SF新人賞 …………………………………………… 75
- *054*　北区内田康夫ミステリー文学賞 …………………………… 75
- *055*　北日本文学賞 ………………………………………………… 77
- *056*　岐阜県文芸祭作品募集 ……………………………………… 79
- *057*　木山捷平短編小説賞 ………………………………………… 81
- *058*　木山捷平文学賞 ……………………………………………… 82
- *059*　九州芸術祭文学賞 …………………………………………… 82
- *060*　九州さが大衆文学賞 ………………………………………… 84
- *061*　「きらら」文学賞 …………………………………………… 87
- 　　　空想科学小説コンテスト　→*220* ハヤカワ・Ｓ・Ｆコンテスト
- *062*　具志川市文学賞 ……………………………………………… 87
- *063*　グルメ文学賞 ………………………………………………… 87
- *064*　くろがね賞 …………………………………………………… 88
- *065*　黒豹小説賞 …………………………………………………… 88
- *066*　群像新人長編小説賞 ………………………………………… 89

目　次

- *067* 群像新人文学賞〔小説部門〕……………… 89
- *068* 群馬県文学賞……………… 92
- *069* 競輪文芸新人賞……………… 95
- *070* 幻影城新人賞……………… 95
- *071* 幻想文学新人賞……………… 96
- *072* 幻冬舎NET学生文学大賞〔小説部門〕……………… 96
- *073* 健友館文学賞……………… 96
- *074* 講談倶楽部賞……………… 97
  - 講談社懸賞小説募集　→*074* 講談倶楽部賞
  - 講談社時局小説募集　→*074* 講談倶楽部賞
- *075* 高知県芸術祭文芸賞……………… 98
- *076* 神戸女流文学賞……………… 101
- *077* 神戸文学賞……………… 102
  - 国鉄文化文芸年度賞　→*079* 国労文芸年度賞
- *078* 小倉南区文学賞……………… 103
- *079* 国労文芸年度賞〔小説部門〕……………… 103
- *080* 小島信夫文学賞……………… 106
- *081* 古代ロマン文学大賞……………… 107
- *082* 小谷剛文学賞……………… 108
- *083* 『このミステリーがすごい！』大賞……………… 108
- *084* 小松左京賞……………… 110
  - 埼玉文学賞　→*086* 彩の国・埼玉りそな銀行 埼玉文学賞
- *085* 埼玉文芸賞……………… 111
  - 彩の国・あさひ銀行 埼玉文学賞　→*086* 彩の国・埼玉りそな銀行 埼玉文学賞
- *086* 彩の国・埼玉りそな銀行 埼玉文学賞……………… 113
  - 堺市文学賞「自由都市文学賞」　→*087* 堺自由都市文学賞
- *087* 堺自由都市文学賞……………… 115
- *088* さきがけ文学賞……………… 118
- *089* さくらんぼ文学新人賞……………… 120
- *090* 作家賞……………… 120
- *091* 「サンデー毎日」懸賞小説……………… 122
- *092* サンデー毎日小説賞……………… 122
- *093* サンデー毎日新人賞……………… 122
- *094* 「サンデー毎日」大衆文芸……………… 123
- *095* サントリーミステリー大賞……………… 127
- *096* 山日新春文芸……………… 129
- *097* サンリオ・ロマンス賞……………… 131
- *098* 時代小説大賞……………… 131

目　次

- *099*　10分で読める小説大賞 …………………………… 132
- *100*　C★NOVELS大賞 …………………………………… 133
- *101*　柴田錬三郎賞 ………………………………………… 134
- *102*　島清恋愛文学賞 ……………………………………… 135
- *103*　市民文芸作品募集（広島市） ……………………… 136
- *104*　社会新報文学賞 ……………………………………… 138
- *105*　ジャンプ小説新人賞（jump Novel Grand Prix） … 138
  　　　ジャンプ小説大賞　→*105* ジャンプ小説新人賞
- *106*　集英社創業50周年記念1000万円懸賞小説 ……… 142
- *107*　週刊小説新人賞 ……………………………………… 142
- *108*　12歳の文学賞 ………………………………………… 143
- *109*　小学館文庫小説賞 …………………………………… 144
- *110*　小学館ライトノベル大賞〔ガガガ文庫部門〕…… 145
- *111*　小学館ライトノベル大賞〔ルルル文庫部門〕…… 147
- *112*　小説CLUB新人賞 …………………………………… 148
- *113*　小説現代ゴールデン読者賞 ………………………… 150
- *114*　小説現代新人賞 ……………………………………… 150
- *115*　小説現代推理新人賞 ………………………………… 153
- *116*　小説現代長編新人賞 ………………………………… 153
- *117*　「小説ジュニア」青春小説新人賞 ………………… 154
- *118*　小説新潮賞 …………………………………………… 155
- *119*　小説新潮新人賞 ……………………………………… 156
- *120*　小説新潮長篇新人賞 ………………………………… 156
- *121*　「小説推理」新人賞 ………………………………… 157
- *122*　小説すばる新人賞 …………………………………… 159
- *123*　小説フェミナ賞 ……………………………………… 160
- *124*　小説宝石新人賞 ……………………………………… 160
  　　　少年ジャンプ小説・ノンフィクション大賞　→*105* ジャンプ小説新人賞
- *125*　上毛文学賞 …………………………………………… 161
  　　　女性の小説募集　→*291* らいらっく文学賞
- *126*　ショート・ラブストーリー・コンテスト ………… 164
- *127*　女流新人賞 …………………………………………… 164
  　　　女流短編新人賞　→*267* マドモアゼル女流短篇新人賞
- *128*　女流文学者賞 ………………………………………… 166
- *129*　女流文学賞 …………………………………………… 167
- *130*　城山三郎経済小説大賞 ……………………………… 168
- *131*　新沖縄文学賞 ………………………………………… 169
- *132*　信州文学賞 …………………………………………… 171
- *133*　「新小説」懸賞小説 ………………………………… 172

(9)

134	新人登壇・文芸作品懸賞募集	173
135	「新青年」懸賞探偵小説	175
136	新青年賞	175
137	新潮エンターテインメント大賞	175
	新潮エンターテインメント新人賞 →*137* 新潮エンターテインメント大賞	
138	新潮学生小説コンクール	176
139	新潮社文学賞	177
140	新潮社文芸賞	177
141	新潮新人賞	178
142	新潮ミステリー倶楽部賞	180
143	新鷹会賞	181
144	スニーカー大賞	181
145	スーパーダッシュ小説新人賞	183
146	すばる文学賞	185
147	星雲賞〔小説部門〕	187
148	世田谷区芸術アワード "飛翔"〔〈文学〉部門〕	193
149	世田谷文学賞	193
	全作家文学賞 →*150* 全作家文学奨励賞	
150	全作家文学奨励賞〔小説部門〕	196
151	総額2000万円懸賞小説募集	197
152	霜月会賞	197
153	創元SF短編賞	197
154	創元推理短編賞	198
155	総評文学賞〔小説部門〕	199
156	そして文学賞	200
157	ソノラマ文庫大賞	201
158	大衆雑誌懇話会賞	202
159	大衆文芸賞	202
160	太宰治賞	202
161	谷崎潤一郎賞	203
	探偵小説募集 →*249* 「宝石」懸賞小説	
162	知識階級総動員懸賞募集	205
163	地上文学賞	205
164	千葉亀雄賞	207
165	千葉文学賞	208
166	中央公論原稿募集	210
167	中央公論社文芸賞	210
168	中央公論新人賞	210

目　次

169	中央公論文芸賞	212
170	中・近世文学大賞	212
171	中国短編文学賞	213
172	ちよだ文学賞	217
173	坪田譲治文学賞	218
174	「帝国文学」懸賞小説	219
	電撃ゲーム小説大賞　→*175* 電撃大賞〔電撃小説大賞部門〕	
	電撃小説大賞　→*175* 電撃大賞〔電撃小説大賞部門〕	
175	電撃大賞〔電撃小説大賞部門〕	219
176	東奥小説賞	223
177	同人雑誌賞	224
178	東北北海道文学賞	224
179	徳島県作家協会賞	226
180	とくしま県民文芸	226
181	とくしま文学賞	228
182	とやま文学賞	229
183	直木三十五賞	231
184	長塚節文学賞〔短編小説部門〕	236
185	長野文学賞〔小説部門〕	238
186	中山義秀文学賞	240
187	夏目漱石賞	241
188	新潟県同人雑誌連盟小説賞	241
189	〔新潟〕日報短編小説賞	242
190	新潟日報文学賞	243
191	二千万円テレビ懸賞小説	245
192	日教組文学賞〔小説部門〕	245
193	日経懸賞経済小説	247
194	ニッポン放送青春文芸賞	247
195	日本医療小説大賞	247
196	日本SF新人賞	248
197	日本SF大賞	249
198	日本海文学大賞〔小説部門〕	250
199	日本共産党創立記念作品〔小説部門〕	252
200	日本ケータイ小説大賞	253
201	日本推理サスペンス大賞	255
202	日本推理作家協会賞	255
	日本探偵作家クラブ賞　→*202* 日本推理作家協会賞	
203	日本ファンタジーノベル大賞	259

(11)

目　次

204	日本文芸家クラブ大賞〔小説部門〕	261
205	日本ホラー小説大賞	262
206	日本ミステリー文学大賞	265
207	日本ミステリー文学大賞新人賞	266
208	日本ラブストーリー大賞	266
209	人間新人小説	268
210	農民文学有馬賞	268
211	農民文学賞	268
	ノベルジャパン大賞　→*021* HJ文庫大賞	
212	ノベル大賞	270
213	野間文芸奨励賞	274
214	野間文芸新人賞	274
215	野村胡堂文学賞	276
216	ハイ！ノヴェル大賞	277
217	パスカル短編文学新人賞	277
218	ハードカバー「超短編」小説	278
219	パピルス新人賞	279
220	ハヤカワ・S・Fコンテスト	279
221	ハヤカワSFコンテスト	281
222	ハヤカワ・ミステリ・コンテスト	282
223	パレットノベル大賞	282
224	漂流紀行文学賞	285
225	平林たい子文学賞〔小説部門〕	286
	広島市民文芸作品募集　→*103* 市民文芸作品募集（広島市）	
226	ファンタジア大賞	287
	ファンタジア長編小説大賞　→*226* ファンタジア大賞	
	ファンタジーロマン大賞　→*298* ロマン大賞	
227	フェミナ賞	290
228	福岡市文学賞	291
229	福島県文学賞	293
230	フーコー短編小説コンテスト	298
231	富士見ヤングミステリー大賞	299
232	婦人朝日今月の新人	300
233	双葉推理賞	301
234	舟橋聖一文学賞	301
235	文の京文芸賞	301
236	部落解放文学賞	302
237	振媛文学賞	305
238	古本小説大賞	305

目　次

- *239* 文學界新人賞 ……………………………………… 306
- *240* 文学報国新人小説 ………………………………… 310
- *241* 「文化評論」文学賞〔小説部門〕……………… 310
- *242* 「文芸倶楽部」懸賞小説 ………………………… 311
- *243* 「文芸」懸賞創作 ………………………………… 315
- *244* 「文藝春秋」懸賞小説 …………………………… 315
- *245* 文藝賞 ……………………………………………… 316
- *246* 「文芸」推薦作品 ………………………………… 318
- *247* 「文章世界」特別募集小説 ……………………… 318
- *248* ボイルドエッグズ新人賞 ………………………… 319
- *249* 「宝石」懸賞小説 ………………………………… 320
- *250* 宝石賞 ……………………………………………… 321
    宝石中篇コンテスト　→*249* 「宝石」懸賞小説
- *251* 宝石中篇賞 ………………………………………… 321
    宝石百万円懸賞　→*249* 「宝石」懸賞小説
- *252* 放送文学賞 ………………………………………… 322
- *253* 星新一ショートショート・コンテスト ………… 323
- *254* 北海道文学賞 ……………………………………… 323
- *255* 歿後五十年中島敦記念賞 ………………………… 325
- *256* 坊っちゃん文学賞 ………………………………… 326
- *257* 北方文芸賞 ………………………………………… 327
- *258* 北方文芸新鋭賞 …………………………………… 328
- *259* ポプラ社小説新人賞 ……………………………… 328
- *260* ポプラ社小説大賞 ………………………………… 329
- *261* ホラーサスペンス大賞 …………………………… 330
- *262* 本格ミステリ大賞〔小説部門〕………………… 331
- *263* 本屋大賞 …………………………………………… 332
- *264* 松岡譲文学賞 ……………………………………… 335
- *265* 松前重義文学賞 …………………………………… 336
- *266* 松本清張賞 ………………………………………… 337
- *267* マドモアゼル女流短篇新人賞 …………………… 338
- *268* マリン文学賞 ……………………………………… 338
- *269* 丸の内文学賞 ……………………………………… 340
- *270* 三重県文学新人賞 ………………………………… 340
- *271* ミステリーズ！新人賞 …………………………… 342
    ミステリーズ短編賞　→*271* ミステリーズ！新人賞
- *272* ムー伝奇ノベル大賞 ……………………………… 342
- *273* ムー・ミステリー大賞 …………………………… 343

目　次

- *274* 問題小説新人賞⋯⋯⋯⋯⋯⋯⋯⋯⋯⋯⋯⋯⋯ 344
- *275* 野性時代新人文学賞⋯⋯⋯⋯⋯⋯⋯⋯⋯⋯⋯ 345
- *276* 野性時代青春文学大賞⋯⋯⋯⋯⋯⋯⋯⋯⋯⋯ 346
- *277* 野性時代フロンティア文学賞⋯⋯⋯⋯⋯⋯⋯ 347
- *278* Yahoo！ JAPAN文学賞⋯⋯⋯⋯⋯⋯⋯⋯⋯⋯ 347
- *279* 山田風太郎賞⋯⋯⋯⋯⋯⋯⋯⋯⋯⋯⋯⋯⋯⋯ 348
- *280* やまなし文学賞〔小説部門〕⋯⋯⋯⋯⋯⋯⋯ 349
- *281* 山本周五郎賞⋯⋯⋯⋯⋯⋯⋯⋯⋯⋯⋯⋯⋯⋯ 351
-   　　幽怪談文学賞　→*282*『幽』文学賞
- *282*『幽』文学賞⋯⋯⋯⋯⋯⋯⋯⋯⋯⋯⋯⋯⋯⋯ 352
- *283* ゆきのまち幻想文学賞⋯⋯⋯⋯⋯⋯⋯⋯⋯⋯ 354
- *284* ユーモア賞⋯⋯⋯⋯⋯⋯⋯⋯⋯⋯⋯⋯⋯⋯⋯ 356
-   　　横溝正史賞　→*285* 横溝正史ミステリ大賞
- *285* 横溝正史ミステリ大賞⋯⋯⋯⋯⋯⋯⋯⋯⋯⋯ 356
- *286* 横光利一賞⋯⋯⋯⋯⋯⋯⋯⋯⋯⋯⋯⋯⋯⋯⋯ 359
- *287* 吉川英治賞⋯⋯⋯⋯⋯⋯⋯⋯⋯⋯⋯⋯⋯⋯⋯ 359
- *288* 吉川英治文学新人賞⋯⋯⋯⋯⋯⋯⋯⋯⋯⋯⋯ 360
- *289* 吉野せい賞⋯⋯⋯⋯⋯⋯⋯⋯⋯⋯⋯⋯⋯⋯⋯ 361
- *290* 読売文学賞〔小説賞〕⋯⋯⋯⋯⋯⋯⋯⋯⋯⋯ 365
- *291* らいらっく文学賞⋯⋯⋯⋯⋯⋯⋯⋯⋯⋯⋯⋯ 368
- *292* 琉球新報短編小説賞⋯⋯⋯⋯⋯⋯⋯⋯⋯⋯⋯ 369
- *293* 歴史群像大賞⋯⋯⋯⋯⋯⋯⋯⋯⋯⋯⋯⋯⋯⋯ 371
- *294* 歴史文学賞⋯⋯⋯⋯⋯⋯⋯⋯⋯⋯⋯⋯⋯⋯⋯ 374
- *295* 歴史浪漫文学賞〔創作部門〕⋯⋯⋯⋯⋯⋯⋯ 375
- *296*「恋愛文学」コンテスト⋯⋯⋯⋯⋯⋯⋯⋯⋯ 376
- *297* 労働者文学賞〔小説部門〕⋯⋯⋯⋯⋯⋯⋯⋯ 377
- *298* ロマン大賞⋯⋯⋯⋯⋯⋯⋯⋯⋯⋯⋯⋯⋯⋯⋯ 379
- *299* YA文学短編小説賞⋯⋯⋯⋯⋯⋯⋯⋯⋯⋯⋯⋯ 381
- *300* 早稲田文学新人賞〔小説部門〕⋯⋯⋯⋯⋯⋯ 381
-   　　受賞者名索引⋯⋯⋯⋯⋯⋯⋯⋯⋯⋯⋯⋯⋯⋯ 383
-   　　作品名索引⋯⋯⋯⋯⋯⋯⋯⋯⋯⋯⋯⋯⋯⋯⋯ 433

小説の賞事典

001 青森県文芸新人賞

青森県文芸協会3周年を記念し,新人発掘のために,昭和47年創設。第32回をもって終了。
【主催者】青森県文芸協会
【選考委員】成田千空,藤田久美子,野沢省悟,矢本大雪,上条勝芳,桜庭利弘,佐々木達司
【選考方法】公募
【選考基準】〔対象〕小説,評論,随筆,詩,短歌,俳句,川柳。〔資格〕作者が県内に居住あるいは出身の新人,発表済作品も可。〔原稿〕俳句,川柳は50句,短歌50首
【締切・発表】毎年4月10日必着,5月県内日刊新聞および7月発行の「文芸あおもり」にて発表
【賞・賞金】記念品,副賞

第1回(昭47年)
　◇小説
　　宮崎 素子 「あの冬」
第2回(昭48年)
　◇小説
　　三浦 秀雄 「白い標的」
第3回(昭49年)
　　小説部門受賞作なし
第4回(昭50年)
　◇小説
　　青柳 隼人 「廃船」
第5回(昭51年)
　◇小説
　　佐藤 豊彦 「千鶴と小熊」
第6回(昭52年)
　◇小説
　　太田 弘志 「紐」
　　駒田 忠 「銀行アニマル」
第7回(昭53年)
　◇小説
　　米田 一穂 「俘虜物語」
第8回(昭54年)
　◇小説
　　白鳥 崇 「空は空色」
第9回(昭55年)
　◇小説
　　有村 智賀志 「他人の受賞」
第10回(昭56年)
　◇小説
　　ふじ おさむ 「轍」
第11回(昭57年)
　　小説部門受賞作なし
第12回(昭58年)
　　小説部門受賞作なし
第13回(昭59年)
　　小説部門受賞作なし
第14回(昭60年)
　◇小説
　　阿部 誠也 「春風のなかに」
第15回(昭61年)
　　小説部門受賞作なし
第16回(昭62年)
　　小説部門受賞作なし
第17回(昭63年)
　　小説部門受賞作なし
第18回(平1年)
　◇小説
　　柳田 晴夫 「飛べ,鳥かごの外へ」
第19回(平2年)
　　小説部門受賞作なし
第20回(平3年)
　◇小説
　　田辺 典忠 「ティーム・ティチング」
第21回(平4年)
　　小説部門受賞作なし
第22回(平6年)

小説部門受賞作なし
第23回（平7年）
　小説部門受賞作なし
第24回（平8年）
　小説部門受賞作なし
第25回（平9年）
　◇小説
　　猫塚 信 「踏切」
第26回（平10年）
　小説部門受賞作なし
第27回（平11年）
　小説部門受賞作なし

第28回（平12年）
　小説部門受賞作なし
第29回（平13年）
　小説部門受賞作なし
第30回（平14年）
　◇小説
　　笹田 隆志 「最後の孝行」ほか
第31回（平15年）
　◇小説
　　乾 歩 「霜煙」ほか
第32回（平16年）
　＊

---

002 アガサ・クリスティー賞

　本賞は、本格ミステリをはじめ、冒険小説、スパイ小説、サスペンスなど、アガサ・クリスティーの伝統を現代に受け継ぎ、発展、進化させる総合的なミステリ小説を対象とし、新人作家の発掘と育成を目的とする。アガサ・クリスティーの生誕120周年を記念し、英国アガサ・クリスティー社の協力を得て、平成22年に創設。

【主催者】公益財団法人 早川清文学振興財団、早川書房

【選考委員】（第4回）東直己（作家）、北上次郎（評論家）、鴻巣友季子（翻訳家）、早川書房ミステリマガジン編集長

【選考方法】公募

【選考基準】〔対象〕広義のミステリ。自作未発表の小説（日本語で書かれたもの）。〔資格〕不問。〔原稿〕400字詰原稿用紙400〜800枚（5枚程度の梗概を添付）。原稿は縦書き。鉛筆書きは不可。原稿右側を綴じ、通し番号をふる。ワープロ原稿の場合は、40字×30行もしくは30字×40行で、A4またはB5の紙に印字し、400字詰原稿用紙換算枚数を明記すること。住所、氏名（ペンネーム使用のときはかならず本名を併記する）、年齢、職業（学校名、学年）、電話番号、メールアドレスを明記

【締切・発表】（第4回）平成26年1月31日締切（当日消印有効）、7月最終選考会。早川書房ホームページ、早川書房「SFマガジン」「ミステリマガジン」で発表

【賞・賞金】正賞アガサ・クリスティーにちなんだ賞牌、副賞100万円。受賞作は早川書房より単行本として刊行される。出版権（文庫化及び電子書籍化を含む）ならびに雑誌掲載権は主催者に帰属し、出版に際しては規定の使用料が支払われる

【URL】http://www.hayakawa-foundation.or.jp/business/christie_prize/

第1回（平23年）
　森 晶麿 「黒猫の遊歩あるいは美学講義」
第2回（平24年）

中里 友香 「カンパニュラの銀翼」
第3回（平25年）
　三沢 陽一 「致死量未満の殺人」（「コンダクターを撃て」改題）

003 秋田魁新報社新年文芸

昭和21年創刊の「月刊さきがけ」懸賞小説廃止のあとをうけて、昭和26年新年号から秋田県内の文芸向上と、新人の育成を目的に創設した。

【主催者】秋田魁新報社

【選考委員】（平成25年）短編小説：高井有一、自由詩：吉田文憲、短歌：穂村弘、俳句：小澤實、川柳：成田孤舟

【選考方法】公募

【選考基準】〔対象〕短編小説,自由詩,短歌,俳句,川柳。〔原稿〕短編小説：400字詰で9枚まで、新年にふさわしい内容。詩：1行20字で40行以内、短歌：ハガキに1首、俳句・川柳：ハガキに1句。各々1人1作品に限る

【URL】http://www.sakigake.jp/

（昭26年）
　門馬 久男　「破損馬一箇」
（昭27年）
　該当作なし
（昭28年）
　該当作なし
（昭29年）
　小南 三郎　「馬喰」
（昭30年）
　該当作なし
（昭31年）
　越後 直幸　「黒い鈴」
（昭32年）
　ほんま よしみ　「伝説寺内村」
（昭33年）
　渡辺 きの　「ハタハタ侍」
（昭34年）
　石川 助信　「箕売り」
（昭35年）
　加藤 富夫　「花まつり」
（昭36年）
　杉田 瑞子　「履歴書」
（昭37年）
　分銅 志静　「屋上の点景」
（昭38年）
　安藤 善次郎　「冬の海」
（昭39年）
　杉田 瑞子　「足音」
（昭40年）
　該当作なし
（昭41年）
　小山田 宣康　「そしてまた,明日という言葉なしに」
（昭42年）
　宮腰 郷平　「ある挿話」
（昭43年）
　安藤 善次郎　「かけいの水」
（昭44年）
　黒坂 源悦　「石ころ畑」
（昭45年）
　◇小説
　安藤 善次郎　「寒梅」
（昭46年）
　◇小説
　菅原 亨　「五城座のあったころ」
（昭47年）
　◇小説
　古谷 孝男　「タケルツバサに乗って」
（昭48年）
　◇小説
　簾内 敬司　「去年（こぞ）の雪」
（昭49年）
　◇小説
　加賀 隆久　「おおきな火」

003 秋田魁新報社新年文芸

(昭50年)
　◇小説
　　安藤 善次郎　「若い先生」
(昭51年)
　◇小説
　　戸田 真知子　「ボニー・バーンズ」
(昭52年)
　◇小説
　　佐藤 郁子　「立春」
(昭53年)
　◇小説
　　下田 厚志　「土工」
(昭54年)
　◇小説
　　伊藤 睦子　「春の訪れ」
(昭55年)
　◇小説
　　沢木 良　「父ちゃん，水！」
(昭56年)
　◇小説
　　成田 隆平　「姉妹」
(昭57年)
　◇小説
　　安藤 善次郎　「うしろ姿」
(昭58年)
　◇小説
　　高田屋 綾子　「別れ道」
(昭59年)
　◇小説
　　池田 純子　「雪解」
(昭60年)
　◇小説
　　みやこし ようこ　「さざん花」
(昭61年)
　◇小説
　　柴山 芳隆　「一画」
(昭62年)
　◇小説
　　加賀屋 美津子　「芽生え」
(昭63年)
　◇小説
　　高橋 貞子　「ゆきずりの旅」

(平1年)
　◇小説
　　加賀屋 美津子　「いちいの木」
(平2年)
　◇短編小説
　　安藤 善次郎　「朝日照る村」
(平3年)
　◇短編小説
　　高橋 貞子　「夏衣」
(平4年)
　◇短編小説
　　大久保 亮一　「蝶の道」
(平5年)
　◇短編小説
　　高橋 貢　「渓春〜白神行」
(平6年)
　◇短編小説
　　黒坂 源悦　「実らぬ稲の多けれど」
(平7年)
　◇短編小説
　　高橋 貞子　「夕映え」
(平8年)
　◇短編小説
　　成田 隆平　「梨の木」
(平9年)
　◇短編小説
　　高橋 信子　「福寿草」
(平10年)
　　＊
(平11年)
　◇短編小説
　　渡辺 桂子　「軍刀始末記」
(平12年)
　◇短編小説
　　田中 青磁　「妻の手」
(平13年)
　◇短編小説
　　柏谷 学　「五千人舞踏会」
(平14年)
　◇短編小説
　　赤沼 鉄也　「ピイ子また孤独となる」
(平15年)

◇短編小説
　　藤野 麻実　「窓の向こうに海が見え」
（平16年）
◇短編小説
　　小西 保明　「二人の夏」
（平成17年）
◇短編小説
　　渡部 麻実　「最後のラブレター」
（平成18年）
◇短編小説
　　渡部 麻実　「冬の日の招待状」
（平成19年）
◇短編小説
　　渡部 麻実　「黄色い雪」
（平成20年）
◇短編小説
　　渡部 麻実　「冬晴れの先に」
（平成21年）
◇短編小説
　　岩井川 皓二　「なみき村便り」
（平成22年）
◇短編小説
　　渡部 麻実　「線路の向こう」
（平成23年）
◇短編小説
　　児玉 ヒサト　「六十六の灯」
（平成24年）
◇短編小説
　　渡部 麻実　「ハタハタの鳴る夜」
（平成25年）
◇短編小説
　　渡部 麻実　「遠い日の告白」

004 芥川龍之介賞

　故芥川龍之介の名を記念し，文藝春秋社が「文藝春秋」昭和10年1月号に「芥川・直木賞宣言」を発表して，直木賞と同時に創設。無名，もしくは新進作家の登龍門として，最も権威ある賞とされている。

【主催者】日本文学振興会

【選考委員】大庭みな子，開高健，黒井千次，河野多恵子，田久保英夫，日野啓三，古井由吉，三浦哲郎，水上勉，吉行淳之介

【選考基準】応募方式ではない。新聞，雑誌（同人誌を含む）に発表された新人の小説のうち最も優秀なものに贈られる。

【締切・発表】年2回，選考結果および作品は「文藝春秋」誌上に発表。

【賞・賞金】正賞時計，副賞100万円

第1回（昭10年上）
　　石川 達三　「蒼氓」（星座4月号（創刊号））
第2回（昭10年下）
　　該当作なし
第3回（昭11年上）
　　鶴田 知也　「コシャマイン記」（小説2月号）
　　小田 岳夫　「城外」（文学生活6月号）
第4回（昭11年下）
　　石川 淳　「普賢」（作品6月～9月号）
　　冨沢 有為男　「地中海」（東陽8月号）
第5回（昭12年上）
　　尾崎 一雄　「暢気眼鏡」他（人物評論8月号）
第6回（昭12年下）
　　火野 葦平　「糞尿譚」（文学会議10月号）
第7回（昭13年上）
　　中山 義秀　「厚物咲」（文學界4月号）
第8回（昭13年下）
　　中里 恒子　「乗合馬車」（文學界9月号）ほか
第9回（昭14年上）

長谷 健 「あさくさの子供」(虚実4月号)
　　　半田 義之 「鶏騒動」(文芸首都6月号)
第10回 (昭14年下)
　　　寒川 光太郎 「密猟者」(創作7月号(創刊号))
第11回 (昭15年上)
　　　該当作なし
第12回 (昭15年下)
　　　桜田 常久 「平賀源内」(作家精神10月号)
第13回 (昭16年上)
　　　多田 裕計 「長江デルタ」(大陸往来3月号)
第14回 (昭16年下)
　　　芝木 好子 「青果の市」(文芸首都10月号)
第15回 (昭17年上)
　　　該当作なし
第16回 (昭17年下)
　　　倉光 俊夫 「連絡員」(正統11月号)
第17回 (昭18年上)
　　　石塚 喜久三 「纏足の頃」(蒙疆文学1月号)
第18回 (昭18年下)
　　　東野辺 薫 「和紙」(東北文学10月号(創刊号))
第19回 (昭19年上)
　　　八木 義徳 「劉廣福」(日本文学者4月号)
　　　小尾 十三 「登攀」(国民文学2月号)
第20回 (昭19年下)
　　　清水 基吉 「雁立」(日本文学者10月号(創刊号))
第21回 (昭24年上)
　　　由起 しげ子 「本の話」(作品3月号)
　　　小谷 剛 「確証」(作家2月号)
第22回 (昭24年下)
　　　井上 靖 「闘牛」(文學界12月号)
第23回 (昭25年上)
　　　辻 亮一 「異邦人」(新小説2月号)
第24回 (昭25年下)
　　　該当作なし
第25回 (昭26年上)
　　　石川 利光 「春の草」(文學界6月号) ほか
　　　安部 公房 「壁」(近代文学2月号)
第26回 (昭26年下)
　　　堀田 善衛 「広場の孤独」(中公文芸9月号),

「漢奸」(文學界9月号) ほか
第27回 (昭27年上)
　　　該当作なし
第28回 (昭27年下)
　　　五味 康祐 「喪神」(新潮12月号)
　　　松本 清張 「或る『小倉日記』伝」(三田文学9月号)
第29回 (昭28年上)
　　　安岡 章太郎 「悪い仲間」(群像6月号),「陰気な愉しみ」(新潮4月号)
第30回 (昭28年下)
　　　該当作なし
第31回 (昭29年上)
　　　吉行 淳之介 「驟雨」(文學界2月号) ほか
第32回 (昭29年下)
　　　小島 信夫 「アメリカン・スクール」(文學界9月号)
　　　庄野 潤三 「プールサイド小景」(群像12月号)
第33回 (昭30年上)
　　　遠藤 周作 「白い人」(近代文学5月〜6月号)
第34回 (昭30年下)
　　　石原 慎太郎 「太陽の季節」(文學界7月号)
第35回 (昭31年上)
　　　近藤 啓太郎 「海人舟」(文學界2月号)
第36回 (昭31年下)
　　　該当作なし
第37回 (昭32年上)
　　　菊村 到 「硫黄島」(文學界6月号)
第38回 (昭32年下)
　　　開高 健 「裸の王様」(文學界12月号)
第39回 (昭33年上)
　　　大江 健三郎 「飼育」(文學界1月号)
第40回 (昭33年下)
　　　該当作なし
第41回 (昭34年上)
　　　斯波 四郎 「山塔」(早稲田文学5月号)
第42回 (昭34年下)
　　　該当作なし
第43回 (昭35年上)
　　　北 杜夫 「夜と霧の隅で」(新潮5月号)

第44回(昭35年下)
　三浦 哲郎 「忍ぶ川」(新潮10月号)
第45回(昭36年上)
　該当作なし
第46回(昭36年下)
　宇能 鴻一郎 「鯨神」(文學界7月号)
第47回(昭37年上)
　川村 晃 「美談の出発」(文学街3月号, 文學界6月号に転載)
第48回(昭37年下)
　該当作なし
第49回(昭38年上)
　後藤 紀一 「少年の橋」(山形文学37年18号, 文學界2月号に転載)
　河野 多恵子 「蟹」(文學界6月号)
第50回(昭38年下)
　田辺 聖子 「感傷旅行(センチメンタル・ジャーニイ)」(航路7号)
第51回(昭39年上)
　柴田 翔 「されどわれらが日々」(象7号, 文學界4月号に転載)
第52回(昭39年下)
　該当作なし
第53回(昭40年上)
　津村 節子 「玩具」(文學界5月号)
第54回(昭40年下)
　高井 有一 「北の河」(犀4号)
第55回(昭41年上)
　該当作なし
第56回(昭41年下)
　丸山 健二 「夏の流れ」(文學界11月号)
第57回(昭42年上)
　大城 立裕 「カクテル・パーティー」(新沖縄文学4号)
第58回(昭42年下)
　柏原 兵三 「徳山道助の帰郷」(新潮7月号)
第59回(昭43年上)
　大庭 みな子 「三匹の蟹」(群像6月号)
　丸谷 才一 「年の残り」(文學界3月号)
第60回(昭43年下)
　該当作なし
第61回(昭44年上)
　庄司 薫 「赤頭巾ちゃん気をつけて」(中央公論5月号)
　田久保 英夫 「深い河」(新潮6月号)
第62回(昭44年下)
　清岡 卓行 「アカシヤの大連」(群像12月号)
第63回(昭45年上)
　古山 高麗雄 「プレオー8の夜明け」(文藝4月号)
　吉田 知子 「無明長夜」(新潮4月号)
第64回(昭45年下)
　古井 由吉 「杳子」(文藝8月号)
第65回(昭46年上)
　該当作なし
第66回(昭46年下)
　李 恢成 「砧をうつ女」(季刊芸術18号)
　東 峰夫 「オキナワの少年」(文學界12月号)
第67回(昭47年上)
　宮原 昭夫 「誰かが触った」(文藝4月号)
　畑山 博 「いつか汽笛を鳴らして」(文學界4月号)
第68回(昭47年下)
　郷 静子 「れくいえむ」(文學界12月号)
　山本 道子 「ベティさんの庭」(新潮11月号)
第69回(昭48年上)
　三木 卓 「鶸」(すばる47年12月号)
第70回(昭48年下)
　森 敦 「月山」(季刊芸術26号)
　野呂 邦暢 「草のつるぎ」(文學界12月号)
第71回(昭49年上)
　該当作なし
第72回(昭49年下)
　阪田 寛夫 「土の器」(文學界10月号)
　日野 啓三 「あの夕陽」(新潮9月号)
第73回(昭50年上)
　林 京子 「祭りの場」(群像6月号)
第74回(昭50年下)
　中上 健次 「岬」(文學界10月号)
　岡松 和夫 「志賀島」(文學界11月号)
第75回(昭51年上)

村上 龍 「限りなく透明に近いブルー」(群像6月号)
第76回(昭51年下)
　該当作なし
第77回(昭52年上)
　三田 誠広 「僕って何」(文藝5月号)
　池田 満寿夫 「エーゲ海に捧ぐ」(野性時代1月号)
第78回(昭52年下)
　宮本 輝 「螢川」(文芸展望19号)
　高城 修三 「榾の木祭り」(新潮8月号)
第79回(昭53年上)
　高橋 三千綱 「九月の空」(文藝1月号)
　高橋 揆一郎 「伸予」(文藝6月号)
第80回(昭53年下)
　該当作なし
第81回(昭54年上)
　重兼 芳子 「やまあいの煙」(文學界3月号)
　青野 聡 「愚者の夜」(文學界6月号)
第82回(昭54年下)
　森 礼子 「モッキングバードのいる町」(新潮8月号)
第83回(昭55年上)
　該当作なし
第84回(昭55年下)
　尾辻 克彦 「父が消えた」(文學界12月号)
第85回(昭56年上)
　吉行 理恵 「小さな貴婦人」(新潮2月号)
第86回(昭56年下)
　該当作なし
第87回(昭57年上)
　該当作なし
第88回(昭57年下)
　加藤 幸子 「夢の壁」(新潮9月号)
　唐 十郎 「佐川君からの手紙」(文藝11月号)
第89回(昭58年上)
　該当作なし
第90回(昭58年下)
　笠原 淳 「杢二の世界」(海燕11月号)
　高樹 のぶ子 「光抱く友よ」(新潮12月号)
第91回(昭59年上)
　該当作なし
第92回(昭59年下)
　木崎 さと子 「青桐」(文學界11月号)
第93回(昭60年上)
　該当作なし
第94回(昭60年下)
　米谷 ふみ子 「過越しの祭」(新潮7月号)
第95回(昭61年上)
　該当作なし
第96回(昭61年下)
　該当作なし
第97回(昭62年上)
　村田 喜代子 「鍋の中」(文學界5月号)
第98回(昭62年下)
　池沢 夏樹 「スティル・ライフ」(中央公論10月号)
　三浦 清宏 「長男の出家」(海燕9月号)
第99回(昭63年上)
　新井 満 「尋ね人の時間」(文學界6月号)
第100回(昭63年下)
　南木 佳士 「ダイヤモンドダスト」(文學界9月号)
　李 良枝 「由熙」(群像11月号)
第101回(平1年上)
　該当作なし
第102回(平1年下)
　滝沢 美恵子 「ネコババのいる町で」(文學界12月号)
　大岡 玲 「表層生活」(文學界12月号)
第103回(平2年上)
　辻原 登 「村の名前」(文學界6月号)
第104回(平2年下)
　小川 洋子 「妊娠カレンダー」(文學界9月号)
第105回(平3年上)
　辺見 庸 「自動起床装置」(文學界5月号)
　荻野 アンナ 「背負い水」(文學界6月号)
第106回(平3年下)
　松村 栄子 「至高聖所(アパトーン)」(海燕10月号)
第107回(平4年上)
　藤原 智美 「運転士」(群像5月号)

第108回（平4年下）
　多和田 葉子 「犬婿入り」（群像12月号）
第109回（平5年上）
　吉目木 晴彦 「寂寥郊野」（群像1月号）
第110回（平5年下）
　奥泉 光 「石の来歴」（文學界12月号）
第111回（平6年上）
　笙野 頼子 「タイムスリップ・コンビナート」（文學界6月号）
　室井 光広 「おどるでく」（群像4月号）
第112回（平6年下）
　該当作なし
第113回（平7年上）
　保坂 和志 「この人の閾」（新潮3月号）
第114回（平7年下）
　又吉 栄喜 「豚の報い」（文學界11月号）
第115回（平8年上）
　川上 弘美 「蛇を踏む」（文學界3月号）
第116回（平8年下）
　柳 美里 「家族シネマ」（群像12月号）
　辻 仁成 「海峡の光」（新潮12月号）
第117回（平9年上）
　目取真 俊 「水滴」（文學界4月号）
第118回（平9年下）
　該当作なし
第119回（平10年上）
　藤沢 周 「ブエノスアイレス午前零時」（文藝夏季号）
　花村 萬月 「ゲルマニウムの夜」（文學界6月号）
第120回（平10年下）
　平野 啓一郎 「日蝕」（新潮8月号）
第121回（平11年上）
　該当作なし
第122回（平11年下）
　玄 月 「蔭の棲みか」（文學界11月号）
　藤野 千夜 「夏の約束」（群像12月号）
第123回（平12年上）
　町田 康 「きれぎれ」（文學界5月号）
　松浦 寿輝 「花腐し」（群像5月号）
第124回（平12年下）
　青来 有一 「聖水」（文學界12月号）

　堀江 敏幸 「熊の敷石」（群像12月号）
第125回（平13年上）
　玄侑 宗久 「中陰の花」（文學界5月号）
第126回（平13年下）
　長嶋 有 「猛スピードで母は」（文學界11月号）
第127回（平14年上）
　吉田 修一 「パーク・ライフ」（文學界6月号）
第128回（平14年下）
　大道 珠貴 「しょっぱいドライブ」（文學界12月号）
第129回（平15年上）
　吉村 萬壱 「ハリガネムシ」（文學界5月号）
第130回（平15年下）
　綿矢 りさ 「蹴りたい背中」（文藝秋季号）
　金原 ひとみ 「蛇にピアス」（すばる11月号）
第131回（平16年上）
　モブ・ノリオ 「介護入門」（文學界6月号）
第132回（平16年下）
　阿部 和重 「グランド・フィナーレ」（群像12月号）
第133回（平17年上）
　中村 文則 「土の中の子供」（新潮4月号）
第134回（平17年下）
　絲山 秋子 「沖で待つ」（文學界2005年9月号）
第135回（平18年上）
　伊藤 たかみ 「八月の路上に捨てる」（文學界6月号）
第136回（平18年下）
　青山 七恵 「ひとり日和」（文藝秋季号）
第137回（平19年上）
　諏訪 哲史 「アサッテの人」（群像6月号）
第138回（平19年下）
　川上 未映子 「乳と卵」（文學界12月号）
第139回（平20年上）
　楊 逸 「時が滲む朝」（文學界6月号）
第140回（平20年下）
　津村 記久子 「ポトスライムの舟」（群像11月号）

第141回（平21年上）
　磯﨑 憲一郎　「終の住処」（新潮6月号）
第142回（平21年下）
　該当作なし
第143回（平22年上）
　赤染 晶子　「乙女の密告」（新潮6月号）
第144回（平22年下）
　朝吹 真理子　「きことわ」（新潮9月号）
　西村 賢太　「苦役列車」（新潮12月号）
第145回（平23年上）
　該当作なし
第146回（平23年下）
　円城 塔　「道化師の蝶」（群像7月号）
　田中 慎弥　「共喰い」（すばる10月号）
第147回（平24年上）
　鹿島田 真希　「冥土めぐり」（文藝春季号）
第148回（平24年下）
　黒田 夏子　「abさんご」（早稲田文学5号）
第149回（平25年上）
　藤野 可織　「爪と目」（新潮4月号）
第150回（平25年下）
　小山田 浩子　「穴」（新潮9月号）

005 朝日時代小説大賞

　平成20年創設。従来の枠にとらわれない時代小説の書き手を発掘する賞として位置づけ、プロ・アマを問わず、幅広い人材発掘をめざす。進取の気性に富んだ意欲的な作品を求める。

【主催者】朝日新聞出版、テレビ朝日（協賛）

【選考委員】（第7回）縄田一男, 松井今朝子

【選考方法】公募

【選考基準】〔対象〕長篇の時代小説。未発表の作品に限る。〔資格〕プロ・アマを問わない。〔原稿〕400字詰め原稿用紙300枚以上400枚以内。ワープロ原稿の場合は、A4判の用紙に40字×30行を目安に印字する。原稿用紙への印字は不可。400字換算での原稿枚数、作品の梗概（800字以内）、筆名（本名）・住所・電話番号・年齢・経歴を明記した別紙を添えること

【締切・発表】（第7回）平成26年12月20日締切（当日消印有効）,「小説トリッパー」平成27年秋季号で発表

【賞・賞金】正賞：記念品, 副賞：200万円。受賞作は朝日新聞出版より刊行する。出版権および映像化権その他の権利は朝日新聞出版に属する。優秀な応募作品についてはテレビ朝日でのドラマ化を検討する

【URL】http：//publications.asahi.com/jidai/

第1回（平21年）
　該当作なし
第2回（平22年）
　乾 緑郎　「忍び外伝」
第3回（平23年）
　平茂 寛　「隈取絵師」
第4回（平24年）
　仁志 耕一郎　「無名の虎」
第5回（平25年）
　吉来 駿作　「火男」
第6回（平26年）
　受賞作なし

006 朝日新人文学賞

総合月刊誌「月刊ASAHI」創刊を記念して、平成元年に創設された。現代小説、時代小説を問わず幅広いジャンルの、斬新なストーリー性の高い作品を期待する。

【主催者】朝日新聞出版
【選考委員】（第19回）高橋源一郎、小川洋子、斎藤美奈子
【選考方法】公募
【選考基準】〔対象〕未発表の小説。〔原稿〕400字詰原稿用紙200〜300枚以内。ワープロの場合はA4の用紙に40字×30行の縦書きで印字。原稿枚数、作品の梗概（400字程度）を添付
【締切・発表】（第19回）平成19年10月末日締切（当日消印有効）、「週刊朝日別冊・小説TRIPPER（トリッパー）」平成20年夏季号にて発表
【賞・賞金】賞金100万円

第1回（平1年）
　魚住 陽子 「奇術師の家」
第2回（平2年）
　竜口 亘
　鹿島 春光 「ぼくと相棒」
第3回（平3年）
　甲斐 英輔 「ゆれる風景」
第4回（平4年）
　該当作なし
第5回（平5年）
　畑 裕子 「面（おもて）・変幻」
第6回（平6年）
　中山 可穂 「天使の骨」
第7回（平7年）
　竹森 千珂 「金色の魚」
第8回（平8年）
　金 重明 「鳳積術（ほうせきじゅつ）」
第9回（平9年）
　乗峯 栄一 「天神斎一門の反撃」
第10回（平10年）
　勝浦 雄 「ビハインド・ザ・マスク」
第11回（平11年）
　辻井 南青紀 「無頭人」
第12回（平12年）
　小野 正嗣 「水に埋もれる墓」
　柳 広司 「贋作『坊っちゃん』殺人事件」
第13回（平13年）
　桜井 鈴茂 「アレルヤ」
第14回（平14年）
　駒井 れん 「パスカルの窓」
第15回（平15年）
　河井 大輔 「サハリンの鰤」
第16回（平16年）
　楽月 慎 「陽だまりのブラジリアン」
第17回（平18年）
　受賞作なし
第18回（平19年）
　岩槻 優佑 「なもなきはなやま」
第19回（平20年）
　大島 孝雄 「ガジュマルの家」

007 あさよむ携帯文学賞

あさよむで連載する「携帯電話で読む短編小説」を募集する。あさよむとは、選んだ作品が毎朝メールで携帯に届く「朝の連載メール小説」。既成の「紙で読む小説」とは異

なった文体、展開、スピード等々、「携帯で読む小説」にふさわしいかたちをもとめて創設。

【主催者】ジョルダン株式会社

【選考委員】あさよむ編集部

【選考方法】公募

【選考基準】〔資格〕不問。〔対象〕携帯でよむ文学。〔原稿〕テーマに沿った作品であること。1テーマにつき、1人1作品まで応募可。1回配信分496文字以内とし、全25回〜35回連載分（400字詰原稿用紙換算で約30〜40枚）。タイトルは9文字以内でつける。半角カナ文字、機種依存文字、絵文字は使用しない。メール応募は原稿をテキストファイル（.txt）で添付する。〔応募規定〕自作の未発表作品に限る。応募作品は返却しない。受賞作品の著作権・出版権等の諸権利は、すべて主催者に帰属

【締切・発表】平成15年10月3日〜平成16年3月15日締切（当日消印有効）、平成16年7月30日発表

【賞・賞金】大賞（1作品）：賞金10万円、佳作（1作品）：賞金5万円、読者賞（1作品）：賞金3万円。受賞作品はすべてあさよむで連載・配信する

第1回（平15年）
◇あさよむショート・ショート賞
　該当作なし
◇あさよむ短編賞
　該当作なし
◇佳作
　松村 比呂美　「ながもち」
　田口 かおり　「月齢0831」
第2回（平16年）
◇大賞・読者賞
　佐伯 ツカサ　「オッドアイズドール」
◇佳作
　直江 総一　「白い犬と黒い犬」
第3回（平17年）
◇大賞
　該当作なし
◇佳作
　沢城 友理　「オレンジブロッサム」
◇読者賞
　松本 はる　「彼女の結婚」

008 鮎川哲也賞

東京創元社で刊行中であった全13巻の書き下ろし推理小説シリーズ〈鮎川哲也と十三の謎〉（四六判ハードカバー）の最終巻を一般公募とし、その最優秀作1編を当てる、という斯界の重鎮鮎川哲也氏の発案で行なわれた試みが発端となった。この時の企画は、のち推理作家として活躍した今邑彩氏が「卍の殺人」で受賞。翌平成2年から鮎川哲也賞として正式に賞が発足した。

【主催者】東京創元社

【選考委員】（第25回）北村薫、近藤史恵、辻真先

【選考方法】公募

【選考基準】〔対象〕長編推理小説。創意と情熱にあふれた鮮烈なもの。未発表オリジナル作品で、400字詰め原稿用紙で360〜650枚。ワープロ原稿の場合は1ページ40字×40行で印字した、90〜162.5枚の作品に限る

【締切・発表】10月31日消印有効、翌年春発表、秋刊行予定
【賞・賞金】正賞はコナン・ドイル像。優秀作は主催者が刊行し、印税全額を賞金とする。受賞作は10月に刊行
【URL】http://www.tsogen.co.jp/award/ayukawa/

第1回（平2年）
　芦辺 拓 「殺人喜劇の十三人」
◇佳作
　二階堂 黎人 「吸血の家」
第2回（平3年）
　石川 真介 「不連続線」
第3回（平4年）
　加納 朋子 「ななつのこ」
第4回（平5年）
　近藤 史恵 「凍える島」
第5回（平6年）
　愛川 晶 「化身」
第6回（平7年）
　北森 鴻 「狂乱二十四孝」
第7回（平8年）
　満坂 太郎 「海賊丸漂着異聞」
第8回（平9年）
　谺 健二 「未明の悪夢」
第9回（平10年）
　飛鳥部 勝則 「殉教カテリナ車輪」
第10回（平11年）
　該当作なし
第11回（平12年）
　門前 典之 「人を喰らう建物」（のち「建築屍材」に改題）
第12回（平13年）
　富井 多恵夫（のち後藤均に改名）「スクリプトリウムの迷宮」
第13回（平14年）
　森谷 明子 「異本・源氏 藤式部の書き侍りける物語」（のち「異本源氏物語 千年の黙（しじま）」に改題）
第14回（平15年）
　神津 慶次朗 「月夜が丘」
　岸田 るり子 「屍の足りない密室」
第15回（平16年）
　該当作なし
◇佳作
　篠宮 裕介 「六月の雪」
第16回（平17年）
　麻見 和史 「ヴェサリウスの柩（ひつぎ）」
◇佳作
　松下 麻理緒 「毒殺（ポイズン）倶楽部」
　似鳥 鶏 「理由（わけ）あって冬に出る」
第17回（平19年）
　山口 芳宏 「雲上都市の大冒険」
第18回（平20年）
　七河 迦南 「七つの海を照らす星」
第19回（平21年度）
　相沢 沙呼 「午前零時のサンドリヨン」
第20回（平22年度）
　安萬 純一 「ボディ・メッセージ」
　月原 渉 「太陽が死んだ夜」
第21回（平23年度）
　山田 彩人 「眼鏡屋は消えた」
第22回（平24年度）
　青崎 有吾 「体育館の殺人」
第23回（平25年度）
　市川 哲也 「名探偵の証明」
第24回（平26年度）
　内山 純 「B（ビリヤード）ハナブサへようこそ」

009 池内祥三文学奨励賞

「大衆文芸」の編集者、故池内祥三の遺志により、同誌上に発表された全作品を対象とし

009 池内祥三文学奨励賞

て選考する。昭和46年に創設。
【主催者】（財）新鷹会
【選考委員】新鷹会会員
【選考方法】非公募。(財)新鷹会理事会に於て選考
【選考基準】〔対象〕「大衆文芸」誌上に発表された作品
【締切・発表】毎年6月発表
【賞・賞金】正賞と賞金10万円

第1回（昭46年）
　武田 八洲満 「紀伊国屋文左衛門」
第2回（昭47年）
　和巻 耿介 「雲雀は鳴かず」（世話物を主とした優れた短篇小説に対して）
第3回（昭48年）
　野村 敏雄 「梟将記」（連載長篇小説）
第4回（昭49年）
　小野 孝二 「太平洋 おんな戦史」シリーズ
第5回（昭50年）
　家坂 洋子 「浜津脇溶鉱炉」「相模遁走」
　佐文字 雄策 「明治の青雲」
第6回（昭51年）
　伊東 昌輝 「南蛮かんぬし航海記」
第7回（昭52年）
　前田 豊 「ある非行少年」
第8回（昭53年）
　杉田 幸三 「生篭り」
第9回（昭54年）
　赤江 行夫 「亀とり作一」「虹を見たか」
第10回（昭55年）
　新井 英生 「北の朝」
第11回（昭56年）
　桐生 悠三 「母への皆勤賞」「似顔絵」
第12回（昭57年）
　森 一歩 「団地の猫」「九官鳥は泣いていた」
第13回（昭58年）
　辻 真先 「ユーカリさん」シリーズ,「孤独の人」「客嵩の人」
第14回（昭59年）
　上野 治子 「切腹」

第15回（昭60年）
　右近 稜 「あなたと呼べば」
第16回（昭61年）
　葛城 範子 「福の神」「スペアキー」「暗い珊瑚礁」
第17回（昭62年）
　今井 敏夫 「加賀瓜四代記」
第18回（昭63年）
　吉川 隆代 「父の涙」「1/3の罪」「夕映え」
第19回（平1年）
　小山 弓 「海の向日葵」「弔辞」「殺意」「位牌」「納骨」「夏の日の,あの夕日」
第20回（平2年）
　鳴海 風 「秘めた想い」（大衆文芸）ほか
第21回（平3年）
　松岡 弘一 「坂道」「鬼婆」
第22回（平4年）
　出雲井 晶 「寒昴」「同居離婚」（ほか）
第23回（平5年）
　中原 洋一 「福寿草」（ほか）
第24回（平6年）
　相馬 里美 「風の馬」「ひまわりの夏服」（ほか）
第25回（平7年）
　野本 隆 「いじめられっ子ゲーム」（ほか）
第26回（平8年）
　山口 正二 「雪の丹後路」（ほか）
第27回（平9年）
　該当作なし
第28回（平10年）
　該当作なし
第29回（平11年）

両角 道子 「別れ上手」(ほか)
第30回(平12年)
　喜安 幸夫 「はだしの小源太」「身代わり忠義」(ほか)
第31回(平13年)
　該当作なし
第32回(平14年)
　小山 啓子 「赦免船—新撰組最後の隊長相馬主計の妻」
第33回(平15年)
　中野 玲子 「放浪の血脈」
第34回(平16年)
　二階堂 玲太 「ひげ」「赤い凍れ柿」(ほか)
第35回(平17年)
　奥村 理英 「からみつく指」「コンパニオン・プランツ」
第36回(平18年)
　古賀 宣子 「遭難前夜」「厳命」

第37回(平19年)
　倉持 れい子 「もしや」「西日」「梅雨明け」
第38回(平20年)
　該当作なし
第39回(平21年)
　該当作なし
第40回(平22年)
　頼 迅一郎 「沼田又太郎の決意」「総領の剣」
第41回(平23年)
　山口 恵以子 「野菊のように」「見てはいけない」「イングリ」
第42回(平24年)
　武重 謙 「父の筆跡」「秋明菊の花びら」「事故からの生還」「一通の手紙」「右の祠」
第43回(平25年)
　該当作なし

010 石坂文学奨励賞

「東奥日報賞」の選者である石坂洋次郎氏が第20回(昭51)を期に辞退したため、同氏の功績をたたえ名称を改めて「石坂文学奨励賞」が制定された。第12回で中止となる。

【主催者】東奥日報社
【選考委員】三浦哲郎
【選考方法】〔対象〕小説,戯曲 〔資格〕県在住者または県出身者の未発表の作品
【締切・発表】9月末締切,1月1日東奥日報に発表
【賞・賞金】賞状と10万円

第1回(昭52年)
　該当作なし
第2回(昭53年)
　おおとり りゅう 「雪の中」
第3回(昭54年)
　中村 勝 「青い鳥」
第4回(昭55年)
　伊藤 二郎 「聖ジェームス病院」
第5回(昭56年)
　該当作なし
第6回(昭57年)
　大平 洋 「大雪に殺される」
第7回(昭58年)
　三上 喜代司 「横座」
第8回(昭59年)
　竹浪 和夫 「見果てぬ夢」
第9回(昭60年)
　幹 菜一 「狂い潮」
第10回(昭61年)
　該当作なし
第11回(昭62年)

山下 慧子 「晩花」　　　　　　　北野 茨 「アンダンテ」
第12回（昭63年）

---

011 一葉賞

日本文学報国会により,昭和19年に創設された賞であるが,1回の授賞のみで終った。
【主催者】日本文学報国会

第1回（昭19年）　　　　　　　　辻村 もと子 「馬追原野」

---

012 伊藤整文学賞〔小説部門〕

詩人・作家・評論家として先鋭的な作品を発表した伊藤整の没後20年を契機に,氏の業績を顕彰するため,氏とゆかりの深い小樽市内の有志の手によって平成2年2月に創設された。
【主催者】伊藤整文学賞の会,小樽市,北海道新聞社
【選考委員】（第24回）黒井千次,菅野昭正,松山巌,増田みず子
【選考方法】非公募。新聞社,出版社,同会が選んだ作家,評論家の推薦によって選出する
【選考基準】〔対象〕4月1日を基準日として前1年間に発表された文学作品（小説,評論）で,原則として日本語で書かれたものとする
【締切・発表】3月末日推薦締切,5月発表
【賞・賞金】正賞ブロンズ像と副賞50万円
【URL】http：//www.akara.net/itousei/

第1回（平2年）
　◇小説
　　大江 健三郎 「人生の親戚」（新潮社）
第2回（平3年）
　◇小説
　　三浦 哲郎 「みちづれ」（新潮社）
　　佐木 隆三 「身分帳」（講談社）
第3回（平4年）
　◇小説
　　日野 啓三 「断崖の年」（中央公論社）
第4回（平5年）
　◇小説
　　上西 晴治 「十勝平野」上下（筑摩書房）
第5回（平6年）
　◇小説
　　小川 国夫 「悲しみの港」（朝日新聞社）
第6回（平7年）
　◇小説
　　津島 佑子 「風よ、空駆ける風よ」（文藝春秋）
第7回（平8年）
　◇小説
　　松山 巌 「闇のなかの石」（文藝春秋）
第8回（平9年）
　◇小説
　　石和 鷹 「地獄は一定すみかぞかし」（新潮社）
第9回（平10年）

◇小説
　受賞辞退
第10回（平11年）
　◇小説
　河野 多恵子 「後日の話」（文藝春秋）
第11回（平12年）
　◇小説
　川上 弘美 「溺レる」（文藝春秋）
第12回（平13年）
　◇小説
　増田 みず子 「月夜見」（講談社）
第13回（平14年）
　◇小説
　高橋 源一郎 「日本文学盛衰史」（講談社）
第14回（平15年）
　◇小説
　多和田 葉子 「容疑者の夜行列車」（青土社）
第15回（平16年）
　◇小説
　阿部 和重 「シンセミア」（朝日新聞社）
第16回（平17年）
　◇小説部門
　笙野 頼子 「金毘羅」（集英社）
第17回（平18年）

　◇小説部門
　島田 雅彦 「退廃姉妹」（文藝春秋）
第18回（平19年）
　◇小説部門
　青来 有一 「爆心」（文藝春秋）
第19回（平20年）
　◇小説部門
　荻野 アンナ 「蟹と彼と私」（集英社）
第20回（平21年）
　◇小説部門
　リービ 英雄 「仮の水」（講談社）
第21回（平22年）
　◇小説部門
　受賞作品なし
第22回（平23年）
　◇小説部門
　角田 光代 「ツリーハウス」（文藝春秋）
　宮内 勝典 「魔王の愛」（新潮社）
第23回（平24年）
　◇小説部門
　堀江 敏幸 「なずな」（集英社）
第24回（平25年）
　◇小説部門
　三木 卓 「K」（講談社）
　辻原 登 「冬の旅」（集英社）

013 茨城文学賞

　昭和41年8月より総合的な県芸術祭を開催しており、その一環として昭和51年より小説・評論と詩歌に文学賞がおくられることになった。

【主催者】茨城県, 茨城県教育委員会, 茨城文化団体連合（茨城県芸術祭実行委員会）

【選考委員】（平成25年度）小説：及川馥, 杉井和子, 堀江信男, 詩：大塚欽一, 硲杏子, 橋浦洋志, 短歌：片岡明, 小泉史昭, 秋葉靜枝, 俳句：今瀬剛一, 梅原昭男, 鴨下昭, 文芸評論・随筆：佐々木靖章, 武藤功, 米田和夫

【選考方法】文学部門実行委員による推薦応募と, 公募の二通りある

【選考基準】〔対象〕前年9月1日〜本年8月31日までに創作発表された作品（小説・詩・短歌・俳句・文芸評論・随筆）。小説評論部門では, 単行本, 雑誌及び原稿とする。詩歌部門は単行本とする（私製本も可）

【締切・発表】8月31日締切。10月27日新聞紙上で発表

013 茨城文学賞

【賞・賞金】賞状, 記念品（楯）

(昭51年度)
◇小説・評論
　堀江 信男 「石川啄木の人と文学」(笠間書院)

(昭52年度)
　小説・評論部門受賞作なし

(昭53年度)
◇小説・評論
　竹原 素子 「青雲の翳」(茨城文学)

(昭54年度)
　小説・評論部門受賞作なし

(昭55年度)
◇小説・評論
　市村 与生 「春は冬に遠くして」(創林社)

(昭56年度)
　小説・評論部門受賞作なし

(昭57年度)
◇小説・評論
　滝田 勝 「少年」(小説)

(昭58年度)
◇小説・評論
　桜井 琢巳 「サナトリウムの青春」(矢立出版)

(昭59年度)
　小説・評論部門受賞作なし

(昭60年度)
◇小説
　桜井 義夫 「雲の橋」

(昭61年度)
◇小説
　石塚 長雄 「残りの花」

(昭62年度)
◇小説
　米田 和夫 「知られない春」

(昭63年度)
◇小説
　井川 沙代 「かあさんの山」

(平1年度)
◇小説
　久根乃内 十九(本名＝安斉卯平) 「千貫森」
　柴田 勇一郎 「通夜の客」

(平2年度)
◇小説
　福地 誠 「眩暈」

(平3年度)
◇小説
　柴沼 ヒロノ 「火焔樹」

(平4年度)
◇小説
　佐加美 登志雄 「日録なまり」

(平5年度)
◇小説
　後藤 彰彦 「戯曲集1,2,3」

(平6年度)
◇小説
　宮岡 亜紀 「舞扇」

(平7年度)
◇小説
　大野 正巳 「筑波おろし風来画人抄」(詩集)

(平8年度)
◇小説
　大洞 醇 「ザンベジのほとり」

(平9年度)
◇小説
　薗部 一郎 「一粒の涙も」

(平10年度)
◇小説
　丹地 甫 「唯円房」

(平11年度)
◇小説
　礼田 時生 「竜のおたけび」

(平12年度)
◇小説
　該当作なし

(平13年度)
◇小説
　村上 俊介 「陽は海へ沈んで」

(平14年度)
◇小説
　佐藤 高市 「谷中物語」
(平15年度)
◇小説
　見川 舜水 「さらばわが青春のアルカディア」
(平成16年度)
◇小説
　該当作なし
(平成17年度)
◇小説
　磐十 賢 「うたいつくして」
(平成18年度)
◇小説
　遠藤 めぐみ 「ひとつの町のかたち」
(平成19年度)
◇小説
　小松崎 松平 「ニューヨークの女(ひと)に送る恋文」

(平成20年度)
◇小説
　森 ゆみ子 「桜月」
(平成21年度)
◇小説
　早川 秀策 「邂逅の海」
(平成22年度)
◇小説
　宮崎 博江 「野流の淵」
(平成23年度)
◇小説
　矢作 幸雄 「無敗の剣聖 塚原卜伝」
(平成24年度)
◇小説
　沼澤 篤 「それからの小町―翡翠頸飾の秘密」
(平成25年度)
◇小説
　小林 克巳 「朱の大地」

014 井原西鶴賞

井原西鶴300年祭を記念して,「日本の小説の未来を指し示す」賞として井原西鶴賞を創設(授賞は3年毎)。なお井原西鶴賞(特別賞)は大阪文化または西鶴研究などに功績のあった人に贈られる(授賞は随時)。平成12年度より休止中。

【主催者】西鶴文学会
【選考方法】公募,推薦
【選考基準】〔対象〕3年間に刊行された初版単行本の小説。特別賞は大阪文化または西鶴研究などに功績のあった人
【賞・賞金】大阪伝統工芸錫製品(賞状・井原西鶴像)および副賞金一封

(平8年)
◇井原西鶴賞
　三浦 綾子(作家)「銃口」
◇特別賞
　司馬 遼太郎(作家) "全業績に対して"
(平9年)
◇特別賞
　暉峻 康隆(早稲田大学名誉教授) "西鶴研究"
(平10年)
◇特別賞
　田辺 聖子(作家) "大阪物の作品"
(平11年)
◇井原西鶴賞
　加賀 乙彦(作家) 「永遠の都」(全7巻,新潮社)

015 岩下俊作文学賞

「無法松の一生」(原作名・「富島松五郎伝」)などを書いた北九州市出身の作家、故岩下俊作の没後10年を記念し、平成2年4月、高炉台公園に文学碑を建立。同碑の建立と併せて「岩下俊作文学賞」を設定し短編小説を募集した。第4回をもって中断となる。

【主催者】創作研究会
【選考委員】村田喜代子,光岡明,王塚跣
【選考方法】公募
【選考基準】〔対象〕未発表の小説〔原稿〕400字詰原稿用紙25〜35枚、ワープロ原稿可
【締切・発表】毎年9月30日締切、発表は翌年3月入賞者に直接通知および同人誌「周圭」掲載、西日本新聞連載
【賞・賞金】岩下俊作文学賞(1編):賞金20万円、佳作(2編):賞金3万円

第1回(平3年)
　高崎 絞子　「水滴」
◇佳作
　古岡 孝信　「村が消える」
　松本 文世　「リハーサル」
第2回(平4年)
　岩田 隆幸　「目」
◇佳作
　前川 ひろ子　「終の支度」
　荻原 秀介　「花屋」
第3回(平5年)
　該当作なし
◇佳作
　松尾 与四　「五十五歳のスニーカー」
　守田 陽一　「妻が戻る朝」
　前川 ひろ子　「人形館」
第4回(平6年)
　山村 律　「公園秋愁」
◇佳作
　松本 文世　「芹さんのショール」
　峰 和子　「はぐれ蛍」

016 岩手芸術祭県民文芸作品集

岩手芸術祭の一環として文芸活動の振興をはかる目的で創設された。昭和44年より、優秀作品をおさめた県民文芸作品集が刊行されている。

【主催者】岩手県教育委員会,(公財)岩手県文化振興事業団,(社)岩手県芸術文化協会,岩手日報社,IBC岩手放送,テレビ岩手,岩手めんこいテレビ,岩手朝日テレビ,エフエム岩手
【選考委員】(第66回)小説:堀澤光儀,永島三恵子,戯曲・シナリオ:村上憲男,昆明男,文芸評論:望月善次,牛崎敏哉,随筆:須藤宏明,野中康行,児童文学:高橋昭,藤原成子,齋藤英század,詩:佐藤康二,照井良平,松崎みき子,短歌:朝倉賢,阿部源吾,小野寺政賢,三田地信一,山内義廣,俳句:小原啄葉,小菅白藤,戸塚時不知,川原道程,吉田一路,加藤眞冶子,犬股百合子,小原福雄,川柳:宇部功,中島久光,あべ和香
【選考方法】公募
【選考基準】〔対象〕文学一般。未発表作品。〔資格〕岩手県在住者、岩手県出身者およ

び本籍が岩手県にある者。〔原稿〕小説：原稿用紙30枚（点字は40枚）以内。戯曲：50枚（点字は66枚）程度の演劇一幕もの・ラジオドラマ・テレビドラマ。文芸評論：30枚（点字は40枚）以内、研究的内容のものも可とする。随筆：4枚（点字は6枚）。児童文学：30枚（点字は40枚）以内、フィクション、ノンフィクションを問わない。少年少女詩・童謡は3篇以内。詩：3篇以内。1篇につき5枚以内。短歌：400字詰原稿用紙に10首。俳句：雑詠7句、川柳：雑詠10句（題不要）、はがき使用で1人1枚に限る
【締切・発表】（第66回）平成25年7月1日～8月31日締切（当日消印有効）、10月中旬発表。優秀作品は「県民文芸作品集」（平成25年12月14日刊行）に掲載
【賞・賞金】芸術祭賞：3万円、優秀賞：2万円、奨励賞：1万円
【URL】http：//www.iwate-bunshin.jp/

第1回（昭22年）～第22回（昭43年）
　　＊
第23回（昭44年）
　◇小説
　　瀬木 ゆう 「浜なす」
第24回（昭45年）
　◇小説
　　田村 礼子 「青嵐」
第25回（昭46年）
　◇小説
　　該当作なし
第26回（昭47年）
　　小説部門受賞作なし
第27回（昭48年）
　◇小説
　　阿部 未紀 「プロキオンが見える」
第28回（昭49年）
　◇小説
　　該当作なし
第29回（昭50年）
　◇小説
　　該当作なし
第30回（昭51年）
　◇小説
　　花坂 麗子 「お菓子のアニメーション」
第31回（昭52年）
　◇小説
　　留畑 眞 「指輪」
第32回（昭53年）
　◇小説
　　及川 啓子 「白い炎」
第33回（昭54年）
　◇小説
　　該当作なし
第34回（昭55年）
　◇小説
　　千葉 千代子 「骨肉」
第35回（昭56年）
　◇小説
　　該当作なし
第36回（昭57年）
　◇小説
　　高橋 一夫 「山から来た男」
第37回（昭58年）
　◇小説
　　菊池 一夫 「沈丁花」
第38回（昭59年）
　◇小説
　　花石 邦夫 「明神沼の欅」
第39回（昭60年）
　◇小説
　　高木 浩太郎 「海鳴り」
第40回（昭61年）
　◇小説
　　阿部 俊之 「変色論」
第41回（昭62年）
　◇小説
　　藤原 大輔 「思い出は風に乗って」
第42回（昭63年）
　◇小説

菊池 一夫 「北の窓」
第43回（平1年）
　◇小説
　　畠山 武志 「草鞋」
第44回（平2年）
　◇小説
　　佐々木 実 「断崖」
第45回（平3年）
　◇小説
　　永島 三恵子 「アスファルトのまるい虹」
第46回（平4年）
　◇小説
　　三村 雪子 「オリオンの星々」
第47回（平6年）
　◇小説
　●芸術祭賞
　　和泉 静 「青春」
　●優秀賞
　　湯沢 あや子 「やさしい音」
　●奨励賞
　　小野 益 「川の風景」
　　貫洞 チヨ 「いちずな愛」
第48回（平7年）
　◇小説
　●芸術祭賞
　　湯沢 あや子 「冬の虹」
　●優秀賞
　　平沢 裕子 「秋日和」
　●奨励賞
　　貫洞 チヨ 「幻」
　　小野 益 「小春」
第49回（平8年）
　◇小説
　●芸術祭賞
　　平沢 裕子 「日傘」
　●優秀賞
　　中村 キヨ子 「朝市の四季」
　●奨励賞
　　加藤 和子 「脱皮」
　　三田 照子 「はまなすの花」
第50回（平9年）
　◇小説
　●芸術祭賞
　　留畑 眞 「文治のあしあと」
　●優秀賞
　　加藤 和子 「薄明」
　●奨励賞
　　山田 真砂夫 「甦れ薫風」
　　貫洞 チヨ 「君のいた風景」
第51回（平10年）
　◇小説
　●芸術祭賞
　　北峯 忠志 「紫陽花色の浴室」
　●優秀賞
　　加藤 和子 「霧の中の眼」
　●奨励賞
　　横道 広吉 「水を引いた男」
　　滝沢 通江 「大陸へ渡った少年」
第52回（平11年）
　◇小説
　●芸術祭賞
　　平沢 健一 「青春―アルコール病棟記―」
　●優秀賞
　　山田 真砂夫 「有為の果実」
　●奨励賞
　　佐々木 悠紀子 「序奏」
　　森野 音児 「何も変わら無い日」
第53回（平12年）
　◇小説
　●芸術祭賞
　　北峯 忠志 「私は今九十歳」
　●優秀賞
　　及川 敦夫 「政吉の呟き」
　●奨励賞
　　藤森 重紀 「出征の町」
　　水瀬 ほたる 「あしたも天気」
第54回（平13年）
　◇小説
　●芸術祭賞
　　及川 敦夫 「ジョヤサ祭り」
　●優秀賞
　　佐々木 悠紀子 「園子と真知子」
　●奨励賞
　　戸川 南 「神流川晩夏」

菊池　末男　「極度の悲しみを越えて」
第55回（平14年）
　◇小説
　●芸術祭賞
　　泉田　洋子　「春の雪」
　●優秀賞
　　菊池　末男　「旭川教育召集の記」
　●奨励賞
　　森野　音児　「祭を探して」
　　及川　敦夫　「旧婚旅行」
第56回（平15年）
　◇小説
　●芸術祭賞
　　松田　有未　「花の形見」
　●優秀賞
　　北峯　忠志　「私の花ごよみ」
　●奨励賞
　　猪股　愛江　「山のさざ波」
　　菊池　末男　「住宅移築苦心談」
第57回（平16年）
　◇小説
　●芸術祭賞
　　七森　はな　「六月の村」
　●優秀賞
　　北峯　忠志　「今　花吹雪」
　●奨励賞
　　森下　ひろし　「New Dawn」
　　及川　敦夫　「焦躁の遠き日日への追憶」
第58回（平17年）
　◇小説
　●芸術祭賞
　　大畑　太右エ門　「三方ケ原物語」
　●優秀賞
　　谷村　久雄　「引き抜かれた稲」
　●奨励賞
　　山田　真砂夫　「追憶の人」
　　伊東　誠　「役立たず」
第59回（平18年）
　◇小説
　●芸術祭賞
　　山田　真砂夫　「骨肉の愛をもって」
　●優秀賞

　　伊東　誠　「火の粉」
　●奨励賞
　　和城　弘志　「産声」
　　藤井　綾子　「輝くほうへ」
第60回（平19年）
　◇小説
　●芸術祭賞
　　伊東　譲治　「孫が来た日」
　●優秀賞
　　藤島　三四郎　「龍を飼う」
　●奨励賞
　　原田　武信　「伊達のかぶと」
　　山田　真砂夫　「別離の銅鑼」
第61回（平20年）
　◇小説
　●芸術祭賞
　　熊谷　達男　「心の眼（郷土女剣客伝）」
　●優秀賞
　　渡部　精治　「ドファラの鐘」
　●奨励賞
　　山田　真砂夫　「絆の運命」
　　和城　弘志　「神隠し」
第62回（平21年）
　◇小説
　●芸術祭賞
　　大畑　太右エ門　「流れ模様」
　●優秀賞
　　山田　真砂夫　「マラソン始末記」
　●奨励賞
　　原田　武信　「賭け」
　　小原　康二　「沖縄の旅」
第63回（平22年）
　◇小説
　●芸術祭賞
　　匂坂　日名子　「エレクトラ」
　●優秀賞
　　佐藤　正　「むがさり」
　●奨励賞
　　山田　真砂夫　「一人苦行」
　　留畑　眞　「鬱病に挑む」
第64回（平23年）
　◇小説

- 芸術祭賞
  - 伊勢 八郎 「山峡の群像」
- 優秀賞
  - 留畑 眞 「大震災」
- 奨励賞
  - 小原 康二 「ファルー先生と太一」
  - 山田 真砂夫 「愛の輪廻（りんね）」

第65回（平24年）
◇小説
- 芸術祭賞
  - 山田 真砂夫 「秩父札所巡り余話」
- 優秀賞
  - 蜂也 温子 「静御前終焉の地 生きてきた伝説記」
- 奨励賞
  - 香月 カズト 「ペリドットの太陽」
  - 岩橋 洋子 「荷車の詩（うた）」

第66回（平25年）
◇小説
- 芸術祭賞
  - 南部 駒蔵 「追分名人漁師伊勢松」
- 優秀賞
  - 山田 真砂夫 「袖振り合うも他生の縁」
- 奨励賞
  - 留畑 眞 「とんば物語 二」
  - 和城 弘志 「磯笛」

017 岩手日報新聞小説賞

新人作家の発掘、育成のため、岩手日報社が昭和32年に創設。昭和36年第5回で中止。
【主催者】岩手日報社
【選考委員】鈴木彦次郎, 岩手日報社幹部6名
【選考方法】1日1回分400字詰原稿用紙3枚（25行）を60回分
【締切・発表】新聞紙上

第1回（昭32年）
◇正賞
  及川 和男 「美しき未明」
◇準賞
  深沢 忠 「混血都市」
  佐藤 龍太 「前を向いて」

第2回（昭33年）
◇正賞
  長尾 宇迦 「白い寒波」
◇準賞
  沢 令二 「山の歌」

第3回（昭34年）
◇正賞

  沢 令二 「私は残る」
◇準賞
  吉田 近夫 「河の怒り」

第4回（昭35年）
◇正賞
  及川 和男 「明日への道」
◇準賞
  池 敬 「透明な谷間」

第5回（昭36年）
◇入選
  阿部 晃生 「錆びた歯車」
◇奨励賞
  池 敬 「仙人窓」

018 インターネット文芸新人賞

019 潮賞〔小説部門〕

文芸に優れた才能を持った新しい人材の発掘,電子出版を普及を目的に創設。
【主催者】NTTプリンテック,読売新聞社
【選考委員】阿刀田高,大原まり子,島田雅彦
【選考方法】公募
【選考基準】〔対象〕ミステリー,SF等のエンターテインメント系の作品。ジャンルの特定なし〔原稿〕400字詰原稿用紙に換算して500枚以内〔応募規定〕原則として電子メールにて応募。形式：テキスト,MS-WORD,一太郎,マックライト,PDF,エキスパンドブック
【締切・発表】（第1回）募集期間は平成10年6月1日から6月30日。10月中旬infoket電子出版モール（http://www.infoket.or.jp/）,読売新聞社の各ホームページ（http://www.yomiuri.co.jp/）および読売新聞紙上にて発表
【賞・賞金】最優秀賞(1名)：表彰状および賞金100万円,入選（若干名）：表彰状および賞金10万円

第1回（平10年）
 ◇最優秀賞
  五十嵐 勉（東京都）「緑の手紙」
 ◇入選
  三上 真璃（神奈川県）「架空庭園の夜」
  CHEROKEE（東京都）「The Blue Rocket Man」
  弾 射音（愛知県）「太陽が山並に沈むとき」

第2回（平11年）
 ◇最優秀賞
  柳田 のり子（埼玉県）「鳥のいる場所」
 ◇優秀賞
  斎藤 理恵子（東京都）「香水魚」
  武藤 一郎（東京都）「犬を捜す」

019 潮賞〔小説部門〕

潮出版社創業20周年を記念して,ノンフィクション部門とあわせて,広く新人の発掘・育成をはかるため創設した。第20回にて終了。
【主催者】潮出版社
【選考委員】小島信夫,村田喜代子,山田太一（小説部門）,筑紫哲也,猪瀬直樹,鎌田慧（ノンフィクション部門）
【選考方法】公募
【選考基準】〔資格〕小説,ノンフィクション。未発表原稿に限る。〔原稿〕枚数は50枚から300枚程度
【締切・発表】毎年2月末日締切（当日消印有効）,「潮」8月号に発表
【賞・賞金】賞状,記念品と副賞賞金100万円

第1回（昭57年）
 ◇小説
  浅井 京子 「ちいさなモスクワ あなたに」

第2回（昭58年）
 ◇小説
  該当作なし

小説の賞事典　27

第3回（昭59年）
　◇小説
　　辻井 良「河のにおい」
第4回（昭60年）
　◇小説
　　工藤 亜希子「6000日後の一瞬」
第5回（昭61年）
　◇小説
　　菅原 康「津波」
第6回（昭62年）
　◇小説
　　該当作なし
第7回（昭63年）
　◇小説
　　橋本 康司郎「遙かなるニューヨーク」
　　遊道 渉「農林技官」
第8回（平1年）
　◇小説
　　斎藤 洋大「水底の家」
第9回（平2年）
　◇小説
　　金南 一夫「風のゆくへ」
第10回（平3年）
　◇小説
　　森 直子「スパイシー・ジェネレーション」
　●優秀作
　　小原 美治「微熱」
　　なつかわ めりお「家族の肖像」
第11回（平4年）
　◇小説
　　該当作なし
　●優秀作
　　逆瀬川 樹生
　　結城 和義
第12回（平5年）
　◇小説
　　山路 ひろ子「風花」
　●優秀作
　　生田 庄司「アレキシシミア」
第13回（平6年）
　◇小説
　　森野 昭「離れ猿」
　　盛田 勝寛「水族館の昼と夜」
第14回（平7年）
　◇小説
　　秦野 純一「しろがねの雲―新・補陀洛渡海記」
　●優秀作
　　謙 東弥「トンニャット・ホテルの客」
第15回（平8年）
　◇小説
　　伊達 虔「滄海の海人」
　●優秀作
　　内藤 みどり「いふや坂」
第16回（平9年）
　◇小説
　　該当作なし
第17回（平10年）
　◇小説
　　該当作なし
　●優秀作
　　阿見本 幹生「二人の老人」
　　神 雄一郎「燧火（ひきりび）」
第18回（平11年）
　◇小説
　　該当作なし
第19回（平12年）
　◇小説
　　野村 かほり「雪の扉」
第20回（平13年）
　◇小説
　　宮城 正枝「ハーフドームの月」

---

020 噂賞

　噂発行所の主催で、小説雑誌に作品を発表した作家を対象に、「小説賞」「さしえ賞」の2部門を設けて昭和47年に創設した賞、「噂」誌の休刊により2回で中止した。

【主催者】噂発行所
【選考委員】有志編集者の選考
【選考基準】小説雑誌編集者のアンケートを参考にして、有志編集者の選考座談会で選定
【締切・発表】「噂」誌上に発表
【賞・賞金】賞金10万円及び記念品

第1回（昭47年）
◇小説賞
　藤本 義一

第2回（昭48年）
◇小説賞
　田中 小実昌

021 HJ文庫大賞

新たな作品・キャラクターを創造し、HJ文庫を、ひいてはライトノベル業界を盛り上げて行ける新人を発掘、育てていくために「ノベルジャパン大賞」を創設。第1回授賞は平成19年。第6回（平成24年）から「HJ文庫大賞」に名称を変更した。

【主催者】（株）ホビージャパン
【選考委員】非公開
【選考方法】公募
【選考基準】〔資格〕プロ、アマ、年齢、性別、国籍を問わない。〔応募規定〕未発表のオリジナル作品に限る。〔原稿〕パソコン、ワープロで作成し、プリンタ用紙に出力。手書き、データのみの応募不可。日本語の縦書きでA4横用紙に40字×32行の書式、80枚以上110枚まで。上記に加えて以下の2点を別紙として添付のこと。（別紙1）作品タイトル、ペンネーム、本名、年齢、郵便番号、住所、電話番号、メールアドレスを明記。また作品に合うと思うイラストレーターがいれば順に3名あげる（必須ではない）。（別紙2）タイトル及び、800字以内でまとめた梗概
【締切・発表】（第8回）平成25年10月末日締切（当日消印有効）
【賞・賞金】大賞：賞金100万円、金賞：賞金50万円、銀賞：賞金10万円、奨励賞：賞金5万円
【URL】http://www.hobbyjapan.co.jp/hjbunko/prize.php

第1回（平19年）
◇大賞
　冬樹 忍「生物は、何故死なない？」
◇優秀賞
　鳥居 羊「スペシャル・アナスタシア・サービス」
◇佳作
　翅田 大介「カッティング ～Case of Mio Nishiamane～」
◇奨励賞
　空埜 一樹「死なない男に恋した少女」
　花房 牧生「アニス」

第2回（平20年）
◇大賞
　すえばし けん「Wizard's Fugue」
◇優秀賞
　上衛栖 鐵人「眼鏡HOLICしんどろ～む」
◇佳作
　藤春 都「ブリティッシュ・ミステリア

ス・ミュージアム」
◇特別賞
　星野 彼方　「超常現象交渉人」
◇奨励賞
　西村 文宏　「ナノの星、しましまの王女、宮殿の秘密」

第3回（平21年）
◇大賞
　あるくん　「ルイとよゐこの悪党稼業」
◇金賞
　久遠 九音　「桜の下で会いましょう」
◇佳作
　にのまえ はじめ　「萬屋探偵事務所事件簿」
　原中 三十四　「じんじゃえーる」

第4回（平22年）
◇金賞
　谷口 シュンスケ　「新感覚バナナ系ファンタジーバナデレ！〜剣と魔法と基本はバナナと」
　相内 円　「すてっち！―上乃原女子高校手芸部日誌」
◇銀賞
　緋月 薙　「世の天秤はダンボールの中に」
　無嶋 樹了　「ハガネノツルギ〜死でも二人を別てない〜」

第5回（平23年）
◇大賞

鷹山 誠一　「ナイトメアオブラプラス」
◇金賞
　望 公太　「僕はやっぱり気付かない」
◇銀賞
　かじい たかし　「妹は漢字が読める」
　ツガワトモタカ　「魔術師は竜を抱きしめる」

第6回（平24年）
◇大賞
　柑橘 ペンギン　「迷える魔物使い」
◇金賞
　松 時ノ介　「幕乱資伝」
◇銀賞
　草薙 アキ　「まみぃぽこ！―ある日突然モンゴリアン・デス・ワームになりました」
　ハヤケン　「炎と鉄の装甲兵」

第7回（平25年）
◇大賞
　ころみごや　「時の悪魔と三つの物語」
◇金賞
　はぐれっち　「姉ちゃんは中二病」
◇銀賞
　思惟入　「ディアヴロの茶飯事」
　ぼくのみぎあしをかえして　「断罪業火の召使い」
　百瀬 ヨルカ　「地獄の女公爵とひとりぼっちの召喚師」

022　江戸川乱歩賞

　江戸川乱歩が，自らの還暦記念として基金を提供し，昭和29年創設した賞。当初は推理小説界の功労者の表彰にあてたが，第3回以後は新進推理作家の発掘と育成を目的とし，一般から書き下し原稿を募集。受賞作は講談社から刊行される。

【主催者】　（社）日本推理作家協会
【選考委員】　（第60回）有栖川有栖，石田衣良，京極夏彦，桐野夏生，今野敏
【選考方法】　公募
【選考基準】　〔対象〕広い意味の推理小説で，自作未発表のもの。〔原稿〕400字詰原稿用紙で350〜550枚。ワープロ原稿の場合は必ず一行30字×40行で作成し，115〜185枚（いずれも超過・不足した場合は失格）。A4判のマス目のない紙に印字する。400字詰め原稿用紙換算で3〜5枚の梗概を添付のこと

【締切・発表】（第60回）平成26年1月末日締切（当日消印有効）、「小説現代」7月号誌上にて発表

【賞・賞金】正賞江戸川乱歩像、副賞1000万円（複数受賞の場合は分割）ならびに講談社が出版する入選作の印税全額。（出版権）受賞作の出版権は、3年間講談社に帰属（映像化権）テレビ・映画・舞台・ゲームなどにおける映像化権は、フジテレビが独占利用権を有する

【URL】http：//www.mystery.or.jp/

第1回（昭30年）
　中島 河太郎　「探偵小説辞典」
第2回（昭31年）
　早川書房　"「ハヤカワ・ポケット・ミステリー」の出版"
第3回（昭32年）
　仁木 悦子　「猫は知っていた」
第4回（昭33年）
　多岐川 恭　「濡れた心」
第5回（昭34年）
　新章 文子　「危険な関係」
第6回（昭35年）
　該当作なし
第7回（昭36年）
　陳 舜臣　「枯草の根」
第8回（昭37年）
　戸川 昌子　「大いなる幻影」
　佐賀 潜　「華やかな死体」
第9回（昭38年）
　藤村 正太　「孤独なアスファルト」
第10回（昭39年）
　西東 登　「蟻の木の下で」
第11回（昭40年）
　西村 京太郎　「天使の傷痕」
第12回（昭41年）
　斎藤 栄　「殺人の棋譜」
第13回（昭42年）
　海渡 英祐　「伯林―1888年」
第14回（昭43年）
　該当作なし
第15回（昭44年）
　森村 誠一　「高層の死角」
第16回（昭45年）
　大谷 羊太郎　「殺意の演奏」
第17回（昭46年）
　該当作なし
第18回（昭47年）
　和久 峻三　「仮面法廷」
第19回（昭48年）
　小峰 元　「アルキメデスは手を汚さない」
第20回（昭49年）
　小林 久三　「暗黒告知」
第21回（昭50年）
　日下 圭介　「蝶たちは今…」
第22回（昭51年）
　伴野 朗　「五十万年の死角」
第23回（昭52年）
　梶 竜雄　「透明な季節」
　藤本 泉　「時をきざむ潮」
第24回（昭53年）
　栗本 薫　「ぼくらの時代」
第25回（昭54年）
　高柳 芳夫　「プラハからの道化たち」
第26回（昭55年）
　井沢 元彦　「猿丸幻視行」
第27回（昭56年）
　長井 彬　「原子炉の蟹」
第28回（昭57年）
　中津 文彦　「黄金流砂」
　岡嶋 二人　「焦茶色のパステル」
第29回（昭58年）
　高橋 克彦　「写楽殺人事件」
第30回（昭59年）
　鳥井 加南子　「天女の末裔」
第31回（昭60年）
　森 雅裕　「モーツァルトは子守唄を歌わ

023 FNSレディース・ミステリー大賞

ない」
東野 圭吾 「放課後」
第32回（昭61年）
山崎 洋子 「花園の迷宮」
第33回（昭62年）
石井 敏弘 「風のターン・ロード」
第34回（昭63年）
坂本 光一 「白色の残像」
第35回（平1年）
長坂 秀佳 「浅草エノケン一座の嵐」
第36回（平2年）
鳥羽 亮 「剣の道殺人事件」
阿部 陽一 「フェニックスの弔鐘」
第37回（平3年）
鳴海 章 「ナイトダンサー」
真保 裕一 「連鎖」
第38回（平4年）
川田 弥一郎 「白く長い廊下」
第39回（平5年）
桐野 夏生 「顔に降りかかる雨」
第40回（平6年）
中嶋 博行 「検察官の証言」
第41回（平7年）
藤原 伊織 「テロリストのパラソル」
第42回（平8年）
渡辺 容子 「左手に告げるなかれ」
第43回（平9年）
野沢 尚 「破線のマリス」
第44回（平10年）
池井戸 潤 「果つる底なき」
福井 晴敏 「12〈twelve Y O〉」
第45回（平11年）
新野 剛志 「マルクスの恋人」

第46回（平12年）
首藤 瓜於 「脳男」
第47回（平13年）
高野 和明 「13階段」
第48回（平14年）
三浦 明博 「亡兆のモノクローム」
第49回（平15年）
不知火 京介 「マッチメイク」
赤井 三尋 「二十年目の恩讐」
第50回（平16年）
神山 裕右 「カタコンベ」
第51回（平17年）
秋葉 俊介 「天使のナイフ」
第52回（平18年）
鏑木 蓮 「東京ダモイ」
早瀬 乱 「三年坂 火の夢」
第53回（平19年）
曽根 圭介 「沈底魚」
第54回（平20年）
翔田 寛 「誘拐児」
末浦 広海 「訣別の森」
第55回（平21年）
遠藤 武文 「プリズン・トリック」
第56回（平22年）
横関 大 「再会」
第57回（平23年）
川瀬 七緒 「よろずのことに気をつけよ」
玖村 まゆみ 「完盗オンサイト」
第58回（平24年）
高野 史緒 「カラマーゾフの妹」
第59回（平25年）
竹吉 優輔 「襲名犯」

---

023 FNSレディース・ミステリー大賞

昭和63年，新人作家の発掘と育成を目的として創設された。平成2年第2回をもって中止された。

【主催者】フジテレビジョン，扶桑社
【選考委員】中島河太郎，夏樹静子，林真理子，山口洋子

【選考方法】公募
【選考基準】〔対象〕広い意味でのミステリー・サスペンス小説。未発表作品に限る〔原稿〕400字詰原稿用紙300〜600枚。5枚の梗概を添付
【締切・発表】（第2回）締切は平成2年4月30日（当日消印有効）、「扶桑社・ミステリー新雑誌・春号」で発表。受賞作は単行本として扶桑社より刊行
【賞・賞金】記念品と賞金1000万円

第1回（平1年）
　該当作なし
◇レディース・ミステリー特別賞
　　　　　　　　藤林 愛夏 「殺人童話・北のお城のお姫様」
第2回（平2年）
　該当作なし

024 MF文庫Jライトノベル新人賞

　MF文庫Jにふさわしい、オリジナリティ溢れるフレッシュなエンターテインメント作品を募集する。他社でデビュー経験がなければ誰でも応募できる。年4回の締切を設け、それぞれの締切ごとに佳作を選出、選出された佳作の中から、通期で「最優秀賞」、「優秀賞」を選出する。応募者全員に評価シートを返送。

【主催者】（株）メディアファクトリー
【選考委員】（第10回）あさのハジメ、さがら総、三浦勇雄、MF文庫J編集部、映像事業部
【選考方法】公募
【選考基準】〔対象〕MF文庫Jにふさわしい、オリジナリティ溢れるフレッシュなエンターテインメント作品。〔資格〕不問。ただし、他社でデビュー経験のない新人に限る。〔応募規定〕未発表のオリジナル作品に限る。日本語の縦書きで、1ページ40文字×34行の書式で80〜150枚。原稿は必ずワープロまたはパソコンでA4横仕様の紙に出力する。手書き、データ（フロッピーなど）での応募は不可
【締切・発表】年4回。（第10回）第一期予備審査：平成25年6月30日までの応募分、選考発表は10月25日。第二期予備審査：平成25年9月30日までの応募分、選考発表は平成26年1月25日。第三期予備審査：平成25年12月31日までの応募分、選考発表は平成26年4月25日。第四期予備審査：平成26年3月31日までの応募分、選考発表は7月25日。最優秀賞選考発表は平成26年8月25日
【賞・賞金】最優秀賞：正賞の楯と副賞100万円、優秀賞：正賞の楯と副賞50万円、佳作：正賞の楯と副賞10万円
【URL】http://www.mediafactory.co.jp/bunkoj/rookie/index.html

第0回（平16年）
◇優秀賞
　平坂 読 「ホーンテッド！」
◇佳作
　羽田 奈緒子 「世界最大のこびと」

第1回（平17年）
◇最優秀賞
　該当作なし
◇優秀賞
　秋鳴 「自己中戦艦2年3組」

024 MF文庫Jライトノベル新人賞

◇佳作
　熊谷 雅人　「ネクラ少女は黒魔法で恋をする」
　名波 薫2号　「彼女はこん、とかわいく咳をして」
　大凹 友数　「ゴーレム×ガールズ」
◇審査員特別賞
　月見 草平　「ロックスミス！　カルナの冒険」
　三浦 勇雄　「クリスマス上等。」
　周藤 氷努　「どっちがネットアイドル？」
◇編集長特別賞
　日日日　「蟲と眼球とテディベア」

第2回（平18年）
◇最優秀賞
　該当作なし
◇優秀賞
　穂史賀 雅也　「暗闇にヤギをさがして」
◇佳作
　岡崎 新之助　「神様のおきにいり」
　矢塚　「World's tale ～a girl meets the boy～」

第3回（平19年）
◇最優秀賞
　該当作なし
◇優秀賞
　安宅 代智　「地方都市伝説大全」
　赤松 中学　「アストロノト！」
◇佳作
　田口 一　「魔女ルミカの赤い糸」
　星家 なこ　「ヒトカケラ」
　七位 連一　「地を駆ける虹」

第4回（平20年）
◇最優秀賞
　該当作なし
◇優秀賞
　森田 季節　「ベネズエラ・ビター・マイ・スウィート」
◇審査員特別賞
　悠 レイ　「ミサキの一発逆転！」
　岡崎 登　「二人で始める世界征服」
◇佳作
　磯葉 哲　「この広い世界に二人ぼっち」
　志瑞 祐麒　「やってきたよ、ドルイドさん！」
　二階堂 紘史　「不機嫌な悪魔とおしゃべりなカラスと」
　樋口 モグラ　「ジャンクパーツ」

第5回（平21年）
◇最優秀賞
　あさの ハジメ　「まよチキ！　～迷える執事とチキンな俺と～」
◇優秀賞
　岩波 零　「ゴミ箱から失礼いたします」
◇審査員特別賞
　三原 みつき　「新世紀ガクエンヤクザ！」
◇佳作
　斉藤 真也　「リトルリトル☆トライアングル」
　北元 あきの　「One-seventh Dragon Princess」
　刈野 ミカタ　「プシュケープリンセス」
　三門 鉄狼　「ローズウィザーズ」

第6回（平22年）
◇最優秀賞
　天出 だめ　「変態王子と笑わない猫」
◇優秀賞
　やすだ 柿　「食神」
◇佳作
　無一　「吼え起つ龍は高らかに」
　冬木 冬樹　「魔法少女☆仮免許」
　冬木 冬樹　「狐の百物語」
　後藤 祐迅　「憑いている！」
　壱日 千次　「ハチカヅキ！」

第7回（平23年）
◇最優秀賞
　猫飯 美味し　「豚は飛んでもただの豚？」
◇優秀賞
　木村 大志　「ようかい遊ビ」
◇審査員特別賞
　千羽 カモメ　「正捕手の篠原さん」
◇佳作
　永藤　「オーバーイメージ」
　こいわい ハム　「キミはぼっちじゃない！」

第8回（平24年）
　◇最優秀賞
　　天埜 冬景　「白銀新生ゼストマーグ」
　◇優秀賞
　　真崎 まさむね　「失敗禁止っ！ 彼女のヒミツは漏らせない！」
　◇審査員特別賞
　　方玖 舞文　「ディヴァースワールズ・クライシス」
　　真野 真央　「テンサウザンドの節約術師」
　　緋奈川 イド　「ハイスペック・ハイスクール」
　◇佳作
　　伊達 康　「オカッパニカッパ」
　　境 京亮　「お願いだからあと五分！」
　　ノベロイド二等兵　「地球唯一の男」
　　中島 三四郎　「ドリーミー・ドリーマー」
　　肉Q　「脱がせません」
　　水月 紗鳥　「万能による無能のための狂想曲」

第9回（平25年）
　◇最優秀賞
　　そぼろそぼろ　「人間と魔物がいる世界」
　◇優秀賞
　　為三　「パンツ・ミーツ・ガール」
　◇審査員特別賞
　　新見 聖　「穢れ聖者のエク・セ・レスタ」
　◇佳作
　　草木野 鎖　「サイコロの裏」
　　上智 一麻　「シンクロ・インフィニティ—Synchro ∞—」
　　花間 燈　「猫耳天使と恋するリンゴ」

025 エンタテイメント小説大賞

「小説宝石」に昭和53年から設けられた大賞。新人、既成を問わず、新しいエンタテインメントを目指す作品を発掘、育成する。昭和63年に中止。

【主催者】光文社

【選考委員】藤本義一，西村京太郎，佐藤愛子，武蔵野次郎

【選考方法】〔対象〕時代もの、現代もの、ユーモア、推理、SFなどジャンルを問わず面白い小説が対象。〔資格〕未発表の原稿に限る。〔原稿〕400字詰原稿用紙で60枚〜100枚，原稿の冒頭に800字程度の梗概をつけること

【締切・発表】締切は4月5日、発表は「小説宝石」10月号（8月22日発売）誌上

【賞・賞金】腕時計（テクノス），副賞100万円

第1回（昭53年）
　馬場 信浩　「くすぶりの龍」
第2回（昭54年）
　該当作なし
第3回（昭55年）
　景生洛（梓林太郎）「九月の渓で」
　藤森 慨　「団地夢想譚」
第4回（昭56年）
　該当作なし
第5回（昭57年）
　九重 遙　「青の悪魔」
第6回（昭58年）
　長谷 圭剛　「下総 紺足袋おぼえ書き」
第7回（昭59年）
　該当作なし
第8回（昭60年）
　高森 一栄子　「土踏まずの日記」
第9回（昭61年）
　河原 晋也　「出張神易」
第10回（昭62年）
　中村 彰彦　「明治新選組」

026 エンターブレインえんため大賞小説部門

様々なメディアが混在し、日々変貌していく刺激的な現状では、既成の概念にとらわれない新しいエンターテイメントが常に求められている。平成10年から開催している「えんため大賞」は、この時代に即応した、ジャンルを超えたエンターテイメント作品の発掘、才能の育成を目的としている。

【主催者】株式会社KADOKAWA、株式会社エンターブレイン

【選考委員】（第16回）青柳昌行（株式会社KADOKAWA エンターブレインブランドカンパニー ブランドカンパニー長）、河西恵子（ファミ通文庫編集長）、ファミ通文庫編集部

【選考方法】公募

【選考基準】〔対象〕ファミ通文庫で出版可能なライトノベル作品。SF、ホラー、ファンタジー、ギャグ、伝奇、恋愛、学園もの等々、ジャンルは不問。〔応募規定〕年齢・性別・国籍不問。応募作品は、日本語で記述された応募者自身の創作による未発表作品に限る。非営利目的のウェブサイトでの公開については可、サイト名・URL・公開期間を明記のこと。応募期間中は、作品の掲載は不可。〔原稿〕手書き（400字詰め原稿用紙タテ組、250枚～500枚）、パソコン、ワープロ等（39字×34行85～165枚）とも可。http://www.enterbrain.co.jp/entertainment/で詳細を確認のうえ応募のこと

【締切・発表】（第16回）：平成26年4月30日締切（当日消印有効）選考が終了した後、一次選考通過者の全員に評価シートを送付。入賞発表：平成26年8月以降発売のエンターブレイン各雑誌・書籍。及びエンターブレインHP。入賞作品の著作権条項有

【賞・賞金】大賞1名：正賞および副賞賞金100万円、優秀賞：正賞および副賞賞金50万円、東放学園特別賞：正賞および副賞賞金5万円。大賞・優秀賞受賞者はファミ通文庫よりプロデビュー。その他の受賞者、最終選考候補者にも担当編集者がついてデビューに向けてアドバイスする

【URL】http://www.enterbrain.co.jp/entertainment/

第1回（平11年）
　＊
第2回（平12年）
　◇小説部門入賞
　　伊東 孝泰　「深緑の魔女」
　◇小説部門佳作
　　飛田 甲　「パラレル・パラダイム・パラダイス」
　　てつま よしとう　「GUNNER」
第3回（平13年）
　◇最優秀賞
　　野村 美月　「赤城山卓球場に歌声は響く」
　◇佳作
　　上島 拓海　「三ヶ月の魔法」
第4回（平14年）

◇優秀賞
　坂本 和也　「この時代に生きることを」
◇佳作
　朝倉 衛　「カレディナ・プラウスキュル」
　清藤 コタツ　「白詰草の香り」
第5回（平15年）
◇大賞
　田口 仙年堂　「吉永さん家のガーゴイル」
◇佳作
　星隈 真野　「朱き女神の杜」
◇佳作
　荒川 要助　「精霊紀界ディメンティア」
◇編集部特別賞
　扇 智史　「閉鎖師ユウと黄昏恋歌」
第6回（平16年）

◇優秀賞
　あきさか あさひ 「渚のロブスター少女」
　橘 柑子 「緑竜亭繁盛記」
◇佳作
　出泉 乱童 「超高速機動粒子炉船（チョロせん）春一番」
　日日日 「狂乱家族日記」
◇東放学園特別賞
　佐藤 了 「生ける少女のパヴァーヌ」

第7回（平17年）
◇優秀賞
　櫂末 高彰 「学校の階段」
　加藤 聡 「走って帰ろう！」
◇佳作
　矢治 哲典 「ワンダフル・ワンダリング・サーガ～世界を救うのはパンダと女の子とサラリーマンと女子大生～」
◇東放学園特別賞
　鯛津 祐太 「魔法日和の昼下がり」
　天乃 楓 「アカのキセキ」

第8回（平18年）
◇優秀賞
　末永 外徒 「学校の初恋」
◇佳作
　木本 雅彦 「声で魅せてよベイビー」
◇編集部特別賞
　井上 堅二 「バカとテストと召喚獣」
　八樹 こうすけ 「OUGI！」
◇東放学園特別賞
　直月 秋政 「雅先生の地球侵略日誌」

第9回（平19年）
◇優秀賞
　岡本 タクヤ 「ボーイミーツガール オンライン」
　小野 正道 「Caos Kaoz Discaos カオス・カオズ・ディスケイオス」
◇特別賞
　彩峰 優 「サージャント・グリズリー」
◇奨励賞
　花谷 敏嗣 「すばらしき明日の反対側」
　江都 苑 「かみまご」

第10回（平20年）
◇優秀賞
　石川 博品 「耳刈ネルリ御入学万歳万歳万々歳」
　タマモ 「ギャルゲーの世界よ、ようこそ！」
◇奨励賞
　刑部 聖 「暗愚王」
◇東放学園特別賞
　黒津賀 来志 「亜弥子のブラックホール」

第11回（平21年）
◇優秀賞
　本田 誠 「セカイを敵にまわす時」
　綾里 けいし 「B.A.D─繭墨あざかと小田桐勤の怪奇事件簿─」
◇特別賞
　庵田 定夏 「ヒトツナガリテ、ドコヘユク」
◇東放学園特別賞
　大橋 英高 「U.F.O. 未確認飛行おっぱい」

第12回（平22年）
◇優秀賞
　やの ゆい 「妄想少女」
　さらい 「犬とハサミは使いよう」
◇特別賞
　otohime式 「ちっともファンタジーじゃない話～パンツ編～」
　根木 健太 「美少女慟哭屍叫【デススクリーム】セレンディアナ」
　月本 一 「エース、始めました。」
　一橋 鶫 「言想のクライシスゲーム」
◇東放学園特別賞
　神門 京 「忌み神のダーカー」

第13回（平23年）
◇大賞
　鳳乃 一真 「龍ヶ嬢七々々の埋蔵金」
◇優秀賞
　道端 さっと 「明智少年のこじつけ」
◇特別賞
　セゴロ 「実録！ 江戸前寿司部 誕生秘話」
　関根 パン 「キュージュツカ！」

第14回（平24年）
◇大賞
　音 鳴乃 「四百二十連敗ガール」

◇優秀賞
　匿名希望　「サイコメ―PSYCHO&LOVE COMEDY―」
◇特別賞
　是鐘 リュウジ　「学園謀反戦記サチューゴ」
　蒼虫　「スラップスティック・デイドリームス」
第15回（平25年）

◇優秀賞
　朝凪 シューヤ　「ヒストリア・シード」
　羽田 遼亮　「リーガル・ファンタジー」
◇特別賞
　緋色 友架　「眼球探求譚」
　高瀬 ききゆ　「帝都剣戟モダニズム」
◇東放学園特別賞
　今福 慶一郎　「あのメッシは魔法を遣う」

027 大阪女性文芸賞

従来の文学賞はともすると男性中心の傾向がまま見られた為、女性の書く作品世界が正しく理解されにくい状況にあった。そこで女性自らの手で運営する文学賞を設け、女性の文芸運動の拠点となる組織を作る必要性が感じられたのが、創設の理由である。西日本在住の女性を対象としていたが、第16回から全国公募となった。

【主催者】大阪女性文芸協会
【選考委員】黒井千次,津島佑子
【選考方法】公募
【選考基準】〔対象〕自作・未発表の小説。同人誌掲載作品は可。ただし応募後は、著作権の関係上、受賞作が決定するまではインターネット上も含め他媒体での発表は認めない。〔資格〕日本に居住する女性。〔原稿〕400字詰原稿用紙80枚まで（枚数厳守）。ワープロ原稿は白い用紙に25字×35行の縦書きで印字する。〔応募料〕大阪女性文芸協会会員以外：1000円（「鐘」の誌代と送料等）、郵便小為替にて応募作品に同封。大阪女性文芸協会会員：無料
【締切・発表】5月末日締切（当日消印有効）,12月下旬までに新聞誌上にて発表。受賞作品は2月発行予定の「鐘」に掲載
【賞・賞金】受賞作：賞状と副賞30万円、佳作：副賞5万円。受賞作品の著作権は大阪女性文芸協会に帰属する
【URL】http://www2.odn.ne.jp/~ojb/

第1回（昭58年）
　青木 智子　「港へ」
◇佳作
　弓 透子　「メイン州のある街で」
第2回（昭59年）
　吉田 典子　「海のない港街」
第3回（昭60年）
　久保田 匡子　「裏の海」
第4回（昭61年）
　西口 典江　「凍結幻想」

第5回（昭62年）
　弓 透子　「北の国」
第6回（昭63年）
　山ノ内 早苗　「朝まで踊ろう」
　中村 路子　「山姥騒動」
第7回（平1年）
　斎藤 史子　「落日」
第8回（平2年）
　織部 圭子　「蓮氷」
第9回（平3年）

鳥海 文子 「化粧男」
第10回（平4年）
　　近藤 弘子 「うすべにの街」
第11回（平5年）
　　葉山 由季 「二階」
第12回（平6年）
　　金 真須美 「てくらまくら」「贋ダイアを弔う」
第13回（平7年）
　　該当作なし
第14回（平8年）
　　柳谷 郁子 「播火」「月柱」
第15回（平9年）
　　畔地 里美 「金沢文学」「目礼をする」
第16回（平10年）
　　大原 加津子 「パラレル・ターン」
第17回（平11年）
　　山村 睦 「あいつのためのモノローグ」
第18回（平12年）
　　内村 和 「心」
　◇佳作
　　柚木 美佐子 「夏の記憶」
第19回（平13年）
　　井上 豊萌 「ボタニカル・ハウス」
第20回（平14年）
　　野見山 潔子 「島に吹く風」
第21回（平15年）
　　吉沢 薫 「遮断機」
　◇佳作
　　吉村 奈央子 「ウラジオストック」
第22回（平16年）
　　鮒田 トト 「純粋階段」
第23回（平17年）
　　川本 和佳 「父の話」

◇佳作
　　田村 貴恵子 「カンガルー倶楽部、海へ」
第24回（平18年）
　　海東 セラ 「連結コイル」
◇佳作
　　稲葉 祥子 「髪を洗う男」
第25回（平19年）
　　逸見 真由 「桃の罐詰」
◇佳作
　　天六 ヤヨイ 「けつね袋」
第26回（平20年）
　　大西 智子 「ベースボール・トレーニング」
◇佳作
　　和田 ゆりえ 「アヌビス」
第27回（平21年）
　　門倉 ミミ 「通夜ごっこ」
◇佳作
　　潮田 眞弓 「空想キッチン」
第28回（平22年）
　　片岡 真 「ゆらぎ」
◇佳作
　　片島 麦子 「透明になった犬の話」
第29回（平23年）
　　朝倉 由希野 「おかっぱちゃん」
◇佳作
　　織部 るび 「ヨブの風呂」
第30回（平24年）
　　津川 有香子 「雛を弔う」
◇佳作
　　ひわき ゆりこ 「女子会をいたしましょう」
第31回（平25年）
　　芦原 瑞祥 「妄想カレシ」
◇佳作
　　大坂 千惠子 「パチンコ母さん」

028 大原富枝賞

　大原富枝文学館の開館を記念し、文章に親しむ県民づくりを目標に、本山町が高知県・高知新聞社・高知放送・テレビ高知などの後援を得て、平成3年創設。

【主催者】本山町、本山町教育委員会、大原富枝文学館

028 大原富枝賞

【選考委員】髙橋正（高知ペンクラブ会長、高知高専名誉教授）、堅田美穂（高知女子大学非常勤講師）、細川光洋（高知工業高等専門学校准教授）、杉本雅史（高知文学学校講師）、森沢孝道（高知新聞社常任論説顧問）

【選考方法】公募

【選考基準】〔対象〕大学・一般の部：「小説」「随筆」。小学・中学・高校の部：「小学作文」「中学作文」「高校小説」「高校随筆」。〔資格〕高知県在住者（県外は高知県出身者）。〔原稿〕小学校：「作文」400字詰原稿用紙5枚以内、中学校：「作文」5枚以内、高等学校：「随筆」10枚以内、「小説」20枚以内、大学・一般：「随筆」10枚以内、「小説」25枚以内

【締切・発表】（第22回）平成25年9月30日締切（必着）、12月発表、平成26年1月12日表彰式

【賞・賞金】〔大学・一般の部〕最優秀：5万円、優秀：3万円、優良：2万円、佳作：記念品〔高等学校〕最優秀：図書カード、優秀：図書カード、優良：図書カード、佳作：記念品〔小学校・中学校〕最優秀：図書カード、優秀：図書カード、優良：図書カード、佳作：記念品

【URL】http://www.town.motoyama.kochi.jp/life/dtl.php?hdnKey=861

第1回（平4年）
◇一般の部
● 最優秀
　鍋島 寿美枝 「ふるさと―鷹の渡る空」
● 優秀
　浜田 睦雄 「みかんの花咲く丘で」
◇高校の部
● 最優秀
　該当作なし
● 優秀
　浜田 ゆかり 「ふるさと―白木蓮の」
◇中学校の部
● 最優秀
　該当作なし
● 優秀
　埇田 良子 「ふるさと」
◇小学校の部
● 最優秀
　該当作なし
● 優秀
　該当作なし
第2回（平5年）
◇一般の部（小説）
● 最優秀
　沢田 智恵 「土くれ鼓」

● 優秀
　島崎 文恵 「飢え」
第3回（平6年）
◇一般の部（小説）
● 優良
　谷脇 常盤 「祭り」
◇高校生の部（小説）
　該当作なし
第4回（平7年）
◇一般の部（小説）
● 最優秀
　中村 妙子 「磯までは」
● 優秀
　上岡 儀一 「芳生紅」
● 優良
　谷脇 常盤 「大引割峠」
◇高校生の部（小説）
● 優良
　竹内 日登美 「誰かが君を必要とする」
第5回（平8年）
◇一般の部（小説）
● 最優秀
　冨永 礼子 「苦い厨」
● 優秀
　佐野 暎子 「雅人の木」

- 優良
  谷脇 常盤 「左の乳房」
第6回(平9年)
  ◇一般の部(小説)
  - 最優秀
    成川 順 「牙」
  - 優秀
    上田 菊枝 「名刺」
  - 優良
    林 恵 「母」
  ◇高校生の部(小説)
    該当作なし
第7回(平10年)
  ◇一般の部(小説)
  - 最優秀
    宮川 静代 「ポコが危篤です―母から息子への手紙」
  - 優秀
    清岳 こう 「満天星躑躅(どうだんつつじ)の樹のしたで」
  - 優良
    加藤 真実 「水平線のこちら側」
    浜田 幸吉 「坏(たかつき)」
  ◇高校生の部(小説)
    該当作なし
第8回(平11年)
  ◇一般の部(小説)
  - 最優秀
    小松 征次 「山の音」
  - 優秀
    河野 唯 「夏の色」
  - 優良
    岩元 義育 「凍蝶」
  ◇高校生の部(小説)
  - 優秀
    塩田 梨江 「忘れた夏」
  - 優良
    藤島 秀佑 「だっせん」
第9回(平12年)
  ◇一般の部(小説)
  - 最優秀
    西内 佐津 「温泉のある村」
  - 優秀
    野村 土佐夫 「唐黍」
  - 優良
    三浦 良一 「遠花火」
  ◇高校生の部(小説)
  - 優秀
    塩田 祐香 「ピーターパン症候群」
  - 優良
    植田 紗布 「Cry for the Moon」
第10回(平13年)
  ◇一般の部(小説)
  - 最優秀
    山田 まさ子 「風の舞」
  - 優秀
    明石 喜代子 「母つばめ」
  - 優良
    吉川 史津 「風に吹かれて」
  ◇高校生の部(小説)
  - 優秀
    国沢 あゆみ 「人形」
  - 優良
    青木 徹 「夜に光る花の歌」
第11回(平14年)
  ◇一般・小説の部
  - 優秀賞
    佐野 暎子 「人が猫になる時」
  - 優良賞
    三浦 良一 「彼岸には」
  ◇高校・小説の部
  - 優秀賞
    岩崎 奈弥 「向日葵」
  - 優良賞
    森 沙織 「雲の花」
第12回(平15年)
  ◇一般・小説の部
  - 優秀賞
    山﨑 霖太郎 「哨兵」
  - 優良賞
    河野 唯 「冬陽」
  ◇高校・小説の部
  - 優秀賞
    岩崎 奈弥 「永遠の響き」

- 優良賞
  光森 和正 「思い出の傘を広げて」

第13回（平16年）
　　*

第14回（平17年）
　　*

第15回（平18年）
◇一般・小説の部
- 最優秀賞
  宮地 由為子 「あるグループホームの風景」

第16回（平19年）
◇一般・小説の部
- 最優秀賞
  米沢 朝子 「帰燕（きえん）」
◇高校・小説の部
- 最優秀賞
  筒井 優 「真白闇（まっしろやみ）」

第17回（平20年）
◇高校・小説の部
- 最優秀賞
  三宮 捚湖 「故郷の在り処」
◇一般・小説の部
- 最優秀賞
  多賀 一造 「温め石」

第18回（平21年）
◇大学・一般の部
- 最優秀賞
  筒井 佐和子 「空にゆれる糸」（小説）
◇高校生の部
- 最優秀賞
  該当作なし

第19回（平22年）
◇大学・一般の部
- 最優秀賞
  小説部門受賞作なし
◇高校生の部
- 最優秀賞
  矢野 茜 「闇夜に舞う蛍」（小説）

第20回（平23年）
◇大学・一般の部
- 最優秀賞
  本宮 典久 「折り鶴」（小説）
◇高校生の部
- 最優秀賞
  山川 真理恵 「F1～フェイドイン～」（小説）

第21回（平24年）
◇大学・一般の部
- 最優秀賞
  小説部門受賞作なし
◇高校生の部
- 最優秀賞
  小説部門受賞作なし

第22回（平25年）
◇大学・一般の部
- 最優秀賞
  小説部門受賞作なし
◇高校生の部
- 最優秀賞
  石山 菜々子 「レッテル思考」（小説）

029 大藪春彦賞

エンターテインメント小説史に偉大な足跡を残した作家・大藪春彦の業績を記念し創設。優れた物語世界の精神を承継する新進気鋭の作家および作品に贈られる。

【主催者】大藪春彦賞選考委員会
【選考委員】大沢在昌, 今野敏, 馳星周, 藤田宜永
【選考方法】非公募
【選考基準】〔対象〕毎年10月1日から翌年9月末日までに発表された小説作品の中から選考される

【締切・発表】（第15回）平成25年1月、月刊「読楽」平成25年3月号および徳間書店HP上にて発表
【賞・賞金】正賞大藪春彦顕彰牌、副賞賞金500万円（二作受賞の場合は各250万円）
【URL】http://www.tokuma.jp/bungeishou/

第1回（平10年）
　馳 星周 「漂流街」（徳間書店）
第2回（平11年）
　福井 晴敏 「亡国のイージス」（講談社）
第3回（平12年）
　五条 瑛 「スリー・アゲーツ」（集英社）
第4回（平13年）
　奥田 英朗 「邪魔」（講談社）
第5回（平14年）
　打海 文三 「ハルビン・カフェ」（角川書店）
第6回（平16年）
　垣根 涼介 「ワイルド・ソウル」（幻冬舎）
　笹本 稜平 「太平洋の薔薇」（中央公論新社）
第7回（平17年）
　雫井 脩介 「犯人に告ぐ」（双葉社）
第8回（平18年）
　ヒキタ クニオ 「遠くて浅い海」（文藝春秋）
第9回（平19年）
　北 重人 「蒼火」（文藝春秋）
　柴田 哲孝 「TENGU」（祥伝社）
第10回（平20年）
　近藤 史恵 「サクリファイス」（新潮社）
　福澤 徹三 「すじぼり」（角川書店）
第11回（平21年）
　東山 彰良 「路傍」（集英社）
第12回（平22年）
　樋口 明雄 「約束の地」（光文社）
　道尾 秀介 「龍神の雨」（新潮社）
第13回（平23年）
　平山 夢明 「ダイナー」（ポプラ社）
第14回（平24年）
　沼田 まほかる 「ユリゴコロ」（双葉社）
第15回（平25年）
　柚月 裕子 「検事の本懐」（宝島社）

030 岡山県「内田百閒文学賞」〔小説部門〕

岡山生まれの名文筆家内田百閒氏の生誕100年を記念して、平成2年6月に創設された。文化の振興を図るとともに、岡山を多くの人々に知っていただくため、岡山にゆかりのある文学作品を全国から募集する。

【主催者】岡山県,（公財）岡山県郷土文化財団
【選考委員】小川洋子、奥泉光、平松洋子
【選考方法】公募
【選考基準】〔対象〕岡山にゆかりのある内容の随筆及び短編小説。評伝・紀行文・戯曲を含む。〔原稿〕縦書き400字詰原稿用紙20～50枚の範囲
【締切・発表】（第12回）平成26年5月31日締切（当日消印有効）、12月中に受賞者に通知
【賞・賞金】最優秀賞（1編）：賞金100万円、優秀賞（3編）：賞金各30万円。最優秀賞及び優秀賞作品は（株）作品社から刊行する予定。入賞作品の著作権は岡山県に、出版権は（公財）岡山県郷土文化財団にそれぞれ帰属する

031 岡山県文学選奨

【URL】http://www.o-bunka.or.jp/

第1回（平2・3年度）
◇短編部門
- 最優秀作
  草川 八重子 「黄色いコスモス」
- 優秀作
  宇江 誠 「木山捷平さんと備中」
- 佳作
  島崎 聖子 「楷の木のように」
  内田 幸子 「備中高松城水攻異聞」
◇長編部門
- 最優秀賞
  森下 陽 「丘の雑草（あらくさ）たち」

第2回（平4・5年度）
◇長編・短編（区別なし）
- 最優秀賞
  磨家 信一 「赤い勲章」
- 佳作
  畠山 憲司 「村の器」
  江川 さい子 「ハンカチ落とし」

第3回（平6・7年度）
◇長編小説部門
- 最優秀賞
  該当作なし
- 優秀賞
  黒藪 次男 「教師」
  秋元 秋日子 「木馬に宛てた7通の手紙―国吉康雄外伝」

第4回（平8・9年度）
◇長編小説部門
- 最優秀賞
  該当作なし
- 優秀賞
  粟谷川 虹 「備中の二人」
  岡本 昌枝 「童花抄・解説編」

第5回（平10・11年度）
◇長編小説部門
- 最優秀賞
  黛 信彦 「残照龍ノ口」

第6回（平12・13年度）
◇長編小説部門
- 最優秀賞
  黒藪 次男 「墳墓」

第7回（平14・15年度）
◇長編小説部門
- 最優秀賞
  粟谷川 虹 「茅原の瓜―小説 関藤藤陰伝・青年時代―」

第8回（平16・17年度）
◇長編小説部門
- 最優秀賞
  早瀬 馨 「まだ、いま回復期なのに」

第9回（平18・19年度）
◇長編小説部門
- 最優秀賞
  榊原 隆介 「おおづちメモリアル」

第10回（平21・22年度）
- 最優秀賞
  浅沼 郁男 「猿尾の記憶」
- 優秀賞
  小薗 ミサオ 「くるり用水のかめんた」
  吉野 栄 「物原を踏みて」
  畔地 里美 「震える水」

第11回（平23・24年度）
  岩朝 清美 「平野の鳥」
- 優秀賞
  木下 訓成 「セピア色のインク」
  三ツ木 茂 「伯備線の女―断腸亭異聞」

031 岡山県文学選奨

県民の文芸創作活動を奨励し、もって豊かな県民文化の振興を図るため、岡山県芸術祭

の一環として昭和41年度から実施された。県民文芸作品発表の場として定着している。

【主催者】岡山県, おかやま県民文化祭実行委員会

【選考委員】(第48回)小説A:世良利和, 横田賢一, 小説B:森本弘子, 山本森平, 随筆:奥富紀子, 片山ひとみ, 現代詩:斎藤恵子, 髙田千尋, 短歌:岡智江, 古玉從子, 俳句:柴田奈美, 平春陽子, 川柳:小澤誌津子, 久本にい地, 童話:八束澄子, 和田英昭, 総合:瀬崎祐, 竹本健司

【選考方法】公募

【選考基準】〔資格〕岡山県内在住者。年齢は問わない。過去の入選者は, その入選部門には応募できない。〔対象〕未発表の創作作品(他の文学賞等へ同時に応募することはできない)。〔原稿〕小説A:1編・原稿用紙80枚以内, 小説B:1編・原稿用紙30枚以内, 随筆:1編・原稿用紙30枚以内, 現代詩:3編一組, 短歌:10首一組, 俳句:10句一組, 川柳:10句一組, 童話:1編・20枚以内, いずれも, A4の400字詰縦書原稿用紙(特定の結社等の原稿用紙は使用不可), 原稿には題名のみを記入。氏名(筆名)は記入しない。所定の事項を明記した別紙(A4の大きさ)を添付すること。ワープロ原稿可

【締切・発表】(第48回)平成25年8月31日締切, 発表11月中旬。入選(佳作)の作品及び準佳作については, 作品集「岡山の文学」に収録する

【賞・賞金】〔賞金〕小説A:15万円。小説B, 随筆, 現代詩, 短歌, 俳句, 川柳, 童話:各10万円。佳作はそれぞれ半額

【URL】http://www.pref.okayama.jp/page/303087.html

第1回(昭41年度)
◇小説戯曲
　赤木 けい子 「ふいご峠」
第2回(昭42年度)
◇小説戯曲
● 佳作
　峰 一矢 「檻棲記」(小説)
　沖野 杏子 「坂崎出羽守」(小説)
第3回(昭43年度)
◇小説戯曲
● 佳作
　礼 応仁 「暈囲」(小説)
　山下 和子 「長い堤」(小説)
第4回(昭44年度)
◇小説戯曲
　片山 ひろ子 「しのたけ」(小説)
第5回(昭45年度)
◇小説戯曲
● 佳作
　浜野 博 「母の世界」(小説)
第6回(昭46年度)

◇小説戯曲
　吉井川 洋 「武将の死」
第7回(昭47年度)
◇小説
　林 あや子 「蒼き水流」
第8回(昭48年度)
◇小説戯曲
　黒田 馬造 「ふるさとの歌」
第9回(昭49年度)
◇小説
　丸山 弓削平 「護法実」
第10回(昭50年度)
◇小説
　土屋 幹雄 「非常時」
第11回(昭51年度)
◇小説
　船津 祥一郎 「少年と馬」
第12回(昭52年度)
◇小説
　難波 聖爾 「吹風無双流」
第13回(昭53年度)

031 岡山県文学選奨

◇小説
　●佳作
　　石井 恭子 「とこしえ橋」
　　多田 正平 「吉備稚媛（きびのわかひめ）」
第14回（昭54年度）
◇小説
　　山名 淳 「五兵衛」
第15回（昭55年度）
◇小説
　　楢崎 三平 「鼻ぐりは集落に眠れ」
第16回（昭56年度）
◇小説
　●佳作
　　深谷 てつよ 「つわぶき」
　　森山 勇 「太一の詩」
第17回（昭57年度）
◇小説
　　梅内 ケイ子 「つばめ」
第18回（昭58年度）
◇小説
　●佳作
　　長瀬 加代子 「帰郷」
第19回（昭59年度）
◇小説
　　山本 森 「氾濫現象」
第20回（昭60年度）
◇小説
　　森本 弘子 「蟬」
第21回（昭61年度）
◇小説
　●佳作
　　桑元 謙芳 「名物庖丁正宗」
第22回（昭62年度）
◇小説
　　妹尾 与三二 「表具師精二」
第23回（昭63年度）
◇小説
　　倉坂 葉子 「残光」
第24回（平1年度）
◇小説
　　櫟元 健（河合健次朗）「アベベの走った道」
第25回（平2年度）

◇小説
　　該当作なし
第26回（平3年度）
◇小説A
　　坪井 あき子 「流れる」
◇小説B
　　該当作なし
　●佳作
　　大月 綾雄 「斎場ロビーにて」
第27回（平4年度）
◇小説A
　　該当作なし
　●佳作
　　大月 綾雄 「星夜」
◇小説B
　　該当作なし
　●佳作
　　石原 美光（石原美広）「姥ゆり」
第28回（平5年度）
◇小説A
　　該当作なし
　●佳作
　　内田 牧 「こおろぎ」
◇小説B
　　大月 綾雄 「秋の蝶」
第29回（平6年度）
◇小説A
　　該当作なし
◇小説B
　　該当作なし
　●佳作
　　小谷 絹代 「黄の幻想」
第30回（平7年度）
◇小説A
　　該当作なし
◇小説B
　　該当作なし
　●佳作
　　長尾 邦加（本名＝長尾邦子）「過ぎてゆくもの」
第31回（平8年度）
◇小説A

該当作なし
◇小説B
　該当作なし
第32回（平9年度）
◇小説A
　一色 良宏 「大空に夢をのせて」
◇小説B
　該当作なし
● 佳作
　溝井 洋子 「初冠雪」
第33回（平10年度）
◇小説A
　該当作なし
◇小説B
　該当作なし
第34回（平11年度）
◇小説A
● 入選
　長尾 邦加 「じじさんの家」
◇小説B
● 佳作
　小野 俊治 「イモたちの四季」
　坂本 遊 「猫の居場所」
第35回（平12年度）
◇小説A
● 入選
　藤田 澄子 「父」
◇小説B
● 佳作
　島原 尚美 「見えないザイル」
第36回（平13年度）
◇小説A
● 入選
　早坂 杏 「それぞれの時空」
◇小説B
● 佳作
　為房 梅子 「ミロ」
　川井 豊子 「ニライカナイ」
第37回（平14年度）
◇小説A
● 入選
　片山 峰子 「母の秘密」

◇小説B
● 入選
　長瀬 加代子 「母の遺言」
第38回（平15年度）
◇小説A
● 佳作
　宮井 明子 「サクラ」
◇小説B
● 佳作
　白神 由紀江 「旅人の墓」
第39回（平16年度）
◇小説A
　該当作なし
◇小説B
● 入選
　諸山 立 「骨の行方」
第40回（平17年度）
◇小説A
　該当作なし
◇小説B
● 佳作
　江口 佳延 「蛍」
　石原 美光 「ごんごの淵」
第41回（平18年度）
◇小説A
● 入選
　諸山 立 「水底の街から」
◇小説B・随筆
● 佳作
　中川 昇 「遺伝染色体の雨の中で啓示を待
　　つ─工藤哲巳さんの想い出─」
　谷 敏江 「呼び声」
第42回（平19年度）
◇小説A
● 佳作
　江口 ちかる 「沼に舞う」
　古井 らじか 「かわりに神がくれたもの」
◇小説B・随筆
● 入選
　石原 美光 「田舎へ帰ろう」
第43回（平20年度）
◇小説A

該当作なし
◇小説B・随筆
● 佳作
藤原 師仁 「約束」
第44回（平21年度）
◇小説A
● 入選
古井 らじか 「光の中のイーゼル」
◇小説B・随筆
● 入選
久保田 三千代 「岬に立てば」
第45回（平22年度）
◇小説A
● 佳作
武田 明 「大砲はまだか」
◇小説B
● 入選
観手 歩 「愛の夢 第三番」

第46回（平23年度）
◇小説A
該当作なし
◇小説B
該当作なし
第47回（平24年度）
◇小説A
該当作なし
◇小説B
● 入選
古井 らじか 「メリーゴーランド」
第48回（平25年度）
◇小説A
該当作なし
◇小説B
● 佳作
笹本 敦史 「わだかまる」
神崎 八重子 「ハナダンゴ」

032 織田作之助賞

　西鶴,近松以来の伝統を有する大阪において,さらに新しい文学の展開を念願し,大阪府下の文芸団体,有識者が相寄り設立した大阪文学振興会（代表・杉山平一）が昭和58年10月26日に,大阪が生んだ作家,織田作之助の生誕満70年を記念して創設した。平成22年に装いを新たにし,織田作之助賞（既刊の単行本）と織田作之助青春賞（公募）の二本立てで授賞する。主催・運営する織田作之助賞実行委員会（代表・高口恭行,運営委員長・辻原登）は,大阪市,大阪文学振興会,関西大学,毎日新聞社より成る。

【主催者】織田作之助賞実行委員会

【選考委員】（第30回）＜大賞＞稲葉真弓（作家）,河田悌一（中国文学者）,玄月（作家）,田中和生（評論家）,辻原登（作家）,湯川豊（評論家）。＜青春賞＞堂垣園江（作家）,増田周子（関西大学教授）,吉村萬壱（作家）

【選考方法】公募（青春賞のみ）

【選考基準】〔対象〕＜大賞＞（第30回）平24年11月1日～平25年10月31日に刊行された新鋭・気鋭の作家の単行本を対象にする。ジャンルは小説に限り,題材・内容・作品舞台などは自由。作品の推薦は,推薦委員と大阪文学振興会会員に推薦用紙を送って受付ける。＜青春賞＞未発表の短編小説。舞台,題材など内容・ジャンルは自由。400字詰め原稿用紙30枚以内（電子データは20字×20行を1枚として換算）。〔資格〕＜青春賞＞満年齢が24歳以下であること（8月31日時点）

【締切・発表】＜大賞＞推選の締切り10月31日,12月中旬に新聞紙上などで発表。＜青春賞＞締切は8月31日（当日消印有効）。翌年1月初旬の新聞紙上および毎日新聞社webサイト上で発表。受賞作品は,「書斎の旅」（大阪文学振興会発行：平成26年春より年2回

刊）に掲載
【賞・賞金】＜大賞＞（1点）100万円。＜青春賞＞（1編）30万円, 佳作（1編）5万円
【URL】http://odasaku.com/odasakunosuke.html

第1回（昭59年）
　該当作なし
第2回（昭60年）
　中条 孝子 「どれあい」
第3回（昭61年）
　福岡 さだお 「犬の戦場」
第4回（昭62年）
　長谷川 憲司 「浪速怒り寿司」
第5回（昭63年）
　田中 香津子 「気流」
第6回（平1年）
　合田 圭希 「にわとり翔んだ」
第7回（平2年）
　笠原 靖 「夏の終り」
第8回（平3年）
　鈴木 誠司 「常ならぬ者の棲む」
第9回（平4年）
　柏木 春彦 「切腹」
第10回（平5年）
　大西 功 「ストルイピン特急―越境者杉本良吉の旅路」
第11回（平6年）
　該当作なし
第12回（平7年）
　植松 二郎 「春陽のベリーロール」
第13回（平8年）
　該当作なし
第14回（平9年）
　小林 長太郎 「夢の乳房（にゅうぼう）」
第15回（平10年）
　上川 龍次 「ネームレス・デイズ」
第16回（平11年）
　水木 亮 「祝祭」
第17回（平12年）
　該当作なし
第18回（平13年）
　小森 隆司 「押し入れ」
第19回（平14年）
　三田 華 「芝居茶屋」
第20回（平15年）
　該当作なし
◇佳作
　上原 徹 「ひまわりの彼方へ」
第21回（平16年）
　該当作なし
◇佳作
　横井 和彦 「六道珍皇寺」
第22回（平17年）
　松嶋 ちえ 「眠れぬ川」
第23回（平18年）
◇大賞
　柴崎 友香 「その街の今は」（新潮社）
　庄野 至 「足立さんの古い革鞄」（編集工房ノア）
◇青春賞
　該当作なし
●佳作
　久野 智裕
　土谷 三奈
第24回（平19年）
◇大賞
　西 加奈子 「通天閣」（筑摩書房）
　小玉 武 「『洋酒天国』とその時代」（筑摩書房）
◇青春賞
　緒野 雅裕 「天梯（てんてい）」
●佳作
　宮 規子
第25回（平20年）
◇大賞
　玉岡 かおる 「お家さん」（上・下）（新潮社）
◇青春賞
　小笠原 由記 「Innocent Summer」

- 佳作
  深山 あいこ 「ユメノシマ」
- 第26回（平21年）
  - ◇大賞
    中丸 美繪「オーケストラ、それは我なり―朝比奈隆 四つの試練」（文藝春秋）
  - ◇青春賞
    島谷 明 「マニシェの林檎」
  - 佳作
    木田 肇 「換気扇」
- 第27回（平22年）
  - ◇大賞
    金原 ひとみ 「TRIP TRAP トリップ・トラップ」（角川書店）
  - ◇青春賞
    香川 みわ 「おっさん」
  - 佳作
    森田 弘輝 「逃げるやもりと追うやもり」
- 第28回（平23年）
  - ◇大賞
    津村 記久子 「ワーカーズ・ダイジェスト」（集英社）
  - ◇青春賞
    柊 「コンシャス・デイズ」
  - 佳作
    中野 沙羅 「フリーク」
- 第29回（平24年）
  - ◇大賞
    いしい しんじ 「ある一日」（新潮社）
  - ◇青春賞
    滝沢 浩平 「ふたりだけの記憶」
  - 佳作
    未来谷 今芥 「アイランド2012」
- 第30回（平25年）
  - ◇大賞
    小山田 浩子 「工場」（新潮社）
  - ◇青春賞
    藤原 侑貴 「通りゃんせ」
  - 佳作
    岡田 美津穂 「橋の下と僕のナイフ」

---

033 オムニ・スペース・グランプリ

科学月刊誌「OMNI」が主催し、昭和61年に創設された。5年間にわたり各年度ごとに、テーマを設定して募集する計画であったが、第1回のみで中止となった。

【主催者】旺文社

【選考方法】〔対象〕月に関連するテーマの短編小説 〔原稿〕400字詰原稿用紙30枚以内。1枚以内の梗概を添付

【締切・発表】10月31日締切、「OMNI」2月号誌上で発表

【賞・賞金】優秀賞（1編）30万円、次点（1編）10万円、佳作（5編）5万円

第1回（昭61年）
　　多田 正 「メリー・クリスマス・オン・ザ・ムーン」

---

034 オール讀物新人賞

新人を世に紹介するため昭和27年「オール新人杯」が創設され、36年（第18回）から「オール讀物新人賞」と改称された。年2回の募集だったが、第64回より年1回となる。第88回から、「オール讀物推理小説新人賞」と一本化した。

034 オール讀物新人賞

- 【主催者】文藝春秋
- 【選考委員】（第94回）宇江佐真理, 佐々木譲, 白石一文, 乃南アサ, 森絵都
- 【選考方法】公募
- 【選考基準】〔対象〕未発表のものに限る。〔原稿〕枚数：400字詰50以上100枚以内。応募原稿一本につき、表紙に雑誌「オール讀物」掲載の作品募集要項ページに付いている応募券を貼り付けて送付
- 【締切・発表】6月30日締切（当日消印有効），「オール讀物」11月号で発表
- 【賞・賞金】正賞・時計及び副賞・50万円

第1回（昭27年下）
　南条 範夫 「子守りの殿」
第2回（昭28年上）
　八坂 龍一 「女郎部唄」
第3回（昭28年下）
　白藤 茂 「亡命記」
第4回（昭29年上）
　松浦 幸男 「宝くじ挽歌」
第5回（昭29年下）
　柳田 知怒夫 「お小人騒動」
第6回（昭30年上）
　池田 直彦 「二激港（アルトンカン）」
第7回（昭30年下）
　清水 正二郎 「壮士再び帰らず」
第8回（昭31年上）
　寺内 大吉 「黒い旅路」
　森 葉治 「傍流」
第9回（昭31年下）
　福永 令三 「赤い鴉」
第10回（昭32年上）
　佐藤 明子 「寵臣」
第11回（昭32年下）
　小田 武雄 「紙漉風土記」
第12回（昭33年上）
　田中 敏樹 「切腹九人目」
第13回（昭33年下）
　酒井 健亀 「窮鼠の眼」
第14回（昭34年上）
　高橋 達三 「匙（ローシカ）」
第15回（昭34年下）
　滝口 康彦 「綾尾内記覚書」

第16回（昭35年上）
　幸川 牧生 「懸命の地」
第17回（昭35年下）
　中村 光至 「白い紐」
第18回（昭36年上）
　該当作なし
第19回（昭36年下）
　野火 鳥夫 「灌木の唄」
第20回（昭37年上）
　稲垣 一城 「花の御所」
第21回（昭37年下）
　原田 八束 「落暉伝」
第22回（昭38年上）
　武田 八洲満 「大事」
　黒郷里 鏡太郎 「紐付きの恩賞」
第23回（昭38年下）
　該当作なし
第24回（昭39年上）
　明田 鉄男 「月明に飛ぶ」
第25回（昭39年下）
　中川 静子 「幽囚転転」
第26回（昭40年上）
　今村 了介 「蒼天」
第27回（昭40年下）
　富永 滋人 「ぽてこ陣屋」
第28回（昭41年上）
　菅野 照代 「ふくさ」
第29回（昭41年下）
　山村 直樹 「破門の記」
第30回（昭42年上）
　土井 稔 「隣家の律義者」

小説の賞事典　51

第31回（昭42年下）
　該当作なし
第32回（昭43年上）
　豊田 行二　「示談書」
第33回（昭43年下）
　高森 真士　「兇器」
　川崎 敬一　「麦の虫」
第34回（昭44年上）
　黒岩 龍太　「裏通りの炎」
　会田 五郎　「チンチン踏切」
第35回（昭44年下）
　前田 豊　「川の終り」
第36回（昭45年上）
　古屋 甚一　「潮の齢」
第37回（昭45年下）
　稲村 格　「はしか犬」
第38回（昭46年上）
　藤沢 周平　「溟い海」
第39回（昭46年下）
　石井 博　「老人と猫」
第40回（昭47年上）
　平 忠夫　「真夜中の少年」
　難波 利三　「地虫」
第41回（昭47年下）
　川村 久志　「土曜の夜の狼たち」
第42回（昭48年上）
　該当作なし
第43回（昭48年下）
　中林 亮介　「梔子の草湯」
　葉狩 哲　「俺達のさよなら」
第44回（昭49年上）
　榊原 直人　「仏の城」
第45回（昭49年下）
　醍醐 麻沙夫　「『銀座』と南十字星」
第46回（昭50年上）
　桧山 芙二夫　「ニューヨークのサムライ」
　相沢 武夫　「戊辰瞽女唄」
第47回（昭50年下）
　加野 厚　「天国の番人」
第48回（昭51年上）
　小野 紀美子　「喪服のノンナ」
　瀬山 寛二　「青い航跡」

第49回（昭51年下）
　桐部 次郎　「横須賀線にて」
　山口 四郎　「たぬきの戦場」
第50回（昭52年上）
　軒上 泊　「九月の町」
第51回（昭52年下）
　堀 和久　「享保貢象始末」
　小松 重男　「年季奉公」
第52回（昭53年上）
　小堀 新吉　「兄ちゃんを見た」
　黒沢 いづ子　「かべちょろ」
第53回（昭53年下）
　原田 太朗　「鶏と女と土方」
　熙 於志　「二人妻」
第54回（昭54年上）
　沢 哲也　「船霊」
　岡田 信子　「ニューオーリンズ・ブルース」
第55回（昭54年下）
　佐々木 譲　「鉄騎兵,跳んだ」
第56回（昭55年上）
　大久保 智曠　「百合野通りから」
　佐野 文哉　「北斎の弟子」
第57回（昭55年下）
　寺林 峻　「幕切れ」
第58回（昭56年上）
　吉村 正一郎　「石上草心の生涯」
第59回（昭56年下）
　海庭 良和　「ハーレムのサムライ」
第60回（昭57年上）
　佐野 寿人　「タイアップ屋さん」
　村越 英文　「だから言わないコッチャナイ」
第61回（昭57年下）
　竹田 真砂子　「十六夜に」
　森 一彦　「シャモ馬鹿」
第62回（昭58年上）
　城島 明彦　「けさらんぱさらん」
　二取 由子　「眠りの前に」
第63回（昭58年下）
　該当作なし
第64回（昭59年）
　三宅 孝太郎　「夕映え河岸」
第65回（昭60年）

桐生 悠三 「チェストかわら版」
第66回（昭61年）
渡辺 真理子 「鬼灯市」
第67回（昭62年）
味尾 長太 「ジャパゆき梅子」
第68回（昭63年）
崎村 亮介 「軟弱なからし明太子」
第69回（平1年）
高橋 和島 「十三姫子が菅を刈る」
第70回（平2年）
大江 いくの 「制服」
第71回（平3年）
大内 曜子 「光の戦士たち」
第72回（平4年）
高橋 直樹 「尼子悲話」
月足 亮 「北風のランナー」
第73回（平5年）
高木 功 「6000フィートの夏」
第74回（平6年）
片野 喜章 「寛政見立番付」
第75回（平7年）
宇江佐 真理 「幻の声」
第76回（平8年）
乙川 優三郎 「藪燕」
第77回（平9年）
山本 一力 「蒼龍」
第78回（平10年）
三咲 光郎 「大正四年の狙撃手（スナイパー）」
第79回（平11年）
平 安寿子 「素晴らしい一日」
第80回（平12年）
大西 幸 「相思花」
三田 完 「桜川イワンの恋」

第81回（平13年）
山本 恵子 「夫婦鯉」
第82回（平14年）
桜木 紫乃 「雪虫」
第83回（平15年）
志川 節子 「七転び」
竹村 肇 「パパの分量」
第84回（平16年）
永田 俊也 「ええから加減」
第85回（平17年）
野田 栄二 「黄砂吹く」
第86回（平18年）
乾 ルカ 「夏光」
小野寺 史宜 「裏へ走り蹴り込め」
第87回（平19年）
奥山 景布子 「平家蟹異聞」
島崎 ひろ 「飛べないシーソー」
第88回（平20年）
坂井 希久子 「虫のいどころ」
柚木 麻子 「フォーゲットミー、ノットブルー」
第89回（平21年）
緒川 莉々子 「甘味中毒」
森屋 寛治 「オデカケ」
第90回（平22年）
立花 水馬 「虫封じマス」
第91回（平23年）
佐藤 巌太郎 「夢幻の扉」
第92回（平24年）
木下 昌輝 「宇喜多の捨て嫁」
第93回（平25年）
香月 夕花 「水に立つ人」
平岡 陽明 「松田さんの181日」

035 オール讀物推理小説新人賞

昭和37年「オール讀物」が推理小説の新人発掘のため，推理小説部門を独立させて設けた新人賞。本格ものに限らず広義の推理小説を募集する。第46回をもって終了し，「オール讀物新人賞」と一本化した。

【主催者】文藝春秋

035 オール讀物推理小説新人賞

【選考方法】公募
【賞・賞金】正賞・時計及び副賞・50万円

第1回（昭37年）
　高原 弘吉 「あるスカウトの死」
第2回（昭38年）
　西村 京太郎 「歪んだ朝」
　野上 竜 「凶徒」
第3回（昭39年）
　柳川 明彦 「狂った背景」
第4回（昭40年）
　該当作なし
第5回（昭41年）
　該当作なし
第6回（昭42年）
　該当作なし
第7回（昭43年）
　伍東 和郎 「地虫」
第8回（昭44年）
　加藤 薫 「アルプスに死す」
第9回（昭45年）
　久丸 修 「荒れた粒子」
第10回（昭46年）
　高柳 芳夫 「黒い森の宿」
第11回（昭47年）
　木村 嘉孝 「密告者」
第12回（昭48年）
　弘田 静憲 「金魚を飼う女」
　康 伸吉 「いつも夜」
第13回（昭49年）
　桜田 忍 「艶やかな死神」
第14回（昭50年）
　新谷 識 「死は誰のもの」
第15回（昭51年）
　石井 龍生，井原 まなみ 「アルハンブラの想い出」
　赤川 次郎 「幽霊列車」
　岡田 義之 「四万二千メートルの果てには」
第16回（昭52年）
　島野 一 「仁王立ち」
　胸宮 雪夫 「苦い暦」
第17回（昭53年）
　横田 あゆ子 「仲介者の意志」
第18回（昭54年）
　浅利 佳一郎 「いつの間にか・写し絵」
第19回（昭55年）
　もりた なるお 「真贋の構図」
　逢坂 剛 「暗殺者グラナダに死す」
第20回（昭56年）
　本岡 類 「歪んだ駒跡」
　清沢 晃 「刈谷得三郎の私事」
第21回（昭57年）
　該当作なし
第22回（昭58年）
　小杉 健治 「原島弁護士の処理」
第23回（昭59年）
　該当作なし
第24回（昭60年）
　荒馬 間 「新・執行猶予考」
第25回（昭61年）
　浅川 純 「世紀末をよろしく」
第26回（昭62年）
　宮部 みゆき 「我らが隣人の犯罪」
　長尾 由多加 「夜の薔薇の紅い花びらの下」
第27回（昭63年）
　該当作なし
第28回（平1年）
　該当作なし
第29回（平2年）
　中野 良浩 「小田原の織社」
　佐竹 一彦 「わが羊に草を与えよ」
第30回（平3年）
　小林 仁美 「ひっそりとして，残酷な死」
第31回（平4年）
　青山 瞑 「帰らざる旅」
第32回（平5年）
　小松 光宏 「すべて売り物」
第33回（平6年）
　伊野上 裕伸 「赤い血の流れの果て」

第34回（平7年）
　柏田 道夫 「二万三千日の幽霊」
第35回（平8年）
　税所 隆介 「かえるの子」
第36回（平9年）
　石田 衣良 「池袋ウエストゲートパーク」
　南島 砂江子 「道連れ」
第37回（平10年）
　明野 照葉 「雨女」
　海月 ルイ 「逃げ水の見える日」
第38回（平11年）
　北 重人 「超高層に県かる月と、骨と」
第39回（平12年）
　大谷 裕三 「告白の連鎖」
　清水 芽美子 「ステージ」

第40回（平13年）
　岡本 真 「警鈴」
第41回（平14年）
　朱川 湊人 「フクロウ男」
第42回（平15年）
　門井 慶喜 「キッドナッパーズ」
第43回（平16年）
　吉永 南央 「紅雲町のお草」
第44回（平17年）
　祐光 正 「幻景浅草色付不良少年団（あさくさカラー・ギャング）」
第45回（平18年）
　牧村 一人 「俺と雌猫のレクイエム」
第46回（平19年）
　向井 路琉 「白い鬼」

036 女による女のためのR-18文学賞

　賞の創立以来、性をテーマにした小説を募集してきたが、平成23年（2011）にリニューアルし、官能描写の有無にかかわらず女性ならではの感性を生かした小説を対象とすることとした。「大賞」のほかに、ホームページ上で最終候補作を公開し、女性読者の投票で決まる「読者賞」も設ける。

【主催者】新潮社

【選考委員】（第13回）三浦しをん，辻村深月

【選考方法】公募

【選考基準】〔資格〕女性に限る。年齢不問。〔対象〕女性ならではの感性を生かした小説。〔原稿〕400字詰め原稿用紙換算で30〜50枚まで（1行40字の場合300〜500行まで）、横書き。テキストファイルにしてメールで送付。一人3作品まで応募可。

【締切・発表】（第13回）平成25年10月31日締切，平成26年2月下旬最終候補作発表・読者投票受付，4月上旬大賞決定・発表。すべての選考経過はホームページにて発表。

【賞・賞金】大賞1名：賞金30万円、読者賞若干名：賞金10万円、副賞：体脂肪計付ヘルスメーター

【URL】http://www.shinchosha.co.jp/r18/

第1回（平14年）
　◇大賞
　　日向 蓬 「マゼンタ100」
　◇読者賞
　　豊島 ミホ 「青空チェリー」
第2回（平15年）

◇優秀賞
　正木 陶子 「パートナー」
◇読者賞
　渡辺 やよい 「そして俺は途方に暮れる」
第3回（平16年）

◇大賞・読者賞
　吉川 トリコ 「ねむりひめ」
◇優秀賞
　管乃 了 「ハイキング」
第4回(平17年)
◇大賞
　南 綾子 「夏がおわる」
◇読者賞
　松田 桂 「宇宙切手シリーズ」
第5回(平18年)
◇大賞・読者賞
　宮木 あや子 「花宵道中」
◇優秀賞
　清瀬 マオ 「なくこころとさびしさを」
第6回(平19年)
◇優秀賞
　三日月 拓 「シーズンザンダースプリン♪」
◇読者賞
　石田 瀬々 「ラムネの泡と、溺れた人魚」
第7回(平20年)
◇大賞
　蛭田 亜紗子 「自縛自縄の二乗」
◇読者賞
　山内 マリコ 「16歳はセックスの齢」

第8回(平21年)
◇大賞
　窪 美澄 「ミクマリ」
第9回(平22年)
◇優秀賞
　木爾 チレン 「溶けたらしぼんだ。」
◇読者賞
　彩瀬 まる 「花に眩む」
第10回(平23年)
◇大賞
　田中 兆子 「べしみ」
◇読者賞
　上月 文青 「偶然の息子」
第11回(平24年)
◇大賞
　深沢 潮 「金江のおばさん」
◇読者賞
　こざわ たまこ 「ハロー、厄災」
第12回(平25年)
◇大賞
　朝香 式 「マンガ肉と僕」
◇読者賞
　森 美樹 「朝凪」

037 海燕新人文学賞

昭和57年新年号をもって文芸雑誌「海燕」を創刊。その編集方針の一つである新人作家の発掘育成を旨として、新人文学賞を創設。平成8年第15回で終了。

【主催者】福武書店
【選考委員】(第12回)黒井千次, 田久保英夫, 立松和平, 佐伯一麦, 山田詠美
【選考方法】公募
【選考基準】〔対象〕小説〔資格〕未発表作品〔原稿〕400字詰原稿用紙100枚以内
【締切・発表】(第12回)平成5年5月31日締切(消印有効), 「海燕」11月号誌上に発表
【賞・賞金】賞金50万円と記念品

第1回(昭57年)
　細見 隆博 「みずうみ」
　干刈 あがた 「樹下の家族」

第2回(昭58年)
　小田原 直知 「ヤンのいた場所」
　瀬川 まり 「極彩色の夢」

第3回（昭59年）
　小林 恭二　「電話男」
　佐伯 一麦　「木を接ぐ」
第4回（昭60年）
　田場 美津子　「仮眠室」
　柏木 武彦　「鯨のいる地図」
第5回（昭61年）
　竹野 雅人　「正方形の食卓」
　森 誠一郎　「分子レベルの愛」
第6回（昭62年）
　吉本 ばなな　「キッチン」
　村上 政彦　「純愛」
第7回（昭63年）
　小川 洋子　「揚羽蝶が壊れる時」
　太田 健一　「人生は疑似体験ゲーム」
第8回（平1年）
　石黒 達昌　「最終上映」
　木下 文緒　「レプリカント・パレード」
第9回（平2年）
　角田 光代　「幸福な遊戯」
　松村 栄子　「僕はかぐや姫」
第10回（平3年）
　野中 柊　「ヨモギ・アイス」
　篠藤 由里　「ガンジーの空」
第11回（平4年）
　村本 健太郎　「サナギのように私を縛って」
第12回（平5年）
　小手鞠 るい　「おとぎ話」
　近藤 弘子　「遊食の家（や）」
第13回（平6年）
　丹沢 秦　「落書きスプレー」
第14回（平7年）
　藤野 千夜　「午後の時間割」
　高木 芙羽　「インスタント・カルマ」
第15回（平8年）
　シロツグ トヨシ　「ゲーマーズ・ナイト」
　塙 仁礼子　「揺籃日誌」

038　「改造」懸賞創作

「改造」創刊10周年を記念して昭和3年創設。小説,戯曲を募集,社内選考で授賞作を決定した。昭和14年（第10回）で一時中止し,昭和25年に創刊30周年を記念して復活したが,該当作のないまま2回で終った。

【主催者】改造社
【選考委員】社内選考委員
【締切・発表】「改造」誌上に発表
【賞・賞金】（復活第1回）1等10万円,2等5万円

第1回（昭3年）
◇1等
　龍胆寺 雄　「放浪時代」
◇2等
　保高 徳蔵　「泥濘」
第2回（昭4年）
◇1等
　該当作なし
◇2等
　高橋 丈雄　「死なす」

　中村 正常　「マカロニ」
　明石 鉄也　「故郷」
第3回（昭5年）
◇1等
　芹沢 光治良　「ブルジョア」
◇2等
　大江 賢次　「シベリヤ」
第4回（昭6年）
◇1等
　該当作なし

◇2等
　田郷 虎雄 「印度」
　騎西 一夫 「天理教本部」
　太田 千鶴夫 「墜落の歌」
第5回（昭7年）
◇1等
　該当作なし
◇2等
　張 赫宙 「餓鬼道」
　阪中 正夫 「馬」
第6回（昭8年）
◇1等
　該当作なし
◇2等
　荒木 巍 「その一つのもの」
　角田 明 「女碑銘」
第7回（昭9年）
◇1等
　該当作なし
◇2等
　大谷 藤子 「半生」
　酒井 龍輔 「油麻藤の花」
第8回（昭10年）
◇1等

該当作なし
◇2等
　湯浅 克衛 「焰の記録」
◇佳作
　三波 利夫 「ニコライエフスク」
第9回（昭12年）
◇1等
　該当作なし
◇2等
　該当作なし
◇佳作
　龍 瑛宗 「パパイヤのある街」
　渡辺 渉 「霧朝」
第10回（昭14年）
◇1等
　該当作なし
◇2等
　小倉 龍男 「新兵群像」
　竹本 賢三 「蝦夷松を焚く」
　井上 薫 「大きい大将と小さい大将」
復活第1回（昭25年）
　該当作なし
第2回（昭26年）
　該当作なし

039 学生援護会青年文芸賞

「日刊アルバイトニュース」を通じて，若者をバックアップしてきた学生援護会がつねに若い人達の発言の場でありたいと願い，昭和55年から新しい文芸賞をもうけたが，第2回までで休止。

【主催者】学生援護会
【選考委員】扇谷正造，赤塚不二夫，長部日出雄，倉橋由美子，田中光二
【選考方法】〔対象〕小説であればジャンルは問わない。〔資格〕応募作品は未発表原稿。〔原稿〕400字詰B4原稿用紙80枚以上。〔その他〕応募作品は返却しない
【締切・発表】締切昭和55年12月31日，発表昭和56年3月1日新聞紙上
【賞・賞金】1席(1編)100万円，次席(2編)各50万円，佳作(3編)各20万円

第1回（昭55年）
　中倉 真知子 「はばたけニワトリ」
第2回（昭56年）

該当作なし
◇佳作
　工藤 重信 「伴奏」

吉沢 道子 「定子」　　　　　　南木 稔 「雪渓」

040 学生小説コンクール

　河出書房(のちの河出書房新社)により昭和29年創設、高校、大学などの学生から未発表原稿を募集し、応募作品の中から選んで授賞した。第6回(昭和31年)で中止し、昭和41年に復活したが、昭和43年に「文芸賞」に吸収された。

【主催者】河出書房(河出書房新社)
【選考委員】青野季吉、臼井吉見、川端康成、佐多稲子、丹羽文雄
【賞・賞金】賞金3万円

第1回(昭29年上)
　深井 迪子 「秋から冬へ」
第2回(昭29年下)
　岩橋 邦枝 「つちくれ」
　掛川 直賢 「COME ON MY DEAR」
第3回(昭30年上)
　山井 道代 「夜の雲」
　◇佳作
　大江 健三郎 「優しい人たち」
第4回(昭30年下)
　該当作なし
　◇佳作
　後藤 明生 「赤と黒の記憶」
　田内 初義 「永遠に放つ」
第5回(昭31年上)
　該当作なし
第6回(昭31年下)
　藤川 敏夫 「侏儒の時代」
復活第1回(昭41年)
　該当作なし
第2回(昭42年)
　篠原 陽一 「実験―ガリヴァ」
　田辺 武光 「二月・断片」

041 カドカワエンタテインメントNext賞

　角川書店では、職業作家を目指すこれからの才能に広く門戸を開放すべく、本賞を創設。ミステリ、ホラー、ノワール、冒険小説、SF小説……ジャンルにとらわれず、"新しい物語"を産み出す情熱と瑞々しい感性を持った書き手の登場を期待している。平成17年夏をもって募集終了。

【主催者】角川書店
【選考委員】Next賞編集部員が選考
【選考方法】公募
【選考基準】〔対象〕広義のエンタテインメント小説(ノンフィクション、論文、詩歌、絵本は除く)。〔原稿〕200枚以上(400字詰め原稿用紙換算)。はじめにタイトル、著者名を書いた扉をつけ、800字程度の梗概と20字程度のキャッチコピーを綴じ添える。ワープロ原稿の場合は必ずフロッピーディスクを添付のこと。(ワープロ機種不問。パソコンの場合はファイル形式をテキスト、MS WORD、一太郎に限定)。電子メールによる応募も可。〔応募規定〕自作未発表作品に限る。応募原稿の返却はしない。刊行決

定作の出版権, 雑誌掲載権, 二次利用権（映像化, ゲーム化など）は角川書店に帰属し, 規定の印税が支払われる
- 【締切・発表】随時募集。発表はホームページ上にて。落選の作品には, 原稿到着より5ヵ月以内に評価コメントを送付
- 【賞・賞金】カドカワエンタテインメントNext賞：単行本化

(平14年)
　深見 真 「アフリカン・ゲーム・カートリッジズ」
　川上 亮 「ラヴ☆アタック！」
　谷川 哀 「リベンジ・ゲーム」
(平15年)
　水野 スミレ 「ハワイッサー」

042 角川学園小説大賞

学園・学生をテーマとしたエンタテインメント作品を募集。テーマに沿っていれば, ジャンルは問わない。平成22年第14回を持って終了した。

- 【主催者】角川書店
- 【選考委員】角川書店第二編集部
- 【選考方法】公募
- 【選考基準】〔資格〕年齢, プロ・アマ不問。〔対象〕エンタティンメント作品。〔原稿〕400字詰め原稿用紙換算で200枚〜350枚分以内。詳細は, 雑誌「ザ・スニーカ」誌上の募集告知, もしくは角川書店ホームページ参照
- 【締切・発表】(第13回)平成21年5月15日締切(当目消印有効),「ザ・スニーカー」同年12月号にて発表予定
- 【賞・賞金】正賞トロフィー, 副賞100万円, 応募原稿出版の際の印税
- 【URL】http://www.kadokawa.co.jp/event/oubo.html

第1回 (平9年)
　◇大賞
　　後池田 真也 「黄昏の終わる刻」
　　相河 万里 「銀河鉄道☆スペースジャック」
　◇金賞
　　関 俊介 「永久の時空」
第2回 (平10年)
　◇奨励賞
　　滝川 武司 「学園警護〔城渓篇〕」
第3回 (平11年)
　◇大賞
　　笹峰 良仁 「幻想婚」
　◇奨励賞
　　嶋崎 宏樹 「朱美くんがいっぱい。」
第4回 (平12年)
　◇優秀賞
　　咲田 哲宏 「ドラゴン・デイズ」
　◇奨励賞
　　秦野 織部 「蛹の中の十日間」
　　高殿 円 「協奏曲"群青"」
第5回 (平13年)
　◇自由部門
　　●優秀賞
　　　野島 けんじ 「ネクスト・エイジ」
　　　林 トモアキ 「九重第二の魔法少女」
　　●特別賞

滝本 竜彦　「ネガティブハッピー・チェーンソーエッヂ」
◇ヤングミステリー&ホラー部門
● 奨励賞
　　北乃坂 柾雪　「悪夢から悪夢へ」
　　北沢 汎信　「ありうべきよすが〜氷菓〜」
第6回（平14年）
◇自由部門
● 大賞
　　椎野 美由貴　「光の魔法使い」
● 優秀賞
　　岩井 恭平　「消閑の挑戦者〜Perfect King〜」
◇ヤングミステリー&ホラー部門
● 優秀賞
　　渚辺 環生　「魔を穿つレイン」
第7回（平15年）
◇自由部門
● 奨励賞
　　鷲馬 十駕　「あなたとの縁」
● 特別賞
　　十神 冀　「純潔ブルースプリング」
◇ヤングミステリー&ホラー部門
　　該当作なし
第8回（平16年）
◇大賞
　　該当作なし
◇優秀賞
　　日日日　「アンダカの怪造学」
◇奨励賞
　　有澤 透世　「世界のキズナ 混沌な世界に浮かぶ月」
　　宮崎 柊羽　「晴れ時どき正義の乙女」
第9回（平17年）
◇大賞
　　該当作なし
◇優秀賞
　　野村 佳　「骨王（ボーンキング）I.アンダーテイカーズ」

◇奨励賞
　　水月 昂　「リバーシブル 黒の兵士」
　　こばやし ゆうき　「純情感情エイリアン1 地球防衛部と僕と桃先輩」
第10回（平18年）
◇大賞
　　該当作なし
◇優秀賞
　　該当作なし
◇奨励賞
　　宮本 将行　「えヴりでい・えれめんたる」
　　吉野 一洋　「アオの本と鉄の靴」
第11回（平19年）
◇大賞
　　該当作なし
◇優秀賞
　　該当作なし
◇奨励賞
　　平城山 工学　「×（ペケ）計画予備軍婦人部」
　　眞木 空人　「ウォーターズ・ウィスパー」
第12回（平20年）
◇大賞
　　猫砂 一平　「末代まで！」
第13回（平21年）
◇大賞
　　該当作なし
◇優秀賞
　　高木 敦　「なしのつぶて」
　　夏村 めめめ　「暴走社会魔法学」
◇U-20賞
　　星野 アギト　「ハワイ（How was it）？ Vol.1」
第14回（平22年）
◇大賞
　　該当作なし
◇優秀賞
　　宮越 しまぞう　「がらくたヴィーナス」

043 角川小説賞

角川書店創業30年と、「野性時代」の創刊を記念して、「野性時代新人文学賞」、「日本ノンフィクション賞」と共に昭和49年に創設された賞。第13回で中止。

【主催者】角川書店

【選考委員】笹沢左保、半村良、渡辺淳一、角川書店編集部

【選考基準】角川書店から刊行された単行本、ノベルスおよび雑誌掲載作品を授賞の対象として選考する

【締切・発表】前年9月より当年8月までに発行されたもの。「野性時代」新年号に発表

【賞・賞金】正賞ブロンズ像一基、副賞30万円

第1回（昭49年）
　赤江瀑「オイディプスの刃」（角川書店）
第2回（昭50年）
　河野典生「明日こそ鳥は羽ばたく」（角川書店）
第3回（昭51年）
　森村誠一「人間の証明」（角川書店）
第4回（昭52年）
　山田正紀「神々の埋葬」（野性時代10月号）
第5回（昭53年）
　谷克二「狙撃者」（野性時代4月号）
第6回（昭54年）
　笠井潔「バイバイ、エンジェル」（角川書店）
　田中光二「血と黄金」（角川書店）
第7回（昭55年）
　赤川次郎「悪妻に捧げるレクイエム」（角川書店）
　山村正夫「湯殿山麓呪い村」（角川書店）
第8回（昭56年）
　小林久三「父と子の炎」（野性時代2月号）
　谷恒生「フンボルト海流」（野性時代8月号）
第9回（昭57年）
　泡坂妻夫「喜劇悲奇劇」（角川書店）
第10回（昭58年）
　矢作俊彦、司城志朗「暗闇にノーサイドⅠ・Ⅱ」（角川書店）
第11回（昭59年）
　北方謙三「過去（リメンバー）」（角川書店）
第12回（昭60年）
　中津文彦「七人の共犯者」（角川書店）
第13回（昭61年）
　該当作なし

044 角川つばさ文庫小説賞

「角川つばさ文庫」にぴったりなエンタテインメント小説を募集する。平成24年創設。

【主催者】KADOKAWA

【選考委員】あいはらひろゆき、宗田理、本上まなみ（一般部門のみ）

【選考方法】公募

【選考基準】〔対象〕一般部門：青春、冒険、ファンタジー、恋愛、学園、SF、ミステリー、ホラーなどジャンルは不問。未発表、未投稿のオリジナル作品を対象とする。こども部

046 角川ビーンズ小説大賞

門：中学3年生以下を対象，ジャンルは不問
【締切・発表】応募期間7月1日～8月31日（当日消印有効），翌年3月発表
【賞・賞金】一般部門大賞：正賞楯，副賞50万円。こども部門グランプリ：正賞賞状，副賞図書カード1万円
【URL】http://www.tsubasabunko.jp/award/

第1回（平22年）
◇一般部門
● 大賞
床丸 迷人 「四年霊組こわいもの係」
◇こども部門
● グランプリ
アイカ（小学3年生）「ブタになったお姉ちゃん」
● 準グランプリ
鈴木 萌（小学4年生）「伝えたいこと」
多田 愛理（中学1年生）「空模様の翼」

第2回（平23年）
◇一般部門
● 大賞
深海 ゆずは 「こちらパーティー編集部～ひよっこ編集者と黒王子～」
◇こども部門
● グランプリ
まこと（小学5年生）「学校裁判」
● 準グランプリ
ハンヒニー・ポウィータ（小学5年生）「アザミ」
千尋（中学3年生）「BOCCHES」

045 角川春樹小説賞

　エンタテインメントの新しい地平を切り開く作家の発掘を目指して創設。ミステリー，ホラー，ファンタジー，SF，時代小説などエンタテインメント全般の長編小説を募集する。平成13年主催者の事情により，第2回までで休止。

【主催者】角川春樹事務所
【選考委員】（第2回）森村誠一，北方謙三，福田和也，高見浩，角川春樹
【選考方法】公募
【選考基準】〔原稿〕400字詰換算350枚以上（ワープロ原稿は1枚40字×40行，縦書きで印字）。400字程度の概要を添付。表紙にタイトル，氏名（ペンネームの場合は本名も），年齢，住所，電話番号，略歴を明記。〔資格〕プロ，アマ不問。未発表長編に限る
【賞・賞金】賞金100万円と名入り金時計

第1回（平11年）
辻 昌利 「ひらめきの風」

第2回（平12年）
長谷川 卓 「南稜七ツ家秘録 七ツの二ツ」

046 角川ビーンズ小説大賞

　角川ビーンズ文庫の作家として，また，次世代のヤングアダルト小説界を担う人材とし

046 角川ビーンズ小説大賞

て世に送り出すために、「角川ビーンズ小説大賞」を設置し、ヤングアダルト小説の新しい書き手を募集する。

【主催者】株式会社KADOKAWA 角川書店
【選考委員】(第13回)金原瑞人、宮城とおこ、結城光流
【選考方法】公募
【選考基準】〔対象〕エンターテインメント性の強い、ファンタジックなストーリーまたはミステリー風なストーリー。ただし、未発表のものに限る。受賞作はビーンズ文庫で刊行する。〔資格〕年齢・プロアマ不問。〔原稿〕400字詰め原稿用紙換算で,150枚以上300枚以内。1200字程度(原稿用紙3枚)の人物紹介とあらすじを添付。〔応募規定〕原稿のはじめに表紙を付けて、作品タイトル、ペンネーム、原稿枚数(ワープロ原稿の場合は400字詰め原稿用紙換算による枚数も必ず併記)を記入する。2枚目には、作品タイトル、ペンネーム、氏名、郵便番号、住所、電話番号、メールアドレス、年齢、略歴(文学賞応募歴含む)を記入すること。原稿には必ず通し番号を入れ、右上をバインダークリップでとじる。ワープロ原稿が望ましい。ワープロ原稿の場合は必ずフロッピーディスクまたはCD-R(ワープロ専用機の場合はファイル形式をテキストに限定。パソコンの場合はファイル形式をテキスト,MS Word、一太郎に限定)を添付し、そのラベルにタイトルとペンネームを明記すること。プリントアウトは必ずA4判の用紙で1ページにつき40文字×30行の書式で印刷すること。ただし、400字詰め原稿用紙にワープロ印刷は不可。感熱紙不可。手書き原稿の場合は,A4判の400字詰め原稿用紙を使用。鉛筆書きは不可
【締切・発表】(第13回)平成26年3月31日締切(当日消印有効),12月発表(予定)
【賞・賞金】大賞：正賞のトロフィーならびに副賞300万円と応募原稿出版時の印税。入選作の出版権、映像化権を含む二次的利用権(著作権法第27条及び第28条の権利を含む)はKADOKAWAに帰属する
【URL】http://www.kadokawa.co.jp/beans/awards/

第1回(平14年)
　◇優秀賞
　　瑞山 いつき 「混ざりものの月」
　◇奨励賞・読者賞
　　雪乃 紗衣 「彩雲国綺譚」
　◇奨励賞
　　喜多 みどり 「呪われた七つの町のある祝福された一つの国の物語」
第2回(平15年)
　◇優秀賞
　　深草 小夜子 「悪魔の皇子」
　◇読者賞
　　雨川 恵 「王国物語」
第3回(平16年)
　◇優秀賞
　　栗原 ちひろ 「即興オペラ・世界旅行者」
　　月本 ナシオ 「花に降る千の翼」
　◇奨励賞&読者賞
　　村田 栞 「魂の捜索人(ゼーレ・ズーヒア)」
第4回(平17年)
　◇優秀賞
　　和泉 朱希 「二度目の太陽」
　◇奨励賞
　　薙野 ゆいら 「神語りの茶会」
　　伊сре たつき 「アラバーナの海賊達」
　◇読者賞
　　清家 未森 「身代わり伯爵の冒険」
第5回(平18年)
　◇優秀賞&読者賞

千世 明「ディーナザード」
◇優秀賞
西本 紘奈「蒼闇深くして金暁を招ぶ」
◇奨励賞
葵 ゆう「蠱使い・ユリウス」
第6回(平19年)
◇優秀賞&読者賞
九月 文「佐和山異聞」
◇優秀賞
遠沢 志希「封印の女王」
◇奨励賞
岐川 新「赤き月の廻るころ」
第7回(平20年)
◇審査員特別賞
三川 みり「シュガーアップル・フェアリーテイル―砂糖林檎妖精譚―」
◇優秀賞&読者賞
岩城 広海「王子はただ今出稼ぎ中」
朝戸 麻央「アナベルと魔女の種」
第8回(平21年)
◇大賞
望月 もらん「風水天戯」
◇奨励賞
夜野 しずく「ドラゴンは姫のキスで目覚める」
◇読者賞
河合 ゆうみ「花は桜よりも華のごとく」

第9回(平22年)
◇奨励賞
睦月 けい「首(おびと)の姫と首なし騎士」
◇読者賞
姫川 いさら「リーディング!」
第10回(平23年)
◇奨励賞
十色「フロムヘル～悪魔の子～」
木更木 春秋「モノ好きな彼女と恋に落ちる99の方法」
◇読者賞
ひなた 茜「女神と棺の手帳」
第11回(平24年)
◇奨励賞&読者賞
永瀬 さらさ「夢見る野菜の精霊歌～My Grandfathers' Clock～」
◇奨励賞
山内 マキ「外面姫と月影の誓約」
第12回(平25年)
◇優秀賞
響咲 いつき「宮廷恋語り―お妃修業も楽じゃない―」
◇奨励賞
中野之 三雪「陰冥道士～福山宮のカンフー少女とオネエ道士」
◇読者賞
羽倉 せい「エターナル・ゲート」

047 神奈川新聞文芸コンクール

県内文学活動の振興と新人発掘を目的に昭和46年に制定。

【主催者】神奈川新聞社
【選考委員】(第43回)短編小説:島田雅彦,現代詩:城戸朱理
【選考方法】公募
【選考基準】〔対象〕短編小説,現代詩。〔資格〕県内在住,在勤,在学者の未発表作品。〔原稿〕小説:400字詰原稿用紙15枚,現代詩:40行以内(400字詰め原稿用紙2枚以内)の作品を2編
【締切・発表】例年6月末締切,10月上旬発表,11月上旬授賞式
【賞・賞金】〔短編小説〕最優秀(1編):30万円,佳作(10編):3万円,〔現代詩〕最優秀

047 神奈川新聞文芸コンクール

（1編）：10万円、佳作（10編）：1万円
【URL】http://www.kanaloco.jp/

第1回（昭46年）
　◇小説
　　太田 芙美恵
第2回（昭47年）
　◇小説
　　香月 尚
第3回（昭48年）
　◇小説
　　保田 英一
第4回（昭49年）
　◇小説
　　該当者なし
第5回（昭50年）
　◇小説
　　芙容 貴子
第6回（昭51年）
　◇小説
　　水口 由比子
第7回（昭52年）
　◇小説
　　保科 義子
第8回（昭53年）
　◇小説
　　新高 初郎
第9回（昭54年）
　◇小説
　　三崎 祐司
第10回（昭55年）
　◇小説
　　該当者なし
第11回（昭56年）
　◇小説
　　葛西 三十四
第12回（昭57年）
　◇小説
　　望月 たか
第13回（昭58年）
　◇小説
　　斉田 理
第14回（昭59年）
　◇小説
　　該当者なし
第15回（昭60年）
　◇小説
　　大狄 就一郎
第16回（昭61年）
　◇小説
　　木村 富美子
第17回（昭62年）
　◇小説
　　寺田 文一
第18回（昭63年）
　◇小説
　　林 博子
第19回（平1年）
　◇小説
　　小泉 美千子
第20回（平2年）
　◇小説
　　森田 文人
第21回（平3年）
　◇小説
　　該当者なし
　●準入選
　　森岡 啓子
第22回（平4年）
　◇小説
　　瀬木口 初恵
第23回（平5年）
　◇小説
　　吉田 菜津子
第24回（平6年）
　◇短編小説
　　畠 ゆかり
第25回（平7年）
　◇短編小説

鈴木 綾子
第26回（平8年）
◇短編小説
漆畑 鏡子
第27回（平9年）
◇短編小説
岡崎 文徳
第28回（平10年）
◇短編小説
きく れいこ
第29回（平11年）
◇短編小説
該当者なし
第30回（平12年）
◇短編小説
仁野 功州
第31回（平13年）
◇短編小説
古川 さとし
第32回（平14年）
◇短編小説
津田 美幸
第33回（平15年）
◇短編小説
勝俣 文子
第34回（平16年）
◇短編小説
牧野 遼作

第35回（平17年）
◇短編小説
長嶋 絹絵
第36回（平18年）
◇短編小説
岩本 清
第37回（平19年）
◇短編小説
青木 万利子
第38回（平20年）
◇短編小説
岡村 明子
第39回（平21年）
◇短編小説
高橋 三雄
第40回（平22年）
◇短編小説
堀口 実徳
第41回（平23年）
◇短編小説
加藤 麻里子
第42回（平24年）
◇短編小説
髙木 りつか
第43回（平25年）
◇短編小説
九人 龍輔

048 河合隼雄物語賞

　河合隼雄の遺志を受け継ぎ，現代社会を生きる人びとのこころを豊かにし，日本文化の発展に寄与することを目的として設立された河合隼雄財団により，河合隼雄の思想と研究の根幹をなす「物語」を中心に据え，様々な世界を読み解き，個々の人びとを支えるような生き生きとした物語を創出した著作を顕彰するため，河合隼雄学芸賞とともに平成24年に創設された。

【主催者】一般財団法人 河合隼雄財団
【選考委員】上橋菜穂子，小川洋子，宮部みゆき
【選考方法】非公募
【選考基準】〔対象〕人のこころを支えるような物語をつくり出した優れた文芸作品。

049 かわさき文学賞

河合隼雄が深く関わっていた児童文学もその対象とする。選考は1年ごとに行い、毎年3月からさかのぼって2年の期間内に発表・発行された作品を選考対象とする
【締切・発表】選考結果の公式発表は「考える人」(新潮社)夏号誌上にて行う。候補作品については公表しない
【賞・賞金】記念品および副賞100万円
【URL】http：//www.kawaihayao.jp/ja/monogatari/

第1回（平25年度）　　　　　　　　　　西 加奈子　「ふくわらい」（朝日新聞出版）

049 かわさき文学賞

昭和32年工都川崎のイメージの強い中にも文学ここにありという発想のもとに創設。職場文芸と地方文学を礎として創設した。
【主催者】かわさき文学賞の会
【選考委員】八木義德
【選考方法】〔対象〕小説 〔原稿〕400字詰原稿用紙30枚前後 〔資格〕川崎市に在住在勤在学者を有資格者とする
【締切・発表】毎年8月末日締切、入選作の発表は同人誌「DELTA」で発表
【賞・賞金】記念品と賞金5万円

第1回（昭32年）
◇市長賞
　古賀 純　「黒い雨」
◇議長賞
　藤村 秀治　「友情復活」
◇教育長賞
　伊藤 一太良　「停年」
◇美須賞
　代田 重雄　「風雪の詩人」
　小野 光子　「悲歌」
　朝日 豊　「混沌」
第2回（昭33年）
◇市長賞
　沼 佐一　「ある履歴書の中から」
◇議長賞
　典田 次郎
◇教育長賞
　越前 英男
◇美須賞
　仁藤 慶一　「あやまち」
　林田 辰二
　代田 重雄　「秘佛」
第3回（昭34年）
◇市長賞
　代田 重雄　「盲いたる笛」
◇議長賞
　越前 英男　「末路」
◇教育長賞
　典田 次郎　「白いハンドバック」
◇美須賞
　師佐 津四郎　「多摩川は今日も流れている」
　千足 一郎　「波紋」
　金子 正樹　「鏡」
第4回（昭35年）
◇市長賞
　松本 幸之介　「ザ・ギャンブラー」
◇議長賞
　典田 次郎　「障害者と娘」

049 かわさき文学賞

◇教育長賞
　平山 実 「二十歳」
◇美須賞
　藤村 文彦 「徒労」
　平井 敏夫 「利巧な奴」
　鈴木 道成 「父となる記」
第5回（昭36年）
◇市長賞
　平井 敏夫 「孤独な誕生日」
◇議長賞
　坂井 大助 「桃」
◇教育長賞
　伊藤 一太良 「板室温泉」
◇美須賞
　竹中 広文 「暗い歩道」
　宮尾 政和 「冷酷な環境」
　須恵 淳 「風雨」
第6回（昭37年）
◇市長賞
　出川 正三 「或る人夫」
◇議長賞
　小林 計夫 「おじい」
◇教育長賞
　北岡 信吾 「クラゲ」
◇美須賞
　梶原 武雄 「夢を…」
　三橋 美津子 「風のある風景」
　河合 酔華 「智光尼行状記」
　瓦田 厳太郎 「川崎序章」
第7回（昭38年）
◇市長賞
　山本 喜美夫 「悲しい鳥」
◇議長賞
　平田 好輝 「猫」
◇教育長賞
　本山 貞子 「かわりみ」
◇美須賞
　藤田 幸蔵 「風の日々」
　渡辺 六郎 「チョコレート」
　菲崎 真一 「終局」
　山稿 登志夫 「残業ものがたり」
第8回（昭39年）

◇市長賞
　小林 勇 「なければなくても別にかまいません」
◇議長賞
　千沢 耿平 「赤い灯」
◇教育長賞
　川崎 保憲 「瞳」
◇美須賞
　小堀 雄 「鰈断」
　太田 寛 「発酵」
　大谷 馨 「女の指輪」
第9回（昭40年）
◇市長賞
　山之内 朗子 「川べり」
◇議長賞
　植田 昭一 「朝霞」
◇教育長賞
　前田 孝一 「山の湯」
◇美須賞
　久下 貞三 「墓標」
　井上 卓 「古疵」
　鈴木 咲枝 「空箱」
第10回（昭41年）
◇市長賞
　和田 喜美子 「過影」
◇議長賞
　塩原 経央 「藍」
◇教育長賞
　小堀 雄 「ある遺書」
◇美須賞
　本間 正志 「この罪を明日に残して」
　佐々木 禎子 「河」
　久下 貞三 「矢立」
第11回（昭42年）
◇市長賞
　塩原 経央 「巣箱」
◇議長賞
　怒田 福寿 「谷間の虫」
◇教育長賞
　小林 計夫 「初詣」
◇美須賞
　本間 正志 「波紋」

049 かわさき文学賞

　　玉井 光隆 「白い花」
第12回（昭43年）
　◇市長賞
　　窪庭 忠雄 「Qの風景」
　◇議長賞
　　小林 計夫 「ある時代」
　◇教育長賞
　　新儀 藤雄 「黝然なる情景」
　◇美須賞
　　安達 公美 「果てない奇」
　　岩瀬 澄子 「豆」
第13回（昭44年）
　◇市長賞
　　田中 誠一 「滝造の小屋」
　◇議長賞
　　山村 錦 「空廻りの季節」
　◇教育長賞
　　高坂 栄 「青春の海」
　◇美須賞
　　東郷 礼子 「つちかわれた狂人」
第14回（昭45年）
　◇推薦
　　山村 錦子 「雲の裂け目に」
　◇美須賞
　　藤沢 誠 「雪煙」
第15回（昭46年）
　◇推薦
　　ますだ まさやす 「少女」
　◇美須賞
　　松永 ひろ子 「静かなる意志」
第16回（昭47年）
　◇推薦
　　高坂 栄 「柔かい朝」
　◇美須賞
　　山下 一郎 「少女の目」
　◇デルタ賞
　　大沢 功一郎 「終着駅の絆」
第17回（昭48年）
　◇推薦
　　山下 一郎 「結城の森」
　◇美須賞
　　黒沢 利夫 「驟雨」

　◇デルタ賞
　　橋元 秀樹 「霧笛」
第18回（昭49年）
　◇推薦
　　橋元 秀樹 「幻灯」
　◇美須賞
　　江見 佳代子 「あらたなほほえみ」
　◇デルタ賞
　　大田 倭子 「あの町」
第19回（昭50年）
　◇推薦
　　長瀬 加代子 「夾竹桃の咲く街」
　◇美須賞
　　大田 倭子 「婆様の覚え書」
　◇デルタ賞
　　岩瀬 澄子 「壊れない椅子」
第20回（昭51年）
　◇推薦
　　岩瀬 澄子 「確かな風景」
　◇美須賞
　　福岡 義信 「加茂川の川竹」
　◇デルタ賞
　　大田 倭子 「霧の中－瓶－」
第21回（昭52年）
　◇推薦
　　大田 倭子 「三〇六号室」
　◇美須賞
　　荘司 浩義 「左党ひとすじ」
第22回（昭53年）
　◇推薦
　　栗原 章 「海の墓」
　◇美須賞
　　鳥海 高志 「桜小僧参上」
第23回（昭54年）
　◇推薦
　　佐伯 恵子 「盆休み」
　◇美須賞
　　矢島 イサヲ 「さよなら山里」
第24回（昭55年）
　◇推薦
　　桐堂 貴 「かまきり」
　◇美須賞

矢島 イサヲ 「木炭事務所の風景」
第25回（昭56年）
　◇推薦
　　　増沢 一平 「脳卒中物語」
　◇美須賞
　　　船津 弘 「妹」
第26回（昭57年）
　◇推薦
　　　大森 五郎 「ジローが死んだ」
　◇美須賞
　　　船津 弘 「女の写真」
第27回（昭58年）
　◇推薦
　　　佐伯 享 「静かな熱」
　◇美須賞
　　　船津 弘 「糸電話」
第28回（昭59年）
　◇推薦
　　　船津 弘 「二重底の女」
　◇美須賞
　　　松本 昭雄 「色彩のない街」
第29回（昭60年）
　◇推薦
　　　岩田 昭蔵 「壁」
　◇美須賞
　　　松本 昭雄 「蠅」
第30回（昭61年）
　◇推薦
　　　松本 昭雄 「雪の日に」
　◇美須賞
　　　鳥海 高志 「波の花」
第31回（昭62年）
　◇第1席
　　　宮崎 宏 「何処へ」
　◇第2席
　　　矢島 イサヲ 「長い階段のある家」
第32回（昭63年）
　◇第1席
　　　松原 澄子 「すずの兵隊」
　◇第2席
　　　大橋 操子 「みぞれの朝、弟の涙」
第33回（平1年）
　◇第1席
　　　岡 美奈子 「青木の実は赤かった」
　◇第2席
　　　石渡 大助 「かっぱきの詩」
第34回（平2年）
　◇第1席
　　　小泉 直子 「秋の響き」
　◇第2席
　　　高山 英三 「挽歌」
第35回（平3年）
　◇第1席
　　　松本 れい 「しにかまん」
　◇第2席
　　　石原 武義 「虹の色」
第36回（平4年）
　◇第1席
　　　西沢 いその 「ゆきあいの空」
　◇第2席
　　　西村 啓子 「迷子」
第37回（平5年）
　◇第1席
　　　高山 英三 「いのちみつめむ」
　◇第2席
　　　妹尾 津多子 「裸犬」
第38回（平6年）
　◇第1席
　　　西村 啓子 「幽霊の合図」
　◇第2席
　　　気賀沢 清司 「えもんかけ」
第39回（平7年）
　◇第1席
　　　松野 昭二 「畳屋さんたすけてください」
　◇第2席
　　　妹尾 津多子 「ふるさと」
第40回（平8年）
　◇第1席
　　　府高 幸夫 「マニキュア」
　◇第2席
　　　今井田 博 「モー殺し」
第41回（平9年）
　◇第1席
　　　妹尾 津多子 「明日の行方は猫まかせ」

050 河出長編小説賞

◇第2席
　笙野 さき 「初秋のころ」
第42回（平10年）
◇第1席
　渡邊 能江 「晩夏」
◇第2席
　久内 純子 「水槽の魚」
第43回（平11年）
◇第1席
　大家 学 「とりかえしのつかない一日」
◇第2席
　気賀沢 清司 「まわり道」
第44回（平12年）
◇第1席
　高橋 菊江 「直美の行方」
◇第2席
　野村 敏子 「にわか雨」
第45回（平13年）
◇第1席
　明石 裕子 「マリー」
◇第2席
　明石 静子 「病名はあるの」
第46回（平14年）
◇第1席
　上志羽 峰子 「すかんぽん」
◇第2席
　明石 静子 「顔」
第47回（平15年）
◇第1席
　小川 苺 「パールウェーブ」
◇第2席
　よしだ ゆうすけ 「アメリカからやってきた少女」
第48回（平16年）
◇第1席
　三松 道尚 「雨の一日」
◇第2席
　早瀬 透 「ムーンシールド」
第49回（平17年）
◇第1席
　沢 昌子 「消えた半夏生」
◇第2席
　宮城 好弘 「とまどい」
第50回（平18年）
◇第1席
　西沢 いその 「オリーブの薫りはまだ届かない」
◇第2席
　気賀沢 清司 「雷のおとしもの」

---

050 河出長編小説賞

昭和40年に，「書き下ろし長編小説叢書」の別巻として一般公募した。昭和43年に「学生小説コンクール」と統合され，「文芸賞」として新たに発足。

【主催者】河出書房新社

第1回（昭40年）
　竹内 泰宏 「希望の砦」
　古賀 剛 「漂流物」

---

051 川端康成文学賞

川端康成を記念して，川端康成記念会が昭和48年に創設した賞。日本人として初めてのノーベル文学賞の賞金を基金とし，最も完成度の高い短編小説に与えられる。第25回

051 川端康成文学賞

までを第一期とし,川端康成生誕100年を機に,平成12年から第二期として再発足した。

【主催者】(公益財団法人)川端康成記念会
【選考委員】(第40回)角田光代,津島佑子,辻原登,堀江敏幸,村田喜代子
【選考方法】非公募。各出版社の出版部長,雑誌編集長,選考委員,川端康成記念会理事会等の推薦による作品から選考
【選考基準】〔対象〕その年度に,雑誌および単行本で発表された短編小説
【締切・発表】年1回,川端康成氏の命日4月16日前後に決定され,毎年「新潮」6月号に発表される
【賞・賞金】賞状,記念品と賞金100万円
【URL】http://www.kawabata-kinenkai.org/bungakusho.html

第1回(昭49年)
 上林 暁 「ブロンズの首」(群像・昭和48年4月号)
第2回(昭50年)
 永井 龍男 「秋」(新潮・昭和49年1月号)
第3回(昭51年)
 佐多 稲子 「時に佇つ」(文藝・昭和50年11月号)
第4回(昭52年)
 水上 勉 「寺泊」(展望・昭和51年5月号)
 富岡 多恵子 「立切れ」(群像・昭和51年11月号)
第5回(昭53年)
 和田 芳恵 「雪女」(文學界・昭和52年2月号)
第6回(昭54年)
 開高 健 「玉,砕ける」(文藝春秋・昭和53年3月号)
第7回(昭55年)
 野口 冨士男 「なぎの葉考」(文學界・昭和54年9月号)
 深沢 七郎 「みちのくの人形たち」(中央公論・昭和54年6月号)(辞退)
第8回(昭56年)
 竹西 寛子 「兵隊宿」(海・昭和55年3月号)
第9回(昭57年)
 色川 武大 「百」(新潮・昭和56年4月号)
第10回(昭58年)
 島尾 敏雄 「湾内の入江で」(新潮・昭和57年3月号)
 津島 佑子 「黙市」(海・昭和57年8月号)
第11回(昭59年)
 大江 健三郎 「河馬に嚙まれる」(文學界・昭和58年11月号)
 林 京子 「三界の家」(新潮・昭和58年10月号)
第12回(昭60年)
 高橋 たか子 「恋う」(新潮・昭和59年1月号)
 田久保 英夫 「辻火」(群像・昭和59年10月号)
第13回(昭61年)
 小川 国夫 「逸民」(新潮・昭和60年9月号)
第14回(昭62年)
 古井 由吉 「中上坂」(海燕・昭和61年1月号)
 阪田 寛夫 「海道東征」(文學界・昭和61年7月号)
第15回(昭63年)
 上田 三四二 「祝婚」(新潮・昭和62年8月号)
 丸谷 才一 「樹影譚」(群像・昭和62年4月号)
第16回(平1年)
 大庭 みな子 「海にゆらぐ糸」(群像・昭和63年10月号)
 筒井 康隆 「ヨッパ谷への降下」(新潮・昭和63年1月号)

第17回(平2年)
　三浦 哲郎　「じねんじょ」(海燕・平成1年5月号)
第18回(平3年)
　安岡 章太郎　「伯父の墓地」(文藝春秋・平成2年2月号)
第19回(平4年)
　吉田 知子　「お供え」(海燕・平成3年7月号)
第20回(平5年)
　司 修　「犬(影について・その一)」(新潮・平成4年2月号)
第21回(平6年)
　古山 高麗雄　「セミの追憶」(新潮・平成5年5月号)
第22回(平7年)
　三浦 哲郎　「みのむし」(「短編集モザイク2―ふなうた」所収)
第23回(平8年)
　大庭 みな子　「赤い満月」(文學界・平成7年新年号)
第24回(平9年)
　坂上 弘　「台所」(新潮・平成8年9月号)
　小田 実　「『アボジ』を踏む」(群像・平成8年10月号)
第25回(平10年)
　村田 喜代子　「望潮」(文學界・平成9年1月号)
第26回(平11年)
　目取真 俊　「魂込め」(朝日新聞社)
　岩阪 恵子　「雨のち雨?」(新潮・平成11年5月号)
第27回(平12年)
　車谷 長吉　「武蔵丸」(短編集「白痴群」所収、新潮社)
第28回(平13年)
　河野 多恵子　「半所有者」(新潮社)

第29回(平14年)
　町田 康　「権現の踊り子」(群像・平成13年7月号)
第29回(平14年)
　堀江 敏幸　「スタンス・ドット」(新潮・平成14年1月号)
　青山 光二　「吾妹子哀し」(新潮・平成14年8月号)
第30回(平15年)
　絲山 秋子　「袋小路の男」(群像・平成15年12月号)
第31回(平16年)
　辻原 登　「枯葉の中の青い炎」(新潮・平成16年8月号)
第32回(平17年)
　角田 光代　「ロック母」(群像・平成17年12月号)
第33回(平19年)
　小池 昌代　「タタド」(新潮・平成18年6月号)
第34回(平20年)
　稲葉 真弓　「海松(ミル)」(新潮・平成19年2月号)
　田中 慎弥　「蛹」(新潮・平成19年8月号)
第35回(平21年)
　青山 七恵　「かけら」(新潮・平成20年11月号)
第36回(平22年)
　高樹 のぶ子　「トモスイ」(新潮・平成21年4月号)
第37回(平23年)
　津村 節子　「異郷」(文學界平成22年1月号・)
第38回(平24年)
　江國 香織　「犬とハモニカ」(新潮・平成23年6月号)
第39回(平25年)
　津村 記久子　「給水塔と亀」(文學界・平成24年3月号)

052 川又新人文学賞

茨城県内各地で書店業を営む川又書店が創業120周年を記念して、清新な個性を発見し、県内において文学に対する関心を高め、もって文学の発展に寄与することを目的として創設した。

【主催者】 川又書店
【選考委員】 （第1回）登尾豊（茨城大学教授），小井戸光彦（茨城大学教授），堀江信男（シオン短期大学教授）
【選考方法】 公募
【選考基準】 〔対象〕童話を除く小説。題材自由〔資格〕茨城県内在住者または茨城県出身者〔原稿〕原稿用紙100～300枚
【締切・発表】 （第1回）平成4年11月30日～5年7月15日募集，発表は5年11月入賞者に直接通知するほか川又書店各店にて
【賞・賞金】 最優秀賞（1編）：50万円，優秀賞（若干）：10万円。受賞作は川又書店から出版される

第1回
　小沢 美智恵　「妹たち」　　　　　　　　　田中 健之　「菩提の庭」

053 奇想天外SF新人賞

奇想天外社により，昭和52年に創設された賞で，広い意味のSF小説を募集。

【主催者】 奇想天外社
【選考委員】 小松左京，筒井康隆，星新一
【選考方法】 〔対象〕広い意味でのSF小説〔資格〕未発表の応募作品に限る。〔原稿〕400字詰原稿用紙で60～90枚，3枚程度の梗概をつけること
【賞・賞金】 入選は賞金50万円，佳作5万円

第1回（昭52年）　　　　　　　　　　　　　該当作なし
　該当作なし　　　　　　　　　　　　　第3回（昭54年）
第2回（昭53年）　　　　　　　　　　　　　該当作なし

054 北区内田康夫ミステリー文学賞

　北区は，大正から昭和にかけて文豪たちが住み，田端地区に文化芸術家村が誕生した。この地域で文化人の交流が盛んに行われ，各人が数々の名作を生み出した。こうした歴史や土壌を背景に，北区の知名度・文化的イメージをより高めるため，作家で北区アンバサダー（大使）の内田康夫氏の協力を得て平成14年創設。自治体が主催する文学賞は数多くあるが，ミステリーに限定したものは，この文学賞が初めての試み。

【主催者】 北区，北区文化振興財団

054 北区内田康夫ミステリー文学賞

【選考委員】内田康夫,北区長,北区文化振興財団理事長,ミステリー関連出版社の編集者ほか

【選考方法】公募

【選考基準】〔対象〕年齢,性別,職業,国籍は問わない。ミステリー作品の短編小説で,日本語で書かれた自作未発表の作品に限る。北区の地名・人物・歴史などを入れ込んだ作品を歓迎するが,選考の基準には影響しない。〔応募規定〕手書き原稿の場合は,400字詰原稿用紙で40枚以上80枚以内。ワープロ原稿の場合は,32字×40行(A4用紙に横置きに縦書きで印字)で12.5枚以上25枚以内。表紙には,題名,枚数,氏名,ペンネーム,年齢,郵便番号,住所,電話番号,職業を明記する。表紙の次に800字程度のあらすじを付し,次いで本編を添えてから右肩を綴じ,本編にページ番号をふり郵送する

【締切・発表】(第12回)平成25年9月30日締切(必着),平成26年3月上旬発表

【賞・賞金】大賞:賞金100万円 副賞記念品,特別賞:賞金10万円 副賞記念品,大賞作品は,月刊誌「ジェイ・ノベル」に掲載

【URL】http://www.city.kita.tokyo.jp/misc/mystery/

第1回(平15年)
◇大賞
　汐見 薫 「黒い服の未亡人」
◇区長賞
　福岡 青河 「冬霞」
◇佳作
　田中 昭雄 「星降夜」

第2回(平16年)
◇大賞
　清水 雅世 「夢見の噺」
◇区長賞(特別賞)
　跡部 蛮 「江戸切絵図の記憶」
◇区民賞(特別賞)
　永沢 透 「朝の幽霊」

第3回(平17年)
◇大賞
　山下 欣宏 「ドリーム・アレイの錬金術師」
◇区長賞(特別賞)
　蒲原 文郎 「祐花とじゃじゃまるの夏」
◇審査員特別賞(特別賞)
　山内 美樹子 「十六夜華泥棒」

第4回(平18年)
◇大賞
　井水 伶 「師団坂・六〇」
◇区長賞(特別賞)
　高田 郁 「志乃の桜」
◇浅見光彦賞(特別賞)
　井上 凛 「オルゴールメリーの残像」

第5回(平19年)
◇大賞
　田端 六六 「天狗のいたずら」
◇区長賞(特別賞)
　櫻田 しのぶ 「あるアーティストの死」
◇浅見光彦賞(特別賞)
　古澤 健太郎 「市役所のテーミス」

第6回(平20年)
◇大賞
　やまき 美里 「金鶏郷に死出虫は嗤う」
◇区長賞(特別賞)
　小堺 美夏子 「若木春照の悩み～ゲーテの小径殺人事件～」
◇浅見光彦賞(特別賞)
　岩間 光介 「雨降る季節に」

第7回(平21年)
◇大賞
　岩間 光介 「幻の愛妻」
◇区長賞(特別賞)
　和喰 博司 「休眠打破」

第8回(平22年)
◇大賞
　松田 幸緒 「完璧なママ」
◇区長賞(特別賞)

井上 博　「神隠しの町」
　◇審査員特別賞（特別賞）
　　吹雪 ゆう　「御用雪氷異聞」
第9回（平23年）
　◇大賞
　　安堂 虎夫　「神隠し 異聞『王子路考（おうじろこう）』」
　◇浅見光彦賞（特別賞）
　　門倉 暁　「話、聞きます」
　◇特別賞
　　島村 潤一郎　「誕生」
第10回（平24年）
　◇大賞

　　山下 歩　「凶音窟」
　◇審査員特別賞（特別賞）
　　滝川 野枝　「とうとうたらり たらりらたらり」
　◇区長賞
　　宮田 隆　「花見の仇討」
第11回（平25年）
　◇大賞
　　高橋 正樹　「最後のヘルパー」
　◇区長賞（特別賞）
　　米田 京　「ブラインドｉ・諦めない気持ち」
　◇審査員特別賞（特別賞）
　　伊東 雅之　「チェイン」

---

055 北日本文学賞

　地方からの新鮮で個性的な作家の発掘を目指し、昭和41年に創設。初代選者は丹羽文雄が務め、第3回から23年間にわたって井上靖が選にあたった。平成4年からは宮本輝が務める。

【主催者】北日本新聞社

【選考委員】宮本輝

【選考方法】公募

【選考基準】〔対象〕小説、未発表作品。〔原稿〕400字詰め原稿用紙30枚。ワープロ原稿も縦書き20字20行。筆名は自由。原稿に郵便番号、住所、氏名、年齢、職業、電話番号、簡単な略歴を明記。原稿は折らずに右肩をひもでとじる

【締切・発表】（第48回）平成25年8月31日締切（当日消印有効）。平成26年1月1日付北日本新聞朝刊にて発表

【賞・賞金】入賞（1編）：正賞記念牌、副賞100万円、選奨（2編以内）：記念牌、各30万円

【URL】http://www.kitanippon.co.jp/pub/hensyu/bungaku/

第1回（昭42年）
　　藤瀬 光哉　「二つの火」
第2回（昭43年）
　　杉 昌乃　「佐恵」
第3回（昭44年）
　　林 英子　「空転」
第4回（昭45年）
　　山村 睦　「大鹿」
第5回（昭46年）
　　神部 龍平　「闘鶏」

第6回（昭47年）
　　佐伯 葉子　「ガランドウ」
第7回（昭48年）
　　石動 香　「17歳の日に」
第8回（昭49年）
　　息長 大次郎　「越の老函人」
第9回（昭50年）
　　小島 久枝　「軍医大尉」
第10回（昭51年）

055 北日本文学賞

　　佐々木 国広 「乳母車の記憶」
第11回 (昭52年)
　　該当作なし
第12回 (昭53年)
　　夏目 千代 「パントマイム」
第13回 (昭54年)
　　野島 千恵子 「氷の橋」
第14回 (昭55年)
　　田口 佳子 「靴」
第15回 (昭56年)
　　中西 美智子 「流れない歳月」
第16回 (昭57年)
　　井村 叡 「老人の朝」
第17回 (昭58年)
　　渡部 智子 「額縁」
第18回 (昭59年)
　　間嶋 稔 「悪い夏」
第19回 (昭60年)
　　桂城 和子 「風に棲む」
第20回 (昭61年)
　　吉住 侑子 「遊ぶ子どもの声きけば」
第21回 (昭62年)
　　森田 功 「残像」
第22回 (昭63年)
　　北村 周一 「ユーモレスク」
第23回 (平1年)
　　原口 真智子 「電車」
第24回 (平2年)
　　高嶋 哲夫 「帰国」
　◇選奨
　　加地 慶子 「天の音」
　　古木 信子 「手袋」
第25回 (平3年)
　　織田 貞之 「残照」
　◇選奨
　　山路 ひろ子 「父とカリンズ」
第26回 (平4年)
　　中沢 ゆかり 「夏の花」
　◇選奨
　　吉田 典子 「ブラックディスク」
　　中浜 照子 「鰐を見た川」
第27回 (平5年)
　　三村 雅子 「満月」
第28回 (平6年)
　　長岡 千代子 「遠きうす闇」
　◇選奨
　　山本 隆行 「木の椅子」
　　芹沢 葉子 「天窓」
第29回 (平7年)
　　我如古 修二 「この世の眺め」
　　風際 透 「ヤマンスと川霧」
　　樋口 まゆ子 「胎児」
第30回 (平8年)
　　花輪 真衣 「ブリーチ」
第31回 (平9年)
　　早瀬 馨 「眼」
第32回 (平10年)
　　長山 志信 「ティティカカの向こう側」
第33回 (平11年)
　　岩波 三樹緒 「お弔い」
　◇選奨
　　河原 未来 「見知らぬ家族たちへ」
第34回 (平12年)
　　井野 登志子 「海のかけら」
　◇選奨
　　今井 絵美子 「母の背中」
　　竹内 正人 「ロードスター」
第35回 (平13年)
　　佐々木 信子 「ルリトカゲの庭」
　◇選奨
　　橋本 ふゆ 「夜道の落とし物」
　　木戸 博子 「谷間」
第36回 (平14年)
　　菅野 雪虫 「橋の上の少年」
　◇選奨
　　北岡 克子 「アトムの貯金箱」
　　吉沢 薫 「空を仰ぐ」
第37回 (平15年)
　　丸岡 通子 「みすず」
　◇選奨
　　鈴木 信一 「遠い花火」
　　山野 昌道 「光の海」
第38回 (平16年)
　　夏芽 涼子 「花畳」

◇選奨
　佐々木 増博　「六番目の会」
　村本 椎子　「マイ ファミリー」
第39回（平17年）
　松嶋 ちえ　「あははの辻」
◇選奨
　谷 ユリ子　「雲の翼」
　黒部 順拙　「悪戯（いたずら）」
第40回（平18年）
　飛田 一歩　「最後の姿」
◇選奨
　沙木 実里　「軒の雫（しずく）」
　藤岡 陽子　「結（ゆ）い言（ごん）」
第41回（平19年）
　阪野 陽花　「催花雨（さいかう）」
◇選奨
　平坂 静音　「星の散るとき」
　木杉 教　「ある夕べ」
第42回（平20年）
　村山 小弓　「しらべ」
◇選奨
　北柳 あぶみ　「鞍骨坂」
　十八鳴浜 鷗　「猫か花火のような人」
第43回（平21年）
　齊藤 洋大　「彼岸へ」
◇選奨
　緋野 由意子　「オレンジ色の部屋」

　森 美樹子　「ふう子のいる街」
第44回（平22年）
　のむら 真郷　「海の娘」
◇選奨
　宮川 直子　「私の神様」
　大高 ミナ　「花びら、ひらひらと」
第45回（平23年）
　沢辺 のら　「あの夏に生まれたこと」
◇選奨
　青山 恵梨子　「夏至の匂い」
　越智 絢子　「ガーデン」
第46回（平24年）
　瀬緒 瀧世　「浅沙の影」
◇選奨
　原 久人　「踊り場」
　山下 一味　「泣き屋」
第47回（平25年）
　中村 公子　「藁焼きのころ」
◇選奨
　高瀬 紀子　「旅の足跡」
　柴崎 日砂子　「飴玉の味」
第48回（平26年）
　鈴木 篤夫　「ビリーブ」
◇選奨
　福永 真也　「姉のための花」
　穐山 定文　「夢の花」

056 岐阜県文芸祭作品募集

　「自然と人間」を基本テーマに、9部門で文学的視点からのふるさと岐阜の再発見とイメージの高揚を図るとともに、文芸創作活動の充実を目的とする。

【主催者】　（公財）岐阜県教育文化財団
【選考委員】　（第22回）創作（小説）：高橋健,山名恭子,創作（児童文学）：角田茉瑳子,船坂民平,随筆：浅野弘光,度会さち子,詩：椎野満代,頼圭二郎,短歌：市川正子,後藤左右吉,山本梨津子,俳句：桑原不如,辻恵美子,渡辺汨羅,川柳：大野三七吉,遠山登,成瀬雅子,狂俳：洗心庵岳泉,東雲庵昇竜,連句：河合はつ江,瀬尾千草,古田了
【選考方法】　公募
【選考基準】　1部門につき,1人1編または1組とし,日本語で書かれた未発表の作品に限る。〔資格〕不問。〔原稿〕創作：小説は400字詰原稿用紙で本文60枚以内,児童文学は400字詰原稿用紙で本文30枚以内。随筆：400字詰原稿用紙で本文5枚以内。詩：400字詰原

稿用紙で本文30行以内。短歌：1組3首以内。俳句・川柳：1組3句以内。狂俳：1組狂俳課題各題1句詠3句以内（岐阜調狂俳による）。連句：1編短歌行（24句）。〔応募料〕1編または1組につき1000円

【締切・発表】（第22回）平成25年9月30日締切（当日消印有効），平成26年2月上旬直接通知にて発表,3月1日表彰式

【賞・賞金】文芸大賞・創作部門（小説・児童文学）（各1点）：賞金5万円、随筆・詩・連句部門（各1点）：賞金2万5千円、短歌・俳句・川柳・狂俳部門（各1点）：賞金1万円。優秀賞・創作（小説・児童文学）・随筆・詩・連句部門（各2点）：賞金1万円、短歌・俳句・川柳・狂俳部門（各2点）：賞金5千円

【URL】http://www.g-kyoubun.or.jp/jimk/

第1回（平3年）
◇文芸大賞
● 創作（小説）
　安藤 育子 「渇いた記憶」
第2回（平4年）
◇文芸大賞
● 創作（小説）
　薫田 泰子 「帰郷」
第3回（平5年）
◇文芸大賞
● 創作（小説）
　長尾 操 「囲炉裏」
第4回（平6年）
◇文芸大賞
● 創作（小説）
　森 瑠美子 「二人の万作」
　横井 八千代 「花火」
第5回（平7年）
◇文芸大賞
● 創作（小説）
　登川 周二 「きつね」
第6回（平8年）
◇文芸大賞
● 創作（小説）
　藤田 正彦 「龍太鼓」
第7回（平9年）
◇文芸大賞
● 創作（小説）
　該当者なし
第8回（平10年）
◇文芸大賞
● 創作（小説）
　該当者なし
第9回（平12年）
◇文芸大賞
● 創作（小説）
　樋口 健司 「加納城址幻影」
第10回（平13年）
◇文芸大賞
● 創作（小説）
　松本 幸久 「秋の水景」
第11回（平14年）
◇文芸大賞
● 創作（小説）
　西川 百々 「宿り木」
第12回（平15年）
◇文芸大賞
● 創作（小説）
　伊藤 美和 「春暁」
第13回（平16年度）
◇文芸大賞
● 創作（小説）
　梶田 幸一
第14回（平17年度）
◇文芸大賞
● 創作（小説）
　山口 美子
第15回（平18年度）
◇文芸大賞
● 創作（小説）

田中 主一
第16回（平19年度）
◇文芸大賞
● 創作（小説）
該当者なし
第17回（平20年度）
◇文芸大賞
● 創作（小説）
該当者なし
第18回（平21年度）
◇文芸大賞
● 創作（小説）
中山 妙子

第19回（平22年度）
◇文芸大賞
● 創作（小説）
梶田 幸一
第20回（平23年度）
◇文芸大賞
● 創作（小説）
佐々木 恵子
第21回（平24年度）
◇文芸大賞
● 創作（小説）
木原 幹夫

057 木山捷平短編小説賞

　体験や身辺に材を取り、洒脱な表現で没後も根強い愛読者を持つ笠岡市出身の小説家木山捷平の業績を顕彰すると共に、文学の振興及び豊かな芸術文化の高揚を図ることを目的とし、新人の未発表作品を対象に、広く全国に向けて募集する。

【主催者】笠岡市、笠岡市教育委員会、(財)笠岡市文化・スポーツ振興財団

【選考委員】（第9回）川村湊（文芸評論家）、佐伯一麦（作家・第1回木山捷平文学賞受賞）

【選考方法】公募

【選考基準】〔対象〕短編小説。未発表の新人の新作。一人1編。〔原稿〕A4サイズの400字詰め縦書原稿用紙50枚以内。パソコン・ワープロ原稿可。その場合は30字×40行（縦書き）でA4用紙に印刷し、400字を1枚として枚数換算する

【締切・発表】（第9回）平成25年9月24日締切、平成26年1月発表、3月表彰式

【賞・賞金】正賞：賞状、副賞：賞金50万円

【URL】http://www.city.kasaoka.okayama.jp/soshiki/28/bungakusensyo.html

第1回（平17年度）
　牛山 喜美子　「最終バス」
第2回（平18年度）
　木下 訓成　「マルジャーナの知恵」
第3回（平19年度）
　紺野 真美子　「背中の傷」
第4回（平20年度）
　福田 敬　「池」
第5回（平21年度）

大野 俊郎　「チヨ丸」
第6回（平22年度）
　福井 幸江　「回路猫」
第7回（平23年度）
　吉野 光久　「異土」
第8回（平24年度）
　太田 貴子　「雨あがりの奇跡」
第9回（平25年度）
　西島 恭子　「高那ケ辻」

058 木山捷平文学賞

　庶民的な視点から,飄逸でユーモアがあり,滋味あふれる独自な文学世界を創造し,日本文学史上に特異な地位を占める笠岡市出身の作家木山捷平の優れた業績を顕彰するとともに,文学の振興及び芸術文化の高揚を図るため,平成8年4月に創設、第9回で終了した。

【主催者】 笠岡市,笠岡市教育委員会,(財)笠岡市文化・スポーツ振興財団
【選考委員】 三浦哲郎,秋山駿,川村湊
【選考方法】 全国主要新聞社,出版社,作家による推薦
【選考基準】 〔対象〕前年12月1日～当該年11月30日までに、全国各地で単行本として刊行された小説
【締切・発表】 例年2月発表。3月贈呈式
【賞・賞金】 正賞として賞状及び記念品,副賞(賞金100万円)

第1回(平9年)
　佐伯 一麦(作家)「遠き山に日は落ちて」(集英社)
第2回(平10年)
　岡松 和夫 「峠の棲家」(新潮社)
第3回(平11年)
　柳 美里(作家)「ゴールドラッシュ」(新潮社)
第4回(平12年)
　目取真 俊(詩人,作家)「魂込め」(朝日新聞社)
第5回(平13年)
　佐藤 洋二郎(作家)「イギリス山」(集英社)
第6回(平14年)
　平出 隆 「猫の客」(河出書房新社)
第7回(平15年)
　小檜山 博(作家)「光る大雪」(講談社)
第8回(平16年)
　堀江 敏幸(作家)「雪沼とその周辺」(新潮社)
第9回(平17年)
　松浦 寿輝(詩人,作家)「あやめ 鰈 ひかがみ」(講談社)

059 九州芸術祭文学賞

　九州・沖縄地方の新人発掘を目的に昭和45年に創設され,以来文壇への登龍門の役割を果たしている。

【主催者】 (公財)九州文化協会
【選考委員】 (第45回)五木寛之(作家),村田喜代子(作家),又吉栄喜(作家),「文學界」編集長。九州・沖縄各県,福岡市,北九州市,熊本市に地区選考委員計30人
【選考方法】 公募
【選考基準】 〔対象〕小説。未発表作1編。同人誌を含め既発表作品は不可。〔資格〕九州(沖縄を含む)在住者。〔原稿〕400字詰め原稿用紙55枚から60枚まで。パソコンの場合は20字×20行のこと。1～2枚の梗概を添付。原稿の送付先は県・市によって異なるので要注意
【締切・発表】 5月に応募規定を発表し8月31日締切(必着),最優秀作の氏名は翌年1月下

059 九州芸術祭文学賞

旬発表, 作品は「文學界」4月号に掲載, 入選作は九州文化協会発行の「九州芸術祭文学賞作品集」及び, 各県地元の新聞に掲載
【賞・賞金】最優秀作(1編)：賞金30万円, 副賞(青木秀賞)：賞金20万円, 地区優秀作(10編)：賞金5万円, 地区次席(11編)：賞金2万円
【URL】http://www.kyushubunkakyoukai.jp/prize

第1回（昭45年度）
　山田 とし（熊本県）「白い切り紙」
第2回（昭46年度）
　森田 定治（北九州市）「オープン・セサミ」
第3回（昭47年度）
　松原 伊佐子（熊本県）「巨人の城」
第4回（昭48年度）
　小郷 穆子（大分県）「遠い日の墓標」
第5回（昭49年度）
　きだ たかし（熊本県）「黎明の河口」
第6回（昭50年度）
　帚木 蓬生（福岡県）「頭蓋に立つ旗」
第7回（昭51年度）
　村田 喜代子（北九州市）「水中の声」
第8回（昭52年度）
　又吉 栄喜（沖縄県）「ジョージが射殺した猪」
第9回（昭53年度）
　佐藤 光子（長崎県）「賄賂」
第10回（昭54年度）
　該当作なし
第11回（昭55年度）
　西谷 洋（佐賀県）「秋蝉の村」
第12回（昭56年度）
　蔵原 惟和（熊本県）「黄色いハイビスカス」
第13回（昭57年度）
　該当作なし
第14回（昭58年度）
　該当作なし
第15回（昭59年度）
　青崎 庚次（鹿児島県）「黍の葉揺れやまず」
第16回（昭60年度）
　該当作なし
第17回（昭61年度）
　風見 治（鹿児島県）「鼻の周辺」
第18回（昭62年度）
　岩森 道子（北九州市）「雪迎え」
第19回（昭63年度）
　崎山 多美（沖縄県）「水上往還」
第20回（平1年度）
　仲若 直子（沖縄県）「犬盗人」
第21回（平2年度）
　野島 誠（福岡県）「斜坑」
第22回（平3年度）
　中村 喬次（沖縄県）「スク鳴り」
第23回（平4年度）
　鶴ケ野 勉（宮崎県）「神楽舞いの後で」
第24回（平5年度）
　阿部 忍（北九州市）「ヒロの詩（うた）」
　◇佳作
　折田 裕（佐賀県）「肉神（にくかみ）」
第25回（平6年度）
　吉井 恵璃子 「フユ婆の月」
第26回（平7年度）
　田崎 弘章（長崎県）「静かの海」
第27回（平8年度）
　目取真 俊（沖縄県）「水滴」
第28回（平9年度）
　崎山 麻夫（沖縄県）「妖魔」
第29回（平10年度）
　該当作なし
第30回（平11年度）
　◇最優秀賞
　大道 珠貴（福岡県）「裸」
第31回（平12年度）
　◇最優秀賞
　該当作なし
　◇佳作
　大城 貞俊（沖縄県）「サンド・クラッシュ」

第32回（平13年度）
　◇最優秀賞
　　該当作なし
　◇佳作
　　富崎 喜代美（佐賀県）「かたつむり」
第33回（平14年度）
　◇最優秀賞
　　吉永 尚子（福岡県）「モモに憑かれて」
　◇佳作
　　河合 民子（沖縄県）「八月のコスモス」
第34回（平15年度）
　◇最優秀賞
　　上原 輪（福岡市）「糸」
　◇佳作
　　野沢 薫子（長野県）「窓越しの風景」
第35回（平16年度）
　◇最優秀賞
　　該当作なし
　◇佳作
　　相川 英輔（福岡県）「打棒日和」
第36回（平17年度）
　◇最優秀賞
　　該当作なし
　◇佳作
　　鮒田 トト（宮城県）「観用家族」
第37回（平18年度）
　◇最優秀賞
　　芝 夏子（福岡市）「ナビゲーター」
第38回（平19年度）
　◇最優秀作
　　小石丸 佳代（福岡市）「ダンス」
　◇佳作
　　松田 るんを（長崎県諫早市）「ティッシュの箱」
第39回（平20年度）
　◇最優秀作
　　近藤 勲公（大分県）「黒い顔」
　◇佳作
　　松原 栄（沖縄県）「勝也の終戦」
第40回（平21年度）
　◇最優秀作
　　伊藤 香織（大分県）「苔やはらかに。」
　◇佳作
　　玉木 一兵（沖縄県）「コトリ」
第41回（平22年度）
　◇最優秀作
　　中瀬 誠人（熊本県）「サウナ ニュー・ナカノシマ」
　◇佳作
　　悦本 達也（福岡市）「ケージ」
第42回（平23年度）
　◇最優秀作
　　小山内 恵美子（長崎県）「おっぱい貝」
第43回（平24年度）
　◇最優秀作
　　該当作なし
　◇佳作
　　曽原 紀子（宮崎県）「声のゆくえ」
第44回（平25年度）
　◇最優秀作
　　平野 宏（長崎県）「出航まで」

060 九州さが大衆文学賞

　佐賀市在住だった作家・故笹沢左保氏の提唱で、新人作家の登竜門として平成5年に創設。

【主催者】九州さが大衆文学賞委員会
【選考委員】森村誠一, 夏樹静子, 北方謙三
【選考方法】公募
【選考基準】〔対象〕推理小説, 歴史・時代小説。未発表作品。〔資格〕不問。〔原稿〕推

060 九州さが大衆文学賞

理小説は400字詰原稿用紙換算で90枚以内,歴史・時代小説は同70枚以内
【締切・発表】11月末締切,翌年3月下旬発表
【賞・賞金】大賞(1編):賞金100万円と盾,佳作(1編):賞金10万円と盾,奨励賞(佐賀県内優秀作1編):5万円と盾
【URL】http://www1.saga-s.co.jp/news/taisyubungaku.html

第1回(平6年)
　◇大賞
　　チャーリー・武藤(杉並区)「平成世直し老人会」
　◇佳作
　　平原 夏樹(世田谷区)「大山椒魚」
　　目野 展也(小郡市)「或る『ウルトラマン』伝」
第2回(平7年)
　◇大賞
　　千葉 鈴香(福岡県田川郡)「おたすけレディ」
　◇佳作
　　池田 陽一(東京都)
　　鈴木 誠司(宮崎市)
　◇奨励賞
　　中村 みゆき(佐賀市)
第3回(平8年)
　◇大賞
　　永井 するみ(東京都江東区)「マリーゴールド」
　◇佳作
　　飯島 一次(東京都)
　◇奨励賞
　　坂本 善三郎(佐賀市)
第4回(平9年)
　　折田 裕 「死んでもいい」
第5回(平10年)
　◇大賞
　　海月 ルイ(愛知県阿久比町)「シガレット・ロマンス」
　◇佳作
　　間宮 弘子(大阪府高槻市)
　　渡辺 治之(東京都国分寺市)
　◇奨励賞
　　坂井 健二(佐賀県佐賀市)
第6回(平11年)
　◇大賞
　　川名 さちよ(本名=川名幸代)(千葉県)「タイムカプセル」
　◇佳作
　　桐山 喬平(本名=塩見照次)(埼玉県)「ヒモはつらい」
　　松村 比呂美(東京都)「メッセージ」
第7回(平12年)
　◇大賞
　　大塚 俊英(大分県)「桜田門外のライター」
　◇佳作
　　辻村 恭二(本名=前田健太郎)(神奈川県)「偽書」
　　湯川 聖司(大阪府)「冤罪の構造」
　◇奨励賞
　　なべ しげる(本名=鍋島茂清)(佐賀市)「平五郎の初陣」
第8回(平13年)
　◇大賞
　　小沢 真理子(茨城県)「雨の柩」
　◇佳作
　　河崎 守和(東京都)「配流」
　　雨神 音矢(本名=葛谷実)(神戸市)「銀がたき」
　◇奨励賞
　　多岐 わたる(本名=脇山幸子)(伊万里市)「欠落」
第9回(平14年)
　◇大賞
　　麻見 展子(本名=細見展子)(神奈川県)「でびっとぺてろざうるす」
　◇佳作
　　植松 治代(東京都)「まれびと奇談」

小説の賞事典　85

近藤 善太郎（本名＝近藤善美）（東京都）
「伝い石」
◇奨励賞
江口 陽一（武雄市）「シスター」
第10回（平15年）
◇大賞笹沢左保賞
今井 絵美子（広島県）「小日向源伍の終わらない夏」
◇佳作
指方 恭一郎（本名＝日野真人）（北九州市）「麝香ねずみ」
古澤 健太郎（東京都）「官報を読む男」
◇奨励賞
久島 達也（本名＝林晴久）（佐賀県）「殺生仏」
第11回（平16年）
◇大賞
指方 恭一郎（北九州市）「首」
◇佳作
平林 廉（愛知県）「お鼻番 北前すず」
◇奨励賞
松隈 一馬（鳥栖市）「風化せず」
第12回（平17年）
◇大賞
梶木 洋子（神奈川県）「い草の花」
◇佳作
篠 綾子（埼玉県）「虚空の花」
河崎 守和（東京都）「茶わん屋稼業」
◇奨励賞
木塚 昌宏（佐賀市）「『葉隠』抜き書 切腹な痛かばんた」
第13回（平18年）
◇大賞
井上 順一 「華吉屋縁起」
◇佳作
水城 亮 「瞳」
◇奨励賞
西村 しず代（佐賀市）「海峡に陽は昇る」
第14回（平19年）
◇大賞
水城 亮 「お試し期間」
◇佳作
中村 智子（佐賀市）「駿河守述懐」
◇奨励賞
佐藤 俊治（佐賀市）「葉隠聞書き」
第15回（平20年）
◇大賞
上野 房江 「希釈空間」
◇佳作
服部 素女（津島市）「それがし」
第16回（平21年）
◇大賞
一本木 凱 「相続相撲」
◇佳作
矢的 竜 「不切方形一枚折り」
◇奨励賞
田中 希彦（佐賀市）「七五郎略伝」
第17回（平22年）
◇大賞
遊部 香（市川市）「履歴」
大橋 紀子（墨田区）「毒薬」
◇奨励賞
白石 すみほ（唐津市）「胎児の記憶」
第18回（平23年）
◇大賞
佐藤 学 「狂い能」
◇佳作
小山 鎮男 「伝えられた心」
◇奨励賞
小柳 義則（小城市）「鯨唄」
第19回（平24年）
◇大賞
東 圭一 「足軽塾大砲顛末」
◇佳作・奨励賞
板倉 充伸（唐津市）「らんぐざあむ くらふてぃぐろーぺんと」
第20回（平25年）
◇大賞
若江 克己 「玄鳥がいた頃」
◇佳作
該当作なし
◇奨励賞
井藤 貴子（佐賀市）「睡蓮の鉢」

061 「きらら」文学賞

小説の新しい楽しさを追求する書き手の、新鮮で力強い作品を求める。現在は募集をしていない。

【主催者】小学館
【選考委員】「きらら」編集部
【選考基準】〔対象〕恋愛小説、青春小説、家族小説など。ただし、書き下ろしの未発表作品に限る。〔原稿〕400字詰め原稿用紙換算で300枚以上800枚まで

第1回（平17年）
　黒野 伸一「ア・ハッピーファミリー」
第2回（平20年）
　斧田 のびる「ヒデブー」
第3回（平21年）
　瀧上 耕「青春ぱんだバンド」

062 具志川市文学賞

米軍基地に接して生まれた新興都市・沖縄県具志川市が、平成3年市立図書館の建設を記念して創設。あたらしい文学の誕生に力をかすことで、日本と世界の文化に貢献を果たすのを趣旨とする。平成4年第1回授賞後終了。

【主催者】具志川市、朝日新聞社、沖縄タイムス社
【選考委員】（第1回）井上ひさし、大城立裕、吉村昭
【選考方法】公募
【選考基準】〔対象〕たのしく読めて、生きることの深みを知らしめ、人の世について眼をひらかせるような斬新な作品。(但しSFとミステリー作品は除く)〔資格〕不問。日本語で書かれた未発表のオリジナル作品〔原稿〕400字詰原稿用紙350枚～400枚。別紙（400字詰原稿用紙3枚程度）に作品のあらすじを付記
【締切・発表】（第1回）平成4年1月20日締切、11月受賞者に直接通知するほか、朝日新聞・沖縄タイムス紙上をはじめマスコミ機関を通して発表、12月授賞式、5年5月朝日新聞社から出版
【賞・賞金】当選作（1編）：賞金1千万円（税込み）、ほかに佳作のあった場合は適当の賞金を贈る。入賞作品の著作権は当初3年間は映画、演劇、テレビ等の上映、放映権もあわせて具志川市に帰属。出版権は朝日新聞社に帰属

第1回（平4年）
　大城 貞俊（宜野湾市）「椎の川」
　蟹谷 勉（栃木県河内町）「死に至るノーサイド」

063 グルメ文学賞

食に関する小説に授賞し、昭和60年に創設された。第4回で中止。

| 【主催者】日本経済新聞社, 国際観光日本レストラン協会
| 【締切・発表】4月に発表

第1回（昭60年）
　神吉 拓郎　「たべもの芳名録」（新潮社）
第2回（昭61年）
　該当作なし

第3回（昭62年）
　明治屋　「嗜好」
第4回（昭63年）
　該当作なし

064　くろがね賞

海洋文学奨励のため「くろがね会」が昭和16年創設した賞。2回だけの選考で終った。

【主催者】くろがね会
【選考委員】同会審査部
【賞・賞金】模型船と賞金1000円

第1回（昭16年）
　津村 敏行　「南海封鎖」
第2回（昭17年）
　該当作なし

065　黒豹小説賞

門田泰明著"黒豹"シリーズ400万部突破, 祥伝社創立20周年を記念し, 平成2年黒豹小説賞を設定。「独自の発想」に富み, 次代の大衆文壇に新風を吹きこむ意欲作を募集した。1回限りの賞。

【主催者】祥伝社
【選考委員】黒豹小説賞選考委員会（社内選考委員及び評論家）
【選考方法】公募
【選考基準】〔対象〕小説。推理, 冒険・アクション, 恋愛, サスペンスなどジャンル不問　〔資格〕自作未発表作品。二重投稿不可〔長編小説部門〕400字詰原稿用紙320枚以上400枚以内（枚数厳守）, 2～3枚の簡単な梗概を添付。〔短編小説部門〕原稿用紙50枚以上80枚以内（枚数厳守）
【締切・発表】締切は平成2年9月末日（当日消印有効）, 発表は平成3年6月号（4月発売号）の「小説NON」誌上
【賞・賞金】長編（入選1編）：賞金50万円及び記念品, 祥伝社より単行本として刊行し, 印税を著者に支払う。短編（入選1編）：賞金30万円及び記念品。当選作品の上映, 上演, 放送などの権利及び入選作品の全ての版権は祥伝社に所属する

（平3年）
　◇長編小説部門
　　　　　　　　　松岡 弘　「狂気の遺産」

066 群像新人長編小説賞

雑誌「群像」により、「群像新人文学賞」につづいて、「群像新人長編小説賞」が設定されたが、第5回の授賞をもって中止された。

【主催者】講談社

【選考委員】秋山駿、大庭みな子、黒井千次、佐々木基一

【選考方法】〔対象〕長編小説 〔資格〕応募作品は未発表のものに限る。〔原稿〕400字詰原稿用紙で250枚～600枚。〔その他〕応募要項、選考の結果について、問い合わせには応じない

【賞・賞金】賞金30万円

第1回（昭53年）
　土居 良一 「カリフォルニア」

第2回（昭54年）
　五十嵐 勉 「流謫の島」
　山科 春樹 「忍耐の祭」

第3回（昭55年）
　大高 雅博 「旅する前に」
　今井 公雄 「序章」

第4回（昭56年）
　該当作なし
◇優秀作
　高橋 源一郎 「さようなら、ギャングたち」

第5回（昭57年）
　有為 エィンジェル（有為モンクマン）「前奏曲（プレリュード）」

067 群像新人文学賞〔小説部門〕

優秀な新人の発掘を目的として昭和33年創設。小説と評論の2部門がある。

【主催者】講談社

【選考委員】（第58回）青山七恵、高橋源一郎、多和田葉子、辻原登、野崎歓

【選考方法】公募

【選考基準】〔対象〕未発表のものに限る。同人雑誌発表作、他の新人賞への応募作品、卒業論文、ネット上で発表した作品等は対象外とする。〔原稿〕400字詰原稿用紙で小説は250枚以内、評論は70枚以内。ワープロ原稿の場合は、400字詰換算の枚数を必ず明記のこと。応募は各部門につき一人一篇とする。〔その他〕応募要項、選考過程に関する問い合わせには応じない

【締切・発表】（第58回）平成26年10月31日締切（当日消印有効）、「群像」平成27年6月号にて発表

【賞・賞金】小説・評論部門とも賞金50万円。受賞作の出版権は講談社に帰属

【URL】http://shop.kodansha.jp/bc/books/bungei/gunzo/

第1回（昭33年）
◇小説

該当作なし

第2回（昭34年）

067 群像新人文学賞〔小説部門〕

　◇小説
　　該当作なし
第3回(昭35年)
　◇小説
　　古賀 珠子 「魔笛」
第4回(昭36年)
　◇小説
　　該当作なし
第5回(昭37年)
　◇小説
　　西原 啓 「日蝕」
第6回(昭38年)
　◇小説
　　文沢 隆一 「重い車」
第7回(昭39年)
　◇小説
　　三好 三千子 「どくだみ」
第8回(昭40年)
　◇小説
　　黒部 亨 「砂の関係」
第9回(昭41年)
　◇小説
　　該当作なし
第10回(昭42年)
　◇小説
　　近藤 弘俊 「骨」
第11回(昭43年)
　◇小説
　　大庭 みな子 「三匹の蟹」
第12回(昭44年)
　◇小説
　　李 恢成 「またふたたびの道」
第13回(昭45年)
　◇小説
　　勝木 康介 「出発の周辺」
第14回(昭46年)
　◇小説
　　小林 美代子 「髪の花」
　　広川 禎孝 「チョーク」
第15回(昭47年)
　◇小説
　　該当作なし
第16回(昭48年)
　◇小説
　　該当作なし
第17回(昭49年)
　◇小説
　　高橋 三千綱 「退屈しのぎ」
　　飯田 章 「迪子とその夫」
　　森本 等 「或る回復」
第18回(昭50年)
　◇小説
　　林 京子 「祭りの場」
第19回(昭51年)
　◇小説
　　村上 龍 「限りなく透明に近いブルー」
第20回(昭52年)
　◇小説
　　該当作なし
第21回(昭53年)
　◇小説
　　小幡 亮介 「永遠に一日」
　　中沢 けい 「海を感じる時」
第22回(昭54年)
　◇小説
　　村上 春樹 「風の歌を聴け」
第23回(昭55年)
　◇小説
　　長谷川 卓 「昼と夜」
第24回(昭56年)
　◇小説
　　笙野 頼子 「極楽」
第25回(昭57年)
　◇小説
　　該当作なし
第26回(昭58年)
　◇小説
　　伊井 直行 「草のかんむり」
第27回(昭59年)
　◇小説
　　華城 文子 「ダミアンズ,私の獲物」
第28回(昭60年)
　◇小説
　　李 起昇 「ゼロはん」

吉目木 晴彦 「ジパング」
第29回(昭61年)
　◇小説
　　新井 千裕 「復活祭のためのレクイエム」
第30回(昭62年)
　◇小説
　　下井 葉子 「あなたについて わたしについて」
　　鈴木 隆之 「ポートレート・イン・ナンバー」
第31回(昭63年)
　◇小説
　　石田 郁男 「アルチュール・エリソンの素描」
第32回(平1年)
　◇小説
　　該当作なし
　◇小説(優秀作)
　　上原 秀樹 「走る男」
第33回(平2年)
　◇小説
　　高野 亘 「コンビニエンスロゴス」
第34回(平3年)
　◇小説
　　多和田 葉子 「かかとを失くして」
第35回(平4年)
　◇小説
　　該当作なし
　●優秀作
　　中野 勝 「鳩を食べる」
第36回(平5年)
　◇小説
　　該当作なし
　●優秀作
　　足立 浩二 「暗い森を抜けるための方法」
　　木地 雅映子 「氷の海のガレオン」
第37回(平6年)
　◇小説
　　阿部 和重 「生ける屍の夜」
第38回(平7年)
　◇小説
　　該当作なし
　●優秀作
　　団野 文丈 「離人たち」
　　萩山 綾音 「影をめぐるとき」
第39回(平8年)
　◇小説
　　鈴木 けいこ 「やさしい光」
　●優秀作
　　堂垣 園江 「足下の土」
第40回(平9年)
　◇小説
　　岡崎 祥久 「秒速10センチの越冬」
　●優秀作
　　該当作なし
第41回(平10年)
　◇小説
　　該当作なし
　●優秀賞
　　長田 敦司 「水のはじまり」
第42回(平11年)
　◇小説
　　該当作なし
第43回(平12年)
　◇小説
　　横田 創 「(世界記録)」
　●優秀作
　　中井 佑治 「フリースタイルのいろんな話」
第44回(平13年)
　◇小説
　　萩原 亨 「蚤の心臓ファンクラブ」
第45回(平14年)
　◇小説
　　寺村 朋輝 「死せる魂の幻想」
　　早川 大介 「ジャイロ!」
第46回(平15年)
　◇小説
　　森 健 「火薬と愛の星」
　●優秀作
　　村田 沙耶香 「授乳」
　　脇坂 綾 「鼠と肋骨」
第47回(平16年)
　◇小説
　　十文字 幸子 「狐寝入夢虜」

- 優秀作
  佐藤 憲胤 「サージウスの死神」

第48回（平17年）
  ◇小説
  樋口 直哉 「さよなら アメリカ」
- 優秀作
  望月 あんね 「グルメな女と優しい男」

第49回（平18年）
  ◇小説
  木下 古栗 「無限のしもべ」
  久保田 凛香 「憂鬱なハスビーン」
- 優秀作
  深津 望 「煙幕」

第50回（平19年）
  ◇小説
  諏訪 哲史 「アサッテの人」
- 優秀賞
  広小路 尚祈 「だだだな町、ぐぐぐなおれ」

第51回（平20年）
  ◇小説
  松尾 依子 「子守唄しか聞こえない」

第52回（平21年）

◇小説
  丸岡 大介 「カメレオン狂のための戦争学習帳」

第53回（平22年）
  ◇小説
  淺川 継太 「朝が止まる」
  野水 陽介 「後悔さきにたたず」

第54回（平23年）
  ◇小説
  中納 直子 「美しい私の顔」

第55回（平24年）
  ◇小説
  岡本 学 「架空列車」
- 優秀作
  片瀬 チヲル 「泡をたたき割る人魚は」
  藤崎 和男 「グッバイ、こおろぎ君。」

第56回（平25年）
  ◇小説
  波多野 陸 「鶏が鳴く」

第57回（平26年）
  ◇小説
  横山 悠太 「吾輩ハ猫ニナル」

---

068 群馬県文学賞

群馬県における文学活動の振興をはかるため、昭和38年に創設した賞。

【主催者】群馬県、公益財団法人群馬教育文化事業団、群馬県文学会議

【選考委員】（平成25年度）〔短歌部門〕阿部栄蔵、井田金次郎、内田民之、髙橋誠一、半田雅男〔俳句〕雨宮抱星、関口ふさの、髙橋洋一、中里麦外、吉田未灰〔詩〕大橋政人、川島完、曽根ヨシ、堤美代、長谷川安衛〔小説〕石井昭子、並木秀雄、舩津弘繁、三澤章子〔評論・随筆〕愛敬浩一、桑原髙良、佐野進、竹田朋子、林桂〔児童文学〕浅川じゅん、栗原章二、中庭ふう、深代栄一、峯岸英子

【選考方法】公募

【選考基準】〔資格〕(1) 1年（対象期間）以上県内に在住している者で過去に県文学賞を受賞した部門以外の者。(2) 群馬県出身者で県内に在勤、在学し、文学活動を行っている者。〔対象〕前年7月1日から、本年6月30日までの間に印刷物の形で発表・刊行されたもの。短歌、俳句、詩、小説（戯曲を含む）、随筆、評論、児童文学（童話・童詩を含む）の各部門。〔原稿〕短歌30首、俳句30句、詩5編、童謡・童詩3編、その他は特に制限なし

【締切・発表】8月15日締切、10月中に報道機関を通じて発表。授賞式は県民芸術祭顕彰の一環として行う

068 群馬県文学賞

【賞・賞金】賞状,賞金10万円,受賞作は別途作品集として刊行予定
【URL】http://www.gunmabunkazigyodan.or.jp/

第1回(昭38年度)
　◇小説
　　萩原 博志 「蛭っ田」
第2回(昭39年度)
　◇小説
　　斉藤 正道 「地芝風土記」
第3回(昭40年度)
　◇小説
　　岩武 都 「岩宿遺跡」
第4回(昭41年度)
　◇小説
　　木曽 高 「夏の百合」
第5回(昭42年度)
　◇小説
　　冬木 耀 「助郷三代」
第6回(昭43年度)
　◇小説
　　加部 進 「走る」
第7回(昭44年度)
　◇小説
　　高津 慎一 「須戸玲氏のバラ」
第8回(昭45年度)
　◇小説
　　新道 真太郎 「病衣群像」
第9回(昭46年度)
　◇小説
　　清水 昇 「彷徨の果て」
第10回(昭47年度)
　◇小説
　　大島 愛 「春宵一刻」
第11回(昭48年度)
　◇小説
　　星 政治 「くさりと境界線」
第12回(昭49年度)
　◇小説
　　沢 英介 「白光院雑記」
第13回(昭50年度)
　◇小説
　　石川 光 「さようならH・Sさん」
第14回(昭51年度)
　◇小説
　　丸山 好雄 「踏まれた足」
第15回(昭52年度)
　◇小説
　　川田 明 「風の中」
第16回(昭53年度)
　◇小説
　　美樹 正次郎 「汚れた風景の中で」
第17回(昭54年度)
　◇小説
　　春日 皓 「鯉名の舟歌」
第18回(昭55年度)
　◇小説
　　大墳 保衛 「咲く花の」
第19回(昭56年度)
　◇小説
　　相崎 英彦 「盲(めくら)按摩青春異聞」
第20回(昭57年度)
　◇小説
　　桐渡 紀一郎 「影」
第21回(昭58年度)
　◇小説
　　信沢 貢 「みぞれ」
第22回(昭59年度)
　◇小説
　　並木 秀雄 「遙かなる腐食の幻影」
第23回(昭60年度)
　◇小説
　　松崎 勝 「機上の人々」
第24回(昭61年度)
　◇小説
　　佐竹 幸吉 「犠牲」
第25回(昭62年度)
　◇小説
　　小野里 良治 「目録」
第26回(昭63年度)

◇小説
　原沢 隆 「浅い眠り」
第27回（平1年度）
◇小説
　五月 史 「禁断の実」
第28回（平2年度）
◇小説
　林 洸人 「天の舞」
第29回（平3年度）
◇小説
　山野 炯 「秋日」
第30回（平4年度）
◇小説
　中村 欽一 「おばあちゃんは宇宙人」
第31回（平5年度）
◇小説
　舩津 弘繁 「何でもないこと」
第32回（平6年度）
◇小説
　正田 菊江 「罷女」
第33回（平7年度）
◇小説
　丸岡 道子 「夜のない朝」
第34回（平8年度）
◇小説
　山本 みぎわ 「天女」
第35回（平9年度）
◇小説
　太田 実 「ヌタックカムウシュッペ（神々の遊ぶ庭）」
第36回（平10年度）
◇小説
　冬木 格（本名＝菅野博行）「雪虫が舞い」
第37回（平11年度）
◇小説
　森 静泉 「あかり塾Ｉ」
第38回（平12年度）
◇小説
　新井 克昌 「孤独の癒し」

第39回（平13年度）
◇小説
　赤羽 華代 「雪唱」
第40回（平14年度）
◇小説
　西山 恭平 「ジャンダルム」
第41回（平15年度）
◇小説
　三沢 章子 「指定席」
第42回（平16年度）
◇小説
　該当作なし
第43回（平17年度）
◇小説
　雪竹 靖 「はめごろしの窓」
第44回（平18年度）
◇小説
　わだ しんいちろう 「登校拒否」
第45回（平19年度）
◇小説
　宮崎 実 「桜と散る倫子」
第46回（平20年度）
◇小説
　箕田 政男 「湯檜曽」
第47回（平21年度）
◇小説
　源 五郎 「雪稜」
第48回（平22年度）
◇小説
　德江 和巳 「想い出映画館へようこそ」
第49回（平23年度）
◇小説
　該当作なし
第50回（平24年度）
◇小説
　髙橋 ひろし 「山のまつり」
第51回（平25年度）
◇小説
　藤村 邦 「Afterglow―最後の輝き」

069 競輪文芸新人賞

PR活動の一環として「競輪」全般,および「競輪選手」にかかわる内容をテーマとした小説を募集。第1回は論文,随想を募集した。昭和55年で中止。

【主催者】 日本競輪選手会
【選考委員】 寺内大吉,色川武大,虫明亜呂無
【選考方法】 〔対象〕競輪に関するものであれば私小説,推理小説,SF,その他形式は問わない。〔資格〕未発表の作品。〔原稿〕400字詰原稿用紙50～80枚
【賞・賞金】 賞金40万円と,日本選手権競輪に招待

第1回(昭52年)
　＊
第2回(昭53年)
　◇小説(優秀作)
　　山名 能弘　「大ギヤ文七」
　　志村 恭吾　「非情のバンク」
　　堀内 英雄　「驟雨」

第3回(昭54年)
　◇小説(最優秀作)
　　丸内 敏治　「復活のゴール」
第4回(昭55年)
　◇小説(最優秀作)
　　宮川 沙猿　「日日是必勝」

070 幻影城新人賞

異色の推理小説雑誌「幻影城」が,昭和50年より小説および,評論の両部門の作品を公募したが,昭和53年で中止。

【主催者】 幻影城
【選考委員】 (小説部門)鮎川哲也,泡坂妻夫,権田万治,中島河太郎,日影丈吉 (評論部門)大内茂男,尾崎秀樹,紀田順一郎
【選考方法】 〔対象〕広義の探偵小説と探偵小説の評論 〔資格〕応募方式 〔原稿〕小説部門は400字詰原稿用紙100枚以内,評論部門は30枚以内
【締切・発表】 締切は昭和54年7月31日,同誌54年12月号に発表
【賞・賞金】 両部門とも賞金10万円

第1回(昭50年)
　村岡 圭三　「乾谷」
第2回(昭51年)
　該当作なし
第3回(昭52年)
　◇小説部門

　李 家豊　「緑の草原に……」
　連城 三紀彦　「変調二人羽織」
　塁城 白人　「蒼月宮殺人事件」
第4回(昭53年)
　該当作なし

小説の賞事典　95

071 幻想文学新人賞

昭和60年創設, 第2回で中止となった。

【主催者】 幻想文学会
【選考委員】 中井英夫, 渋沢龍彦
【選考方法】 〔対象〕小説 〔原稿〕400字詰原稿用紙40枚以内
【締切・発表】 第2回は昭和61年1月末日締切,「幻視の文学1986」秋号誌上で発表
【賞・賞金】 単行本化, 印税支給

第1回（昭60年）
　加藤 幹也 「少女のための鏖殺作法」

第2回（昭61年）
　後藤 幸次郎 「三号室の男」

072 幻冬舎NET学生文学大賞〔小説部門〕

インターネット上での文学の若い才能を発掘するために, 新しい文学の地平を切り開く意欲に満ちた大学生・大学院生を対象とする。

【主催者】 幻冬舎
【選考委員】 （第2回）村上龍, 唯川恵, 石原正康
【選考方法】 公募
【選考基準】 〔対象〕大学生・大学院生に限る。小説部門はミステリ, 恋愛, ホラー, ファンタジーなどジャンルは問わない。エッセイ・紀行文部門の紀行文は国内外, またテーマは問わない。〔原稿〕400字詰原稿用紙換算で20枚以上（エッセイの場合は10枚×2編での応募も可）。原稿には800字程度の梗概を添付し, またタイトルと400字詰換算の原稿枚数, 名前（ペンネームの場合は本名も）, 年齢, 略歴, 住所, 電話番号を明記。メールにファイルを添付して, award@gentosha.co.jpまで送付。応募原稿は未発表のものに限る。同人誌などにすでに発表したもの, および当文学賞の発表より前に発表予定のあるものについては対象外とする。受賞作の出版権, および映像権, 二次・三次使用などの諸権利は幻冬舎に帰属する。受賞作は幻冬舎から出版されるチャンスがある
【締切・発表】 （第2回）平成13年9月30日締切
【賞・賞金】 大賞：賞金50万円, 部門賞：賞金20万円

第1回（平13年）
◇大賞
　高橋 文樹（東京大学文学部4年）「途中下車」
◇小説部門賞
　該当作なし

073 健友館文学賞

独創性を発揮した文学作品を募集。新鮮な発想のミステリー、心の綾を描く純愛小説、今を描く都会派小説、人生を観照する熟年小説、人間賛歌のユーモア文学、心温まるメルヘン、歴史ロマンあふれる時代小説、奇想天外な伝奇小説、愛の極致に挑む官能小説など。日本語で書いた自作未発表作品に限る。

- 【主催者】健友館
- 【選考委員】(第14回) 島一春(作家)、石射虎三郎(作家)、水沢渓(作家)
- 【選考方法】公募
- 【選考基準】〔資格〕不問。〔応募規定〕400字詰原稿用紙30枚～350枚。同1枚程度のあらすじを添付。ワープロ原稿は40字×40行で縦に印字。日本語で書いた自作の未発表作品に限る
- 【締切・発表】(第15回) 平成16年6月30日締切、発表は7月中旬～下旬
- 【賞・賞金】大賞(1編):単行本化にて出版。副賞賞金20万円。佳作(10編以内):入選作品は審査委員より書式によるアドバイスがうけられる。副賞図書券1万円

第1回(平11年)
◇大賞
　千桂 賢丈 「ドナーカード～その他〈全てを〉」

第2回(平12年)
◇大賞
　長谷川 美智子 「野菊の如く 女医第二号 生沢久野の生涯」

第3回(平12年)
◇大賞
　該当作なし

第4回(平12年)
◇大賞
　篠 綾子 「春の夜の夢のごとく 新平家公達草子」

第5回(平13年)
◇大賞
　篠 鷹之 「飛車を追う」

第6回(平13年)
◇大賞
　西巻 秀夫 「グランプリ」

第7回(平13年)
◇大賞
　五十嵐 勉 「鉄の光」

第8回(平14年)
◇大賞
　すずの とし 「乾いた石」

第9回(平14年)
◇大賞
　該当作なし

第10回(平14年)
◇大賞
　山本 栄治 「アイ・リンク・ユー」

第11回(平15年)
◇大賞
　該当作なし

第12回(平15年)
◇大賞
　該当作なし

第13回(平15年)
◇大賞
　東館 千鶴子 「海ふかく」

074 講談倶楽部賞

戦時中におこなった「時局小説」、「懸賞小説」募集を、昭和26年にあらたに「講談倶楽

部賞」として復活したが、昭和37年、第19回で講談倶楽部の廃刊とともに中止。

【主催者】講談社
【選考委員】新田次郎,司馬遼太郎,江崎誠致,多岐川恭,藤原審爾(第19回)(はじめは読者の投票によるが後に選考委員となる。)
【選考基準】大衆小説を募集し、候補作数編をまず講談倶楽部に掲載し、読者の投票により決定していた
【締切・発表】講談倶楽部誌上で発表
【賞・賞金】記念品と賞金10万円(第19回)

第1回(昭26年)
　池上 信一 「柳寿司物語」
第2回(昭27年上)
　井原 敏 「汽車の家」
第3回(昭27年下)
　該当作なし
第4回(昭28年)
　小橋 博 「俘虜の花道」
第5回(昭29年)
　該当作なし
第6回(昭30年上)
　該当作なし
第7回(昭30年下)
　氏家 暁子 「鈴」
第8回(昭31年)
　暇 文兵 「遠火の馬子唄」
　司馬 遼太郎 「ペルシャの幻術師」
第9回(昭32年上)
　上野 登史郎 「海の底のコールタール」
第10回(昭32年下)
　白石 一郎 「雑兵」
第11回(昭33年)
　左館 秀之助 「鳥ぐるい抄」
第12回(昭34年上)
　有城 達二 「殉教秘闘」
第13回(昭34年下)
　小林 実 「天使誕生」
第14回(昭35年上)
　大正 十三造 「槍」
第15回(昭35年下)
　阪本 佐多生 「海士」
第16回(昭36年上)
　蒲池 香里 「釘師」
第17回(昭36年下)
　由岐 京彦 「雉子」
第18回(昭37年上)
　俵 元昭 「京から来た運孤」
第19回(昭37年下)
　杉山 宇宙美 「疑惑の背景」

075 高知県芸術祭文芸賞

広く県民の皆様から作品を公募して、優れた作品を顕彰し、地方文化の発展と高知県の文芸振興を図ることを目的とする。

【主催者】高知県,(公財)高知県文化財団
【選考委員】〔短編小説〕杉本雅史,松本睦,細川光洋〔詩〕小松弘愛,猪野睦,西岡寿美子〔短歌〕中野百世,市川敦子,梶田順子〔俳句〕松林朝蒼,橋田憲明,味元昭次〔川柳〕小笠原望,窪田和広,小野善江
【選考方法】公募

075 高知県芸術祭文芸賞

【選考基準】〔短編小説〕1人1編。400字詰原稿用紙10枚以内。〔詩〕1人1編。400字詰原稿用紙2枚以内。〔短歌〕1人3首以内(官製ハガキ使用)。〔俳句〕1人5句以内(官製ハガキ使用)。〔川柳〕1人5句以内(官製ハガキ使用)。〔資格〕作品は未発表のものであること。高知県在住者に限る

【締切・発表】締切は9月30日(当日消印有効),発表は11月中旬,報道機関の発表および本人あて通知

【賞・賞金】〔短編小説〕高知県芸術祭文芸賞(1編):賞状と副賞,高知県芸術祭文芸奨励賞(2編):賞状と副賞。〔他部門〕文芸賞(1編):賞状と副賞,奨励賞(5編):賞状と副賞。ほかに佳作を選ぶこともある。入賞作品の著作権は,高知県及び(公財)高知県文化財団が所有

【URL】http://www.pref.kochi.lg.jp/soshiki/140201/

第1回(昭47年度)
　◇短編小説
　　該当作なし
第2回(昭48年度)
　◇短編小説
　　山本 百合子 「浅葱」
第3回(昭49年度)
　◇短編小説
　　中村 智子 「虹」
第4回(昭50年度)
　◇短編小説
　　高岡 一郎 「お父さんの長い風呂」
第5回(昭51年度)
　◇短編小説
　　西方 郁子 「揺れる心」
第6回(昭52年度)
　◇短編小説
　　夏木 健 「終の栖」
第7回(昭53年度)
　◇短編小説
　　岡田 静香 「花袋」
第8回(昭54年度)
　◇短編小説
　　井上 みち子 「とうちゃんのあほたれ」
第9回(昭55年度)
　◇短編小説
　　堅田 美穂 「真昼の蜩」
第10回(昭56年度)
　◇短編小説
　　松岡 よし子 「流灯」
第11回(昭57年度)
　◇短編小説
　　戸田 友信 「鳴って梅雨明け」
第12回(昭58年度)
　◇短編小説
　　西方 郁子 「鳥を放つ日」
第13回(昭59年度)
　◇短編小説
　　松本 昇(藤宗昇)「なづけ」
第14回(昭60年度)
　◇短編小説
　　山岡 千枝子(岡上千枝子)「檻の中」
第15回(昭61年度)
　◇短編小説
　　山下 徳恵 「土」
第16回(昭62年度)
　◇短編小説
　　浜田 幸吉 「硯」
第17回(昭63年度)
　◇短編小説
　　沢田 智恵 「海辺の町」
第18回(平1年度)
　◇短編小説
　　森 英樹 「早春」
第19回(平2年度)
　◇短編小説
　　渡辺 智恵 「鎮魂」
第20回(平3年度)

◇短編小説
　森 英樹 「助っ人」
第21回（平4年度）
　◇短編小説
　　宮地 たえこ 「しゃくなげの杖」
第22回（平5年度）
　◇短編小説
　　古味 三十六 「夕暮れて」
第23回（平6年度）
　◇短編小説
　　渡辺 智恵 「無彩の空」
第24回（平7年度）
　◇短編小説
　　上岡 儀一 「岸つつじが咲く里」
第25回（平8年度）
　◇短編小説
　　永原 千歳 「絆（きずな）」
第26回（平9年度）
　◇短編小説
　　川添 寿昭 「風鈴」
第27回（平10年度）
　◇短編小説
　　上岡 儀一 「渚にて」
第28回（平11年度）
　◇短編小説
　● 文芸賞
　　山田 まさ子 「頂女（いたじょ）」
　● 文芸奨励賞
　　島崎 文恵
　　麻岡 道子
第29回（平12年度）
　◇短編小説
　● 文芸賞
　　畠山 正則 「アリラン峠の唄が聞こえる」
　● 文芸奨励賞
　　鈴木 アヤ子
　　山崎 静香
第30回（平13年度）
　◇短編小説
　● 文芸賞
　　岩合 可也 「薄化粧」
　● 文芸奨励賞
　　堅田 信
　　西内 佐津
第31回（平14年度）
　◇短編小説
　● 文芸賞
　　若江 克己 「火葬」
　● 文芸奨励賞
　　木村 千春
　　野村 ひろみ
第32回（平15年度）
　◇短編小説
　● 文芸賞
　　山崎 静香 「袋の旅」
　● 文芸奨励賞
　　若江 克己
　　佐々木 悦子
第33回（平16年度）
　◇短編小説
　● 文芸賞
　　野村 ひろみ 「風垣の家」
　● 文芸奨励賞
　　多賀 八重子 「命」
　　三浦 良一 「雷雨」
第34回（平17年度）
　◇短編小説
　● 文芸賞
　　米沢 朝子 「錦秋」
　● 文芸奨励賞
　　山田 まさ子 「空は屋根の向こうに」
　　野村 土佐夫 「せなか」
第35回（平18年度）
　◇短編小説
　● 文芸賞
　　田村 雄一 「谷間コラボレーション」
　● 文芸奨励賞
　　黒萩 知 「同窓会」
第36回（平19年度）
　◇短編小説
　● 文芸賞
　　山本 涼子 「長い拍手」
　● 文芸奨励賞
　　左山 遼 「夏潮」

藤川 義久　「金子さん夫婦と介護保険」
第37回（平20年度）
◇短編小説
● 文芸賞
　　山﨑 霖太郎　「大鎚と小鎚」
● 文芸奨励賞
　　高﨑 卓郎　「南国博覧会」
　　梶谷 啓子　「野分」
第38回（平21年度）
◇短編小説
● 文芸賞
　　浜田 幸作　「タクシードライバー」
● 文芸奨励賞
　　野村 土佐夫　「西澤堰物語」
　　若山 哲郎　「風になったラブレター」
第39回（平22年度）
◇短編小説
● 文芸賞

　　吉原 啓二　「静かな風の中で」
● 文芸奨励賞
　　浜渦 文章　「もうひとつの絆」
　　和田 よしみ　「かえり船」
第40回（平23年度）
◇短編小説
● 文芸賞
　　結城 あい　「紙ひこーき」
● 文芸奨励賞
　　尾﨑 幹男　「ある青春の出会い」
　　大石 きさこ　「夏の名残」
第41回（平24年度）
◇短編小説
● 文芸賞
　　武政 博　「かつを鳥」
● 文芸奨励賞
　　柴田 由　「天蓋」
　　中越 隆通　「読経とカエル」

076 神戸女流文学賞

　　昭和51年（1976），西日本（含北陸）在住者を対象とし，有為の新人に新しく道を開くとともに，西日本における文学活動のいっそうの発展のために神戸文学賞とともに創設。第11回より一本化し，神戸文学賞となる。

【主催者】月刊神戸っ子

【選考委員】足立巻一，小島輝正，森川達也，島京子

【選考方法】400字詰100枚前後の未発表原稿。または締切以前，一年未満に発行の同人誌掲載作品。（要400字程度のあらすじ）

【締切・発表】毎年8月15日締切，月刊神戸っ子新年号（12月25日発行分）誌上に発表

【賞・賞金】賞金20万円，副賞：楯

第1回（昭52年）
　　小倉 弘子　「ペットの背景」
第2回（昭53年）
　　該当作なし
第3回（昭54年）
　　大原 由記子　「夢の消滅」
第4回（昭55年）
　　田口 佳子　「影と棲む」
第5回（昭56年）
　　久保田 匡子　「痕跡」
第6回（昭57年）
　　該当作なし
第7回（昭58年）
　　新 光江　「花いちもんめ」
第8回（昭59年）
　　菊池 佐紀　「薔薇の跫音」
第9回（昭60年）

宇山 翠 「いちじく」
桑井 朋子 「ストラルプラグ」

第10回（昭61年）
舟木 かな子 「オレンジ色の闇」

077 神戸文学賞

　昭和51年，「月刊神戸っ子」の創刊15周年記念として，有為の新人に新しく道を開くとともに，西日本における文学活動のいっそうの発展のために「神戸女流文学賞」と同時に制定され，第12回より一本化，併せて「神戸文学賞」とし，対象を全国に広げた。震災のため平成7年第19回をもって中止。

【主催者】月刊神戸っ子
【選考委員】（第19回）杜山悠，武田芳一，鄭承博
【選考方法】公募
【選考基準】〔対象〕日本語で書かれた小説〔資格〕不問。ただし応募作品は，1人1篇，未発表原稿，または締切以前1年未満に発行された同人誌に掲載したものに限る〔原稿〕枚数は60〜75枚前後。ただし連載を前提とし，14〜16枚を1回分，4〜5回の連載に耐え得る作品であること。400字程度の作品梗概を必ず添付
【締切・発表】（第19回）平成6年8月31日締切（当日消印有効），「月刊神戸っ子」平成7年新年号にて発表し，同号より作品を連載
【賞・賞金】正賞と副賞30万円，佳作5万円。受賞作品の著作権は主催者に帰属

第1回（昭52年）
　田靡 新 「島之内ブルース」
第2回（昭53年）
　奥野 忠昭 「姥捨て」
　吉峰 正人 「生活」
第3回（昭54年）
　蒼 龍一 「自由と正義の水たまり」
第4回（昭55年）
　高木 敏克 「溶ける闇」
第5回（昭56年）
　該当作なし
第6回（昭57年）
　南禅 満作 「ガチャマン」
第7回（昭58年）
　徳留 節 「凶鳥の群」
第8回（昭59年）
　服部 洋介 「昔の眼」
第9回（昭60年）
　該当作なし
第10回（昭61年）
　塚田 照夫 「おどんナ海賊」
第11回（昭62年）
　田能 千世子 「瞑父記」
第12回（昭63年）
　釜谷 かおる 「夢食い魚のブルーグッドバイ」
第13回（平1年）
　門田 露 「お夏」
第14回（平2年）
　上田 三洋子 「風車の音はいらない」
　伊々田 桃 「夏の遠景」
第15回（平3年）
　刀祢 喜美子 「乾き」
　大迫 智志郎 「星の光 月の位置」
第16回（平4年）
　白石 美保子 「香水はミス・ディオール」
◇佳作
　田吉 義明 「南蛮寺門前町別れ坂」
第17回（平5年）
　坂口 雅美 「好きな人」

◇佳作
　平井 彩花 「一大事」
第18回（平6年）
　楽 ミュウ 「駆け落ち」
◇佳作
　佐々木 湘 「イノセント・イモラル・マミー」
第19回（平7年）
　該当作なし
◇佳作
　田中 文子 「平成悪女症候群」
　木村 光理 「ウーマン・ノー・クライ」

---

078 小倉南区文学賞

　小倉南区が，区長裁量予算の活用に際して，区内に小説部門の文化団体がないことから，平成4年創設。区内の文学振興と，豊富な自然や優れた民俗芸能をもつ小倉南区をPRし，イメージアップすることを目的とする。平成8年度をもって終了。

【主催者】北九州市小倉南区
【選考委員】岩田礼（日本文芸家協会会員）
【選考方法】公募
【選考基準】〔対象〕小説。主題，ジャンルなどは自由だが，内容の一部に必ず小倉南区に関連のある事柄（場所・行事・人物など）を挿入すること。自作の未発表作品であること〔資格〕不問〔原稿〕原稿用紙（B4版）30〜40枚
【締切・発表】募集期間は7月1日〜9月30日（締切日当日消印有効）。発表は11月上旬，入賞者には別途通知，表彰式は11月下旬
【賞・賞金】小倉南区文学賞（1篇）：副賞10万円，佳作（2篇）：副賞各3万円。受賞作の著者権は，北九州市に帰属

第1回（平4年）
　西 正義 「重ね合わせの歳時」
◇佳作
　桑山 幸子 「完太と洋の旅」
　峯下 幸夫 「紫川」
第2回（平5年）
　桑山 幸子 「ローカル線」
◇佳作
　岡田 良樹 「辛夷並木の坂道で」
　那珂 理志 「滝物語」
第3回（平6年）
　岡田 良樹 「羊群原」
◇佳作
　佐田 暢子 「しびきせ祭り」
　山村 律 「花筏」
第4回（平7年）
　喜田 久美子 「秋暦」
◇佳作
　市丸 薫 「理想は高き平尾台」
　三宅 弥生 「隠蓑」
第5回（平8年）
　池田 継男 「糸のみだれ」
◇佳作
　たなか よしひこ 「ふるさと」
　佐田 暢子 「夏の残影」

---

079 国労文芸年度賞〔小説部門〕

079 国労文芸年度賞〔小説部門〕

昭和27年、国労組合員で文化活動に貢献した者を顕彰するため「国鉄文化」文芸年度賞として創設された賞。国鉄民営化に伴い、名称を変更した。

【主催者】国鉄労働組合

【選考委員】「国労文化」誌の文芸欄の選者。(第33回)岡亮太郎(詩)、司代隆三(短歌)、古川一高(川柳)、根宜久夫(コント)、久保田正文(小説・記録)、大橋喜一(戯曲)、田村久子(漫画)、斉藤尚義(写真)

【選考方法】公募

【選考基準】〔対象〕小説・記録、戯曲、コント、詩、短歌・川柳、写真、漫画〔資格〕国労組合員と家族、退職者組合員。未発表作品および国労各級機関紙・誌(「国労文化」は除く)、サークル紙・誌に発表したもの、その他各級機関・地方国文協・サークルの推薦作品〔原稿〕小説・記録:1万2千字以内、戯曲:1万2千字以内、コント:4千字以内、詩:1人2編以内、短歌・川柳:1人10首(句)以内

【締切・発表】(第33回)平成5年3月末日締切。入選作はその年度の「国労文化」誌に掲載(短文芸を除く)

【賞・賞金】小説・記録・戯曲:入選3万円、佳作1万円、コント:入選2万円、佳作1万円、その他:入選1万円、佳作5千円。版権は国労本部に所属する

第1回(昭27年)
　◇小説
　　佐藤 繁 「無籍機械」
第2回(昭29年)
　◇小説
　　小泉 一 「枠の中」
第3回(昭31年)
　◇小説
　　川本 松三 「君江」
第4回(昭32年)
　◇小説
　　今村 保 「食糧管理法違反」
第5回(昭33年)
　◇小説
　　石田 耕平 「波紋」
第6回(昭34年)
　◇小説
　　荻野 幸一 「いがみ合う仲間」
　◇コント・掌編小説
　　後藤 博之 「苺と踏切」
第7回(昭35年)
　◇小説
　　唐島 純三 「初恋」
　◇コント・掌編小説
　　根宜 久夫 「福白髪」
第8回(昭36年)
　◇小説
　　唐島 純三 「あるカルテ」
　◇コント・掌編小説
　　根宜 久夫 「金さん」
第9回(昭37年)
　◇小説
　　三好 貫太郎 「祈願」
　◇コント・掌編小説
　　橘 淳生 「土性骨」
第10回(昭38年)
　◇小説
　　草住 司郎 「冬の汗」
　◇コント・掌編小説
　　根宜 久夫 「天邪鬼」
第11回(昭39年)
　◇小説
　　酒井 幸雄 「スト体制」
　◇コント・掌編小説
　　轟 一平 「子供の煙草」
第12回(昭40年)
　◇小説
　　岡部 昇吾 「作造のはなし」

◇コント・掌編小説
　根宜 久夫 「スト署名」
第13回（昭47年）
　◇小説
　　酒井 幸雄 「見栄は踊る」
　◇コント・掌編小説
　　三好 貫太郎 「逆転」
第14回（昭48年）
　◇小説
　　赤池 昌之 「マル」
　◇コント・掌編小説
　　青木 滋 「海の見える町」
第15回（昭50年）
　◇コント・掌編小説
　　白根 三太郎 「重い雪」
第16回（昭51年）
　◇小説
　　栗 進介 「蟻絵」
　◇コント・掌編小説
　　楠 淳生 「シッペ返し」
第17回（昭52年）
　◇小説
　　村山 良三 「傾斜面」
　◇コント・掌編小説
　　若駒 勲 「つるのこいも」
第18回（昭53年）
　◇小説
　　栗 進介 「さいごのばんさん」
　◇コント・掌編小説
　　依田 守 「地下街のY」
第19回（昭54年）
　◇小説
　　中島 真平 「心細い日々」
　◇コント・掌編小説
　　青木 滋 「道の記憶」
第20回（昭55年）
　◇小説
　　長谷川 和一 「ポイント35」
　◇コント・掌編小説
　　楠 淳生 「木乃伊とり」
第21回（昭56年）

　◇小説
　　武田 佐俊 「幹部職試験」
　◇コント
　　白根 三太郎 「変りない日々に」
第22回（昭57年）
　◇小説
　　村山 良三
第23回（昭58年）
　◇小説
　　小林 研治
第24回（昭59年）
　◇小説
　　関口 勘治
第25回（昭60年）
　◇小説
　　該当作なし
第26回（昭61年）
　◇小説
　　該当作なし
第27回（昭62年）
　◇小説
　　唐島 純三 「老人の死」
第28回（昭63年）
　◇小説
　　地引 浩 「とってもストライキ」
第29回（平1年）
　◇小説
　　地引 浩 「黒いリボン素直につけて明るい職場」
第30回（平2年）
　◇小説
　　今田 卓三 「運転事故」
第31回（平3年）
　◇小説
　　沢田 裟誉子 「出航」
第32回（平4年）
　◇小説
　　重来 十三生 「雑踏の向こう側」
第33回（平5年）
　◇小説
　　緑川 涼子 「悲しみの向こうに」

080 小島信夫文学賞

　岐阜市出身の小説家・小島信夫氏を顕彰して、平成11年に創設。純文学を志す新人作家の発掘を目指す。岐阜県内在住、または出身者を対象とする「岐阜県知事賞」もある。第8回（平成25年）より岐阜市長賞（短編部門、全国公募）を新設する。

【主催者】小島信夫文学賞の会

【選考委員】（第8回）〔本賞・岐阜市長賞〕青木健,堀江敏幸,吉増剛造〔岐阜県知事賞〕林正子,小島正樹

【選考方法】公募

【選考基準】〔資格〕年令・性別・資格は問わない。〔応募規定〕400字詰原稿用紙100～300枚以内（短編部門は50枚以内）の小説作品（ジャンル不問）。また、過去2年間（締切日から遡って）に刊行された同じ原稿枚数の小説作品の単行本（自費出版に限る）、および同人雑誌発表の小説作品

【締切・発表】（第8回）平成25年11月末日締切,平成26年4月発表

【賞・賞金】本賞：賞金100万円、岐阜県知事賞・岐阜市長賞：賞金10万円

第1回（平12年）
　橋本 勝三郎 「弓子の川」
◇奨励賞
　平井 杏子 「帰巣（きそう）」
◇知事特別賞
　各務 信 「板垣生きて自由は死せり」
◇県内奨励賞
　白滝 まゆみ 「素敵な誤算」
第2回（平14年）
　印内 美和子 「少女小景」
　吉住 侑子 「戯れの秋」
◇県知事賞
　高井 泉 「先手（せんて）れエピメテウス」
第3回（平成16年）
◇文学賞
　松田 悠八（東京都世田谷区）「長良川―スタンドバイミー・1950」
　山本 孝夫（埼玉県さいたま市）「儀式の域」
◇岐阜県知事賞
　山田 賢二（大垣市）「熊坂長庵が往く（第一部～第三部）」
第4回（平成18年）
◇文学賞
　服部 洋介（兵庫県神戸市）「地の熱」

◇特別賞
　間瀬 昇（三重県四日市市）「友垣寂び」
◇岐阜県知事賞
　舟田 愛子（岐阜県多治見市出身（横浜市在住））「夢の坂」
第5回（平成20年）
◇文学賞
　村山 りおん（東京都）「石の花冠」
◇岐阜県知事賞
　前田 昭彦（岐阜県岐阜市出身（横浜市在住））「いちでらんらん」
　間宮 弘子（岐阜県美濃市出身（横浜市在住））「瀬音の彼方へ」
第6回（平成22年）
◇本賞
　千田 佳代 「猫ヲ祭ル」
　芳川 恭久 「歓待」
◇岐阜県知事賞
　山本 健一 「擬卵」
第7回（平成24年）
◇本賞
　小島 正樹 「野犬飼育法―彼またはKの場合」
　鶴 陽子 「月の記憶」

◇特別賞
　青木 笙子　「『沈黙の川』―本田延三郎点綴」

　小川 恵　「銀色の月」
◇岐阜県知事賞
　吉村 登　「ぽんぽわぁん」

081　古代ロマン文学大賞

　独自の視点で歴史を検証した、斬新で学術的でもある文学作品を公募し、気鋭の作家を育て、歴史文学の発展に貢献することを目的に創設。古代、飛鳥、奈良、平安時代を対象とする。平成16年第5回からは、「古代ロマン文学賞」と「中・近世文学賞」を一本化した「歴史浪漫文学賞」へ移行。

【主催者】歴史文学振興会,郁朋社
【選考委員】豊田有恒（作家）
【選考方法】公募
【選考基準】〔対象〕日本語で書かれた未発表のオリジナル作品。〔資格〕不問。ただし新人に限る。〔応募規定〕400字詰原稿用紙換算200枚以上500枚以下。ワープロ原稿の場合は縦組み40字40行で、A4判普通紙を使用。別稿に2000字程度の概要を添付。原稿には表紙を付けてタイトル、本名、年齢、職業、略歴、住所、電話番号を明記
【賞・賞金】古代ロマン文学大賞（1編）：賞金50万円,優秀賞（2編）：賞金10万円,飛鳥ロマン賞（1編）：賞金30万円

第1回（平12年）
　篠崎 紘一（長岡市）「日輪の神女」
　三浦 康男（所沢市）「黒の連環」
◇創作部門
●優秀賞
　該当作なし
◇研究部門
●優秀賞
　真島 節朗（市川市）「飛鳥の将軍・阿倍比羅夫」
◇飛鳥ロマン文学賞
　倉橋 寛（江南市）「飛鳥残照」
第2回（平13年）
　該当作なし
◇創作部門
●優秀賞
　小松 弘明　「神異帝紀」
◇研究部門
●優秀賞
　太田 光一　「大伴家持」

◇飛鳥ロマン文学賞
　堀越 博　「超古代史 壬申の乱 大海人皇子の陰謀」
第3回（平14年）
　該当作なし
◇創作部門
●優秀賞
　加藤 真司（名護市）「徐福」
◇研究部門
●優秀賞
　池田 潤（世田谷区）「朝日の直刺す国、夕日の日照る国」
◇飛鳥ロマン文学賞
　三吉 不二夫（八王子市）「楊貴妃亡命伝説」
第4回（平15年）
　該当作なし
◇創作部門
●優秀賞
　該当作なし
◇研究部門

● 優秀賞　　　　　　　　　　　　安武 久(川崎市)「宝皇女紀行」

> ## *082* 小谷剛文学賞
> 　故小谷剛氏主宰の作家社が27年間作家賞として続けてきたものを、故人の文学活動を顕彰するため名称を変更した。1年間に全国で発行された文芸同人誌の中から最も優れた作品を選ぶ。平成13年第10回で終了。
> 【主催者】作家社
> 【選考委員】(第10回)笠原淳,吉田知子
> 【選考方法】公募
> 【選考基準】〔対象〕全国の同人雑誌に発表された小説。(前年12月から11月末までの間に発表された作品)応募作品は、発行と同時に作家社に送付すること
> 【締切・発表】毎年11月末締切、翌年1月「季刊作家」春号で発表
> 【賞・賞金】賞金30万円と記念品(2名の場合賞金1/2)

第1回(平4年)
　高橋 しげる(塾講師)「スターマイン」(作家8月号)
　寺田 文恵(図書館勤務)「オート・リバース」(北方文芸1月号)
第2回(平5年)
　松本 敏彦(会社員)「青春遺書」(季刊作家創刊号)
　結城 五郎(医師)「その夏の終わりに」(小説家80号)
第3回(平6年)
　大田 倭子(「季刊作家」同人)「東寺の霧」
第4回(平7年)
　該当作なし
　◇佳作
　　朴 重鎬「埒外」
　　野元 正「幻の池」
第5回(平8年)
　松嶋 節(三重県立津高校教諭)「アアア・ア・ア」
第6回(平9年)
　氏家 敏子(主婦)「骨」
第7回(平10年)
　該当作なし
第8回(平11年)
　玄 月「舞台役者の孤独」
第9回(平12年)
　小森 好彦「泥と飛天」
第10回(平13年)
　田中 由起「発酵部屋」

> ## *083* 『このミステリーがすごい！』大賞
> 　ミステリー&エンターテインメント作家の発掘・育成を目的に創設。一次選考通過作品は作品の概要や導入部、選考委員の評などをインターネット上で公開。1000万部突破の『チーム・バチスタの栄光』シリーズや、137万部突破の『四日間の奇蹟』など映像化作品を多数世に送り出している。
> 【主催者】宝島社

083 『このミステリーがすごい!』大賞

【選考委員】大森望,香山二三郎,茶木則雄,吉野仁
【選考方法】公募
【選考基準】〔対象〕エンターテインメントを第一義の目的とした広義のミステリー。〔原稿〕400字詰原稿用紙換算で400枚〜650枚の原稿(手書き不可)。タテ組40字×40行でページ設定し、通しノンブルを入れ、マス目・罫線のないA4サイズの紙を横長使用しプリントアウトする。原稿の巻頭にはタイトル・筆名(本名も可)を記し、右側を綴じる。なお1600字程度の梗概(タテ組40字詰め、マス目・罫線のないA4サイズの紙を横長使用、巻頭にタイトル,筆名(本名も可)を記す)1枚のほか、応募類類として、ヨコ組で(1)タイトル(2)筆名もしくは本名(3)住所(4)氏名(5)連絡先(電話・FAX・E-MAILアドレス)(6)生年月日・年齢(7)職業と略歴(8)応募に際し参照した媒体名を明記した書類(A4サイズの紙を縦長使用)を添付する
【締切・発表】(第13回)平成26年5月31日締切,1次選考,10月発表
【賞・賞金】大賞:賞金1200万円、優秀賞:賞金200万円
【URL】http://www.konomys.jp/

第1回(平14年)
◇大賞
● 金賞
浅倉 卓弥 「四日間の奇蹟」
● 銀賞
東山 魚良(のち、東山彰良)「タード・オン・ザ・ラン(TURD ON THE RUN)」
◇優秀賞
ティ・エン(のち、式田ティエン)「沈むさかな」
◇読者賞
東山 魚良(のち、東山彰良)「タード・オン・ザ・ラン(TURD ON THE RUN)」
第2回(平15年)
◇大賞
柳原 慧 「夜の河にすべてを流せ」
◇優秀賞
ハセノ バクシンオー(のち、ハセベバクシンオー)「ビッグボーナス」
第3回(平16年)
◇大賞
水原 秀策 「スロウ・カーヴ」
古川 敦史(のち、深町秋生)「果てなき渇きに眼を覚まし」
◇優秀賞
該当作なし

第4回(平17年)
◇大賞
海堂 尊 「チーム・バチスタの崩壊」
◇優秀賞
該当作なし
◇特別奨励賞
水田 美意子 「殺人ピエロの孤島同窓会」
第5回(平18年)
◇大賞
伊園 旬 「トライアル&エラー」
◇優秀賞
増田 俊成 「シャトゥーン」
高山 聖史 「暗闘士」
第6回(平19年)
◇大賞
拓未 司 「禁断のパンダ」
◇優秀賞
桂 修司 「明治二十四年のオウガア」
第7回(平20年)
◇大賞
柚月 裕子 「臨床真理士」
山下 貴光 「屋上ミサイル」
◇優秀賞
塔山 郁 「毒殺魔の教室」
中村 啓 「霊眼」
第8回(平21年)

◇大賞
　太朗 想史郎 「トギオ」
　中山 七里 「さよならドビュッシー」
◇優秀賞
　伽古屋 圭市 「パチプロ・コード」
第9回（平22年）
◇大賞
　乾 緑郎 「完全なる首長竜（くびながりゅう）の日」
◇優秀賞
　喜多 喜久 「ラブ・ケミストリー」
　佐藤 青南 「ある少女にまつわる殺人の告白」
第10回（平23年）
◇大賞
　法坂 一広 「弁護士探偵物語 天使の分け前」
◇優秀賞
　友井 羊 「僕はお父さんを訴えます」
第11回（平24年）
◇大賞
　安生 正 「生存者ゼロ」
◇優秀賞
　新藤 卓広 「秘密結社にご注意を」
　深津 十一 「「童（わらし）石」をめぐる奇妙な物語」
第12回（平25年）
◇大賞
　梶永 正史 「警視庁捜査二課・郷間彩香 特命指揮官」
　八木圭一 「一千兆円の身代金」

084 小松左京賞

21世紀の新しいSF作家の発掘を目指して創設。日本を代表するSF作家・小松左京氏を選考委員とし，SF，ファンタジー，ホラー小説全般を募集する。平成21年の第10回をもって終了。

【主催者】角川春樹事務所，宇宙航空研究開発機構，海洋研究開発機構，日本原子力開発機構，理化学研究所

【選考委員】小松左京

【選考方法】公募

【選考基準】〔対象〕SF，ファンタジー，ホラー小説全般の未発表作品。〔資格〕プロ，アマを問わない。〔応募規定〕400字詰め原稿用紙で350枚以上650枚以下。ワープロ原稿は縦書き1枚に1行40字40行とする。原稿の表紙にタイトル，氏名（ペンネームの場合は本名も），住所，電話番号，略歴を明記。800〜1200字程度の粗筋を添付する。応募作品は返却しないので手元にコピーを残すこと

【締切・発表】（第10回）平成21年5月22日締切（当日消印有効），同年9月発表

【賞・賞金】正賞：名入り金時計，副賞：100万円（他に単行本化の際に印税）

【URL】http://www.kadokawaharuki.co.jp/newcomer/sakyo/

第1回（平12年）
　平谷 美樹（岩手県）「エリ・エリ」
第2回（平13年）
　町井 登志夫（瀬戸市）「今池電波聖ゴミマリア」
第3回（平14年）
　機本 伸司（宝塚市）「神様のパズル」
第4回（平15年）
　上田 早夕里（姫路市）「火星ダーク・バラード」

ラード」
第5回（平16年）
　有村 とおる（浦安市）「暗黒の城（ダーク・キャッスル）」
第6回（平17年）
　伊藤 致雄（富士見市）「神の血脈」
第7回（平18年）
　該当作なし

第8回（平19年）
　上杉 那郎　「月が見ている」
第9回（平20年）
　森 深紅　「エスバレー・ポワンソン・プティタ」
第10回（平21年）
　該当作なし

085 埼玉文芸賞

県内における文芸活動の振興を図るため、1年間における文芸各部門のうち特に優れた作品を顕彰する。

【主催者】 埼玉県教育委員会, 埼玉県

【選考委員】 （第45回）小説・戯曲：北原立木, 髙橋玄洋, 髙橋千劔破, 文芸評論・伝記・エッセイ：佐藤健一, 傳馬義澄, 野村路子, 児童文学：青山季市, 天沼春樹, 金治直美, 詩：北岡淳子, 鈴木東海子, 野村喜和夫, 短歌：沖ななも, 杜澤光一郎, 水野昌雄, 俳句：猪俣千代子, 落合水尾, 森田公司, 川柳：内田雪彦, 相良敬泉, 四分一周平

【選考方法】 公募

【選考基準】〔対象〕前年12月から11月までの間に創作された作品。小説・戯曲：1編, 文芸評論・伝記・エッセイ：1編, 児童文学（小説・童話：1編, 詩：10編）, 詩：10編, 短歌：50首, 俳句：50句, 川柳：50句。もしくは同部門, 同期間内に新聞・雑誌等に発表又は単行本として刊行された作品。〔資格〕埼玉県内に在住又は在勤, 在学（高校生以上）の方。〔原稿〕応募作品はB4判400字詰原稿用紙に, 縦書き・楷書で記入。パソコン使用の場合は, A4判の用紙に縦書きで40字×40行で印字。単行本・掲載誌で応募することも可

【締切・発表】（第45回）平成25年11月30日（土）締切（当日消印有効）, 平成26年3月上旬に入賞者へ結果を通知

【賞・賞金】 埼玉文芸賞（各部門ごと）：賞状・記念品及び副賞20万円。該当者がいない部門について, 準賞（賞状・記念品及び副賞10万円）を贈呈することがある。また, 高校生等の作品について, 選考委員の推薦により奨励賞（図書カード）を贈呈することがある。受賞作品は, 毎年6月に刊行される「文芸埼玉」誌に掲載される

【URL】 http://www.saitama-bungakukan.org/

第1回（昭45年）
　◇小説
　　後藤 明生　「ああ胸が痛い」
第2回（昭46年）
　◇小説
　　近藤 良夫　「北の島」

第3回（昭47年）
　◇小説
　　大久保 操　「昨夜は鮮か」
第4回（昭48年）
　小説部門受賞作なし
第5回（昭49年）

085 埼玉文芸賞

◇小説
　朝倉 稔　「朱の喪章」
第6回（昭50年）
◇小説
　野村 香生　「暗い夏」
第7回（昭51年）
◇小説
　服部 春江　「人形のまち」
第8回（昭52年）
◇小説
　渡辺 凱一　「有島武郎」
第9回（昭53年）
◇小説
　相沢 武夫　「朱の財布・ノート」
　岩崎 芳秋　「飾れない勲章」
第10回（昭54年）
◇小説
　山田 央子　「鵤（うはっきゅう）」
◇小説（準賞）
　雫石 とみ　「わが家の誕生」
第11回（昭55年）
◇小説
　森本 房子　「幽鬼の舞」
第12回（昭56年）
◇小説
　該当作なし
◇小説（準賞）
　中林 亮介　「紙金」
　長谷川 寛　「蚯蚓の踊り」
第13回（昭57年）
◇小説
　宮崎 鉄郎　「燐火」
　北原 真一　「異物」
第14回（昭58年）
　小説部門受賞作なし
第15回（昭59年）
◇小説
　新藤 幸子　「きのときのと」
第16回（昭60年）
◇小説
　松崎 移翠　「落日の詩」
第17回（昭61年）
◇小説
　矢内 久子　「人形の絵」
第18回（昭62年）
◇小説
　福田 登女子　「秋寂ぶ」
第19回（昭63年）
◇小説
　船戸 鏡聖　「ハホー・ピュッ」
第20回（平1年）
◇小説
　該当作なし
◇小説（準賞）
　長谷川 美智子　「エトランゼ」
　松本 孝　「松原物語」
第21回（平2年）
◇小説・戯曲
　須藤 晃　「天狗山のかなたへ」
第22回（平3年）
◇小説・戯曲
　田中 順三　「開運堂」
第23回（平4年）
◇小説・戯曲（準賞）
　山本 きみ子　「歩道橋」
　加藤 建亜　「得度」
第24回（平5年）
◇小説・戯曲
　小泉 良二　「モモンガのいたころ」
第25回（平6年）
◇小説・戯曲
　千羽 輝子　「夜の鳩」
第26回（平7年）
◇小説・戯曲（準賞）
　田中 委左美　「有子」
　八幡 政男　「迷路」
第27回（平8年）
◇小説
　粟田 良助　「悪惣－武州一揆頭領伝聞」
第28回（平9年）
◇小説・戯曲
　高橋 京子　「その橋をわたって」
第29回（平10年）
◇小説・戯曲

江川 俊郎 「ガラスの人形」
　　　中谷 周 「分けこし草のゆかりあらば」
第30回（平11年）
　　小説・戯曲部門受賞作なし
第31回（平12年）
　　小説・戯曲部門受賞作なし
第32回（平13年）
　◇小説・戯曲部門
　　　水村 圭 「夢のあとさき」
第33回（平14年）
　◇小説・戯曲部門
　　　伊庭 高明 「無明童子」
第34回（平15年）
　　小説・戯曲部門受賞作なし
第35回（平16年）
　◇小説・戯曲部門
　　　高 テレサ 「ステファノの生き方」
第36回（平17年）
　　小説・戯曲部門受賞作なし
第37回（平18年）
　◇小説・戯曲部門
　　　川上 直彦 「それぞれのモディリアーニ」
第38回（平19年）
　◇小説・戯曲部門
　　　川崎 英生 「中富士とGHQ」
第39回（平20年）
　　小説・戯曲部門受賞作なし
第40回（平21年）
　◇小説・戯曲部門
　　　やましろ ゆう 「石畳の街に」
第41回（平22年）
　◇小説・戯曲部門
　　　岩尾 白史 「難き日を生きし人々」
第42回（平23年）
　◇小説・戯曲部門
　　　金井 未来男 「バイ・バイ、ジョン」
第43回（平24年）
　◇小説・戯曲部門
　　　千木良 宣行 「岩木川」
第44回（平25年）
　　小説・戯曲部門受賞作なし

086 彩の国・埼玉りそな銀行 埼玉文学賞

　埼玉県内の文学活動発展のため、昭和44年に創設された賞。のち、「埼玉文学賞」から「彩の国・埼玉りそな銀行 埼玉文学賞」に賞名変更した。

【主催者】埼玉新聞社

【選考委員】（第44回）＜小説部門＞新津きよみ,三田完,高橋千劍破,＜詩部門＞中原道夫,北畑光男,木坂涼,＜短歌部門＞沖ななも,関田史郎,杜澤光一郎,＜俳句部門＞猪俣千代子,金子兜太,松本旭

【選考方法】公募

【選考基準】〔対象〕小説,詩,短歌,俳句。未発表作品。個人誌以外の同人誌への発表も不可。〔資格〕県内在住・在勤者はテーマ自由。県外者の場合には、埼玉の事物・風土・人間・歴史などをテーマにした作品であること。〔原稿〕小説は400字詰め原稿用紙50枚以内、詩は3編、短歌は20首、俳句は20句（同一テーマによる連作も可）

【締切・発表】毎年8月末締切,10月頃埼玉新聞紙上に発表

【賞・賞金】小説：100万円,詩,短歌,俳句：各30万円

【URL】http://www.saitama-np.co.jp/main/bungaku/

第1回（昭44年）

086 彩の国・埼玉りそな銀行 埼玉文学賞

　　小説部門受賞作なし
第2回（昭45年）
　　小説部門受賞作なし
第3回（昭46年）
　　小説部門受賞作なし
第4回（昭47年）
　◇小説
　　大久保 操 「参加」
第5回（昭48年）
　◇小説
　　加藤 建亜 「忘れ扇」
第6回（昭50年）
　　小説部門受賞作なし
第7回（昭51年）
　　小説部門受賞作なし
第8回（昭52年）
　　該当作なし
第9回（昭53年）
　　小説部門受賞作なし
第10回（昭54年）
　　小説部門受賞作なし
第11回（昭55年）
　◇小説
　　池島 健一郎 「伸びきった時間」
第12回（昭56年）
　◇小説
　　望月 清示 「柩の家」
第13回（昭57年）
　◇小説
　　大沢 久美子 「他人の家」
第14回（昭58年）
　◇小説
　　北原 立木 「青いリンゴの譜」
第15回（昭59年）
　◇小説
　　宇城 千恵 「夜の蒼空」
第16回（昭60年）
　◇小説
　　石塚 長雄 「風の路」
第17回（昭61年）
　◇小説
　　坂上 富志子 「それ！ とんとん」

第18回（昭62年）
　◇小説
　　野木 はな子 「ハウスマヌカンストリート」
第19回（昭63年）
　◇小説
　　飛鳥 ゆう 「冬の花火」
第20回（平1年）
　◇小説
　　江川 さい子 「筏の部」
第21回（平2年）
　◇小説
　　池田 萌 「風とおし」
第22回（平3年）
　◇小説
　　菅野 康子 「鰐」
第23回（平4年）
　◇小説
　　植野 治台 「暮れなずみ…」
第24回（平5年）
　◇小説
　　小黒 和子 「オブセッション」
第25回（平6年）
　◇小説部門
　　吉野 さよ子 「野火止」
第26回（平7年）
　◇小説部門
　　青山 治 「此岸の海」
第27回（平8年）
　◇小説
　　小堀 文一 「こおろぎ」
第28回（平9年）
　◇小説
　　木戸 柊子 「蟻は知らない」
第29回（平10年）
　◇小説
　　本橋 隆夫 「月見草の夏」
第30回（平11年）
　◇小説部門
　　西山 恭平 「総領の甚六」
第31回（平12年）
　◇小説部門
　　片桐 貞夫 「心の壺」

第32回(平13年)
　◇小説部門
　　北入 聡 「あさがお」
第33回(平14年)
　◇小説部門
　　高野 多可司 「荒川荘物語」
第34回(平15年)
　◇小説部門
　　田中 他歩 「そばしらず」
第35回(平16年)
　◇小説部門
　　九条 司 「浅間隠し」
第36回(平17年)
　◇小説部門
　　原口 啓一郎 「さようならトウトウさん」
第37回(平18年)
　◇小説部門
　　高 テレサ 「けりがつくまで」
第38回(平19年)
　◇小説部門
　　山田 たかし 「十日夜(とおかんや)」
第39回(平20年)
　◇小説部門
　　髙鳥 邦仁 「放課後の羽生城」
第40回(平21年)
　◇小説部門
　　鷹尾 へろん 「スズメ」
第41回(平22年)
　◇小説部門
　　田口 武雄 「見世物小屋の女」
第42回(平23年)
　◇小説部門
　　栗田 ムネヲ 「転合(てんごう)の日々」
第43回(平24年)
　◇小説部門
　　千田 克則 「ターニングポイント」
第44回(平25年)
　◇小説部門
　　藤田 和子 「思い込み」

087 堺自由都市文学賞

　堺市制100周年を記念して昭和63年に制定した賞。堺市が、文学の振興を通じて都市文化の高揚をはかろうとするものである。第18回(平成18年度)より、堺市文学賞「自由都市文学賞」から「堺自由都市文学賞」に名称変更した。第22回(平成22年度)をもって終了。

【主催者】堺市,(公財)堺市文化振興財団

【選考委員】(第22回)藤本義一,眉村卓,難波利三

【選考方法】公募(全国及び海外)

【選考基準】〔資格〕新人及びこれに準ずる者。日本語で書いた未発表の作品。二重送稿は不可。1人1作品とする。受賞作の著作権は堺市に帰属する。〔対象〕小説,主題は「都市小説」。ただし,都市は「堺」に限定しない。題材自由。〔原稿〕400字詰原稿用紙50～100枚程度。ワープロ使用の場合は原稿用紙を用いず,横長A4判の用紙に縦書きで1ページ30字×30行,文字サイズは13ポイント程度,用紙の上下余白はそれぞれ3cm程度,左余白は3cm,右余白は4cm程度とし,必ず通し番号(中央部分)をつけ,400字詰換算枚数を明記,原稿の冒頭に800字程度の梗概を添付。右綴じ,表紙に題名,住所,氏名(筆名の場合は本名も),年齢,職業,電話番号及びこれまでの受賞の有無と受賞名を必ず明記すること。なお,氏名(筆名)にはふり仮名を附すこと

【締切・発表】(第22回)平成22年1月15日締切(当日消印有効),7月発表

【賞・賞金】入賞(1点):副賞100万円と記念品,読売新聞大阪本社賞:30万円,佳作(2

087 堺自由都市文学賞

点）：副賞30万円と記念品，読売新聞大阪本社賞10万円

第1回（平1年）
　谷川 みのる 「真夜中のニワトリ」
◇佳作
　柳谷 千恵子 「猫はいません」
　武宮 閣之 「ホモ・ビカレンス創世記」
　務古 一郎 「環濠の内で」
第2回（平2年）
　直江 謙継（北山隆士）（兵庫県城崎郡日高町）「暗闇の光」
◇佳作
　吉岡 健（斎藤清昭）（神奈川県泰野市）「ワンルームの砂」
　尾川 裕子（大阪府八尾市）「積もる雪」
◇奨励賞
　文野 広輝（和田歩）（東京都足立区）「濃紺のさよなら」
第3回（平3年）
　二鬼 薫子（小林カオル）（大阪府河内長野市）「一桁の前線」
　小木曽 左今次（今井英昭）（東京都新宿区）「心を解く」
◇佳作
　北村 周一（堺市）「一滴の藍」
第4回（平4年）
　川口 明子（岩淵まつみ）（神戸市）「港湾都市」
◇佳作
　北村 周一（堺市）「犬の気焔」
　瀬垣 維（林由香）（京都市）「くじらになりたい」
第5回（平5年）
　三咲 光郎（氏原芳樹）（大阪府泉南郡）「大正暮色」
　篠 貴一郎（篠本和男）（大阪市）「風―勝負の日々」
◇佳作
　該当作なし
第6回（平6年）
　国吉 史郎（大阪府寝屋川市）「オキナワ、夏のはじまり」
　丹波 元（兵庫県川西市）「死出の鐔」
第7回（平7年）
◇入賞
　岡田 京子（神奈川県鎌倉市）「まんげつ」
◇佳作
　阿久津 光市（福島県東白川郡）「都忘れ」
　田畑 茂（京都府京都市）「路地」
第8回（平8年）
　風野 旅人（東京都杉並区）「ピレネーの城」
◇佳作
　小田 真紀恵（神奈川県横浜市）「マイ・ガール」
　石井 孝一（大阪市八尾市）「玉手橋」
第9回（平9年）
　大西 功（千葉県佐倉市）「乾いた花―越境者・杉本良吉の妻」
◇佳作
　そえだ ひろ（東京都新宿区）「ビー玉」
　宗像 弘之（大阪府守口市）「ケタオチ」
第10回（平10年）
　平野 稜子（京都府京都市）「花」
◇佳作
●1席
　小西 京子（大阪府寝屋川市）「あべ川」
●2席
　恵木 永（兵庫県伊丹市）「五郎と十郎」
第11回（平11年）
　平井 杏子（本名＝平井法）（神奈川県相模原市）「対岸の町」
◇佳作
　奥村 理英（東京都小平市）「川に抱かれて」
　田畑 茂（京都府京都市）「凍蛍」
第12回（平12年）
　小林 義彦（千葉県松戸市）「日月山水図屛風異聞」
◇佳作
　三宅 克俊（本名＝三宅勝利）（埼玉県川越市）「草原を走る都」

王 遍浬（本名＝川尻良昭）（新潟県新潟市）
「人柱」
第13回（平13年）
　田畑 茂（京都府宇治市）「マイ・ハウス」
◇佳作
　植松 二郎（神奈川県藤沢市）「埋み火」
　西原 健次（東京都葛飾区）「獄の海」
第14回（平14年）
　福岡 さだお（本名＝福岡完夫）（奈良県磯城郡）「父の場所」
◇佳作
　雨神 音矢（本名＝葛谷実）（兵庫県神戸市）「浅草人間縦覧所」
第15回（平15年）
　鮫島 秀夫（本名＝立石富男）（鹿児島県鹿屋市）「ソロモンの夏」
◇佳作
　源 高志（本名＝関田俊）（静岡県伊東市）「トラブル街三丁目」
　小栁 義則（佐賀県小城郡）「ハングリー・ブルー」
第16回（平16年）
　松村 哲秀（奈良県生駒郡斑鳩町）「弥勒が天から降りてきた日」
◇佳作
　八月 万里子（東京都調布市）「十三詣（じゅうさんまい）り」
　召田 喜和子（東京都世田谷区）「万事ご吹聴」
◇堺市長特別賞
　林 量三（堺市）「遼陽の夕立」
第17回（平17年）
　出口 正二（和歌山県和歌山市）「恙（つつが）虫」
◇佳作
　星野 泰斗（大阪府岸和田市）「俺の春」
　花井 美紀（愛知県名古屋市）「天満の坂道」
◇堺市長特別賞
　天楓 一日（本名 富樫一天）（堺市）「ココロのうた」
第18回（平18年度）

◇入賞
　下川 博（東京都杉並区）「閉店まで」
◇佳作
　畔地 里美（石川県加賀市）「やつし屋の明り」
　伊藤 光子（堺市）「白い部屋」
第19回（平19年度）
◇入賞
　住 太陽（堺市）「他人の垢」
◇佳作
　徳永 博之（神奈川県藤沢市）「ぬんない」
　齊藤 洋大（本名 齊藤勝）（愛知県春日井市）「天使の取り分」
◇堺市長特別賞
　有本 隆敏（堺市）「友」
第20回（平20年度）
◇入賞
　黒崎 良乃（本名 松山良子）（神奈川県横浜市）「もう一度の青い空」
◇佳作
　津川 有香子（堺市）「ほな、またね、メール、するからね」
　塚越 淑行（本名 藤沼脩次）（栃木県足利市）「理髪店の女」
◇堺市長特別賞
　田中 律子（堺市）「裏街」
第21回（平21年度）
◇入賞
　小川 栄 「聞きます屋・聡介」
◇佳作
　松田 幸緒 「最後のともだち」
　白井 靖之 「律子の簪」
第22回（平22年度）
◇入賞
　星野 泰司 「俺は死事人」
◇佳作
　片岡 真 「桜咲荘」
　船越 和太流 「伊津子の切符売り」
◇堺市長特別賞
　松川 明彦 「うたかたのうた」

088 さきがけ文学賞

秋田魁新報社が昭和59年2月2日、創刊110年を迎えたのを記念して、財団法人「さきがけ文学賞渡辺喜恵子基金」を創立。広く全国から新人作家を発掘し、秋田県内の文学創作活動振興、ひいては芸術文化の向上の一助とすることを目的とする。

【主催者】公益財団法人「さきがけ文学賞渡辺喜恵子基金」
【選考委員】(第30回)髙井有一、西木正明、森絵都
【選考方法】公募
【選考基準】〔対象〕小説。未発表作品に限る。同人誌などへの発表作品も対象外。〔原稿〕400字詰め原稿用紙100枚以上150枚以内厳守、ワープロ可
【締切・発表】6月30日締切(当日消印有効)、10月～11月「秋田魁新報」および「さきがけon The Web」で発表
【賞・賞金】入選作(1編):正賞ブロンズ像と副賞50万円・ANA国内線ペア航空券、選奨(数編):賞金5万円・ANA国内線ペア航空券
【URL】http://www.sakigake.jp/

第1回(昭59年)
　伊藤 美音子 「他人でない他人」
◇選奨
　神部 龍平 「松茸の季節」
　高田屋 綾子 「邦子の夏」
　川越 一郎 「田園に歌えレクイエム」
第2回(昭60年)
　穂積 生萩 「竜女の首」
◇選奨
　安斎 純二 「蔵」
　岩井川 皓二 「父と子」
　安藤 汀子 「茶花のひとりごと」
第3回(昭61年)
　人見 圭子 「雪解け」
◇選奨
　武田 金三郎 「嫁恋物語」
　柴山 芳隆 「しろがねの道」
第4回(昭62年)
　勝賀瀬 季彦 「由利の別れ」
◇選奨
　町井 奢 「ラパロ(腹腔鏡)」
　加賀屋 美津子 「春未明」
第5回(昭63年)
　江藤 勉 「刺(とげ)の予感」

◇選奨
　飛鳥 美由子 「古(いにしえ)」
　町井 奢 「ベジタブル」
第6回(平1年)
　小林 井津志 「天女」
◇選奨
　佐藤 三治郎 「十字の石」
　柴山 芳隆 「湖の水」
第7回(平2年)
　岩井川 皓二 「夜のトマト」
◇選奨
　大西 功 「臼引き老安」
第8回(平3年)
　笠井 享子 「開花」
◇選奨
　佐藤 のぶき 「月影」
　宮越 郷平 「小説・秋田屋伝蔵」
第9回(平4年)
　大西 功 「凍てついた暦」
◇選奨
　守田 陽一 「惜春の譜の流れ来て」
第10回(平5年)
　永槻 みか 「渓谷記」
◇選奨

翔 民（本名＝河合民子）「我無蔵泊（わがむぞうどまり）」
　　高山 泰彦 「旅の終り」
第11回（平6年）
　　佐藤 のぶき（本名＝佐藤信樹）「湖が燃えた日」
　◇選奨
　　大屋 研一 「泥の街」
第12回（平7年）
　　宮越 郷平（本名＝宮越道晃）「冬の航跡」
　◇選奨
　　大屋 研一 「ロギング・ロード」
第13回（平8年）
　　福 明子 「墓―書人刈屋翔山の顛末」
　◇選奨
　　難波田 節子（本名＝仲田節子）「再会」
第14回（平9年）
　　殿岡 立比人（本名＝外岡立人）「メダル」
　◇選奨
　　歩 青至（本名＝武田金三郎）「僕のノーサイド」
第15回（平10年）
　　野崎 文子 「ふたつの時間」
　◇選奨
　　葛飾 千子（本名＝柳沢和子）「花のない庭」
第16回（平11年）
　　さいとう 学（本名＝斎藤学）「風のしらべ」
　◇選奨
　　沢野 繭里（本名＝沢田房子）「過去のある人々」
第17回（平12年）
　　雨神 音矢（本名＝葛谷実）「クニノミチ」
　◇選奨
　　小林 拓 「真夏の公園、ビール」
第18回（平13年）
　　越智 真砂（本名＝鷹野真砂）「牡蠣筏（かきいかだ）」
　◇選奨
　　桜木 祐未（本名＝鎗水祐子）「寒牡丹」
第19回（平14年）
　　塚本 悟 「三鉄活人剣」
　◇選奨

　　波野 鏡子 「葉もれ日」
第20回（平15年）
　　尾河 みゆき（本名＝小川美幸）「つぎの、つぎの青」
　◇選奨
　　野里 征彦 「ザルツブルグの小枝」
第21回（平16年）
　◇入選
　　太田 ユミ子 「とおかあちゃん」
第22回（平17年）
　◇入選
　　山口 典子 「卯木の花」
第23回（平18年）
　◇入選
　　山下 奈美 「真昼の花火」
第24回（平19年）
　◇入選
　　中山 聖子（山口県宇部市）「チョコミント」
　◇選奨（佳作）
　　別司 芳子（福井県敦賀市）「ひだまりの家」
第25回（平20年）
　◇入選
　　五十目 寿男（宮城県仙台市）「蕉門秘訣」
　◇選奨（佳作）
　　小川 栄（千葉県市川市）「チャレンジ」
第26回（平21年）
　◇入選
　　須田 地央 「リングのある風景」
　◇選奨（佳作）
　　島田 明宏 「下総御料牧場の春」
第27回（平22年）
　◇入選
　　高妻 秀樹 「赦免花」
　◇選奨（佳作）
　　該当作なし
第28回（平23年）
　◇入選
　　永田 宗弘 「光芒」
　◇選奨（佳作）
　　古林 邦和 「和解」
第29回（平24年）
　◇入選

089 さくらんぼ文学新人賞

安藤 オン 「出家せば」
◇選奨(佳作)
　笹 耕市 「躑躅(つつじ)」
第30回(平25年)

◇入選
　加藤 敬尚 「オレンジ」
◇選奨(佳作)
　笹 耕市 「匂い辛夷(こぶし)」

---

089 さくらんぼ文学新人賞

　近年、女性の書き手による小説作品が話題になっていることをふまえつつ、そうした力強いトレンドをさまざまに支援し新たな才能と価値を「地方」から発信していこうと、平成19年(2007)12月に賞創設。平成20年1月より第1回目の募集を開始した。第3回(平成22年)をもって休止。

【主催者】主催：さくらんぼテレビジョン、共催：新潮社(「小説新潮」「yomyom」)、後援：フジテレビジョン

【選考委員】(第3回)唯川恵(作家)、北上次郎(文芸評論家)

【選考方法】公募

【選考基準】〔対象〕女性の筆者による日本語で書かれた未発表小説。年齢、職業、国内外(国籍)を問わず、「日本語文学」の新たな可能性を切り拓くオリジナル作品を広く募集。〔原稿〕400字詰原稿用紙換算で80枚程度(下限60枚/上限90枚)。書式は「1行30字×40行・縦書き」を"目安"とするが、「.txt」ファイルなどでの応募をはじめ、諸般の都合がある場合は必ずしもその限りとしない。作品の1ページ目に、梗概(400～600字程度)を必ず掲載すること。作品は電子メールに添付して「応募専用」アドレスに送信(手書き、郵送は不可)。応募メールの件名は「さくらんぼ文学新人賞応募」と明記。

【締切・発表】(第3回)平成22年11月30日締切、平成23年5月23日受賞作品発表、「小説新潮」12月号に大賞作品を全文掲載

【賞・賞金】大賞(1作品)：100万円、副賞・山形産さくらんぼ。選考の結果によっては大賞のほかに奨励賞を出す場合もある。

【URL】http://www.sakuranbo.co.jp/

第1回(平20年)
◇大賞
　長谷川 多紀 「ニノミヤのこと」
◇奨励賞
　木々乃 すい 「おねえさんの呪文」
　小林 成美 「強欲なパズル」

第2回(平21年)
◇大賞
　邢彦 「熊猫の囁き」
第3回(平22年)
◇大賞
　中村 玲子 「記憶」

---

090 作家賞

　昭和40年に作家社により創設、全国の同人雑誌に発表された小説のうち、一年間を通じてもっともすぐれたものに贈られた。平成3年8月作家社主宰・小谷剛氏が亡くなり、「小

谷剛文学賞」と名称を変更。作家賞としての授賞は第27回で終了した。

【主催者】 作家社

【選考委員】 進藤純孝, 八木義徳, 小谷剛, 豊田穣

【選考方法】 公募

【選考基準】 〔対象〕全国の同人雑誌に発表された小説〔応募方法〕同人雑誌は発行の都度,「作家賞」係あてに送付

【締切・発表】 選考結果および作品は毎年「作家」3月号誌上に発表

【賞・賞金】 記念品と賞金10万円

第1回(昭40年)
　加藤 善也 「ヘンな椅子」(小説と詩と評論)
第2回(昭41年)
　該当作なし
第3回(昭42年)
　小山 牧子 「瘋癲」(宴)
第4回(昭43年)
　桑原 恭子 「風のある日に」(作家)
第5回(昭44年)
　該当作なし
第6回(昭45年)
　小木曽 新 「金色の大きい魚」(作家)
第7回(昭46年)
　該当作なし
第8回(昭47年)
　該当作なし
第9回(昭48年)
　岡本 達也 「鳥を売る」(三田文学)
第10回(昭49年)
　楠見 千鶴子 「無花果よ私を貫け」(文学者)
　花井 俊子 「赤い電車が見える家」(作家)
第11回(昭50年)
　小沼 燦 「雀」(作家)
第12回(昭51年)
　該当作なし
第13回(昭52年)
　藤本 恵子 「ウエイトレス」(作家)
第14回(昭53年)
　水田 敏彦 「血の花」(作家)
第15回(昭54年)
　山下 智恵子 「犬」(作家)
第16回(昭55年)
　佐藤 泰志 「もう一つの朝」(北方文芸)
第17回(昭56年)
　谷口 葉子 「失語」(作家)
第18回(昭57年)
　笠原 藤代 「色のない街」(奇蹟)
　田中 耕作 「ブバリヤの花」(作家)
第19回(昭58年)
　小野 美和子 「ガラスペンと白文鳥」(作家)
第20回(昭59年)
　宮井 千津子 「天窓のある部屋」(作家)
第21回(昭60年)
　稲垣 瑞雄 「曇る時」(双鷲)
第22回(昭61年)
　飛鳥 ゆう 「ドアの隙間」
　本多 美智子 「落し穴」
第23回(昭62年)
　横谷 芳恵 「かんかん虫」
第24回(昭63年)
　柳瀬 直子 「凍港へ」
第25回(平1年)
　該当作なし
第26回(平2年)
　戸田 鎮子 「旅のウィーク」
第27回(平3年)
　該当作なし

091 「サンデー毎日」懸賞小説

【主催者】 毎日新聞社東京本社

創刊10年記念長編大衆文芸（昭7年）
　◇時代物
　　海音寺 潮五郎　「風雲」
　◇現代物
　　清谷 閑子　「不死鳥」
創刊15周年記念長編（昭12年）
　◇時代物
　　沢 良太　「黄金火」
　◇現代物
　　早乙女 秀　「筑紫の歌」
創刊30年記念100万円懸賞小説（昭26年）
　◇現代小説（1席）
　　新田 次郎　「強力伝」
　◇現代小説（2席）
　　有馬 範夫（南条範夫）「マルフーシャ」
　◇歴史小説（1席）
　　松谷 文吾　「筋骨」
　◇歴史小説（2席）
　　黒板 拡子（永井路子）「三条院記」
　◇諷刺（1席）
　　木村 とし子　「幻住庵」
　◇諷刺（2席）
　　大森 実　「終油の遺物」
大衆文芸30周年記念100万円懸賞（昭30年）
　　新田 次郎　「孤島」
　　町田 波津夫（南条範夫）「あやつり組由来記」
　　早崎 慶三　「鯖」

092 サンデー毎日小説賞

大正15年，現在の毎日新聞社によって創設された「サンデー毎日大衆文芸」は，昭和35年にサンデー毎日小説賞と改称されたが，5回で休止となった。昭和44年に「読物専科」の創刊にともないサンデー毎日新人賞として復活した。

【主催者】 毎日新聞社
【選考委員】（第1回）井上靖，大佛次郎，今日出海，丹羽文雄，火野葦平，山本健吉
【賞・賞金】 20万円

第1回（昭35年上）
　◇第1席
　　早崎 慶三　「干拓団」
　◇第2席
　　木戸 織男　「夜は明けない」
　　名草 良作　「省令第105号室」
第2回（昭35年下）
　該当作なし
第3回（昭36年）
　会田 五郎　「二番目の男」
　椎ノ川 成三　「戦いの時代」
第4回（昭37年）
　志図川 倫　「流氷の祖国」
第5回（昭38年）
　該当作なし

093 サンデー毎日新人賞

大正15年に創設された「サンデー毎日大衆文芸」は、昭和35年「サンデー毎日小説賞」と改称。昭和38年5回で中止となっていたが、「読物専科」の創刊を機に、「サンデー毎日新人賞」として昭和44年に復活した。昭和44年10月から「読物専科」は「別冊サンデー毎日」と改題、さらに翌45年4月から「小説サンデー毎日」と改題された。昭和52年までで中止。

【主催者】毎日新聞社
【選考委員】(第1回)川口松太郎、村上元三、柴田錬三郎(時代小説)、中島河太郎、黒岩重吾、佐野洋(推理小説)
【選考方法】〔対象〕時代小説,推理小説 〔資格〕応募作の中から選ぶ
【締切・発表】結果および作品は「小説サンデー毎日」誌上に発表
【賞・賞金】賞金30万円

第1回(昭45年)
◇時代小説
　舛山 六太 「降倭記」
◇推理小説
　井口 泰子 「東名ハイウエイバス・ドリーム号」
第2回(昭46年)
◇時代小説
　黒部 亨 「片思慕の竹」
◇推理小説
　該当作なし
第3回(昭47年)
◇時代小説
　鈴木 新吾 「女人浄土」
◇推理小説
　冬木 鋭介 「腐蝕色彩」
第4回(昭48年)
◇時代小説
　福田 螢二 「宿場と女」
　里生 香志 「草芽枯る」

◇推理小説
　麗羅 「ルバング島の幽霊」
第5回(昭49年)
◇時代小説
　赤木 駿介 「蟻と麝香」
◇推理小説
　該当作なし
第6回(昭50年)
　該当作なし
第7回(昭51年)
◇時代小説
　該当作なし
◇推理小説
　中堂 利夫 「異形の神」
第8回(昭52年)
◇時代小説
　中野 青史 「祭りに咲いた波の花」
◇推理小説
　該当作なし

094 「サンデー毎日」大衆文芸

　当時の大阪毎日新聞社(現在の毎日新聞社)が,小説サンデー毎日を創刊したのを機に,大正15年に創設した賞で,新講談,探偵小説,通俗小説など広い範囲の大衆文芸を募集。「甲」100枚,「乙」50枚(第6回からは乙のみ)を募集した。昭和35年には「サンデー毎日」小説賞と改称したが,5回で昭和38年に中止。昭和44年に「別冊サンデー毎日」の復刊とともに「サンデー毎日新人賞」として復活した。なお「千葉亀雄賞」の短篇賞は「サン

デー毎日大衆文芸」入選作のうち年間を通しての最優秀作品に送られた。
【主催者】毎日新聞社
【締切・発表】入選作は「サンデー毎日」誌上に掲載した
【賞・賞金】「甲」各500円,「乙」各250円(第1回)

第1回(昭1年)
◇甲
　角田 喜久雄 「発狂」
◇乙
　南郷 二郎 「りく平紛失」
　加藤 日出太 「変な仇討」
　小鹿 進 「双龍」
　小流 智尼 「そばかす三次」
第2回(昭2年)
◇甲
　山口 源二 「ボルネオ奇談・レシデントの時計」
　荒木 左右 「唐島大尉の失踪」
◇乙
　村上 福三郎 「御符」
　石上 襄次 「海豚」
第3回(昭3年)
◇甲
　一刀 研二 「冥府から来た女」
　柳井 正夫 「南国殉教記」
◇乙
　三好 治郎 「菌糸にからむ恋」
　小林 林之助 「落武者」
第4回(昭4年上)
◇甲
　水足 蘭秋 「斑螯(みちおしえ)」
　木村 政巳 「守札の中身」
◇乙
　秋草 露路 「海底の愛人」
　里利 健子 「牝鶏となった帖佐久・倫氏」
第5回(昭4年下)
◇甲
　海音寺 潮五郎 「うたかた草紙」
　木村 清 「黒鳥共和国」
◇乙
　村田 等 「山脇京」

第6回(昭5年上)
　多々羅 四郎 「口火は燃える」
　白石 義夫 「或戦線の風景」
　中野 隆介 「手術綺談」
　梶原 珠子 「鎌倉物語」
　都田 鼎 「山中鹿之介の兄」
第7回(昭5年下)
　市橋 一宏 「不良少年とレヴューの踊り子」
　那木 葉二(車谷弘)「安政写真記」
　南海 日出子 「女工失業時代」
　林本 光義 「照見哲平」
　吉田 初太郎 「武蔵野」
第8回(昭6年上)
　野口 健二 「村正と正宗」
　上津 虔生 「南郷エロ探偵社長」
　小杉 雄二(花田清輝)「七」
　小島 泰介 「逃亡」
　徳見 葩子 「波紋」
第9回(昭6年下)
　樺 鼎太 「ウルトラ高空路」
　佐藤 夏蔦 「山水楼悲話」
　長谷川 信夫 「浴室」
　浮島 吉之 「都会の牧歌」
　青木 茂 「山陽の憂鬱」
　重見 利秋 「憐れまれた晋作」
第10回(昭7年上)
　志村 雄 「春とボロ自転車」
　左文字 勇策 「浪人弥一郎」
　久米 薫 「死期を誤った梶川」
　橋爪 勝 「復讐」
　田辺 闘青火 「償勤兵行状記」
第11回(昭7年下)
　沢 享二 「秋」
　久米 徹 「K医学士の場合」
　喬木 言吉 「慶安余聞「中山文四郎」」

木村 荘十　「血縁」
　　八田 尚之　「サラリーマン・コクテール」
第12回（昭8年上）
　　石河 内城　「鶴沢清造」
　　陣出 達男　「さいころの政」
　　鬼頭 恭二　「純情綺談」
　　溝口 三平　「空間の殺人」
　　金田 勲衛　「恋と拳闘」
第13回（昭8年下）
　　吉田 武三　「新宿紫団」
　　松本 清　「サンパウリ夜話」
　　小杉 謙后　「桃太郎の流産」
　　扇田 征夫　「香具師仁義」
　　都島 純　「上州巷説ちりめん供養」
第14回（昭9年上）
　　沢木 信乃（井上靖）「初恋物語」
　　沢 縫之助　「前線部隊」
　　猪ノ鼻 俊三　「木喰虫愛憎図」
　　小山 甲三　「アメリカ三度笠」
　　藤川 省自　「伝蔵脱走」
第15回（昭9年下）
　　山村 巌　「撮影所三重奏」
　　赤沼 三郎　「地獄絵」
　　滝川 虔　「鈴木春信」
　　山本 徹夫　「舗道に唱う」
　　青桐 柾夫　「あたしの幸福」
第16回（昭10年上）
　　村爾 退二郎　「泣くなルヴィニア」
　　牛尾 八十八　「唐衣の疑問」
　　藤代 映二　「国旗」
　　北町 一郎　「賞与日前後」
　　浮世 夢介　「幇間の退京」
第17回（昭10年下）
　　高円寺 文雄　「聖ゲオルギー勲章」
　　池辺 たかね　「鳴門崩れ」
　　井上 靖　「紅荘の悪魔たち」
　　小松 滋　「H丸伝奇」
　　岩田 恒徳　「蟷螂」
第18回（昭11年上）
　　夏川 黎人　「解剖台を繞る人々」
　　室町 修二郎　「遭難」
　　芝野 武男　「名人」
　　山内 史朗　「神学生の手記」
　　木之下 白蘭　「撤兵」
第19回（昭11年下）
　　松原 幹　「本朝算法縁起」
　　沢 良太　「わかさぎ武士」
　　長谷川 更生　「直助権兵衛」
　　宗 久之助　「男性審議会」
　　奥田 久司　「漂民」
第20回（昭12年上）
　　木村 みどり　「国際会議はたはむれる」
　　南条 三郎　「明暗二人影」
　　武川 哲郎　「偽帝誅戮」
　　大池 唯雄　「おらんだ楽兵」
　　山崎 公夫　「御巣鷹おろし」
第21回（昭12年下）
　　猪ノ鼻 俊三　「柳下亭」
　　能木 昶　「おむら殉愛記」
　　帯刀 収　「信玄の遁げた島」
　　北園 孝吉　「明日はお天気」
　　鯱城 一郎　「お椅子さん」
第22回（昭13年上）
　　宇井 無愁　「ねずみ娘」
　　冬木 憑　「鹿鳴館時代」
　　赤沼 三郎　「脱走九年」
　　川端 克二　「海の花婿」
　　東条 元　「船若寺穴蔵覚書」
第23回（昭13年下）
　　窪川 稔　「南十字星の女」
　　阪西 夫次郎　「その後のお滝」
　　藤野 庄三（山岡荘八）「約束」
　　南条 三郎　「浮名長者」
　　奈良 井一　「明るい墓地」
第24回（昭14年上）
　　石井 哲夫　「アクバール・カンの復讐」
　　東条 元　「幻塔譜」
　　早乙女 秀　「色彩のある海図」
　　由布川 祝　「選ばれた種子」
　　川端 克二　「鳴動」
第25回（昭14年下）
　　大庭 さち子　「妻と戦争」
　　林 与茂三　「双葉は匂ふ」
　　田原 夏彦　「風に添へた手紙」

中村 獏 「ブロオニングの照準」
北沢 美勇 「神と人との門」
第26回（昭15年上）
　草薙 一雄（長崎謙二郎）「足柄峠」
　村松 駿吉 「最後のトロンペット」
　九谷 桑樹 「男衆藤太郎」
　関川 周 「晩年の抒情」
　坂田 太郎 「狐狸物語」
第27回（昭15年下）
　清水 政二 「沼地の虎」
　星川 周太郎 「韓非子翼䁘」
　村松 駿吉 「風俗人形」
　城山 三郎 「応召と生活」
第28回（昭16年上）
　筑紫 聡 「炭田の人々」
　伊藤 沆 「信長の首」
　椿 径子 「早春」
　小川 大夢 「啐啄の嘴」
　橋本 録多 「仏法僧ナチス陣営に羽搏く」
第29回（昭16年下）
　由布川 祝 「有願春秋抄」
　太田 正 「北回帰線」
　真木 純 「寒菊抄」
　物上 敬 「大阪作者」
　阿賀利 善三 「水軍大宝丸」
第30回（昭17年上）
　関川 周 「怒濤の唄」
　日高 麟三 「藁沓」
　稲垣 史生 「京包線にて」
　太田 正 「町人」
第31回（昭17年下）
　渡辺 捷夫 「熊と越年者」
　阿波 一郎 「帰還学生」
　緑川 玄三 「銀の峠」
　関川 周 「安南人の眼」
　宮崎 一郎 「マーシュ大尉の手記」
第32回（昭18年上）
　緑川 玄三 「花火師丹十」
　松崎 与志人 「少年工」
　東郷 十三 「軍用犬」
　横尾 久男 「赤い鳥」
第33回（昭18年下）

穐村 正治 「大砲煎餅」
原田 重久 「みのり」
三好 一知 「弾性波動」
金川 太郎 「交流」
第34回（昭21年）
　中田 龍雄 「鮭姫」
　南条 三郎 「艶影」
　岩崎 春子 「海に与える書」
第35回（昭22年）
　該当作なし
第36回（昭23年）
　津田 伸二郎 「羅生門の鬼」
　七条 勉 「遠雷」
　高橋 八重彦 「雲は還らず」
第37回（昭24年上）
　曽我 得二 「なるとの中将」
　奈良井 一 「異国の髭」
　笠置 勝一 「愛の渡し込み」
　藤田 敏男 「下宿あり」
第38回（昭24年下）
　津田 伸二郎 「英雄になりたい男」
　石橋 徹志 「軍鶏流行」
　藤田 敏男 「二等兵お仙ちゃん」
第39回（昭25年上）
　沖田 一 「酔蟹」
　曲木 磯六 「青鳥発見伝」
　神藤 まさ子 「ヒョタの存在」
第40回（昭25年下）
　石橋 徹志 「軍鶏師と女房たち」
　森瀬 一昌 「右と左」
　若狭 滝 「河原評判記」
第41回（昭27年上）
　本沢 幸次郎 「黒い乳房」
　鶴木 不二夫 「女患部屋」
　浜 夕平 「絹コーモリ」
　相場 秀穂 「無常」
第42回（昭27年下）
　伊藤 恵一（伊藤桂一）「夏の鶯」
　楢 八郎 「蔵の中」
　杉本 苑子 「燐の譜」
　東山 麓 「解剖台」
　津田 伸二郎 「むかしがたり」

第43回（昭28年上）
　楢 八郎 「犬侍」
　宗任 珊作 「楽浪の棺」
　山田 赤磨 「峠」
　岩山 六太 「老猫のいる家」
第44回（昭28年下）
　大日向 葵 「ゲーテル物語」
　楢 八郎 「右京の恋」
　白石 義夫 「再会」
第45回（昭29年上）
　下山 俊三 「雪崩と熊の物語」
　久志 もと代 「刺」
第46回（昭29年下）
　幕内 克蔵 「ハルマヘラの鬼」
　小田 武雄 「絵葉書」
　楢 八郎 「乱世」
第47回（昭30年上）
　早崎 慶三 「商魂」
　小田 武雄 「うぐいす」
　新田 次郎 「山犬物語」
　寺内 大吉 「逢春門」
第48回（昭30年下）
　中川 童二 「ど腐れ炎上記」
　田島 啓二郎 「汽笛は響く」
　木山 大作 「過剰兵」
第49回（昭31年上）
　洗 潤 「ゆらぐ藤浪」
　小田 武雄 「北冥日記」
　林 吾一 「風草」
第50回（昭31年下）
　織田 正吾 「雨の自転車」
　洗 潤 「侍家坊主」
第51回（昭32年上）
　道 俊介 「蔵法師助五郎」
　小川 喜一 「狗人」
　後藤 杉彦 「犬神」
第52回（昭32年下）
　早崎 慶三 「堺筋」
　小田 武雄 「窯談」
第53回（昭33年上）
　中川 童二 「鮭と狐の村」
　大道 二郎 「河岸八町」
　斧 冬二 「架線」
第54回（昭33年下）
　滝口 康彦 「異聞浪人記」
　中原 吾郎 「紫陽花」
　黒岩 重吾 「ネオンと三角帽子」
第55回（昭34年上）
　高石 次郎 「川の掟」
　砂田 弘 「二つのボール」
　洗 潤 「一向僧兵伝」

095 サントリーミステリー大賞

　新しいミステリー文学による新しいエンターテイメントの創造をめざして，昭和56年に創設された。平成15年第20回までで終了。

　【主催者】サントリー，文藝春秋，朝日放送
　【選考委員】浅田次郎，逢坂剛，北村薫，篠田節子，藤原伊織
　【選考方法】公募。大賞は選考委員により公開選考会にて決定される。読者賞は一般公募の選考委員50名により投票で決定される。大賞と読者賞を同一作品が受賞することもありえる。最終選考会は，選考委員をパネラーとした公開シンポジウム形式にて行なう。また選考会参加者は一般公募する
　【選考基準】〔対象〕広い意味でのミステリー小説で，有名無名，アマ・プロまたは国籍を問わず，自作未発表の日本語作品に限る。〔原稿〕400字詰原稿用紙300〜800枚。冒頭に2000字相当の梗概をとじ添える。〔応募規定〕著作権およびそれから派生するすべての権利については，本賞運営委員会の決定する条件に従い，本賞運営委員会また

095 サントリーミステリー大賞

はその指定する第三者に対して、全世界における排他的独占的利用権を設定する。期間は3年。出版権(翻訳権を含む)は文藝春秋に、テレビ映像化権は朝日放送にライセンスされる

【締切・発表】(第20回)平成14年5月末日締切(消印有効)。選考結果は、「オール読物」平成15年3月号誌上に発表

【賞・賞金】大賞(1篇):正賞スペシャルブレンドウィスキー「ザ・ミステリー」、副賞として賞金1000万(テレビ映像化権料を含む)及び単行本印税、読者賞(1篇):スペシャルブレンドウィスキー「ミステリーボトル」および賞金100万円、大賞受賞作品は文藝春秋より単行本として出版され、朝日放送をキーステーションとし、全国放送される予定。

第1回(昭57年)
　鷹羽 十九哉 「虹へ、アヴァンチュール」
　◇読者賞
　麗羅 「桜子は帰って来たか」
　◇佳作賞
　黒川 博行 「二度のお別れ」
第2回(昭58年)
　由良 三郎 「運命交響曲殺人事件」
　◇読者賞
　井上 淳 「懐かしき友へ——オールド・フレンズ」
第3回(昭59年)
　土井 行夫 「名なし鳥飛んだ」
　◇読者賞
　保田 良雄 「カフカズに星墜ちて」
第4回(昭60年)
　黒川 博行 「キャッツアイころがった」
　◇読者賞
　長尾 誠夫 「源氏物語人殺し絵巻」
　◇佳作賞
　ヤング、ラルフ 「クロスファイヤ」
第5回(昭61年)
　◇大賞・読者賞
　典厩 五郎 「土壇場でハリー・ライム」
第6回(昭62年)
　笹倉 明 「漂流裁判」
　◇読者賞
　樋口 有介 「ぼくと、ぼくらの夏」
　◇佳作賞
　岩木 章太郎 「新古今殺人事件」

第7回(昭63年)
　ロペス、ベゴーニャ 「死がお待ちかね」
　◇読者賞
　黒崎 緑 「ワイングラスは殺意に満ちて」
　◇佳作賞
　中川 裕朗 「猟人の眠り」
第8回(平1年)
　マキタリック、モリー 「TVレポーター殺人事件」
　◇読者賞
　関口 ふさえ 「蜂の殺意」
　◇佳作賞
　ふゆき たかし 「暗示の壁」
第9回(平2年)
　レオン、ドナ・M. 「死のフェニーチェ劇場」
　◇読者賞
　今井 泉 「碇泊なき海図」
　◇佳作賞
　醍醐 麻沙夫 「ヴィナスの濡れ衣」
　横山 秀夫 「ルパンの消息」
第10回(平3年)
　花木 深 「B29の行方」
　◇読者賞
　花木 深 「B29の行方」
　◇特別佳作賞
　ブリッジス、マーガレット 「わが愛しのワトスン」
第11回(平5年)
　熊谷 独 「最後の逃亡者」
　◇佳作賞

祐未 みらの 「緋の風」
◇読者賞
　秋川 陽二 「殺人フォーサム」
第12回（平7年）
　丹羽 昌一 「天皇（エンペラドール）の密使」
◇読者賞
　丹羽 昌一 「天皇（エンペラドール）の密使」
第13回（平8年）
　森 純 「八月の獲物」
◇読者賞
　伊野上 裕伸 「火の壁」
第14回（平9年）
　三宅 彰 「風よ、撃て」
◇読者賞
　高尾 佐介 「アンデスの十字架」
第15回（平10年）
　結城 五郎 「心室細動」
◇読者賞
　司城 志朗 「スリーパー・ゲノム」
第16回（平11年）
　高嶋 哲夫 「イントゥルーダー」
◇読者賞
　高嶋 哲夫 「イントゥルーダー」
◇優秀作品賞
　新井 政彦 「CATT―託されたメッセージ」
　阿川 大樹 「天使の漂流」

第17回（平12年）
　垣根 涼介 「午前三時のルースター」
◇読者賞
　垣根 涼介 「午前三時のルースター」
◇優秀作品賞
　新井 政彦 「ネバーランドの柩」
　結城 辰二 「暴走ラボ（研究所）」
第18回（平13年）
　笹本 稜平 「時の渚」
◇読者賞
　笹本 稜平 「時の渚」
◇優秀作品賞
　五十嵐 貴久 「TVJ」
　海月 ルイ 「尼僧の襟」
第19回（平14年）
　海月 ルイ 「子盗（こと）り」
◇読者賞
　海月 ルイ 「子盗（こと）り」
◇優秀作品賞
　義則 喬 「静かなる叫び」
　藤村 いずみ 「孤独の陰翳」
第20回（平15年）
　中野 順一 「セカンド・サイト」
◇読者賞
　鈴木 凛太朗 「視えない大きな鳥」
◇優秀作品賞
　藤森 益弘 「春の砦」

096 山日新春文芸

県民の文芸活動奨励のため読者から小説、短歌、俳句の作品を募集。入選作品を元日付の新聞紙上に発表、入選者に賞金、賞品を贈る。

【主催者】山梨日日新聞社
【選考委員】伊藤桂一（小説），島田修二（短歌），飯田龍太（俳句）
【選考方法】公募
【選考基準】〔原稿〕小説：テーマ自由，400字詰め原稿用紙20枚。短歌：新春雑詠，はがきに3首，俳句：新春雑詠，はがきに3句
【締切・発表】11月30日締切，元日付の山梨日日新聞紙上で発表
【賞・賞金】〔小説〕入選（1人）：賞金5万円，佳作（3人）：各1万円〔短歌・俳句〕入選1

096 山日新春文芸

> 席(各1人)：2万円,2席(各1人)：1万円,3席(各1人)：5千円,佳作(各10人)：記念品

(昭44年)
◇短編小説
　吉岡 群 「スピッツ」
　佐藤 八重子 「さしもしらじな」
(昭45年)
◇短編小説
　栗田 平作 「指輪」
　松田 倶夫 「ポマード」
(昭46年)
◇短編小説
　猪股 篁 「風」
　数野 和夫 「冷雨のころ」
(昭47～49年)
　　＊
(昭50年)
◇小説
　氷見 玄 「黄塵紛々」
(昭51年)
◇小説
　刑部 竹幹 「虹の音」
(昭52年)
◇小説
　遠藤 孝弘 「稲刈りの季節に」
(昭53年)
◇小説
　増村 由児 「繭の流れ」
(昭54年)
◇小説
　加藤 末子 「花をみたい」
(昭55年)
◇小説
　水木 亮 「黄金色の道」
(昭56年)
　　＊
(昭57年)
◇小説
　小林 信次 「脱走」
(昭58年)
◇小説
　南 ふさ子 「バンザーイ」
(昭59年)
◇小説
　佐野 多紀枝 「御林」
(昭60年)
◇小説
　渡井 せい 「露草」
(昭61年)
◇小説
　岩崎 まり子 「痛い」
(昭62年)
◇小説
　藤巻 幹城 「念力」
(昭63年)
◇小説
　石原 貞良 「僥倖」
(平1年)
◇小説
　岩崎 まり子 「オリエンタル・ドリーム」
(平2年)
◇小説
　駒林 六十二 「新米教師」
(平3年)
◇小説
　渡辺 アキラ 「落日」
(平4年)
◇小説
　佐野 多紀枝 「舞台」
(平5年)
◇小説
　渡辺 アキラ 「中間管理職」
(平6年)
◇小説
　中野 藤雄 「お日待ち」
(平7年)
◇小説
　宮崎 吉宏 「草鞋(わらじ)」
(平8年)
◇小説

斎藤 嘉徳 「繋いだ手」
(平9年)
◇小説
渡辺 アキラ 「三十年目のラグビーボール」

(平10年)
◇小説
戸川 みなみ 「冬の旅」

097 サンリオ・ロマンス賞

昭和56年10月にシルエットロマンス創刊を記念し,新しいジャンルの日本での定着,育成を目的として創設した。第4回をもって中止となる。

【主催者】サンリオ
【選考委員】編集部
【選考方法】〔対象〕未発表のロマンス小説 〔原稿〕400字詰原稿用紙で300枚位,400字位のあらすじを添付
【締切・発表】締切は3月31日(当日消印有効),発表は「月刊ロマンスレディ」12月1日発売号,年1回
【賞・賞金】入選(1点)50万円,準入選(1点)30万円,佳作(5点)各5万円

第1回(昭58年)
　該当作なし
　◇準入選
　花野 ゆい 「シークレット・メモリー」
第2回(昭59年)
　柳原 一日 「王妃の階段」
第3回(昭60年)
　馬場 由美 「冬のノクターン」
第4回(昭61年)
　松倉 紫苑 「ミスティ・ガール」

098 時代小説大賞

社会のめまぐるしい変化の中で風化していく時間を心の中に繋ぎとめるべく,面白くて,しかも時代を生き生きと伝える時代小説の登龍門として創設された。平成11年第10回までで終了。

【主催者】講談社,朝日放送
【選考委員】津本陽,半村良,平岩弓枝,村松友視,尾崎秀樹
【選考方法】公募
【選考基準】〔対象〕長篇時代小説。〔資格〕日本語で書かれた未発表作品。国籍,プロ・アマを問わず。〔原稿〕400字詰原稿用紙で350枚以上500枚以下。これに3～5枚の梗概を添付
【締切・発表】(第10回)平成11年2月28日締切(当日消印有効),平成11年「小説現代」12月号に発表
【賞・賞金】賞金1000万円と記念品,出版権・映像権など諸権利は全て講談社と朝日放送

099 10分で読める小説大賞

に所属

第1回（平2年）
　鳥越 碧 「雁金屋草紙」
第2回（平3年）
　羽太 雄平 「本多の狐」
第3回（平4年）
　吉村 正一郎 「西鶴人情橋」
第4回（平5年）
　藤井 素介 「流人群像 坩堝の島」
第5回（平6年）
　大久保 智弘 「わが胸は蒼茫たり」

第6回（平7年）
　中村 勝行 「蘭と狗（いぬ）」
第7回（平8年）
　乙川 優三郎 「霧の橋」
第8回（平9年）
　松井 今朝子 「仲蔵狂乱」
第9回（平10年）
　平山 寿三郎 「東京城の夕映え」
第10回（平11年）
　押川 国秋 「八丁堀慕情・流刑の女」

---

099 10分で読める小説大賞

　＜10分で読める＞というコンセプトのもと，通勤・通学時間や待ち合わせの時間を利用して，携帯電話で手軽に読める短編小説を募集する。既成の「紙で読む」小説と同等以上の表現力，創作力，語彙力と，また「携帯で読む」にふさわしい文体，展開，スピード等々をバランスよく備えた小説を求めて創設。

【主催者】ジョルダン（株）

【選考委員】読書の時間編集部

【選考方法】公募

【選考基準】〔資格〕不問〔応募規定〕2万字以内（スペース含む）。提示するテーマの中からひとつ選ぶ。第3回のテーマは「薬」「カギ」「口紅」。1テーマにつき，1人1作品まで受け付け（最大3作品まで応募可）。PC（応募フォームから送信）か郵便で応募する

【締切・発表】（第3回）平成20年6月4日締切（PCの場合は24時まで。郵便の場合は当日消印有効），8月6日発表

【賞・賞金】大賞：賞金20万円，佳作： 賞金5万円，受賞作品は，ジョルダンが運営するウェブサイトで配信する

【URL】http://book.jorudan.co.jp/prize/

第1回（平18年）
◇大賞
　七井 春之 「体温の灰」
◇佳作
　ヤマト 「首桃果の秘密」
第2回（平19年）
◇大賞
　中野 拓馬 「夜露に濡れて蜘蛛」

◇佳作
　桜井 木綿 「一方通行のバイパス」
第3回（平20年）
◇大賞
　日暮 花音 「トマト」
◇佳作
　紅 「ワナビーズ」

100 C★NOVELS大賞

ファンタジーノベルス作家の新人発掘のために創設。

【主催者】中央公論新社

【選考委員】C★NOVELS編集部

【選考方法】公募

【選考基準】〔資格〕性別、年齢、プロ・アマ等不問。未発表作品に限る。ただし、営利を目的とせず運営される個人のウェブサイトやメールマガジン、同人誌等での作品掲載は、未発表とみなす(掲載したサイト名または同人誌名を明記のこと)。〔原稿〕(1)原稿:必ずワープロ原稿で、40字×40行を1枚とし、縦書き、A4普通紙、90枚以上120枚まで。感熱紙での印字、手書きの原稿は受け付けない。別途「あらすじ(800字以内)」を付ける。(2)エントリーシート:C★NOVELSサイトの大賞募集ページからダウンロードし、必要事項を記入したもの。(3)テキストデータ:メディアは、CD-RまたはFD。ラベルに筆名・本名・タイトルを明記すること。必ず「テキスト形式」で、以下のデータを揃えること。(a)原稿、あらすじ等、(1)でプリントアウトしたものすべて(b)エントリーシートに記入した要素以上、3点をあわせて送付

【締切・発表】(第11回)締切:平成26年9月30日(当日消印有効)、発表:平成27年2月中旬予定

【賞・賞金】大賞作品には賞金100万円(刊行時には別途当社規定印税を支払う)

【URL】http://www.c-novels.com/grand_prix/

第1回(平17年)
　◇大賞
　　藤原 瑞記 「光降る精霊の森」
　◇特別賞
　　内田 響子 「聖者の異端書」
第2回(平18年)
　◇大賞
　　多崎 礼 「煌夜祭」
　◇特別賞
　　九条 菜月 「ヴェアヴォルフ オルデンベルク探偵事務所録」
第3回(平19年)
　◇大賞
　　該当作なし
　◇特別賞
　　海原 育人 「ドラゴンキラーあります」
　　篠月 美弥 「契火の末裔」
第4回(平20年)
　◇大賞
　　夏目 翠 「翡翠の封印」
　◇特別賞
　　木下 祥 「マルゴの調停人」
　　天堂 里砂 「紺碧のサリフィーラ」
第5回(平21年)
　◇大賞
　　葦原 青 「遙かなる虹の大地 架橋技師伝」
　◇特別賞
　　涼原 みなと 「赤の円環(トーラス)」
第6回(平22年)
　◇大賞
　　黒川 裕子 「四界物語1 金翅のファティオータ」
　◇特別賞
　　片倉 一 「風の島の竜使い」
第7回(平23年)
　◇大賞
　　該当作なし
　◇特別賞

あやめ ゆう 「RINGADAWN 妖精姫と灰色狼」
尾白 未果 「災獣たちの楽土1 雷獅子の守り」
第8回（平24年）
◇大賞
該当作なし
◇特別賞
該当作なし
第9回（平25年）
◇大賞
該当作なし

◇特別賞
戒能 靖十郎 「英雄〈竜殺し〉の終焉」
沙藤 薫 「彷徨う勇者 魔王に花」
第10回（平26年）
◇大賞
松葉屋 なつみ 「歌う峰のアリエス」
◇特別賞・読者賞
和多月 かい 「世界融合でウチの会社がブラックに!?」
◇特別賞
王城 夕紀 「天盆」

101 柴田錬三郎賞

ロマンの新しい地平を切り拓いた柴田錬三郎の名を冠し，昭和63年に創設。現代小説，時代小説を問わず，真に広汎な読者を魅了しうる作家と作品を顕彰して，このジャンルの発展を期すもの。

【主催者】集英社
【選考委員】浅田次郎，伊集院静，長部日出雄，津本陽，林真理子，渡辺淳一
【選考方法】非公募
【選考基準】〔対象〕毎年7月1日より翌年の6月30日までに刊行された単行本小説の中から最も優れた作品
【締切・発表】毎年11月刊「小説すばる」誌上にて発表
【賞・賞金】正賞記念品，副賞300万円
【URL】http://www.shueisha.co.jp/shuppan4syo/sibaren/index.html

第1回（昭63年）
高橋 治 「別れてのちの恋歌」「名もなき道を」新潮社，講談社
第2回（平1年）
隆 慶一郎 「一夢庵風流記」（読売新聞社）
第3回（平2年）
皆川 博子 「薔薇忌」（実業之日本社）
第4回（平3年）
宮本 徳蔵 「虎砲記」（新潮社）
北方 謙三 「破軍の星」（集英社）
第5回（平4年）
白石 一郎 「戦鬼たちの海——織田水軍の将・九鬼嘉隆」（毎日新聞社）
第6回（平5年）
半村 良 「かかし長屋」（読売新聞社）
第7回（平6年）
伊集院 静 「機関車先生」（講談社）
第8回（平7年）
林 真理子 「白蓮れんれん」（中央公論社）
第9回（平8年）
連城 三紀彦 「隠れ菊」（新潮社）
第10回（平9年）
帚木 蓬生 「逃亡」（新潮社）
第11回（平10年）

夢枕 獏 「神々の山嶺」(集英社)
第12回(平11年)
　池宮 彰一郎 「島津奔る」(新潮社)
第13回(平12年)
　西木 正明 「夢顔さんによろしく」(文藝春秋)
　浅田 次郎 「壬生義士伝」(文藝春秋)
第14回(平13年)
　志水 辰夫 「きのうの空」(新潮社)
第15回(平14年)
　坂東 真砂子 「曼荼羅道」(文藝春秋)
第16回(平15年)
　藤堂 志津子 「秋の猫」(集英社)
第17回(平16年)
　桐野 夏生 「残虐記」(新潮社)
　大沢 在昌 「パンドラ・アイランド」(徳間書店)
第18回(平17年)
　橋本 治 「蝶のゆくえ」(集英社)

第19回(平18年)
　小池 真理子 「虹の彼方」(毎日新聞社)
第20回(平19年)
　奥田 英朗 「家日和」(集英社)
第21回(平20年)
　唯川 恵 「愛に似たもの」(集英社)
第22回(平21年)
　篠田 節子 「仮想儀礼(上・下)」(新潮社)
　村山 由佳 「ダブル・ファンタジー」(文藝春秋)
第23回(平22年)
　吉田 修一 「横道世之介」(文藝春秋)
第24回(平23年)
　京極 夏彦 「西巷説百物語」(角川書店)
第25回(平24年)
　角田 光代 「紙の月」(角川春樹事務所)
第26回(平25年)
　東野 圭吾 「夢幻花」(PHP研究所)

102 島清恋愛文学賞

　石川県美川町(現・白山市)が町村合併40周年を記念して,同町出身の大正時代のベストセラー作家,島田清次郎にちなんで創設。恋愛小説に限定した文学賞として注目を集めたが,平成23年度をもって白山市が主催しての実施は終了。平成24年度からは日本恋愛文学振興会の主催で継続している。

【主催者】日本恋愛文学振興会
【選考委員】(第20回)渡辺淳一,小池真理子,藤田宜永
【選考方法】公募及び小説家,出版社,評論家等(自薦・他薦)
【選考基準】〔対象〕応募期間中に出版された単行本で恋愛をテーマとしている小説
【締切・発表】毎年7月末日締切,10月地元新聞等に発表
【賞・賞金】賞状,副賞50万円

第1回(平6年)
　高樹 のぶ子 「蔦燃(つたもえ)」(講談社)
第2回(平7年)
　山本 道子 「瑠璃唐草」(講談社)
第3回(平8年)
　坂東 真砂子 「桜雨」(集英社)
第4回(平9年)

　野沢 尚 「恋愛時代」(幻冬舎)
第5回(平10年)
　小池 真理子 「欲望」(新潮社)
第6回(平11年)
　藤田 宜永 「求愛」(文藝春秋)
第7回(平12年)

阿久 悠 「詩小説」(中央公論新社)
第8回(平13年)
　藤堂 志津子 「ソング・オブ・サンデー」
　　(文藝春秋)
第9回(平14年)
　岩井 志麻子 「自由恋愛」(中央公論新社)
第10回(平15年)
　谷村 志穂 「海猫」(新潮社)
第11回(平16年)
　井上 荒野 「潤一」(新潮社)
第12回(平17年)
　小手鞠 るい 「欲しいのは、あなただけ」
　　(新潮社)
第13回(平18年)
　石田 衣良 「眠れぬ真珠」(新潮社)
第14回(平19年)

　江國 香織 「がらくた」(新潮社)
第15回(平20年)
　阿川 佐和子 「婚約のあとで」(新潮社)
第16回(平21年)
　村山 由佳 「ダブル・ファンタジー」(文藝春秋)
第17回(平22年)
　桐野 夏生 「ナニカアル」(新潮社)
第18回(平23年)
　あさの あつこ 「たまゆら」(新潮社)
第19回(平24年)
　桜木 紫乃 「ラブレス」(新潮社)
第20回(平25年)
　林 真理子 「アスクレピオスの愛人」(新潮社)
　千早 茜 「あとかた」(新潮社)

103 市民文芸作品募集(広島市)

　広島市民から文芸作品を募集し、市民文芸作品集「文芸ひろしま」を出版することにより、発表の機会を提供し、創作活動の振興と発展に寄与することを目的とする。

【主催者】(財)広島市未来都市創造財団、中国新聞社

【選考委員】(第28回)〔一般の部〕詩：咲まりあ、万亀佳子、短歌：廿日出富貴子、宮本君子、俳句：飯野幸雄、工藤義夫、川柳：温井水鳥、増田マスヱ、小説・シナリオ：岩崎文人、川島健、エッセイ・ノンフィクション：下岡友加、下山克彦、児童文学：くぼひでき、林原玉枝、〔ジュニアの部〕広島市小学校教育研究会国語部会、広島市中学校教育研究会国語・書写部会

【選考方法】公募

【選考基準】〔対象〕一般の部：(1)詩(2)短歌(3)俳句(4)川柳(5)小説・シナリオ(6)エッセイ・ノンフィクション(7)児童文学、ジュニアの部：(1)詩(2)俳句(小学生・低学年：1～3年生、小学生・高学年：4～6年生、中学生の別に募集)。〔資格〕一般の部：広島市内に在住または通勤、通学している人(年齢制限なし)、ジュニアの部：広島市内に在住または通学している小・中学生。〔原稿〕一般の部 詩：1人1編、400字詰原稿用紙5枚以内、短歌・俳句・川柳：1人2首(句)以内、官製はがき1枚に連記、小説・シナリオ：1人1編、50枚以内、エッセイ・ノンフィクション：1人1編、30枚以内、児童文学：1人1編、20枚以内。ジュニアの部 詩：1人1編、400字詰原稿用紙3枚以内、俳句：1人2句まで、官製はがき1枚に連記

【締切・発表】2月末締切、発表は翌年7月頃入賞者本人へ直接通知するほか、中国新聞紙上で発表予定

【賞・賞金】〔一般の部 詩、短歌、俳句、川柳の各部門〕1席(1名)：1万円、2席(2名)：各5千万円、3席(5名)：各3千円、佳作(若干名)：賞金なし。〔一般の部 小説・シナリオ、

103 市民文芸作品募集（広島市）

エッセイ・ノンフィクション,児童文学の各部門〕1席（1名）：5万円,2席（2名）：各2万5千円,3席（5名）：各1万5千円。〔ジュニアの部 詩,俳句の各部門〕1席（1名）：3千円の図書カード,2席（2名）：各2千円の図書カード,3席（5名）：各1千円の図書カード,佳作（若干名）：賞品なし。優秀作品は市民文芸作品集「文芸ひろしま」に掲載。出版権は広島市未来都市創造財団に帰属

【URL】http://www.cf.city.hiroshima.jp/bunka/

第1回（昭56年）
◇小説
● 1席
　木戸 ひろ子
第2回（昭57年）
◇小説
● 1席
　秋山 護
第3回（昭58年）
◇小説
● 1席
　浜本 八収
第4回（昭59年）
◇小説
● 1席
　該当作なし
第5回（昭60年）
◇小説
● 1席
　中浜 照子
第6回（昭61年）
◇小説
● 1席
　越 智男
第7回（昭62年）
◇小説
● 1席
　福永 タミ子
第8回（昭63年）
◇小説
● 1席
　該当作なし
第9回（平1年）
◇小説
● 1席
　村中 好穂 「夏の闇の愛と記憶」
第10回（平2年）
◇小説
● 1席
　奥村 栄三 「とんびの話」
第11回（平3年）
◇小説
● 1席
　該当者なし
第12回（平4年）
◇小説
● 1席
　該当者なし
第13回（平5年）
◇小説
● 1席
　野津 ゆう 「蝉の抜け殻」
第14回（平6年）
◇小説
● 1席
　渡辺 真子 「『s.o.b.』―くそったれ！―」
第15回（平7年）
◇小説
● 1席
　紺野 洋子 「鶯（うぐいす）」
第16回（平8年）
◇小説
● 1席
　山吹 恵 「ゆうかげぐさ」
第17回（平9年）
◇小説
● 1席
　高取 結有 「はじまりの秋」

第18回（平10年）
　◇小説
　　● 1席
　　　該当者なし
第19回（平11年）
　◇小説
　　● 1席
　　　福井 幸江 「兎」
第20回（平12年）
　◇小説
　　● 1席
　　　渡辺 真子 「昼と夜」
第21回（平13年）
　◇小説
　　● 1席
　　　横本 多佳子 「ムーンリバー」
第22回（平14年）
　◇小説
　　● 1席
　　　井上 えつこ 「洞穴」
第23回（平15年）
　　小説部門受賞作なし
第24回（平16年度）
　◇一般の部・小説・シナリオ部門
　　● 1席
　　　杉江 和彦 「The end of Asia」
第25回（平18年度）
　◇一般の部・小説・シナリオ部門
　　● 1席
　　　結城 愛 「虫明講師」
第26回（平21年度）
　◇一般の部・小説・シナリオ部門
　　● 1席
　　　二井本 宇高 「ひげ納屋の唄」
第27回（平23年度）
　◇一般の部・小説・シナリオ部門
　　● 1席
　　　清水 信博 「過ぎし日の傷跡」
第28回（平25年度）
　◇一般の部・小説・シナリオ部門
　　● 1席
　　　小浦 裕子 「見えない紐」

104 社会新報文学賞

　新しい社会派文学の育成を目的に、昭和40年日本社会党によって創設され3回授賞が行われた。

【主催者】日本社会党
【選考委員】松本清張、野間宏、開高健、久保田正文
【選考方法】応募の未発表原稿、同人雑誌掲載作品、自費出版作品の中から選定
【締切・発表】結果および作品は「社会新報」紙上に発表
【賞・賞金】記念品および賞金30万円

第1回（昭41年）
　　深田 俊祐 「永き闘いの序章」
第2回
　　＊
第3回
　◇佳作
　　鵜川 章子 「負の花」

105 ジャンプ小説新人賞（jump Novel Grand Prix）

105 ジャンプ小説新人賞（jump Novel Grand Prix）

テーマ、ジャンルを問わず、広く少年読者の楽しめる小説を募集。「少年ジャンプ小説・ノンフィクション大賞」、「ジャンプ小説大賞」から「ジャンプ小説新人賞（jump Novel Grand Prix）」に賞名変更した。平成25年にプロの漫画家によるイメージキャラクターをテーマにしたオリジナル小説を募集する「キャラクター小説部門」を新設した。

【主催者】集英社
【選考委員】j-BOOKS編集長及びj-BOOKS編集部
【選考方法】公募
【選考基準】〔対象〕<小説フリー部門>ジャンルやテーマは不問。ただし未発表作品に限る。枚数無制限。<キャラクター小説部門>プロの漫画家によるイメージキャラクターをテーマにしたオリジナル小説。A4判の用紙に40字×32行で印字、100枚程度
【締切・発表】（'14 Spring）平成26年4月30日締切（当日消印有効）、平成26年8月下旬「週刊少年ジャンプ」誌上とj-BOOKSホームページで発表
【賞・賞金】各部門 金賞：書籍化＋楯＋賞状＋賞金100万円、銀賞：楯＋賞状＋賞金50万円、銅賞：楯＋賞状＋賞金30万円
【URL】http://j-books.shueisha.co.jp/prize/

第1回（平3年）
　該当作なし
◇入選
　定金 伸治 「ジハード」
◇佳作
　村山 由佳 「もう一度デジャ・ヴ」
　夢 幻 「ミッドナイト★マジック」
第2回（平4年）
　多岐 友伊 「空飛ぶ船」
◇入選
　石川 考一 「BLACK ONIX」
◇佳作
　鼓川 亜希子 「火取虫」
第3回（平5年）
　該当作なし
◇入選
　該当作なし
◇佳作
　紗霧崎 戻樹 「眠り姫は方法を使う」
　沢口 子竜 「迷投手・誕生！」
　河出 智紀 「LITTLE STAR」
第4回（平6年）
　映島 巡 「ZERO」
◇佳作

　天羽 沙夜 「RAT SHOTS」
◇奨励賞
　田村 大 「呪剣」
第5回（平7年）
◇佳作
　山本 恒彦 「パジャマラマ」
第6回（平8年）
　乙一 「夏と花火と私の死体」
　河出 智紀 「まずは一報ポプラパレスより」
◇佳作
　山田 武博 「風物語」
◇奨励賞
　百目鬼 涼一郎 「鉄甲船異聞木津川口の波濤」
第7回（平9年）
◇入選
　清水 てつき 「ベイスボール★キッズ」
　久本 裕詩 「僕たちは、いつまでもここにいるわけではない」
第8回（平10年）
　彩永 真司 「車いすの若猛者たち」
◇佳作
　わたなべ 文則 「砂糖菓子」
　観月 文 「ジジイとスライムとあたし」

105 ジャンプ小説新人賞（jump Novel Grand Prix）

第9回（平11年）
　　該当作なし
　◇入選
　　大木 智洋　「ランニング・オブ」
　　希崎 火夜　「時限爆呪」
　◇佳作
　　原田 直澄　「不機嫌な人（々）」
第10回（平12年）
　　該当作なし
　◇佳作
　　加藤 政義　「鬼哭山恋奇譚」
　　小粥 かおり　「つたのとりで」
第11回（平13年）
　　該当作なし
　◇入選
　　松原 真琴　「そして龍太はニャーと鳴く」
　◇佳作
　　トバシ サイコ　「一週間」
第12回（平14年）
　　該当作なし
　◇入選
　　保田 亨介　「俺らしくB─坊主」
　◇佳作
　　小田 真紀恵　「明治犬鑑」
「ジャンプ小説大賞」第13回（平16年）
　◇入選
　　岡田 成司　「復活のマウンド ─加賀谷智明の軌跡─」
　◇佳作
　　磨 聖　「阿吽の弾丸」
「ジャンプ小説大賞」第14回（平17年）
　◇大賞
　　志堂 日咲　「舞王 ─プリンシパル─」
　◇佳作
　　須藤 万尋　「ヘルジャンパー」
　　野口 卓也　「日常転換期」
「ジャンプ小説大賞」第15回（平18年）
　◇佳作
　　中野 文明　「鏡色の瞳」
「ジャンプ小説大賞」第16回（平19年）
　◇佳作
　　矢島 綾　「神の御名の果てに…」

　◇奨励賞
　　杉賢 要　「イクシードサーキット」
'08 Spring（平20年春）
　◇小説：フリー部門
　●銀賞
　　SOW「私立エルニーニョ学園伝説 立志編」
　●銅賞
　　白木 秋　「英雄失格！」
　◇小説：テーマ部門
　●金賞
　　ひなた しょう　「俺がメガネであいつはそのまま」
'08 Summer（平20年夏）
　◇小説：フリー部門
　●特別賞
　　狂　「見てはいけない」
　◇小説：テーマ部門
　●銅賞
　　飯塚 守　「狂骨死語り」
　　宇佐美 みゆき　「私の彼はジャンボマン」
　　萩野 千影　「飛行機レトロ」
'08 Winter（平20年冬）
　◇小説：フリー部門
　●銅賞
　　高辻 楓　「下克上ジーニアス」
　●特別賞
　　時沢 京子　「オニヤンマ」
　◇小説：テーマ部門（テーマ「かさ」）
　●銅賞
　　さくしゃ　「ラブ・ラブ・レラ」
'09 Spring（平21年春）
　◇小説：フリー部門
　●特別賞
　　九瑠 久流　「東京かくれんぼ」
　◇小説：テーマ部門（テーマ「ししゃ」）
　●銀賞
　　竜岩石 まこと　「試撃室」
　●銅賞
　　佐方 瑞歩　「魔術師の小指」
　　蒼 隼大　「DEADMAN'S BBS」
'09 Summer（平21年夏）
　◇小説：フリー部門

105 ジャンプ小説新人賞（jump Novel Grand Prix）

- 銀賞
  久麻 當郎 「イモムシランデブー」
  ねずみ 正午 「若火之燎于原」
- 銅賞
  浅津 慎 「有限会社もやしや」
  渋谷 貴志 「千里（ちさと）がいる」
  夢猫 「『いかにもってかんじに呪われて荘』の住人」
- 特別賞
  すみやき 「シーナくんのつくりかた！」
◇小説：テーマ部門（テーマ「つき」）
　該当作なし

'09 Winter（平21年冬）
◇小説：フリー部門
- 特別賞
  うさぎ鍋 竜之介 「いつも心に爆弾を」
◇小説：テーマ部門（テーマ「かわ」）
　該当作なし

'10 Spring（平22年春）
◇小説：フリー部門
- 特別賞
  熊谷 秀介 「キュウビ」
◇小説：テーマ部門（テーマ「マスク」）
- 銀賞
  ささき まさき 「妄想彼氏、妄想彼女」

'10 Summer（平22年夏）
◇小説：フリー部門
- 特別賞
  京本 蝶 「琴葉のキソク！」
  立花 椎夜 「次元管理人―The Inn of the Sixth Happiness―」
  秋山 楓 「隣のあの子は魔王様？」
◇小説：テーマ部門（テーマ「好敵手」）
- 銅賞
  阿部 藍樹 「好敵手『敵の手が好き』」

'10 Winter（平22年冬）
◇小説：フリー部門
　該当作なし
◇小説：テーマ部門（テーマ「秘密」）
- 銅賞
  田中 創 「龍ヶ崎のメイドさんには秘密がいっぱい」

'11 Spring（平23年春）
◇小説：フリー部門
　該当作なし
◇小説：テーマ部門（テーマ「no one but you」）
- 銅賞
  金閣寺 ドストエフスキー 「ア・サウザンド・ベイビーズ」
  漆土 龍平 「引き籠り迷路少女」

'11 Summer（平23年夏）
◇小説：フリー部門
- 特別賞
  柊 清彦 「デッドマン・ミーツ・ガール」
◇小説：テーマ部門（テーマ「三十秒」）
- 銅賞
  紀伊 楓庵 「いつかこの手に、こぼれ雪を」

'11 Winter（平23年冬）
◇小説：フリー部門
　該当作なし
◇小説：テーマ部門（テーマ「ジョーカー」）
- 銀賞
  雪代 陽 「ジョーカー」

'12 Spring（平24年春）
◇小説：フリー部門
- 特別賞
  七緒 「Whaling Myth―捕鯨神話あるいは鯨捕りの乱痴気―」
  渡邊 則幸 「Σ―シグマ―」
◇小説：テーマ部門（テーマ「かけひき」）
　該当作なし

'12 Summer（平24年夏）
◇小説：フリー部門
- 特別賞
  正大 喜一 「東に向かう道」
◇小説：テーマ部門（テーマ「土壇場」）
　該当作なし

'12 Winter（平24年冬）
◇小説：フリー部門
- 金賞
  スガノ 「流浪刑の物語」
- 銅賞
  蓮華 ゆい 「幸せの島」

- 特別賞
  佐藤 春子 「弱音を吐こう!」
◇小説:テーマ部門(テーマ「制服」)
- 金賞
  草部 貴史 「戦場のバニーボーイズ」
- 銅賞
  成上 真 「戦うヒロインに必要なものは、この世でただ愛だけだよね、ったら」

'13 Spring (平25年春)

◇小説フリー部門
- 金賞
  永遠月 心悟 「怪談撲滅委員会」
- 特別賞
  小森 淳一郎 「ひめきぬげ」
◇キャラクター小説部門
- 金賞
  真中 良 「ツクモガミ」
- 特別賞
  小鞠 小雪 「久遠の緋」

106 集英社創業50周年記念1000万円懸賞小説

集英社創業50周年記念事業の一環として、昭和51年に募集した。

【主催者】集英社

【選考委員】源氏鶏太、柴田錬三郎、平岩弓枝、藤本義一、渡辺淳一

【選考方法】〔対象〕現代小説、時代小説その他のジャンルは問わない。〔資格〕日本国籍を有するものであれば、既成の作家、無名の新人を問わない。日本語で書かれた未発表作品にかぎる。出版の予定されている作品、他の懸賞小説にも応募している作品は除外する。〔原稿〕400字詰原稿用紙500枚〜600枚、別に10枚の梗概をつける

【締切・発表】応募期間昭和51年8月〜52年8月31日、昭和53年3月末新聞各誌に発表

【賞・賞金】入選作1000万円、佳作100万円

(昭53年)
　水野 泰治 「殺意」
◇佳作
　　　　　　　　　　　　木村 春作 「さらば国境よ」
　　　　　　　　　　　　家坂 洋子 「幻の壺」

107 週刊小説新人賞

既成の概念にとらわれない新人を発掘するために、昭和49年に創設。昭和51年5回までで中止。

【主催者】実業之日本社

【選考委員】生島治郎、尾崎秀樹、黒岩重吾、早乙女貢、曽野綾子、三浦哲郎

【選考方法】〔対象〕時代小説、現代小説、推理小説、SF小説など。〔資格〕無名の新人の未発表作品

【締切・発表】週刊小説誌上に発表

【賞・賞金】記念品と賞金30万円

第1回（昭49年6月）
　冬島 菖太郎 「炎下の劇」
第2回（昭49年12月）
　該当作なし
第3回（昭50年6月）
　該当作なし
第4回（昭50年12月）
　該当作なし
第5回（昭51年6月）
　逢田 耕作 「雨」

108　12歳の文学賞

多感な『12歳』世代の子どもたちの溢れる想いを受け止め，自己表現の世界を思いっきり解放する場を創る目的で創設された，小学生限定の文学賞。

【主催者】小学館

【選考委員】（第8回）あさのあつこ，石田衣良，西原理恵子，鵜飼哲夫

【選考方法】公募

【選考基準】〔資格〕締切時に12歳以下の小学生。〔原稿〕400字詰め原稿用紙5枚以上

【締切・発表】（第8回）平成25年5月応募受付開始，同年9月30日応募締め切り（当日消印有効），平成26年3月1日受賞作発表。学年誌，公式サイト，読売KODOMO新聞紙上などで受賞作発表

【賞・賞金】大賞：図書カード10万円分＋ノートパソコン＋賞状，優秀賞：図書カード10万円分＋賞状，審査員特別賞：図書カード5万円分＋賞状，読売新聞社賞：図書カード5万円分＋賞状，顧問賞：図書カード3万円分＋宮川俊彦サイン入り著書＋賞状

【URL】http://family.shogakukan.co.jp/special/12saibungaku/

第1回（平19年）
◇大賞
　追本 葵 「月のさかな」
　井上 薫 「『明太子王国』と『たらこ王国』」
第2回（平20年）
◇大賞
　三船 恭太郎 「ヘチマと僕と、そしてハヤ」
◇優秀賞
　海老沢 文哉 「だれ？」
◇堀北真希賞
　川上 千尋 「夢羊」
◇樋口裕一賞
　久永 蒼真，土居 洸太（東京都），松浦 央和（東京都）「ゴーストタワー」
第3回（平21年）

◇大賞
　中石 海 「陽射し」
◇優秀賞
　小林 宏暢 「恵比寿様から届いた手紙」
　上田 風登 「小っちゃなヒーロー」
◇中川翔子賞
　金子 朱里 「わたくしはねこですわ」
◇審査員特別賞
　田口 達大 「守護神の品格」
　村松 美悠加 「自分は自分でいいんだ」
　米澤 歩佳 「ぽーずは今日もたんしゃに乗る」
　佐藤 そのみ 「キノコの呪い」
　成田 昌代 「空」
　今村 真珠美 「Road」

109 小学館文庫小説賞

第4回（平22年）
　◇大賞
　　宮井 紅於　「もちた」
　◇優秀賞
　　渡邊 道輝　「ストップウォッチ物語」
　　池田 史，劉 絹子　「はけん小学生」
　　田口 大貴　「MONOKOとボク 渡邊道輝」
　◇ベッキー賞
　　大久保 咲希　「大親友」
　◇審査員特別賞
　　矢野 愛佳　「俺は座布団」
　　根本 大輝　「春の訪れ」
　　友坂 幸詠　「その闇、いただきます。」
　　本田 美なつ　「ミス・ホームズ 夏色のメモリー」
　　福田 遼太　「暴れん坊のサンタクロース」

第5回（平23年）
　◇大賞
　　廣瀬 楽人　「前の店より」
　◇優秀賞
　　黒岩 真央　「ぼくのしっぽ」
　　淵川 元晴　「インド糞闘記」
　◇審査員特別賞
　　廣田 菜穂　「はしご」
　　白藤 こなつ　「連想ゲーム〜ツムギビト〜」
　　壬生 菜々佳　「給食工場」
　　工藤 みのり　「ミレ」
　　藤木 優佳　「Dear Mother」

第6回（平24年）
　◇大賞
　　工藤 みのり　「レンタルキャット 小六」
　◇優秀賞
　　久世 禄太　「この地図を消去せよ」
　　前田 慈乃　「かくれんぼクラブ」
　◇審査員特別賞
　　鈴木 小太郎　「とても小さな世界」
　　井手 花美　「〜サカナ帝国〜」
　　桜糀 乃々子　「鼻毛と小人と女の子」
　　小林 陸　「じいちゃんが…」
　　井手 花美　「ダイエット」

第7回（平25年）
　◇大賞
　　西堀 凜華　「人形」
　◇優秀賞
　　松﨑 成穂　「コミック・トラブル」
　　仲川 晴斐　「くもの糸その後」
　◇審査員特別賞
　　西田 咲　「とある梅干、エリザベスの物語」
　　石本 紫野　「僕と不思議な望遠鏡」
　　池内 陽　「運命の糸」
　　飯沼 優　「寄生人の生活」
　　藤田 めい　「クロ」
　　村井 泰子　「おとぎ話集」

109 小学館文庫小説賞

　21世紀に入った2001年（平成13年）に新しい書き手を発掘するため創設。ストーリー性豊かな未発表のエンターテインメント小説を募集し、受賞作はこれまで基本的に単行本化している。第1回〜第4回は年2回募集。第5回より年1回募集。

【主催者】小学館
【選考委員】小学館「文芸」編集部および編集長が選考にあたる
【選考方法】公募
【選考基準】〔資格〕プロ・アマ不問。〔対象〕未発表の小説、ジャンル不問。ただし日本語で書かれたものに限る。〔原稿〕A4サイズの用紙に40字×40行（縦組み）で75〜200枚（32万字）まで。手書き原稿は不可。表紙のあとに800字くらいの「あらすじ」を添付
【締切・発表】（第15回）平成25年9月30日締切、平成26年5月刊の小学館文庫巻末で発表

【賞・賞金】賞金100万円
【URL】http://www.shogakukan.co.jp/prize/bunko.html

第1回（平14年2月）
　仙川 環　「感染〜infection〜」
◇佳作
　竹内 大　「神隠し」
　岡田 斎志　「枯れてたまるか探偵団」
第2回（平14年8月）
　河合 和香　「秋の金魚」
◇佳作
　知念 里佳　「if」
第3回（平15年2月）
　大石 直紀　「ジャッカーズ」（「テロリストの夢見た桜」に改題して出版）
第4回（平15年8月）
　山田 あかね　「ベイビー・シャワー」
◇佳作
　高野 道夫　「キリハラキリコ」
第5回（平16年）
　山形 由純　「リアルヴィジョン」
◇佳作
　該当作なし
第6回（平17年）
　河崎 愛美　「あなたへ」

第7回（平18年）
　受賞作なし
第8回（平19年）
　石野 文香　「パークチルドレン」
　中嶋 隆　「廓の与右衛門 恋の顚末」
第9回（平20年）
　斉木 香津　「千の花も、万の死も」
◇優秀賞
　藤井 建司　「ある意味、ホームレスみたいなものですが、なにか？」
第10回（平21年）
　夏川 草介　「神様のカルテ」
第11回（平22年）
　永井 紗耶子　「絡繰り心中」
第12回（平23年）
　遠野 りりこ　「マンゴスチンの恋人」
◇優秀賞
　古賀 千冬　「時計塔のある町」
第13回（平24年）
　桐衣 朝子　「ガラシャ夫人のお手玉」
第14回（平25年）
　八坂堂 蓮　「ドランク チェンジ」

110 小学館ライトノベル大賞〔ガガガ文庫部門〕

　小学館が，ライトノベル文庫「ガガガ文庫」の創刊に際して創設した，公募による新人文学賞。第1回の授賞は平成19年。少年向けエンターテインメントを対象とする。

【主催者】小学館
【選考委員】（第9回）でじたろう（ニトロプラス）（ゲスト審査員）
【選考方法】公募
【選考基準】〔内容〕ビジュアルがつくことを意識した，エンターテインメント小説であること。ファンタジー，ミステリー，恋愛，SFなどジャンルは不問。商業的に未発表作品であること（同人誌や営利目的でない個人のWEB上での作品掲載は可。その場合は同人誌名またはサイト名を明記のこと）。〔資格〕プロ・アマ・年齢不問。〔原稿〕ワープロ原稿の規定書式（1枚に42字×34行，縦書きで印刷）は70〜150枚。手書き原稿の規定書式（400字詰め原稿用紙）の場合は200〜450枚程度（ワープロ規定書式と手書き原稿用紙の文字数に差違あり）

【締切・発表】（第9回）平成26年9月末日締切。平成27年3月発売のガガガ文庫およびガガガ公式サイト「GAGAGAWIRE」にて発表
【賞・賞金】ガガガ大賞：賞金200万円、ガガガ賞：賞金100万円、優秀賞：賞金50万円、審査員特別賞：賞金30万円
【URL】http://www.gagaga-lululu.jp/

第1回（平19年）
　◇大賞
　　神崎 紫電 「愛と殺意と境界人間」
　◇ガガガ賞
　　山川 進 「学園カゲキ！」
　◇佳作
　　水市 恵 「携帯電話俺」
　　壱月 龍一 「Re：ALIVE 〜戦争のシカタ〜」
　◇期待賞
　　一柳 凪 「虚数の庭」
　　三日月 「さちの世界は死んでも廻る」
　　羽谷 ユウスケ 「7/7のイチロと星喰いゾンビーズ」
　　香月 紗江子 「緑の闇」
　　ツカサ 「RIGHT×LIGHT」
第2回（平20年）
　◇大賞
　　該当作なし
　◇ガガガ賞
　　桜 こう 「僕がなめたいのは君っ！」
　◇佳作
　　アレ 「コピーフェイスとカウンターガール」
　　陸 凡鳥 「七歳美郁と虚構の王」
　　中里 十 「どろぼうの名人」
　◇期待賞
　　土井 建太 「魔王を孕んだ子宮」
第3回（平21年）
　◇ガガガ大賞
　　渡 航 「あやかしがたり」
　◇ガガガ賞
　　小木 君人 「その日彼は死なずにすむか？」
　◇優秀賞
　　鮎川 歩 「クイックセーブ＆ロード」

原田 源五郎 「今日もオカリナを吹く予定はない」
　◇審査員特別賞
　　川岸 殴魚 「やむなく覚醒!! 邪神大沼」
第4回（平22年）
　◇ガガガ大賞
　　該当作なし
　◇ガガガ賞
　　相磯 巴 「Wandervogel」
　　鮫島 くらげ 「ななかさんは現実」
　◇優秀賞
　　本岡 冬成 「黄昏世界の絶対逃走」
　　石川 あまね 「シー・マスト・ダイ」
　◇審査員特別賞
　　大谷 久 「いばらの呪い師 病葉兄妹 対 怪人三日月卿」
第5回（平23年）
　◇ガガガ大賞
　　カミツキレイニー 「こうして彼は屋上を燃やすことにした」
　◇ガガガ賞
　　秀章 「脱兎リベンジ」
　◇優秀賞
　　砂義 出雲 「寄生彼女サナ」
　　赤月 カケヤ 「キミとは致命的なズレがある」
　◇審査員特別賞
　　明坂 つづり 「赤鬼はもう泣かない」
第6回（平24年）
　◇ガガガ大賞
　　森月 朝文 「狩りりんぐ！ 萩乃森高校狩猟専門課程」
　◇優秀賞
　　高岡 杉成 「こわれた人々」
　　赤城 大空 「下ネタという概念が存在しな

111 小学館ライトノベル大賞〔ルルル文庫部門〕

　　い退屈な世界」
　　竹林 七草 「猫にはなれないご職業」
◇審査員特別賞
　　水沢 夢 「俺、ツインテールになります。」
第7回(平25年)
◇ガガガ大賞
　　大桑 八代 「カクリヨの短い歌」
◇ガガガ賞
　　賽目 和七 「人形遣い」
◇優秀賞
　　手代木 正太郎 「王子降臨」
　　木村 百草 「恋に変する魔改上書」

◇審査員特別賞
　　近村 英一 「ノノメメ、ハートブレイク」
第8回(平26年)
◇ガガガ大賞
　　岩辻 流 「機械仕掛けのブラッドハウンド」
◇優秀賞
　　境田 吉孝 「行き着く場所」
　　伊崎 喬助 「LC1961」
　　夜森 キコリ 「Magicians Mysterion-血み
　　どろ帽子は傀儡と踊る-」
◇審査員特別賞
　　霧崎 雀 「血潮の色に咲く花は」

111 小学館ライトノベル大賞〔ルルル文庫部門〕

　小学館が、ライトノベル文庫「ルルル文庫」の創刊に際して創設した、公募による新人文学賞。第1回の授賞は平成19年。中高生向けの恋愛をメインとしたエンターテインメント小説が対象。

【主催者】小学館

【選考委員】(第9回)ルルル文庫編集部

【選考方法】公募

【選考基準】〔内容〕中高生を対象とし、ロマンチック、ドラマチック、ファンタジックな、恋愛メインのエンターテインメント小説であること。ただし、BLは不可。商業的に未発表作品であること(同人誌や、営利目的でない個人のWEB上での掲載作品は応募可。その場合は同人誌名またはサイト名、URLを明記のこと。)。〔資格〕ルルル文庫で小説家として活動したい者。プロ・アマ・年齢不問。〔原稿枚数〕A4横位置の用紙に縦組みで、1枚に38字×32行で印刷し、100～105枚程度。手書き原稿は不可

【締切・発表】(第9回)平成26年9月末日締切。平成27年3月末、小学館ライトノベル対象公式WEB(gagaga-lululu.jp)およびルルル文庫4月刊巻末にて発表

【賞・賞金】ルルル大賞：賞金200万円、ルルル賞：賞金100万円、優秀賞：賞金50万円、奨励賞：賞金30万円、読者賞：賞金30万円

【URL】http://www.gagaga-lululu.jp/

第1回(平19年)
◇大賞
　　倉吹 ともえ 「楽園の種子」
◇ルルル賞
　　片瀬 由良 「愛玩王子」
◇佳作
　　宇津田 晴 「珠華繚乱」

　　入皐 「じゃじゃ馬娘と死神騎士団ッ！」
　　小野 みずほ 「C+P」
◇期待賞
　　歌見 朋留 「金の騎士は銀の姫君をさらう」
　　夏実 桃子 「銀の明星」
第2回(平20年)
◇ルルル賞

華宮 らら 「ルチア」
◇佳作
　銀貨 「シャーレンブレンの癒し姫」
　月野 美夜子 「セルゲイ王国の影使い」
◇期待賞
　鮎川 はぎの 「横柄巫女と宰相陛下」
第3回（平21年）
◇大賞
　該当作なし
◇ルルル賞
　中村 涼子 「七番目の世界」
◇優秀賞
　神無月 りく 「夜半（よわ）の太陽」
　菅原 りであ 「悪役令嬢ヴィクトリア〜花洗う雨の紅茶屋〜」
◇奨励賞
　矢貫 こよみ 「悪い魔法使いはいりませんか？」
第4回（平22年）
◇大賞
　該当作なし
◇ルルル賞
　該当作なし
◇優秀賞・読者賞
　弓束 しげる 「NOTTE―異端の十字架―」
◇奨励賞
　智凪 桜 「桐一葉〜大阪城妖綺譚〜」
　七瀬 那由 「雪渓のリネット」
第5回（平23年）
◇大賞
　該当作なし
◇ルルル賞
　宮野 美嘉 「幽霊伯爵の花嫁」
◇奨励賞
　かねくら 万千花 「それは魔法とアートの因果律」

細雪 「柳暗花明」
斉藤 百伽 「押しかけ絵術師と侯爵家の秘密」
第6回（平24年）
◇大賞
　該当作なし
◇ルルル賞・読者賞
　平川 深空 「バルベスタールの秘婚」
◇優秀賞
　天正 紗夜 「お針子人魚メロウ〜吸血鬼の花嫁衣裳〜」
◇奨励賞
　珠城 みう 「人魚姫」
　四方山 蒿 「レポクエ―赤点勇者とゆかいな仲間たち―」
第7回（平25年）
◇大賞
　該当作なし
◇ルルル賞
　該当作なし
◇優秀賞・読者賞
　塚原 湊都 「月華の楼閣」
◇奨励賞
　河市 晧 「山姫と黒の皇子さま〜遠まわりな非政略結婚〜」
第8回（平26年）
◇大賞
　該当作なし
◇ルルル賞
　該当作なし
◇優秀賞・読者賞
　市瀬 まゆ 「覇王の娘〜外つ風は琥珀に染まる」
◇優秀賞
　当真 伊純 「八百万戀歌」
◇奨励賞
　該当作なし

112 小説CLUB新人賞

作家の発掘・育成を主眼にし、受賞者には1年間の連載の機会を与える。

112 小説CLUB新人賞

【主催者】桃園書房
【選考委員】(第22回) 山村正夫, 赤松光夫, 志茂田景樹
【選考方法】公募
【選考基準】〔対象〕未発表の文芸作品〔原稿〕400字詰原稿用紙50〜70枚
【締切・発表】毎年12月15日締切(当日消印有効), 小説CLUB6月号に発表
【賞・賞金】記念品および賞金30万円

第1回(昭52年)
　木谷 恭介 「俺が拾った吉野太夫」
第2回(昭53年)
　新井 滋 「狼の待ち伏せ」
第3回(昭54年)
　該当作なし
第4回(昭55年)
　島津 隆 「女優」
第5回(昭56年)
　板坂 康弘 「裸婦の光線」
第6回(昭57年)
　山口 寛士 「屈折残像」
第7回(昭58年)
　滝村 康介 「黒の迂回路」
第8回(昭59年)
　該当作なし
第9回(昭60年)
　千代延 紫 「ピンキードリーム」
第10回(昭61年)
　奥谷 俊介 「ザ・スペルアーズ」
第11回(昭62年)
　該当者なし
第12回(昭63年)
　高橋 和島 「火燕飛んだ」
　羽太 雄平 「完全なる凶器」
第13回(平1年)
　茂木 昇 「平中淫火譚」
◇佳作
　北野 安騎夫 「蝗の王」
第14回(平2年)
　松岡 弘一 「殺人保険」
◇佳作
　村瀬 継弥 「藤田先生の婚約」
第15回(平3年)
　稚子輪 正幸 「風の群像」
◇佳作
　村上 碧 「花のふる沼」
　苅米 一志 「鋼の記憶」
第16回(平4年)
　江戸 次郎 「顔のない柔肌」
　泊 美津子 「幻の天使」
第17回(平6年)
　入賞作なし
◇佳作
　柏田 道夫 「大道剣、飛蝶斬り」
第18回(平7年)
　柴山 隆司 「霧の五郎兵衛」
◇佳作
　受賞作なし
第19回(平8年)
　手島 学 「ブラックテイル」
◇佳作
　大島 正樹 「竹の刃」
第20回(平9年)
　高島 哲裕 「災厄の記念碑」
◇佳作
　上田 秀人 「身代わり吉右衛門」
第21回(平10年)
　入賞作なし
◇佳作
　君条 文則 「安兵衛の血」
　松本 茂樹 「涙」
第22回(平11年)
　緑川 京介 「ぴんしょの女」

小説の賞事典

113 小説現代ゴールデン読者賞

昭和45年より年2回、小説現代掲載作のうち最も面白かった作品を読者投票で決める。昭和49年第10回で中止となった。

【主催者】講談社

【賞・賞金】記念品と賞金20万円

第1回（昭45年上）
　笹沢 左保　「見かえり峠の落日」（小説現代4月号）

第2回（昭45年下）
　梶山 季之　「見切り千両」（別冊小説現代初夏号）

第3回（昭46年上）
　松本 清張　「留守宅の事件」（小説現代5月号）

第4回（昭46年下）
　野坂 昭如　「砂絵呪縛後日怪談」（別冊小説現代新秋号）

第5回（昭47年上）
　池波 正太郎　「殺しの四人」（小説現代6月号）

第6回（昭47年下）
　井上 ひさし　「いとしのブリジット・バルドー」（小説現代11月号）

第7回（昭48年上）
　池波 正太郎　「春雪仕掛針」（小説現代6月号）

第8回（昭48年下）
　新田 次郎　「春紫苑物語」（小説現代11月号）

第9回（昭49年上）
　黒岩 重吾　「小学生浪人」（小説現代6月号）

第10回（昭49年下）
　森村 誠一　「空洞の怨恨」（小説現代12月号）

114 小説現代新人賞

「小説現代」誌創刊を機に、文壇への新人登龍門として昭和38年に創設。平成5年「小説現代推理新人賞」が別途創設され、募集が年1回となった。平成18年度募集より、規定枚数を大幅に増やし、長編小説を対象とする小説現代長編新人賞にリニューアルされた。

【主催者】講談社

【選考委員】（平18年度）石田衣良、伊集院静、角田光代、重松清、花村萬月

【選考方法】公募

【選考基準】（平18年度）〔対象〕推理小説、ユーモア小説、時代小説、SF小説などジャンルは不問。〔資格〕無名新人の自作未発表小説。〔原稿〕枚数は400字詰原稿用紙で250枚以上、500枚以内。ワープロ作成の場合はA4判マス目のない紙に、1行30字×40行で印字し、83枚以上167枚以内のうえ、原稿用紙換算の枚数を明記。いずれも枚数厳守で、原稿の冒頭に題名、枚数、住所、氏名、筆名、年齢、生年月日、略歴、電話番号を明記、次に800字から1200字程度の梗概をつけて、右上を綴じる

【締切・発表】（平18年度）平成18年1月31日締切（当日消印有効）。発表は「小説現代」8月号誌上

【賞・賞金】賞状, 賞金300万円

第1回（昭38年下）
　　中山 あい子 「優しい女」
第2回（昭39年上）
　　長尾 宇迦 「山風記」
第3回（昭39年下）
　　八切 止夫 「寸法武者」
第4回（昭40年上）
　　竹内 松太郎 「地の炎」
第5回（昭40年下）
　　伏見丘 太郎 「悪い指」
第6回（昭41年上）
　　五木 寛之 「さらばモスクワ愚連隊」
　　藤本 泉 「媼繁昌記」
第7回（昭41年下）
　　渕田 隆雄 「アイヌ遊侠伝」
第8回（昭42年上）
　　佐々木 二郎 「巨大な祭典」
第9回（昭42年下）
　　高橋 宏 「ひげ」
第10回（昭43年上）
　　岩井 護 「雪の日のおりん」
第11回（昭43年下）
　　見矢 百代 「サント・ジュヌビエーブの丘で」
第12回（昭44年上）
　　笠原 淳 「漂泊の門出」
第13回（昭44年下）
　　渡辺 利弥 「とんがり」
第14回（昭45年上）
　　加堂 秀三 「町の底」
　　亀井 宏 「弱き者は死ね」
第15回（昭45年下）
　　赤江 瀑 「ニジンスキーの手」
　　新宮 正春 「安南の六連銭」
第16回（昭46年上）
　　北川 修 「幻花」
第17回（昭46年下）
　　岡本 好吉 「空母プロメテウス」
第18回（昭47年上）
　　有明 夏夫 「FL無宿のテーマ」
第19回（昭47年下）
　　上段 十三 「TOKYOアナザー鎮魂曲」
　　志野 亮一郎 「拾った剣豪」
第20回（昭48年上）
　　松木 修平 「機械野郎」
　　皆川 博子 「アルカディアの夏」
第21回（昭48年下）
　　南原 幹雄 「女絵地獄」
第22回（昭49年上）
　　中戸 真吾 「海へのチチェローネ」
　　飯塚 伎 「屠る」
　　勝目 梓 「寝台の方舟」
第23回（昭49年下）
　　森田 成男 「頂」
第24回（昭50年上）
　　沢田 ふじ子 「石女」
　　和田 顗太 「密猟者」
第25回（昭50年下）
　　芦原 公 「関係者以外立入り禁止」
　　青木 千枝子 「わたしのマリコさん」
第26回（昭51年上）
　　該当作なし
第27回（昭51年下）
　　志茂田 景樹 「やっとこ探偵」
　　金木 静 「鎮魂夏」
第28回（昭52年上）
　　川上 健一 「跳べ，ジョー！ B.Bの魂が見てるぞ」
　　岩城 武史 「それからの二人」
第29回（昭52年下）
　　羽村 滋 「天保水滸伝のライター」
第30回（昭53年上）
　　達 忠 「横須賀ドブ板通り」
第31回（昭53年下）
　　岑 亜紀良 「ハリウッドを旅するブルース」
　　山本 多津 「セカンド・ガール」
第32回（昭54年上）
　　白河 暢子 「ウイニング・ボール」

後藤 翔如 「名残七寸五分」
第33回(昭54年下)
　森 真沙子 「バラード・イン・ブルー」
　岡江 多紀 「夜更けにスローダンス」
第34回(昭55年上)
　久和崎 康 「ライン・アップ」
第35回(昭55年下)
　阿井 渉介 「第八東龍丸」
第36回(昭56年上)
　樋口 修吉 「ジェームス山の李蘭」
　喜多嶋 隆 「マルガリータを飲むには早すぎる」
第37回(昭56年下)
　高林 左和 「ワバッシュ河の朝」
第38回(昭57年上)
　該当作なし
第39回(昭57年下)
　多島 健 「あなたは不屈のハンコ・ハンター」
　越沼 初美 「テイク・マイ・ピクチャー」
第40回(昭58年上)
　飯嶋 和一 「プロミスト・ランド」
第41回(昭58年下)
　該当作なし
第42回(昭59年上)
　該当作なし
第43回(昭59年下)
　該当作なし
第44回(昭60年上)
　山崎 光夫 「安楽処方箋」
第45回(昭60年下)
　該当作なし
第46回(昭61年上)
　岸間 信明 「ファナイル・ゲーム」
　松村 秀樹 「大脳ケービング」
第47回(昭61年下)
　矢吹 透 「バスケット通りの人たち」
第48回(昭62年上)
　加藤 栄次 「真作譚」
第49回(昭62年下)
　杉元 怜一 「ようこそ『東京』へ」
第50回(昭63年上)
　ばば まこと 「ルビー・チューズデイの闇」
第51回(昭63年下)
　薄井 ゆうじ 「残像少年」
第52回(平1年上)
　香里 了子 「アスガルド」
第53回(平1年下)
　都築 直子 「エル・キャブ」
第54回(平2年上)
　園部 晃三 「ロデオ・カウボーイ」
第55回(平2年下)
　二宮 隆雄 「疾風伝」
　小川 顕太 「プラスチック高速桜(スピードチェリー)」
第56回(平3年上)
　小倉 千恵 「ア・フール」
　三田 つばめ 「ウォッチャー」
第57回(平3年下)
　羽島 トオル 「銀の雨」
第58回(平4年上)
　水城 昭彦 「三十五歳,独身」
第59回(平4年下)
　斉藤 朱美 「売る女,脱ぐ女」
第60回(平5年上)
　延江 浩 「カスピ海の宝石」
第61回(平5年下)
　永石 拓 「ふざけんな,ミーノ」
第62回(平6年)
　和田 徹 「空中庭園」
　広岡 千明 「猫の生涯」
第63回(平7年)
　荒尾 和彦 「苦い酒」
第64回(平8年)
　岩井 三四二 「一所懸命」
第65回(平9年)
　市山 隆一 「紙ヒコーキ・飛んだ」
　宮崎 和雄 「洗濯機は俺にまかせろ」
第66回(平10年)
　岡田 孝進 「レヴォリューションNO.3」
　竹内 真 「神楽坂ファミリー」
第67回(平11年)
　上野 哲也 「海の空 空の舟」
　田原 弘毅 「洗うひと」

第68回（平12年）
　犬飼 六岐　「筋違い半介」
第69回（平13年）
　綿引 なおみ　「弾丸迷走」
　高尾 光　「テント」
第70回（平14年）
　栗林 佐知　「私の券売機」
第71回（平15年）
　竹村 肇　「ゴーストライフ」
　橘 かがり　「月のない晩に」
第72回（平16年）
　朝倉 かすみ　「肝、焼ける」
第73回（平17年）
　狩野 昌人　「スリーピーホロウの座敷ワラシ」

115 小説現代推理新人賞

30年の歴史と伝統を持つ小説現代が平成5年創設。大胆なトリック,息づまるサスペンス,社会的なテーマをリアルに描く問題作など,ミステリー界に新しい風を巻き起こす新しい才能を待望する。第5回をもって終了。

【主催者】講談社

【選考委員】（第5回）井沢元彦,北方謙三,森村誠一

【選考方法】公募

【選考基準】〔対象〕広い意味の推理小説で,自作未発表のもの〔原稿〕400字詰め原稿用紙で100〜200枚

【締切・発表】（第5回）平成10年5月20日締切（当日消印有効）,「小説現代」11月号誌上にて発表

【賞・賞金】賞状・記念品及び賞金50万円。受賞作の出版権,上映・上演権,その他一切の著作権は講談社が優先権を持つ

第1回（平6年）
　高嶋 てつお　「メルト・ダウン」
第2回（平7年）
　釣巻 礼公　「沈黙の輪」
第3回（平8年）
　真田 和　「ポリエステル系十八号」
第4回（平9年）
　瀬尾 こると　「地獄（インフェルノ）—私の愛したピアニスト」
第5回（平10年）
　池田 藻　「この夜にさようなら」

116 小説現代長編新人賞

平成18年から小説現代長編新人賞として授賞開始。小説現代新人賞のリニューアル。受賞作は「小説現代」誌上で発表の上,講談社から単行本として刊行される。

【主催者】講談社

【選考委員】（第8回）石田衣良,伊集院静,角田光代,花村萬月

【選考方法】公募

117 「小説ジュニア」青春小説新人賞

【選考基準】〔対象〕自作未発表の小説（現代、時代、恋愛、推理、サスペンス、SFなどジャンルを問わず）。〔資格〕新人に限る。〔原稿〕400字詰め原稿用紙250枚以上500枚以内（枚数厳守）、ワープロ原稿の場合は、必ず一行30字×40行で作成、A4判のマス目のない紙に印字し、400字詰め原稿用紙換算の枚数を明記すること

【締切・発表】1月31日締切（当日消印有効）、「小説現代」8月号にて発表

【賞・賞金】賞状ならびに賞金300万円（「小説現代」掲載の原稿料を含む）

【URL】http://www.bookclub.kodansha.co.jp/books/bungei/gendai/

第1回（平18年）
　ヴァシィ 章絵　「ワーホリ任侠伝」
　◇奨励賞
　中路 啓太　「火ノ児の剣」
第2回（平19年）
　田牧 大和　「花合せ—濱次お役者双六—」
　　（講談社）
　◇奨励賞
　火田 良子　「東京駅之介」
第3回（平20年）
　斎樹 真琴　「地獄番 鬼蜘蛛日誌」
　◇奨励賞
　朝井 まかて　「実さえ花さえ」
第4回（平21年）
　加藤 元　「山姫抄（さんきしょう）」

第5回（平22年）
　塩田 武士　「盤上のアルファ」
　◇奨励賞
　吉川 永青　「我が糸は誰を操る」
第6回（平23年）
　長浦 縁真　「赤刃（せきじん）」
　吉村 龍一　「焔火（ほむらび）」
第7回（平24年）
　仁志 耕一郎　「玉兎の望」（受賞時タイトル「指月の筒」）
　◇奨励賞
　朝倉 宏景　「白球アフロ」（受賞時タイトル「白球と爆弾」）
第8回（平25年）
　中澤 日菜子　「お父さんと伊藤さん」（受賞時タイトル「柿の木、枇杷も木」）

117 「小説ジュニア」青春小説新人賞

集英社が青春小説の発展をねがって創設した賞。第15回の授賞をもって中止。

【主催者】集英社

【選考委員】尾崎秀樹、佐伯千秋、津村節子、富島健夫、三浦朱門

【選考方法】〔対象〕10代の若者を対象とした小説でジャンルは問わない。〔資格〕未発表の原稿にかぎる。〔原稿〕400字詰原稿用紙70枚〜80枚以内、800字以内の梗概をつけること

【締切・発表】毎年4月頃発表

【賞・賞金】楯と賞金30万円

第1回（昭43年）
　浅井 春美　「いのち燃える日に」
　山岸 雅恵　「遙かなる山なみ」

第2回（昭44年）
　とだ あきこ　「枯葉の微笑」
第3回（昭45年）

該当作なし
第4回（昭46年）
　　該当作なし
第5回（昭47年）
　　本荘 浩子 「史子（ふみこ）」
第6回（昭48年）
　　該当作なし
第7回（昭49年）
　　津田 耀子 「少年の休日」
　　飯田 智 「駆け足の季節」
第8回（昭50年）
　　該当作なし
第9回（昭51年）
　　吉野 一穂 「感情日記」
第10回（昭52年）
　　該当作なし
第11回（昭53年）
　　該当作なし
第12回（昭54年）
　　前中 行至 「太陽の匂い」
第13回（昭55年）
　　該当作なし
第14回（昭56年）
　　冬木 史朗 「駆け抜けて,青春！」
第15回（昭57年）
　　張江 勝年 「インシャラー」

118 小説新潮賞

　新潮社により昭和29年に創設された賞で，新人の中間小説を公募し，その中から選出していたが，第8回からは，一般に雑誌や単行本などで発表された作品を対象として授賞した。昭和43年（第14回）で中止，昭和48年よりその特徴は「小説新潮新人賞」にほぼひきつがれた。

【主催者】新潮社

【選考委員】石川達三，石坂洋次郎，舟橋聖一，丹羽文雄，尾崎士郎，井上友一郎，広津和郎，獅子文六，「小説新潮」編集長

【締切・発表】選考結果および作品は「小説新潮」誌上に発表

【賞・賞金】記念品と賞金10万円

第1回（昭30年）
　　上坂 高生 「みち潮」
第2回（昭31年）
　　村上 尋 「大川図絵」
第3回（昭32年）
　　豊永 寿人 「遠い翼」
第4回（昭33年）
　　小田 武雄 「舟形光背」
第5回（昭34年）
　　妻屋 大助 「焼残反故」
第6回（昭35年）
　　該当作なし
第7回（昭36年）
　　名和 一男 「自爆」
第8回（昭37年）
　　由起 しげ子 「沢夫人の貞節」
第9回（昭38年）
　　藤原 審爾 「殿様と口紅」
第10回（昭39年）
　　有吉 佐和子 「香華」
第11回（昭40年）
　　野村 尚吾 「戦雲の座」
第12回（昭41年）
　　芝木 好子 「夜の鶴」
第13回（昭42年）
　　青山 光二 「修羅の人」
第14回（昭43年）
　　船山 馨 「石狩平野」

119 小説新潮新人賞

昭和47年に、「小説新潮賞」のあとをうけて、新人に文壇進出のチャンスを与えるため設定された。昭和58年より規定その他を大巾に変更し、新たに第1回より数える賞にした。平成4年第10回をもって終る。

【主催者】新潮社
【選考委員】井上ひさし、筒井康隆
【選考方法】公募
【選考基準】〔対象〕小説〔資格〕新人の未発表の作品〔原稿〕400字詰原稿用紙30～80枚。400字程度の梗概をつける
【締切・発表】(第10回)平成4年4月末日締切(消印有効)、12月号で発表掲載
【賞・賞金】100万円及び記念品

第1回(昭48年)
　該当作なし
第2回(昭49年)
　海老沢 泰久 「乱(らん)」
第3回(昭50年)
　円 つぶら 「ノーモア・家族」
第4回(昭51年)
　花森 哲平 「ぼくのブラック・リスト」
第5回(昭52年)
　羽深 律 「インドミタブル物語」
第6回(昭53年)
　小針 鯛一 「褐色のメロン」
第7回(昭54年)
　田中 雅美 「いのちに満ちる日」
第8回(昭55年)
　倉林 洋子 「鳥の悲鳴」
第9回(昭56年)
　植田 草介 「ダイアン」
第10回(昭57年)
　諏訪 月江 「闘牛士の夜」
第1回(昭58年)
　結城 恭介 「美琴姫様騒動始末」
第2回(昭59年)
　都井 邦彦 「遊びの時間は終らない」
第3回(昭60年)
　神田 順 「新創世記」
第4回(昭61年)
　谷 俊彦 「木村家の人びと」
　石塚 京助 「気紛れ発一本松行き」
第5回(昭62年)
　該当作なし
第6回(昭63年)
　八本 正幸 「失われた街―MY LOST TOWN」
第7回(平1年)
　該当作なし
第8回(平2年)
　該当作なし
第9回(平3年)
　該当作なし
第10回(平4年)
　藤岡 真 「笑歩」

120 小説新潮長篇新人賞

平成4年に終了した「小説新潮新人賞」のあとを受けて、創設。受賞作は「小説新潮」に掲載し、新潮社から単行本化される。平成15年第9回で休止。

【主催者】新潮社
【選考委員】(第9回)林真理子, 北原亜以子, 浅田次郎, 井上ひさし
【選考方法】公募
【選考基準】〔対象〕未発表の小説, ジャンルは自由。〔資格〕新人。〔原稿〕400字詰原稿用紙250〜350枚。5枚以内の概要を添付。ワープロ原稿は1行30字20〜40行で, A4判のマス目のない紙に縦書きで印字
【締切・発表】(第9回)平成14年6月30日締切(当日消印有効),「小説新潮」平成15年4月号誌上で発表
【賞・賞金】賞金100万円

第1回(平7年)
 和泉 ひろみ 「あなたへの贈り物」(新潮社)
第2回(平8年)
 秋月 煌 「決闘ワルツ」(新潮社)
第3回(平9年)
 佐浦 文香 「手紙—The Song is Over」(新潮社)
第4回(平10年)
 秋山 鉄 「居酒屋野郎ナニワブシ」(新潮社)
第5回(平11年)
 須藤 靖貴 「俺はどしゃぶり」(新潮社)
 米村 圭伍 「風流冷飯伝」(新潮社)
第6回(平12年)
 前川 麻子 「鞄屋の娘」(新潮社)
 宇佐美 游 「調子のいい女」(新潮社)
第7回(平13年)
 渡辺 由佳里 「ノーティアーズ」(新潮社)
第8回(平14年)
 三羽 省吾 「太陽がイッパイいっぱい」(新潮社)
第9回(平15年)
 清野 かほり 「石鹸オペラ」(新潮社)
 富谷 千夏 「マイ・スウィート・ホーム」(新潮社)

121 「小説推理」新人賞

ミステリー界に新風を吹き込む大型新人の登場を願って, 昭和54年創設。

【主催者】双葉社
【選考委員】(第36回)小池真理子, 真保裕一, 貫井徳郎
【選考方法】公募
【選考基準】〔資格〕新人に限る。〔対象〕広義の意味での推理小説。未発表原稿に限る。〔原稿〕400字詰原稿用紙80枚以内(枚数オーバーは失格)とし, 400字以内の梗概を添付。ワープロ, パソコン原稿の場合は, A4判のマス目のない紙にタテに印字し, 400字詰原稿用紙換算の枚数を明記のこと。データ(テキスト形式)の入ったフロッピー, その他メディアを添付。〔応募規定〕作品, フロッピー, その他メディアは返却しない
【締切・発表】11月末日締切, 中間発表「小説推理」7月号誌上, 入選発表8月号誌上
【賞・賞金】正賞及び副賞100万円, 入選作の出版権・上映上演その他の優先権は全て主催者に帰属

【URL】http://www.futabasha.co.jp/news/suiri_award/

第1回（昭54年）
　　大沢 在昌　「感傷の街角」
第2回（昭55年）
　　該当作なし
第3回（昭56年）
　　五谷 翔　「第九の流れる家」
第4回（昭57年）
　　該当作なし
　◇佳作
　　渡部 雅文　「不運な延長線—江夏豊の罠」
第5回（昭58年）
　　該当作なし
　◇佳作
　　芹川 兵衛　「埋められた傷痕」
第6回（昭59年）
　　該当作なし
第7回（昭60年）
　　津野 創一　「手遅れの死」（「群れ星なみだ色」）
　　長尾 健一　「カウンターブロウ」
第8回（昭61年）
　　該当作なし
第9回（昭62年）
　　横溝 美晶　「湾岸バッド・ボーイ・ブルー」
第10回（昭63年）
　　相馬 隆　「グラン・マーの犯罪」
第11回（平1年）
　　該当作なし
第12回（平2年）
　　千野 隆司　「夜の道行」
第13回（平3年）
　　香納 諒一　「ハミングで二番まで」
第14回（平4年）
　　浅黄 斑　「雨中の客」
第15回（平5年）
　　村雨 悠　「砂上の記録」
第16回（平6年）
　　本多 孝好　「眠りの海」
第17回（平7年）
　　久遠 恵（本名＝梅本泰弘）「ボディ・ダブル」
第18回（平8年）
　　永井 するみ（本名＝松本優子）「隣人（りんじん）」
第19回（平9年）
　　香住 泰（本名＝菅沼幸治）「退屈解消アイテム」
第20回（平10年）
　　円谷 夏樹（本名＝大倉崇裕）「ツール＆ストール」
第21回（平11年）
　　岡田 秀文　「見知らぬ侍」
第22回（平12年）
　　翔田 寛　「影踏み鬼」
第23回（平13年）
　　山之内 正文　「風の吹かない景色」
第24回（平14年）
　　西本 秋　「過去のはじまり未来のおわり」
第25回（平15年）
　　長岡 弘樹　「真夏の車輪」
第26回（平16年）
　　蒼井 上鷹　「キリング・タイム」
第27回（平17年）
　　垣谷 美雨　「竜巻ガール」
第28回（平18年）
　　誉田 龍一　「消えずの行灯」
第29回（平19年）
　　湊 かなえ　「聖職者」
　◇選考委員特別賞
　　山名 良介　「パーティー」
第30回（平20年）
　　浮穴 みみ　「寿限無」
第31回（平21年）
　　耳 目　「通信制警察」
第32回（平22年）
　　深山 亮　「遠田の蛙」
第33回（平23年）
　　小林 由香　「ジャッジメント」

第34回（平24年）
　　加瀬 政広　「慕情二つ井戸」
第35回（平25年）
　　増田 忠則　「マグノリア通り、曇り」
　　悠木 シュン　「スマートクロニクル」

122 小説すばる新人賞

　昭和62年，季刊小説誌「小説すばる」（現在は月刊）の創刊とともに，作家をめざす人たちのために設けられた文学賞。

【主催者】集英社
【選考委員】阿刀田高，五木寛之，北方謙三，宮部みゆき，村山由佳
【選考方法】公募
【選考基準】〔対象〕ジャンル不問。〔資格〕新人の未発表小説（同人誌等の掲載作品は対象外）。〔原稿〕400字詰原稿用紙200〜500枚。3枚程度の梗概を添付
【締切・発表】3月31日（当日消印有効）締切，「小説すばる」11月号誌上にて発表
【賞・賞金】正賞記念品，副賞賞金200万円。出版権は集英社に帰属
【URL】http://syousetu-subaru.shueisha.co.jp

第1回（昭63年）
　　山本 修一　「川の声」
　　長谷川 潤二　「こちらノーム」
第2回（平1年）
　　花村 萬月　「ゴッド・ブレイス物語」
　　草薙 渉　「草小路鷹麿の東方見聞録」
第3回（平2年）
　　篠田 節子　「絹の変容」
第4回（平3年）
　　たくき よしみつ　「マリアの父親」
　　藤 水名子　「涼州賦」
第5回（平4年）
　　吉富 有　「オレンジ砂塵」
第6回（平5年）
　　佐藤 賢一　「ジャガーになった男」
　　村山 由佳　「春妃〜デッサン」
第7回（平6年）
　　上野 歩　「恋人といっしょになるでしょう」
　　冨士本 由紀　「包帯をまいたイブ」
第8回（平7年）
　　早乙女 朋子　「バーバーの肖像」
　　武谷 牧子　「英文科AトゥZ」

第9回（平8年）
　　森村 南　「陋巷の狗」
第10回（平9年）
　　荻原 浩　「オロロ畑でつかまえて」
　　熊谷 達也　「ウエンカムイの爪」
第11回（平10年）
　　池永 陽　「走るジイサン」
　　木島 たまら　「パンのなる海、緋の舞う空」
第12回（平11年）
　　竹内 真　「粗忽拳銃」
第13回（平12年）
　　堂場 瞬一　「Bridge」
第14回（平13年）
　　松樹 剛史　「残影の馬」
第15回（平14年）
　　関口 尚　「プリズムの夏」
第16回（平15年）
　　山本 幸久　「アカコとヒトミと」
第17回（平16年）
　　三崎 亜記　「となり町戦争」
第18回（平17年）
　　飛鳥井 千砂　「はるがいったら」

第19回（平18年）
　　水森 サトリ　「でかい月だな」
第20回（平19年）
　　天野 純希　「桃山ビート・トライブ」
第21回（平20年）
　　千早 茜　「魚神（いおがみ）」（「魚」改題）
　　矢野 隆　「蛇衆」（「蛇衆綺談」改題）
第22回（平21年）
　　朝井 リョウ　「桐島、部活やめるってよ」
　　河原 千恵子　「白い花と鳥たちの祈り」

第23回（平22年）
　　畑野 智美　「国道沿いのファミレス」
　　安田 依央　「たぶらかし」
第24回（平23年）
　　橋本 長道　「サラの柔らかな香車」
第25回（平24年）
　　櫛木 理宇　「赤と白」
　　行成 薫　「名も無き世界のエンドロール」
第26回（平25年）
　　周防 柳　「八月の青い蝶」

---

123 小説フェミナ賞

　女性を対象にした文芸新人賞で、雑誌「小説フェミナ」で公募。「フェミナ賞」を前身とする。平成6年（1994）「小説フェミナ」休刊と同時に、第2回をもって終了。

【主催者】 学習研究社

【選考委員】 渡辺淳一，森瑶子，村松友視

【選考方法】 公募

【選考基準】 〔対象〕小説，ノンフィクション 〔資格〕女性に限る 〔原稿〕400字詰原稿用紙100枚程度。5枚程度の梗概を添付。未発表作品に限る。

【締切・発表】 （第2回）平成5年3月31日締切，「小説フェミナ」9号に発表・掲載

【賞・賞金】 賞金100万円，副賞：（株）メナード化粧品より記念品

第1回（平4年）
　◇小説
　　伊藤 幸恵　「入り江にて」
　◇ノンフィクション

　　該当作なし
第2回（平6年）
　◇ノンフィクション
　　三木 紀伊子　「我が道を譲らじと思ふ―江口きちの生涯」

---

124 小説宝石新人賞

　選考過程の見える新人賞として，光文社が設立。平成19年に第1回の受賞作を発表。最終選考の様子も，選考委員の対談として誌面発表する。

【主催者】 光文社

【選考委員】 （第8回）朱川湊人，唯川恵

【選考方法】 公募

【選考基準】 〔対象〕ジャンルは問わない。未発表作品に限る。〔原稿〕400字詰原稿用紙で50枚以上100枚以内。ワープロ原稿で一行30字×20～40行で作成し，A4判のマス

目のない紙に、縦書きで印刷したもので応募のこと。手書き原稿は選考対象外

【締切・発表】 9月末日締切（消印有効），翌年6月号発表予定

【賞・賞金】 受賞作に賞金50万円。受賞作の著作権は本人に帰属し、出版権を含む複製権、公衆送信権、および二次的利用権は光文社に帰属する

【URL】 http://kobunsha2.com/sho-ho/newcomer/

第1回（平19年）
　大田 十折 「草葉の陰で見つけたもの」
第2回（平20年）
　中島 要 「素見（ひやかし）」
第3回（平21年）
　折口 真喜子 「梅と鶯」
　渡辺 淳子 「私を悩ますもじゃもじゃ頭」
第4回（平22年）
　籾山 市太郎 「アッティラ！」
第5回（平23年）
　佐久間 直樹 「じゅうごの夜」
第6回（平24年）
　宮本 紀子 「雨宿り」
第7回（平25年）
　麻宮 ゆり子 「敬語で旅する四人の男」

125　上毛文学賞

群馬の風土に根ざした清新な文学者発掘のため昭和40年に創設された。

【主催者】 上毛新聞社

【選考委員】 （平成15年度）森猛、並木秀雄（小説）、梁瀬和男、下山嘉一郎（詩）、有川美亀男、大井恵夫、原一雄、渡辺松男（短歌）、中里麦外、関口ふさの、松本夜詩夫、堀口星眼（俳句）

【選考方法】 公募

【選考基準】 〔対象〕小説は未発表作品で原稿用紙40枚以内。詩は未発表作品で原稿用紙3枚以内。俳句と短歌は本紙「上毛文芸」月間賞から選考

【締切・発表】 （平成15年度）平成16年1月15日締切、入選作は3月下旬の紙上で発表

第1回（昭40年度）
　◇小説
　　該当者なし
　◇小説（準賞）
　　木曽 高
　◇小説（佳作）
　　鬼島 礼
　　真下 春夫
第2回（昭41年度）
　◇小説
　　岩武 都
　◇小説（佳作）
　　佐藤 鬼子夫
　　奥平 桂三郎
第3回（昭42年度）
　◇小説
　　該当者なし
　◇小説（佳作）
　　奥平 桂三郎
　　狩野 光人
　　樋口 勇
第4回（昭43年度）
　◇小説
　　該当者なし

上毛文学賞

　◇小説(佳作)
　　川島 泰一
　　鬼島 礼
第5回(昭44年度)
　◇小説
　　林崎 惣一郎
　◇小説(佳作)
　　伊藤 明子
　　山本 和子
第6回(昭45年度)
　◇小説
　　該当者なし
　◇小説(佳作)
　　冬木 耀
　　鬼島 礼
　　倉田 東平
第7回(昭46年度)
　◇小説
　　倉田 東平
　◇小説(佳作)
　　小見 勝栄
　　伊藤 明子
　　野村 圭策
第8回(昭47年度)
　◇小説
　　野村 圭策
　◇小説(佳作)
　　広部 直之
　　高津 慎一
第9回(昭48年度)
　◇小説
　　該当者なし
　◇小説(佳作)
　　田中 章
　　大島 浩
第10回(昭49年度)
　◇小説
　　石田 英司
　◇小説(佳作)
　　川端 好子
　　魚岩 孝生
第11回(昭50年度)
　◇小説
　　広部 直之
　◇小説(佳作)
　　坂場 さや
　　生野 草郎
第12回(昭51年度)
　◇小説
　　該当者なし
　◇小説(佳作)
　　大島 浩
　　丸山 裕
　　高橋 杏
第13回(昭52年度)
　◇小説
　　伊藤 明子
　◇小説(佳作)
　　植村 桂子
　　阿部 初枝
第14回(昭53年度)
　◇小説
　　茂木 賢樹
　◇小説(佳作)
　　市川 栞
　　並木 秀雄
第15回(昭54年度)
　◇小説
　　並木 秀雄
　◇小説(佳作)
　　三沢 章子
　　定形 美恵子
第16回(昭55年度)
　◇小説
　　植村 桂子
　◇小説(佳作)
　　栗田 つや子
　　石川 光
第17回(昭56年度)
　◇小説
　　鳳 明子
　◇小説(佳作)
　　矢田 洋
　　布施 英利

第18回（昭57年度）
　◇小説
　　奥山　宏
　◇小説（佳作）
　　渡瀬　良一郎
　　飛鳥　翔
第19回（昭58年度）
　◇小説
　　萩尾　抄子
　◇小説（佳作）
　　丸山　昌弘
　　倉科　田人
第20回（昭59年度）
　◇小説
　　堤　一巳
　◇小説（佳作）
　　伊藤　一増
　　宮下　洋二
第21回（昭60年度）
　◇小説
　　松島　美穂子
　◇小説（佳作）
　　斎藤　盈世
　　五十嵐　欽也
第22回（昭61年度）
　◇小説
　　町田　登喜子
　◇小説（佳作）
　　小屋　幸保
　　石川　はつえ
第23回（昭62年度）
　◇小説
　　平尾　京子
　◇小説（佳作）
　　斎藤　盈世
　　佐竹　幸吉
第24回（昭63年度）
　◇小説
　　田村　初代
　◇小説（佳作）
　　小屋　幸保
　　森　千絵子

第25回（平1年度）
　◇小説
　　鬼島　礼（本名＝渡辺栄三）
　◇小説（佳作）
　　堀口　良一
　　文月　あそぶ（本名＝松村紀美江）
第26回（平2年度）
　◇小説
　　該当者なし
　◇小説（佳作）
　　佐伯　怜（本名＝古島みち子）
　　堀口　良一
　　原田　成人
第27回（平3年度）
　◇小説
　　宮下　洋二
　◇小説（佳作）
　　黒岩　夕城（本名＝黒岩義和）
　　利根　好美（本名＝三好節子）
第28回（平4年度）
　◇小説
　　大崎　岸子
　◇小説（佳作）
　　丸岡　道子
　　三上　三吉（本名＝若林群司）
第29回（平5年度）
　◇小説
　　佐伯　怜（本名＝古島みち子）
　◇小説（佳作）
　　小泉　順（本名＝小泉房子）
　　村中　美恵子（本名＝狩野美恵子）
第30回（平6年度）
　◇小説
　　川森　知子（本名＝茂木雅子）「赤い落日」
第31回（平7年度）
　◇小説
　　村中　美恵子　「まぼろしの秋水号」
第32回（平8年度）
　◇小説
　　原田　成人　「狂気」
第33回（平9年度）
　◇小説

青木 博志　「天気雨」　　　　　　　◇小説
第34回（平10年度）　　　　　　　　　丸岡 道子　「ひとことのお返し」

126 ショート・ラブストーリー・コンテスト

　欧米各地のロマンスおよびエンターテイメントの翻訳作品を扱うハーレクイン社主催のコンテスト。日本国内において日本人女性を主人公としたラブストーリー作品を広く募集する。入賞作品は「ハーレクインSP文庫」より受賞作品集として刊行。平成17年（2005）創設。

【主催者】ハーレクイン

【選考方法】公募

【選考基準】〔資格〕不問　〔募集内容〕日本人女性を主人公としたピュアなラブストーリー　〔応募規定〕1行40字×500～1000行。400字詰原稿用紙換算で50枚～100枚。電子メールにファイル添付で応募。一人2作品まで応募可能。応募は商業紙誌で未発表のオリジナル作品に限る（ただし、同人誌や自身のHPで掲載している作品は可）。他の公募に応募中の作品不可。

【締切・発表】（第2回）平成18年8月31日締切。ハーレクイン社HPにて発表。入賞者には郵送で通知（平成18年11月末予定）。

【賞・賞金】大賞（1名）：賞金30万円、優秀賞（5名）：賞金3万円。入賞者にはハーレクイン社作品を贈呈。入賞作品は短編集としてハーレクイン社より出版。

第1回（平17年）
◇大賞
　桜庭 馨　「るり色の天使」
◇優秀賞
　祐天寺 ヒロミ　「彼によろしく」
　荻野 真昼　「あたしの彼方へ」
　森瀬 いずみ　「空色の夢」
　川辺 純可　「シーウィンド」
　後藤 知朝子　「夏がキラリ。」

第2回（平18年）
◇大賞
　藤ノ木 陵　「君があたりは」
◇優秀賞
　風視 のり　「最後の贈りもの」
　緋川 小夏　「セカンド・ガール」
　秋山 あさの　「内気な女神（ミューズ）」
　仁村 魚　「パラフレーズ」
　ハラ ハルカ　「神様のごほうび」

127 女流新人賞

　昭和30年（1955）に「婦人公論」創刊40周年を記念して、女流新人小説が募集され、2回続いた。そのあとをうけて昭和33年（1958）女流新人作家の登龍門として創設された。平成10年度（1998）以降休止。

【主催者】中央公論社

【選考委員】（第40回）平岩弓枝、宮尾登美子、渡辺淳一

【選考方法】公募

女流新人賞

【選考基準】〔対象〕小説 〔資格〕商業誌に作品を発表したことのない、女流新人の未発表原稿(同人雑誌掲載作品は可)〔原稿〕枚数は400字詰原稿用紙で100枚以内、これに400字程度の概要をつけること
【締切・発表】5月31日締切。入選作は「婦人公論」10月号に発表。年1回実施。
【賞・賞金】記念品と賞金50万円

第1回(昭33年度)
　　有賀 喜代子　「子種」
第2回(昭34年度)
　　南部 きみ子　「流氷の街」
第3回(昭35年度)
　　田中 阿里子　「鱶」
第4回(昭36年度)
　　片岡 稔恵　「チャージ」
第5回(昭37年度)
　　前田 とみ子　「連(れん)」
第6回(昭38年度)
　　丸川 賀世子　「巷のあんばい」
第7回(昭39年度)
　　乾 東里子　「五月の嵐(メイストーム)」
第8回(昭40年度)
　　帯 正子　「背広を買う」
第9回(昭41年度)
　　鈴木 佐代子　「証文」
第10回(昭42年度)
　　杜 香織　「雪花」
第11回(昭43年度)
　　山口 年子　「集塵」
第12回(昭44年度)
　　島 さち子　「存在のエコー」
第13回(昭45年度)
　　該当作なし
第14回(昭46年度)
　　来島 潤子　「眩暈(めまい)」
第15回(昭47年度)
　　該当作なし
第16回(昭48年度)
　　稲葉 真弓　「蒼い影の傷みを」
第17回(昭49年度)
　　該当作なし
第18回(昭50年度)
　　該当作なし
第19回(昭51年度)
　　中山 茅集　「蛇の卵」
　　山下 智恵子　「埋める」
第20回(昭52年度)
　　中山 登紀子　「舫いあう男たち」
第21回(昭53年度)
　　該当作なし
第22回(昭54年度)
　　野島 千恵子　「日暮れの前に」
　　伊藤 光子　「死に待ちの家」
第23回(昭55年度)
　　該当作なし
第24回(昭56年度)
　　須山 ユキエ　「延段」
第25回(昭57年度)
　　田口 佳子　「箱のうちそと」
第26回(昭58年度)
　　新田 純子　「飛蝶」
第27回(昭59年度)
　　村上 章子　「四月は残酷な月」
第28回(昭60年度)
　　田中 千佳　「マイブルー・ヘブン」
　　西本 陽子　「ひとすじの髪」
第29回(昭61年度)
　　北村 満緒　「五月の気流」
　　丸山 史　「ふたりぐらし」
第30回(昭62年度)
　　北原 リエ　「青い傷」
第31回(昭63年度)
　　朝比奈 愛子　「赤土の家」
第32回(平1年度)
　　杉本 晴子　「ビスクドール」
第33回(平2年度)
　　片山 ゆかり　「春子のバラード」

舞坂 あき 「落日の炎」
第34回（平3年度）
　　酒井 牧子 「色彩のない風景」
　　柏木 抄蘭 「ブッタの垣根」
第35回（平4年度）
　　牧野 節子 「水族館」
第36回（平5年度）
　　有砂 悠子 「定数」

第37回（平6年度）
　　維住 玲子 「ブリザード」
第38回（平7年度）
　　岩橋 昌美 「空を失くした日」
第39回（平8年度）
　　西町 意和子（リンゼイ美恵子）「答えて、トマス」
第40回（平9年度）
　　矢口 敦子 「人形になる」

128 女流文学者賞

「婦人文庫」が世話人となって結成された女流文学者会が昭和21年（1946）に創設。女流作家の最優秀作に授賞したが、昭和36年（1961）に中央公論社が制定した「女流文学賞」に合流した。

【主催者】女流文学者会
【選考方法】非公募
【賞・賞金】記念品および副賞5000円

第1回（昭22年）
　　平林 たい子 「かういふ女」（『展望』昭和21年10月号）
第2回（昭23年）
　　網野 菊 「金の棺」（『世界』昭和22年5月号）
第3回（昭24年）
　　林 芙美子 「晩菊」（『別冊文藝春秋』昭和23年11月号）
第4回（昭27年）
　　吉屋 信子 「鬼火」（中央公論社）
　　大田 洋子 「人間襤褸」（『改造』昭和25年8月号）
第5回（昭28年）
　　大谷 藤子 「釣瓶の音」（『改造』昭和27年12月号）
第6回（昭29年）
　　円地 文子 「ひもじい月日」（『中央公論』昭和28年12月号）

第7回（昭30年）
　　壺井 栄 「風」（光文社）
第8回（昭32年）
　　原田 康子 「挽歌」（東都書房）
　　大原 富枝 「ストマイつんぼ」（『文藝』昭和31年9月号）
第9回（昭33年）
　　宇野 千代 「おはん」（『文体』昭和22年12月号より3回連載、『中央公論』昭和30年6月号より8回連載）
第10回（昭34年）
　　該当作なし
第11回（昭35年）
　　梁 雅子 「悲田院」（三一書房）
第12回（昭36年）
　　芝木 好子 「湯葉」（『群像』昭和35年9月号）
　　倉橋 由美子 「パルタイ」（文藝春秋新社）

129 女流文学賞

女流文学の振興と発展のため、以前からあった「女流文学者賞」を吸収して、昭和36年（1961）に創設された賞で、その年度における女流作家の最優秀作品に贈られる。平成13年（2001）「女流文学賞」を発展改組し、受賞者の性別を問わない「婦人公論文芸賞」となった。平成12年度をもって授賞終了。

【主催者】中央公論新社
【選考方法】非公募
【選考基準】〔対象〕前年7月1日より本年6月末までに発表された作品
【賞・賞金】賞牌と副賞100万円

第1回（昭37年度）
　網野 菊 「さくらの花」（新潮社）
第2回（昭38年度）
　佐多 稲子 「女の宿」（講談社）
　瀬戸内 晴美 「夏の終り」（『新潮』昭和36年10月号）
第3回（昭39年度）
　野上 弥生子 「秀吉と利休」（中央公論社）
第4回（昭40年度）
　該当作なし
第5回（昭41年度）
　円地 文子 「なまみこ物語」（中央公論社）
第6回（昭42年度）
　有吉 佐和子 「華岡青洲の妻」（『新潮』昭和41年10月号）
　河野 多惠子 「最後の時」（河出書房新社）
第7回（昭43年度）
　平林 たい子 「秘密」（『新潮』昭和42年10月号）
第8回（昭44年度）
　阿部 光子 「遅い目覚めながらも」（新潮社）
第9回（昭45年度）
　大谷 藤子 「再会」（『新潮』昭和43年8月号）
　大原 富枝 「於雪―土佐―条家の崩壊」（中央公論社）
第10回（昭46年度）
　宇野 千代 「幸福」（『新潮』昭和46年4月号）ほか

第11回（昭47年度）
　芝木 好子 「青磁砧」（講談社）
第12回（昭48年度）
　幸田 文 「闘」（新潮社）
第13回（昭49年度）
　富岡 多惠子 「冥土の家族」（講談社）
第14回（昭50年度）
　大庭 みな子 「がらくた博物館」（文藝春秋）
第15回（昭51年度）
　萩原 葉子 「暮麻の家」（『新潮』昭和50年7月号）
第16回（昭52年度）
　高橋 たか子 「ロンリー・ウーマン」（集英社）
　宮尾 登美子 「寒椿」（中央公論社）
第17回（昭53年度）
　津島 佑子 「寵児」（河出書房新社）
　竹西 寛子 「管絃祭」（新潮社）
第18回（昭54年度）
　中里 恒子 「誰袖草」（文藝春秋）
　佐藤 愛子 「幸福の絵」（新潮社）
第19回（昭55年度）
　曽野 綾子（辞退）「神の汚れた手」上・下（朝日新聞社）
第20回（昭56年度）
　広津 桃子 「石蕗の花」（講談社）
第21回（昭57年度）
　永井 路子 「氷輪」上・下（中央公論社）

第22回（昭58年度）
　林 京子 「上海」（中央公論社）
第23回（昭59年度）
　吉田 知子 「満洲は知らない」（『新潮』昭和58年11月号）
第24回（昭60年度）
　山本 道子 「ひとの樹」（文藝春秋）
第25回（昭61年度）
　杉本 苑子 「穢土荘厳」上・下（文藝春秋）
第26回（昭62年度）
　田辺 聖子 「花衣ぬぐやまつわる…」（集英社）
第27回（昭63年度）
　塩野 七生 「わが友マキアヴェッリ」（中央公論社）
　金井 美恵子 「タマや」（講談社）
第28回（平1年度）
　吉行 理恵 「黄色い猫」（新潮社）
第29回（平2年度）
　村田 喜代子 「白い山」（文藝春秋）
　津村 節子 「流星雨」（岩波書店）
第30回（平3年度）
　須賀 敦子 「ミラノ 霧の風景」（白水社）

山田 詠美 「トラッシュ」（文藝春秋）
第31回（平4年度）
　稲葉 真弓 「エンドレス・ワルツ」（河出書房新社）
　岩橋 邦枝 「浮橋」（講談社）
第32回（平5年度）
　安西 篤子 「黒鳥」（新潮社）
第33回（平6年度）
　松浦 理英子 「親指Pの修業時代」（河出書房新社）
第34回（平7年度）
　高樹 のぶ子 「水脈」（文藝春秋）
第35回（平8年度）
　田中 澄江 「夫の始末」（講談社）
第36回（平9年度）
　北原 亜以子 「江戸風狂伝」（中央公論社）
第37回（平10年度）
　米谷 ふみ子 「ファミリー・ビジネス」（新潮社）
第38回（平11年度）
　原田 康子 「蠟涙」（講談社）
第39回（平12年度）
　川上 弘美 「溺レる」（文藝春秋）

130 城山三郎経済小説大賞

ダイヤモンド社創業90周年を記念し、平成16年創設。既成の枠組みにとらわれず斬新な発想を持った新しい経済小説の書き手を公募する。平成16年に「ダイヤモンド経済小説大賞」として創設されたが、平成20年に賞名を変更。第4回をもって終了。

【主催者】ダイヤモンド社
【選考方法】公募
【選考基準】〔対象〕日本語で書かれた経済小説の自作未発表作品。〔資格〕プロやアマチュアといった資格は問わない。〔原稿〕400字詰め原稿用紙換算で300枚～800枚（枚数厳守）、手書き原稿不可
【賞・賞金】大賞：正賞 表彰状と記念品、副賞300万円（初版印税含む）。ダイヤモンド社より単行本として刊行
【URL】http://www.diamond.co.jp/go/old/novel/

ダイヤモンド経済小説大賞 第1回（平16年）
　◇大賞

滝沢 隆一郎 「内部告発者」
　◇優秀賞

大塚 将司 「謀略銀行」
汐見 薫 「白い手の残像」
◇佳作
金沢 好博 「社長解任動議」
北岳 登 「虚飾のメディア」
千代田 圭之 「生餌」
第2回(平21年)

熊谷 敬太郎 「ピコラエヴィッチ紙幣―日本人が発行したルーブル札の謎」
第3回(平23年)
指方 恭一郎 「銭の弾もて秀吉を撃て 海商 島井宗室」
深井 律夫 「黄土の疾風」
第4回(平24年)
渋井 真帆 「ザ・ロスチャイルド」

131 新沖縄文学賞

沖縄における文学活動の発展をはかり，本格的小説と，その作家の誕生を待望して昭和50年に創設された。季刊「新沖縄文学」誌上で発表されてきたが，同誌は平成5年春号を最後に休刊。発表の場は「沖縄文芸年鑑」に引き継がれた。

【主催者】沖縄タイムス社

【選考委員】(第38回)又吉栄喜，山里勝己，中沢けい

【選考方法】公募

【選考基準】〔対象〕小説。〔資格〕応募者は沖縄県在住者，または沖縄県出身者で本土および外国に在住する者。作品は未発表原稿に限る。〔原稿〕400字詰原稿用紙50～100枚，ワープロの場合は原稿用紙を用いず400字詰換算枚数を明記

【締切・発表】(第38回)平成24年6月30日締切(当日消印有効)

【賞・賞金】入賞：賞金10万円，佳作：賞金3万円

第1回(昭50年)
◇佳作
又吉 栄喜
横山 史朗
第2回(昭51年)
新崎 恭太郎 「蘇鉄の村」
◇佳作
田中 康慶
亀谷 千鶴
第3回(昭52年)
◇佳作
庭 鴨野
亀谷 千鶴
第4回(昭53年)
◇佳作
下地 博盛
仲若 直子

第5回(昭54年)
◇佳作
田場 美津子
崎山 多美
第6回(昭55年)
◇佳作
池田 誠利
南 安閑
第7回(昭56年)
◇佳作
吉沢 庸希
当山 之順
第8回(昭57年)
仲村渠 ハツ 「母たち女たち」
◇佳作
江場 秀志

小橋 啓
第9回（昭58年）
　◇佳作
　　山里 禎子
第10回（昭59年）
　　吉田 スエ子　「嘉間良心中」
　　山入端 信子　「虚空夜叉」
第11回（昭60年）
　　喜舎場 直子　「女綾織唄」
　◇佳作
　　目取真 俊
第12回（昭61年）
　　白石 弥生　「若夏の来訪者」
　　目取真 俊　「平和通りと名付けられた街を歩いて」
第13回（昭62年）
　　照井 裕　「フルサトのダイエー」
　◇佳作
　　平田 健太郎
第14回（昭63年）
　　玉城 まさし　「砂漠にて」
　◇佳作
　　水無月 慧子
第15回（平1年）
　　徳田 友子　「新城マツの天使」
　◇佳作
　　山城 達雄　「遠来の客」
第16回（平2年）
　　後田 多八生　「あなたが捨てた島」
第17回（平3年）
　　該当作なし
　◇佳作
　　我如古 聚二　「耳切り坊主の唄」
　　うらしま 黎　「闇のかなたへ」
第18回（平4年）
　　玉木 一兵　「母の死化粧」
第19回（平5年）
　　清原 つる代　「蟬ハイツ」
　◇佳作
　　綾城 奈穂子　「コーラルアイランドの夏」
第20回（平6年）
　　知念 節子　「最後の夏」

　◇佳作
　　前田 よし子　「風の色」
第21回（平7年）
　　該当作なし
　◇佳作
　　加勢 俊夫　「ジグゾー・パズル」
第22回（平8年）
　　崎山 麻夫　「闇の向こうへ」
　　加勢 俊夫　「ロイ洋服店」
第23回（平9年）
　　該当作なし
　◇佳作
　　国吉 高史　「憧れ」
　　大城 新栄　「洗骨」
第24回（平10年）
　　山城 達雄　「窪森（くぶむい）」
第25回（平11年）
　　竹本 真雄　「燠火」
　◇佳作
　　鈴木 次郎　「島の眺め」
第26回（平12年）
　　該当作なし
　◇佳作
　　美里 敏則　「ツル婆さんの場合」
　　花輪 真衣　「墓」
第27回（平13年）
　　真久田 正　「鱬鯨」
　◇佳作
　　伊礼 和子　「訣別」
第28回（平14年）
　　金城 真悠　「千年蒼茫」
　◇佳作
　　河合 民子　「清明の頃」
第29回（平15年）
　　玉代 勢章　「母、狂う」
　◇佳作
　　比嘉 野枝　「迷路」
第30回（平16年）
　　赫星 十四三　「アイスバー・ガール」
　◇佳作
　　樹乃 タルオ　「淵（クムイ）」
第31回（平17年）

月之浜 太郎 「梅干駅から枇杷駅まで」
◇佳作
　　もりお みずき 「郵便馬車の馭者だった」
第32回（平18年）
　　上原 利彦 「黄金色の痣」
第33回（平19年）
　　国梓 としひで 「爆音、轟く」
　　松原 栄 「無言電話」
第34回（平20年）
　　美里 敏則
第35回（平21年）
　　大嶺 邦雄 「ハル道のスージグァにはいって」

第36回（平22年）
　　崎浜 慎 「始まり」
◇佳作
　　ヨシハラ小町 「カナ」
第37回（平23年）
　　伊波 雅子 「オムツ党、走る」
◇佳作
　　當山 清政 「メランコリア」
第38回（平24年）
　　伊礼 英貴 「期間工ブルース」
◇佳作
　　平岡 禎之 「家族になる時間」

132 信州文学賞

　昭和43年5月創設。県下の同人雑誌作家激励のため、信州文芸誌協会加盟の文芸同人誌9誌に発表された小説の中から2年ごと最優秀作品に贈る賞。

【主催者】信州文芸誌協会（層、蠍、屋上、風、顔、黒馬、科野作家、構想、窓）
【選考委員】各誌より2名、計18名の選考委員による選考委員会
【選考方法】加盟各誌が1作推薦
【選考基準】加盟各誌が原稿用紙50枚以内（2年間に発表された同人誌の中から小説の最優秀作品）の一作を推薦、これを作品集「信州文芸」誌上に収載し、この中より選考委員会が投票及び討議により決定
【締切・発表】発表は定期総会席上
【賞・賞金】5万円

第1回（昭44年）
　　林 俊 「雨夜空」
第2回（昭46年）
　　浦野 里美 「むく鳥の群」
第3回（昭48年）
　　福沢 英敏 「日を棄てて」
第4回（昭50年）
　　江場 秀志 「切られた絵」
第5回（昭52年）
　　受賞作なし
第6回（昭55年）
　　原田 勝史 「冷く光る雲に」
第7回（昭57年）
　　崎村 裕 「琉球躑躅」
第8回（昭59年）
　　山本 直哉 「葡萄色の大地」
第9回（昭61年）
　　平野 潤子 「希望」
第10回（昭63年）
　　阿部 愛子 「秋の輪郭」
第11回（平2年）
　　中沢 正弘（同人誌「層」同人）「風に訊く日々」
第12回（平4年）
　　武井 久（同人誌「黒馬」同人）「川霞」

第13回（平6年）
　依田 径子（同人誌「O」同人）「庵の内に」
第14回（平8年）
　村上 青二郎（同人誌「層」同人）「塩の柱」
第15回（平10年）
　小島 義徳（同人誌「O」同人）「海岸寺へ」
第16回（平12年）
　百瀬 ヒロミ（同人誌「屋上」同人）「地の涯てのアリア」
第17回（平14年）
　渡辺 たづ子（同人誌「O」同人）「夜明けの晩」
第18回（平16年）
　内村 和（同人誌「O」同人）「残る桜も」
第19回（平18年）
　谷沢 信憙（同人誌「風」同人）「遠い道」
第20回（平20年）
　寺山 あきの（同人誌「O」同人）「スピリッツ島」
第21回（平22年）
　陽羅 義光（同人誌「構想」同人）「雁木坂」
第22回（平24年）
　阿部 良行（同人誌「風」同人）「ブラジル君」

133　「新小説」懸賞小説

春陽堂は明治30年に賞金100円の懸賞小説を募集したが、明治33年からは、月1回定期的に「新小説」懸賞小説の募集が始められ、明治35年末まで続いた。

【主催者】春陽堂
【賞・賞金】賞金10円

第1回（明31年）
　該当作なし
第2回（明32年）
　田村 松魚　「五月闇」
　三島 霜川　「埋れ井戸」
　米光 硯海　「生駒山」
第3回（明33年）
　斎藤 渓舟　「松前追分」
　中村 春雨　「菖蒲人形」
　神谷 鶴伴　「見越の松」
（明33年3月）
　木枯舎　「ふなうた」
（明33年4月）
　永井 荷風　「闇の夜」
（明33年5月）
　宮本 此君庵　「和歌の浦波」
（明33年6月）
　市川 雨声　「意地がらみ」
（明33年7月）
　山田 旭南　「細杖」
（明33年8月）
　大倉 桃郎　「女渡守」
（明33年9月）
　小林 天眠　「宮島曲」
（明33年10月）
　志ぐれ庵　「ふりわけ髪」
（明33年11月）
　大倉 桃郎　「折箸曲」
（明34年1月）
　海賀 変哲　「道寥寥」
（明34年2月）
　卯月 金仙　「赤富士」
（明34年3月）
　宮本 此君庵　「破馬車」
（明34年4月）
　沢田 東水　「行く水」
（明34年5月）
　海賀 変哲　「まぼろし日記」
（明34年6月）
　原口 天々　「春の夜」

(明34年7月)
　斉藤 紫軒　「紙漉小屋」
(明34年8月)
　佐宗 湖心　「わくら葉」
(明34年9月)
　片上 天弦　「落栗」
(明34年10月)
　福尾 湖南　「帰帆」
(明34年11月)
　ひでまろ　「醜業婦」
(明34年12月)
　登坂 北嶺　「幽韻」
(明35年2月)
　久米 天琴　「あらし」
(明35年3月)
　海賀 変哲　「継子殺」
(明35年4月)
　池田 錦水　「大和撫子」
(明35年5月)
　斉藤 紫軒　「星の夜」
(明35年6月)
　山里 水葉　「夜の雨」
(明35年7月)
　宮沢 すみれ　「ふるさと」
(明35年8月)
　柴田 眉軒　「へび苺」
(明35年9月)
　駿河 台人　「幻物語」
(明35年10月)
　花 峰生　「煤煙」
(明35年11月)
　山里 水葉　「きやうだい」
(明35年12月)
　浅野 笛秘　「灯篭流」

134 新人登壇・文芸作品懸賞募集

　戦後10年間,同人雑誌が相次いで創刊されたものの,続刊は極めて困難であった。そこで作品を世に問う機会を提供するために昭和30年に創設された。

【主催者】中国新聞社

【選考委員】後藤明生

【選考方法】〔対象〕短編小説。題材は自由。未発表作品に限る。〔原稿〕400字詰原稿用紙20〜25枚。〔資格〕中国五県内在住者。

【締切・発表】第21回は平成元年3月15日（当日消印有効）。5月5日に発表。入賞作品は5月15日から3日間掲載。

【賞・賞金】1席：正賞,記念牌,副賞20万円,2席：10万円,3席：5万円

第1回（昭30年8月）
　◇1席
　　小久保 均　「遁走曲」
　◇2席
　　杉 公子
第2回（昭30年12月）
　◇1席
　　多地 映一　「流星」
　◇2席
　　沙原 ぎん, 幡 章

第3回（昭31年6月）
　◇1席
　　成田 謙　「光と影」
　◇2席
　　久保 昌身, 達実 想平
第4回（昭31年12月）
　◇順位なし
　　久保 昌身, 館 蓉子, 大田 正之, 矢野 啓大, 達実 想平
第5回（昭32年5月）

◇1席
　館 蓉子 「囲繞地」
◇2席
　瀬尾 理，南谷 緑，中川 いづみ
第6回（昭32年12月）
◇1席
　該当作なし
◇2席
　日下 次郎，細川 昊
第7回（昭33年7月）
◇1席
　該当作なし
◇2席
　岩崎 清一郎，北沢 栄次郎
第8回（昭34年6月）
◇1席
　該当作なし
◇2席
　佐々木 健朗，中本 昭
第9回（昭34年11月）
◇1席
　安佐 郡太 「沈む霧」
◇2席
　灰谷 健次郎，今田 久
第10回（昭35年6月）
◇1席
　該当作なし
◇2席
　難波 進一郎，和田 昇介，竹崎 寛子
第11回（昭35年10月）
◇1席
　磯上 多々良 「マンホールにて」
◇2席
　野口 雪夫，花本 圭司，吉岡 禎三
第12回（昭37年11月）
◇1席
　文沢 隆一 「しいたけ」
◇2席
　とだ あきこ，後藤 照子
第13回（昭38年11月）
◇1席
　該当作なし
◇2席
　佐間 せつ子，熊久 平太
第14回（昭39年12月）
◇1席
　該当作なし
◇2席
　とだ あきこ，木村 逸司
第15回（昭58）
◇1席
　井上 美登利 「わたしたちの闇」
◇2席
　城戸 則人
第16回（昭59）
◇1席
　土屋 幹雄 「彼女の消息」
◇2席
　小杉 れい
第17回（昭60）
◇1席
　岡先 利和 「二つの部屋」
◇2席
　遠多 恵
第18回（昭61）
◇1席
　渡壁 忠紀 「耳」
◇2席
　益永 英治
第19回（昭62）
◇1席
　該当作なし
◇2席
　福島 順子
第20回（昭63）
◇1席
　坂本 公延 「別れる理由」
　岡田 正孝 「めぐる夏の日」
◇2席
　該当作なし
第21回（平1）
◇1席
　該当作なし
◇2席
　蔵薗 優美 「ペンギン」

135 「新青年」懸賞探偵小説

博文館が大正9年に制定。

【主催者】博文館

授賞年不明
　角田 喜久雄
　水谷 準
　杉山 泰道（夢野久作）
　鳴山 草平〔ほか〕

136 新青年賞

雑誌「新青年」の創刊20周年を記念して制定された賞で,同誌に掲載された作品のうちから,読者の人気投票を参考にして,編集部が選定した。第3回の授賞をもって中止。

【主催者】博文館
【選考委員】編集部
【賞・賞金】賞金300円

第1回（昭14年上）
　久生 十蘭 「キャラコさん」
第2回（昭14年下）
　小栗 虫太郎 「大暗黒」
第3回（昭15年上）
　摂津 茂和 「愚園路秘帖」など

137 新潮エンターテインメント大賞

平成16年「新潮エンターテインメント新人賞」として創設。第一線で活躍中の旬の作家1人が選考委員をつとめる新しいタイプの文学賞。受賞者には新潮社が作家デビューのサポートを行う。第3回から新潮社とフジテレビが共催となり,賞名を変更した。

【主催者】新潮社,フジテレビジョン
【選考委員】（第8回）畠中恵
【選考方法】公募
【選考基準】〔対象〕自作未発表のエンターテインメント小説。恋愛,ミステリー,時代物など,ジャンルは問わない。〔資格〕プロ・アマ不問。〔原稿〕400字詰めに換算して250枚から500枚まで。A4判の用紙に縦書きで印字のこと。原稿には必ず通し番号を入れ,1000字程度の梗概と,氏名（本名）,年齢,略歴,住所,電話番号,400字詰め換算枚数を必ず付記する。メールでの応募も可
【賞・賞金】賞金：100万円。出版権は新潮社に帰属し,単行本出版に際しては印税が支払われる。映像化権はフジテレビに1年間帰属する。受賞第一作以降も,フジテレビが映像化を検討する

138 新潮学生小説コンクール

【URL】http://www.shinchosha.co.jp/prizes/entertainment/

第1回（平16年）
　◇大賞　石田衣良選
　　吉野　万理子　「秋の大三角」
第2回（平17年）
　◇大賞　浅田次郎選
　　榊　邦彦　「ミサキへ」
第3回（平18年）
　◇大賞　宮部みゆき選
　　井口　ひろみ　「月のころはさらなり」
第4回（平19年）
　◇大賞　江國香織選
　　中島　桃果子　「蝶番」
第5回（平21年）
　◇大賞　荻原浩選
　　小島　達矢　「ベンハムの独楽」
第6回（平22年）
　◇大賞　三浦しをん選
　　神田　茜　「女子芸人」（「花園のサル」を改題）
第7回（平23年）
　◇大賞　恩田陸選
　　水沢　秋生　「ゴールデンラッキービートルの伝説」（「虹の切れはし」を改題）
第8回（平24年）
　◇大賞　畠中恵選
　　光本　正記　「紅葉街駅前自殺センター」（「白い夢」を改題）

---

138 新潮学生小説コンクール

　三島由紀夫は16歳の時「花ざかりの森」を，大江健三郎は22歳の時「死者の奢り」を発表した。学生による，奔放な想像力，大胆な手法，新しい文体にあふれた小説作品を求めて，平成2年に新潮社が創設した。平成10年第8回で終了し第31回以降の新潮新人賞に一本化される。

【主催者】新潮社
【選考方法】公募
【選考基準】〔対象〕作品は未発表の小説。枚数は自由。短編・長編を問わず真に個性あるもの〔資格〕締切日の時点で各学校に在学の者（高校生・予備校生・大学院生も含む）
【賞・賞金】入選作（1篇）：賞金30万円，奨励作（3篇）：賞金各10万円

第1回（平3年）
　浅木　健一（明治大学3年）「暁のかわたれどきに」
　◇奨励作
　　内田　彩（神奈川県立外国語短期大学付属高校3年）「ショク」
　　宮代　賢二（早稲田大学3年）「パラレル」
　　竹田　修（大阪市立大学3年）「「禿げる」あるいは「レオポンの夜」」
第2回（平4年）
　竹田　修（大阪市立大学4年）「夏のお父さん」
　◇奨励作
　　司村　恭子（日本女子大学付属高校3年）「台風」
　　芝野　薫（学習院大学4年）「星屑のパレード」
　　紫波　裕真（弘前大学3年）「ねのこ」
第3回（平5年）
　水谷　玲一（岡山大学4年）「夜明けの朝に

続く道」
◇奨励作
宮沢 笛子(熊本大学4年)「空を歩く」
鴨川 沢叉(千葉大学2年)「捻り医」
品川 亮(慶応大学4年)「おしまいの少年」
第4回(平6年)
◇入選
都築 賢一(早稲田大学2年)「ヒリヤカレッタ」
◇奨励作
真鍋 寧子(明治大学大学院修士課程)「〔pɔrtrɛ〕—ポルトレ」
第5回(平7年)
◇入選
赤地 裕人(早稲田大学2年)「やすやすと遍在する死のイメージ」
◇奨励作
渡辺 真臣(早稲田大学3年)「自画像を描く」
竹見 洋一郎(立川美術学園)「とかげのささやき」
宮下 耕治(近畿大学付属和歌山高校3年)「胎内回帰—夏の記録」
第6回(平8年)
◇入選
竹見 洋一郎(武蔵野美術大学)「ガンジス川ではない川」
◇奨励作
小野 正嗣(東京大学大学院修士課程)「ばあばあ・さる・じいじい」
青木 知亭(中央大学)「プラトー—停滞期」
大槻 拓(早稲田大学)「三島さんの話」
第7回(平9年)
◇入選
該当作なし
◇奨励作
町田 てつや(慶応大学経済学部3年)「我が家のできごと」
みるもり ちひろ(埼玉県立草加高校)「わたしを抱く空」
茅原 麦(日本大学芸術学部放送学科4年)「春の胎内」
第8回(平10年)
◇入選
藤井 健生(福島県立郡山女子高等学校3年)「サブレ」
◇奨励作
前山 公彦(早稲田予備校)「境界線」
波多野 都(早稲田大学第一文学部4年)「ID」

---

139 新潮社文学賞

昭和29年に創設された新潮社文学賞と別に、昭和24年に懸賞募集の新潮社文学賞であったが3回で終った。

【主催者】 新潮社
【賞・賞金】 記念品と賞金10万円

第1回(昭25年)
　該当作なし
第2回(昭26年)
　真殿 皎 「鬼道」
第3回(昭28年)
　坂口 襦子 「蕃地」

---

140 新潮社文芸賞

141 新潮新人賞

新潮社の創業40周年を記念して,昭和12年に創設された賞。発表された新人の作品を対象として第1部文芸賞,第2部大衆文芸賞の2部門を設定して授賞したが,昭和19年(第7回)で廃止。29年には「新潮社文学賞」が発足したが,これも42年(第14回)で中止。43年創設の「日本文学大賞」に引き継がれた。

【主催者】新潮社

第1回(昭13年)
　◇第1部
　　和田 伝 「沃土」
　◇第2部
　　浜本 浩 「浅草の灯」
第2回(昭14年)
　◇第1部
　　伊藤 永之介 「鶯」
　◇第2部
　　坪田 譲治 「子供の四季」
第3回(昭15年)
　◇第1部
　　榊山 潤 「歴史」
　◇第2部
　　石森 延男 「咲き出す少年群」
第4回(昭16年)
　◇第1部
　　壺井 栄 「暦」
　◇第2部
　　北条 秀司 「閣下」
第5回(昭17年)
　◇第1部
　　大鹿 卓 「渡良瀬川」
　◇第2部
　　摂津 茂和 「三代目」
　　長谷川 幸延 「冠婚葬祭」
第6回(昭18年)
　◇第1部
　　森山 啓 「海の扇」
　◇第2部
　　添田 知道 「教育者」
第7回(昭19年)
　◇第1部
　　寺門 秀雄 「里恋ひ記」
　　森 三千代 「和泉式部」
　◇第2部
　　牧野 英二 「突撃中隊の記録」

141 新潮新人賞

昭和29年に始められた「同人雑誌賞」の性格をほぼ受け継ぎ,三大新潮賞(日本文学大賞,日本芸術大賞,新潮新人賞)の一つとして昭和43年に創設された。第20回から,新潮四賞(三島由紀夫賞,山本周五郎賞,新潮学芸賞,日本芸術大賞)の設定に伴い,「新潮」編集部に移行された。平成11年第31回から「新潮学生小説コンクール」を統合。

【主催者】新潮社
【選考委員】川上未映子,桐野夏生,中村文則,福田和也,星野智幸
【選考方法】公募
【選考基準】〔対象〕小説。〔資格〕自作未発表原稿。〔原稿〕400字詰原稿用紙250枚前後
【締切・発表】3月末日締切(当日消印有効),当選ならびに作品発表は11月号の「新潮」誌上
【賞・賞金】記念品と副賞50万円

【URL】 http://www.shinchosha.co.jp/prizes/shinjinsho/index.html

第1回（昭44年）
　北原 亜以子　「ママは知らなかったのよ」
第2回（昭45年）
　倉島 斉　「老父」
第3回（昭46年）
　須山 静夫　「しかして塵は」
第4回（昭47年）
　山本 道子　「魔法」
第5回（昭48年）
　泉 秀樹　「剝製博物館」
　太田 道子　「流密のとき」
第6回（昭49年）
　該当作なし
第7回（昭50年）
　宮本 徳蔵　「浮游」
第8回（昭51年）
　笠原 淳　「ウォークライ」
第9回（昭52年）
　高城 修三　「榧の木祭り」
第10回（昭53年）
　該当作なし
第11回（昭54年）
　該当作なし
第12回（昭55年）
　木田 拓雄　「二十歳の朝に」
　運上 旦子　「ぼくの出発」
第13回（昭56年）
　川勝 篤　「橋の上から」
　小田 泰正　「幻の川」
第14回（昭57年）
　小磯 良子　「カメ男」
　加藤 幸子　「野餓鬼のいた村」
第15回（昭58年）
　左能 典代　「ハイデラパシャの魔法」
第16回（昭59年）
　青木 健　「星からの風」
　高瀬 千図　「夏の淵」
第17回（昭60年）
　米谷 ふみ子　「過越しの祭」
第18回（昭61年）
　該当作なし
第19回（昭62年）
　図子 英雄　「カワセミ」
第20回（昭63年）
　上田 理恵　「温かな素足」
第21回（平1年）
　杉山 恵治　「縄文流」
第22回（平2年）
　藤枝 和則　「ドッグ・デイズ」
　長堂 英吉　「ランタナの咲く頃に」
第23回（平3年）
　小口 正明　「十二階」
第24回（平4年）
　別当 晶司　「螺旋の肖像」
　中山 幸太　「カワサキタン」
第25回（平5年）
　野間井 淳　「骸骨山脈」
第26回（平6年）
　該当作なし
第27回（平7年）
　冬川 亘　「紅栗」
第28回（平8年）
　小山 有人　「マンモスの牙」
第29回（平9年）
　萱野 葵　「叶えられた祈り」
第30回（平10年）
　青垣 進　「底ぬけ」
第31回（平11年）
　◇小説部門
　遠藤 純子　「クレア、冬の音」
第32回（平12年）
　◇小説部門
　佐川 光晴　「生活の設計」
第33回（平13年）
　◇小説部門
　鈴木 弘樹　「グラウンド」
第34回（平14年）
　◇小説部門

犬山 丈　「フェイク」
中村 文則　「銃」
第35回（平15年）
◇小説部門
青木 淳悟　「四十日と四十夜のメルヘン」
浅尾 大輔　「家畜の朝」
第36回（平16年）
◇小説部門
佐藤 弘　「すべては優しさの中へ消えていく」
第37回（平17年）
◇小説部門
田中 慎弥　「冷たい水の羊」
第38回（平18年）

◇小説部門
吉田 直美　「ポータブル・パレード」
第39回（平19年）
◇小説部門
高橋 文樹　「アウレリャーノがやってくる」
第40回（平20年）
飯塚 朝美　「クロスフェーダーの曖昧な光」
第41回（平21年）
赤木 和雄　「神キチ」
第42回（平22年）
小山田 浩子　「工場」
太田 靖久　「ののの」
第43回（平23年）
滝口 悠生　「楽器」

142 新潮ミステリー倶楽部賞

　新潮社が協力してきた「日本推理サスペンス大賞」（日本テレビ主催）の終了に伴い、自社の刊行するミステリーのシリーズ名を冠して平成8年創設。複雑な現代社会が要求する様々なタイプのミステリー小説を求める。平成12年新設された「ホラーサスペンス大賞」として発展的に解消することになり、同年の第5回で終了。

【主催者】新潮社
【選考委員】乃南アサ、奥泉光、桐野夏生、馳星周
【選考方法】公募
【選考基準】〔対象〕ミステリー小説。プロ・アマ問わず自作未発表の日本語で書かれた書き下ろし作品。〔原稿〕400字詰原稿用紙350枚以上。ワープロ原稿は1行30字、20～40行で作成し、A4判のマス目のない紙に縦書きで印字。2000字以内の梗概を添付し、氏名・年齢・略歴・住所・電話番号、および原稿枚数を明記。ペンネーム使用の場合は本名も記入
【締切・発表】毎年3月31日締切（当日消印有効）、「小説新潮」10月号誌上にて発表
【賞・賞金】賞金100万円と副賞の国際線往復ビジネスクラス航空券

第1回（平8年）
　永井 するみ　「枯れ蔵」
第2回（平9年）
　雨宮 町子　「Kの残り香」
第3回（平10年）

戸梶 圭太　「ぶつかる夢ふたつ」
第4回（平11年）
　内流 悠人　「栄光一途」
第5回（平12年）
　伊坂 幸太郎　「オーデュボンの祈り」

143 新鷹会賞

昭和29年, 長谷川伸の古稀の祝いの日に制定した賞である。
【主催者】新鷹会
【選考基準】「大衆文芸」に掲載された作品の中から選定
【賞・賞金】記念品, 賞金5万円

第1回(昭29年後)
　戸川 幸夫 「高安犬物語」
第2回(昭30年前)
　◇奨励賞
　　横倉 辰次 「東京パック」他
　　池波 正太郎 「太鼓」他
第3回(昭30年後)
　邱 永漢 「香港」
第4回(昭31年前)
　池波 正太郎 「天城峠」
　◇努力賞
　　小橋 博 「落首」
第5回(昭31年後)
　赤江 行夫 「長官」
　◇努力賞
　　穂積 驚 「勝烏」
第6回(昭32年前)
　◇努力特賞
　　小橋 博 「金と銀の暦」
　　野村 敏雄 「渭田開城記」
第7回(昭32年後)
　志智 双六 「告解」
第8回(昭33年前)
　◇特別奨励賞
　　真鍋 元之 「炎風」
第9回(昭33年後)
　該当作なし
第10回(昭34年前)
　平岩 弓枝 「鏨師」「狂言師」他
第11回(昭34年後)
　＊
第12回(昭35年前)
　該当作なし
第13回(昭35年後)
　該当作なし

144 スニーカー大賞

スニーカー文庫における新人育成を目的に創設。異世界ファンタジーに限らず, ホラー, 伝奇, SFなどを含む, 広い意味でのエンタテインメント小説を募集。
【主催者】角川書店
【選考方法】公募
【選考基準】〔対象〕ジャンル不問。10代の読者を対象としたエンタテインメント小説。未発表原稿。〔資格〕年齢, プロ・アマ不問。〔原稿〕1ページが40字×32行として, 80～120ページ。詳細は「ザ・スニーカーWEB」(http://sneakerbunko.jp/award/boshu.php)を参照
【締切・発表】(第20回)途中経過・最終選考結果は「ザ・スニーカーWEB」にて順次発表
【賞・賞金】正賞および副賞の賞金

【URL】http://sneakerbunko.jp/award/boshu.php

第1回（平8年）
　◇金賞
　　七尾 あきら 「ゴッド・クライシス─天来鬼神伝」
　　冲方 丁 「黒い季節」
　◇奨励賞
　　杉田 純一 「蒼き人竜─偽りの神」
第2回（平9年）
　◇大賞
　　吉田 直 「ジェノサイド・エンジェル」
　◇奨励賞
　　友谷 蒼 「花の碑」
第3回（平10年）
　◇大賞
　　安井 健太郎 「ラグナロク」
　◇金賞
　　橘 恭介 「DARK DAYS」
　◇奨励賞
　　九鬼 蛍 「二剣用心棒」
第4回（平11年）
　◇優秀賞
　　浜崎 達也 「トリスメギトス」
　　岩佐 まもる 「ダンスインザウインド」
　◇奨励賞・読者賞
　　中川 圭士 「セレスティアル・フォース」
第5回（平12年）
　◇優秀賞
　　椎葉 周 「撃たれなきゃわからない」
　◇奨励賞
　　白石 英樹 「スズ！」
　◇特別賞
　　三雲 岳斗 「アース・リバース」
第6回（平13年）
　◇金賞
　　長谷川 諭司 「アルカディア」
　◇優秀賞
　　時無 穣 「明日の夜明け」
　◇奨励賞
　　関口 としわ 「首なし騎士は月夜に嘲笑う」

第7回（平14年）
　◇奨励賞
　　須藤 隆二 「封魔組血風録〜〈DON〉と呼ばれたくない男」
　　浅井 ラボ 「されど咎人は竜と踊る」
　　仁木 健 「魔術都市に吹く赤い風」
第8回（平15年）
　◇大賞
　　谷川 流 「涼宮ハルヒの憂鬱」
第9回（平16年）
　◇優秀賞
　　六塚 光 「タマラセ」
　◇奨励賞
　　葉嶋 圭 「Type Like Talking」
　　水口 敬文 「彼女の運命譚」
第10回（平17年）
　◇優秀賞
　　山原 ユキ 「レゾナンス」
　◇奨励賞
　　永森 悠哉 「多重心世界シンフォニックハーツ」
　　東 亮太 「マキゾエホリック」
　　神崎 リン 「イチゴ色禁区」
第11回（平18年）
　◇奨励賞
　　七瀬川 夏吉 「相克のファトゥム」
　　いとう のぶき 「グランホッパーを倒せ！」
　　赤月 黎 「繰り世界のエトランジェ」
　　清野 静 「時載りリンネ！」
第12回（平19年）
　◇大賞
　　該当作なし
　◇優秀賞
　　藤本 柊一 「黒猫の愛読書」
　◇奨励賞
　　土屋 浅就 「3H2A 論理魔術師は深夜の廊下で議論する」
第13回（平20年）
　◇大賞

145 スーパーダッシュ小説新人賞

　該当作なし
◇優秀賞
　九重 一木　「無限舞台のエキストラ―『流転骨牌（メタフエシス）』の傾向と対策―」
◇奨励賞
　伏見 ひろゆき　「十三歳の郵便法師」

第14回（平21年）
◇大賞
　新井 碩野　「SUGAR DARK―Digger&Keeper―」
◇優秀賞
　ジロ爺ちゃん　「ピーチガーデン」
◇奨励賞
　北川 拓磨　「A&A アンドロイド・アンド・エイリアン」
　竜ノ湖 太郎　「EQUATION―イクヴェイジョン―」
　近藤 左弦　「"お隣さんと世界破壊爆弾と"」

第15回（平22年）
◇大賞
　玩具堂　「なるたま～あるいは学園パズル」
◇優秀賞
　秋野 裕樹　「風景男のカンタータ」
◇ザ・スニーカー賞
　春日部 武　「バトルカーニバル・オブ・猿」
　神田 メトロ　「GEAR BLUE―UNDER WATER WORLD―」

第16回（平23年）
◇大賞
　該当作なし
◇優秀賞
　井上 悠宇　「思春期サイコパス」
　小川 博史　「箱部～東高引きこもり同好会～」
　足尾 毛布　「ポリティカル・スクール」

◇ザ・スニーカー賞
　亜能 退人　「アル・グランデ・カーポ」

第17回（平24年）
◇大賞
　該当作なし
◇優秀賞
　高野 文具　「彼女たちのメシがマズい100の理由」
　榎本 中　「裏ギリ少女」
◇特別賞
　天音 マサキ　「三次元への招待状」

第18回・春（平24年）
◇大賞
　該当作なし
◇優秀賞
　該当作なし
◇特別賞
　相川 黒介　「エピデミックゲージ」
　三ノ神 龍司　「世界の正しい壊し方」

第18回・秋（平24年）
◇大賞
　該当作なし
◇優秀賞
　十蔵　「ソウルシンクロマシン」
◇特別賞
　喜多見 かなた　「押忍!! かたれ部」

第19回・春（平25年）
◇大賞
　該当作なし
◇優秀賞
　岬 かつみ　「大魔王ジャマ子さんと全人類総勇者」
◇特別賞
　渡邉 雅之　「君とリンゴの木の下で」
　高橋 祐一　「星降る夜は社畜を殴れ」

145 スーパーダッシュ小説新人賞

　10代から20代の男性を主な読者対象としたエンタテインメント性豊かな小説の新人賞として，集英社「スーパーダッシュ文庫」が創設．ホラー，アクション，ミステリー，SF，歴

145 スーパーダッシュ小説新人賞

史、恋愛などジャンルは問わない。原則として入選作は「スーパーダッシュ文庫」から刊行される。平成26年より「集英社ライトノベル新人賞」として募集される。

【主催者】集英社

【選考委員】（第13回）丈月城（作家）、松智洋（作家）、山形石雄（作家）、清宮徹（スーパーダッシュ文庫編集長）

【選考方法】公募

【選考基準】〔対象〕自作未発表で日本語の作品。〔資格〕新人に限る。〔原稿〕400字詰原稿用紙200枚～700枚。縦書き。ワープロ原稿は20字×20行で白色用紙に印字。1枚目に作品タイトル（ふりがな）、ペンネーム、2枚目に氏名（ペンネームは本名も。ふりがな）、住所（ふりがな）、電話番号、あれば携帯電話番号、メールアドレス、年齢、職業（学校名・学年）、性別、簡単な略歴、他の賞への応募歴、応募回数を明記。本編開始前に原稿用紙2枚程度のあらすじをつける。本編には左下に通し番号をつけ、右上を綴じる。〔応募規定〕選考に関する質問には回答していない

【賞・賞金】大賞：正賞の盾・賞状・賞金100万円、佳作：正賞の盾・賞状・賞金50万円

第1回（平14年）
◇大賞
神代 明（大阪府）「世界征服物語～ユマの大冒険」
◇佳作
井筒 ようへい（狭山京輔に改名）（大阪府）「D.I.Speed！（ダイヴ・イントゥ・スピード）」

第2回（平15年）
◇大賞
EL星クーリッジ（海原零に改名）（東京都）「銀盤カレイドスコープ」
◇佳作
東 佐紀（東京都）「地下鉄クイーン」（「ネザーワールド」に改題して出版）

第3回（平16年）
◇大賞
受賞作なし
◇佳作
片山 憲太郎（東京都）「電波日和」
福田 政雄（神奈川県）「殿がくる！」

第4回（平17年）
◇大賞
山形 石雄（神奈川県）「戦う司書と恋する爆弾」
岡崎 裕信（千葉県）「その仮面をはずして」

◇佳作
影名 浅海（千葉県）「Shadow & Light」

第5回（平18年）
◇大賞
アサウラ（北海道）「黄色い花の紅」
◇佳作
藍上 陸（群馬県）「Beurre・Noisette（ブール・ノアゼット）」

第6回（平19年）
◇大賞
八薙 玉造（大阪府）「鉄球姫エミリー」
◇佳作
横山 忠（奈良県）「警極魔道課チルビィ先生の迷子なひび」
やまだ ゆうすけ（新潟県）「ガン×スクール＝パラダイス！」

第7回（平20年）
◇大賞
受賞作なし
◇佳作
滝川 廉治（東京都）「超人間・岩村」
しなな 泰之（宮城県）「スイーツ！」
弥生 翔太（埼玉県）「反逆者～ウンメイノカエカタ～」

第8回（平21年）
◇佳作

184 小説の賞事典

宮沢 周（神奈川県）「アンシーズ」
雪叙 静（三重県）「逆理（ぎゃくり）の魔女」

第9回（平22年）
◇大賞
うさぎ鍋 竜之介（群馬県）「うさパン！私立戦車小隊/首なしラビッツ」
神秋 昌史（大阪府）「オワ・ランデ〜夢魔の貴族は焦らし好き〜」
◇佳作
青々（愛知県）「ライトノベルの神さま」
片山 禾城（福島県）「二年四組 暴走中！」

第10回（平23年）
◇大賞
石原 宙（愛知県）「くずばこに箒星」
八針 来夏（京都府）「覇道鋼鉄テッカイオー」
◇優秀賞
大澤 誠（神奈川県）「サカサマホウショウジョ」

◇特別賞
葉巡 明治（福井県）「嘘つき天使は死にました！（嘘）」

第11回（平24年）
◇大賞
新保 静波（千葉県）「暗号少女が解読できない」
◇優秀賞
篠宜 曜（東京都）「Draglight/5つ星と7つ星」
◇特別賞
宇野 涼平（神奈川県）「終わる世界の物語」
永原 十茂（鹿児島県）「君の勇者に俺はなる！」

第12回（平25年）
◇優秀賞
神高 檜矢（三重県）「代償のギルタオン」
慶野 由志（熊本県）「つくも神は青春をもてなさんと欲す」

---

146 すばる文学賞

気鋭の新人を待つ文学賞。昭和52年創設。既成の文学観にとらわれない、意欲的な力作・秀作を募集。

【主催者】集英社

【選考委員】（第39回）江國香織, 奥泉光, 角田光代, 高橋源一郎, 堀江敏幸

【選考方法】公募

【選考基準】〔対象〕未発表の小説に限る（同人雑誌などに既に発表したもの、及び当文学賞の発表より前に発表予定があるものについては、選考の対象外とする）。〔原稿〕枚数は400字詰原稿用紙で100枚程度から300枚までとする。原稿は、1行30字×40行を目安にA4判のマス目のない紙に縦に印字し、400字換算枚数を明記する。必ず通し番号（ページ数）を入れて、右肩を綴じる。1枚目に所定のテンプレートをダウンロードして使用する（タイトル、本名および筆名、住所、電話番号、年齢、職業と簡単な経歴と400字換算枚数を明記した用紙でも可）

【締切・発表】3月31日（当日消印有効）、発表「すばる」11月号掲載予定

【賞・賞金】正賞：記念品、副賞：100万円

【URL】http://www.shueisha.co.jp/shuppan4syo/subaru/index.html

第1回（昭52年）

該当作なし
◇佳作
　原 トミ子 「一人」
第2回（昭53年）
　森 瑤子 「情事」
　吉川 良 「自分の戦場」
◇佳作
　飯尾 憲士 「海の向こうの血」
第3回（昭54年）
　松原 好之 「京都よ、わが情念のはるかな飛翔を支えよ」
第4回（昭55年）
　又吉 栄喜 「ギンネム屋敷」
◇佳作
　笹倉 明 「海を越えた者たち」
第5回（昭56年）
　本間 洋平 「家族ゲーム」
第6回（昭57年）
　三神 弘 「三日芝居」
　伊達 一行 「沙耶のいる透視図」
第7回（昭58年）
　平石 貴樹 「虹のカマクーラ」
　佐藤 正午 「永遠の1/2」
第8回（昭59年）
　該当作なし
◇佳作
　原田 宗典 「おまえと暮らせない」
　冬木 薫 「天北の詩人たち」
第9回（昭60年）
　江場 秀志 「午後の祠り」
　藤原 伊織 「ダックスフントのワープ」
第10回（昭61年）
　本城 美智子 「十六歳のマリンブルー」
第11回（昭62年）
　桑原 一世 「クロス・ロード」
　松本 侑子 「巨食症の明けない夜明け」
第12回（昭63年）
　該当作なし
第13回（平1年）
　辻 仁成 「ピアニシモ」
　奈良 裕明 「チン・ドン・ジャン」
◇佳作

　浅賀 美奈子 「夢よりももっと現実的なお伽話」
第14回（平2年）
　大鶴 義丹 「スプラッシュ」
　清水 アリカ 「革命のためのサウンドトラック」
　山室 一広 「キャプテンの星座」
第15回（平3年）
　釉木 淑乃 「予感」
◇佳作
　仁川 高丸 「微熱狼少女」
第16回（平4年）
　楡井 亜木子 「チューリップの誕生日」
◇佳作
　滝口 明 「惑う朝」
第17回（平5年）
　引間 徹 「19分25秒」
第18回（平6年）
　該当作なし
第19回（平7年）
　広谷 鏡子 「不随の家」
　茅野 裕城子 「韓素音（ハン・スーイン）の月」
第20回（平8年）
　ゾペティ，デビット 「いちげんさん」
第21回（平9年）
　岩崎 保子 「世間知らず」
　清水 博子 「街の座標」
第22回（平10年）
　安達 千夏 「あなたがほしい jete veux」
第23回（平11年）
　中上 紀 「彼女のプレンカ」
　楠見 朋彦 「零歳の詩人」
第24回（平12年）
　大久 秀憲 「ロマンティック」
　末弘 喜久 「塔」
第25回（平13年）
　大泉 芽衣子 「夜明けの音が聞こえる」
第26回（平14年）
　織田 みずほ 「スチール」
　栗田 有起 「ハミザベス」
◇佳作

147 星雲賞〔小説部門〕

　　　竹邑 祥太　「プラスティック・サマー」
第27回（平15年）
　　　千頭 ひなた　「ダンボールボートで海岸」
　　　金原 ひとみ　「蛇にピアス」
第28回（平16年）
　　　朝倉 祐弥　「白の咆哮」
　　　中島 たい子　「漢方小説」
第29回（平17年）
　　　高瀬 ちひろ　「踊るナマズ」
第30回（平18年）
　　　瀬戸 良枝　「幻をなぐる」
　　◇佳作
　　　吉原 清隆　「テーパー・シャンク」
第31回（平19年）
　　　墨谷 渉　「パワー系181」
　　　原田 ひ香　「はじまらないティータイム」
第32回（平20年）
　　　天埜 裕文　「灰色猫のフィルム」
　　◇佳作

　　　花巻 かおり　「赤い傘」
第33回（平21年）
　　　木村 友祐　「海猫ツリーハウス」
　　◇佳作
　　　温 又柔　「好去好来歌」
第34回（平22年）
　　　米田 夕歌里　「トロンプルイユの星」
第35回（平23年）
　　　澤西 祐典　「フラミンゴの村」
第36回（平24年）
　　　新庄 耕　「狭小邸宅」
　　　高橋 陽子　「黄金の庭」
第37回（平25年）
　　　奥田 亜希子　「左目に映る星」
　　　金城 孝祐　「教授と少女と錬金術師」
第38回（平26年）
　　　足立 陽　「島と人類」
　　　上村 亮平　「みずうみのほうへ」（「その静かな、小さな声」改題）

147 星雲賞〔小説部門〕

　　日本SF大会参加者の投票により、優秀SF作品、及びSF活動に対し与えられる。日本長編部門、海外長編部門、日本短編部門、海外短編部門、メディア部門、コミック部門、アート部門、ノンフィクション部門、自由部門の9部門からなる。

【主催者】日本SF大会の主催グループ、日本SFファングループ連合会議

【選考方法】日本SF大会参加者による投票により決定。

【選考基準】〔対象〕前年1月1日から12月31日までに発表された作品、及び顕著な活動。ただし雑誌はその月号に準じ、1月号から12月号までとする。また雑誌掲載時に参考候補作にあがらなかった場合に限り、単行本収録時点でも対象となる。日本長編部門、海外長編部門、日本短編部門、海外短編部門はSF小説、メディア部門は映画、演劇、その他視聴覚メディアを通じて発表された作品、コミック部門はコミック作品、アート部門はアート作家の顕著な活動、ノンフィクション部門はSFに関するノンフィクション作品（研究、評論などをはじめとする出版物）、自由部門は上記いずれの部門にも含まれないSFに関する事象（物、事柄、及び科学技術上の成果等）が対象。〔資格〕プロフェッショナルな活動または作品。

【締切・発表】例年7～8月決定。

【賞・賞金】記念品

第1回（昭45年）　　　　　　　　　　　　◇日本長編部門

147 星雲賞〔小説部門〕

「霊長類 南へ」（筒井康隆〔著〕）
◇日本短編部門
　「フル・ネルソン」（筒井康隆〔著〕）
◇海外長編部門
　「結晶世界」（J.G.バラード〔作〕，中村保男〔訳〕）
◇海外短編部門
　「リスの檻」（トマス・M.ディッシュ〔著〕，伊藤典夫〔訳〕）

第2回（昭46年）
◇日本長編部門
　「継ぐのは誰か？」（小松左京〔著〕）
◇日本短編部門
　「ビタミン」（筒井康隆〔著〕）
◇海外長編部門
　「アンドロメダ病原体」（マイクル・クライトン〔作〕，浅倉久志〔訳〕）
◇海外短編部門
　「詩」（レイ・ブラッドベリ〔著〕，伊藤典夫〔訳〕）

第3回（昭47年）
◇日本長編部門
　「石の血脈」（半村良〔著〕）
◇日本短編部門
　「白壁の文字は夕陽に映える」（荒巻義雄〔著〕）
◇海外長編部門
　「夜の翼」（ロバート・シルヴァーバーグ〔著〕，佐藤高子〔訳〕）
◇海外短編部門
　「青い壜」（レイ・ブラッドベリ〔著〕，伊藤典夫〔訳〕）

第4回（昭48年）
◇日本長編部門
　「鏡の国のアリス」（広瀬正〔著〕）
◇日本短編部門
　「結晶星団」（小松左京〔著〕）
◇海外長編部門
　「タイタンの妖女」（カート・ヴォネガット・ジュニア〔作〕，浅倉久志〔訳〕）
◇海外短編部門
　「黒い観覧車」（レイ・ブラッドベリ〔著〕，伊藤典夫〔訳〕）

第5回（昭49年）
◇日本長編部門
　「日本沈没」（小松左京〔著〕）
◇日本短編部門
　「日本以外全部沈没」（筒井康隆〔著〕）
◇海外長編部門
　「デューン/砂の惑星」（フランク・ハーバート〔作〕，矢野徹〔訳〕）
◇海外短編部門
　「メデューサとの出会い」（アーサー・C.クラーク〔著〕，伊藤典夫〔訳〕）

第6回（昭50年）
◇日本長編部門
　「俺の血は他人の血」（筒井康隆〔著〕）
◇日本短編部門
　「神狩り」（山田正紀〔著〕）
◇海外長編部門
　「時間線を遡って」（ロバート・シルヴァーバーグ〔著〕，中村保男〔訳〕）
◇海外短編部門
　「愚者の楽園」（R.A.ラファティ〔著〕，伊藤典夫〔訳〕）

第7回（昭51年）
◇日本長編部門
　「七瀬ふたたび」（筒井康隆〔著〕）
◇日本短編部門
　「ヴォミーサ」（小松左京〔著〕）
◇海外長編部門
　「我が名はコンラッド」（ロジャー・ゼラズニイ〔著〕，小尾芙佐〔訳〕）
◇海外短編部門
　「ぬれた洞窟壁画の謎」（A.B.チャンドラー〔著〕，野田昌宏〔訳〕）

第8回（昭52年）
◇日本長編部門
　「サイコロ特攻隊」（かんべむさし〔著〕）
◇日本短編部門
　「メタモルフォセス群島」（筒井康隆〔著〕）
◇海外長編部門
　「竜を駆る種族」（ジャック・ヴァンス〔著〕，浅倉久志〔訳〕）

147 星雲賞〔小説部門〕

◇海外短編部門
　「審問」(スタニスワフ・レム〔著〕, 深見弾〔訳〕)
第9回(昭53年)
　◇日本長編部門
　　「地球・精神分析記録」(山田正紀〔著〕)
　◇日本短編部門
　　「ゴルディアスの結び目」(小松左京〔著〕)
　◇海外長編部門
　　「悪徳なんかこわくない」(ロバート・A.ハインライン〔作〕, 矢野徹〔訳〕)
　◇海外短編部門
　　該当作なし
第10回(昭54年)
　◇日本長編部門
　　「消滅の光輪」(眉村卓〔著〕)
　◇日本短編部門
　　「地球はプレインヨーグルト」(梶尾真治〔著〕)
　◇海外長編部門
　　「リングワールド」(ラリイ・ニーヴン〔作〕, 小隅黎〔訳〕)
　◇海外短編部門
　　「無常の月」(ラリイ・ニーヴン〔著〕, 小隅黎〔訳〕)
第11回(昭55年)
　◇日本長編部門
　　「宝石泥棒」(山田正紀〔著〕)
　◇日本短編部門
　　「ダーティペアの大冒険」(高千穂遙〔著〕)
　◇海外長編部門
　　「宇宙のランデヴー」(アーサー・C.クラーク〔作〕, 南山宏〔訳〕)
　◇海外短編部門
　　該当作なし
第12回(昭56年)
　◇日本長編部門
　　「火星人先史」(川又千秋〔著〕)
　◇日本短編部門
　　「グリーン・レクイエム」(新井素子〔著〕)
　◇海外長編部門
　　「星を継ぐもの」(ジェイムズ・P.ホーガン〔作〕, 池央耿〔訳〕)
　◇海外短編部門
　　「帝国の遺産」(ラリイ・ニーヴン〔著〕, 小隅黎〔訳〕)
第13回(昭57年)
　◇日本長編部門
　　「吉里吉里人」(井上ひさし〔著〕)
　◇日本短編部門
　　「ネプチューン」(新井素子〔著〕)
　◇海外長編部門
　　「創世記機械」(ジェイムズ・P.ホーガン〔作〕, 山高昭〔訳〕)
　◇海外短編部門
　　「いさましいちびのトースター」(トマス・M.ディッシュ〔作〕, 浅倉久志〔訳〕)
第14回(昭58年)
　◇日本長編部門
　　「さよならジュピター」(小松左京〔著〕)
　◇日本短編部門
　　「言葉使い師」(神林長平〔著〕)
　◇海外長編部門
　　「竜の卵」(ロバート・L.フォワード〔作〕, 山高昭〔訳〕)
　◇海外短編部門
　　「ナイトフライヤー」(ジョージ・R.R.マーティン〔著〕, 安田均〔訳〕)
第15回(昭59年)
　◇日本長編部門
　　「敵は海賊・海賊版」(神林長平〔著〕)
　◇日本短編部門
　　「スーパー・フェニックス」(神林長平〔著〕)
　◇海外長編部門
　　「カエアンの聖衣」(バリントン・J.ベイリー〔作〕, 冬川亘〔訳〕)
　◇海外短編部門
　　「ユニコーン・ヴァリエーション」(ロジャー・ゼラズニイ〔著〕, 風見潤〔訳〕)
第16回(昭60年)
　◇日本長編部門
　　「戦闘妖精・雪風」(神林長平〔著〕)
　◇日本短編部門

小説の賞事典　189

該当作なし
◇海外長編部門
「禅〈ゼン・ガン〉銃」(バリントン・J.ベイリー〔作〕, 酒井昭伸〔訳〕)
◇海外短編部門
該当作なし
第17回(昭61年)
◇日本長編部門
「ダーティペアの大逆転」(高千穂遙〔著〕)
◇日本短編部門
「レモンパイ、お屋敷横町ゼロ番地」(野田昌宏〔著〕)
◇海外長編部門
「エルリック・サーガ」(マイケル・ムアコック〔作〕, 安田均, 井辻朱美〔共訳〕)
◇海外短編部門
該当作なし
第18回(昭62年)
◇日本長編部門
「プリズム」(神林長平〔著〕)
◇日本短編部門
「火星鉄道一九」(谷甲州〔著〕)
◇海外長編部門
「ニューロマンサー」(ウィリアム・ギブスン〔作〕, 黒丸尚〔訳〕)
◇海外短編部門
「PRESS ENTER■」(ジョン・ヴァーリイ〔著〕, 風見潤〔訳〕)
第19回(昭63年)
◇日本長編部門
「銀河英雄伝説」(田中芳樹〔著〕)
◇日本短編部門
「山の上の交響曲」(中井紀夫〔著〕)
◇海外長編部門
「ノーストリリア」(コードウェイナー・スミス〔作〕, 浅倉久志〔訳〕)
◇海外短編部門
「たったひとつの冴えたやりかた」(ジェイムズ・ティプトリー・ジュニア〔著〕, 浅倉久志〔訳〕)
第20回(平1年)
◇日本長編部門
「バビロニア・ウェーブ」(堀晃〔著〕)
◇日本短編部門
「くらげの日」(草上仁〔著〕)
◇海外長編部門
「降伏の儀式」(ラリイ・ニーヴン, ジェリー・パーネル〔共作〕, 酒井昭伸〔訳〕)
◇海外短編部門
「目には目を」(オースン・スコット・カード〔著〕, 深町真理子〔訳〕)
第21回(平2年)
◇日本長編部門
「上弦の月を喰べる獅子」(夢枕獏〔著〕)
◇日本短編部門
「アクアプラネット」(大原まり子〔著〕)
◇海外長編部門
「時間衝突」(バリントン・J.ベイリー〔作〕, 大森望〔訳〕)
◇海外短編部門
「青をこころに、一、二と数えよ」(コードウェイナー・スミス〔作〕, 伊藤典夫〔訳〕)
第22回(平3年)
◇日本長編部門
「ハイブリッド・チャイルド」(大原まり子〔著〕)
◇日本短編部門
「上段の突きを喰らう猪獅子」(夢枕獏〔著〕)
◇海外長編部門
「知性化戦争」(デイヴィッド・ブリン〔作〕, 酒井昭伸〔訳〕)
◇海外短編部門
「シュレーディンガーの子猫」(ジョージ・アレック・エフィンジャー〔著〕, 浅倉久志〔訳〕)
第23回(平4年)
◇日本長編部門
「メルサスの少年」(菅浩江〔著〕)
◇日本短編部門
「恐竜ラウレンティスの幻視」(梶尾真治〔著〕)
◇海外長編部門

「マッカンドルー航宙記」(チャールズ・シェフィールド〔作〕, 酒井昭伸〔訳〕)

◇海外短編部門
「タンゴ・チャーリーとフォックストロット・ロミオ」(ジョン・ヴァーリイ〔著〕, 浅倉久志〔訳〕)

第24回(平5年)
◇日本長編部門
「ヴィーナス・シティ」(柾悟郎〔著〕)
◇日本短編部門
「そばかすのフィギュア」(菅浩江〔著〕)
◇海外長編部門
「タウ・ゼロ」(ポール・アンダースン〔作〕, 浅倉久志〔訳〕)
◇海外短編部門
「世界の蝶番はうめく」(R.A.ラファティ〔著〕, 浅倉久志〔訳〕)

第25回(平6年)
◇日本長編部門
「終わりなき索敵」(谷甲州〔著〕)
◇日本短編部門
「くるぐる使い」(大槻ケンヂ〔著〕)
◇海外長編部門
「内なる宇宙」(ジェイムズ・P.ホーガン〔作〕, 池央耿〔訳〕)
◇海外短編部門
「タンジェント」(グレッグ・ベア〔著〕)

第26回(平7年)
◇日本長編部門
「機神兵団」(山田正紀〔著〕)
◇日本短編部門
「のの子の復讐ジグジグ」(大槻ケンヂ〔著〕)
◇海外長編部門
「ハイペリオン」(ダン・シモンズ〔作〕, 酒井昭伸〔訳〕)
◇海外短編部門
「シェイヨルという名の星」(コードウェイナー・スミス〔作〕, 伊藤典夫〔訳〕)

第27回(平8年)
◇日本長編部門
「引き潮のとき」(眉村卓〔著〕)
◇日本短編部門
「ひと夏の経験値」(火浦功〔著〕)
◇海外長編部門
「時間的無限大」(スティーブン・バクスター〔作〕, 小野田和子〔訳〕),「ハイペリオンの没落」(ダン・シモンズ〔作〕, 酒井昭伸〔訳〕)
◇海外短編部門
「未来探測」(アイザック・アシモフ〔作〕, 伊藤典夫〔訳〕)

第28回(平9年)
◇日本長編部門
「星界の紋章」(森岡浩之〔著〕)
◇日本短編部門
「ダイエットの方程式」(草上仁〔著〕)
◇海外長編部門
「さよならダイノサウルス」(ロバート・J.ソウヤー〔作〕, 内田昌之〔訳〕)
◇海外短編部門
「凍月」(グレッグ・ベア〔著〕, 小野田和子〔訳〕)

第29回(平10年)
◇日本長編部門
「敵は海賊・A級の敵」(神林長平〔著〕)
◇日本短編部門
「インデペンデンス・デイ・イン・オオサカ(愛はなくとも資本主義)」(大原まり子〔著〕)
◇海外長編部門
「天使墜落」(ラリイ・ニーヴン, ジェリー・パーネル, マイクル・フリン〔共作〕, 浅井修〔訳〕)
◇海外短編部門
「キャプテン・フューチャーの死」(アレン・スティール〔作〕, 野田昌宏〔訳〕)

第30回(平11年)
◇日本長編部門
「彗星狩り」(笹本祐一〔著〕)
◇日本短編部門
「夜明けのテロリスト」(森岡浩之〔著〕)
◇海外長編部門
「タイム・シップ」(スティーヴン・バクス

147 星雲賞〔小説部門〕

　　ター〔作〕,中原尚哉〔訳〕),「レッド・マーズ」(キム・スタンリー・ロビンスン〔作〕,大島豊〔訳〕)
　◇海外短編部門
　　「最後のクラス写真」(ダン・シモンズ〔作〕,嶋田洋一〔訳〕)
第31回(平12年)
　◇日本長編部門
　　「グッドラック 戦闘妖精・雪風」(神林長平〔著〕)
　◇日本短編部門
　　「太陽の簒奪者」(野尻抱介〔著〕)
　◇海外長編部門
　　「キリンヤガ」(マイク・レズニック〔作〕,内田昌之〔訳〕)
　◇海外短編部門
　　「星ぼしの荒野から」(ジェイムズ・ティプトリー・ジュニア〔作〕,伊藤典夫〔訳〕)
第32回(平13年)
　◇日本長編部門
　　「永遠の森 博物館惑星」(菅浩江〔著〕)
　◇日本短編部門
　　「あしびきデイドリーム」(梶尾真治〔著〕)
　◇海外長編部門
　　「フレームシフト」(ロバート・J.ソウヤー〔作〕,内田昌之〔訳〕)
　◇海外短編部門
　　「祈りの海」(グレッグ・イーガン〔作〕,山岸真〔訳〕)
第33回(平14年)
　◇日本長編部門
　　「ふわふわの泉」(野尻抱介〔著〕)
　◇日本短編部門
　　「銀河帝国の弘法も筆の誤り」(田中啓文〔著〕)
　◇海外長編部門
　　「ノービットの冒険―ゆきて帰りし物語」(パット・マーフィー〔著〕,浅倉久志〔訳〕)

　◇海外短編部門
　　「あなたの人生の物語」(テッド・チャン〔著〕,公手成幸〔訳〕),「しあわせの理由」(グレッグ・イーガン〔著〕,山岸真〔訳〕)
第34回(平15年)
　◇日本長編部門
　　「太陽の簒奪者」(野尻抱介〔著〕)
　◇日本短編部門
　　「おれはミサイル」(秋山瑞人〔著〕)
　◇海外長編部門
　　「イリーガル・エイリアン」(ロバート・J.ソウヤー〔作〕,内田昌之〔訳〕)
　◇海外短編部門
　　「ルミナス」(グレッグ・イーガン〔作〕,山岸真〔訳〕)
第35回(平16年)
　◇日本長編部門
　　「第六大陸」(小川一水〔著〕)
　◇日本短編部門
　　「黄泉びと知らず」(梶尾真治〔著〕)
　◇海外長編部門
　　「星海の楽園」(デイヴィッド・ブリン〔作〕,酒井昭伸〔訳〕)
　◇海外短編部門
　　「地獄とは神の不在なり」(テッド・チャン〔作〕,古沢嘉通〔訳〕)
第36回(平17年)
　◇日本長編部門
　　「ARIEL」(全20巻)(笹本祐一〔著〕)
　◇日本短編部門
　　「象られた力」(飛浩隆〔著〕)
　◇海外長編部門
　　「万物理論」(グレッグ・イーガン〔作〕,山岸真〔訳〕)
　◇海外短編部門
　　「ニュースの時間です」(シオドア・スタージョン〔作〕,大森望〔訳〕)

148 世田谷区芸術アワード "飛翔"〔〈文学〉部門〕

　世田谷区では,平成19年度を初年度とした「世田谷区文化芸術振興計画」重点取組みの一つである「若手アーティストの飛躍機会の創出」の取組みとして,世田谷の特徴を生かし,若手アーティストの飛躍できる場として「世田谷区芸術アワード」を創設。特徴としては,大きな実績の有無を問わず高校生以上の意欲ある若い芸術家たちを自薦方式で募り,審査を行う中で,将来性を評価し,アーティストの育成支援をしていくことである。受賞者には,世田谷区およびせたがや文化財団が創作活動を支援し,作品発表の場を提供して行く。世田谷から育ったアーティストが,将来大きくはばたき,世田谷の文化芸術振興の担い手となることを期待している。

【主催者】世田谷区,財団法人せたがや文化財団(共催)

【選考委員】(第3回)〔世田谷区芸術アワード審査会〕内田弘保(せたがや文化財団理事長),永井多惠子(世田谷文化生活情報センター館長),池辺晋一郎(音楽事業部音楽監督),酒井忠康(世田谷美術館館長),菅野昭正(世田谷文学館館長),秋山由美子(世田谷区副区長),〔文学部門外部審査員〕青野聰(小説家),三田誠広(小説家),岩崎京子(児童文学作家),末吉暁子(児童文学作家)

【選考方法】公募

【選考基準】(第3回)〔対象〕未来に向けて活動を展開して行く予定のある方〔資格〕世田谷区内に在住,在学(高校・大学・大学院・専門学校など),在勤,または主な活動場所を設け,文化・芸術の創造・創作活動を継続的に行っている方。15歳以上～35歳未満の方。受賞した場合,翌年7月までに創作支援金を利用して,新作を書き下ろせる方。ただし共作は選考対象外

【締切・発表】(第3回)平成24年8月1日～9月2日(消印有効)郵送もしくは持参。発表は平成24年11月12日頃郵送で全員に連絡。創作支援金を活用して書き下ろされた新作と受賞作を平成25年11月に書籍として出版,複製権(第一出版権)は主催者に帰属

【賞・賞金】創作支援金50万円(このうち創作活動にかかる必要経費30万円は別途申請に基づいて支給)

【URL】http://www.city.setagaya.lg.jp/kurashi/106/151/662/663/index.html

第1回(平20年度)
　◇〈文学〉部門
　　該当作なし
第2回(平22年度)
　◇〈文学〉部門
　　十佐間 つくお 「世田谷一番乗り」
第3回(平24年度)
　◇〈文学〉部門
　　沢 まゆ子 「パン屋のおやじ」

149 世田谷文学賞

　区民の自主的な文化創造活動の支援の一つとして,区民より文芸作品8部門を4部門毎に隔年募集。区内在住の各部門文学者2名ずつを選考委員として選考する。また,上位入賞作品を「文芸せたがや」に掲載することで区民の文学への関心を促し,地域文化の振興

を図る。昭和56年より授賞開始。

【主催者】（財）せたがや文化財団 世田谷文学館

【選考委員】短歌：草田照子, 佐佐木幸綱, 俳句：小川濤美子, 高橋悦男, 川柳：おかの蓉子, 速川美竹, 詩：三田洋, 渡辺めぐみ, 随筆：高田宏, 堀江敏幸

【選考方法】公募

【選考基準】〔資格〕世田谷区および世田谷区と縁組協定を結ぶ群馬県川場村内に在住・在勤・在学者, 世田谷文学館友の会会員（区外在住者も可）。〔対象〕隔年毎に詩・短歌・俳句・川柳, 随筆を募集。未発表のオリジナル作品で, 一人各部門1点に限る。〔原稿〕400字詰め原稿用紙使用。詩：3枚以内, 随筆：15枚以内。短歌・俳句・川柳：郵便はがきウラ面に3首（句）連記（必要事項をオモテ面の左部か下部に明記。ウラ面には一切の個人情報を書かない。）。〔応募規定〕パソコン, ワープロ原稿の場合は400字詰換算枚数を併記。以下を必ず記入。応募部門, 住所, 氏名（ふりがな）, 年齢, 職業（在勤・在学者は会社名又は学校名）, 電話番号, 友の会会員は会員番号, メールアドレス。応募作品の訂正・差し替え・返却は不可。入賞作品の複製権（第一出版権）は主催者に帰属する

【締切・発表】平成25年度は短歌, 俳句, 川柳, 詩, 随筆を募集。募集期間：平成25年9月1日〜9月11日（必着）郵送または持参。入選者には11月下旬頃直接通知。「せたがや文化・スポーツ情報ガイド」平成25年12月25日号に掲載

【URL】http://www.setabun.or.jp/

第1回（昭56年）
　◇小説
　　雪竹 ヨシ 「帰国」
第2回（昭57年）
　◇小説
　　輪田 圭子 「二十二歳のサルビア」
第3回（昭58年）
　◇小説
　　吉野 妙子 「遠き道ゆく」
第4回（昭59年）
　◇小説
　　阿部 哲司 「タローの死」
第5回（昭60年）
　◇小説
　　郡司 道子 「極楽荘の姉妹」
第6回（昭61年）
　◇小説
　　麻田 圭子 「夏の日に」
第7回（昭62年）
　◇小説
　　茅間 枝里 「待合室」

第8回（昭63年）
　◇小説
　　高橋 延雄 「笠原テーラー」
第9回（平1年）
　◇小説
　　小作 加奈 「孤立の光に」
第10回（平2年）
　◇小説
　　佐藤 康裕 「エージェント・ブルース」
第11回（平3年）
　◇小説
　　島田 知沙 「切りとられた光景」
第12回（平4年）
　◇小説
　　米谷 実 「社交ダンスサークル虹」
第13回（平5年）
　◇小説
　　草間 克芳 「ドラキュラのいる客間」
第14回（平6年）
　◇小説
　　草原 克芳 「辞書のたのしみ」

第15回（平7年）
　◇小説
　　室井 格子 「秋桜」
第16回（平8年）
　◇小説
　　田畑 美香 「故郷」
第17回（平9年）
　◇小説
　　網野 秋 「家出少年」
第18回（平10年）
　◇小説
　　木村 裕美 「ギンヤンマ」
第19回（平11年）
　◇小説
　　伊藤 利恵 「海月の休日」
第20回（平12年）
　◇小説
　　山田 道保 「赤い目」
第21回（平13年）
　◇小説
　　藤井 貴城 「緑の瞳の少女」
第22回（平14年）
　◇小説
　　三好 陽子 「あの室（へや）」
第23回（平15年）
　◇小説
　　鈴木 弘太 「火宅」
第24回（平16年度）
　◇小説
　●一席
　　歌野 博
　●二席
　　稲村 美紀
　●三席
　　小原 さやか
　　鈴木 善昭
第25回（平17年度）
　◇小説
　●一席
　　松田 浩昭
　●二席
　　小田 忠生（宮越 忠夫）
　●三席
　　後藤 一平
　　井上 良子
第26回（平18年度）
　◇小説
　●一席
　　宇津木 聡史
　●二席
　　網島 啓介
　●三席
　　片山 秀紀
　　小田 忠生
第27回（平19年度）
　◇小説
　●一席
　　宮岸 孝吉
　●二席
　　山口 晋裕
　●三席
　　佐田 暢子
　　高麗 太一
第28回（平20年度）
　◇小説
　●一席
　　雲藤 みやび
　●二席
　　大西 達也
　●三席
　　小田 忠生
　　大野 舞子
第29回（平21年度）
　　小説部門受賞作なし
第30回（平22年度）
　◇小説部門
　●一席
　　十佐間 つくお
　●二席
　　越川 洋一
　●三席
　　市丸 亮太
　　もろ ひろし
第31回（平23年度）

小説部門受賞作なし

第32回（平25年度）

小説部門受賞作なし

150 全作家文学奨励賞〔小説部門〕

　本協会員の文学活動の奨励・向上を図るために，年度内に発表された「小説・評論・随筆・詩・短歌・俳句」を対象として表彰する。平成6年「全作家文学賞」から「全作家文学奨励賞」に賞名変更した。

【主催者】 全国同人雑誌作家協会

【選考委員】 （第4回）大類秀志（会長），森哲夫（理事長），常務理事（大山六郎，岩田光子，加奈山径，川端要寿，小山耕二路，竹森仁之介，豊田一郎，野辺慎一，陽羅義光），理事会

【選考方法】 推薦

【選考基準】 〔資格〕本協会の会員に限る〔対象〕1月1日から12月31日の間に発表した所属同人雑誌等に発表した作品，及び上梓した単行本

【締切・発表】 毎年1月中旬。「全作家」夏季号に発表

【賞・賞金】 賞状，記念品

第1回（昭52年度）
　該当作なし
第2回（昭53年度）
　該当作なし
第3回（昭54年度）
　該当作なし
第4回（昭55年度）
　◇小説
　　一色 るい　「蜩（ひぐらし）」
第5回（昭56年度）
　該当作なし
第6回（昭57年度）
　該当作なし
第7回（昭58年度）
　該当作なし
第8回（昭59年度）
　該当作なし
第9回（昭60年度）
　該当作なし
第10回（昭61年度）
　◇小説
　　加奈山 径　「上顎下顎観血手術」
　　野辺 慎一　「夏よ，光り輝いて流れよ」

第11回（昭62年度）
　該当作なし
第12回（昭63年度）
　該当作なし
第13回（平1年度）
　該当作なし
第14回（平2年度）
　該当作なし
第15回（平3年度）
　該当作なし
第16回（平4年度）
　◇小説
　　津田 美幸　「喪失への徘徊」
　　松井 健一郎　「私の労働問題」
新第1回（平7年）
　◇小説部門
　　陽羅 義光　「門前雀羅」（全作家37号）
第2回（平8年）
　◇小説部門
　　川端 要寿　「立合川」（全作家38号）
第3回（平9年）
　◇小説部門

196　小説の賞事典

マクワイア, アツコ 「クリスタル・イー　　　　　ゴ」(全作家41号)

---

151 総額2000万円懸賞小説募集

　徳間文庫発刊を記念して時代に挑戦し, 新しい感性が息吹を求めるために広く一般から個性あふれる作品を募集した。

【主催者】徳間書店

【選考委員】笹沢左保, 藤本義一, 白川文造, 前島不二雄

【選考方法】〔対象〕特に指定はない。〔資格〕プロ, アマを問わず。ただし未発表作品にかぎる。〔原稿〕400字詰原稿用紙400〜600枚

【締切・発表】昭和56年3月31日締切, 10月発表

【賞・賞金】入選, 賞金1000万円と副賞, 佳作, 副賞

(昭56年)

◇入選
　池田 雄一 「不帰水道」

◇佳作
　和田 新 「黒歯将軍」
　高森 真士 「奔馬」
　仁賀 克雄 「スフィンクス作戦」

---

152 霜月会賞

　霜月会の主催で, 年一回会員の作品中より会員が互選で, 最優秀作品に与える。昭和16年, 17年の2回で終る。

【賞・賞金】記念品と賞金200円

(昭16年)
　田島 操 「異端と兎」

(昭17年)
　広瀬 進 「父母妻子」
　大久保 庸雄 「アモック島日記」

---

153 創元SF短編賞

　意気込みに溢れた新時代のSF短編の書き手の出現を熱望し創設。平成21年6月に第1回の公募を開始した。

【主催者】東京創元社

【選考委員】(第5回)大森望, 日下三蔵, ゲスト選考委員：瀬名秀明

【選考方法】公募

【選考基準】〔資格〕不問。〔対象〕広義のSF短編。商業媒体未発表作品に限る。〔原稿〕40字×40行換算で10枚以上25枚以下。同1枚の梗概を添付。手書き原稿不可。ウェブ

小説の賞事典　197

154 創元推理短編賞

応募を推奨

【締切・発表】（第5回）平成26年1月14日必着。東京創元社ホームページおよび東京創元社刊「ミステリーズ！」vol.65（平成26年6月刊行予定）誌上で発表。受賞作は平成26年6月刊行予定の「年刊日本SF傑作選」に収録する

【賞・賞金】受賞作は「年刊日本SF傑作選」に掲載したのち短編単体で電子書籍化し、規定印税をもって賞金とする

【URL】http://www.tsogen.co.jp/award/sfss/

第1回（平22年度）
　松崎 有理 「あがり」
◇優秀賞
　高山 羽根子 「うどん キツネつきの」
◇特別賞（大森望賞）
　坂永 雄一 「さえずりの宇宙」
◇特別賞（日下三蔵賞）
　山下 敬 「土の塵」
◇特別賞（山田正紀賞）
　宮内 悠介 「盤上の夜」
第2回（平23年度）
　西島 伝法 「皆勤の徒」
◇優秀賞
　空木 春宵 「繭の見る夢」
◇特別賞（大森望賞）
　片瀬 二郎 「花と少年」
◇特別賞（日下三蔵賞）
　志保 龍彦 「Kudanの瞳」
◇特別賞（堀晃賞）
　忍澤 勉 「ものみな憩える」

第3回（平24年度）
　理山 貞二 「〈すべての夢｜果てる地で〉」
◇優秀賞
　オキシ タケヒコ 「プロメテウスの晩餐」
◇特別賞（大森望賞）
　皆月 蒼葉 「テラの水槽」
◇特別賞（日下三蔵賞）
　舟里 映 「頭山」
◇特別賞（飛浩隆賞）
　渡邊 利道 「エヌ氏」
第4回（平25年度）
　宮西 建礼 「銀河風帆走」
◇特別賞（大森望賞）
　鹿島 建曜 「The Unknown Hero： Secret Origin」
◇特別賞（日下三蔵賞）
　高槻 真樹 「狂恋の女師匠」
◇特別賞（円城塔賞）
　与田 Kee 「不眠症奇譚」

154 創元推理短編賞

斯界に新風を吹き込む、意気込みに溢れた推理短編の書き手の出現を熱望し募集する。第10回まで授賞後、「ミステリーズ！ 短編賞」に移行のため終了。

【主催者】東京創元社

【選考委員】綾辻行人,有栖川有栖,加納朋子

【選考方法】公募

【選考基準】〔対象〕未発表の短編推理小説。400字詰原稿用紙換算で30～100枚程度

【締切・発表】毎年3月末日締切,6月末ごろ発表,「ミステリーズ！」誌上に掲載

> 【賞・賞金】賞金30万円

第1回（平6年）
　剣持 鷹士 「あきらめのよい相談者」
第2回（平7年）
　該当作なし
第3回（平8年）
　伊井 圭 「高塔奇譚」
第4回（平9年）
　該当作なし
第5回（平10年）
　該当作なし
第6回（平11年）
　該当作なし
第7回（平12年）
　該当作なし
第8回（平13年）
　氷上 恭子 「とりのなきうた」
第9回（平14年）
　山岡 都 「昆虫記」
第10回（平15年）
　加藤 実秋 「インディゴの夜」
　獅子宮 敏彦 「神国崩壊」

155 総評文学賞〔小説部門〕

> 昭和38年創設，総評傘下の組合員より作品を募集し，選考結果は「月刊総評」に発表。
>
> 【主催者】日本労働組合総評議会
>
> 【選考委員】（小説・ルポルタージュの部）野間宏，黒井千次，久保田正文，中島誠，鎌田慧，（詩の部）小野十三郎，長谷川龍生，（うたう詩の部）印牧真一郎，窪田聡
>
> 【選考基準】〔対象〕短編小説，ルポルタージュ，詩 〔資格〕春闘共闘傘下組合員（含家族）の自作未発表原稿か，また過去1年以内に各単産・県評のサークル誌，その他に発表されたものでも可。各単産の推薦作品。〔原稿〕短編小説，ルポルタージュは400字詰原稿用紙50枚以内，詩は100行以内
>
> 【締切・発表】総評定期大会の席上
>
> 【賞・賞金】小説，ルポ：賞金15万円，詩：賞金3万円

第1回（昭39年）
　向坂 唯雄 「信じ服従し働く」
第2回（昭40年）
　該当作なし
第3回（昭41年）
　清水 克二 「バセティックな一日」
第4回（昭42年）
　◇小説
　　山田 昭彦 「黄色い帽子と青い服」
第5回（昭43年）
　◇小説
　　小野里 良治 「赤い定期入れ」
第6回（昭44年）
　◇小説
　　石堂 秀夫 「那覇の港で」
第7回（昭45年）
　◇小説
　　小島 明 「かたつむり家族」
第8回（昭46年）
　◇小説
　　はら てつし 「競合脱線」
第9回（昭47年）
　◇小説
　　鈴木 博水 「青い珊瑚礁」

第10回（昭48年）
　◇小説
　　波佐間 義之　「深夜の形相」
第11回（昭49年）
　◇小説
　　該当作なし
第12回（昭50年）
　◇小説
　　星山 夏　「石の城」
　◇小説（特別賞）
　　石川 洋　「表彰」
第13回（昭51年）
　◇小説
　　渡辺 昭一　「静かな駅」
　◇小説（特別賞）
　　該当作なし
第14回（昭52年）
　◇小説
　　村松 公明　「深夜勤務」
　◇小説（特別賞）
　　綱田 紀美子　「芝生焼打委員会」
第15回（昭53年）
　◇小説
　　該当作なし
　◇小説（特別賞）
　　該当作なし
第16回（昭54年）
　◇小説
　　津脇 喜代男　「少年坑夫記」
　　岩崎 宏文　「ドンコロ糞」
　◇小説（特別賞）
　　該当作なし
第17回（昭55年）
　◇小説
　　該当作なし
第18回（昭56年）
　◇小説
　　増子 一美　「夏のあとに」
　　千田 春義　「はぐれ鳥」
第19回（昭57年）
　◇小説
　　岩下 恵　「明日の旗手たち」
第20回（昭58年）
　◇小説
　　大舘 欣一　「改番」
　　小谷 章　「銀色の生活」
第21回（昭59年）
　◇小説
　　関口 勘治　「隧道」
第22回（昭60年）
　◇小説
　　鯉沼 晴二　「走れフォーク」
　◇ルポルタージュ
　　該当作なし
　◇詩
　　金田 久璋　「旅行鳩が死んだ日」
第23回（昭61年）
　◇小説
　　霧山 登　「札の辻の花」
第24回（昭62年）
　◇小説
　　小林 勝美　「おれの中のおれ」
　　唐島 純三　「老人の死」
第25回（昭63年）
　◇小説
　　関口 勘治　「風」
　　土屋 のぼる　「氷の王」

---

156 そして文学賞

　芥川賞作家の宮原昭夫を中心に、県内の若手作家達が編集担当して刊行された文芸誌「そして」の発刊を記念して創設された文学賞。

　【主催者】そして企画

- 【選考委員】三木卓, 宮原昭夫
- 【選考方法】公募
- 【選考基準】〔対象〕未発表の小説作品〔資格〕不問〔原稿〕400字詰原稿用紙30枚以内, ワープロは1枚400字で印字。住所, 氏名, 電話番号, 年齢を明記
- 【締切・発表】(第4回)平成11年9月30日締切(当日消印有効), 12月入賞者に通知
- 【賞・賞金】入選(1編)：20万円と記念品, 佳作(1～2編)：2万円と記念品

第1回(平8年)
　加藤 蓮 「オルゴール」
第2回(平9年)
　松村 比呂美 「薄い唇」
第3回(平10年)
　添田 ひろみ 「アサガオ」
第4回(平11年)
　柏木 千秋 「エイト」
第5回(平12年)
　岡村 義公 「箱の中」
第6回(平13年)
　蚊那 靈キチ 「春の病葉」

157 ソノラマ文庫大賞

将来性のある新人発掘のため, 創設。受賞作はソノラマ文庫に収録する。第4回実施の後, 休止。

- 【主催者】朝日ソノラマ
- 【選考委員】(第4回)笹本祐一, 高千穂遙, 竹河聖, 森下一仁
- 【選考方法】公募
- 【選考基準】〔資格〕不問。〔対象〕ジャンル不問。ただし, 商業誌未発表のオリジナル作品に限る。〔原稿〕400字詰原稿用紙換算で300～350枚。原稿は縦書きにし, 400字5枚以内の「あらすじ」を添える。ワープロの場合は原稿用紙への印字不可。用紙はA4かB5とする
- 【賞・賞金】大賞：賞金100万円, 朝日ソノラマ規定の著者印税

第1回(平9年)
　◇大賞
　　該当作なし
　◇佳作
　　彩院 忍 「電脳天使」
第2回(平10年)
　◇大賞
　　松浦 秀昭 「虚船 大江戸攻防珍奇談」
第3回(平11年)
　◇大賞
　　該当作なし
　◇佳作
　　久保田 弥代 「アーバン・ヘラクレス」
第4回(平12年)
　◇大賞
　　該当作なし
　◇佳作
　　松谷 雅志 「真拳勝負！」

158 大衆雑誌懇話会賞

雑誌編集者の組織である同懇話会が昭和22年に創設した賞であるが、2回の授賞のみで終った。

【主催者】大衆雑誌懇話会
【選考委員】会員の互選
【選考基準】会員の所属する雑誌に掲載された作品の中から互選により選出
【賞・賞金】首席賞金1万円、次席1000円

第1回（昭22年）
　林 房雄　「妖魚」

第2回（昭23年）
　梶野 悳三　「鰊漁場」

159 大衆文芸賞

昭和23年から授賞。雑誌「大衆文芸」が昭和26年より休刊したので、それにともなってこの賞も中止。

【主催者】新小説社

第1回（昭23年）
　松山 照夫　「未完の告白」

第2回（昭24年）
　山口 清次郎　「P・W・ヴェラエティー俘虜演芸会」

160 太宰治賞

筑摩書房が「展望」復刊を機にゆかりの深い太宰治を記念して制定された賞。第10回からは「文芸展望」に発表。昭和53年に第14回を最後に中止となったが、筑摩書房と三鷹市との共催で平成11年に第15回から復活した。プロを目指す人のための新人賞。

【主催者】筑摩書房、三鷹市（共催）
【選考委員】（第30回）加藤典洋、荒川洋治、小川洋子、三浦しをん
【選考方法】〔対象〕未発表の小説。ただし、同人誌など商業出版以外の出版物なら可
　〔原稿〕原稿枚数は50枚から300枚
【締切・発表】（第30回）平成25年12月10日応募締切、平成26年5月PR誌「ちくま」とホームページで受賞作発表。受賞作品、優秀作品、最終候補作品は、選評とともに「太宰治賞2014」（平成26年6月刊行予定）に収録し、著者略歴と顔写真も掲載する
【賞・賞金】正賞記念品、副賞100万円

【URL】http://www.chikumashobo.co.jp/dazai/

第1回（昭40年）
　該当作なし
第2回（昭41年）
　吉村 昭 「星への旅」
第3回（昭42年）
　一色 次郎 「青幻記」
第4回（昭43年）
　三浦 浩樹 「月の道化者」
第5回（昭44年）
　秦 恒平 「清経入水」（私家版）
第6回（昭45年）
　海堂 昌之 「背後の時間」（展望8月号）
第7回（昭46年）
　三神 真彦 「流刑地にて」
第8回（昭47年）
　該当作なし
第9回（昭48年）
　宮尾 登美子 「櫂」
第10回（昭49年）
　朝海 さち子 「谷間の生霊たち」（文芸展望夏号）
第11回（昭50年）
　不二 今日子 「花捨て」
第12回（昭51年）
　村山 富士子 「越後瞽女唄冬の旅」
第13回（昭52年）
　宮本 輝 「泥の河」
第14回（昭53年）
　福本 武久 「電車ごっこ停戦」
　◇優秀作
　朝稲 日出夫 「あしたのジョーは死んだのか」
第15回（平11年）
　冴桐 由 「最後の歌を越えて」
第16回（平12年）
　辻内 智貴 「多輝子ちゃん」
第17回（平13年）
　小島 小陸 「一滴の嵐」
第18回（平14年）
　小川内 初枝 「緊縛」
第19回（平15年）
　小林 ゆり 「たゆたふ蠟燭」
第20回（平16年）
　志賀 泉 「指の音楽」
第21回（平17年）
　津村 記久子 「マンイーター」
　川本 晶子 「刺繍」
第22回（平18年）
　栗林 佐知 「峠の春は」
第23回（平19年）
　瀬川 深 「mit Tuba（ミット・チューバ）」
第24回（平20年）
　永瀬 直矢 「ロミオとインディアナ」
第25回（平21年）
　柄澤 昌幸 「だむかん」
第26回（平22年）
　今村 夏子 「こちらあみ子」（「あたらしい娘」改題）
第27回（平23年）
　由井 鮎彦 「会えなかった人」
第28回（平24年）
　隼見 果奈 「うつぶし」
第29回（平25年）
　KSイワキ 「さようなら、オレンジ」

161 谷崎潤一郎賞

　中央公論社が昭和40年に創業80年を記念して創設した賞。全文壇を対象に小説及び戯曲のうちからその年度を代表する文学作品を選び顕彰する。

　【主催者】中央公論新社

谷崎潤一郎賞

【選考委員】（平成25年度）池澤夏樹, 川上弘美, 桐野夏生, 筒井康隆, 堀江敏幸
【選考方法】非公募
【選考基準】〔対象〕前年7月1日から本年6月末までに発表された作品。純粋に文学的な基準によって各年度の最優秀作品が決められる
【締切・発表】年1回、「中央公論」11月号誌上に発表
【賞・賞金】賞状と副賞100万円
【URL】http://www.chuko.co.jp/aword/tanizaki/

第1回（昭40年度）
　小島 信夫 「抱擁家族」（講談社）
第2回（昭41年度）
　遠藤 周作 「沈黙」（新潮社）
第3回（昭42年度）
　大江 健三郎 「万延元年のフットボール」
　　（群像1～7月号）
　安部 公房 「友達」（戯曲、文藝3月号）
第4回（昭43年度）
　該当作なし
第5回（昭44年度）
　円地 文子 「朱を奪ふもの」（新潮社）,「傷ある翼」（中央公論社）,「虹と修羅」（文藝春秋）
第6回（昭45年度）
　埴谷 雄高 「闇のなかの黒い馬」（河出書房新社）
　吉行 淳之介 「暗室」（講談社）
第7回（昭46年度）
　野間 宏 「青年の環」（全5巻、河出書房新社）
第8回（昭47年度）
　丸谷 才一 「たった一人の反乱」（講談社）
第9回（昭48年度）
　加賀 乙彦 「帰らざる夏」（講談社）
第10回（昭49年度）
　臼井 吉見 「安曇野」（全5巻、筑摩書房）
第11回（昭50年度）
　水上 勉 「一休」（中央公論社）
第12回（昭51年度）
　藤枝 静男 「田紳有楽」（講談社）
第13回（昭52年度）
　島尾 敏雄 「日の移ろい」（中央公論社）
第14回（昭53年度）
　中村 真一郎 「夏」（新潮社）
第15回（昭54年度）
　田中 小実昌 「ポロポロ」（中央公論社）
第16回（昭55年度）
　河野 多惠子 「一年の牧歌」（新潮社）
第17回（昭56年度）
　深沢 七郎 「みちのくの人形たち」（中央公論社）
　後藤 明生 「吉野大夫」（平凡社）
第18回（昭57年度）
　大庭 みな子 「寂兮寥兮」（河出書房新社）
第19回（昭58年度）
　古井 由吉 「槿」（福武書店）
第20回（昭59年度）
　黒井 千次 「群棲」（講談社）
　高井 有一 「この国の空」（新潮社）
第21回（昭60年度）
　村上 春樹 「世界の終りとハードボイルド・ワンダーランド」（新潮社）
第22回（昭61年度）
　日野 啓三 「砂丘が動くように」（中央公論社）
第23回（昭62年度）
　筒井 康隆 「夢の木坂分岐点」（新潮社）
第24回（昭63年度）
　該当作なし
第25回（平1年度）
　該当作なし
第26回（平2年度）
　林 京子 「やすらかに今はねむり給え」（講

談社）
第27回（平3年度）
　井上 ひさし　「シャンハイムーン」（集英社）
第28回（平4年度）
　瀬戸内 寂聴　「花に問え」（中央公論社）
第29回（平5年度）
　池沢 夏樹　「マシアス・ギリの失脚」（新潮社）
第30回（平6年度）
　辻井 喬　「虹の岬」（中央公論社）
第31回（平7年度）
　辻 邦生　「西行花伝」（新潮社）
第32回（平8年度）
　該当作なし
第33回（平9年度）
　保坂 和志　「季節の記憶」（講談社）
　三木 卓　「路地」（講談社）
第34回（平10年度）
　津島 佑子　「火の山―山猿記」（講談社）
第35回（平11年度）
　高樹 のぶ子　「透光の樹」（文藝春秋）
第36回（平12年度）
　辻原 登　「遊動亭円木」（文藝春秋）
　村上 龍　「共生虫」（講談社）
第37回（平13年度）
　川上 弘美　「センセイの鞄」（平凡社）

第38回（平14年度）
　該当作なし
第39回（平15年度）
　多和田 葉子　「容疑者の夜行列車」（青土社）
第40回（平16年度）
　堀江 敏幸　「雪沼とその周辺」（新潮社）
第41回（平17年度）
　町田 康　「告白」（中央公論新社）
　山田 詠美　「風味絶佳」（文藝春秋）
第42回（平18年度）
　小川 洋子　「ミーナの行進」（中央公論新社）
第43回（平19年度）
　青来 有一　「爆心」（文藝春秋）
第44回（平20年度）
　桐野 夏生　「東京島」（新潮社）
第45回（平21年度）
　受賞作なし
第46回（平22年度）
　阿部 和重　「ピストルズ」（講談社）
第47回（平23年度）
　稲葉 真弓　「半島へ」（講談社）
第48回（平24年度）
　高橋 源一郎　「さよならクリストファー・ロビン」（新潮社）
第49回（平25年度）
　川上 未映子　「愛の夢とか」（講談社）

162 知識階級総動員懸賞募集

昭和13年に「中央公論」により募集が行われた。

第1回（昭13年）　　　　　　　　　大田 洋子　「海女」

163 地上文学賞

戦後における農業・農村の激しい混乱と改革を背景に，土に根ざした新しい農民文学を広く一般から募集して世に送るのがねらいで，昭和28年に創設され，幾多の力ある農民作家の輩出に貢献してきた。

地上文学賞

- **【主催者】**（一社）家の光協会
- **【選考委員】**（第61回）井出孫六、伊藤桂一、長部日出雄、平岩弓枝
- **【選考方法】**公募
- **【選考基準】**〔対象〕激しく揺れ動く現代の農業・農村に文学の面から視点を当て、その問題の解決と、今後の発展の可能性を追求した小説、未発表作品。〔原稿〕400字詰原稿用紙最高50枚まで（50枚に満たない作品も歓迎）
- **【締切・発表】**（第62回）平成26年7月31日締切、「地上」27年1月号誌上に発表掲載
- **【賞・賞金】**地上文学賞（1編）：正賞高級時計と副賞50万円、佳作：賞金5万円。入選作の版権は家の光協会に帰属
- **【URL】**http://www.ienohikari.net/press/chijo/chijobungaku/

第1回（昭28年度）
　千葉 治平 「馬市果てて」
第2回（昭29年度）
　秋山 富雄 「ある保安隊員」
第3回（昭30年度）
　野坂 喜美 「いねの花」
第4回（昭31年度）
　島 一春 「老農夫」
第5回（昭32年度）
　大庭 芙蓉子 「野天風呂」
第6回（昭33年度）
　小川 文夫 「漁遊」
第7回（昭34年度）
　稲生 正美 「首曲がり」
第8回（昭35年度）
　杉 啓吉 「梅の花」
第9回（昭36年度）
　西村 琢 「オートバイと茂平」
第10回（昭37年度）
　草野 比佐男 「新種」
第11回（昭38年度）
　原 元 「遠い土産」
第12回（昭39年度）
　矢倉 房枝 「とばっちり」
第13回（昭40年度）
　白井 和子 「夫婦」
第14回（昭41年度）
　藤田 博保 「十六歳」
第15回（昭42年度）
　岩井川 皓二 「ベゴと老婆」
第16回（昭43年度）
　杉本 要 「潮風の情炎」
第17回（昭44年度）
　樹下 昌史 「享保猪垣始末記」
第18回（昭45年度）
　高橋 一夫 「出立の前」
第19回（昭46年度）
　鈴木 重作 「父親」
第20回（昭47年度）
　押井 岩雄 「季節風」
第21回（昭48年度）
　蒔田 広 「嫁の地位」
第22回（昭49年度）
　田中 昭一 「あとつぎエレジー」
第23回（昭50年度）
　黒田 馬造 「ふるさと抄」
第24回（昭51年度）
　中林 明正 「荒野を見よ」
　日高 正信 「「茂」二十二の秋に」
第25回（昭52年度）
　松瀬 久雄 「私の童話」
　別所 三夫 「ひろしの四季」
第26回（昭53年度）
　山田 道夫 「拗ね張る」
第27回（昭54年度）
　山下 惣一 「減反神社」
第28回（昭55年度）
　薄井 清 「権兵衛の生涯」

第29回（昭56年度）
　西谷 洋 「茜とんぼ」
第30回（昭57年度）
　井 賢治 「息子の時代」
第31回（昭58年度）
　坂本 昭和 「おやじの就職」
第32回（昭59年度）
　高橋 堅悦 「積み木の日々」
第33回（昭60年度）
　飯塚 静治 「蝸牛」
第34回（昭61年度）
　長瀬 ひろこ 「熱風」
第35回（昭62年度）
　熊田 保市 「苗字買い」
第36回（昭63年度）
　山本 勇一 「春の雪」
第37回（平1年度）
　奥山 英一 「戊辰牛方参陣記」
第38回（平2年度）
　宇梶 紀夫 「りんの響き」
第39回（平3年度）
　田中 幸夫 「梨畑の向こう側」
第40回（平4年度）
　吉井 恵璃子 「この村,出ていきません」
第41回（平5年度）
　畑 裕子 「姥が宿」
第42回（平6年度）
　西原 健次 「千年杉」
第43回（平7年度）
　堂迫 充 「新しい風を」
第44回（平8年度）
　緒方 雅彦 「ジャパニーズ・カウボーイ」
第45回（平9年度）
　飯島 勝彦 「鬼ケ島の姥たち」(家の光協会

発行「地上」1月号)
第46回（平10年度）
　蟹谷 勉 「ゲインラインまで」
第47回（平11年度）
　森 厚 「異郷」
第48回（平12年度）
　山田 たかし 「龍勢の翔る里」
第49回（平13年度）
　諸藤 成信 「水の兵士」
第50回（平14年度）
　鶴ケ野 勉 「ばあちゃんのBSE」
第51回（平15年度）
　佐々木 信子 「エデンの卵」
第52回（平16年）
　木塚 昌宏 「人参ごんぼ 豆腐にこんにゃく」
第53回（平17年）
　富崎 喜代美 「カラス」
第54回（平18年）
　石坂 あゆみ 「碧い谷の水面」
第55回（平19年）
　高橋 惟文 「晩霜の朝」
第56回（平20年）
　近藤 勲公 「老木」
第57回（平21年）
　佐藤 あつこ 「てびらこみたいな嫁」
第58回（平22年）
　蕢 修吉 「椚平にて」
第59回（平23年）
　松田 喜平 「林檎の木」
第60回（平24年）
　若杉 晶子 「デコとぬた」
第61回（平25年）
　瀬良 けい 「帰郷」

164 千葉亀雄賞

　故千葉亀雄の大衆文学への功績を記念して昭和11年創設、長編大衆小説を募集した。昭和24年「サンデー毎日千葉賞」として復活、同時に設けられた「短篇賞」は、「サンデー毎日大衆文芸」入選作のうち年間を通しての最優秀作品に送られた。

> 【主催者】大阪毎日新聞社
> 【選考委員】菊池寛, 吉川英治, 大仏次郎 (第1回)
> 【賞・賞金】一席賞金1000円, 二席賞金500円

第1回 (昭11年)
　◇1席
　　金 聖珉 (金万益) 「半島の芸術家たち」
　　井上 靖 「流転」
　◇2席
　　高円寺 文雄 「野獣の乾杯」
　　田中 平六 「天鼓」
第2回 (昭14年)
　◇1席
　　森本 平三 「不人情噺」
　　南条 三郎 「断雲」
　◇2席
　　中山 ちゑ 「薫れ茉莉花」
復活第1回 (昭24年度)
　◇長篇
　　岩山 六太 「草死なざりき」
　◇短篇
　　曽我 得二 「なるとの中将」
第2回 (昭25年度)
　◇長篇
　　該当作なし
　◇短篇
　　沖田 一 「酔蟹」
第3回 (昭26年度)
　＊
第4回 (昭27年度)
　◇短篇
　　伊藤 桂一 「夏の鴬」
第5回 (昭28年度)
　◇短篇
　　楢 八郎 「右京の恋」
第6回 (昭29年度)
　◇短篇
　　小田 武雄 「絵はがき」

165 千葉文学賞

地方文化振興と, 地域の文学活動育成のために昭和31年に創設された。

> 【主催者】千葉日報社
> 【選考委員】(第56回) 山本鉱太郎, 松島義一, 佐藤毅, 大野彩子, 宍倉さとし
> 【選考方法】公募
> 【選考基準】〔対象〕小説〔資格〕千葉県内居住者か在勤・在学者で, 職業作家を除く。未発表作品か, 千葉県内で当該年1月から12月までに発行された同人誌の掲載作品〔原稿〕400字詰原稿用紙27〜30枚
> 【締切・発表】(第56回) 平成25年1月31日締切 (当日消印有効)。同年3月最終選考。受賞作および佳作を千葉日報紙上で発表
> 【賞・賞金】賞金30万円

第1回 (昭32年)
　庄司 豊 「星を掃く女」
第2回 (昭33年)
　伊藤 俊英 「貝殻の道」
第3回 (昭34年)
　榎本 その 「ねこ」
第4回 (昭35年)

165 千葉文学賞

　　該当作なし
第5回（昭36年）
　　該当作なし
第6回（昭37年）
　　榎本 佳夫 「牛の消えた村」
第7回（昭38年）
　　該当作なし
第8回（昭39年）
　　該当作なし
第9回（昭40年）
　　該当作なし
第10回（昭41年）
　　有田 弘子 「果てしなき白い道を」
第11回（昭42年）
　　該当作なし
第12回（昭43年）
　　浅野 誠 「講堂」
第13回（昭44年）
　　該当作なし
第14回（昭45年）
　　該当作なし
第15回（昭46年）
　　田口 寿子 「蝶の命」
第16回（昭47年）
　　該当作なし
第17回（昭48年）
　　該当作なし
第18回（昭49年）
　　竹内 紀吉 「坂道」
第19回（昭50年）
　　大野 俊夫 「島の音」
第20回（昭51年）
　　小川 由香利 「陥穽」
第21回（昭52年）
　　遠山 あき 「雪あかり」
第22回（昭53年）
　　該当作なし
第23回（昭54年）
　　該当作なし
第24回（昭55年）
　　花森 太郎 「辛夷」
第25回（昭56年）

　　岡田 德一 「職務放棄」
第26回（昭57年）
　　該当作なし
第27回（昭58年）
　　山本 楓 「朝の光の中で」
　　本田 広義 「妻の寝顔」
第28回（昭59年）
　　近藤 早希子 「遙か彼方の島」
　　押元 裕子 「赫い月」
第29回（昭60年）
　　佐々木 初子 「旧街道」
　　真田 たま子 「海辺の風景」
第30回（昭61年）
　　高橋 正男 「密漁者」
　　山倉 五九夫 「黒あざみ」
第31回（昭62年）
　　出雲 真奈夫 「京子の夏」
第32回（昭63年）
　　小茶 冨美江 「タイムトラベラーズ」
　　宮本 須磨子 「結露」
第33回（平1年）
　　勝山 朗子 「春の終わり」
第34回（平2年）
　　大西 功 「D港ダスビダーニア」
第35回（平3年）
　　森野 藍子 「おっつぁん」
第36回（平4年）
　　北阪 昌人 「墨のあと」
　　柴田 道代 「傷跡」
第37回（平5年）
　　橘 文子 「仏の顔」
第38回（平6年）
　　該当作なし
第39回（平7年）
　　該当作なし
第40回（平8年）
　　該当作なし
第41回（平9年）
　　該当作なし
第42回〜第46回
　　　　　＊
第47回（平16年）

小説の賞事典　209

峯崎 ひさみ 「福耳」
第48回（平17年）
　　藤原 あずみ 「暁の琵琶の音は」
第49回（平18年）
　　小沢 美智恵 「冬の陽に」
第50回（平19年）
　　並木 さくら 「別れの輪舞曲（ろんど）」
第51回（平20年）
　　手島 みち子 「イノセント・ムーン」

第52回（平21年）
　　光本 有里 「冬の夜」
第53回（平22年）
　　柴崎 日砂子 「はるゆりの歌」
第54回（平23年）
　　清水 一寿 「見えないままに」
第55回（平24年）
　　朝矢 たかみ 「赤い女」

166 中央公論原稿募集

　中央公論は昭和8年から3回にわたって原稿募集を行った。
【賞・賞金】賞金500円

第1回（昭9年1月）
　◇2等
　　伊東 祐治 「葱の花と馬」
　　小山 いと子 「深夜」
第2回（昭9年7月）
　　島木 健作 「盲目」

　　平川 虎臣 「生き甲斐の問題」
　　石川 鈴子 「無風帯」
　　丹羽 文雄 「贅肉」
第3回（昭10年1月）
　　頴田島 一二郎 「待避駅」
　　大鹿 卓 「野蛮人」

167 中央公論社文芸賞

　中央公論社が皇紀2600年に創業50周年に当るのを記念して、昭和17年創設。「中央公論」誌上に発表された小説や戯曲の中から選出する。2回のみで中止。
【主催者】中央公論社
【締切・発表】中央公論4月号にて発表
【賞・賞金】賞金3,000円

第1回（昭17年）
　　堀 辰雄 「菜穂子」

第2回（昭18年）
　　丹羽 文雄 「海戦」

168 中央公論新人賞

　商業誌には作品を発表したことのない全くの新人を対象に、昭和31年に創設した賞。昭和40年に「谷崎潤一郎賞」の創設により一時中断したが、昭和49年に再開。平成6年授賞後、休止。

中央公論新人賞

- 【主催者】中央公論社
- 【選考委員】(平成5年度)河野多恵子, 丸谷才一, 吉行淳之介
- 【選考方法】公募
- 【選考基準】〔対象〕小説〔資格〕新人の未発表作品, ただし非商業誌(同人雑誌など)ならば発表された作品でもよい。その場合には発表誌名を記入すること〔原稿〕枚数は400字詰原稿用紙50枚以上100枚以下
- 【賞・賞金】賞金50万円

第1回(昭31年度)
　深沢 七郎 「楢山節考」
第2回(昭32年度)
　該当作なし
第3回(昭33年度)
　福田 章二 「喪失」
第4回(昭34年度)
　坂上 弘 「ある秋の出来事」
第5回(昭35年度)
　梅田 昌志郎 「海と死者」
第6回(昭36年度)
　色川 武大 「黒い布」
第7回(昭37年度)
　西条 倶吉 「カナダ館一九四一年」
第8回(昭38年度)
　宗谷 真爾 「鼠浄土」
第9回(昭39年度)
　該当作なし
再開第1回(昭50年度)
　志貴 宏 「祝祭のための特別興行」
第2回(昭51年度)
　該当作なし
第3回(昭52年度)
　夫馬 基彦 「宝塔湧出」
第4回(昭53年度)
　該当作なし
第5回(昭54年度)
　尾辻 克彦 「肌ざわり」
第6回(昭55年度)
　該当作なし
第7回(昭56年度)
　母田 裕高 「溶けた貝」
　高橋 洋子 「雨が好き」
第8回(昭57年度)
　池田 章一 「宴会」
第9回(昭58年度)
　該当作なし
第10回(昭59年度)
　恢 余子 「手」
　近藤 紘一 「仏陀を買う」
第11回(昭60年度)
　佐々木 邦子 「卵」
第12回(昭61年度)
　該当作なし
第13回(昭62年度)
　池沢 夏樹 「スティル・ライフ」
　香山 純 「どらきゅら綺談」
第14回(昭63年度)
　該当作なし
第15回(平1年度)
　平松 誠治 「アドベンチャー」
第16回(平2年度)
　高岡 水平 「突き進む鼻先の群れ」
第17回(平3年度)
　小見 さゆり 「悪い病気」
第18回(平4年度)
　影山 雄作 「俺たちの水晶宮」
第19回(平5年度)
　受賞作なし
第20回(平6年度)
　保前 信英 「静謐な空」

169 中央公論文芸賞

中央公論新社が創業120周年を記念して平成18年に創設した賞。婦人公論文芸賞を吸収・継承した賞で、第一線で活躍する作家のエンターテインメント作品を対象としている。

【主催者】中央公論新社

【選考委員】(平成25年度)浅田次郎、鹿島茂、林真理子、渡辺淳一

【選考方法】非公募

【選考基準】〔対象〕前年7月1日から本年6月末までに発表されたエンターテインメント作品

【締切・発表】年1回、「婦人公論」で発表

【賞・賞金】賞状と副賞100万円

【URL】http://www.chuko.co.jp/aword/chukou/

第1回(平18年度)
　浅田 次郎 「お腹召しませ」(中央公論新社)
第2回(平19年度)
　角田 光代 「八日目の蝉」(中央公論新社)
第3回(平20年度)
　ねじめ 正一 「荒地の恋」(文藝春秋)
第4回(平21年)
　村山 由佳 「ダブル・ファンタジー」(文藝春秋)
第5回(平22年)
　江國 香織 「真昼なのに昏い部屋」(講談社)
第6回(平23年)
　井上 荒野 「そこへ行くな」(集英社)
　乃南 アサ 「地のはてから 上・下」(講談社)
第7回(平24年)
　東野 圭吾 「ナミヤ雑貨店の奇蹟」(角川書店)
第8回(平25年)
　石田 衣良 「北斗 ある殺人者の回心」(集英社)

170 中・近世文学大賞

独自の視点で歴史を検証した、ざん新で学術的でもある文学作品を公募し、気鋭の作家を育て、歴史文学の発展に貢献することを目的に創設。中世、近世を対象とする。平成16年第5回からは「中・近世文学賞」と「古代ロマン文学賞」を一本化した「歴史浪漫文学賞」へ移行。

【主催者】歴史文学振興会、郁朋社

【選考委員】童門冬二(作家)

【選考方法】公募

【選考基準】〔対象〕日本語で書かれた未発表のオリジナル作品。〔資格〕不問。ただし新人に限る。〔応募規定〕400字詰原稿用紙換算200枚以上500枚以下。ワープロ原稿の場合は縦組み40字40行で、A4判普通紙を使用。別稿に2000字程度の概要を添付。原

稿には表紙を付けてタイトル、本名、年齢、職業、略歴、住所、電話番号を明記
【賞・賞金】中・近世文学大賞（1編）：賞金50万円、優秀賞（2編）：賞金10万円

第1回（平12年）
　該当作なし
◇創作部門
● 優秀賞
　佐藤 弘夫（仙台市）「比叡炎上」
◇研究部門
● 優秀賞
　青木 茂（世田谷区）「彼には志があった―
　　評伝近藤重蔵」
第2回（平13年）
　柴田 宗徳　「薩摩風雲録」
◇創作部門
● 優秀賞
　茂野 洋一　「道之島遠島記」

◇研究部門
● 優秀賞
　該当作なし
第3回（平14年）
◇大賞
　早川 真澄（横浜市）「横浜道慶橋縁起」
◇優秀賞
　山本 利雄（江戸川区）「花火」
第4回（平15年）
◇大賞
　藤井 登美子（福山市）「花がたみ」
◇優秀賞
　末吉 和弘（指宿市）「薩摩刀匂えり」

171 中国短編文学賞

　戦後10年の節目の昭和30年、地方の文芸活動の振興を目指して「新人登壇・文芸作品懸賞募集」として創設された。一時休止を経て再開後の平成11年、通算31回から賞名を「中国短編文学賞」に変更した。

【主催者】中国新聞社
【選考委員】重松清
【選考方法】公募
【選考基準】〔対象〕短編小説。題材は自由。未発表作品に限る。〔資格〕中国5県在住・在勤・在学者。〔原稿〕400字詰原稿用紙20〜25枚。ワープロ原稿はA4判無地用紙に20字×20行で縦書き印字、原稿用紙換算の枚数を付記
【締切・発表】（第46回）平成26年1月31日（当日消印有効）、5月下旬の中国新聞紙上に発表
【賞・賞金】大賞1編：正賞記念牌、賞金50万円。最優秀賞若干：記念盾、賞金10万円
【URL】http://www.chugoku-np.co.jp/

第1回（昭30年8月）
◇1席
　小久保 均　「遁走曲」
◇2席
　杉 公子
第2回（昭30年12月）

◇1席
　多地 映一　「流星」
◇2席
　沙原 ぎん
　幡 章

171 中国短編文学賞

第3回（昭31年6月）
　◇1席
　　成田 謙　「光と影」
　◇2席
　　久保 昌身
　　達実 想平
第4回（昭31年12月）
　◇順位なし
　　久保 昌身
　　館 蓉子
　　大田 正之
　　矢野 啓大
　　達実 想平
第5回（昭32年5月）
　◇1席
　　館 蓉子　「囲繞地」
　◇2席
　　瀬尾 理
　　南谷 緑
　　中川 いづみ
第6回（昭32年12月）
　◇1席
　　該当作なし
　◇2席
　　日下 次郎
　　細川 昊
第7回（昭33年7月）
　◇1席
　　該当作なし
　◇2席
　　岩崎 清一郎
　　北沢 栄次郎
第8回（昭34年6月）
　◇1席
　　該当作なし
　◇2席
　　佐々木 健朗
　　中本 昭
第9回（昭34年11月）
　◇1席
　　安佐 郡太　「沈む霧」
　◇2席
　　灰谷 健次郎
　　今田 久
第10回（昭35年6月）
　◇1席
　　該当作なし
　◇2席
　　難波 進一郎
　　和田 昇介
　　竹崎 寛子
第11回（昭35年10月）
　◇1席
　　磯上 多々良　「マンホールにて」
　◇2席
　　野口 雪夫
　　花本 圭司
　　吉岡 禎三
第12回（昭37年11月）
　◇1席
　　文沢 隆一　「しいたけ」
　◇2席
　　とだ あきこ
　　後藤 照子
第13回（昭38年11月）
　◇1席
　　該当作なし
　◇2席
　　佐間 せつ子
　　熊久 平太
第14回（昭39年12月）
　◇1席
　　該当作なし
　◇2席
　　とだ あきこ
　　木村 逸司
第15回（昭58年）
　◇1席
　　井上 美登利　「わたしたちの闇」
　◇2席
　　城戸 則人
第16回（昭59年）
　◇1席
　　土屋 幹雄　「彼女の消息」

171 中国短編文学賞

　◇2席
　　小杉 れい
第17回（昭60年）
　◇1席
　　岡先 利和　「二つの部屋」
　◇2席
　　遠多 恵
第18回（昭61年）
　◇1席
　　渡壁 忠紀　「耳」
　◇2席
　　益永 英治
第19回（昭62年）
　◇1席
　　該当作なし
　◇2席
　　福島 順子
第20回（昭63年）
　◇1席
　　坂本 公延　「別れる理由」
　　岡田 正孝　「めぐる夏の日」
　◇2席
　　該当作なし
第21回（平1年）
　◇1席
　　該当作なし
　◇2席
　　蔵薗 優美　「ペンギン」
第22回（平2年）
　◇1席
　　賀谷 尚　「大晦日の食卓」
　◇2席
　　万亀 佳子
　◇3席
　　田中 順
第23回（平3年）
　◇1席
　　該当作なし
　◇2席
　　中山 敬子
　◇3席
　　谷本 美弥子

　　平田 純子
第24回（平4年）
　◇1席
　　該当作なし
　◇2席
　　秋月 紫苑
　◇3席
　　前川 ひろ子
　　村上 敏火
第25回（平5年）
　◇1席
　　該当作なし
　◇2席
　　ひさぎ ふうじ　「石の卵」
　◇3席
　　真奈辺 圭子　「コンタクトレンズ・アイ」
第26回（平6年）
　◇1席
　　森 雅葉（本名＝三上摂子）「カモミイル・ティー」
　◇2席
　　青野 龍司　「音もなく光もなく」
　◇3席
　　原田 妙子　「キョウチクトウの花のやね」
第27回（平7年）
　◇1席
　　佐倉 礼　「ディスタンス・ゲーム」
　◇2席
　　木村 久美　「GUN」
　◇3席
　　渡辺 真子　「ジェイコブ・ブロート博士のシミュレーションゲーム」
第28回（平8年）
　◇1席
　　該当作なし
　◇2席
　　滝川 由美子　「海へ還る」
　◇3席
　　池崎 弘道　「島の人々」
　　中谷 芳子　「パソコン・レッスン」
第29回（平9年）
　◇1席

小説の賞事典　215

171 中国短編文学賞

　　山下 まり子 「かめとその名前」
　◇2席
　　重高 饗 「アイバンク(眼科女医日記)」
　◇3席
　　江尻 紀子 「DANZIKI」
第30回(平10年)
　◇特別賞・1席
　　森 雅葉 「逆光の子供」
　◇2席
　　山中 美幸 「満月」
　◇3席
　　愛島 紀生 「黴の季節」
　　谷本 美弥子 「夢の途中で」
第31回(平11年)
　◇1席
　　山本 森平 「電話」
　◇2席
　　立山 晶子 「ここにいる」
　◇3席
　　吉田 久美子 「引出しの中」
第32回(平12年)
　◇1席
　　該当作なし
　◇2席
　　水嶋 佑子 「影の乗算」
　◇3席
　　原田 瑠美 「青いクレパス」
　　山本 裕枝 「ワルツ・過ぎゆく日々の記」
第33回(平13年)
　◇1席
　　幡地谷 領 「へえでもやらにゃあ」
　◇2席
　　河内 きみ子 「歯形」
　◇3席
　　もりおか えいじ 「オーシャン・レクリエーション」
第34回(平14年)
　◇1席
　　横本 多佳子 「夢の中へ」
　◇2席
　　池崎 弘道 「回送ドライバー」
　◇3席

　　林 武志 「葬る」
第35回(平15年)
　◇1席
　　河野 裕人 「ますらを定期便」
　◇2席
　　福吉 哲 「雪訪」
　◇3席
　　花谷 レイ 「汝の隣人」
　　加藤 広之 「ラムネ」
第36回(平16年)～第38回(平18年)
　　　*
第39回(平19年)
　◇第1席
　　ルルコ 「泣き声」
　◇第2席
　　愛島 紀生 「めん玉」
　◇第3席
　　高遠 信次 「相生橋」
第40回(平20年)
　◇大賞
　　木下 訓成 「猪目の洞っこ(いのめのほらっこ)」
　◇優秀賞
　　森岡 隆司 「紫陽花(あじさい)」
　　巣山 ひろみ 「声」
第41回(平21年)
　◇大賞
　　川野上 裕美 「プア」
　◇優秀賞
　　井上 雅博 「水面(みなも)渡りて…」
　　水野 知夫 「牛」
第42回(平22年)
　◇大賞
　　森岡 隆司 「窓辺のトナカイ」
　◇優秀賞
　　西島 恭子 「父の引き出し」
　　福井 幸江 「砂で描いた島」
第43回(平23年)
　◇大賞
　　内海 陽一 「坂道の停留所」
　◇優秀賞
　　福井 幸江 「小石の砦」

あかまつ つぐみ 「魚の目」
第44回（平24年）
　◇大賞
　　古林 邦和 「トマト」
　◇優秀賞
　　松崎 覚 「想い出のカケラ」
　　田中 早紀 「紅い鳥居」

第45回（平25年）
　◇大賞
　　如月 恵 「金の波」
　◇優秀賞
　　久保田 大樹 「年末大決済」
　　光岡 和子 「オレンジ色のノート」

172 ちよだ文学賞

　千代田区の持つ文化的・歴史的な魅力をアピールするとともに，文学の担い手として新たな才能を発掘し，多くの人にとって文字や活字の大切さを考えるきっかけづくりとなるよう，平成18年度に創設。

【主催者】東京都千代田区

【選考委員】（第9回）逢坂剛（作家），唯川恵（作家），堀江敏幸（作家）

【選考方法】公募

【選考基準】〔対象〕日本語で書かれた未発表小説。テーマ，ジャンルは不問。〔資格〕年齢，住所，職業は問わない。〔原稿〕A4サイズの用紙を横長に使用し，40字×40行の縦書きに印字し，30枚以内。手書き不可。表紙には以下を記入 小説のタイトル，氏名・ふりがな，ペンネーム・ふりがな，郵便番号，住所（千代田区在勤在学者はその旨明記），年齢，性別，職業，電話番号，メールアドレス，ちよだ文学賞を何で知ったか，600字程度のあらすじ

【締切・発表】（第9回）平成26年4月30日締切（当日消印有効），平成26年11月，入賞者に通知。最終選考の作品は本にして，区役所等で販売する

【賞・賞金】大賞（1編）：200万円

【URL】http://www.city.chiyoda.lg.jp/koho/bunka/bunka/bungaku/index.html

第1回（平19年）
　◇大賞
　　紫野 貴李 「櫻観音」
　◇優秀賞
　　中村 豊 「桜散る」
　　早瀬 徹 「鞘師勘兵衛の義」
　◇逢坂特別賞
　　仁科 友里 「桜を愛でる」
第2回（平20年）
　◇大賞
　　恵 茉美 「レジェスの夜に」
　◇優秀賞
　　咲木 ようこ 「山川さんは鳥を見た」

　◇佳作
　　早瀬 徹 「獅子で勝負だ，菊三」
第3回（平21年）
　◇大賞
　　八木沢 里志 「森崎書店の日々」
　◇優秀賞
　　篠原 紀 「永青」
　◇唯川恵特別賞
　　遊座 理恵 「空見子の花束」
第4回（平22年）
　◇大賞
　　滝 洸一郎 「ケニア夜間鉄道」

173 坪田譲治文学賞

◇唯川恵特別賞
　松嶋 チエ 「化け猫音頭」
第5回（平23年）
◇大賞
　脇 真珠 「夏の宴」
◇優秀賞
　滝本 正和 「寝台特急事件」
第6回（平24年）

◇大賞
　鈴木 智之 「オッフェルトリウム」
第7回（平25年）
◇大賞
　工藤 健策 「神田伯山」
第8回（平26年）
◇優秀賞
　一ノ宮 慧 「つなわたり」

173 坪田譲治文学賞

岡山市出身の小説家・児童文学作家である坪田譲治の業績を称えるとともに、市民の創作活動を奨励し、市民文化の向上に資することを目的として昭和59年に制定した賞である。

【主催者】岡山市，岡山市文学賞運営委員会
【選考委員】（第28回）五木寛之，川村湊，高井有一，竹西寛子，西本鶏介，森詠
【選考方法】推薦。全国各地から推薦された作品（自薦・他薦を問わない）について、予備選考委員により最終候補作品をしぼる
【選考基準】〔対象〕大人も子どもも共有できる世界を描いた優れた文学作品。前年9月1日から8月31日までの1年間の刊行物
【締切・発表】（第28回）平成25年1月15日選考委員会
【賞・賞金】正賞は賞状と賞牌、副賞は賞金100万円
【URL】http://www.city.okayama.jp/bungaku/

第1回（昭60年度）
　太田 治子 「心映えの記」（中央公論社）
第2回（昭61年度）
　今村 葦子 「ふたつの家のちえ子」（評論社）
第3回（昭62年度）
　丘 修三 「ぼくのお姉さん」（偕成社）
第4回（昭63年度）
　笹山 久三 「四万十川―あつよしの夏」（河出書房新社）
第5回（平1年度）
　有吉 玉青 「身がわり―母・有吉佐和子との日日」（新潮社）
第6回（平2年度）
　川重 茂子 「おどる牛」（文研出版）
第7回（平3年度）
　江國 香織 「こうばしい日々」（あかね書房）
第8回（平4年度）
　立松 和平 「卵洗い」（講談社）
第9回（平5年度）
　李 相琴 「半分のふるさと―私が日本にいたときのこと」（福音館書店）
第10回（平6年度）
　森 詠 「オサムの朝」（集英社）
第11回（平7年度）
　阿部 夏丸 「泣けない魚たち」（ブロンズ新社）
第12回（平8年度）
　渡辺 毅 「ぼくたちの〈日露〉戦争」（邑書林）
第13回（平9年度）

角田 光代 「ぼくはきみのおにいさん」(河出書房新社)
第14回 (平10年度)
　重松 清 「ナイフ」(新潮社)
第15回 (平11年度)
　阿川 佐和子 「ウメ子」(小学館)
第16回 (平12年度)
　上野 哲也 「ニライカナイの空で」(講談社)
第17回 (平13年度)
　川上 健一 「翼はいつまでも」(集英社)
第18回 (平14年度)
　いしい しんじ 「麦ふみクーツェ」(理論社)
第19回 (平15年度)
　長谷川 摂子 「人形の旅立ち」(福音館書店)
第20回 (平16年度)
　那須田 淳 「ペーターという名のオオカミ」(小峰書店)

第21回 (平17年度)
　伊藤 たかみ 「ぎぶそん」(ポプラ社)
第22回 (平18年度)
　関口 尚 「空をつかむまで」(集英社)
第23回 (平19年度)
　椰月 美智子 「しずかな日々」(講談社)
第24回 (平20年度)
　瀬尾 まいこ 「戸村飯店 青春100連発」(理論社)
第25回 (平21年度)
　濱野 京子 「トーキョー・クロスロード」(ポプラ社)
第26回 (平22年度)
　佐川 光晴 「おれのおばさん」(集英社)
第27回 (平23年度)
　まはら 三桃 「鉄のしぶきがはねる」(講談社)
第28回 (平24年度)
　中脇 初枝 「きみはいい子」(ポプラ社)

174 「帝国文学」懸賞小説

帝国文学会により明治36年に募集した。当選作を同誌臨時増刊「懸賞小説および講演号」(明37年5月刊)に収録した。

【主催者】帝国文学会
【選考委員】大塚保治,芳賀矢一,藤岡作太郎,藤代禎輔
【賞・賞金】第1等:賞金50円と同誌5年分,第2等:30円と3年分,第3等:20円と2年分

(明37年)
◇1等
　海賀 変哲 「心づくし」
◇2等

　新井 霊泉 「星の世の恋」
◇3等
　吉田 荻洲 「薄命」

175 電撃大賞〔電撃小説大賞部門〕

次代を創造するエンターテイナーの発掘・育成を目的に作品の募集を行う。平成5年,作家,イラストレーターの新人登竜門「電撃ゲーム3大賞」としてスタート。平成15年第11回より「電撃3大賞」,第12回より「電撃大賞」に改称。

電撃大賞〔電撃小説大賞部門〕

【主催者】（株）アスキー・メディアワークス
【選考委員】高畑京一郎（作家）,時雨沢恵一（作家）,佐藤竜雄（アニメーション演出家）,佐藤竜雄（アニメーション演出家）,荒木美也子（アスミック・エース株式会社 企画製作事業部 プロデューサー）,鈴木一智（副ブランドカンパニー長 第2編集部 統括編集長）,徳田直巳（電撃文庫編集長）,佐藤達郎（メディアワークス文庫編集長）
【選考方法】公募
【選考基準】〔対象〕オリジナルの長編及び短編小説。ジャンルは不問。未発表の日本語で書かれた作品（他の公募に応募中の作品も不可）。〔資格〕不問。〔原稿〕長編：ワープロ原稿の場合80〜130枚,縦書き。短編：ワープロ原稿の場合15〜30枚,縦書き。1P 42文字×34行で印刷。フロッピーのみでの応募は不可。400字詰め原稿用紙応募可（長編：250〜370枚,短編：42〜100枚）。作品にタイトル,住所,本名,筆名,年齢,職業（略歴）,電話番号,何を読んで応募をしたのか,あらすじ（800字以内）を明記した紙を添付の上,右肩をひもで綴じて郵送
【締切・発表】（第21回）平成26年4月10日締切（当日消印有効),9月に選考委員により大賞及び各賞の受賞作品を決定
【賞・賞金】大賞：正賞+副賞300万円,金賞：正賞+副賞100万円,銀賞（数点）：正賞+副賞50万円,メディアワークス文庫賞：正賞+副賞100万円,電撃文庫MAGAZINE賞：正賞+副賞30万円
【URL】http://asciimw.jp/award/taisyo/

第1回（平6年）
◇大賞
　土門 弘幸 「五霊闘士オーキ伝—五霊闘士現臨！」
◇金賞
　高畑 京一郎 「クリス・クロス—混沌の魔王」
◇銀賞
　中里 融司 「冒険商人アムラフィ—海神ドラムの秘宝」
　坪田 亮介 「雲ゆきあやし、雨にならんや」
第2回（平7年）
◇大賞
　古橋 秀之 「ブラックロッド」
◇銀賞
　成重 尚弘 「やまいはちから—スペシャルマン」
　茅本 有里 「戸籍係の憂鬱」
第3回（平8年）
◇金賞
　川上 稔 「パンツァーポリス1935」
　栗府 二郎 「NANIWA捜神記」
◇銀賞
　雅 彩人 「HOROGRAM SEED」
　天羽 沙夜 「ダーク・アイズ」
第4回（平9年）
◇大賞
　上遠野 浩平 「ブギーポップは笑わない」
◇金賞
　橋本 紡 「猫目狩り」
◇銀賞
　阿智 太郎 「僕の血を吸わないで」
第5回（平10年）
◇大賞
　該当作なし
◇金賞
　白井 信隆 「月に笑く」
◇銀賞
　三雲 岳斗 「コールド・ゲヘナ」
◇選考委員特別賞
　七海 純 「ギミック・ハート」
　志村 一矢 「月と貴女に花束を」

175 電撃大賞〔電撃小説大賞部門〕

第6回（平11年）
　◇大賞
　　円山 夢久 「リングテイル」
　◇金賞
　　中村 恵里加 「ダブルブリッド」
　◇銀賞
　　一色 銀河 「若草野球部狂想曲 サブマリンガール」

第7回（平12年）
　◇大賞
　　該当作なし
　◇金賞
　　佐藤 ケイ 「天国に涙はいらない」
　　渡瀬 草一郎 「陰陽ノ京」
　◇銀賞
　　三枝 零一 「ウィザーズ・ブレイン」
　◇選考委員奨励賞
　　御堂 彰彦 「王道楽土」
　　海羽 超史郎 「天剣王器」

第8回（平13年）
　◇大賞
　　田村 登正 「大唐風雲記」
　◇金賞
　　該当作なし
　◇銀賞
　　うえお 久光 「悪魔のミカタ」
　　有沢 まみず 「インフィニティ・ゼロ」
　◇選考委員奨励賞
　　高橋 弥七郎 「A/Bエクストリーム」
　　鈴木 鈴 「吸血鬼のおしごと」

第9回（平14年）
　◇大賞
　　壁井 ユカコ 「キーリ死者たちは荒野に眠る」
　◇金賞
　　高野 和 「七姫物語」
　　成田 良悟 「バッカーノ！」
　◇銀賞
　　該当作なし
　◇選考委員奨励賞
　　坂入 慎一 「シャープ・エッジ」
　　神野 淳一 「シルフィ・ナイト」

第10回（平15年）
　◇大賞
　　有川 浩 「塩の街」
　◇金賞
　　柴村 仁 「我が家のお稲荷さま。」
　◇銀賞
　　沖田 雅 「先輩とぼく」
　◇選考委員奨励賞
　　水瀬 葉月 「結界師のフーガ」
　　雨宮 諒 「シュプルのおはなし Grandpa's Treasure Box」

第11回（平16年）
　◇大賞
　　七飯 宏隆 「ルカ ―楽園の囚われ人たち―」
　◇金賞
　　長谷川 昌史 「ひかりのまち nerim's note」
　◇銀賞
　　結城 充考 「奇蹟の表現」
　◇選考委員奨励賞
　　白川 敏行 「シリアスレイジ」

第12回（平17年）
　◇大賞
　　小河 正岳 「お留守バンシー」
　◇金賞
　　来楽 零 「哀しみキメラ」
　◇銀賞
　　支倉 凍砂 「狼と香辛料」
　　杉井 光 「火目の巫女」
　◇選考委員奨励賞
　　御伽枕 「天使のレシピ」

第13回（平18年）
　◇大賞
　　紅玉 いづき 「ミミズクと夜の王」
　◇金賞
　　橋本 和也 「世界平和は一家団欒のあとに」
　　土橋 真二郎 「扉の外」
　◇銀賞
　　樹戸 英斗 「なつき☆フルスイング！ ケツバット女、笑う夏希。」

第14回（平19年）
　◇大賞

小説の賞事典　221

峰守 ひろかず 「ほうかご百物語」
◇金賞
　水鏡 希人 「君のための物語」
◇銀賞
　瀬那 和章 「under 異界ノスタルジア」
　高遠 豹介 「藤堂家はカミガカリ」
◇選考委員奨励賞
　夏海 公司 「葉桜が来た夏」

第15回（平20年）
◇大賞
　川原 礫 「アクセル・ワールド」
◇金賞
　四月 十日 「パラレラバ —Parallel lovers—」
◇銀賞
　真藤 順丈 「東京ヴァンパイア・ファイナンス」
　蒼山 サグ 「ロウきゅーぶ！」
◇選考委員奨励賞
　山口 幸三郎 「語り部じんえい」
◇電撃文庫MAGAZINE賞
　鷹羽 知 「眼球奇譚」
　丸山 英人 「隙間女（幅広）」

第16回（平21年）
◇電撃小説大賞部門
●大賞
　田名部 宗司 「幕末魔法士—Mage Revolution—」
●金賞
　美奈川 護 「ヴァンダル画廊街の奇跡」
●銀賞
　榎木津 無代 「ご主人さん＆メイドさま 父さん母さん、ウチのメイドは頭が高いと怒ります」
●メディアワークス文庫賞
　野﨑 まど 「［映］アムリタ」
　有間 カオル 「太陽のあくび」
●電撃文庫MAGAZINE賞
　奈々愁 仁子 「精恋三国志I」
●選考委員奨励賞
　綾崎 隼 「蒼空時雨」
　菱田 愛日 「空の彼方」

第17回（平22年）

◇電撃小説大賞部門
●大賞
　多宇部 貞人 「シロクロネクロ」
●金賞
　広沢 サカキ 「アイドライジング！」
　蟬川 タカマル 「青春ラリアット!!」
●銀賞
　和ヶ原 聡司 「はたらく魔王さま！」
　兎月 山羊 「アンチリテラルの数秘術師」
●メディアワークス文庫賞
　浅葉 なつ 「空をサカナが泳ぐ頃」
　朽葉屋 周太郎 「おちゃらけ王」
　仲町 六絵 「典医の女房」
●電撃文庫MAGAZINE賞
　天羽 伊吹清 「シースルー!?」

第18回（平23年）
◇電撃小説大賞部門
●大賞
　九丘 望 「エスケヱプ・スピヰド」
●金賞
　聴猫 芝居 「あなたの街の都市伝鬼！」
●銀賞
　三河 ごーすと 「ウィザード&ウォーリアー・ウィズ・マネー」
　来田 志郎 「勇者には勝てない」
●メディアワークス文庫賞
　エドワード・スミス 「侵略教師星人ユーマ」
　成田 名璃子 「月だけが、私のしていることを見おろしていた。」
●電撃文庫MAGAZINE賞
　高樹 凛 「明日から俺らがやってきた」
●選考委員奨励賞
　乙野 四方字 「ミニッツ？ 一分間の絶対時間？」

第19回（平24年）
◇電撃小説大賞部門
●大賞
　茜屋 まつり 「アリス・リローデッド ハロー、ミスター・マグナム」
　桜井 美奈 「きじかくしの庭」
●金賞

藤 まる 「明日、ボクは死ぬ。キミは生き返る。」
柳田 狐狗狸 「エーコと【トオル】と部活の時間。」
- 銀賞
  愛染 猫太郎 「塔京ソウルウィザーズ」
- メディアワークス文庫賞
  行田 尚希 「路地裏のあやかしたち 綾櫛横丁加納表具店」
- 電撃文庫MAGAZINE賞
  岬 鷺宮 「失恋探偵ももせ」
- 選考委員奨励賞
  天沢 夏月 「サマー・ランサー」

第20回（平25年）
◇電撃小説大賞部門
- 大賞
  虎走 かける 「ゼロから始める魔法の書」

  木崎 ちあき 「博多豚骨ラーメンズ」
- 金賞
  真代屋 秀晃 「韻が織り成す召喚魔法―バスタ・リリッカーズ―」
  小川 晴央 「僕が七不思議になったわけ」
- 銀賞
  青葉 優一 「王手桂香取り！」
  亜紀坂 圭春 「思春期ボーイズ×ガールズ戦争」
- メディアワークス文庫賞
  十三 湊 「C.S.T. 情報通信保安庁警備部」
- 電撃文庫MAGAZINE賞
  アズミ 「給食争奪戦」
- 20回記念特別賞
  真坂 マサル 「水木しげ子さんと結ばれました」

176 東奥小説賞

昭和31年に県創作界の振興のため創設。20回を期に選者の石坂洋次郎氏が健康上の理由で辞退したため衣替えし、石坂氏の功績をたたえ「石坂文学奨励賞」と名称を変更した。

【主催者】東奥日報社
【選考委員】石坂洋次郎
【選考方法】〔対象〕小説、戯曲 〔資格〕県在住者または、出身者の未発表作品であればプロ、アマを問わない
【締切・発表】9月末締切、1月1日東奥日報に発表
【賞・賞金】賞状と10万円

第1回（昭32年）
　左館 秀之助 「たずな抄」
第2回（昭33年）
　赤石 宏 「松前非常余聞」
第3回（昭34年）
　末津 きみ 「掃除婦ソノ」
第4回（昭35年）
　浜中 たけ 「双面」
第5回（昭36年）
　東 準 「西浜隊顛末記」
第6回（昭37年）
　三浦 隆造 「扉の外へ」
第7回（昭38年）
　牧 比呂志 「閉されし人」
第8回（昭39年）
　城 春夫 「オシラガミ記」
第9回（昭40年）
　庄司 力蔵 「霞と渚」
第10回（昭41年）
　綱木 三枝 「風それぞれ」
第11回（昭42年）

内山 茂子 「曇った日」
第12回（昭43年）
　該当作なし
第13回（昭44年）
　国分 光明 「仮面」
第14回（昭45年）
　工藤 憲五 「小さな椅子」
第15回（昭46年）
　和城 弘志 「奇妙な新婚」
第16回（昭47年）

　北上 菜々子 「娘よ眠っておくれ」
第17回（昭48年）
　葛西 薫 「崇りの家」
第18回（昭49年）
　該当作なし
第19回（昭50年）
　該当作なし
第20回（昭51年）
　畠山 則行 「赤犬」

177 同人雑誌賞

新潮社により昭和29年に「新潮社文学賞」「小説新潮賞」と共に創設された賞。42年に中止。43年に創設された「新潮新人賞」に、ほぼこの特徴が引き継がれた。

【主催者】新潮社
【選考委員】伊藤整、井伏鱒二、大岡昇平、尾崎一雄、中山義秀、高見順、永井龍男、三島由紀夫、安岡章太郎（第1回）
【選考基準】「新潮同人雑誌推薦小説特集号」に掲載されたものの中から、さらに最優秀作品を選んで授賞する
【賞・賞金】記念品と賞金5万円、所属同人雑誌へ5万円

第1回（昭29年）
　石崎 晴央 「焼絵玻璃」（文脈）
第2回（昭30年）
　三浦 哲郎 「十五歳の周囲」（非情）
第3回（昭31年）
　瀬戸内 晴美 「女子大生・曲愛玲」（Z）
第4回（昭32年）
　副田 義也 「闘牛」（クライテリオン）
第5回（昭33年）
　神崎 信一 「大宮踊り」（文学山河）
第6回（昭34年）
　田木 敏智 「残された夫」（無名誌）
第7回（昭35年）
　佐江 衆一 「背」（文芸首都）

第8回（昭36年）
　河野 多惠子 「幼児狩り」（文学者）
第9回（昭37年）
　多岐 一雄 「光芒」（新現実）
第10回（昭38年）
　鴻 みのる 「奇妙な雪」（シジフォス）
第11回（昭39年）
　津村 節子 「さい果て」（文学者）
第12回（昭40年）
　渡辺 淳一 「死化粧」（くりま）
第13回（昭41年）
　斉藤 せつ子 「健やかな日常」（土偶）
第14回（昭42年）
　山下 郁夫 「南溟」（塔）

178 東北北海道文学賞

昭和34年に同人誌「文芸東北」を創刊した大林しげるが平成2年,発行継続30年,300号を記念して、広く、有望な新人作家を発掘したいとの主旨で設立した。平成22年をもって終了した。

【主催者】東北北海道文学賞会議
【選考委員】伊藤桂一,大河内昭爾
【選考方法】公募
【選考基準】〔資格〕不問。〔対象〕新人の未発表小説原稿,但し、非商業雑誌に発表したものは可。〔原稿〕400字詰原稿用紙換算枚数で50枚以上100枚以下
【締切・発表】毎年9月30日締切（当日消印有効）,翌年3月の「文芸東北」誌上にて発表
【賞・賞金】正賞賞状楯,副賞50万円（受賞作版権は主催者に帰属）,河北新報社社長賞

第1回（平2年）
　渡辺 毅 「小さな墓の物語」
第2回（平3年）
　該当作なし
第3回（平4年）
　松浦 淳 「窓辺の頬杖」
第4回（平5年）
　桂木 和子 「春の川」
第5回（平6年）
　北山 幸太郎 「ロバ君の問題点」
第6回（平7年）
　長谷川 一石 「カシラコンブの海」
第7回（平8年）
　大浜 則子 「あぜ道」
　加藤 霖雨 「壁」
　◇奨励賞
　　八木沼 瑞穂 「たいまつ赤くてらしつつ」
第8回（平9年）
　杉原 悠 「からの鳥かご」
第9回（平10年）
　該当作なし
　◇奨励賞
　● 伊藤桂一賞
　　木田 孝夫 「ねぷたが笑った」
　● 三好京三賞
　　松倉 隆清 「ホロカ」
　● 大河内昭爾賞
　　川口 明子 「祈る時まで」
第10回（平11年）
　安本 噯 「落下」
第11回（平12年）
　該当作なし
　◇奨励賞
　　寺林 智栄 「カーテンコール」
　　中島 ゆうり 「エンパシー」
第12回（平13年）
　畠山 恵美 「遠雷や、残すものなどなにもない」
第13回（平14年）
　八王子 琴子 「燔祭」
第14回（平15年）
　該当作なし
　◇奨励賞
　　伊藤 孝一 「奈落」
第15回（平16年）
　該当作なし
第16回（平17年）
　該当作なし
　◇奨励賞
　　古林 邦和 「白い夏」
第17回（平18年）
　原口 啓一郎 「夢の地層」
第18回（平19年）
　鈴木 信一 「賀状」
第19回（平20年）
　該当作なし
　◇奨励賞
　　古林 邦和 「パーボ・スロプタ」

第20回（平21年）
　植村 有　「醒めない夏」

179　徳島県作家協会賞

県下の作家の資質向上のため昭和53年に創設された。第5回で中止となる。

【主催者】徳島県作家協会

【選考委員】県下の主要同人誌の主宰者と会長

【選考基準】1月〜12月中に県下で発行された同人誌よりその主宰者が推薦。他県誌でも作者が県人であるとき理事が推薦

【締切・発表】12月末日締切。徳島新聞紙上で4月頃発表

【賞・賞金】2万円（図書券）

第1回（昭53年）
　岡田 みゆき　「ふるさと」徳島作家
第2回（昭54年）
　中川 静子　「花明かり」徳島作家
第3回（昭55年）
　多田 一　「明治の青春」四国文学

◇特別賞
　岸 文雄　「望郷の日々に」評論（単行本）
第4回（昭56年）
　四宮 秀二　「落陽の海」大阪文学学校
第5回（昭57年）
　該当作なし

180　とくしま県民文芸

徳島県の文芸の向上と普及を図るため、昭和44年に創設された。平成15年度に「とくしま文学賞」へ移行。

【主催者】徳島県

【選考委員】（平成14年）森内俊雄（小説）、山下博之（文芸評論）、ふじたあさや（戯曲・脚本）、さねとうあきら（児童文学）、森内俊雄（随筆）、鈴木漠（現代詩）、河合恒治、紀野恵、斎藤祥郎、松並武夫（短歌）、上崎暮潮、大櫛静波、高井去私、滝佳杖、福島せいぎ、吉田汀史、（俳句）井上博、岸下吉秋、長野とくはる、福本しのぶ（川柳）

【選考方法】公募

【選考基準】〔資格〕徳島県内に在住する者。〔対象〕俳句、短歌、川柳、現代詩、随筆、文芸評論、小説、戯曲・脚本、児童文学。〔原稿〕俳句、短歌、川柳は、1人2句もしくは2首以内。現代詩は1編400字詰原稿用紙2枚以内で1人1編とする。随筆は同3枚以内。文芸評論は同20枚以内。小説は同30枚以内。戯曲・脚本は、同50枚以内。児童文学は同20枚以内とし1人1編とする。いずれも未発表の作品に限る

【締切・発表】9月30日（当日消印有効）,12月上旬（徳島新聞紙上）に発表予定。また、入選作品を「とくしま県民文芸」として収録、翌年2月上旬単行本として発行する

【賞・賞金】記念品

(昭44年度)
　◇小説
　　堤 高数 「石の笛」
(昭45年度)
　◇小説
　　金丸 浅子 「部屋」
(昭46年度)
　◇小説
　　堤 高数 「梟首聞書」
(昭47年度)
　◇小説
　　湯浅 勝至郎 「余燼」
(昭48年度)
　◇小説
　　佐藤 説子 「赤まんま」
(昭49年度)
　◇小説
　　林 啓介 「見果てぬ夢」
(昭50年度)
　◇小説
　　該当作なし
(昭51年度)
　◇小説
　　織田 武夫 「石人」
(昭52年度)
　◇小説
　　東倉 勉一
(昭53年度)
　◇小説
　　該当作なし
(昭54年度)
　◇小説
　　桂木 香 「掌のなかの夏」
(昭55年度)
　◇小説
　　湯浅 未知 「少年と夏」
(昭56年度)
　◇小説
　　佐々木 義典 「夜の奥に」

(昭57年度)
　◇小説
　　松木 精 「計画」
(昭58年度)
　◇小説
　　みなもと ひさし 「姥ひとり」
(昭59年度)
　◇小説
　　安福 昌子 「ロンリー・ライダーの死」
(昭60年度)
　◇小説
　　野口 篤男
(昭61年度)
　◇小説
　　該当作なし
(昭62年度)
　◇小説
　　該当作なし
(昭63年度)
　◇小説
　　該当作なし
(平1年度)
　◇小説
　　該当作なし
(平2年度)
　◇小説
　　該当作なし
(平3年度)
　◇小説
　　該当作なし
(平4年度)
　◇小説
　　該当作なし
(平5年度)
　◇小説
　　該当作なし
(平6年度)
　◇小説
　　該当作なし

(平7年度)
◇小説
　橋本 幸也　「見上げれば曇り空」
(平8年度)
◇小説
　該当作なし
(平9年度)
◇小説
　該当作なし
(平10年度)
◇小説
　尾原 由教　「アメリカ蟬」
(平11年度)
◇小説
　該当作なし
(平12年度)
◇小説
　該当作なし
(平13年度)
◇小説
　該当作なし

181 とくしま文学賞

昭和44年にスタートした「とくしま県民文芸」を引き継いだもので、徳島県の文芸活動の向上と普及を目的にしている。

【主催者】徳島県、徳島県立文学書道館

【選考委員】（第11回）〔小説部門〕山本道子〔脚本部門〕ふじたあさや〔文芸評論部門〕山下博之〔児童文学部門〕さねとうあきら〔随筆部門〕林啓介〔現代詩部門〕鈴木漠〔短歌部門〕紀野恵、佐藤恵子、竹安隆代、松並武夫〔俳句部門〕岩田公次、西池冬扇、西本潤、福島せいぎ、船越淑井、吉田汀史〔川柳部門〕井上博、徳長怜子、中尾住吉〔連句部門〕東條士郎

【選考方法】公募

【選考基準】〔資格〕徳島県内在住・徳島県出身の方。〔対象〕小説・脚本・文芸評論・児童文学・随筆・現代詩・短歌・俳句・川柳・連句の10部門。〔原稿〕短歌・俳句・川柳は葉書で1人2首もしくは2句以内。その他の部門は400字詰原稿用紙を使用。小説50枚以内、脚本100枚以内、文芸評論20枚以内、児童文学20枚以内、随筆5枚以内、現代詩2枚以内、連句（形式自由）2枚以内。ワープロで作成の場合はA4版用紙横置きでタテ20字×ヨコ20字の縦書きとする。〔応募規定〕未発表の作品に限る。応募作品の訂正・差し替え・返却不可。類想、類句は賞を取り消すことがある。入賞作品は「文芸とくしま」に収録、翌年2月中旬頃に発行する。

【締切・発表】9月30日締切（当日消印有効）,12月中旬（新聞紙上,文学書道館ホームページ）発表予定

【賞・賞金】〔小説・脚本〕最優秀作（各部門1点）：副賞5万円,〔文芸評論・児童文学〕最優秀賞（各部門1点）：副賞2万円,〔随筆・現代詩・短歌・俳句・川柳・連句〕最優秀賞（各部門1点）：副賞1万円

【URL】http://www.bungakushodo.jp/

第1回（平15年度）
◇小説部門

●最優秀
　後藤 公丸　「昭和の子供よ僕たちは」

第2回（平16年度）
◇小説部門
- 最優秀
  該当作なし

第3回（平17年度）
◇小説部門
- 最優秀
  新田 文男 「年賀状の波紋」

第4回（平18年度）
◇小説部門
- 最優秀
  板東 秀 「恩古さんの日常」

第5回（平19年度）
◇小説部門
- 最優秀
  半田 美里 「RECYCLE」

第6回（平20年度）
◇小説部門
- 最優秀
  村上 青山 「顔のない自画像」

第7回（平21年度）
◇小説部門
- 最優秀
  菊野 啓

第8回（平22年度）
◇小説部門
- 最優秀
  田中 かなた

第9回（平23年度）
◇小説部門
- 最優秀
  犬伏 浩

第10回（平24年度）
◇小説部門
- 最優秀
  谷矢 真世

第11回（平25年度）
◇小説部門
- 最優秀
  一藁 英一

182 とやま文学賞

　一般社団法人富山県芸術文化協会が，昭和57年広く県民に開かれた総合文芸誌「とやま文学」創刊，同時に「とやま文学賞」を創設。文学に関するあらゆる分野の優れた創作活動及び研究の成果を選奨紹介し，特に気鋭の新人に発表の場を与えることをねらいとする。

【主催者】（一社）富山県芸術文化協会，富山県

【選考委員】木崎さと子，川本皓嗣

【選考方法】公募

【選考基準】〔対象〕文学に関する作品すべてを対象とし，未発表のものに限る。〔資格〕富山県在住者および出身者。〔原稿〕小説（戯曲を含む）・評論：400字詰原稿用紙（ワープロ・パソコン原稿は20字20行打ち）30枚以上50枚以内，児童文学・随筆：30枚程度，詩・短歌・俳句・川柳：詩3編以内，短歌30首，俳句20句，川柳20句。原稿には必ず部門・作品名（ふりがな）・住所・電話番号・氏名（ふりがな）・年齢・生年月日・職業・略歴・を付記。県外に在住の富山県出身者は出身市町村名を明記する。報道および協会の機関誌に掲載する場合もある

【締切・発表】9月末日締切，翌年「とやま文学」に掲載発表

【賞・賞金】とやま文学賞：正賞記念品（善本秀作制作ブロンズ像），副賞10万円（総額）

【URL】http://www.tiatf.or.jp/

第1回（昭57年）
　該当作なし
第2回（昭58年度）
　◇小説部門
　　ひえだ みほこ 「レリーフ」
第3回（昭59年度）
　小説部門受賞作なし
第4回（昭60年度）
　◇小説部門
　　牧野 誠義 「尾根の雨」
第5回（昭61年度）
　◇小説部門
　　高田 六常 「窯」
第6回（昭62年度）
　◇小説部門
　　長井 朝男 「鯨波」
第7回（昭63年度）
　該当作なし
第8回（平1年度）
　該当作なし
第9回（平2年度）
　◇小説部門
　　大巻 裕子 「テンプル・トゥリー」
第10回（平3年度）
　◇小説部門
　　小倉 孝夫 「別離」
第11回（平4年度）
　小説部門受賞作なし
第12回（平5年度）
　小説部門受賞作なし
第13回（平6年度）
　◇小説
　　田中 洋 「谺を聞く」
第14回（平7年度）
　小説部門受賞作なし
第15回（平8年度）
　小説部門受賞作なし
第16回（平9年度）
　小説部門受賞作なし

第17回（平10年度）
　◇小説
　　神通 明美
第18回（平11年度）
　◇小説
　　篠原 ちか子
第19回（平12年度）
　◇小説
　　水無瀬 梓
第20回（平13年度）
　小説部門受賞作なし
第21回（平14年度）
　＊
第22回（平15年度）
　小説部門受賞作なし
第23回（平16年度）
　◇とやま文学賞
　●小説
　　小倉 充 「振り向けば、春」
第24回（平17年度）
　◇とやま文学賞
　　該当作なし
　◇佳作
　●小説
　　藤牧 久雄 「入道はん」
第25回（平18年度）
　◇とやま文学賞
　●小説
　　山村 睦 「先生と帽子」
　◇佳作
　●小説
　　藤牧 久雄 「上弦の月あかり」
第26回（平19年度）
　◇とやま文学賞
　●小説
　　浅野 美和子 「森陰にコグマを捨てて」
　◇佳作
　●小説
　　東保 朗子 「緋袴の恋」

第27回（平20年度）
◇とやま文学賞
● 小説
　芹沢 葉子　「君が代と洗面器」
第28回（平21年度）
◇とやま文学賞
● 小説
　嫁兼 直一　「西から昇る太陽」
第29回（平22年度）
◇とやま文学賞
● 小説
　若栗 清子　「ボクの手紙」
第30回（平23年度）
◇とやま文学賞
● 小説
　佐倉 れみ　「それぞれのとき」
第31回（平24年度）
◇佳作
● 小説
　上田 蟬丸　「黒い鳥―わが半世紀―」
　恵那 慎也　「春枝と僕」

183 直木三十五賞

直木三十五の名を記念して、菊池寛が、芥川賞と同時に昭和10年に制定した賞で、無名もしくは新進作家の大衆文芸作品のうち、最も優秀なものに贈られる。芥川賞とともに一流作家への登龍門として最も権威ある賞とされている。

【主催者】公益財団法人 日本文学振興会
【選考委員】浅田次郎，阿刀田高，伊集院静，北方謙三，桐野夏生，高村薫，林真理子，東野圭吾，宮城谷昌光，宮部みゆき，渡辺淳一
【選考方法】非公募
【選考基準】各新聞，雑誌，あるいは単行本の形で発表された大衆文芸中最も優秀なものに贈られる
【締切・発表】年2回，選考・発表は1月と7月，受賞作品は「オール讀物」3月号・9月号誌上に発表
【賞・賞金】正賞（時計）と賞金100万円
【URL】http : //www.bunshun.co.jp/award/naoki/index.htm

第1回（昭10年上）
　川口 松太郎　「鶴八鶴次郎」（オール読物9年10月号）
第2回（昭10年下）
　鷲尾 雨工　「吉野朝太平記」（春秋社）
第3回（昭11年上）
　海音寺 潮五郎　「天正女合戦」（オール読物4月～6月号）
第4回（昭11年下）
　木々 高太郎　「人生の阿呆」（新青年1月～12月号）
第5回（昭12年上）
　該当作なし
第6回（昭12年下）
　井伏 鱒二　「ジョン万次郎漂流記」（河出書房）
第7回（昭13年上）
　橘 外男　「ナリン殿下への回想」（文藝春秋2月号）
第8回（昭13年下）
　大池 唯雄　「兜首」（「秋田口の兄弟」新青年7月号）
第9回（昭14年上）

小説の賞事典

183 直木三十五賞

　該当作なし
第10回(昭14年下)
　該当作なし
第11回(昭15年上)
　堤 千代 「小指」(オール読物14年12月号)
　河内 仙介 「軍事郵便」(大衆文芸3月号)
第12回(昭15年下)
　村上 元三 「上総風土記」(大衆文芸10月号)
第13回(昭16年上)
　木村 荘十 「雲南守備兵」(新青年4月号)
第14回(昭16年下)
　該当作なし
第15回(昭17年上)
　該当作なし
第16回(昭17年下)
　神崎 武雄 「寛容」(オール読物11月号)
　田岡 典夫 「強情いちご」(講談倶楽部9月号)
第17回(昭18年上)
　該当作なし
第18回(昭18年下)
　森 荘已池 「蛾と笹舟」(「山畠」文芸読物7月号,12月号)
第19回(昭19年上)
　岡田 誠三 「ニューギニア山岳戦」(新青年3月号)
第20回(昭19年下)
　該当作なし
第21回(昭24年上)
　富田 常雄 「面」(「刺青」小説新潮23年5月号,オール読物22年12月号)
第22回(昭24年下)
　山田 克郎 「海の廃園」(文芸読物12月号)
第23回(昭25年上)
　今 日出海 「天皇の帽子」(オール読物4月号)
　小山 いと子 「執行猶予」(中央公論2月号)
第24回(昭25年下)
　檀 一雄 「長恨歌」(オール読物10月号)、「真説石川五右衛門」(夕刊新大阪新聞25年10月～26年2月)
第25回(昭26年上)
　源氏 鶏太 「英語屋さん」(週刊朝日夏季増刊号)
第26回(昭26年下)
　久生 十蘭 「鈴木主水」(オール読物11月特別号)
　柴田 錬三郎 「イエスの裔」(三田文学12月号)
第27回(昭27年上)
　藤原 審爾 「罪な女」(オール読物5月号)
第28回(昭27年下)
　立野 信之 「叛乱」(小説公園1～12月号)
第29回(昭28年上)
　該当作なし
第30回(昭28年下)
　該当作なし
第31回(昭29年上)
　有馬 頼義 「終身未決囚」(作品社)
第32回(昭29年下)
　梅崎 春生 「ボロ家の春秋」(新潮8月号)
　戸川 幸夫 「高安犬物語」(大衆文芸12月号)
第33回(昭30年上)
　該当作なし
第34回(昭30年下)
　新田 次郎 「強力伝」(朋文堂)
　邱 永漢 「香港」(大衆文芸8月～11月号)
第35回(昭31年上)
　南条 範夫 「灯台鬼」(オール読物5月号)
　今 官一 「壁の花」(芸術社)
第36回(昭31年下)
　今 東光 「お吟さま」(淡交1月～12月号)
　穂積 驚 「勝烏」(大衆文芸9月～12月号)
第37回(昭32年上)
　江崎 誠致 「ルソンの谷間」(筑摩書房)
第38回(昭32年下)
　該当作なし
第39回(昭33年上)
　山崎 豊子 「花のれん」(中央公論1月～6月号)
　榛葉 英治 「赤い雪」(和同出版)
第40回(昭33年下)

城山 三郎 「総会屋錦城」(別冊文藝春秋66号)
多岐川 恭 「落ちる」(河出書房)
第41回(昭34年上)
　渡辺 喜恵子 「馬淵川」(光風社)
　平岩 弓枝 「鏨師」(大衆文芸2月号)
第42回(昭34年下)
　司馬 遼太郎 「梟の城」(講談社)
　戸板 康二 「団十郎切腹事件」(宝石12月号)
第43回(昭35年上)
　池波 正太郎 「錯乱」(オール読物4月号)
第44回(昭35年下)
　寺内 大吉 「はぐれ念仏」(近代説話7月号)
　黒岩 重吾 「背徳のメス」(中央公論11月号)
第45回(昭36年上)
　水上 勉 「雁の寺」(別冊文藝春秋75号)
第46回(昭36年下)
　伊藤 桂一 「蛍の河」(近代説話10月号)
第47回(昭37年上)
　杉森 久英 「天才と狂人の間」(自由35年11月～36年7月号)
第48回(昭37年下)
　山口 瞳 「江分利満氏の優雅な生活」(婦人画報36年10月～37年8月号)
　杉本 苑子 「孤愁の岸」(講談社)
第49回(昭38年上)
　佐藤 得二 「女のいくさ」(二見書房)
第50回(昭38年下)
　安藤 鶴夫 「巷談本牧亭」(桃源社)
　和田 芳恵 「塵の中」(光風社)
第51回(昭39年上)
　該当作なし
第52回(昭39年下)
　永井 路子 「炎環」(光風社)
　安西 篤子 「張少子の話」(新誌4号)
第53回(昭40年上)
　藤井 重夫 「虹」(作家4月号)
第54回(昭40年下)
　新橋 遊吉 「八百長」(讃岐文学13号)
　千葉 治平 「虜愁記」(秋田文学23～27号)

第55回(昭41年上)
　立原 正秋 「白い罌粟」(別冊文藝春秋94号)
第56回(昭41年下)
　五木 寛之 「蒼ざめた馬を見よ」(別冊文藝春秋98号)
第57回(昭42年上)
　生島 治郎 「追いつめる」(光文社)
第58回(昭42年下)
　三好 徹 「聖少女」(別冊文藝春秋101号)
　野坂 昭如 「アメリカひじき」「火垂るの墓」(別冊文藝春秋101号, オール読物10月号)
第59回(昭43年上)
　該当作なし
第60回(昭43年下)
　早乙女 貢 「僑人の檻」(講談社)
　陳 舜臣 「青玉獅子香炉」(別冊文藝春秋105号)
第61回(昭44年上)
　佐藤 愛子 「戦いすんで日が暮れて」(講談社)
第62回(昭44年下)
　該当作なし
第63回(昭45年上)
　結城 昌治 「軍旗はためく下に」(中央公論44年11月～45年4月号)
　渡辺 淳一 「光と影」(別冊文藝春秋111号)
第64回(昭45年下)
　豊田 穣 「長良川」(作家社)
第65回(昭46年上)
　該当作なし
第66回(昭46年下)
　該当作なし
第67回(昭47年上)
　井上 ひさし 「手鎖心中」(別冊文藝春秋119号)
　綱淵 謙錠 「斬」(新評46年2月～47年2月号)
第68回(昭47年下)
　該当作なし
第69回(昭48年上)

長部 日出雄　「津軽世去れ節」「津軽じょんから節」(津軽書房)
藤沢 周平　「暗殺の年輪」(オール読物3月号)
第70回 (昭48年下)
　該当作なし
第71回 (昭49年上)
　藤本 義一　「鬼の詩」(別冊小説現代陽春号)
第72回 (昭49年下)
　半村 良　「雨やどり」(オール読物11月号)
　井出 孫六　「アトラス伝説」(冬樹社)
第73回 (昭50年上)
　該当作なし
第74回 (昭50年下)
　佐木 隆三　「復讐するは我にあり」(講談社)
第75回 (昭51年上)
　該当作なし
第76回 (昭51年下)
　三好 京三　「子育てごっこ」(文學界50年12月号)
第77回 (昭52年上)
　該当作なし
第78回 (昭52年下)
　該当作なし
第79回 (昭53年上)
　色川 武大　「離婚」(別冊文藝春秋143号)
　津本 陽　「深重の海」(VIKING292〜328号)
第80回 (昭53年下)
　宮尾 登美子　「一絃の琴」(講談社)
　有明 夏夫　「大浪花諸人往来」(野生時代2月〜4月号,7月〜9月号)
第81回 (昭54年上)
　田中 小実昌　「浪曲師朝日丸の話」「ミミのこと」(泰流社)
　阿刀田 高　「ナポレオン狂」(講談社)
第82回 (昭54年下)
　該当作なし
第83回 (昭55年上)
　志茂田 景樹　「黄色い牙」(講談社)

向田 邦子　「花の名前」「かわうそ」「犬小屋」(小説新潮4月〜6月号)
第84回 (昭55年下)
　中村 正軌　「元首の謀叛」(文藝春秋)
第85回 (昭56年上)
　青島 幸男　「人間万事塞翁が丙午」(新潮社)
第86回 (昭56年下)
　つか こうへい　「蒲田行進曲」(角川書店)
　光岡 明　「機雷」(講談社)
第87回 (昭57年上)
　深田 祐介　「炎熱商人」(文藝春秋)
　村松 友視　「時代屋の女房」(野性時代6月号)
第88回 (昭57年下)
　該当作なし
第89回 (昭58年上)
　胡桃沢 耕史　「黒パン俘虜記」(文藝春秋)
第90回 (昭58年下)
　神吉 拓郎　「私生活」(文藝春秋)
　高橋 治　「秘伝」(小説現代11月号)
第91回 (昭59年上)
　連城 三紀彦　「恋文」(新潮社)
　難波 利三　「てんのじ村」(実業之日本社)
第92回 (昭59年下)
　該当作なし
第93回 (昭60年上)
　山口 洋子　「演歌の虫」「老梅」(文藝春秋)
第94回 (昭60年下)
　森田 誠吾　「魚河岸ものがたり」(新潮社)
　林 真理子　「最終便に間に合えば」「京都まで」(文藝春秋)
第95回 (昭61年上)
　皆川 博子　「恋紅」(新潮社)
第96回 (昭61年下)
　逢坂 剛　「カディスの赤い星」(講談社)
　常盤 新平　「遠いアメリカ」(講談社)
第97回 (昭62年上)
　白石 一郎　「海狼伝」(文藝春秋)
　山田 詠美　「ソウル・ミュージック・ラバーズ・オンリー」(角川書店)
第98回 (昭62年下)

阿部 牧郎 「それぞれの終楽章」(講談社)
第99回(昭63年上)
　西木 正明 「凍れる瞳」「端島の女」(文藝春秋)
　景山 民夫 「遠い海から来たCOO」(角川書店)
第100回(昭63年下)
　杉本 章子 「東京新大橋雨中図」(新人物往来社)
　藤堂 志津子 「熟れてゆく夏」(文藝春秋)
第101回(平1年上)
　ねじめ 正一 「高円寺純情商店街」(新潮社)
　笹倉 明 「遠い国からの殺人者」(文藝春秋)
第102回(平1年下)
　星川 清司 「小伝抄」(オール読物10月号)
　原 寮 「私が殺した少女」(早川書房)
第103回(平2年上)
　泡坂 妻夫 「蔭桔梗」(新潮社)
第104回(平2年下)
　古川 薫 「漂泊者のアリア」(文藝春秋)
第105回(平3年上)
　芦原 すなお 「青春デンデケデケデケ」(河出書房新社)
　宮城谷 昌光 「夏姫春秋」(海越出版社)
第106回(平3年下)
　高橋 義夫 「狼奉行」(オール読物12月号)
　高橋 克彦 「緋い記憶」(文藝春秋)
第107回(平4年上)
　伊集院 静 「受け月」(文藝春秋)
第108回(平4年下)
　出久根 達郎 「佃島ふたり書房」(講談社)
第109回(平5年上)
　高村 薫 「マークスの山」(早川書房)
　北原 亜以子 「恋忘れ草」(文藝春秋)
第110回(平5年下)
　大沢 在昌 「新宿鮫 無間人形」(読売新聞社)
　佐藤 雅美 「恵比寿屋喜兵衛手控え」(講談社)
第111回(平6年上)

　海老沢 泰久 「帰郷」(文藝春秋)
　中村 彰彦 「二つの山河」(文藝春秋)
第112回(平6年下)
　該当作なし
第113回(平7年上)
　赤瀬川 隼 「白球残映」(文藝春秋)
第114回(平7年下)
　小池 真理子 「恋」(早川書房)
　藤原 伊織 「テロリストのパラソル」(講談社)
第115回(平8年上)
　乃南 アサ 「凍える牙」(新潮社)
第116回(平8年下)
　坂東 真砂子 「山妣」(新潮社)
第117回(平9年上)
　篠田 節子 「女たちのジハード」(集英社)
　浅田 次郎 「鉄道員(ぽっぽや)」(集英社)
第118回(平9年下)
　該当者なし
第119回(平10年上)
　車谷 長吉 「赤目四十八滝心中未遂」(文藝春秋)
第120回(平10年下)
　宮部 みゆき 「理由」(朝日新聞社)
第121回(平11年上)
　佐藤 賢一 「王妃の離婚」(集英社)
　桐野 夏生 「柔らかな頬」(講談社)
第122回(平11年下)
　なかにし 礼 「長崎ぶらぶら節」(文藝春秋)
第123回(平12年上)
　金城 一紀 「GO」(講談社)
　船戸 与一 「虹の谷の五月」(集英社)
第124回(平12年下)
　重松 清 「ビタミンF」(新潮社)
　山本 文緒 「プラナリア」(文藝春秋)
第125回(平13年上)
　藤田 宜永 「愛の領分」(文藝春秋)
第126回(平13年下)
　山本 一力 「あかね空」(文藝春秋)
　唯川 恵 「肩ごしの恋人」(マガジンハウス)

第127回（平14年上）
　乙川 優三郎　「生きる」（文藝春秋）
第128回（平14年下）
　該当作なし
第129回（平15年上）
　石田 衣良　「4TEEN」（新潮社）
　村山 由佳　「星々の舟」（文藝春秋）
第130回（平15年下）
　京極 夏彦　「後巷説百物語」（角川書店）
　江國 香織　「号泣する準備はできていた」（新潮社）
第131回（平16年上）
　奥田 英朗　「空中ブランコ」（文藝春秋）
　熊谷 達也　「邂逅の森」（文藝春秋）
第132回（平16年下）
　角田 光代　「対岸の彼女」（文藝春秋）
第133回（平17年上）
　朱川 湊人　「花まんま」（文藝春秋）
第134回（平17年下）
　東野 圭吾　「容疑者Xの献身」（文藝春秋）
第135回（平18年上）
　三浦 しをん　「まほろ駅前多田便利軒」（文藝春秋）
第136回（平18年下）
　該当作なし
第137回（平19年上）
　松井 今朝子　「吉原手引草」（幻冬舎）
第138回（平19年下）
　桜庭 一樹　「私の男」（文藝春秋）
第139回（平20年上）
　井上 荒野　「切羽（きりは）へ」（新潮社）
第140回（平20年下）
　天童 荒太　「悼む人」（文藝春秋）
　山本 兼一　「利休にたずねよ」（PHP研究所）
第141回（平21年上）
　北村 薫　「鷺と雪」（文藝春秋）
第142回（平21年下）
　白石 一文　「ほかならぬ人へ」（祥伝社）
　佐々木 譲　「廃墟に乞う」（文藝春秋）
第143回（平22年上）
　中島 京子　「小さいおうち」（文藝春秋）
第144回（平22年下）
　木内 昇　「漂砂（ひょうさ）のうたう」（集英社）
　道尾 秀介　「月と蟹」（文藝春秋）
第145回（平23年上）
　池井戸 潤　「下町ロケット」（小学館）
第146回（平23年下）
　葉室 麟　「蜩ノ記（ひぐらしのき）」（祥伝社）
第147回（平24年上）
　辻村 深月　「鍵のない夢を見る」（文藝春秋）
第148回（平24年下）
　朝井 リョウ　「何者」（新潮社）
　安部 龍太郎　「等伯」（日本経済新聞出版社）
第149回（平25年上）
　桜木 紫乃　「ホテルローヤル」（集英社）
第150回（平25年下）
　朝井 まかて　「恋歌（れんか）」（講談社）
　姫野 カオルコ　「昭和の犬」（幻冬舎）

184 長塚節文学賞〔短編小説部門〕

　常総市（旧・石下町）が生んだ明治の文人・長塚節を顕彰するとともに「節のふるさと常総」の文化を全国に発信していくために創設。

【主催者】常総市・節のふるさと文化づくり協議会

【選考委員】（第17回）〔短編小説部門〕高橋三千綱、堀江信男、成井恵子、〔短歌部門〕秋葉四郎、三枝昂之、米川千嘉子、〔俳句部門〕今瀬剛一、青木啓泰、嶋田麻紀

> 【選考方法】公募
> 【選考基準】〔対象〕短編小説,短歌,俳句。未発表作品。〔原稿〕短編小説:原稿用紙21～50枚,1人1編,短歌:1人2首まで,俳句:1人2句まで。〔応募規定〕応募料1作品につき1000円,小中高校生は無料
> 【締切・発表】毎年2月8日締切(当日消印有効),6月下旬,市HPで発表,入選者のみ直接通知,9月入選作品集刊行
> 【賞・賞金】〔短編小説〕大賞(1点):賞状と記念品,副賞20万円,〔短歌・俳句〕大賞(1点):賞状と記念品
> 【URL】http://www.city.joso.lg.jp

第1回(平9年)
◇短編小説部門
- 大賞
 大庭 桂 「恋歌」
- 優秀賞
 田村 悦子 「里の女のユートピア」

第2回(平10年)
◇短編小説部門
- 大賞
 山岡 けいわ 「雪の歌」
- 優秀賞
 羽田野 良太 「ラストステージ」
 片岡 永 「火焔」

第3回(平11年)
◇短編小説部門
- 大賞
 小河 洋子 「しずり雪」
- 優秀賞
 林 瀬津子 「遅刻貝の譜」

第4回(平12年)
◇短編小説部門
- 大賞
 山田 隆司 「かんでえらの日々」

第5回(平13年)
◇短編小説部門
- 大賞
 田中 良彦 「泥海ニ還ラズ」
- 優秀賞
 佐藤 いずみ 「生きる」
 宮本 徹志 「けっくりさん」

第6回(平14年)
◇短編小説部門
- 大賞
 紺野 真美子 「彼誰時」
- 優秀賞
 鈴木 清隆 「ごぜ奇譚」
 諸藤 成信 「遠い歌声」

第7回(平15年)
◇短編小説部門
- 大賞
 内田 聖子 「紫蘇むらさきの」
- 優秀賞
 黒沢 絵美 「仙人のお守り」
 白石 久雄 「祖父の終い」

第8回(平16年)
◇短編小説部門
 松本 敬子 「幸せの翠」

第9回(平17年)
◇短編小説部門
 小松 未都 「幻」

第10回(平18年)
◇短編小説部門
 沙木 実里 「風の櫛」

第11回(平19年)
◇短編小説部門
- 大賞
 大野 俊郎 「しまんちゅ」
- 優秀賞
 田谷 榮近 「胸痛む」
 岡部 達美 「勇敢な犬たち」

第12回(平21年)
◇短編小説部門

冨岡 美子 「ヒマラヤ桜の下で」
第13回（平22年）
◇短編小説部門
　馬場 美里 「誓いの木」
第14回（平23年）
◇短編小説部門
　斉藤 せち 「大部屋の源さん」

第15回（平24年）
◇短編小説部門
　西林 久美子 「闇の音」
第16回（平25年）
◇短編小説部門
　該当作なし

185 長野文学賞〔小説部門〕

長野日報社創業90周年を記念し、文壇ジャーナリズムにとらわれない、真摯に文学に取り組む人たちの発表の場として創設。

【主催者】 長野日報社
【選考委員】 藤田宜永（作家），井坂洋子（詩人），林郁（作家）
【選考方法】 公募
【選考基準】 〔対象〕小説、未発表原稿に限る。〔原稿〕小説：30枚。応募は1人1編。〔応募規定〕作品はコピーして全5セットを送付。応募原稿は返却せず、著作権は長野日報社に帰属する
【締切・発表】 毎年6月15日締切（必着），11月1日長野日報紙上に発表，作品紹介は11月上旬（長野日報紙上）
【賞・賞金】 長野文学賞（1編）：正賞懐中時計，副賞30万円

第1回（平3年）
◇長野文学賞
●小説
　吉野 理 「楓」
◇部門賞
●小説
　高山 昇 「屋根の上」
第2回（平4年）
◇長野文学賞
●小説
　峯村 純 「子切れ雲ははぐれ雲」
◇部門賞
●小説
　渡辺 たづ子 「心のカケラ」
第3回（平5年）
◇長野文学賞
●小説
　山本 直哉 「休火山」

◇部門賞
●小説
　野沢 霞 「彼岸への道」
第4回（平6年）
◇長野文学賞
●小説
　丹羽 さだ 「土の館（やかた）」
◇部門賞
●小説
　崎村 裕 「思い出のなかに明日がある」
第5回（平7年）
◇長野文学賞
●小説
　倉持 れい子 「夏模様」
◇部門賞
●小説
　気賀沢 清司 「ドクターイエロー」

第6回（平8年）
◇長野文学賞
　●小説
　　渡辺 たづ子 「世界のりんご」
◇部門賞
　●小説
　　気賀沢 清司 「きざし」
第7回（平9年）
◇長野文学賞
　●小説
　　坂口 公 「噤（つぐ）む」
◇部門賞
　●小説
　　村上 青二郎 「妙高」
第8回（平10年）
◇長野文学賞
　●小説
　　平緒 宣子 「ネジ巻の腕時計」
◇部門賞
　●小説
　　砂夜地 七遠 「生きていく場所」
第9回（平11年）
◇長野文学賞
　　小説部門受賞作なし
第10回（平12年）
◇長野文学賞
　●小説
　　気賀沢 清司（川崎市）「鳩」
◇部門賞
　●小説
　　倉科 登志夫（松本市）「指一本分の殺意」
◇入選
　●小説
　　緒口 明夫（函館市）「さいはての記」
　　谷沢 信意（諏訪市）「塵（ちり）降る町に」
第11回（平13年）
◇長野文学賞
　●小説
　　牛山 喜美子（厚木市・茅野市出身）「花色運河」
◇部門賞
　●小説

野沢 霞（生駒市・駒ケ根市出身）「風が見える」
◇入選
　●小説
　　内村 和（小諸市）「夜汽車」
第12回（平14年）
◇長野文学賞
　●小説
　　村上 青二郎（狭山市・須坂市出身）「ツバメ来て」
◇部門賞
　●小説
　　井須 はるよ（豊中市）「花野」
◇入選
　●小説
　　内村 和（小諸市）「アリバイ横丁物語」
　　倉科 登志夫（松本市）「やすらぎの満月」
第13回（平15年）
◇長野文学賞
　●小説
　　内村 和（小諸市）「木枯しの頃」
◇部門賞
　●小説
　　谷沢 信意（諏訪市）「ひと握りの父」
◇入選
　●小説
　　島田 震作（諏訪市）「緋の記憶」
　　圭沢 祥平（茅野市）「邂逅」
第14回（平16年）
◇長野文学賞
　●小説
　　中沢 正弘（長野市）「許永順」
◇部門賞
　●小説
　　該当作なし
◇入選
　●小説
　　清野 竜（東御市）「茜色の山」
　　山崎 スピカ（南木曽町）「雨としまうまとビール」
第15回（平17年）
◇長野文学賞

- 小説
  - 笠原 さき子（豊田市在住，諏訪市出身）「凍て梨」
- ◇部門賞
  - 小説
  - 日下 奈々（長野市）「無花果」

第16回（平18年）
- ◇長野文学賞
  - 武藤 蓑子 「薔薇」
- ◇部門賞
  - 小説
  - 岩波 元彦 「途切れない風景」
- ◇入選
  - 小説
  - 今井 新一郎 「夏の終わり」
  - 川合 大祐 「ロスト・ワールド」

第17回（平19年）
- ◇長野文学賞
  - 岩波 元彦（茅野市出身）「空に終わりを告げる頃」
- ◇部門賞
  - 小説
  - 九哉 隆志（松本市在住）「地球が丸く見える場所」
- ◇入選
  - 小説
  - 西牧 隆行（松本市）「中央道親子ジャンクション」

第18回（平20年）
- ◇長野文学賞
  - 守時 雫（東京都）「家族仕立て」
- ◇佳作
  - 西牧 隆行（松本市）「月下の恋人」
  - 北原 深雪（春日井市）「ナイヤガラ」

---

186 中山義秀文学賞

平成5年白河市（旧大信村）に設立された「中山義秀記念文学館」の開館を記念して創設。中山義秀氏の文化遺産をさらに蒐集展示し、文学愛好者の研究に役立て、更に文学を語る機会と場の提供、市の文化の向上、人づくりに寄与することを目的とする。平成10年・11年は白河地方が集中豪雨で大きな被害を受けたため中止された。平成12年より復活。

【主催者】 中山義秀顕彰会
【選考委員】 （第19回）津本陽，縄田一男，竹田真砂子，安部龍太郎
【選考方法】 公募，第9回より公開選考
【選考基準】 〔対象〕歴史時代小説。4月〜翌年3月31日までに刊行された本
【締切・発表】 （第19回）平成25年6月8日締切，平成25年11月9日公開選考会で決定
【賞・賞金】 正賞：賞状，副賞：賞金50万円，白河産米コシヒカリを第16回から3俵（180キロ）
【URL】 http://www.city.shirakawa.fukushima.jp/

第1回（平5年）
　中村 彰彦 「五左衛門坂の敵討」（新人物往来社）
第2回（平6年）
　堀 和久 「長い道程（みちのり）」（講談社）
第3回（平7年）
　大島 昌宏 「罪なくして斬らる―小栗上野介」（新潮社）
第4回（平8年）
　佐江 衆一 「江戸職人綺譚」（新潮社）
第5回（平9年）
　高橋 直樹 「鎌倉擾乱」（文藝春秋）

第6回（平12年）
　飯嶋 和一　「始祖鳥記」（小学館）
第7回（平13年）
　宇江佐 真理　「余寒の雪」（実業之日本社）
第8回（平14年）
　杉本 章子　「おすず―信太郎人情始末帖」
　　（文藝春秋）
第9回（平15年）
　竹田 真砂子　「白春」（集英社）
第10回（平16年）
　乙川 優三郎　「武家用心集」（集英社）
第11回（平17年）
　安部 龍太郎　「天馬、翔ける」（新潮社）
第12回（平18年）
　池永 陽　「雲を斬る」（講談社）
第13回（平19年）
　火坂 雅志　「天地人」（日本放送出版協会）
第14回（平20年）
　岩井 三四二　「清佑、ただいま在庄」（集英社）
第15回（平21年度）
　植松 三十里　「彫残二人」（中央公論新社）
第16回（平22年度）
　上田 秀人　「孤闘 立花宗茂」（中央公論新社）
第17回（平23年度）
　澤田 瞳子　「孤鷹の天」（徳間書店）
第18回（平24年度）
　西條 奈加　「涅槃の雪」（光文社）
第19回（平25年度）
　天野 純希　「破天の剣」（角川春樹事務所）

187 夏目漱石賞

　桜菊書院が漱石の業績を顕彰するため、没後30周年に「夏目漱石全集」を刊行すると同時に、この賞を創設した。だが第1回の授賞のみで、第2回の選考途中で終った。当選作などを収録した「夏目漱石賞当選作品集」が刊行されている。

【主催者】桜菊書院
【選考基準】未発表の小説を募集、応募作の中から選んだ
【賞・賞金】賞金2万円

第1回（昭21年）
　渡辺 伍郎　「ノバルサの果樹園」

◇佳作
　西川 満　「会真記」

188 新潟県同人雑誌連盟小説賞

　昭和35年、県内文学の興隆と発展に寄与するとともに、県内外の同人誌との交流をはかる目的で、「新潟県同人雑誌連盟」が発足した。同時に、その事業の一環として「県同人雑誌連盟小説賞」を設けた。

【主催者】新潟県同人雑誌連盟
【選考委員】（第14回）伊狩章, 河内幸一郎, 桑原貞子, 原田新司, 中村海八郎
【選考基準】年2回、上半期は1月より6月まで、下半期は7月より12月までの各同人雑誌または所属文学団体に発表された作品で、所属同人雑誌または所属文学団体より推薦された作品を対象に1篇を選ぶ。推薦作品は同人雑誌1誌または文学団体1団体につき3

篇以内
【締切・発表】作品は上半期は7月10日,下半期は翌年1月10日迄に到着のこと。ただし,第7回(昭38)からは年1回の応募となる
【賞・賞金】記念品,並びに副賞

第1回(昭35年上)
　佐野 広 「掌紋」(文学北都10号)
第2回(昭35年下)
　浅間 勝衛 「時間の中に」(北日本文学8月号)
第3回(昭36年上)
　杉 みき子 「白い道の記憶」(文芸たかだ)
第4回(昭36年下)
　阿部 加代 「疲れた花」(文学北都13号)
第5回(昭37年上)
　松井 透 「三人の女」(北日本文学)
第6回(昭37年下)
　野本 郁太郎 「石」(文学北都)
第7回(昭38年)
　別氏 光斗 「医師・金裕沢」(断層)
　木原 象夫 「雪のした」(北方文学)
第8回(昭39年)
　髙橋 実 「雪残る村」(文学北都)
第9回(昭41年)
　井東 汎 「命のつな」(文芸たかだ37号)

第10回(昭42年)
　志田 憲 「木並の犬」(北日本文学)
第11回(昭43年)
　米山 敏保 「笹沢部落」(北方文学8号)
第12回(昭44年)
　吉越 泰雄 「叫び」(文芸たかだ58号)
第13回(昭45年)
　羽鳥 九一 「曲った煙突」(文学にいがた67号)
第14回(昭46年)
　該当作なし
　◇佳作
　不二 今日子 「虜囚」(文芸たかだ69,70号)
第15回(昭47年)
　選考見送り
第16回(昭48年)
　選考見送り
第17回(昭49年)
　選考見送り

189 〔新潟〕日報短編小説賞

県内作家に活動の場を提供するとともに,風土に根ざした清新な文学を発掘する目的で昭和41年作品募集を開始した。春秋2回。昭和62年より新潟日報文学賞に移行。
【主催者】新潟日報社
【選考委員】沢野久雄(春), 三浦朱門(昭59秋)
【選考方法】題材自由,未発表のもの,400字詰原稿用紙で20枚
【締切・発表】昭和60年の締切は4月5日。入賞作,及び佳作(2編)は5月下旬,本紙上に発表。今秋分は,8月募集開始,9月下旬締切,11月発表予定
【賞・賞金】入賞1名7万円,佳作1席4万円,2席3万5千円

第1回(昭41年春)
　斎藤 俊一 「息子」

第2回(昭41年秋)
　柏崎 太郎 「母の睡」

第3回（昭42年春）
　　中村 登良治　「猟銃」
第4回（昭42年秋）
　　牧村 牧郎　「夜の客」
第5回（昭43年春）
　　林崎 惣一郎　「蛍光」
第6回（昭43年秋）
　　緒川 文雄　「母と息子」
第7回（昭44年春）
　　披田野 光信　「長すぎる夜」
第8回（昭44年秋）
　　村岡 紘子　「お玉さん」
第9回（昭45年春）
　　斎藤 久江　「草子の成長」
第10回（昭45年秋）
　　杉 みき子　「マンドレークの声」
第11回（昭46年春）
　　横村 華乱　「ジンゴロサの洞穴」
第12回（昭46年秋）
　　勝野 ふじ子　「やご」
第13回（昭47年春）
　　本山 順子　「むき出しの姿で歩き続けなければならない」
第14回（昭47年秋）
　　王 遍浬　「鮒の秘密」
第15回（昭48年春）
　　古城町 新　「阿呆鳥の話」
第16回（昭48年秋）
　　和琴 正　「弥彦山」
第17回（昭49年春）
　　伊藤 健二郎　「嘔吐」
第18回（昭49年秋）
　　立野 ゆう子　「雪の墓」
第19回（昭50年春）
　　羽柴 雪彦　「海の泡」
第20回（昭50年秋）
　　川崎 祐子　「国道四九号線」

第21回（昭51年春）
　　佐藤 明裕　「君死にたまうことなかれ」
第22回（昭52年春）
　　立野 ゆう子　「万代橋」
第23回（昭52年秋）
　　垣見 鴻　「裸木」
第24回（昭53年春）
　　矢部 陽子　「燃える冬」
第25回（昭53年秋）
　　垣見 鴻　「夕茜」
第26回（昭54年春）
　　林 恒雄　「焰夫」
第27回（昭54年秋）
　　岩淵 一也　「坂西たづの記」
第28回（昭55年春）
　　細川 純緒　「海ねこ」
第29回（昭55年秋）
　　小林 信子　「米喰虫」
第30回（昭56年春）
　　林 美保　「房の三味線」
第31回（昭56年秋）
　　柳本 勝司　「私のおふみさん」
第32回（昭57年春）
　　大橋 秀二　「湯豆腐」
第33回（昭57年秋）
　　大越 昭二　「祭り」
第34回（昭58年春）
　　林 美保　「佐吉の大時計」
第35回（昭58年秋）
　　柴野 和子　「口紅」
第36回（昭59年春）
　　北川 瑛治　「月下美人」
第37回（昭59年秋）
　　柴野 和子　「無花果の季節」
第38回（昭60年春）
　　北川 瑛治　「虹」

190 新潟日報文学賞

県民文学の発展を期し、気鋭の作家発掘を目指して、昭和62年に創設。小説と詩の2部

門がある。「新潟日報短編小説賞」,「新潟日報詩壇賞」から発展的に移行した。
【主催者】新潟日報社
【選考委員】宮原昭夫(小説),八木忠栄(詩)
【選考方法】公募。4,5月に社告掲載
【選考基準】〔対象〕小説,詩。〔資格〕新潟県在住,出身者の未発表作品。県外在住の新潟県出身者は、証明資料が必要。〔原稿〕小説:400字詰原稿用紙30枚,詩:50行以内,2編一組
【締切・発表】9月初旬締切,11月1日発表
【賞・賞金】正賞,副賞(小説30万円,詩20万円)

第1回(昭62年)
　◇小説部門
　　小林 猫太 「礼服」
第2回(昭63年)
　◇小説部門
　　岩淵 一也 「海へ」
第3回(平1年)
　◇小説部門
　　藤原 明 「ポプラの匂い」
第4回(平2年)
　◇小説部門
　　仁科 杏子 「嵐のあと」
第5回(平3年)
　◇小説部門
　　水野 晶 「鰻」
第6回(平4年)
　◇小説部門
　　辻元 秀夫 「歯痛」
第7回(平5年)
　◇小説部門
　　今野 和子 「雨戸を開けて」
第8回(平6年)〜第11回(平9年)
　　＊
第12回(平10年)
　◇小説部門
　　浅野 マサ子 「リング・リング」
第13回(平11年)
　◇小説部門
　　岩下 恵(本名=白石久雄)「銀」

第14回(平12年)
　◇小説部門
　　関口 有吾(本名=関口博)「次郎さヴァイオリンの遺跡」
第15回(平13年)
　◇小説部門
　　古口 裕子 「夕凪」
第16回(平14年)
　◇小説部門
　　小松 のり(本名=本間舞)「愛染の人」
第17回(平15年)
　◇小説部門
　　渡辺 みずき(本名=渡辺聖子)「涼太のカケラ」
第18回(平16年)
　◇小説部門
　　渡辺 聖子(村上市)
第19回(平17年)
　◇小説部門
　　かどわき みちこ(胎内市)
第20回(平18年)
　◇小説部門
　　渡辺 禮(新潟市中央区)
第21回(平19年)
　◇小説部門
　　渋谷 八十七(東京都)
第22回(平20年)
　◇小説部門
　　吉田 勉(新潟市秋葉区)

191 二千万円テレビ懸賞小説

テレビ化可能な小説類が少なくなり，テレビの企画サイドでは新たにテレビ化を前提とする小説素材を求める声が強まった。そこで新しいエンターテイナーの発掘を計り創設されたが第1回の授賞をもって中止。

【主催者】NETテレビ，朝日新聞社後援，旺文社協賛

【選考委員】松本清張，瀬戸内晴美，池波正太郎，平野謙，高橋玄洋，涌井昭治（週刊朝日編集長），鮫島国隆（テレビ朝日専務取締役）

【選考方法】時代，現代を問わない。400字詰原稿用紙500〜600枚

【締切・発表】昭和49年7月31日締切，昭和50年2月1日発表（テレビ朝日アフタヌーンショーおよび当日の朝日新聞紙面）

【賞・賞金】賞金2000万円，世界一周旅行，学芸百科事典（エポカ）佳作200万円（各40万円）

第1回（昭49年）
　井口 厚　「幻のささやき」（朝日新聞社）
◇佳作
　佐々木 丸美　「雪の断章」
　太田 博子　「激しい夏」
　五十嵐 邁　「クルドの花」
　有馬 太郎　「風の柩」
　久保 綱　「太厄記」

192 日教組文学賞〔小説部門〕

今日の教師，教育労働運動，教育を教職員みずから人間をとらえる目で深く探求することを目的として創設。

【主催者】日本教職員組合

【選考委員】（第27回）小説・童話部門，ドキュメント・手記部門：野呂重雄（作家），落合恵子（作家），北村小夜，植垣一彦，詩部門：長谷川龍生（詩人），木島始（詩人・作家），青木はるみ（詩人）

【選考方法】組織内公募

【選考基準】〔資格〕日教組組合員，退職教職員全国連絡協議会員・退職婦人教職員全国連絡協議会員〔対象〕小説，童話，ドキュメント，手記，詩。未発表作品〔原稿〕小説・童話，ドキュメント・手記：A4判400字詰用紙30枚から70枚，ワープロ使用可（1頁20字×20字），詩：A4判400字詰原稿用紙10枚以内，ワープロ使用可（1頁20字×20字）

【締切・発表】12月中旬締切，日教組教育新聞紙上で発表。作品は「教育評論」誌上に掲載

【賞・賞金】〔小説・童話部門，ドキュメント・手記部門〕入賞（1編）：賞金10万円，準入賞（1編）：賞金各5万円，佳作（若干編）〔詩部門〕入賞（1編）：賞金5万円，準入賞（2編）：賞金各3万円，佳作（若干篇），入賞者・準入賞者・佳作者には記念品と賞状を授与。発行日よりむこう3年間，版権は日教組に属する

第1回（昭41年）

日教組文学賞〔小説部門〕

◇小説
　宮田 和雄　「目の略奪」
第2回（昭42年）
◇小説
　井元 保　「勝利と敗北」
第3回（昭43年）
◇小説
　石田 甚太郎　「仮面の時代」
第4回（昭44年）
◇小説
　奥野 忠昭　「煙へ飛翔」
　柏 朔司　「テスト・ブリッジ」
第5回（昭45年）
◇小説
　北村 長史　「廊下をつっ走れ」
第6回（昭46年）
◇小説
　榊原 葉子　「埋もれ火」
　尾木 豊　「負の座標」
第7回（昭47年）
◇小説
　該当作なし
第8回（昭48年）
◇小説
　八ッ塚 久美子　「ある出発」
第9回（昭49年）
◇小説
　井上 寿彦　「星の街」
第10回（昭50年）
◇小説
　北沢 紀味子　「黄濁の街」
第11回（昭51年）
◇小説
　島 三造　「ローカル空路を海へ」
第12回（昭52年）
◇小説
　綱田 紀美子　「芝生焼打委員会」
第13回（昭56年）
◇小説
　向井 功　「シゲが空を飛ぶ日」
第14回（昭59年）
◇小説
　該当作なし
第15回（昭60年）
◇小説
　該当作なし
第16回（昭61年）
◇小説
　藪野 豊　「脱」
第17回（昭63年）
◇小説
　栄野川 安邦　「緋寒桜と目白」
第18回（平1年）
◇小説
　小口 正明　「穴掘り」
　平井 利果　「五月の首飾り」
第19回（平2年）
◇小説
　小口 正明　「シェルター」
第20回（平3年）
◇小説
　該当作なし
第21回（平4年）
◇小説
　田中 重頴　「一人の夜」
第22回（平5年）
◇小説
　倉津 一義　「街へ」
第23回（平6年）
◇小説・童話
　該当作なし
第24回（平7年）
◇小説・童話
　村松 泰子　「天国への道程」
　小野寺 寛　「白い影」
第25回（平8年）
◇小説・童話
　蛭間 裕人　「実体のない仮像」
第26回（平9年）
◇小説・童話
　該当作なし
第27回（平10年）
◇小説・童話
　村松 泰子　「極楽とんぼ」

193 日経懸賞経済小説

昭和52年に,経済・ビジネスに題材を求めた長編小説を募集したが,昭和57年第3回の募集をもって中断。

【主催者】 日本経済新聞社

【選考委員】 江藤淳,尾崎秀樹,城山三郎,新田次郎,山田智彦(第1回)

【選考方法】 〔対象〕経済・ビジネスに題材を求めた小説 〔資格〕未発表作品に限る。但し非商業誌「同人雑誌」などに発表したものは可。〔原稿〕400字詰原稿用紙350～500枚(内容要約800字以内にまとめて添える)

【締切・発表】 第1回は昭和53年10月30日締切,昭和54年2月末発表

【賞・賞金】 当選作300万円,佳作50万円

第1回(昭54年)
 津留 六平 「再建工作」
第2回(昭55年)
 八木 大介 「青年重役」
第3回(昭57年)
 該当作なし

194 ニッポン放送青春文芸賞

放送メディアに深いかかわりを持つヤングパワーの,新鮮な感覚に溢れた創作エネルギーを喚起し,新時代の若者文学のパイオニアとなる才能を開発するために,昭和54年創設した賞。

【主催者】 ニッポン放送

【選考委員】 五木寛之,市川森一,岡本おさみ,東陽一,原田美枝子,川内通康

【選考方法】 〔対象〕創作小説(脚本,戯曲形式は不可)ジャンルは自由。〔資格〕性別・年齢は問わない。未発表の作品。〔原稿〕400字詰原稿用紙30～50枚まで

【締切・発表】 第1回は昭和55年1月15日締切,4月10日発表,単行本として出版,ラジオドラマ化

【賞・賞金】 賞金50万円

第1回(昭55年)
 粕谷 日出美 「無力の王」
第2回(昭56年)
 佐々 寿美枝 「キュービックの午後」
第3回(昭57年)
 林野 浩芳 「セルロイドの夏」
第4回(昭58年)
 篠田 香子 「魔少女達の朝」

195 日本医療小説大賞

国民の医療や医療制度に対する興味を喚起する小説を顕彰することで,医療関係者と国

民とのより良い信頼関係の構築を図り,日本の医療に対する国民の理解と共感を得ることおよび,わが国の活字文化の推進に寄与することを目的として,平成24年に創設された。

【主催者】公益社団法人日本医師会

【選考委員】篠田節子,久間十義,渡辺淳一

【選考方法】非公募

【選考基準】〔対象〕毎年1月1日～12月31日までに書籍の形で発行された作品を対象とする

【締切・発表】3月選考会開催

【賞・賞金】記念品および副賞100万円

第1回(平24年)
　帚木 蓬生 「蠅の帝国 軍医たちの黙示録」
　「蛍の航跡 軍医たちの黙示録」(新潮社)

第2回(平25年)
　該当作なし

196 日本SF新人賞

才能あるSF小説家,魅力的なSF小説の誕生を求めて創設。広義のSFエンタテインメント,その外縁に属するものを募集する。第11回(平成21年)の後,公募を休止。

【主催者】日本SF作家クラブ

【選考委員】(第11回)山田正紀(委員長),飯野文彦,図子慧,林譲治,若木未生

【選考方法】公募

【選考基準】〔対象〕新人による未発表小説。〔原稿〕400字詰め換算350～600枚以内。表紙に(1)タイトル(2)筆名あるいは本名(3)住所・氏名・年齢・電話番号・メールアドレス(4)職業・略歴を明記し,必ず1200字以内の梗概をつける。ワープロ原稿が望ましい。A4判の用紙に縦書きで40字×40行で印字する。自筆の場合はA4判の400字詰め(20字×20行)原稿用紙を使用。エンピツは不可。応募原稿は返却しない

【締切・発表】(第11回)平成21年7月31日締切(当日消印有効),12月発表

【賞・賞金】正賞：賞状およびトロフィー,副賞：賞金100万円

【URL】http://www.sfwj.or.jp/sinjin.html

第1回(平11年)
　三雲 岳斗 「M.G.H.」
　◇佳作
　青木 和 「イミューン」
　杉本 蓮 「KI.DO.U」
第2回(平12年)
　谷口 裕貴 「ドッグファイト」
　吉川 良太郎 「ペロー・ザ・キャット全仕事」
第3回(平13年)
　井上 剛 「マーブル騒動記」
　◇佳作
　坂本 康宏 「○○式歩兵型戦闘車両」
第4回(平14年)
　三島 浩司 「ルナ」
第5回(平15年)

八杉 将司 「夢見る猫は、宇宙に眠る」
◇佳作
　　片理 誠 「終末の海・韜晦の箱船」
　　北国 浩二 「ルドルフ・カイヨワの事情」
第6回（平16年）
　　照下 土竜 「ゴーディーサンディー」
第7回（平17年）
　　タタツ シンイチ 「マーダー・アイアン—万聖節前夜祭—」
第8回（平18年）
　　樺山 三英 「ジャン＝ジャックの自意識の場合」

◇佳作
　　木立 嶺 「戦域軍ケージュン部隊」
第9回（平19年）
　　中里 友香 「黒十字サナトリウム」
　　黒葉 雅人 「宇宙細胞」
第10回（平20年）
　　天野 邊 「プシスファイラ」
　　杉山 俊彦 「競馬の終わり」
第11回（平21年）
　　伊野 隆之 「森の言葉／森への飛翔」
　　山口 優 「シンギュラリティ・コンクェスト」

197 日本SF大賞

　日本における職業的SF作家，翻訳家などの同志的集団である日本SF作家クラブにより，各年度の最もすぐれたSF作品に贈ることを目的として，昭和55年に創設された。小説，評論，漫画，イラスト，映像，音楽など，ジャンルやメディアを越えて授賞される。

【主催者】日本SF作家クラブ
【選考委員】谷甲州，篠田節子，牧眞司，北野勇作，長山靖生
【選考方法】非公募
【選考基準】〔対象〕9月1日から発表年の8月末日までに単行本化された作品
【URL】http://sfwj.jp/awards/

第1回（昭55年）
　　堀 晃 「太陽風交点」（早川書房）
第2回（昭56年）
　　井上 ひさし 「吉里吉里人」（新潮社）
第3回（昭57年）
　　山田 正紀 「最後の敵」（徳間書店）
第4回（昭58年）
　　大友 克洋 「童夢」（双葉社）
第5回（昭59年）
　　川又 千秋 「幻詩狩り」（中央公論社）
第6回（昭60年）
　　小松 左京 「首都消失」（徳間書店）
第7回（昭61年）
　　かんべ むさし 「笑い宇宙の旅芸人」（徳間書店）
第8回（昭62年）
　　荒俣 宏 「帝都物語」（角川書店）
第9回（昭63年）
　　半村 良 「岬一郎の抵抗」（毎日新聞社）
第10回（平1年）
　　夢枕 獏 「上弦の月を喰べる獅子」（早川書房）
第11回（平2年）
　　椎名 誠 「アド・バード」（集英社）
第12回（平3年）
　　梶尾 真治 「サラマンダー殲滅」（朝日ソノラマ）
第13回（平4年）
　　筒井 康隆 「朝のガスパール」（朝日新聞社）
第14回（平5年）

柾 恒郎 「ヴィーナス・シティ」(早川書房)
第15回(平6年)
　大原 まり子 「戦争を演じた神々たち」(アスペクト)
　小谷 真理 「女性状無意識」(勁草書房)
第16回(平7年)
　神林 長平 「言壺」(中央公論社)
第17回(平8年)
　小説受賞作なし
第18回(平9年)
　宮部 みゆき 「蒲生邸事件」(毎日新聞社)
第19回(平10年)
　瀬名 秀明 「BLAIN VALLEY」(角川書店)
第20回(平11年)
　新井 素子 「チグリスとユーフラテス」(集英社)
第21回(平12年)
　小説受賞作なし
第22回(平13年)
　北野 勇作 「かめくん」(徳間書店)
第23回(平14年)
　古川 日出男 「アラビアの夜の種族」(角川書店)
　牧野 修 「傀儡后」(早川書房)
第24回(平15年)
　冲方 丁 「マルドゥック・スクランブル」(3部作、早川書房)
第25回(平16年)
　小説受賞作なし
第26回(平17年)
　飛 浩隆 「象られた力」(早川書房)
第27回(平18年)
　小説受賞作なし
第28回(平19年)
　小説受賞作なし
第29回(平20年)
　貴志 祐介 「新世界より」(講談社)
第30回(平21年)
　伊藤 計劃 「ハーモニー」(早川書房)
◇特別賞
　栗本 薫 「グイン・サーガ」(早川書房)
第31回(平22年)
　長山 靖生 「日本SF精神史」(河出書房新社)
　森見 登美彦 「ペンギン・ハイウェイ」(角川書店)
第32回(平23年)
　上田 早夕里 「華竜の宮」(早川書房)
第33回(平24年)
　月村 了衛 「機龍警察 自爆条項」(早川書房)
　宮内 悠介 「盤上の夜」(東京創元社)
◇特別賞
　伊藤 計劃、円城 塔 「屍者の帝国」(河出書房新社)

198 日本海文学大賞〔小説部門〕

「北陸中日新聞」(中日新聞北陸本社発行)の創刊30年を記念し、日本海地域の文学振興と隠れた才能の発掘を願って創設「一定の社会的責任を果たした」として平成19年の第18回で終了した。

【主催者】中日新聞北陸本社

【選考委員】(第18回)〔第1次選考〕小説部門：千葉龍(作家・詩人)、森英一(金沢大学教授)、白崎昭一郎(作家)、山崎寿美子(作家) 詩部門：稗田菫村(牧人主宰)、池田星爾(詩人)、谷かずえ(詩人)、川上明日夫(詩人)、柴田恭子(歴程同人) 〔第2次選考〕小説部門：高田宏(作家)、新井満(作家)、松本侑子(作家)、安部龍太郎(作家)、竹田真砂子(作家) 詩部門：秋谷豊(詩人)、西岡光秋(詩人)、岡崎純(中日詩人会会長)、河津

聖恵（詩人）
【選考方法】 公募
【選考基準】 〔対象〕小説，詩。〔資格〕プロ・アマ不問。〔原稿〕小説は400字詰原稿用紙100枚以内，詩は4枚以内
【締切・発表】 締切は毎年6月30日（当日消印有効），10月下旬北陸中日新聞紙上にて発表
【賞・賞金】 〔小説〕大賞：正賞賞額，副賞100万円，〔詩〕大賞：正賞賞額，副賞20万円
【URL】 http://www.chunichi.co.jp/hokuriku/

第1回（平2年）
　◇小説
　　渡野 玖美　「五里峠」
　●奨励賞
　　織田 卓之　「夢見草」
　　岩田 典子　「時のなかに」
第2回（平3年）
　◇小説
　　間嶋 稔　「海鳴りの丘」
　●奨励賞
　　外本 次男　「旅をする蝶のように」
第3回（平4年）
　◇小説
　　浜田 嗣範　「クロダイと飛行機」
　　笛木 薫　「濁流の音」
　●奨励賞
　　片岡 正　「船はどこへ行く」
第4回（平5年）
　◇小説
　　河島 忠　「てんくらげ」
　●奨励賞
　　多賀 多津子
　　中根 進
　●佳作賞
　　畔地 里美
　　道場 和恵
第5回（平6年）
　◇小説
　　中根 進　「枝打殺人事件」
　●佳作賞
　　大巻 裕子
　　小野 美智子
　　畔地 里美
　　長江 かぶる
第6回（平7年）
　◇小説
　　該当作なし
　●準大賞
　　菅原 康　「海女の島」
　　杉本 利男　「野面吹く風」
第7回（平8年）
　◇小説
　　該当作なし
　●準大賞
　　蟹谷 勉　「橋」
第8回（平9年）
　◇小説
　　湯浅 弘子　「潮境」
第9回（平10年）
　◇小説
　　柳井 寛　「日かげぐさ」
第10回（平11年）
　◇小説
　　舘 有紀　「赦（ゆる）しの庭」
第11回（平12年）
　◇小説
　　高橋 あい　「星をひろいに」
第12回（平13年）
　◇小説
　　藤田 武司　「増毛の魚」
第13回（平14年）
　◇小説
　　賀川 敦夫　「紅蓮の闇」
　●奨励賞

月村 葵 「ドマーニ(明日)」
吉本 加代子 「湯宿物語」
- 佳作
  畔地 里美 「空に向かって」
  山本 直哉 「シライへの道」
  木下 訓成 「友待つ雪」

第14回(平15年)
◇小説部門
- 大賞
  木下 訓成 「じっちゃんの養豚場」
- 奨励賞
  畔地 里美 「美白屋のとんがり屋根」
- 佳作
  尾木沢 響子 「海辺の町」
  岩田 昭三 「広瀬餅」

第15回(平16年)
◇小説部門
- 大賞
  中条 佑弥(東京都杉並区)「誘蛾灯」
- 北陸賞
  畔地 里美(石川県加賀市)「雪空」
- 佳作
  田中 せり(大阪府吹田市)「ドン・ビセンテ」
  木島 次郎(新潟県柏崎市)「湯ノ川」

第16回(平17年)
◇小説部門
- 大賞
  長野 修(神奈川県茅ケ崎市)「朱色の命」
- 北陸賞
  該当作なし
- 佳作
  田中 せり(大阪府吹田市)「フェリッペの襟巻き」
  古林 邦和(北海道札幌市)「蛙殺し」

第17回(平18年)
◇小説部門
- 大賞
  木島 次郎(新潟県)「桜の花をたてまつれ」
- 北陸賞
  能美 龍一郎(石川県)「群青の人」
- 佳作
  藤沢 すみ香(東京都)「夫婦風呂」
  有松 周(山形県)「番人のいる町」

第18回(平19年)
◇小説部門
- 大賞
  大島 直次(埼玉県)「崖」
- 北陸賞
  大岩 尚志(富山県)「ナホトカ号の雪辱」
- 佳作
  藤沢 すみ香(東京都)「能満寺への道」
  漆原 正雄(鳥取県)「サトル」

199 日本共産党創立記念作品〔小説部門〕

党創立の記念事業のひとつとして,5年おきに募集している。

【主催者】日本共産党中央委員会

【選考方法】公募

【選考基準】〔対象〕全10部門。論文,手記,記録は日本共産党に関するもの。長編小説,短編小説,戯曲,文芸評論,詩,短歌,俳句は内容自由〔資格〕不問。未発表作品に限る〔原稿〕論文:400字詰原稿用紙50~100枚程度,手記・記録:20~30枚程度,長編小説300~500枚,短編小説50~100枚,戯曲100~200枚,文芸評論50~100枚,詩3編以内,短歌・俳句は10~20点

【締切・発表】(平成4年)締切は4年9月30日,11月入賞者に直接通知するほか,「赤旗」紙上に発表

【賞・賞金】賞状および記念品と副賞金。長編小説：300万円, 戯曲：150万円, 論文・短編小説・文芸評論：100万円, 手記・記録・詩・短歌・俳句：30万円

40周年記念作品（昭37年）
　◇長編小説
　　中里 喜昭 「分岐」
45周年記念作品（昭42年）
　◇長編小説
　　吉開 那津子 「旗」
50周年記念論文・作品（昭47年）
　◇短編小説
　　金子 紘一 「少年とハト」
　　浜野 博 「和子が死んでから」
「赤旗」創刊50周年記念作品（昭53年）
　◇短編小説
　　奥村 徹行 「化石」
60周年記念作品（昭57年）
　◇小説
　　平瀬 誠一 「光の中に歩みいでよ」
65周年記念作品（昭62年）
　◇長編小説
　　なかむら みのる 「恩田の人々」
　◇短編小説
　　樋尻 雅昭 「紀伊小倉駅にて」
70周年記念作品（平4年）
　◇手記・記録
　　幹 ヒロシ 「私にとっての八鹿高校事件」

200 日本ケータイ小説大賞

　作者と読者のコミュニケーションによって育まれる,「ケータイ小説」という新しい活字文化の中から, 新たな才能を発掘すべく創設。平成18年第1回授賞。

【主催者】日本ケータイ小説大賞実行委員会（毎日新聞社, スターツ出版）

【選考委員】（第8回）小山内花凛（ニコラモデル）, 鈴木美羽（ニコラモデル）, 内藤麻里子（毎日新聞社）, 松尾千佳（株式会社ベネッセコーポレーション）, 加藤有香（カルチュア・コンビニエンス・クラブ株式会社）, 大島麻衣（KDDI株式会社）, 松島滋（スターツ出版株式会社）

【選考方法】公募。読者投票で第1次読者投票通過作品として公式応募サイト「野いちご」から30作品を選出。その後, 実行委員会・審査員による2次審査にて10作品を選抜後, 審査員の最終審査により大賞をはじめとした各賞を発表する

【選考基準】〔資格〕不問（プロ, アマ, 年齢等一切問わない）。〔対象〕公式応募サイト「野いちご」で閲覧できる小説。ジャンルはオールジャンル。ただし, 公序良俗に反するもの, 官能小説, 差別的表現のある小説, 過度な暴力的表現のある小説は不可。まだ書籍化されていない, もしくは書籍化の予定がない日本語で書かれたオリジナル作品に限る。他の文学賞との二重応募は失格。既に他のサイトで発表されたものも応募可だが, 著作権および著作隣接権が完全にフリーであることを条件とする。未完成の作品であっても, 第1次読者投票期間中に完結する予定の作品であれば, 応募可能。〔応募規定〕「野いちご」の小説投稿ページの7万字以上の作品（1ページの最大文字数は5000字）

【締切・発表】（第8回）平成25年7月3日エントリー開始, 平成26年3月25日大賞発表

【賞・賞金】大賞：賞金50万円 東京ディズニーリゾートペアチケット＆宿泊券, 優秀賞：賞金10万円, 進研ゼミ中学講座賞, TSUTAYA賞 書籍化＆T-POINT50,000円分, ブック

バス賞、パープルレーベル賞、ブラックレーベル賞"
【URL】http://nkst.jp/pc/index.php

第1回（平18年）
　◇大賞
　　十和　「クリアネス」
　◇優秀賞
　　ゆき　「この涙が枯れるまで」
　◇TSUTAYA賞
　　陽未　「プリンセス」
　◇審査員特別賞
　　流奈　「星空」
　　アポロ　「被害妄想彼氏」
　◇優秀賞
　　貞次　シュウ　「地球最後の24時間」
第2回（平19年）
　◇大賞
　　reY「白いジャージ ～先生と私～」
　◇優秀賞
　　Ayaka.「空色想い」
　　R「√セッテン」
　◇TSUTAYA賞
　　かな　「ラスト・ゲーム」
　◇JOYSOUND賞
　　ERINA「儚い者たち」
　◇特別賞
　　秋桜　「BITTER。○」
　　のらね　「ブラウン管の中の彼女」
　◇こども賞
　　ぬこ　「ID01」
第3回（平20年）
　◇大賞
　　kiki「あたし彼女」
　◇優秀賞
　　夏木　エル　「告白～synchronize Love～」
　　水沢　莉　「レンタルな関係」
　◇源氏物語千年紀賞
　　矢口　葵　「LOVE BOX～光を探して～」
　◇JOYSOUND賞
　　kiki「あたし彼女」

◇TSUTAYA賞
　　kiki「あたし彼女」
　◇ジャンル賞
　　秋梨　「僕にキが訪れる」
第4回（平22年）
　◇大賞・TSUTAYA賞・TBSブックス★賞
　　繭　「風にキス、君にキス。」
　◇優秀賞
　　沙絢　「君を、何度でも愛そう。」
　◇特別賞
　　涼宮　リン　「俺様王子と秘密の時間」
第5回（平23年）
　◇大賞・TSUTAYA賞
　　櫻井　千姫　「天国までの49日間」
　◇優秀賞
　　コン　「有明先生と瑞穂さん」
　　高橋　あこ　「太陽が見てるから」
　◇特別賞
　　イアム　「放課後図書室」
第6回（平24年）
　◇大賞
　　水野　ユーリ　「あの夏を生きた君へ」
　◇優秀賞
　　なぁな　「純恋―スミレ―」
　　樹香梨　「初恋タイムスリップ」
　◇TSUTAYA賞
　　tomo4「友達の彼氏をスキになった。」
　◇特別賞
　　あちゃみ　「ひまわり」
第7回（平25年）
　◇大賞・進研ゼミ中学講座賞
　　YuUHi「大好きでした。」
　◇優秀賞
　　Salala「今までの自分にサヨナラを」
　◇TSUTAYA賞
　　rila。「四つ葉のクローバーちょうだい。」
　◇特別賞
　　月森　みるく　「15歳のラビリンス」

201 日本推理サスペンス大賞

日本テレビが開局35周年を記念して創設した文芸賞。新しいミステリー作家の発掘を目的とする。入賞作は映像化、また単行本としても出版される。平成6年第7回で終了。

【主催者】日本テレビ放送網
【選考委員】(第7回)佐野洋,高見浩,逢坂剛,椎名誠,島田荘司
【選考方法】公募
【選考基準】〔対象〕広義のミステリー小説で,ストーリー性豊かなエンターテインメント作品。プロ・アマ問わず自作未発表の,日本語で書かれた作品に限る〔原稿〕400字詰原稿用紙350～600枚。原稿用紙5枚以内の梗概を添付
【締切・発表】第6回は平成5年3月31日締切,8月下旬発表。受賞作は放送予定
【賞・賞金】大賞(1編):賞金1000万円及び記念品

第1回(昭63年)
　◇優秀作
　　乃南 アサ 「幸福な朝食」
第2回(平1年)
　　宮部 みゆき 「魔術はささやく」
第3回(平2年)
　　高村 薫 「黄金を抱いて翔べ」
　◇佳作
　　帚木 蓬生 「賞の柩」
第4回(平3年)
　　該当作なし
　◇佳作
　　御坂 真之 「仮面の生活」
　　松浪 和夫 「エノラゲイ撃墜指令」

第5回(平4年)
　　有沢 創司 「ソウルに消ゆ」
第6回(平5年)
　　該当作なし
　◇優秀作
　　天童 荒太(本名=栗田教行)「孤独の歌声」
第7回(平6年)
　　該当作なし
　◇優秀作
　　安東 能明 「褐色の標的」
　◇佳作
　　吉田 直樹 「ブルーエスト・ブルー」
　　森山 清隆 「回遊魚の夜」

202 日本推理作家協会賞

日本探偵作家クラブ創立にともなって,昭和22年「日本探偵作家クラブ賞」が制定され,長篇賞,短篇賞,新人賞の3部門が設けられたが,26年第5回から一つにまとめられた。38年クラブが日本推理作家協会と改組されたのを機に第16回から「日本推理作家協会賞」と改称された。のち51年に長篇,短篇,評論その他の3部門となった。

【主催者】(社)日本推理作家協会
【選考委員】(第67回)井上夢人,北方謙三,真保裕一,田中芳樹,山前譲,恩田陸,香納諒一,貴志祐介,新保博久,貫井徳郎
【選考方法】非公募
【選考基準】〔対象〕前年1月～12月新聞,雑誌,単行本に発表された作品(既受賞者を除

く）の最高のものに贈られる
【締切・発表】例年4月に発表
【賞・賞金】本賞腕時計、副賞50万円
【URL】http://www.mystery.or.jp/

第1回（昭23年）
　◇長篇賞
　　横溝 正史 「本陣殺人事件」
　◇短篇賞
　　木々 高太郎 「新月」
　◇新人賞
　　香山 滋 「海鰻荘綺談」
第2回（昭24年）
　◇長篇賞
　　坂口 安吾 「不連続殺人事件」
　◇短篇賞
　　山田 風太郎 「眼中の悪魔」「虚像淫楽」
第3回（昭25年）
　◇長篇賞
　　高木 彬光 「能面殺人事件」
　◇短篇賞
　　大坪 砂男 「私刑」他
第4回（昭26年）
　◇長篇賞
　　大下 宇陀児 「石の下の記録」
　◇短篇賞
　　島田 一男 「社会部記者」他
第5回（昭27年）
　　水谷 準 「ある決闘」（改造4月号）
　　江戸川 乱歩 「幻影城」
第6回（昭28年）
　　該当作なし
第7回（昭29年）
　　該当作なし
第8回（昭30年）
　　永瀬 三吾 「売国奴」（宝石12月号）
第9回（昭31年）
　　日影 丈吉 「狐の鶏」（宝石10月号）
第10回（昭32年）
　　松本 清張 「顔」（短篇集）
第11回（昭33年）
　　角田 喜久雄 「笛吹けば人が死ぬ」（オール読物9月号）
第12回（昭34年）
　　有馬 頼義 「四万人の目撃者」（講談社）
第13回（昭35年）
　　鮎川 哲也 「黒い白鳥」「憎悪の化石」
第14回（昭36年）
　　水上 勉 「海の牙」（河出書房新社）
　　笹沢 左保 「人喰い」（光文社）
第15回（昭37年）
　　飛鳥 高 「細い赤い糸」（光風社）
第16回（昭38年）
　　土屋 隆夫 「影の告発」（文藝春秋新社）
第17回（昭39年）
　　河野 典生 「殺意という名の家畜」（宝石社）
　　結城 昌治 「夜の終る時」（中央公論社）
第18回（昭40年）
　　佐野 洋 「華麗なる醜聞」（光文社）
第19回（昭41年）
　　中島 河太郎 「推理小説展望」（東都書房）
第20回（昭42年）
　　三好 徹 「風塵地帯」（三一書房）
第21回（昭43年）
　　星 新一 「妄想銀行」（新潮社）および過去の業績
第22回（昭44年）
　　該当作なし
第23回（昭45年）
　　陳 舜臣 「玉嶺よふたたび」「孔雀の道」（徳間書店、講談社）
第24回（昭46年）
　　該当作なし
第25回（昭47年）
　　該当作なし

第26回（昭48年）
　夏樹 静子　「蒸発」
　森村 誠一　「腐蝕の構造」（サンデー毎日46年11月～47年11月号）
第27回（昭49年）
　小松 左京　「日本沈没」（光文社）
第28回（昭50年）
　清水 一行　「動脈列島」（光文社）
第29回（昭51年）
　◇長篇賞
　　該当作なし
　◇短篇賞
　　戸板 康二　「グリーン車の子供」（小説宝石50年10月号）
第30回（昭52年）
　◇長篇部門
　　該当作なし
　◇短篇部門
　　石沢 英太郎　「視線」（小説宝石4月号）
第31回（昭53年）
　◇長篇部門
　　大岡 昇平　「事件」（新潮社）
　　泡坂 妻夫　「乱れからくり」（幻影城）
　◇短篇部門
　　該当作なし
第32回（昭54年）
　◇長篇部門
　　天藤 真　「大誘拐」（カイガイ）
　　檜山 良昭　「スターリン暗殺計画」（徳間書店）
　◇短篇部門
　　阿刀田 高　「来訪者」（別冊小説新潮秋季号）
第33回（昭55年）
　◇長篇部門
　　該当作なし
　◇短篇部門
　　該当作なし
第34回（昭56年）
　◇長篇部門
　　西村 京太郎　「終着駅殺人事件」（光文社）
　◇短篇部門
　　仁木 悦子　「赤い猫」（講談社）
　　連城 三紀彦　「戻り川心中」（講談社）
第35回（昭57年）
　◇長篇部門
　　辻 真先　「アリスの国の殺人」（大和書房）
　◇短篇部門
　　日下 圭介　「鶯を呼ぶ少年」「木に登る犬」（小説現代7月号，問題小説11月号）
第36回（昭58年）
　◇長篇部門
　　胡桃沢 耕史　「天山を越えて」（徳間書店）
　◇短篇部門
　　該当作なし
第37回（昭59年）
　◇長篇部門
　　加納 一朗　「ホック氏の異郷の冒険」（角川書店）
　◇短篇部門
　　伴野 朗　「傷ついた野獣」（角川書店）
第38回（昭60年）
　◇長篇部門
　　北方 謙三　「渇きの街」（集英社）
　　皆川 博子　「壁・旅芝居殺人事件」（白水社）
　◇短篇部門
　　該当作なし
第39回（昭61年）
　◇長篇部門
　　岡嶋 二人　「チョコレートゲーム」（講談社）
　　志水 辰夫　「背いて故郷」（講談社）
　◇短篇部門
　　該当作なし
第40回（昭62年）
　◇長篇部門
　　逢坂 剛　「カディスの赤い星」（講談社）
　　高橋 克彦　「北斎殺人事件」（講談社）
　◇短篇部門
　　該当作なし
第41回（昭63年）
　◇長篇部門
　　小杉 健治　「絆」（集英社）

◇短篇部門
　該当作なし
第42回（平1年）
　◇長篇部門
　　船戸 与一　「伝説なき地」（講談社）
　　和久 峻三　「雨月荘殺人事件」（中央公論社）
　◇短篇部門
　　小池 真理子　「妻の女友達」（小説推理8月号）
第43回（平2年）
　◇長篇部門
　　佐々木 譲　「エトロフ発緊急電」（新潮社）
第44回（平3年）
　◇長篇部門
　　大沢 在昌　「新宿鮫」（光文社）
　◇短篇部門
　　北村 薫　「夜の蟬」（東京創元社）
第45回（平4年）
　◇長篇部門
　　綾辻 行人　「時計館の殺人」（講談社）
　　宮部 みゆき　「竜は眠る」（出版芸術社）
　◇短篇部門
　　該当作なし
第46回（平5年）
　◇長篇部門
　　高村 薫　「リヴィエラを撃て」（新潮社）
　◇短篇及び連作短篇集部門
　　該当作なし
第47回（平6年）
　◇長篇部門
　　中島 らも　「ガダラの豚」（実業之日本社）
　◇短篇及び連作短篇集部門
　　斎藤 純　「ル・ジタン」
　　鈴木 輝一郎　「めんどうみてあげるね」
第48回（平7年）
　◇長篇部門
　　折原 一　「沈黙の教室」（早川書房）
　　藤田 宜永　「鋼鉄の騎士」（新潮社）
　◇短篇及び連作短篇集部門
　　加納 朋子　「ガラスの麒麟」（別冊小説現代）

　　山口 雅也　「日本殺人事件」（角川書店）
第49回（平8年）
　◇長篇部門
　　京極 夏彦　「魍魎の匣」（講談社）
　　梅原 克文　「ソリトンの悪魔」（朝日ソノラマ）
　◇短篇及び連作短篇集部門
　　黒川 博行　「カウント・プラン」（オール読物4月号）
第50回（平9年）
　◇長篇部門
　　真保 裕一　「奪取」（講談社）
　◇短篇及び連作短篇集部門
　　該当作なし
第51回（平10年）
　◇長篇部門
　　桐野 夏生　「OUT」（講談社）
　　馳 星周　「鎮魂歌」（角川書店）
　◇短篇及び連作短篇集部門
　　該当作なし
第52回（平11年）
　◇長篇部門
　　東野 圭吾　「秘密」（文藝春秋）
　　香納 諒一　「幻の女」（角川書店）
　◇短篇及び連作短篇集部門
　　北森 鴻　「花の下にて春死なむ」（講談社）
第53回（平12年）
　◇長篇及び連作短篇集部門
　　天童 荒太　「永遠の仔」（幻冬舎）
　　福井 晴敏　「亡国のイージス」（講談社）
　◇短篇部門
　　横山 秀夫　「動機」（オール読物平成11年4月号）
第54回（平13年）
　◇長篇及び連作短篇集部門
　　東 直己　「残光」（角川春樹事務所）
　　菅 浩江　「永遠の森」（早川書房）
　◇短篇部門
　　該当作なし
第55回（平14年）
　◇長篇及び連作短篇集部門
　　山田 正紀　「ミステリ・オペラ」（早川書

房）
　　古川 日出男 「アラビアの夜の種族」（角川書店）
　◇短篇部門
　　法月 綸太郎 「都市伝説パズル」（メフィスト9月号）
　　光原 百合 「十八の夏」（小説推理12月号）
第56回（平15年）
　◇長篇及び連作短篇集部門
　　浅暮 三文 「石の中の蜘蛛」（集英社）
　　有栖川 有栖 「マレー鉄道の謎」（講談社）
　◇短篇部門
　　該当作なし
第57回（平16年）
　◇長編及び連作短編集部門
　　歌野 晶午 「葉桜の季節に君を想うということ」（文藝春秋）
　　垣根 涼介 「ワイルド・ソウル」（幻冬舎）
　◇短編部門
　　伊坂 幸太郎 「死神の精度」（オール讀物12月号）
第58回（平17年）
　◇長編及び連作短編集部門
　　貴志 祐介 「硝子のハンマー」（角川書店）
　　戸松 淳矩 「剣と薔薇の夏」（東京創元社）
第59回（平18年）
　◇長編及び連作短編集部門
　　恩田 陸 「ユージニア」（角川書店）
　◇短編部門
　　平山 夢明 「独白するユニバーサル横メルカトル」（「異形コレクション32魔地図」）（光文社）
第60回（平19年）
　◇長編及び連作短編集部門
　　桜庭 一樹 「赤朽葉家の伝説」（東京創元社）
　◇短編部門
　　該当作なし
第61回（平20年）
　◇長編および連作短編集部門
　　今野 敏 「果断 隠蔽捜査2」（新潮社）
　◇短篇部門
　　長岡 弘樹 「傍聞き」（小説推理1月号）
第62回（平21年）
　◇長編および連作短編集部門
　　道尾 秀介 「カラスの親指」
　　柳 広司 「ジョーカー・ゲーム」
　◇短編部門
　　曽根 圭介 「熱帯夜」
　　田中 啓文 「渋い夢」
第63回（平22年）
　◇長編および連作短編集部門
　　飴村 行 「粘膜蜥蜴」
　　貫井 徳郎 「乱反射」
　◇短編部門
　　安東 能明 「随監」
第64回（平23年）
　◇長編および連作短編集部門
　　麻耶 雄嵩 「隻眼の少女」
　　米澤 穂信 「折れた竜骨」
　◇短編部門
　　深水 黎一郎 「人間の尊厳と八〇〇メートル」
第65回（平24年）
　◇長編および連作短編集部門
　　高野 和明 「ジェノサイド」（角川書店）
　◇短編部門
　　湊 かなえ 「望郷、海の星」
第66回（平25年）
　◇長編および連作短編集部門
　　山田 宗樹 「百年法」（角川書店）
　◇短編部門
　　若竹 七海 「暗い越流」（宝石ザミステリー2）

203 日本ファンタジーノベル大賞

　三井不動産販売株式会社「創立20周年記念事業」の一環として，読売新聞社・三井不動

203 日本ファンタジーノベル大賞

産販売の共同主催で昭和63年に創設された。夢と冒険とスリルに満ちあふれたファンタジー小説を募集。科学の進歩がいちじるしい今日こそ、心豊かな夢やロマンを掘り起こし、感性豊かな暮らしを創造することを主旨とする。第25回(平成25年)をもって休止。

【主催者】 読売新聞東京本社, 清水建設

【選考委員】 (第25回)荒俣宏, 小谷真理, 椎名誠, 鈴木光司, 萩尾望都

【選考方法】 公募

【選考基準】 〔対象〕未発表の創作ファンタジー小説。日本語で書かれたもの。〔資格〕プロ・アマ不問。〔原稿〕400字詰原稿用紙300〜500枚。ワープロ原稿の場合は1行30字×40行、A4縦書きとし、100枚〜165枚。枚数厳守のうえ、原稿に通し番号を入れる。5枚程度の梗概を添付

【締切・発表】 (第25回)平成25年4月30日締切(当日消印有効), 8月上旬読売新聞紙上で発表。「小説新潮」9月号誌上に選考経過を掲載

【賞・賞金】 大賞(1点):賞金500万円(および記念品)、優秀賞(1点):賞金100万円(および記念品)。受賞作品は新潮社より単行本として刊行される

第1回(平1年)
　酒見 賢一 「後宮小説」
◇優秀賞
　山口 泉(森真冬)「宇宙のみなもとの滝」
第2回(平2年)
　該当作なし
◇優秀賞
　鈴木 光司 「楽園」
　岡崎 弘明 「英雄ラファシ伝」
第3回(平3年)
　佐藤 亜紀 「バルタザールの遍歴」
◇優秀賞
　原 岳人 「なんか島開拓誌」
第4回(平4年)
　該当作なし
◇優秀賞
　北野 勇作 「昔、火星のあった場所」
第5回(平5年)
　佐藤 哲也 「イラハイ」
◇優秀賞
　南条 竹則 「酒仙」
第6回(平6年)
　池上 永一 「バガージマヌパナス」
　銀林 みのる 「鉄塔 武蔵野線」
第7回(平7年)
　該当作なし

◇優秀賞
　藤田 雅矢 「糞袋」
　嶋本 達嗣 「バスストップの消息」
第8回(平8年)
　該当作なし
◇優秀賞
　葉月 堅 「アイランド」
　城戸 光子 「青猫屋」
第9回(平9年)
　井村 恭一 「ベイスボイル・ブック」
◇優秀賞
　佐藤 茂 「競漕海域」
第10回(平10年)
　山之口 洋 「オルガニスト」
◇優秀賞
　沢村 凜 「ヤンのいた島」
　涼元 悠一 「青猫の街」
第11回(平11年)
　宇月原 晴明 「信長 あるいは戴冠せるアンドロギュヌス」
◇優秀賞
　森 青花 「BH85」
第12回(平12年)
　該当作なし
◇優秀賞

斉藤 直子　「仮想の騎士」
第13回（平13年）
　　　粕谷 知世　「太陽と死者の記録」
　◇優秀賞
　　　畠中 恵　「しゃばけ」
第14回（平14年）
　　　西崎 憲　「ショート・ストーリーズ」
　◇優秀賞
　　　小山 歩　「戒」
第15回（平15年）
　　　森見 登美彦　「太陽の塔/ピレネーの城」
　◇優秀賞
　　　渡辺 球　「象の棲む街」
第16回（平16年）
　◇大賞
　　　平山 瑞穂　「ラス・マンチャス通信」
　◇優秀賞
　　　越谷 オサム　「ボーナス・トラック」
第17回（平17年）
　◇大賞
　　　西條 奈加　「金春屋ゴメス」
第18回（平18年）
　◇大賞
　　　仁木 英之　「僕僕先生」
　◇優秀賞
　　　堀川 アサコ　「闇鏡」
第19回（平19年）
　◇大賞
　　　弘也 英明　「厭犬伝」
　◇優秀賞
　　　久保寺 健彦　「ブラック・ジャック・キッド」

第20回（平20年）
　◇大賞
　　　中村 弦　「天使の歩廊 ある建築家をめぐる物語」
　◇優秀賞
　　　里見 蘭　「彼女の知らない彼女」
第21回（平21年）
　◇大賞
　　　遠田 潤子　「月桃夜」
　◇優秀賞
　　　小田 雅久仁　「増大派に告ぐ」
第22回（平22年）
　◇大賞
　　　紫野 貴李　「前夜の航跡」
　◇優秀賞
　　　石野 晶　「月のさなぎ」
第23回（平23年）
　◇大賞
　　　勝山 海百合　「さざなみの国」
　◇優秀賞
　　　日野 俊太郎　「吉田キグルマレナイト」
第24回（平24年）
　◇大賞
　　　該当作なし
　◇優秀賞
　　　三國 青葉　「かおばな憑依帖」
　　　関 俊介　「絶対服従者（ワーカー）」
第25回（平25年）
　　　古谷田 奈月　「星の民のクリスマス」
　◇優秀賞
　　　冴崎 伸　「忘れ村のイェンと深海の犬」

204 日本文芸家クラブ大賞〔小説部門〕

　エンターテインメント文芸の質的な向上を期し，且つ会員の創作活動の旺盛な展開を助長するために設定。文芸賞と出版美術賞を設け，そのほかにエンターテインメント文芸に貢献し話題を提供した作品に特別賞を授与する。第10回授賞のあと休止。

【主催者】日本文芸家クラブ

【選考委員】文芸部門：志茂田景樹，長谷部史親，南里征典美，出版美術部門：堂昌一，粟

屋充,小妻要
【選考方法】公募
【選考基準】〔対象〕文芸部門：長編小説,短編小説,ノンフィクション（評論,エッセイを含む）。締切日まで1年間以内に発表された作品ならば既発表作品も可,出版美術部門：雑誌単行本の為の出版美術作品。〔資格〕会員に限る。〔原稿〕長編小説：400字詰原稿用紙300～400枚,短編小説：40～80枚,ノンフィクション：40～400枚
【賞・賞金】各賞：正賞賞状,賞金20万円,記念品

第1回（平4年）
◇長編小説部門
　山崎 厚子　「鳳頸の女」
◇短編小説部門
　北原 双治　「真夏のスクリーン」
◇特別賞
　南里 正典　「紅の翼」（徳間書店）
第2回（平5年）
◇長編小説部門
　郷原 建樹　「幕末薩摩」
◇短編小説部門
　篠 貴一郎　「淋しい香車」
●準賞
　森田 由紀　「盆祭りの後に」
第3回（平6年）
◇長編小説部門
　該当作なし
◇短編小説部門
　該当作なし
第4回（平7年）
◇長編小説賞
　該当作なし
◇短編小説賞
　浅黄 斑　「死んだ息子の定期券」「海豹亭の客」
第5回（平8年）
◇長編小説賞
　原田 英輔　「無限青春」
　鴉紋 洋　「柳生斬魔伝」

◇短編小説賞
　該当作なし
第6回（平9年）
◇長編小説賞
　雲村 俊慥　「仙寿院裕子」
◇短編小説賞
　小川 美那子　「殺人交差」
　松岡 弘一　「仮面アルツハイマー症」（ほか）
第7回（平10年）
◇長編小説部門
　能 一京　「雪迎え」
◇短編小説部門
　左近 育子　「雫の日」
第8回（平11年）
◇長編小説部門
　楠木 誠一郎　「夏目漱石の事件簿」
◇短編小説部門
　該当作なし
第9回（平12年）
◇長編小説部門
　該当作なし
◇短編小説部門
　由布木 皓人　「食む」
第10回（平13年）
◇長編小説部門
　該当作なし
◇短編小説部門
　該当作なし

205 日本ホラー小説大賞

205 日本ホラー小説大賞

角川書店とフジテレビジョンが、平成6年創設し、第14回から角川書店のみの主催となった。第19回から応募要項が変更されると同時に、一般から選ばれたモニター審査員によって、もっとも多く支持された作品に与えられる日本ホラー小説大賞読者賞が新設された。

【主催者】株式会社KADOKAWA 角川書店
【選考委員】（第21回）綾辻行人・貴志祐介・宮部みゆき（五十音順）
【選考方法】公募
【選考基準】（第19回）〔対象〕広義のホラー小説。自作未発表作品に限る。年齢・プロアマ不問。〔原稿〕データ原稿：40字×40行で38枚以上163枚以内、手書き原稿：400字詰め原稿用紙150枚以上650枚以内。データ原稿が望ましい
【締切・発表】（第21回）平成25年11月30日締切（当日消印有効）、平成26年5月発表予定
【賞・賞金】大賞：賞金500万円。受賞作は角川書店より刊行される。受賞作の出版権並びに雑誌掲載権は角川書店に帰属し、出版に際しては規定の印税が支払われる。テレビドラマ化、映画・ビデオ化等の映像化権・放送権、その他二次的利用に関する権利は主催者に帰属する。但し当該権利料（二次的利用の対価を含む）は賞金に含まれる
【URL】http://www.kadokawa.co.jp/contest/horror/

第1回（平6年）
◇大賞
　該当作なし
◇佳作
　杉浦 愛（後＝芹沢 準）「郵便屋」
　カシュウ タツミ 「HYBRID」
　坂東 真砂子 「虫」
第2回（平7年）
◇大賞
　瀬名 秀明 「パラサイト・イヴ」
◇長編賞
　該当作なし
◇短編賞
　小林 泰三 「玩具修理者」
第3回（平8年）
◇大賞
　該当作なし
◇長編賞
　該当作なし
　●佳作
　貴志 祐介 「ISORA」
◇短編賞
　該当作なし
　●佳作
　橋本 滋之（のち、桜沢 順）「ブルキナ、ファソの夜」
第4回（平9年）
◇大賞
　貴志 祐介 「黒い家」
◇短編賞
　沙藤 一樹 「D-ブリッジ・テープ」
◇長編賞
　中井 拓志 「レフトハンド」
第5回（平10年）
◇大賞
　該当作なし
◇長編賞
　該当作なし
◇短編賞
　該当作なし
第6回（平11年）
◇大賞
　岡山 桃子（のち、岩井志麻子）「ぼっけえ、きょうてえ」
◇長編賞
　該当作なし
　●佳作
　牧野 修 「スイート・リトル・ベイビー」
◇短編賞

該当作なし
 ● 佳作
　瀬川 ことび 「お葬式」
第7回（平12年）
　◇大賞
　　該当作なし
　◇長編賞
　　該当作なし
　◇短編賞
　　該当作なし
第8回（平13年）
　◇大賞
　　伊島 りすと 「ジュリエット」
　◇長編賞
　　桐生 祐狩 「妙薬」
　◇短編賞
　　吉永 達彦 「古川」
第9回（平14年）
　◇大賞
　　該当作なし
　◇長編賞
　　該当作なし
　◇短編賞
　　該当作なし
第10回（平15年）
　◇大賞
　　あつい すいか（のち、遠藤徹）「姉飼」
　◇長編賞
　　保科 昌彦 「怨讐の相続人」
　◇短編賞
　　朱川 湊人 「白い部屋で月の歌を」
第11回（平16年）
　◇大賞
　　受賞作なし
　◇長編賞
　　受賞作なし
　◇短編賞
　　森山 東 「お見世出し」
第12回（平17年）
　◇大賞
　　恒川 光太郎 「夜市」
　◇長編賞

　　大山 尚利 「チューイングボーン」
　◇短編賞
　　あせごの まん 「余は如何にして服部ヒロシとなりしか」
第13回（平18年）
　◇大賞
　　受賞作なし
　◇長編賞
　　矢部 嵩 「紗央里ちゃんの家」
　◇短編賞
　　平松 次郎 「サンマイ崩れ」
第14回（平19年）
　◇大賞
　　受賞作なし
　◇長編賞
　　受賞作なし
　◇短編賞
　　曽根 圭介 「鼻」
第15回（平20年）
　◇大賞
　　真藤 順丈 「庵堂三兄弟の聖職」
　◇長編賞
　　飴村 行 「粘膜人間の見る夢」
　◇短編賞
　　田辺 青蛙 「生き屏風」
　　雀野 日名子 「トンコ」
第16回（平21年）
　◇大賞
　　宮ノ川 顕 「化身」
　◇長編賞
　　三田村 志郎 「嘘神」
　◇短編賞
　　朱雀門 出 「今昔奇怪録」
第17回（平22年）
　◇大賞
　　一路 晃司 「お初の繭」
　◇長編賞
　　法条 遥 「バイロケーション」
　◇短編賞
　　伴名 練 「少女禁区」
第18回（平23年）
　◇大賞

受賞作なし
◇長編賞
　堀井 拓馬 「なまづま」
◇短編賞
　国広 正人 「穴（あな）らしきものに入る」
第19回（平24年）
　◇大賞
　　小杉 英了 「先導者（せんどうしゃ）」
　◇読者賞
　　櫛木 理宇 「ホーンテッド・キャンパス」
第20回（平25年）
　◇大賞
　　受賞作なし
　◇優秀賞
　　倉狩 聡 「かにみそ」
　◇読者賞
　　佐島 佑 「ウラミズ」

206 日本ミステリー文学大賞

わが国のミステリー文学の発展に寄与することを目的とし、文学賞を創設した。

【主催者】光文文化財団
【選考委員】（第17回）大沢在昌，権田萬治，西村京太郎，森村誠一
【選考方法】出版関連各方面へのアンケートをもとに，候補者推薦
【選考基準】〔対象〕日本ミステリー文学界の発展に著しく寄与した作家・評論家
【締切・発表】例年3月に贈呈式
【賞・賞金】正賞シエラザード像，副賞300万円
【URL】http://www.mys-bun.or.jp/award/

第1回（平9年度）
　佐野 洋（作家）
第2回（平10年度）
　中島 河太郎（文芸評論家）
第3回（平11年度）
　笹沢 左保（作家）
第4回（平12年度）
　山田 風太郎（作家）
第5回（平13年度）
　土屋 隆夫（作家）
第6回（平14年度）
　都筑 道夫（作家）
　◇特別賞
　　鮎川 哲也（作家）
第7回（平15年度）
　森村 誠一（作家）
第8回（平16年度）
　西村 京太郎（作家）
第9回（平17年度）
　赤川 次郎（作家）
第10回（平18年度）
　夏樹 静子（作家）
第11回（平19年度）
　内田 康夫（作家）
第12回（平20年度）
　島田 荘司（作家）
第13回（平21年度）
　北方 謙三（作家）
第14回（平22年度）
　大沢 在昌（作家）
第15回（平23年度）
　高橋 克彦（作家）
第16回（平24年度）
　皆川 博子（作家）
第17回（平25年度）
　逢坂 剛（作家）

207 日本ミステリー文学大賞新人賞

我が国のミステリー文学界の発展に寄与することを目的とし、文学賞を創設した。

【主催者】 光文文化財団

【選考委員】（第18回）あさのあつこ、笠井潔、今野敏、藤田宜永

【選考方法】 公募

【選考基準】〔対象〕広義のミステリーで、日本語で書かれた自作未発表の小説。〔原稿〕400字詰原稿用紙350枚～600枚まで。同3～5枚の梗概添付。表紙に、題名、氏名、年齢、職業、郵便番号、住所、電話番号、原稿枚数を明記のこと。筆名の場合は本名も記する。原稿は折らずに右肩をクリップでとめ、通しナンバーをふること。ワープロの場合は、1行30字×20～40行で作成し、A4判のマス目のない紙に縦書きで印字する

【締切・発表】（第18回）平成26年5月10日締切（当日消印有効）、10月下旬発表（予定）、「小説宝石」12月号に選評を掲載

【賞・賞金】 正賞シエラザード像、副賞500万円

【URL】 http://www.mys-bun.or.jp/award/

第1回（平9年度）
　井谷 昌喜 「F」
第2回（平10年度）
　大石 直紀 「パレスチナから来た少女」
第3回（平11年度）
　高野 裕美子 「サイレント・ナイト」
第4回（平12年度）
　該当作なし
第5回（平13年度）
　岡田 秀文 「太閤暗殺」
第6回（平14年度）
　藍川 暁 「アリスの夜」
第7回（平15年度）
　該当作なし
第8回（平16年度）
　新井 政彦 「ユグノーの呪い」
第9回（平17年度）
　受賞作なし

第10回（平18年度）
　海野 夕凪 「水上のパッサカリア」
第11回（平19年度）
　緒川 怜 「滑走路34」
第12回（平20年度）
　結城 充考 「プラ・バロック」
第13回（平21年度）
　両角 長彦 「ラガド」
第14回（平22年度）
　石川 渓月 「煙が目にしみる」
　望月 諒子 「大絵画展」
第15回（平23年度）
　前川 裕 「クリーピー」
　川中 大樹 「茉莉花（サンパギータ）」
第16回（平24年度）
　葉真中 顕 「ロスト・ケア」
第17回（平25年度）
　嶋中 潤 「代理処罰」

208 日本ラブストーリー大賞

恋愛小説を募集する文学賞。平成17年4月創設。大賞受賞作は宝島社より書籍を発売し、エイベックスによる映画化が約束された賞として始まり、第1回大賞「カフーを待ちわ

びて」が平成21年2月に映画化。第2回大賞は平成21年6月映画化予定。第3回より映画は約束されたものではなくなったが,積極的に映画化をすすめる賞として,広く募っている。

【主催者】宝島社,エイベックス・エンタテインメント,宝島ワンダーネット
【選考委員】(第10回)冲方丁,川村元気,瀧井朝世
【選考方法】公募
【選考基準】〔対象〕ラブストーリー。時代や小説のジャンルは自由。自作・未発表の作品に限る。〔資格〕プロ・アマ不問。〔原稿〕400字原稿用紙換算で200枚～500枚。縦書き・横書き自由。手書き原稿は不可。プリントアウトは40字×40行でページ設定。400字以内のあらすじを添付
【締切・発表】(第10回)平成26年7月31日締切(当日消印有効),12月(予定)HPにて発表
【賞・賞金】大賞:賞金500万円。出版権および雑誌掲載権は宝島社に帰属し,出版時は印税が支払われる。テレビドラマ化権,ビデオ化権および映像化権は主催者に帰属し,権利料は賞金に含まれる。漫画化・商品化等の二次的利用に関する権利については原則として主催者に帰属し,権利料は賞金に含まれる
【URL】http://japanlovestory.jp/index.html

第1回(平17年)
　◇大賞
　　原田 マハ 「カフーを待ちわびて」
　◇審査員絶賛賞
　　さとう さくら 「SWITCH スイッチ」
第2回(平18年)
　◇大賞
　　上村 佑 「守護天使」
第3回(平19年)
　◇大賞
　　奈良 美那 「埋もれる」
　◇エンタテインメント特別賞
　　吉川 英梨 「私の結婚に関する予言『38』」
　◇ニフティ/ココログ賞
　　咲乃 月音 「オカンの嫁入り」
　◇審査員特別賞
　　林 由美子 「化粧坂」
第4回(平20年)
　◇大賞
　　上原 小夜 「ウォー・クライ」
　◇エンタテインメント特別賞
　　千梨 らく 「愛(かな)し」

第5回(平21年)
　◇大賞
　　宇木 聡史 「Because of you」
　◇エンタテインメント特別賞
　　矢城 潤一 「55」
　◇審査員特別賞
　　羽澄 愁子 「ショーウィンドウ」
第6回(平22年)
　◇大賞
　　中居 真麻 「星屑ビーナス！」
第7回(平23年)
　◇大賞
　　沢木 まひろ 「ワリナキナカ」
第8回(平24年)
　◇大賞
　　相戸 結衣 「LOVE GENE～恋する遺伝子～」
　◇優秀賞
　　蒼井 ひかり 「アパートメント・ラブ」
第9回(平25年)
　◇大賞
　　石田 祥(鰯田祥)「トマトのために」

209 人間新人小説

鎌倉文庫が新人作家の発掘を目的に昭和22年に創設した賞。昭和25年、第4回で中止。

- 【主催者】鎌倉文庫
- 【選考委員】「人間」編集局
- 【選考基準】新人作家の未発表原稿を募集応募作の中から選出
- 【締切・発表】結果と作品は「人間」誌上に発表
- 【賞・賞金】正賞と副賞10万円

第1回(昭22年)
　該当作なし
第2回(昭23年)
　駒田 信二　「脱出」
第3回(昭24年)
　該当作なし
第4回(昭25年)
　広中 俊雄　「炎の日,一九四五年八月六日」

210 農民文学有馬賞

農民文学懇話会の創立を機に,当時の農相有馬頼寧が資金を提供して昭和13年に設立。しかし,昭和17年第5回で中止した。

- 【主催者】農民文学懇話会
- 【選考委員】吉江喬松,新居格,加藤武雄,和田伝,有馬頼寧
- 【選考基準】新人の農民文学作品に与えた
- 【賞・賞金】賞牌および賞金500円

第1回(昭13年)
　丸山 義二　「田舎」
第2回(昭14年)
　菅野 正男　「土と戦ふ」
第3回(昭15年)
　岩倉 政治　「村長日記」
第4回(昭16年)
　青木 洪　「耕す人々の群」
第5回(昭17年)
　沙和 宋一　「民謡ごよみ」

211 農民文学賞

昭和29年11月に伊藤永之介,和田伝,古谷綱武らによって設立された日本農民文学会が新人育成のため昭和30年に創設した文学賞。

- 【主催者】日本農民文学会
- 【選考委員】伊藤桂一,秋山駿,南雲道雄,木村芳夫
- 【選考方法】公募

【選考基準】〔対象〕小説,評論,詩集。〔資格〕未発表原稿または当該年度の1月より11月30日までに非営業雑誌・単行本掲載作品。〔原稿〕原則として小説100枚(400字×100)以内,評論50枚(400字×50)以内。詩集は刊行されたもの又は雑誌発表作品

【締切・発表】毎年11月30日締切,翌年4月刊行の「農民文学」誌上にて発表

【賞・賞金】賞金10万円(2人受賞の場合は分割)

第1回(昭31年度)
　薄井 清 「燃焼」(農民文学7月号)
第2回(昭32年度)
　真木 桂之助 「崩れ去る大地に」(農民文学3月号)
第3回(昭33年度)
　島 一春 「無常米」(五月書房)
第4回(昭34年度)
　小説受賞作なし
第5回(昭35年度)
　韮山 圭介 「山影」(農民文学34年11月～35年4月号)
第6回(昭36年度)
　山田 野理夫 「南部牛追唄」(潮文社)
第7回(昭37年度)
　宗谷 真爾 「なっこぶし」(同人誌野田文学所載)
第8回(昭38年度)
　菅原 康 「焼き子の唄」(新潮12月号)
第9回(昭39年度)
　該当作なし
第10回(昭41年度)
　大岩 鉱 「杉っぺ菩薩」(詩と散文第13号)
第11回(昭42年度)
　太田 忠久 「おれんの死」(同人誌群盗連載)
第12回(昭43年度)
　一の瀬 綾 「春の終り」(農民文学10月号)
　儀村 方夫 「にがい米」(農民文学10月号)
第13回(昭44年度)
　河内 幸一郎 「嫁よこせ村長様」(農民文学1月号)
　山下 惣一 「海鳴り」(同人誌玄海)
第14回(昭45年度)
　小説受賞作なし

第15回(昭46年度)
　中紙 輝一 「北海道牛飼い抄」(応募原稿)
　鄭 承博 「裸の捕虜」(農民文学11月号)
第16回(昭47年度)
　小説受賞作なし
第17回(昭48年度)
　山田 剛 「鳥」(農民文学10月号)
第18回(昭49年度)
　桜井 利枝 「もずの庭」(同人誌AMAZON5月号)
第19回(昭50年度)
　小林 英文 「別れ作」(農民文学11月号)
第20回(昭51年度)
　今川 勲 「さんさ踊り」(農民文学5月号)
第21回(昭52年度)
　小説受賞作なし
第22回(昭53年度)
　松岡 智 「山の灯」(九州文学10月号)
第23回(昭54年度)
　遠山 あき 「鷺谷」(農民文学7月号)
第24回(昭55年度)
　小説受賞作なし
第25回(昭56年度)
　飯塚 静治 「赤い牛乳」(生原稿)
　武田 雄一郎 「陸の孤島」(層(長野ペンクラブ)51号)
◇特別賞
　吉田 十四雄 「人間の土地」(全8巻)(農山漁村文化協会)
第26回(昭57年度)
　十市 梨夫 「先祖祭りの夜」
第27回(昭58年度)
　小説受賞作なし
第28回(昭59年度)
　小説受賞作なし

第29回（昭60年度）
　広沢 康郎 「鯉の徳兵衛」（農民文学194号）
第30回（昭61年度）
　山崎 人功 「檻の里」
第31回（昭62年度）
　鳥井 綾子 「坂の向うに」（帯広市民文芸27号）
第32回（昭63年度）
　大舘 欣一 「一札の事」
　中沢 正弘 「風に訊く日々」（層69号）
第33回（平1年度）
　市川 靖人 「悲しき木霊」（小説）
　森 当 「はみだし会」（小説）
　◇特別賞
　柏木 智二 「サイレンの鳴る村」（小説，農民文学210号）
第34回（平2年度）
　里村 洋子 「福耳を持った男の話」（小説，農民文学214号）
第35回（平3年度）
　小田切 芳郎 「秋風」（小説，層74号）
第36回（平4年度）
　小説受賞作なし
第37回（平5年度）
　内田 聖子 「駆けろ鉄兵」（オリジン出版センター）
第38回（平6年度）
　北原 文雄 「田植え舞」
第39回（平7年度）
　木村 芳夫 「かぶら川」
　風間 透 「遠い農協」
第40回（平8年度）
　小説受賞作なし
第41回（平9年度）
　小説受賞作なし
第42回（平10年度）
　小説受賞作なし
第43回（平11年度）
　小説受賞作なし
第44回（平12年度）
　◇小説部門
　宅和 俊平 「越境者」
第45回（平13年度）
　村若 昭雄 「鎖」
第46回（平14年度）
　浜野 冴子 「ブルーローズ」
　佐藤 れい子 「おくつき」
第47回（平16年度）
　飯島 勝彦 「銀杏の墓」
　下澤 勝井 「天の罠」
第48回（平17年度）
　木下 訓成 「春一番」
第49回（平18年度）
　水木 亮 「お見合いツアー」
第50回（平19年度）
　小林 ぎん子 「心ささくれて」
　荒井 登喜子 「ドラマチック」
第51回（平20年度）
　前田 新 「彼岸獅子舞の村」
第52回（平21年度）
　森 厚 「TAKARA」
第53回（平22年度）
　鶴岡 一生 「曼珠沙華」
　国梓 トシヒデ 「とらばらーま哀歌」
第54回（平23年度）
　小説受賞作なし
第55回（平24年度）
　宇梶 紀夫 「赤いトマト」
第56回（平25年度）
　小説受賞作なし

---

212 ノベル大賞

　中編作品で小説に挑戦できる賞。小説を書くことの楽しさ，創作の喜びを感じてもらいたい。コバルトの読者を対象にした作品であれば，どんなジャンルも大歓迎。入選後は「コバルト文庫」「雑誌Cobalt」で活躍する道が開ける。きらりと光る才能ある新人作

家を広く求める。

【主催者】 集英社

【選考委員】（平26年度）桑原水菜,三浦しをん,吉田玲子

【選考方法】 公募

【選考基準】 〔対象〕自作未発表の小説（日本語で書かれたものに限る）。〔資格〕新人に限る。〔原稿〕400字詰縦書原稿用紙95〜105枚。原稿用紙2枚程度の梗概を添付。ワープロ原稿の場合は20字×20行仕様に限る。印字は白紙を使用のこと

【締切・発表】（平26年度）締切は郵送：平成26年7月10日（当日消印有効）,Web：平成26年7月10日23時59分。「Cobalt」平成27年1月号誌上,およびコバルト文庫のチラシ上にて発表。受賞作品および選考過程はWeb上で掲載される可能性あり。受賞作の出版権および映像化,商品化等の二次的利用の権利は集英社に帰属

【賞・賞金】 大賞（1名）：正賞楯,副賞賞金100万円。佳作：正賞楯と副賞50万円

【URL】 http://cobalt.shueisha.co.jp

第1回（昭58年度上）
　該当作なし
　◇佳作
　片山 満久 「聖野菜祭（セントベジタブルデイ）」
　一藤木 香子 「たとへば,十九のアルバムに」
第2回（昭58年度下）
　杉本 りえ 「未熟なナルシスト達」
　◇佳作
　藤本 圭子 「卒業前年」
　塩月 剛 「I MISS YOU」
第3回（昭59年度上）
　唯川 恵 「海色の午後」
　◇佳作
　倉本 由布 「サマーグリーン」
第4回（昭59年度下）
　藤本 ひとみ 「眼差」
第5回（昭60年度上）
　波多野 鷹 「青いリボンの飛越（ジャンプ）」
第6回（昭60年度下）
　島村 洋子 「独楽（ひとりたのしみ）」
第7回（昭61年度上）
　該当作なし
　◇佳作
　片桐 里香 「いつも通り」
第8回（昭61年度下）
　図子 慧 「クルト・フォルケンの神話」
第9回（昭62年度上）
　該当作なし
　◇佳作
　夏川 裕樹 「祭りの時」
　前田 珠子 「眠り姫の目覚める朝」
第10回（昭62年度下）
　五代 剛 「Seele（ゼーレ）」
　◇佳作
　山本 文緒 「プレミアム・プールの日々」
第11回（昭63年度上）
　彩河 杏 「お子様ランチ・ロックソース」
第12回（昭63年度下）
　西田 俊也 「恋はセサミ」
第13回（平1年度上）
　水樹 あきら 「一平くん純情す」
　◇佳作
　若木 未生 「AGE」
第14回（平1年度下）
　該当作なし
　◇佳作
　三浦 真奈美 「行かないで―If You Go Away」
　児波 いさき 「つまずきゃ,青春」

◇読者大賞
　　桑原 水菜 「風駆ける日」
第15回（平2年度上）
　　川田 みちこ 「水になる」
　◇読者大賞
　　小山 真弓 「ケイゾウ・アサキのデーモン・バスターズ 血ぬられた貴婦人」
第16回（平2年度下）
　　涼元 悠一 「我が青春の北西壁」
　◇佳作
　　赤木 里絵 「水色の夏」
　◇読者大賞
　　榎木 洋子 「特別の夏休み」
第17回（平3年度上）
　　水杜 明珠 「春風変異譚」
　◇佳作
　　島田 理聡 「パラダイスファミリー」
　　久嶋 薫 「夜風の通りすぎるまま」
　◇読者大賞
　　もりま いつ 「いつか見た海へ」
第18回（平3年度下）
　　響野 夏菜 「月虹のラーナ」
　◇佳作
　　北村 染衣 「ぐみの木の下には」
　◇読者大賞
　　立原 とうや 「夢売りのたまご」
第19回（平4年度上）
　　ゆうき りん 「夜の家の魔女」
　◇佳作
　　沙山 茜 「第一のGymnopedie」
　◇読者大賞
　　原田 紀 「月の裏で会いましょう」
第20回（平4年度下）
　　該当作なし
　◇佳作
　　甲 紀枝 「十六歳, 夏のカルテ」
　　高遠 砂夜 「はるか海の彼方に」
　　野間 ゆかり 「「ふることぶみ」によせて」
　◇読者大賞
　　水野 友貴 「おばあちゃんの恋人」
第21回（平5年度上）
　　今野 緒雪 「夢の宮～竜のみた夢」

　◇佳作
　　藍 あずみ 「交響詩「一騒乱」」
　◇読者大賞
　　今野 緒雪 「夢の宮～竜のみた夢」
第22回（平5年度下）
　　茅野 泉 「雨のなかへ」
　◇佳作
　　花宗 冬馬
　◇読者大賞
　　緑川 七央 「境界のテーゼ」
第23回（平6年度上）
　　金 蓮花 「銀葉亭茶話（ぎんようていさわ）」
　◇佳作
　　檜枝 悦子 「洞（ほら）の中の女神」
　◇読者大賞
　　須賀 しのぶ 「惑星童話」
第24回（平6年度下）
　　真堂 樹 「春王冥府（しゅうおうめいふ）」
　◇佳作
　　本沢 みなみ 「ゴーイング・マイ・ウェイ」
　◇読者大賞
　　藤上 貴矢 「なつかしの雨」
第25回（平7年度上）
　　香山 暁子 「リンゴ畑の樹の下で」
　◇佳作
　　いたみ ありお 「よいこのうた」
　◇読者大賞
　　藤原 真莉 「帰る日まで」
第26回（平7年度下）
　　遠田 綴 「美歩！」
　◇佳作
　　吉田 縁 「アルヴィル 銀の魚」
　　森田 尚 「セ・ラ・ヴィ！」
　◇読者大賞
　　浩祥 まきこ 「ごむにんげん」
第27回（平8年度）
　　橘 有末 「SILENT VOICE」
　◇佳作
　　川村 蘭世 「月を描く少女と太陽を描いた吸血鬼」
　◇読者大賞

高野 冬子 「楽園幻想」
第28回(平9年度)
　　小松 由加子 「機会の耳」
　◇佳作
　　河原 明 「両手を広げて」
　◇読者大賞
　　小松 由加子 「機会の耳」
第29回(平10年度)
　　深谷 晶子 「サカナナ」
　◇佳作
　　片山 奈保子 「ペンギンの前で会いましょう」
　◇読者大賞
　　片山 奈保子 「ペンギンの前で会いましょう」
第30回(平11年度)
　　該当作なし
　◇佳作
　　竹岡 葉月 「僕らに降る雨」
　　吉平 映理 「救助信号」
　◇読者大賞
　　松井 千尋 「ウェルカム・ミスター・エカリタン」
第31回(平12年度)
　　小沼 まり子 「一人暮らしアパート発・Wao・ブランド」
　◇佳作
　　石川 宏宇 「サドル」
　　ユール 「ぼくはここにいる」
　◇読者大賞
　　ユール 「ぼくはここにいる」
第32回(平13年度)
　　清水 朔 「神遊び」
　◇佳作
　　なかじま みさを 「孵化界」
　　深志 いつき 「あなたはあたしを解き放つ」
　◇読者大賞
　　清水 朔 「神遊び」
第33回(平14年度)
　　青木 祐子 「ソード・ソウル～遙かな白い城の姫～」
　◇佳作

　　山本 瑤 「花咲かす君」
　◇読者大賞
　　ココロ 直 「夕焼け好きのポエトリー」
第34回(平15年度)
　　小池 雪 「夢で遭いましょう」
　◇佳作
　　菊池 瞳 「トライアル」
　◇読者大賞
　　沖原 朋美 「桜の下の人魚姫」
第35回(平16年度)
　　該当作なし
　◇読者大賞
　　足塚 鰐 「蛇と水と梔子の花」
第36回(平17年度)
　　桂 環 「チルカの海」
　◇読者大賞
　　岡篠 名桜 「空ノ巣」
第37回(平18年度)
　　藤原 美里 「桃仙娘々伝(とうせんにゃんにゃんでん)」
　◇読者大賞
　　ながと 帰葉 「諏訪に落ちる夕陽～落日の姫～」
第38回(平19年度)
　　相羽 鈴 「1000キロくらいじゃ、涙は死なない」
　◇読者大賞
　　彩本 和希 「アルカトラズの聖夜」
第39回(平20年度)
　　該当作なし
　◇佳作
　　汐月 遥 「やがて霧が晴れる時」
　　香月 せりか 「我が家の神様セクハラニート」
　◇読者大賞
　　椎名 鳴葉 「薄青の風景画」
第40回(平21年度)
　　久賀 理世 「始まりの日は空へ落ちる」
　◇佳作
　　夢野 リコ 「傾国の美姫」
　◇読者大賞
　　高山 ちあき 「橘屋本店閻魔帳～跡を継ぐ

まで待って～」
第41回（平22年度）
　長尾 彩子 「にわか姫の懸想」
◇佳作
　御永 真幸 「ただここに降りしきるもの」
◇読者大賞
　高見 雛 「ショコラの錬金術師」
第42回（平23年度）
　野村 行央 「青色ジグゾー」
◇佳作
　せひら あやみ 「異形の姫と妙薬の王子」
◇読者大賞
　小糸 なな 「ゴシック・ローズ」

第43回（平24年度）
　該当作なし
◇佳作
　汐原 由里子 「コンシェルジュの煌めく星」
　きりしま 志帆 「砂漠の千一昼夜物語―幻の王子と悩殺王女―」
◇読者大賞
　後白河 安寿 「キョンシー・プリンセス～乙女は糖蜜色の恋を知る～」
第44回（平25年度）
　秋杜 フユ 「幻領主の鳥籠」
◇佳作
　東堂 燦 「薔薇に雨」
　つの みつき 「死体と花嫁」

213 野間文芸奨励賞

　3部門の野間奨励賞（野間文芸奨励賞，野間挿画奨励賞，野間美術奨励賞）の中の一つ。昭和16年に創設されたが，昭和20年に5回で中止した。昭和54年野間文芸新人賞として復活。

【主催者】野間奉公会
【賞・賞金】賞金1,000円

第1回（昭16年）
　笹本 寅 「会津士魂」
　桜田 常久 「従軍タイピスト」
　赤川 武助 「僕の戦場日記」
第2回（昭17年）
　棟田 博 「台児荘」
　山岡 荘八 「海底戦記」
　浜田 広介 「龍の目の涙」
第3回（昭18年）
　望月 茂 「佐久良東雄」

　大林 清 「華僑伝」「庄内士族」「松ケ岡開墾」
　須川 邦彦 「無人島に生きる十六人」
第4回（昭19年）
　山手 樹一郎 「獄中記」「檻送記」「蟄居記」
　檀 一雄 「天明」
　権藤 実 「兵営の記録」
第5回（昭20年）
　船山 馨 「笛」「塔」
　北条 誠 「寒菊」「一年」「黄昏の旅」
　太田黒 克彦 「小ぶなものがたり」

214 野間文芸新人賞

　昭和16年に，新人の創作活動を顕彰する「野間文芸奨励賞」として創設されたが，20年に第5回で中断した。これを「野間文芸新人賞」と改称し，54年に講談社創立70周年を記念して復活した。

【主催者】（財）野間文化財団
【選考委員】（第35回）島田雅彦, 多和田葉子, 星野智幸, 堀江敏幸, 松浦理英子
【選考方法】非公募
【選考基準】前年10月1日から当年9月30日までに新聞, 雑誌, 単行本などに新しく発表された小説の中から最も将来性のある新人の優秀作品を選ぶ
【締切・発表】11月上旬発表, 野間文芸賞と同時に行う。賞贈呈式は12月中旬
【賞・賞金】賞牌と副賞100万円
【URL】http://www.kodansha.co.jp/award/noma-bungei.html

第1回（昭54年）
　津島 佑子 「光の領分」（講談社）
第2回（昭55年）
　立松 和平 「遠雷」（河出書房新社）
第3回（昭56年）
　村上 龍 「コインロッカー・ベイビーズ」（講談社）
　宮内 勝典 「金色の象」（河出書房新社）
第4回（昭57年）
　村上 春樹 「羊をめぐる冒険」（群像8月号）
第5回（昭58年）
　尾辻 克彦 「雪野」（文藝春秋）
第6回（昭59年）
　青野 聡 「女からの声」（講談社）
　島田 雅彦 「夢遊王国のための音楽」（福武書店）
第7回（昭60年）
　中沢 けい 「水平線上にて」（講談社）
　増田 みず子 「自由時間」（新潮社）
第8回（昭61年）
　岩阪 恵子 「ミモザの林を」（講談社）
　干刈 あがた 「しずかにわたすこがねのゆびわ」（福武書店）
第9回（昭62年）
　新井 満 「ヴェクサシオン」（文藝春秋）
第10回（昭63年）
　吉目木 晴彦 「ルイジアナ杭打ち」（講談社）
第11回（平1年）
　伊井 直行 「さして重要でない一日」（講談社）
第12回（平2年）
　佐伯 一麦 「ショート・サーキット」（福武書店）
第13回（平3年）
　笙野 頼子 「なにもしてない」（講談社）
第14回（平4年）
　リービ 英雄 「星条旗の聞こえない部屋」
第15回（平5年）
　奥泉 光 「ノヴァーリスの引用」（新潮社）
　保坂 和志 「草の上の朝食」（講談社）
第16回（平6年）
　竹野 雅人 「私の自叙伝」（講談社）
第17回（平7年）
　佐藤 洋二郎 「夏至祭」（講談社）
　水村 美苗 「私小説」（新潮社）
第18回（平8年）
　角田 光代 「まどろむ夜のUFO」（講談社）
第19回（平9年）
　町田 康 「くっすん大黒」（文藝春秋）
第20回（平10年）
　藤野 千夜 「おしゃべり怪談」（講談社）
第21回（平11年）
　阿部 和重 「無情の世界」（講談社）
　伊藤 比呂美 「ラニーニャ」（新潮社）
第22回（平12年）
　赤坂 真理 「ミューズ」（文藝春秋）
　岡崎 祥久 「楽天屋」（講談社）
第23回（平13年）
　清水 博子 「処方箋」（集英社）
　堂垣 園江 「ベラクルス」（講談社）
第24回（平14年）

佐川 光晴　「縮んだ愛」（講談社）
　　若合 春侑　「海馬の助走」（中央公論新社）
第25回（平15年）
　　島本 理生　「リトル・バイ・リトル」（講談社）
　　星野 智幸　「ファンタジスタ」（集英社）
第26回（平16年）
　　中村 航　「ぐるぐるまわるすべり台」（文藝春秋）
　　中村 文則　「遮光」（新潮社）
第27回（平17年）
　　青木 淳悟　「四十日と四十夜のメルヘン」（新潮社）
　　平田 俊子　「二人乗り」（講談社）
第28回（平18年）
　　中原 昌也　「名もなき孤児たちの墓」（文藝春秋）
第29回（平19年）
　　鹿島田 真希　「ピカルディーの三度」（講談社）

　　西村 賢太　「暗渠の宿」（新潮社）
第30回（平20年）
　　津村 記久子　「ミュージック・ブレス・ユー!!」（角川書店）
第31回（平21年）
　　村田 沙耶香　「ギンイロノウタ」（新潮社）
第32回（平22年）
　　円城 塔　「烏有此譚（うゆうしたん）」（講談社）
　　柴崎 友香　「寝ても覚めても」（河出書房新社）
第33回（平23年）
　　本谷 有希子　「ぬるい毒」（新潮社）
第34回（平24年）
　　日和 聡子　「螺法四千年記」（幻戯書房）
　　山下 澄人　「緑のさる」（平凡社）
第35回（平25年）
　　いとう せいこう　「想像ラジオ」（河出書房新社）

215　野村胡堂文学賞

　　昭和を代表する国民的作家・野村胡堂を顕彰する目的で、(社) 日本作家クラブが平成24年に制定し創設。昭和24年に発足した日本作家クラブの創設者で初代会長であった胡堂は、幅広く深い知識と知恵を持った昭和日本を代表する教養人であり、作家のほかに「あらえびす」の筆名による格調高い珠玉の音楽評論でも知られる。そうした大先達の成した膨大な偉業のうち、特に「銭形平次」など江戸の下町を舞台にして大衆を勇気づけた文学の功績に光を当てた本賞が胡堂らが愛し築き上げてきた大衆文芸発展隆盛の一助となることを願う。

【主催者】（社）日本作家クラブ

【選考委員】奥本大三郎（委員長）、野村晴一、浅香光代、林家木久扇、村上弘明、吉村卓三

【選考基準】〔対象〕毎年度、前年の4月1日から当該年の3月31日に商業出版された時代小説、歴史小説。ただし、実行年度より2年以内に刊行された図書で当クラブの会員から推選されたものは、選考対象から除外しない

【締切・発表】授賞式は10月15日（胡堂の生誕日）の予定

【賞・賞金】表彰状と記念品

【URL】https://www.facebook.com/sakkaclub

第1回（平25年度）　　　　　　　　　　　　　小中 陽太郎　「翔べよ源内」（平原社）

216 ハイ！ ノヴェル大賞

マルチメディア時代の新しいエンターテインメントを求めて，パイオニアLDC株式会社を共催者として，創設された。第2回以降の開催は未定。

【主催者】早川書房，パイオニアLDC

【選考委員】（第1回）久美沙織，難波弘之，今岡清，児玉昭義

【選考方法】公募

【選考基準】〔対象〕未発表小説〔原稿〕400字詰原稿用紙250枚以上400枚まで（3枚程度の梗概をつけること）

【締切・発表】（第1回）平成4年8月末日締切，同年12月発表

【賞・賞金】大賞：100万円，佳作：20万円，パイオニアLDCメディア賞：メディア化

第1回（平4年）
　牧野 修　「王の眠る丘」
　◇佳作
　　該当作なし
　◇パイオニアLDCメディア賞
　　該当作なし

217 パスカル短編文学新人賞

パソコン通信を使い，全応募作品と選考過程を公開するひらかれた文学新人賞。選考委員が，パソコンネットのなかで応募作品ひとつひとつを短評する。

【主催者】朝日パソコンネット，アトソン

【選考委員】筒井康隆，井上ひさし，小林恭二

【選考方法】朝日ネット内の「パスカル短編文学新人賞/選考会議」で公開選考

【選考基準】〔対象〕従来の枠にとらわれない才能ある新人の作品（短編小説）〔原稿〕400字詰め原稿用紙20枚換算まで〔応募方法〕朝日ネットの「パスカル短編文学新人賞/応募会議」に送信

【締切・発表】9月1日～10月31日まで送信受付，発表は3月朝日ネットにて。また，受賞作は中央公論「GQ」に掲載予定

【賞・賞金】正賞記念品，副賞50万円

第1回（平6年）
　川上 弘美　「神様」
　◇People賞
　　栗山 富明　「机上の人」
　　福長 斉　「藺（いぐさ）刈り」
第2回（平7年）
　丸川 雄一　「ライプニッツ・ドリーム」
　◇優秀賞
　　鈴木 能理子　「主婦+動詞」
　　栗山 富明　「小研寮」
第3回（平8年）
　岡本 賢一　「父の背中」
　◇優秀賞
　　岸根 誠司　「蟻（あり）」

本渡 章 「くろ」
山腰 慎吉 「知られざる医原性薬物依存」

218 ハードカバー「超短編」小説

"わずか数百文字の豊かな小説世界"をコンセプトに賞を創設、平成14年12月より公募を開始。「超短編」はラテンアメリカでは、いち早く文芸ジャンルとして確立されたが、日本ではショートショートや詩との差異が分かりづらいこともあり、なかなか根付かなかった。本コンテストを継続することで、「超短編」をインターネット時代に対応した新しい文芸フォーマットと位置づけ、紙の本以外の新たな展開も模索していく。

【主催者】ハードカバー, 愛知出版
【選考委員】ハードカバー編集部
【選考方法】公募
【選考基準】〔資格〕不問。〔応募規定〕400字詰め原稿用紙換算で2枚以内(ワープロ可)。応募点数は、1人10編以内。Eメールによる応募も受け付けている
【締切・発表】ほぼ毎月10日締切(当日消印有効)、翌月の中旬までに入賞者全員に選考結果の通知を発送
【賞・賞金】現在は、大賞：図書券2万円、優秀作品賞：図書券3千円。入賞作のみで作品集を発行。また、掲載者のうち特に優秀と認めた著者に対し、次回単行本に新作の執筆を依頼し掲載する

第1回(平15年1月)
◇優秀作品賞
　稲葉 たえみ(静岡県)「愛読者」
　ODA(神奈川県)「ゴミ袋」
　加藤 剛(埼玉県)「人生本」
　金子 みつあき(埼玉県)「窓枠湖」
　佐々木 沙織(千葉県)「惜別」
　下原 由美子(愛知県)「1キロあたり」
　たなか なつみ(京都府)「餌づけ」
　中里 奈央(北海道)「定期コール」
　ひむかし(静岡県)「安寧」
　溝口 愛子(長崎県)「レモンの中で暮らす月」

第2回(平15年3月)
◇優秀作品賞
●自由部門
　阿佑(福岡県)「路地」
　上田 かりん(東京都)「眠り姫」
　ODA(神奈川県)「無人島」
　春日 芳雄(青森県)「視野」
　加藤 剛(埼玉県)「欲」
　たなか なつみ(京都府)「南へ」
　原田 弥生(福岡県)「針」
　水口 恵弥(奈良県)「一期一会」
　松田 るんを(長崎県)「ピンクの菜箸」
●テーマ部門
　大森 コウ(千葉県)「ちいさい海あります」
　末枯 盛(東京都)「そうじき星になったほうき星」
　たなか なつみ(京都府)「目的」
　水口 恵弥(奈良県)「思い込み」

第3回(平15年4月)
◇優秀作品賞
●自由部門
　佐々木 秋(東京都)「朝顔」
　たなか なつみ(京都府)「ちょっと待ってください」
　夏井 午後(神奈川県)「トンネル」

鳴 タマコ（福岡県）「夏のまもの」
　　渡部 侑士（宮城県）「月の旅」
　●テーマ部門
　　たなか なつみ（京都府）「嫁」
　　三浦 万奈（東京都）「前に見た夢」
第4回（平15年10月）
　◇優秀作品賞
　　佐藤 牡丹（東京都）「みちのくのしのぶも ぢずり誰ゆえに 乱れそめしに我ならな くに」
　　篠原 ちか子（岐阜県）「実生」
　　利希（大分県）「石の記憶」
　　ぶろっこりぃ（大阪府）「ハサミ」

　　吉野 静か（東京都）「前髪」
第5回（平15年11月）
　◇優秀作品賞
　　稀月 優己（奈良県）「追憶」
　　野々村 務（宮城県）「国王陛下の長い眠り」
　　飯田 愁眠（山形県）「屋上駐車場」
　　南 椎茸（埼玉県）「サビタカノジョ」
第6回（平15年12月）
　◇優秀作品賞
　　春日 夕陽（大阪府）「無題」
　　葛城 真樹（静岡県）「晩夏」
　　結城 祝（神奈川県）「夏の家」

219 パピルス新人賞

　雑誌「パピルス」が，ジャンルを問わず，長編小説を募集。新人に限る。第1回授賞は平成19年。

【主催者】幻冬舎

【選考委員】（第1回）石田衣良，あさのあつこ

【選考方法】公募

【選考基準】〔資格〕新人に限る。性別，年齢は問わない。〔対象〕ジャンルを問わぬ長編小説。日本語で書かれた，自作未発表の作品に限る。〔原稿〕400字詰め原稿用紙で200枚以上500枚まで

【締切・発表】（第5回）平成23年2月末日（当日消印有効）

【賞・賞金】正賞：万年筆，副賞：100万円

第1回（平19年）
　久保寺 健彦 「みなさん，さようなら」
第2回（平20年）
　該当作なし
　◇特別賞
　芹澤 桂 「ファディダディ・ストーカーズ」
第3回（平21年）
　宙目 ケン 「Ray After Lover」

◇特別賞
　森田 裕之 「無粋なやつら」
第4回（平22年）
　◇特別賞
　片島 麦子 「ウツボの森の少女」
第5回（平23年）
　◇特別賞
　三岡 雅晃 「空白を歌え」

220 ハヤカワ・S‐Fコンテスト

　昭和36年，当時皆無に近い日本SF振興のため「空想科学小説コンテスト」として創設。

ハヤカワ・S・Fコンテスト

昭和38年に一時中断。昭和49年に「SFマガジン」15周年企画として1回行なわれ、昭和54年に再開された。平成5年以降休止。

【主催者】早川書房
【選考委員】眉村卓、柴野拓美、川又千秋、SFマガジン編集長
【選考方法】公募
【選考基準】〔対象〕SF小説〔資格〕応募作は未発表作品に限る〔原稿〕400字詰原稿用紙40枚以上100枚まで。必ず3枚程度の梗概をつけること
【締切・発表】(第18回)締切は平成4年3月31日(当日消印有効)。入選作は「S・Fマガジン」平成4年11月号に発表、年1回
【賞・賞金】第1席：20万円、第2席：10万円、第3席：5万円

第1回(昭36年)
　　該当作なし
　◇佳作第1席
　　山田 好夫　「地球エゴイズム」
　◇佳作第2席
　　眉村 卓　「下級アイデアマン」
　◇佳作第3席
　　豊田 有恒　「時間砲」
　◇努力賞
　　小松 左京　「地には平和を」
第2回(昭37年)
　　該当作なし
　◇佳作第3席
　　小松 左京　「お茶漬の味」
　　半村 良　「収穫」
　◇佳作
　　筒井 康隆　「無機世界へ」
　　朝 九郎　「平和な死体作戦」
　　山田 好夫　「震える」
　　豊田 有恒　「火星で最後の……」
第3回(昭38年)
　　該当作なし
　◇佳作第1席
　　吉原 忠男　「太陽連合」
　◇佳作第2席
　　松崎 真治　「プログラムどおり」
　◇佳作第3席
　　永田 実　「黒潮」
第4回(昭40年)
　　該当作なし
　◇佳作第1席
　　川田 武　「クロマキー・ブルー」
　　松崎 保美　「そして……」
　◇佳作第3席
　　石川 智嗣　「奇妙な民間療法」
　◇佳作
　　海上 真幸　「封印された書」
　　田中 文雄　「夏の旅人」
第5回(昭54年)
　　該当作なし
　◇佳作第1席
　　野阿 梓　「花狩人」
　◇佳作
　　神林 長平　「狐と踊れ」
　◇参考作
　　浅利 知輝　「超ゲーム」
第6回(昭55年)
　　該当作なし
　◇佳作
　　大原 まり子　「一人で歩いていった猫」
　◇参考作
　　大河 司　「アウトクライド・ドリーマー」
　　火浦 功　「時を克えすぎて」
　　水見 稜　「夢魔のふる夜」
第7回(昭56年)
　　該当作なし
　◇佳作第1席
　　冬川 正左　「放浪者目醒めるとき」

◇佳作第2席
　岬上 人　「ふたご」
◇佳作第3席
　所 与志夫　「真夜中のカーニバル」
　萩 裕子　「スペリオル・サエルクム」
第8回（昭57年）
　該当作なし
◇努力賞
　川瀬 義行　「狂える神のしもべ」
第9回（昭58年）
　該当作なし
◇努力賞
　内藤 淳一郎　「惑星〈ジェネシス〉」
◇参考作
　香野 雅紀　「硝子細工のプライヴェイト・アイ」
　生成 順次　「複眼の怒り」
第10回（昭59年）
　該当作なし
◇佳作
　工藤 雅子　「我ら月にも輝きを与えよ」
　川村 晃久　「進化の運命」
第11回（昭60年）
　該当作なし
第12回（昭61年）
　該当作なし
◇佳作
　岸 祐介　「凍った嘴」

第13回（昭62年）
◇佳作第3席
　柾 悟郎　「邪眼（イーガル・アイズ）」
◇佳作
　桜井 翼　「天に光を」
第14回（昭63年）
　該当作なし
◇佳作
　金子 隆一　「葉末をわたる風」
第15回（平1年）
　該当作なし
第16回（平2年）
◇第3席
　御影 防人　「ひとすくいの大海」
◇佳作
　山下 敬　「聖花」
◇参考作
　芳賀 良彦　「シュガーボクサー」
　北野 勇作　「Dancing Electric Bear」
第17回（平3年）
◇第2席
　森岡 浩之　「夢の樹が接げたなら」
◇第3席
　松尾 由美　「バルーン・タウンの殺人」
第18回（平4年）
◇佳作
　完甘 直隆　「ミューズの額縁」

221 ハヤカワSFコンテスト

　世界に通用する新たな才能の発掘と，その作品の全世界への発信を目的とした新人賞。中篇から長篇までを対象とし，長さに関わらずもっとも優れた作品に大賞を与える。平成24年創設。

【主催者】 早川書房

【選考委員】 （第2回）東浩紀（批評家），神林長平（作家），小島秀夫（ゲームデザイナー），塩澤快浩（SFマガジン編集長）

【選考方法】 公募

【選考基準】 〔対象〕広義のSF。自作未発表の小説（日本語で書かれたもの）。〔資格〕不問。〔原稿〕400字詰原稿用紙100～800枚程度（5枚以内の梗概を添付）。原稿は縦書き。鉛筆書きは不可。原稿右側を綴じ，通し番号をふる。ワープロ原稿の場合は，40字

×30行もしくは30字×40行で、A4またはB5の紙に印字し、400字詰原稿用紙換算枚数を明記すること。住所、氏名（ペンネーム使用のときはかならず本名を併記する）、年齢、職業（学校名、学年）、電話番号、メールアドレスを明記

【締切・発表】（第2回）平成26年3月31日締切（当日消印有効）、9月最終選考会。早川書房ホームページ、早川書房「SFマガジン」「ミステリマガジン」で発表

【賞・賞金】正賞賞牌、副賞100万円。大賞は、長篇の場合は早川書房より単行本として刊行、中篇の場合はSFマガジンに掲載したのち、他の作品も加えて単行本として刊行する。また、英語、中国語に翻訳し、世界へ向けた電子配信を行なう

【URL】http://www.hayakawa-online.co.jp/

第1回（平25年）　　　　　　　　　　　　　六冬 和生　「みずは無間」

222 ハヤカワ・ミステリ・コンテスト

海外ミステリの紹介はかつてない隆盛を見せ、一方日本ミステリも意欲的な作品が相次いで発表されている中で、新しい才能を求めて平成元年に創設された。第3回をもって中止。

【主催者】早川書房，FM富士

【選考委員】都筑道夫（作家）、小池真理子（作家）、松尾保（放送作家）、「ミステリマガジン」誌編集長

【選考方法】公募

【選考基準】〔対象〕小説　〔資格〕未発表の短篇ミステリに限る。〔原稿〕400字詰原稿用紙30〜80枚。縦書

【締切・発表】（第3回）締切は平成4年1月末日、発表は「ミステリマガジン」誌9月号誌上及びFM富士 "Mystery Box" で放送

【賞・賞金】最優秀作：賞品と賞金30万円、佳作：賞品と賞金10万円

第1回（平2年）
　小熊 文彦　「天国は待つことができる」
　◇佳作
　武宮 闇之　「月光見返り美人」
第2回（平3年）
　山崎 秀雄　「隣に良心ありき」
第3回（平4年）
　山田 風見子　「ブルースを葬れ」
　◇佳作
　深堀 骨　「蚯蚓、赤ん坊、あるいは砂糖水の沼」

223 パレットノベル大賞

昭和63年に才能あるジュニア小説作家志望者を広く募集し、「パレット」の新人作家として世に送りだすために創設した。第34回（平成18年）で終了。

- 【主催者】小学館
- 【選考委員】(第34回) 喜多嶋隆, 七海花音, 若林真紀
- 【選考方法】公募
- 【選考基準】〔対象〕ティーンズ(特に中・高校生)対象の小説。恋愛、ミステリー、コメディー,SFなどジャンルは不問。〔資格〕不問。〔原稿〕400字詰原稿用紙50枚以上120枚以内。800字以内で,その作品のねらいを添付
- 【締切・発表】(第33回) 締切は平成17年6月30日,「パレット文庫」平成18年刊巻末で発表
- 【賞・賞金】各賞とも正賞と記念品を贈呈。大賞:賞金100万円, 佳作:賞金50万円, 努力賞:賞金10万円, 期待賞:賞金5万円。出版・上演・上映等の諸権利は小学館に帰属

第1回(平1年夏)
　該当作なし
　◇佳作
　　今川 真由美 「きみに会えて」
　　小野 早那恵 「哀しみ色は似合わない」
第2回(平1年冬)
　該当作なし
　◇佳作
　　柾 弥生 「STAY WITH ME」
　　是方 直子 「夜の魚・一週間の嘘」
第3回(平2年夏)
　該当作なし
　◇佳作
　　原田 じゅん 「17歳はキスから始まる」
　　松本 ありさ 「リトル・ダーリン」
　　中沢 紅鯉 「言葉の帰る日」
第4回(平2年冬)
　該当作なし
　◇佳作
　　真弓 あきら 「怪盗ブラックドラゴン」
第5回(平3年夏)
　該当作なし
　◇佳作
　　草間 茶子 「おんぼろ鏡とプリンセス」
　　小久保 純子 「人生なんて!」
　　高橋 ななを 「毎日大好き!」
第6回(平3年冬)
　該当作なし
　◇佳作
　　おおるり 万葉 「目覚めれば森の中」

第7回(平4年夏)
　該当作なし
第8回(平4年冬)
　　小高 宏子 「ぼくと桜のアブナイ関係」
第9回(平5年夏)
　該当作なし
第10回(平5年冬)
　◇入選
　　該当作なし
　◇佳作
　　中村 まさみ 「深雪の里の…」
第11回(平6年夏)
　◇入選
　　該当作なし
　◇佳作
　　該当作なし
第12回(平6年冬)
　◇入選
　　該当作なし
　◇佳作
　　該当作なし
第13回(平7年夏)
　◇入選
　　該当作なし
　◇佳作
　　該当作なし
第14回(平7年冬)
　◇入選
　　ハシモト ヒロシ 「くらんく・あっぷ」
　◇佳作

鹿原 育 「うちへ、帰ろう」
　　　津島 秋子 「"オタクの君"の恋のワナ!?」
第15回（平8年夏）
　◇入選
　　　該当作なし
　◇佳作
　　　足立 和葉 「まほろばの姫君」
第16回（平8年冬）
　◇入選
　　　秋水 一威 「花は桜、琴は月」
　◇佳作
　　　杉森 美也子 「疾風のごとくゆるやかに」
第17回（平9年夏）
　◇大賞
　　　該当作なし
　◇佳作
　　　香村 日南 「片翼のリサイエーラ」
　　　桜沢 みなみ 「FADELESS」
第18回（平9年冬）
　◇大賞
　　　該当作なし
　◇佳作
　　　該当作なし
第19回（平10年夏）
　◇大賞
　　　該当作なし
　◇佳作
　　　世良 さおり 「きみに出会う場所」
第20回（平10年冬）
　◇佳作
　　　桜井 ひかり 「ALIVE～そして君とさあ行こう」
　　　水科 月征 「聖域」
第21回（平11年夏）
　◇大賞
　　　該当作なし
　◇佳作
　　　該当作なし
第22回（平12年夏）
　◇大賞
　　　該当作なし
　◇佳作

　　　陣内 よしゆき 「月鏡の海」
　　　高梁 るいひ 「セブンティーンズ・コネクション」
第23回（平12年冬）
　◇大賞
　　　該当作なし
　◇佳作
　　　該当作なし
第24回（平13年夏）
　◇大賞
　　　該当作なし
　◇佳作
　　　該当作なし
第25回（平13年冬）
　◇大賞
　　　該当作なし
　◇佳作
　　　橘 涼香 「俺達のストライクゾーン」
第26回（平14年夏）
　◇大賞
　　　該当作なし
　◇佳作
　　　華屋 初音 「やだぜ！」
　　　国本 まゆみ 「眠れる聖母～絵画探偵の事件簿～」
　　　倉村 実水 「黒鳩団がやってくる」
第27回（平14年冬）
　◇大賞
　　　神谷 よしこ 「約束の宝石」
　◇佳作
　　　安西 花奈絵 「氷上のウェイ」
　　　広嶋 玲子 「姫君と女戦士」
第28回（平15年夏）
　◇大賞
　　　該当作なし
　◇佳作
　　　青山 美智子 「ママにハンド・クラップ」
　　　亜壇 月子 「Laugh, You're Laughing！」
第29回（平15年冬）
　◇大賞
　　　該当作なし
　◇佳作

石川 美子 「ボクは風になる」
深山 くのえ 「籠の鳥いつか飛べ」
第30回（平16年夏）
◇大賞
該当作なし
第31回（平16年冬）
◇大賞
該当作なし
第32回（平17年夏）

◇大賞
該当作なし
第33回（平17年冬）
◇大賞
該当作なし
第34回（平18年夏）
◇大賞
該当作なし

224 漂流紀行文学賞

「流れてきたにはワケがある。ワケはみんなで考える」と漂流物となった原因を想像力を働かせた無限大のストーリーを募集。

【主催者】NPO砂浜美術館
【選考委員】天野祐吉（コラムニスト）
【選考方法】公募
【選考基準】〔対象〕小さな物語。第8回のテーマは「はんぐるのアンプル」、未発表作品。〔原稿〕400字詰原稿用紙5枚以内、縦書、ワープロ可
【締切・発表】（第8回）平成15年9月3日締切（必着）、10月下旬応募者全員に通知
【賞・賞金】大賞（1編）：賞金5万円、優秀賞（2編）：各賞金2万円、佳作（3編）：各賞金5千円

第1回（平7年）
◇テーマ：「ダイヤの指輪」
◇大賞
　影山 勝俊（高知県）「ツアーバス」
◇優秀賞
　谷脇 陽子（高知県）「眠る指輪」
第2回（平8年）
◇テーマ：「スクリューとアカン」
◇大賞
　細田 洋子（大阪府）「源吉じいさん」
◇優秀賞
　塩毛 隆司（島根県）「プラス思考でいこう！」
　平林 糧（岐阜県）「夢のかけら」
第3回（平9年）
◇テーマ：「黒く細いハイヒール」
◇大賞

　大谷 和香子（東京都）「カナコ」
◇優秀賞
　阪本 直子（広島県）「黒いドレスの女」
　萩尾 大亮（福岡県）「火炎樹の咲く国」
第4回（平11年）
◇テーマ：「細い銀色のブレスウォッチ」
◇大賞
　藤井 佐知子（北海道）「月明りの下で」
◇優秀賞
　浜田 理佐（高知県）「夢を 刻む」
　柴田 夏子（福岡県）「また時を刻む日まで」
第5回（平12年）
◇テーマ：「ピアノの鍵盤」
◇大賞
　柳坪 幸佳（広島県）「風の鍵盤」
◇優秀賞
　徳永 富彦（東京都）「一音の距離」

西原 健次（東京都）「浜辺のリサイタル」
村岡 毅（神奈川県）「神様のカメラ」
第6回（平13年）
◇テーマ：「ちいさなクルミ」
◇大賞
　佐抜 慎一（愛媛県）「こどもクルミと母さんクルミ」
◇優秀賞
　和田 一美（神奈川県）「砂浜の宝もの」
　はば しげる（愛知県）「ホトベ釣り」
第7回（平14年）
◇テーマ：「カメラ」
◇大賞

◇優秀賞
　太田 全治（千葉県）「水溜まりの夢」
　高橋 晃（大阪府）「噂」
第8回（平15年）
◇テーマ：「はんぐるのあんぷる」
◇大賞
　堀之内 泉（熊本県）「花喰い鳥」
◇優秀賞
　横道 翼（山口県）「タコ一族の挑戦」
　山内 陽子（茨城県）「死体からの遺言」

225 平林たい子文学賞〔小説部門〕

平林たい子の遺言により昭和48年に平林たい子記念文学会が小説と評論の賞を設定した。平成元年より、講談社が事務局となる。第25回もって終了。

【主催者】（財）平林たい子記念文学会
【選考委員】佐伯彰一、河野多恵子、奥野健男、川村二郎、竹西寛子、青野聰
【選考方法】非公募
【選考基準】〔対象〕小説と評論。前年4月より当年3月までに発表された作品の中からアンケートにより選ぶ
【締切・発表】アンケートの締切は4月末頃、雑誌「群像」8月号に発表
【賞・賞金】正賞は記念品、副賞は賞金100万円

第1回（昭48年）
◇小説
　耕 治人 「この世に招かれて来た客」（群像47年6月号）
第2回（昭49年）
◇小説
　藤枝 静男 「愛国者たち」（講談社）
　日野 啓三 「此岸の家」文藝48年8月号
第3回（昭50年）
◇小説
　小田 岳夫 「郁達夫伝」（中央公論社）
　小沼 丹 「椋鳥日記」（河出書房新社）
第4回（昭51年）
◇小説

　島村 利正 「青い沼」（新潮社）
第5回（昭52年）
◇小説
　直井 潔 「一縷の川」（私家版）
　後藤 明生 「夢かたり」（中央公論社）
第6回（昭53年）
◇小説
　宮内 寒弥 「七里ケ浜」（新潮9月号）
　橋本 都耶子 「朝鮮あさがお」（北洋社）
第7回（昭54年）
◇小説
　中野 孝次 「麦熟るる日に」（河出書房新社）
第8回（昭55年）

◇小説
　　青山 光二 「闘いの構図」(上・下)(新潮社)
第9回(昭56年)
　◇小説
　　池田 みち子 「無縁仏」(作品社)
第10回(昭57年)
　◇小説
　　岩橋 邦枝 「浅い眠り」(講談社)
　　八匠 衆一 「生命盡きる日」(作品社)
第11回(昭58年)
　◇小説
　　渋川 驍 「出港」(青桐書店)
　　金子 きみ 「東京のロビンソン」(有朋舎)
第12回(昭59年)
　◇小説
　　梅原 稜子 「四国山」(新潮58年11月号)
　　辻井 喬 「いつもと同じ春」(河出書房新社)
第13回(昭60年)
　◇小説
　　杉森 久英 「能登」(集英社)
　　福井 馨 「風樹」(中央公論事業出版)
第14回(昭61年)
　◇小説
　　笹本 定 「網」(成瀬書房)
　　三木 卓 「駅者の秋」(集英社)
第15回(昭62年)
　◇小説
　　戸田 房子 「詩人の妻 生田花世」(新潮社)
第16回(昭63年)
　◇小説
　　石原 慎太郎 「生還」(新潮社)
第17回(平1年)
　◇小説
　　津島 佑子 「真昼へ」新潮社
　　山田 詠美 「風葬の教室」河出書房新社
第18回(平2年)
　◇小説
　　該当作なし
第19回(平3年)
　◇小説
　　吉目木 晴彦 「誇り高き人々」(講談社)
第20回(平4年)
　◇小説
　　村田 喜代子 「真夜中の自転車」(文藝春秋)
第21回(平5年)
　◇小説
　　大城 立裕 「日の果てから」(新潮社)
第22回(平6年)
　◇小説
　　伊井 直行 「進化の時計」(講談社)
第23回(平7年)
　◇小説
　　稲葉 真弓 「声の娼婦」(講談社)
第24回(平8年)
　◇小説
　　村上 龍 「村上龍映画小説集」(講談社)
第25回(平9年)
　◇小説
　　車谷 長吉 「漂流物」(新潮社)
　　保坂 和志 「季節の記憶」(講談社)

226 ファンタジア大賞

　次世代をになう,新たなるストーリー・テラーの発掘・育成を目的に「ファンタジア長編小説大賞」が創設された。若い読者を対象とした,SF,ファンタジー,ホラー,伝奇などを募る。第21回(平成21年発表)より「ファンタジア大賞」としてリニューアルする。

【主催者】富士見書房ドラゴンマガジン編集部

【選考委員】(第20回まで)安田均,岬兄悟,火浦功,神坂一,ひかわ玲子,ドラゴンマガジン編集部

> 【選考方法】公募
> 【選考基準】〔資格〕未発表のオリジナル作品に限る（複数応募可）。〔対象〕ドラゴンマガジンの読者層を対象とした未発表のオリジナル長編小説。〔原稿〕400字詰原稿用紙250～350枚（4～5枚のあらすじ添付）
> 【締切・発表】毎年8月31日締切（当日消印有効），発表は翌年5月発売の「ドラゴンマガジン」7月号誌上
> 【賞・賞金】大賞：正賞の盾ならびに副賞100万円，著作権は富士見書房に帰属
> 【URL】http://www.fujimishobo.co.jp/novel/

第1回（平1年）
 該当作なし
 ◇準入選
  神坂 一 「スレイヤーズ！」
  縄手 秀幸 「リュカオーン」
第2回（平2年）
 該当作なし
 ◇準入選
  小林 めぐみ 「ねこたま」
  麻生 俊平 「ポート・タウン・ブルース」
第3回（平3年）
 該当作なし
 ◇準入選
  大林 憲司 「東北呪禁道士」
  秋田 禎信 「鬼の話」（改題：ひとつ火の粉の雪の中）
第4回（平4年）
 五代 ゆう 「はじまりの骨の物語」
 ◇準入選
  まみや かつき 「妖魔アモル 翡翠の魔身変」
第5回（平5年）
 該当作なし
 ◇準入選
  川崎 康宏 「銃と魔法」
第6回（平6年）
 滝川 羊 「風の白猿神」
 ◇佳作
  なつ みどり 「海賊船ガルフストリーム」
 ◇審査員特別賞
  川口 大介 「そんな血を引く戦士たち」
第7回（平7年）
 ◇佳作
  対馬 正治 「異相界の凶獣」
  桜井 牧 「月王」
第8回（平8年）
 ◇準入選
  ばけら 「友井町バスターズ」
  昆 飛雄 「杖術師夢幻帳」
 ◇佳作
  篠原 正 「氷壁のシュプール」
 ◇審査員特別賞
  清水 文花 「気象精霊記 正しい台風の起こし方」
第9回（平9年）
 ◇準入選
  榊 一郎 「ドラゴンズ・ウィル」
 ◇佳作
  内藤 渉 「カレイドスコープの少女」
  高橋 夕樹 「化け猫じゃらし—吉原天災騒動記」
第10回（平10年）
 ◇準入選
  市川 岳男 「退魔師鬼十郎」
 ◇審査員特別賞
  川上 亮 「並列バイオ」
第11回（平11年）
 ◇準入選
  吉村 夜 「魔魚戦記」
  日昌 晶 「覇壊の宴」
 ◇特別賞
  滝川 武司 「式神宅配便の二宮少年」
第12回（平12年）
 ◇準入選

清水 良英 「激突カンフーファイター」
鏡 貴也 「武官弁護士エル・ウィン」
◇佳作
年見 悟 「アンジュ・ガルディアン」
◇努力賞
伊澄 優希 「『ωβ』〜ダブリュベータ〜」
第13回（平13年）
◇準入選
山本 敬弘 「風に祈りを」
◇佳作
松下 寿治 「西域剣士列伝」
松川 周作 「ラッシュ・くらっしゅ・トレスパス―鋼鉄の吸血鬼―」
◇努力賞
和田 賢一 「ヴァロフェス」
第14回（平14年）
◇大賞
貴子 潤一郎 「12月のベロニカ」
◇準入選
高瀬 ユウヤ 「攻撃天使スーサイドホワイト」
◇佳作
桑田 淳 「すべては勅命のままに」
弐宮 環 「エレメンツ・マスター」
第15回（平15年）
◇準入選
響 遊山 「天華無敵！」
◇佳作
一乃勢 まや 「-I-S-O-N-」
秋穂 有輝 「仙龍演義」
雨木 シュウスケ 「少女は巨人と踊る」
第16回（平16年）
◇準入選
いわなぎ 一葉 「約束の柱、落日の女王」
小泉 八束 「トウヤのホムラ」
◇佳作
鈴木 大輔 「ご愁傷さま二ノ宮くん」
尼野 ゆたか 「ムーンスペル!!」
◇特別賞
六甲月 千春 「まおうとゆびきり」
第17回（平17年）
◇準入選

淡路 帆希 「紅牙のルビーウルフ」
◇佳作
大楽 絢太 「七人の武器屋 レジェンド・オブ・ビギナーズ！」
葵 せきな 「マテリアルゴースト」
◇特別賞
石踏 一榮 「電蜂 DENPACHI」
◇審査委員賞
三浦 良 「抗いし者たちの系譜 逆襲の魔王」
瀬尾 つかさ 「琥珀の心臓」
第18回（平18年）
◇大賞
川口 士 「戦鬼―イクサオニ―」
◇準入選
花風 神也 「死神とチョコレート・パフェ」
坂照 鉄平 「太陽戦士サンササン」
◇佳作
細音 啓 「黄昏色の詠使い―イヴは夜明けに微笑んで―」
◇努力賞
河屋 一 「輝石の花」
第19回（平19年）
◇準入選
柳実 冬貴 「量産型はダテじゃない！」
◇佳作
手島 史詞 「沙の園に唄って」
真崎 雅樹 「夢幻史記 游俠妖魅列伝」
第20回（平20年）
◇準入選
橘 公司 「蒼穹のカルマ1」
◇佳作
木村 心一 「これはゾンビですか？ 1 はい、魔装少女です」
倉田 樹 「甘い過日」
第21回（平21年）
◇大賞
入江 君人 「神さまのいない日曜日」
◇金賞
長岡 マキ子 「中の下！」
◇読者賞
直江 ヒロト 「夏海紗音と不思議な世界」

第22回（平22年）
　◇金賞
　　上総 朋大 「カナクのキセキ」
　◇銀賞
　　水沢 黄平 「ごめんねツーちゃん－1/14569-」
　◇読者賞
　　八奈川 景晶 「ヘルカム！」
　◇特別賞
　　小林 がる 「ジャスティン！」
第23回（平23年）
　◇大賞・読者賞
　　初美 陽一 「ライジン×ライジン」
　◇金賞
　　左京 潤 「勇者になれなかった俺はしぶしぶ就職を決意しました。」
　◇銀賞
　　稲葉 洋樹 「いもうとコンプレックス！-IC-」
　◇銀賞
　　春日 秋人 「絶対服従カノジョ。」
　◇銀賞
　　筧 ミツル 「双界のアトモスフィア」
第24回前期（平24年）
　◇大賞・読者賞
　　武葉 コウ 「再生のパラダイムシフト」
　◇金賞
　　琴平 稜 「勇者リンの伝説」
　◇銀賞
　　日の原 裕光 「ウチの彼女が中二で困ってます。」
　◇銀賞
　　小山 タケル 「緋剣のバリアント」
第24回後期（平24年）
　◇金賞
　　諸星 悠 「空戦魔導士候補生の教官」
　◇銀賞・読者賞
　　草薙 アキ 「神喰のエクスマキナ」
　◇銀賞
　　来生 直紀 「新世の学園戦区」
　◇ラノベ文芸賞
　　阿澄 森羅 「諸事万端相談所まるなげ堂の事件簿」
第25回（平25年）
　◇金賞
　　羽根川 牧人 「心空管レトロアクタ」
　◇銀賞・読者賞
　　白星 敦士 「ブルークロニクル」
　◇銀賞
　　秋月 紫 「幽霊でSで悪食な彼女が可愛くて仕方ない」
　◇ラノベ文芸賞
　　庵洞 サチ 「電池式」
　◇ラノベ文芸賞
　　霧友 正規 「見えない彼女の探しもの」

227 フェミナ賞

　女性新人の登龍門とする。平成3年（1991）第3回の発表をもって終了し、「小説フェミナ賞」が新たに設けられた。

【主催者】学習研究社
【選考委員】大庭みな子、瀬戸内寂聴、田辺聖子、藤原新也
【選考方法】公募
【選考基準】〔対象〕小説、ノンフィクションなどのジャンルを問わない 〔資格〕女性新人の未発表作品に限る 〔原稿〕400字詰原稿用紙100枚程度
【締切・発表】（第3回）平成2年10月末日締切、「フェミナ」平成3年春号にて発表

【賞・賞金】特賞：賞金100万円

第1回（昭63年）
　井上 荒野　「わたしのヌレエフ」
　江國 香織　「409ラドクリフ」
　木村 英代　「オーフロイデ」
第2回（平1年）
　田村 総　「いきいき老青春」
　加藤 博子　「ヒロコ」
第3回（平2年）
　上正路 理砂　「やがて伝説がうまれる」
　市川 温子　「ぐりーん・ふぃっしゅ」

228 福岡市文学賞

　福岡市において文学活動をつづける作家の中から，特に年間を通じて顕著な実績を重ねた作家を選考し，更に福岡市文学活動の推進力として発揮されるよう顕彰するとともに，それらの作品を収載した作品集を発行し，福岡市の芸術文化の振興に寄与するもの。

【主催者】福岡市
【選考方法】非公募
【選考基準】〔対象〕小説，詩，短歌，俳句，川柳の各部門で，近年顕著な文学創作活動を行った，主として福岡市に在住の作家。すぐれた著書の出版，もしくはすぐれた作品を継続的に発表し，福岡市の芸術文化の振興に寄与した人
【締切・発表】2月中旬に受賞者を発表し，3月下旬に表彰する
【賞・賞金】受賞者は，原則として各部門1名とし，賞状及び賞金10万円を授与する
【URL】http://www.city.fukuoka.lg.jp/

第1回（昭45年度）
　◇小説
　　白石 一郎
第2回（昭46年度）
　◇小説
　　夏樹 静子
第3回（昭47年度）
　◇小説
　　岩井 護
第4回（昭48年度）
　◇小説
　　井上 寛治
第5回（昭49年度）
　◇小説
　　角田 嘉久
第6回（昭50年度）
　◇小説
　　該当者なし
第7回（昭51年度）
　◇小説
　　大塚 幸男
第8回（昭52年度）
　◇小説
　　石沢 英太郎
第9回（昭53年度）
　◇小説
　　該当者なし
第10回（昭54年度）
　◇小説
　　青海 静雄
第11回（昭55年度）
　◇小説
　　河野 信子
第12回（昭56年度）

◇小説
　土井 敦子
第13回（昭57年度）
◇小説
　北田 倫
第14回（昭58年度）
◇小説
　杉本 章子
第15回（昭59年度）
◇小説
　佐渡谷 重信
第16回（昭60年度）
◇小説
　東野 利夫
第17回（昭61年度）
◇小説
　明石 善之助
第18回（昭62年度）
◇小説
　岸本 みか
第19回（昭63年度）
◇小説
　久丸 修
第20回（平1年度）
◇小説
　片山 恭一
第21回（平2年度）
◇小説
　吉岡 紋
第22回（平3年度）
◇小説
　重松 泰雄
第23回（平4年度）
◇小説
　原口 真智子
第24回（平5年度）
◇小説
　松本 文世
第25回（平6年度）
◇小説
　織坂 幸治
第26回（平7年度）

◇小説
　西村 聡淳
第27回（平8年度）
◇小説
　持田 明子
第28回（平9年度）
◇小説
　高光 巳代子
第29回（平10年）
◇小説
　西田 宣子
第30回（平11年）
◇小説
　杉山 武子
第31回（平12年）
◇小説
　納富 泰子
第32回（平13年）
◇小説
　樋脇 由利子
第33回（平14年）
◇小説
　和田 信子
第34回（平15年）
◇小説
　天谷 千香子
第35回（平16年）
◇小説
　有森 信二
第36回（平17年）
◇小説
　紺野 夏子
第37回（平18年）
◇小説
　貞刈 みどり
第38回（平19年）
◇小説
　鈴木 比嵯子
第39回（平20年度）
◇小説
　森 禮子
第40回（平21年度）

◇小説
　小河　扶希子
第41回（平22年度）
◇小説

渡邉　弘子
第42回（平23年度）
◇小説（評論）
坂口　博

229 福島県文学賞

県民から作品を公募して優秀作品を顕彰し，本県文学の振興と地方文化の進展をはかる。

【主催者】　福島県，福島民報社

【選考委員】　（第66回）〔小説・ドラマ部門〕松村栄子，九頭見和夫，髙見沢功〔エッセー・ノンフィクション部門〕八百板洋子，小野浩，佐藤洋一〔詩部門〕長田弘長，久保鐘多，齋藤貢〔短歌部門〕小池光，佐藤文一，遠藤たか子〔俳句部門〕黒田杏子，結城良一，江井芳朗

【選考方法】　公募

【選考基準】　〔対象〕未発表の自作品，前年1月1日以降発行の同人誌または単行本に初めて発表された自作品のいずれでもよい。ただし，営利を目的に刊行された単行本は対象外とする。複数の部門に応募できるが，1人1部門につき1作品とする。同人誌に分割して発表された複数作品でも，連続性が強く，合わせて1作品と認められるものは，全体量と最終作品発表の時点が規定内であれば応募できる。当文学賞の審査結果発表以前に他の文学賞に入賞した作品，および同一年度に他の文学賞に応募した作品は，選考の対象外とする。〔原稿〕〈小説〉400字詰原稿用紙で30枚以上100枚以内。〈ドラマ〉400字詰原稿用紙で45枚以上100枚以内で，40分から100分程度で上映，上演出来るもの。〈エッセー・ノンフィクション〉一般：400字詰原稿用紙で20枚以上100枚以内。青少年：400字詰原稿用紙で10枚以上50枚以内。〈詩〉一般：10篇以上，青少年：5篇以上でいずれも漢詩は除く。1篇ごとの作品題と作品全体の題を記載すること。〈短歌〉一般：50首，青少年：20首。各作品は1行で記載し，作品全体の題を記載する。〈俳句〉一般：50句，青少年：20句。各作品は1行で記載し，作品全体の題を記載する。〔資格〕応募時点で福島県在住者または県内の学校・事業所に在籍・勤務する者とする。ただし，東日本大震災の影響により県外に避難している者及び学生・生徒については県外勉学中の県出身者を含む。青少年とは，中学生以上で締切日現在20歳未満の者をいう。青少年は一般の部に応募できるが，その場合は一般の規格を満たすものでなければならない

【締切・発表】　（第66回）平成25年7月31日締切（当日消印有効），10月下旬〜11月上旬直接通知および報道発表，授賞式11月上旬

【賞・賞金】　各部門ごとに「文学賞」「準賞」「奨励賞」「青少年奨励賞」を授与

【URL】　http : //www.pref.fukushima.lg.jp/sec/11055a/bungakushou.html

第1回（昭23年度）
　◇小説
　　影山　稔　「巷の歴史」
　　河内　潔士　「天中軒雲月」
第2回（昭24年度）

◇小説
　津田　伸二郎　「英雄になりたい男」
第3回（昭25年度）
◇小説
　鈴村　満　「夜の刻印」

229 福島県文学賞

　　北上 健　「祭の前夜」
　　野口 一郎　「虱」
第4回（昭26年度）
　◇小説
　　宗像 喜代治　「魔女」
第5回（昭27年度）
　　小説部門受賞作なし
第6回（昭28年度）
　　小説部門受賞作なし
第7回（昭29年度）
　　小説部門受賞作なし
第8回（昭30年度）
　◇小説
　　公家 裕　「田植帯」
　　佐藤 久子　「おばあちゃん」
第9回（昭31年度）
　◇小説
　　川田 龍　「猿湯」
第10回（昭32年度）
　◇小説
　　南 浅二郎　「麻実子誕生」
第11回（昭33年度）
　◇小説
　　会津 凡児　「一枚の板」
第12回（昭34年度）
　　小説部門受賞作なし
第13回（昭35年度）
　◇小説
　　真崎 浩　「追われるもの」
　　蛭田 一男　「蝙蝠に食われた」
第14回（昭36年度）
　◇小説
　　岩野 喜三郎　「栄光の人々」
　　佐山 寿彦　「大山学園」
第15回（昭37年度）
　◇小説
　　中条 厚　「上京」
第16回（昭38年度）
　◇小説
　　広沢 康郎　「嫁革命」
第17回（昭39年度）
　◇小説
　　薗部 一郎　「蝮の家」
第18回（昭40年度）
　◇小説
　　渡辺 茂代子　「母娘」
第19回（昭41年度）
　◇小説
　　安斎 宗司　「枸杞と蝮と鴉」
　　うめ かおる　「花と分校と」
第20回（昭42年度）
　◇小説
　　草野 比佐男　「懲りない男」
　　渡辺 義昭　「かんちょろりん」
第21回（昭43年度）
　◇小説
　　佐々木 謙次　「黒い穴」
第22回（昭44年度）
　◇小説
　　葉和 新　「深い感情」
第23回（昭45年度）
　◇小説
　　本田 礼子　「カメが流した涙」
第24回（昭46年度）
　◇小説
　　加藤 たけし　「ぼくにはさっぱりわからない」
第25回（昭47年度）
　　小説部門受賞作なし
第26回（昭48年度）
　◇小説
　　小川 秀年　「夕焼ける眺め」
第27回（昭49年度）
　◇小説
　　小杉 浩策　「小さな旅」
第28回（昭50年度）
　　小説部門受賞作なし
第29回（昭51年度）
　　小説部門受賞作なし
第30回（昭52年度）
　◇小説
　　渡部 盛造　「黄昏は今日も灰色」
第31回（昭53年度）
　◇小説

堀川 喜美子 「旅のおわりに」
第32回（昭54年度）
◇小説
　鈴木 計広 「赤い雪」
第33回（昭55年度）
　小説部門受賞作なし
第34回（昭56年度）
◇小説
　脇坂 吉子 「れんの譜」
第35回（昭57年度）
◇小説
　竹内 ゆき 「稚ない春」
第36回（昭58年度）
◇小説
　安成 昭夫 「無情山脈」
第37回（昭59年度）
　小説部門受賞作なし
第38回（昭60年度）
　小説部門受賞作なし
第39回（昭61年度）
◇小説
　橋本 武 「跡とり」
第40回（昭62年度）
　小説部門受賞作なし
第41回（昭63年度）
◇小説
　吉松 博 「忍冬の翡翠」
第42回（平1年度）
◇小説
　該当作なし
第43回（平2年度）
◇小説
　該当作なし
第44回（平3年度）
◇小説
　該当作なし
第45回（平4年度）
◇小説
　中井 智彦 「サマー・クリスマス」
第46回（平5年度）
◇小説
　該当作なし

第47回（平6年度）
◇小説
　該当作なし
第48回（平7年度）
◇小説
　該当作なし
第49回（平8年度）
◇小説
　太田 憲孝 「時機すぎた総括」
第50回（平9年度）
◇小説・ノンフィクション部門
　角田 伊一 「君はギフチョウの園を見たか」
第51回（平10年度）
◇小説・ノンフィクション部門
　高見沢 功 「十字架（クルス）」
第52回（平11年度）
◇小説・ノンフィクション部門
●準賞
　成田 彩乃 「ホーム」
　生江 和哉 「『春琴抄』を読む その特異な想像的世界とマゾヒズム」
●奨励賞
　高橋 成典 「桃梨、山河を越えて─福島の果物と北政所ねねとの奇縁─」
　佐久間 典子 「風景」
●青少年奨励賞
　早川 みどり 「小説のように生きたい」
第53回（平12年度）
◇小説・ノンフィクション部門
●文学賞
　真木 颯子 「昇煙」
●準賞
　永山 茂雄 「帰ってきたホロスケ」
　湯田 梅久 「故郷『駒止のふもと』に生きて」
●奨励賞
　北川 玲子 「千年紀」
　野本 光夫 「海鳴りの果て」
●青少年奨励賞
　池添 麻奈 「魔法」
第54回（平13年度）
◇小説・ノンフィクション部門

229 福島県文学賞

- 文学賞
  桐井 生 「Virgin Birth」
- 準賞
  那智 思栄 「雪降り頒る」
  佐藤 雅通 「冬の灯」
- 奨励賞
  船木 一夫 「紙の棺」
  橋本 捨五郎 「さまよえる神々」
- 青少年奨励賞
  渡辺 菜摘 「白い月」
  志賀 直哉 「僕」

第55回（平14年度）
◇小説・ノンフィクション部門
- 準賞
  斎藤 道子 「ミラハブ アイス―家族五人のアメリカ旅行―」
  岡田 峰幸 「斬ればよかった」
- 奨励賞
  小荒井 実 「あだたら 火山ガス遭難・私考」
- 青少年奨励賞
  古市 隆志 「ストロボ」
  桑原 優子 「曽祖母のこと」
  杏澤 佳純 「夏の葬列」
  小林 綿 「無花果」

第56回（平15年度）
◇小説・ノンフィクション部門
- 文学賞
  菅野 五郎 「母よ、我、未だ健在なり」
- 準賞
  橋本 捨五郎 「九月十一日」
  中村 友恵 「吟遊詩人」
- 奨励賞
  綱藤 幸恵 「ヴァカンス」
- 青少年奨励賞
  梅津 佳菜 「黒猫の白星と僕のクロボシ」
  石井 さやか 「雨露の菫」

第57回（平16年度）
◇小説・ノンフィクション部門
- 文学賞
  綱藤 幸恵 「風と星の調和の取れたリズム」（小説）

- 準賞
  木村 令胡（木村 麗子）「火色の蛇」（小説）
  鎌田 慶四郎 「『降伏命令』無し―収容所までの道―」（ノンフィクション）
- 奨励賞
  古内 研二 「津軽海峡」（ノンフィクション）
  小林 綿（佐藤 愛美）「死綿花」（小説）
- 青少年奨励賞
  佐久間 しのぶ 「丘の上、桜満開」（小説）
  清野 奈菜 「水中の白い花」（小説）

第58回（平17年度）
◇小説・ノンフィクション部門
- 文学賞
  大冨 明子 「時刻（とき）のアルバム」（ノンフィクション）
- 準賞
  吉川 貞司 「悠望（ゆうぼう）」（ノンフィクション）
- 奨励賞
  小山 伊 「回想」（小説）
  成田 津斗武（成田 努）「白墨釣記 ―藤の花に恋するころ―」（ノンフィクション）
  福田 由美子 「白い紫陽花の咲く頃」（小説）
- 青少年奨励賞
  小澤 由 「共に生きる全てのものたちへ」（ノンフィクション）
  末永 希 「てふてふ」（小説）
  小熊 千遥 「金魚姫」（小説）

第59回（平18年度）
◇小説・ノンフィクション部門
- 文学賞
  大泉 拓（宍戸 芳夫）「儀式は終わった」（小説）
- 準賞
  白川 悠紀（植村 美洋）「地鳴り」（小説）
  館山 智子 「返信」（小説）
- 奨励賞
  松本 しげ子（松本 シゲ子）「手のひらの文字」（ノンフィクション）
  杏澤 佳純（大宮 美穂）「鶺鴒」（小説）

- 青少年奨励賞
  大須賀 朝陽 「十八歳差の想い人」(小説)
  安藤 由紀 「勇往なモノローグ」(ノンフィクション)

第60回(平19年度)
◇小説・ノンフィクション部門
- 文学賞
  白川 悠紀(植村 美洋)「浪人」(小説)
- 準賞
  宗像 哲夫 「水琴窟」(小説)
- 奨励賞
  丹野 彬(丹野 幸男)「百姓侍」(小説)
  有戸 英明 「木下恵介"探し"―映画監督木下恵介ノート」(ノンフィクション)
- 青少年奨励賞
  鎌田 秀平 「畜生道」(小説)
  小松 美奈子 「KISSTHEDUST〈抜粋〉」(小説)

第61回(平20年度)
◇小説・ノンフィクション部門
- 文学賞
  受賞作なし
- 準賞
  佐藤 大介 「夏の音色」(小説)
- 奨励賞
  そのべ あきら(薗部 晃)「時、流れても」(小説)
  鶴賀 イチ 「喪失の花鳥風月」(ノンフィクション)
  石山 大樹 「月下の夜想曲」(小説)
- 青少年奨励賞
  石井 遥 「記憶の先に」(小説)
  山田 美里 「天狗と伝々」(小説)

第62回(平21年度)
◇小説・ドラマ部門
- 文学賞
  木村 令胡 「あの夏への便り」
- 準賞
  舟木 映子 「冬の母標」
- 奨励賞
  近内 泰一 「なつのはね」
  松原 正実 「Crossing」

- 青少年奨励賞
  服部 美南子 「中学作家の品格」

第63回(平22年度)
◇小説・ドラマ部門
- 文学賞
  佐藤 大介 「こころの石はきえない」
- 準賞
  該当作なし
- 奨励賞
  三坂 淳一 「喋る男」
  冨田 國衛 「雄子沢」
- 青少年奨励賞
  鈴木 聡実 「サプライズパーティー」

第64回(平23年度)
◇小説・ドラマ部門
- 文学賞
  該当作なし
- 準賞
  そのべ あきら 「いのち」
- 奨励賞
  酒井 正二 「創世異聞」
  服部 美南子 「幻想夢譚」
  オザワ カヲル 「時空(あす)を紡ぐ影たち」
- 青少年奨励賞
  菊地 美花 「森と河童と人間と」

第65回(平24年度)
◇小説・ドラマ部門
- 文学賞
  該当作なし
- 準賞
  町田 久次 「崩壊する日々」
  オザワ カヲル 「グッバイ・クルエル・ワールド」
- 青少年奨励賞
  佐藤 優紀 「終焉の使者」
  伊藤 圭一郎 「Re」

第66回(平25年度)
◇小説・ドラマ部門
- 文学賞
  該当作なし
- 準賞

丹野 彬　「風の坂道」
服部 美南子　「ざんぎり頭に花簪を」
- 奨励賞
小荒井 新佐　「朝 君が家を出る時」
- 青少年奨励賞
吉田 桃子　「真夜中のホーム」

230 フーコー短編小説コンテスト

　表現の枠にとらわれない、自由な感性で描かれた作品を募集。魅力ある作品を集め、作品集として出版する。

【主催者】新風舎フーコー短編小説コンテスト事務局
【選考委員】フーコー出版局
【選考基準】〔資格〕不問。〔対象〕短編小説であればジャンルを問わない。〔原稿〕400字詰原稿用紙換算5〜50枚。ワープロ原稿は400字詰原稿用紙換算枚数を明記する。住所,氏名(ふりがな・ペンネームの場合は本名も)、年齢、性別、職業、電話番号、原稿枚数、作品のあらすじ、簡単なプロフィールを添える。インターネットからの応募も可。〔応募規定〕1人1編に限る。応募作品は返却不可。入賞作品の出版権は主催者に帰属する
【締切・発表】(第16回)平成16年6月10日(当日消印有効),9月上旬発表(予定)応募者全員に通知。広告・ホームページでも発表予定
【賞・賞金】最優秀賞(1作品)：賞金20万円、賞状、作品集収録、優秀賞(15編)：賞金2万円、賞状、作品集収録、佳作(50編)：熱風書房(新風舎直営店)利用券3千円、賞状。佳作以下の作品は、応募者に封書にて有償での作品掲載をご案内する場合がある

第1回(平10年)
◇ショートショート・ミステリー部門
- 最優秀賞
吉田 洋幸　「行列」
◇純文学・娯楽
- 最優秀賞
合木 顕五　「……雨」
第2回(平10年7月)
◇ショートショート・ミステリー部門
- 最優秀賞
小倉 三枝子(大阪府)「光と影」
◇純文学・娯楽部門
- 最優秀賞
下浦 敦史(東京都)「プリズム」
第4回(平11年6月)
◇ショートショート・ミステリー部門
- 最優秀賞

該当作なし
◇純文学・娯楽部門
- 最優秀賞
西方 野々子(東京都)「俺のある寒い日」
第5回(平11年10月)
◇ショートショート・ミステリー部門
- 最優秀賞
ふぉれすと(群馬県)「偽りの…」
◇純文学・娯楽部門
- 最優秀賞
藤本 拓也(東京都)「少年、少女」
第6回(平12年6月)
◇ショートショート・ミステリー部門
- 最優秀賞
織越 遥(愛知県)「止まらない記憶」
◇純文学・娯楽部門
- 最優秀賞

青木 礼子（愛知県）「逃げ場」
第7回（平12年2月）
　◇最優秀賞
　　須藤 あき（埼玉県）「ヴァニラテイル」
　　古沢 堅秋（大阪府）「命」
第8回（平12年11月）
　◇最優秀賞
　　該当作なし
第9回（平13年2月）
　◇最優秀賞
　　伊東 美穂（福岡）「もう一人」
第10回（平13年）
　◇最優秀賞
　　丹藤 夢子（青森県）「潮彩」
第11回（平13年11月）

　◇最優秀賞
　　山口 たかよ（東京都）「にじふぁそら」
第12回（平14年2月）
　◇最優秀賞
　　日向 蠍子（神奈川県）「食肉植物」
第13回（平14年8月）
　◇最優秀賞
　　久川 芙深彦（秋田県）「赤ずきんちゃん こんにちは」
第14回（平15年3月）
　◇最優秀賞
　　夏那 霊キチ　「ぽっくり屋」
第15回（平15年8月）
　◇最優秀賞
　　渡辺 江里子　「にゃんこそば」

---

231 富士見ヤングミステリー大賞

　読んでいてドキドキするような、冒険心に満ち、魅力あるキャラクターが活躍するミステリー小説及びホラー小説を募集。第8回をもって終了。

【主催者】富士見書房
【選考委員】有栖川有栖、井上雅彦、竹河聖、ミステリー文庫編集部、ドラゴンマガジン編集部
【選考方法】公募
【選考基準】〔資格〕年齢、プロアマ不問。〔対象〕ミステリー小説、ホラー小説。〔原稿〕400字詰原稿用紙で250枚～400枚相当の作品とする。鉛筆書不可。ワープロの場合縦書きで1ページ400字～1600字設定とし、感熱紙は使用しないこと。フロッピーのみの応募不可。原稿のはじめに2000字程度のあらすじ、主人公の年齢設定を明記する。〔応募規定〕他賞への二重応募は認めない。また、入選作の一切の権利は富士見書房に帰属する。応募原稿は返却しない
【締切・発表】毎年12月31日締切（当日消印有効）、「ドラゴンマガジン」翌年11月号誌上にて発表
【賞・賞金】正賞：トロフィー、副賞：100万円。応募原稿出版の際、富士見書房規定の印税
【URL】http://www.fujimishobo.co.jp/

第1回（平13年）
　◇大賞
　　深見 真　「戦う少女と残酷な少年」
第2回（平14年）
　◇準入選

　　時海 結以　「業多姫」
　　師走 トオル　「タクティカル ジャッジメント」
　◇竹河聖賞
　　上田 志岐　「ぐるぐる渦巻の名探偵」

第3回（平15年）
　◇大賞
　　田代 裕彦　「平井骸惚此中ニ有リ」
　◇佳作
　　岡村 流生　「黒と白のデュエット」
　　名島 ちはや　「仮面は夜に踊る」
　◇井上雅彦賞
　　壱乗寺 かるた　「さよならトロイメライ」
第4回（平16年）
　◇大賞
　　海冬 レイジ　「バクト！」
　◇佳作
　　木ノ歌 詠　「フォルマント・ブルー カラっぽの僕に、君はうたう。」
第5回（平17年）
　◇佳作
　　かたやま 和華　「楓の剣！」
　◇奨励賞
　　あくた ゆい　「BLACK JOKER」

　　北山 大詩　「覚醒少年 エクスプローラー」
第6回（平18年）
　◇大賞
　　厚木 隼　「僕たちのパラドクス―Acacia2279―」
　◇佳作
　　尾関 修一　「ヴァーテックテイルズ 麗しのシャーロットに捧ぐ」
　◇奨励賞
　　沖永 融明　「イキガミステイエス 魂は命を尽くさず、神は生を尽くさず。」
第7回（平19年）
　◇準入選
　　彩坂 美月　「未成年儀式」
第8回（平20年）
　◇佳作
　　CAMY「なつそら」
　◇井上雅彦・竹河聖賞
　　唐草 燕　「鞘火（さやか）」

232 婦人朝日今月の新人

女性新人発掘を目的として、昭和33年1月から12月で廃刊となるまでの間に募集。

【選考委員】「婦人朝日」編集部

（昭33年1月）
　　川田 礼子　「鎮魂曲」
（昭33年2月）
　　日秋 七美　「明日の樹」
（昭33年3月）
　　戸川 静子　「女の歌」
（昭33年4月）
　　吉田 タキノ　「わらし物語」
（昭33年5月）
　　岸田 和子　「那須野」
（昭33年6月）
　　津村 節子　「華燭」

（昭33年7月）
　　有馬 綾子　「ホテル・アゼンス」
（昭33年8月）
　　伊吹 わか子　「かわいいおとこ」
（昭33年9月）
　　江夏 美子　「賭博者」
（昭33年10月）
　　武田 遙子　「暗黒星雲」
（昭33年11月）
　　日下 典子　「姉妹」
（昭33年12月）
　　直良 美恵子　「ほろほろ」

233 双葉推理賞

推理小説の賞として,昭和41年に創設したが,昭和43年第3回で中止となった。

【主催者】双葉社

第1回(昭41年)
　石沢 英太郎　「羊歯行」
第2回(昭42年)
　大貫 進　「死の配達夫」
第3回(昭43年)
　該当作なし

234 舟橋聖一文学賞

彦根市民が豊かな心を育み,彦根市に香り高い文化を築くため,舟橋聖一文学賞を制定し,彦根市名誉市民である舟橋聖一文学の世界に通ずる優れた文芸作品に対し,賞を授与する。平成19年,彦根市民の象徴である彦根城天守が完成してからちょうど400年という節目の年に創設した。

【主催者】彦根市

【選考委員】(第7回)秋山駿(文芸評論家),佐藤洋二郎(作家),藤沢周(作家),増田みず子(作家)

【選考方法】非公募

【選考基準】〔対象〕作品の種別は小説で,6月1日を基準日とし,概ね同日前一年間に刊行された単行本であること

【締切・発表】11月中旬,報道関係に発表

【賞・賞金】正賞は賞状および額入り舟橋聖一胸像,副賞は金50万円

【URL】http://www.city.hikone.shiga.jp/soshiki/3-3-0-0-0_3.html

第1回(平19年)
　北方 謙三　「独り群せず」(文藝春秋)
第2回(平20年)
　荒山 徹　「柳生大戦争」(講談社)
第3回(平21年)
　ねじめ 正一　「商人」(集英社)
第4回(平22年)
　冲方 丁　「天地明察」(角川書店)
第5回(平23年)
　夢枕 獏　「大江戸釣客伝 上・下」(講談社)
第6回(平24年)
　東郷 隆　「本朝甲冑奇談」(文藝春秋)
第7回(平25年)
　典厩 五郎　「NAGASAKI 夢の王国」(毎日新聞社)

235 文の京文芸賞

文京区ゆかりの文人である森鷗外の生誕140周年,樋口一葉の生誕130周年を記念して平成14年創設。ジャンルを問わず全国規模で文芸作品を公募し,最優秀作品は文京区内

に本社のある講談社の文芸雑誌に掲載、もしくは単行本として出版される。平成22年、第4回をもって休止。

【主催者】文の京文芸賞実行委員会、文京区、文京区教育委員会

【選考委員】(第4回)奥本大三郎、加賀乙彦、沼野充義

【選考方法】公募

【選考基準】〔応募規定〕400字詰め原稿用紙30枚以上300枚以下。未発表の自作であれば、ジャンル、プロ・アマの別、住所、年齢は問わない

【締切・発表】(第4回)平成21年4月30日締切、9月上旬発表、平成22年2月授賞式

【賞・賞金】最優秀作(1編)：賞金100万円及び副賞、単行本として出版される

【URL】http://www.city.bunkyo.lg.jp/sosiki_busyo_academy_bunka_bungeisho.html

第1回(平15年発表)
◇最優秀作
　風森 さわ 「切岸まで」
◇優秀作(佳作)
　永井 恵理子 「ねんねこライダー」
第2回(平17年発表)
◇最優秀作
　大城 貞俊 「アトムたちの空」
第3回(平19年発表)
◇最優秀作
　下鳥 潤子 「わすれないよ 波の音」
第4回(平21年発表)
　竹本 喜美子 「甕の鈴虫」

236 部落解放文学賞

部落解放―人間解放にむけた文化創造に取り組むために創設。

【主催者】部落解放文学賞実行委員会

【選考委員】(第39回)梁石日(作家)、黒古一夫(文芸評論家)、鎌田慧(ルポライター)、野村進(ノンフィクションライター)、金時鐘(詩人)、高良留美子(詩人)、今江祥智(作家)、山下明生(児童文学作家)、木村光一(演出家)、芳地隆介(劇作家)、鵜山仁(演出家)、岡真理(京都大学大学院教授)

【選考方法】公募

【選考基準】〔対象〕識字、記録表現、小説、詩、児童文学、戯曲、評論の各部門。〔資格〕不問。共同制作も可。同人誌、サークル誌、各地の部落史研究所・研究会の紀要に発表した作品も可。戯曲は上演済み台本でも可。〔原稿〕未発表自作原稿。400字詰め原稿用紙150枚以内。識字は1人1篇、詩は1人3篇以内

【締切・発表】毎年10月31日締切、5月下旬～6月上旬発表

【賞・賞金】入選作：賞金20万円と選者サイン入り本、佳作：選者サイン入り本と副賞

第1回(昭49年)
　小説部門受賞作なし
第2回(昭50年)
◇小説
　桑高 喜秋 「他人の椅子」
第3回(昭51年)

◇小説
　　木村 和彦 「新地海岸（第一部）」
第4回（昭52年）
　　小説部門受賞作なし
第5回（昭53年）
　　小説部門受賞作なし
第6回（昭54年）
　◇小説
　　中崎 久二男 「闇の中から」
第7回（昭55年）
　◇小説
　　川久保 流木 「屠殺」
第8回（昭56年）
　◇小説
　　矢野 とおる 「土手の家」
　　中尾 昇 「集会参加」
第9回（昭57年）
　◇小説
　　栄野 弘 「国際児」
第10回（昭58年）
　◇小説
　　磧 朝次 「冷たい部屋」
第11回（昭59年）
　◇小説
　　松本 太吉 「奥の谷へ」
第12回（昭60年）
　◇小説
　　松江 ちづみ 「四人姉妹」
　　児玉 サチ子 「少年」
第13回（昭61年）
　◇小説
　　須海 尋子 「見えない町」
第14回（昭62年）
　◇小説
　　鈴木 郁子 「糸でんわ」
第15回（昭63年）
　◇小説
　　芦田 千恵美 「土の声」
第16回（平1年）
　　小説部門受賞作なし
第17回（平2年）
　　小説部門受賞作なし

第18回（平3年）
　◇小説
　　山﨑 智 「鉄の窓までご案内」
第19回（平4年）
　◇小説
　　真田 文香 「哀色のデッサン」
第20回（平5年）
　◇小説
　　中野 衣恵 「海辺の村から」
　　森々 明詩 「潮騒」
第21回（平6年）
　◇小説
　　石垣 由美子 「メイド・イン・ジャパン」
第22回（平7年）
　◇小説
　　望月 広三 「路地」
第23回（平8年）
　◇小説
　　中村 豊 「吹雪の系譜」
第24回（平9年）
　◇小説
　　宮本 誠一 「真夜中の列車」
第25回（平10年）
　◇入選
　●小説部門
　　黒田 孝高 「くびきの夏」
　　宮本 誠一 「水色の川」
第26回（平11年）
　◇入選
　●小説部門
　　中村 豊秀 「小島に祈る」
　◇佳作
　●小説部門
　　愛川 弘 「村八分」
　　鶴ケ野 勉 「アノー…」
第27回（平12年）
　◇入選
　●小説部門
　　渡辺 陽司 「心のヒダ」
　◇佳作
　●小説部門
　　田村 初美 「満月の欠けら」

第28回（平13年）
　◇入選
　　●小説部門
　　　金 啓子 「むらさめ」
　◇佳作
　　●小説部門
　　　宮本 誠一 「その名はアンクル」
第29回（平14年）
　◇入選
　　●小説部門
　　　有矢 聖美 「カントリーロード」
　◇佳作
　　●小説部門
　　　田村 初美 「泥の微笑み」
　　　宮本 誠 「流転の外療医、周斎」
第30回（平15年）
　◇入選
　　●小説部門
　　　田村 初美 「幻影の蛍」
　◇佳作
　　●小説部門
　　　須貝 光夫 「怨念の彼方に」
第31回（平16年）
　◇入選
　　●小説部門
　　　伯井 重行 「投降のあとさき」（「叔父よ、あなたの投降は」を改題）
　◇佳作
　　●小説部門
　　　原 久人 「卒業」
第32回（平17年）
　◇入選
　　●小説部門
　　　田村 初美 「打ち上げ花火」
　◇佳作
　　●小説部門
　　　小山 幾 「あんずの向こう」
第33回（平18年）
　◇入選
　　●小説部門
　　　田村 初美 「賞味期限」
　◇佳作
　　●小説部門
　　　小山 幾 「手ぬぐい」
　　　藤井 仁司 「若竹教室」
第34回（平19年）
　◇入選
　　●小説部門
　　　宮本 誠一 「涅槃岳」
　　　田村 初美 「プリザーブドフラワー」
　◇佳作
　　●小説部門
　　　原 久人 「繭」
　　　愛川 弘 「腰振りで踊る男」
第35回（平20年）
　◇小説部門
　　●入選
　　　田村 初美 「日照り雨」
　　●佳作
　　　玉田 崇二 「街煙」
　　　渡辺 陽司 「大丈夫だよ、和美ちゃん！」
　　　山﨑 智 「明日を待つ―冴子と清次」
第36回（平21年）
　◇小説部門
　　●入選
　　　該当作なし
　　●佳作
　　　玉田 崇二 「二つの宣言」
　　　沢村 ふう子 「周縁の女たち」
　　　山﨑 智 「生きていりゃこそ」
第37回（平22年）
　◇小説部門
　　●入選
　　　山﨑 智 「京都五番町付近」
　　　玉田 崇二 「街煙」
　　●佳作
　　　大野 滋 「腑分けの巧者―蘭学事始異聞」
第38回（平23年）
　◇小説部門
　　●入選
　　　該当作なし
　　●佳作
　　　前田 菜穂 「河原者の牛黄を見つけたるのこと」

坂原 瑞穂 「こうもりかるてっと」
第39回(平24年)
◇小説部門

●入選
月嶋 楡 「あすは、満月だと約束して」

237 振媛文学賞

継体天皇の生母で,「日本書紀」で美しい女性として紹介されている振媛(ふりひめ)の故郷の福井県丸岡町(現・坂井市)が創設。振媛を題材とし,越(こし)の国をアピールする小説を募集。時代小説,推理小説,SF等のジャンル自由。当初より2~3回開催の予定で,第2回をもって作品集を刊行して終了。

【主催者】丸岡町

【選考委員】(第2回)黒岩重吾,中山千夏,門脇禎二,森浩一

【選考方法】公募

【選考基準】〔対象〕謎の解明と古代を対象にした歴史小説。振媛を題材とする。論文・戯曲・詩は不可。〔資格〕プロ,アマ不問。未発表作品に限る。〔原稿〕400字詰原稿用紙30~40枚。400字程度のあらすじを添付。

【締切・発表】(第2回)平成4年11月10日締切,平成5年3月受賞者に通知するほか,マスコミおよび「歴史読本」で発表・掲載

【賞・賞金】振媛文学賞(1編):賞金50万円, 2席(2編):賞金20万円。諸権利は丸岡町教育委員会に帰属

第1回(平3年度)
 ◇1席
  楠本 幸子 「越の麗媛(くわしめ)」
 ◇2席
  山岸 香奈恵 「川は涙を飲み込んで」
  福 明子 「熱風」
第2回(平4年度)
 ◇1席
  該当作なし
 ◇2席
  武陵 蘭 「花に抱かれて」
  吉橋 通夫 「恋初む」
  馬面 善子 「坂中井に虹が出て」

238 古本小説大賞

古本や古本屋についての情報誌「彷書月刊」を出す弘隆社が創設。古本小説とは,広義に古本または古本屋をめぐる小説,あるいはエッセイを指し,書物文化をよりおもしろく,楽しく,深めるようなものを募集する。

【主催者】弘隆社

【選考委員】(第4回)出久根達郎,坪内祐三,河内紀

【選考方法】公募

【選考基準】〔対象〕未発表作品に限る。〔原稿〕400字詰原稿用紙30~50枚。表紙に住

所,氏名(筆名の場合は本名も),略歴,電話番号を明記
【締切・発表】(第4回)平成16年7月16日締切
【賞・賞金】賞金20万円

第1回(平13年)
　◇大賞
　　石田 千　「大踏切書店のこと」
　◇特別奨励作品
　　恩田 雅和　「来訪者の足あと」
　　服部 泰平　「恋する私家版」
第2回(平14年)
　◇大賞
　　該当作なし
　◇特別奨励作品
　　脇田 浩幸　「私はコレクター」
第3回(平15年)
　◇大賞
　　成瀬 正祐　「愛書喪失三代記」
　◇特別奨励作品
　　脇田 浩幸　「関西古本屋一期一会『まいど』」
第4回(平16年)
　◇大賞
　　須賀 章雅　「ああ 狂おしの鳩ポッポ 一月某日」

239 文學界新人賞

　昭和29年,有為の新人のために新しく道をひらき,現代日本文学に新風を吹きこもうと念願して創設した賞。第6回からは年に2回授賞。
【主催者】文藝春秋
【選考委員】(第119回)角田光代,花村萬月,松浦寿輝,松浦理英子,吉田修一
【選考方法】公募
【選考基準】〔対象〕小説。〔資格〕新人の自作未発表原稿。〔原稿〕枚数は400字詰原稿用紙100枚程度,ワープロ原稿の場合は400字詰換算枚数を明記
【締切・発表】毎年2回。6月,12月末日締切。受賞作は「文學界」12月号と翌年6月号に掲載発表
【賞・賞金】賞金50万円及び記念品(時計)。版権及び上映その他の権利は,主催者に帰属
【URL】http://www.bunshun.co.jp/mag/bungakukai/bungakukai_prize.htm

第1回(昭30年)
　石原 慎太郎　「太陽の季節」
第2回(昭31年)
　堀内 伸　「彩色」
第3回(昭32年上)
　菊村 到　「不法所持」
第4回(昭32年中)
　城山 三郎　「輸出」
第5回(昭32年下)
　沼田 茂　「或る遺書」
第6回(昭33年上)
　仁田 義男　「墓場の野師」
第7回(昭33年下)
　深田 祐介　「あざやかなひとびと」
第8回(昭34年上)
　石川 信乃　「基隆港」

239 文學界新人賞

第9回（昭34年下）
　岡松 和夫 「壁」
第10回（昭35年上）
　該当作なし
第11回（昭35年下）
　福田 道夫 「バックミラーの空漠」
第12回（昭36年上）
　該当作なし
第13回（昭36年下）
　該当作なし
第14回（昭37年上）
　該当作なし
第15回（昭37年下）
　阿部 昭 「子供部屋」
第16回（昭38年上）
　該当作なし
第17回（昭38年下）
　該当作なし
第18回（昭39年上）
　長谷川 敬 「青の儀式」
　五代 夏夫 「那覇の木馬」
第19回（昭39年下）
　該当作なし
第20回（昭40年上）
　高橋 光子 「蝶の季節」
第21回（昭40年下）
　該当作なし
第22回（昭41年上）
　野島 勝彦 「胎」
第23回（昭41年下）
　宮原 昭夫 「石のニンフ達」
　丸山 健二 「夏の流れ」
第24回（昭42年上）
　桑原 幹夫 「雨舌」
第25回（昭42年下）
　該当作なし
第26回（昭43年上）
　犬飼 和雄 「緋魚」
　斉藤 昌三 「拘禁」
第27回（昭43年下）
　加藤 富夫 「神の女」
第28回（昭44年上）
　内海 隆一郎 「雪洞にて」
第29回（昭44年下）
　森内 俊雄 「幼き者は驢馬に乗って」
第30回（昭45年上）
　前田 隆之介 「使徒」
第31回（昭45年下）
　樋口 至宏 「僕たちの祭り」
　田中 泰高 「鯉の病院」
第32回（昭46年上）
　河野 修一郎 「探照灯」
　長谷川 素行 「鎮魂歌」
第33回（昭46年下）
　東 峰夫 「オキナワの少年」
　大久保 操 「昨夜は鮮か」
第34回（昭47年上）
　該当作なし
第35回（昭47年下）
　広松 彰 「塗りこめられた時間」
　黎 まやこ 「五月に―」
第36回（昭48年上）
　青木 八束 「蛇いちごの周囲」
第37回（昭48年下）
　高橋 揆一郎 「ぽぷらと軍神」
　吉田 健至 「ネクタイの世界」
第38回（昭49年上）
　該当作なし
第39回（昭49年下）
　春山 希義 「雪のない冬」
第40回（昭50年上）
　該当作なし
第41回（昭50年下）
　三好 京三 「子育てごっこ」
第42回（昭51年上）
　該当作なし
第43回（昭51年下）
　該当作なし
第44回（昭52年上）
　該当作なし
第45回（昭52年下）
　井川 正史 「長い午後」
　三輪 滋 「ステンドグラスの中の風景」
第46回（昭53年上）

小説の賞事典

239 文學界新人賞

  岩猿 孝広 「信号機の向こうへ」
  石原 悟 「流れない川」
第47回（昭53年下）
  松浦 理英子 「葬儀の日」
第48回（昭54年上）
  古荘 正朗 「年頃」
第49回（昭54年下）
  該当作なし
第50回（昭55年上）
  村上 節 「狸」
第51回（昭55年下）
  木崎 さと子 「裸足」
第52回（昭56年上）
  峰原 緑子 「風のけはい」
第53回（昭56年下）
  南木 佳士 「破水」
第54回（昭57年上）
  田中 健三 「あなしの吹く頃」
 ◇佳作
  佐藤 竜一郎 「Ａ・Ｂ・Ｃ…」
第55回（昭57年下）
  田野 武裕 「浮上」
  山川 一作 「電電石縁起」
第56回（昭58年上）
  高橋 一起 「犬のように死にましょう」
第57回（昭58年下）
  赤羽 建美 「住宅」
第58回（昭59年上）
  海辺 鷹彦 「端黒豹紋」
  阿南 泰 「錨のない部屋」
第59回（昭59年下）
  悠喜 あづさ 「水位」
  佑木 美紀 「月姫降臨」
第60回（昭60年上）
  武部 悦子 「明希子」
  米谷 ふみ子 「遠来の客」
第61回（昭60年下）
  早野 貢司 「朝鮮人街道」
  中島 俊輔 「夏の賑わい」
第62回（昭61年上）
  藤本 恵子 「比叡を仰ぐ」
第63回（昭61年下）

  片山 恭一 「気配」
  松本 富生 「野薔薇の道」
第64回（昭62年上）
  鷺沢 萠 「川べりの道」
  尾崎 昌躬 「東明の浜」
第65回（昭62年下）
  谷口 哲秋 「遠方より」
第66回（昭63年上）
  坂谷 照美 「四日間」
  小浜 清志 「風の河」
第67回（昭63年下）
  梶井 俊介 「僕であるための旅」
  浜口 隆義 「夏の果て」
第68回（平1年上）
  山里 禎子 「ソウル・トリップ」
第69回（平1年下）
  中村 隆資 「流離譚」
  滝沢 美恵子 「ネコババのいる町で」
第70回（平2年上）
  河林 満 「渇水」
第71回（平2年下）
  竹野 昌代 「狂いバチ, 迷いバチ」
第72回（平3年上）
  みどり ゆうこ 「海を渡る植物群」
第73回（平3年下）
  市村 薫 「名前のない表札」
第74回（平4年上）
  安斎 あざみ 「樹木内侵入臨床士」
  大島 真寿美 「春の手品師」
第75回（平4年下）
  伏本 和代 「ちょっとムカつくけれど,居心地のいい場所」
第76回（平5年上）
  高林 杏子 「無人車」
第77回（平5年下）
  篠原 一（本名＝篠原文子）「壊音 KAI-ON」
  中村 邦生 「冗談関係のメモリアル」
第78回（平6年上）
  松尾 光治 「ファースト・ブルース」
第79回（平6年下）
  木崎 巴 「マイナス因子」

第80回（平7年上）
　青来 有一 「ジェロニモの十字架」
第81回（平7年下）
　清野 栄一 「デッドエンド・スカイ」
　塩崎 豪士 「目印はコンビニエンス」
◇奥泉光・山田詠美奨励賞
　山田 あかね 「終わりのいろいろなかたち」
第82回（平8年上）
　該当作なし
◇島田雅彦・辻原登奨励賞
　新堂 令子 「サイレントパニック」
第83回（平8年下）
　大村 麻梨子 「ギルド」
　最上 煬介 「物語が殺されたあとで」
第84回（平9年上）
　吉田 修一 「最後の息子」
第85回（平9年下）
　橘川 有弥 「くろい、こうえんの」
第86回（平10年上）
　若合 春侑 「脳病院へまゐります。」
第87回（平10年下）
　該当作なし
◇奥泉光・島田雅彦奨励賞
　三輪 克巳 「働かざるもの」
第88回（平11年上）
　松崎 美保 「DAY LABOUR（デイ・レイバー）」
　羽根田 康美 「LA心中」
◇浅田彰・山田詠美奨励賞
　最向 涼子 「ひまつぶし」
第89回（平11年下）
　該当作なし
◇島田雅彦・辻原登奨励賞
　水野 由美 「ほたる座」
第90回（平12年上）
　該当作なし
◇辻原登奨励賞
　福迫 光英 「ガリバーの死体袋」
第91回（平12年下）
　都築 隆広 「看板屋の恋」
第92回（平13年上）
　長嶋 有 「サイドカーに犬」

　吉村 萬壱 「クチュクチュバーン」
第93回（平13年下）
　該当作なし
第94回（平14年上）
　北岡 耕二 「わたしの好きなハンバーガー」
　蒔岡 雪子 「飴玉が三つ」
第95回（平14年下）
　該当作なし
◇佳作
　河西 美穂 「ミネさん」
第96回（平15年上）
　絲山 秋子 「イッツ・オンリー・トーク」
第97回（平15年下）
　由真 直人 「ハンゴンタン」
第98回（平16年上）
　モブ・ノリオ 「介護入門」
◇佳作
　宮下 奈都 「静かな雨」
第99回（平16年下）
　赤染 晶子 「初子さん」
◇島田雅彦奨励賞
　寺坂 小迪 「ヒヤシンス」
第100回（平17年上）
　該当作なし
◇辻原登・松浦寿輝奨励賞
　佐久吉 忠夫 「末黒野（すぐろの）」
第101回（平17年下）
　中山 智幸 「さりぎわの歩き方」
◇辻原登奨励 参考作
　桑井 朋子 「退行する日々」
第102回（平18年上）
　木村 紅美 「風化する女」
◇島田雅彦奨励賞
　澁谷 ヨシユキ 「バードメン」
第103回（平18年下）
　田山 朔美 「裏庭の穴」
　藤野 可織 「いやしい鳥」
第104回（平19年上）
　円城 塔 「オブ・ザ・ベースボール」
　谷崎 由依 「舞い落ちる村」
第105回（平19年下）
　楊 逸 「ワンちゃん」

◇島田雅彦奨励賞
　　早川 阿栗 「東京キノコ」
　◇辻原登奨励賞
　　牧田 真有子 「椅子」
第106回(平20年上)
　　北野 道夫 「逃げ道」
第107回(平20年下)
　　上村 渉 「射手座」
　　松波 太郎 「廃車」
第108回(平21年上)
　　ネザマフィ，シリン 「白い紙」
第109回(平21年下)
　　奥田 真理子 「ディヴィジョン」
第110回(平22年上)
　　鶴川 健吉 「乾燥腕」
　　穂田川 洋山 「自由高さH」
第111回(平22年下)
　　吉井 磨弥 「ゴルディータは食べて、寝て、働くだけ」
第112回(平23年上)
　　水原 涼 「甘露」
　　山内 令南 「癌だましい」
第113回(平23年下)
　　鈴木 善徳 「髪魚」
　　馳平 啓樹 「きんのじ」
第114回(平24年上)
　　小祝 百々子 「こどもの指につつかれる」
第115回(平24年下)
　　守山 忍 「隙間」
　　二瓶 哲也 「最後のうるう年」
第116回(平25年上)
　　該当作なし
第117回(平25年下)
　　前田 隆壱 「アフリカ鯰」
　　守島 邦明 「息子の逸楽」

240 文学報国新人小説

改造社の「改造」、「文芸」両誌が共同して昭和18年に新人募集した賞である。

(昭18年)
◇佳作
　大原 富枝 「若い渓間」
　松原 一枝 「大きな息子」
　浜野 健三郎 「君子蘭」
　西川 清六 「ガダルカナル」
　井田 誠一 「かささぎ」

241 「文化評論」文学賞〔小説部門〕

民主主義文学の新しい才能の発掘をめざして昭和59年に創設された。現代社会の根本問題に迫る意欲作を募集。平成3年第6回で終了。「文化評論」誌も5年3月号で休刊となる。

【主催者】新日本出版社
【選考委員】(第6回)窪田精，佐藤静夫，菅井幸雄，津上忠，西沢舜一，山口勇子
【選考方法】公募
【選考基準】〔対象〕小説，戯曲，文芸評論〔資格〕未発表作品に限る(サークル誌・同人誌等の掲載作品は不可)〔原稿〕小説：400字詰原稿用紙100枚以内，戯曲：80枚以内，文芸評論：50枚以内

【締切・発表】（第6回）平成3年6月30日締切,「文化評論」12月号誌上で発表
【賞・賞金】賞状および副賞（小説50万円,戯曲40万円,文芸評論30万円）。入選作の版権は主催者に帰属

第1回（昭59年）
　◇小説
　　田島 一　「蟻の群れ」
第2回（昭60年）
　◇小説
　　浜 比寸志　「オホーツクに燃ゆ」
第3回（昭61年）
　◇小説
　　瀬戸井 誠　「遺品」

第4回（平1年）
　◇小説
　　青木 陽子　「一輪車の歌」
第5回（平2年）
　◇小説
　　戸切 冬樹　「六〇〇日」
　　草薙 秀一　「フィリピンからの手紙」
第6回（平3年）
　　該当作なし

242　「文芸倶楽部」懸賞小説

博文館の主催により明治36年創設,「文芸倶楽部」が月1回定期的に短編小説を募集したが,明治39年12月に第46回で終った。

【主催者】博文館
【選考委員】石橋思案,武田鴬塘,他
【選考基準】短編小説を募集
【締切・発表】月1回,優秀作を同誌に発表
【賞・賞金】1等20円,2等15円,3等10円

第1回（明36年3月）
　◇第1等
　　鈴木 狭花　「ゆく雲」
　◇第2等
　　平井 塢村　「神学士」
　◇第3等
　　滝 夜半　「江戸娘」
第2回（明36年4月）
　◇第1等
　　該当作なし
　◇第2等
　　海賀 変哲　「渡守」
　◇第3等
　　森田 二十五絃　「恋の曲者」
　◇選外
　　千早 霞城　「狂蝶」
第3回（明36年5月）
　◇第1等
　　川浪 樗弓　「白泡の記」
　◇第2等
　　長谷川 菱花　「袖ケ浦」
　◇第3等
　　平山 蘆江　「三つ巴」
第4回（明36年6月）
　◇第1等
　　滝 閑邨　「つきせぬ恨」
　◇第2等
　　北野 華岳　「篝火」
　◇第3等
　　貝永 漁史　「女夫船」

小説の賞事典

第5回（明36年7月）
　◇第1等
　　森田 二十五絃　「仮寝姿」
　◇第2等
　　沢 小民　「4年ぶり」
　◇第3等
　　北島 春石　「袖枕」
第6回（明36年8月）
　◇第1等
　　雪野 竹人　「鮎鮓」
　◇第2等
　　市川 露葉　「羊かひ」
　◇第3等
　　服部 鉄香　「紅葉が淵」
第7回（明36年9月）
　◇第1等
　　秋 玲瓏　「緋帛紗」
　◇第2等
　　大石 夢幻庵　「へだて」
　◇第3等
　　玄川 舟人　「此の子」
第8回（明36年10月）
　◇第1等
　　該当作なし
　◇第2等
　　中村 稲海　「五百円」
　◇第3等
　　田村 西男　「白芙蓉」
第9回（明36年11月）
　◇第1等
　　伊藤 小翠　「葦分船」
　◇第2等
　　滝 閑邨　「北征の人」
　◇第3等
　　泣涙 漁郎　「夜嵐」
第10回（明36年12月）
　◇第1等
　　高橋 南浦　「写生難」
　◇第2等
　　千葉 不忘庵　「柴栗」
　◇第3等
　　小山 花礁　「鴫のうらみ」

第11回（明37年1月）
　◇第1等
　　林 玄川　「恋女房」
　◇第2等
　　田村 西男　「電報」
　◇第3等
　　大石 観一　「一転」
第12回（明37年2月）
　◇第1等
　　玄川 小漁（林玄川）「島の美人」
　◇第2等
　　伊藤 紫琴　「ほとゝぎす」
　◇第3等
　　河田 鳥城　「小説家」
第13回（明37年3月）
　◇第1等
　　該当作なし
　◇第2等
　　森 露声　「もつれ糸」
　◇第3等
　　野村 落椎　「柿盗人」
　　荻舟 笑史（本山荻舟）「自用車」
第14回（明37年4月）
　◇第1等
　　園部 舞雨　「青春譜」
　◇第2等
　　大石 霧山　「待つ妻」
　◇第3等
　　高信 狂酔　「女ごゝろ」
第15回（明37年5月）
　◇第1等
　　本山 袖頭巾　「非々国民」
　◇第2等
　　河田 鳥城　「戦死の花」
　◇第3等
　　田村 西男　「勇士の妹」
第16回（明37年6月）
　◇第1等
　　野村 童雨　「湖畔の家」
　◇第2等
　　大石 霧山　「決死水兵」
　◇第3等

242 「文芸倶楽部」懸賞小説

　　橋本 紫星 「雲のみだれ」
第17回（明37年7月）
　◇第1等
　　まぼろし（大石観一）「兄の偵察」
　◇第2等
　　小寺 秋雨 「義姉妹」
　◇第3等
　　鈴木 好狼 「村の名物」
第18回（明37年8月）
　◇第1等
　　海賀 変哲 「いのち毛」
　◇第2等
　　田村 西男 「未亡人」
　◇第3等
　　児島 晴浜 「首途」
第19回（明37年9月）
　◇第1等
　　小林 友 「別れの風」
　◇第2等
　　織笠 白梅 「薄命記」
　◇第3等
　　三阪 水銹 「灯台の火」
第20回（明37年10月）
　◇第1等
　　大石 霧山 「露」
　◇第2等
　　二牛 迂人 「新島守」
第21回（明37年11月）
　◇第1等
　　山田 萍南 「赤十字」
　◇第2等
　　小原 かずを 「その声」
第22回（明37年12月）
　◇第1等
　　大石 霧山 「墓上の涙」
　◇第2等
　　森田 あきみ 「門出」
　　小川 兎馬子 「蔦紅葉」
第23回（明38年1月）
　◇第1等
　　斉藤 紫軒 「新知己」
　◇第2等

　　山田 萍南 「宿の春」
　◇第3等
　　安倍 村羊 「画題「統一」」
第24回（明38年2月）
　◇第1等
　　森田 あきみ 「片頬の笑」
　◇第2等
　　大越 台麓 「紅雪」
　◇第3等
　　柏木 露月 「祝捷の宴」
第25回（明38年3月）
　◇第1等
　　児島 晴浜 「朝露」
　◇第2等
　　三阪 水銹 「春告鳥」
　◇第3等
　　伊藤 鏡雨 「防寒具」
　◇選外
　　長谷 流月 「形見の写真」
第26回（明38年4月）
　◇第1等
　　中村 稲海 「俤」
　◇第2等
　　森田 あきみ 「朧月夜」
　◇第3等
　　小川 兎馬子 「こぼれ梅」
第27回（明38年5月）
　◇第1等
　　大高 綾子 「犯さぬ罪」
　◇第2等
　　大越 台麓 「夜の梅」
　◇第3等
　　関口 莫哀 「禁煙」
第28回（明38年6月）
　◇第1等
　　瀬戸 新声 「姉さん」
　◇第2等
　　児島 晴浜 「雪物語」
　◇第3等
　　青平 繁九 「鐘の音」
第29回（明38年7月）
　◇第1等

山東 厭花 「行春の曲」
　◇第2等
　　児島 晴浜 「明日」
　◇第3等
　　林 緑風 「衣ケ浦」
第30回（明38年8月）
　◇第1等
　　黒河内 桂林 「握手」
　◇第2等
　　伊藤 鏡雨 「磯松風」
　◇第3等
　　大高 綾子 「千寿庵」
第31回（明38年9月）
　◇第1等
　　内山 捻華 「銃音」
　◇第2等
　　志村 白汀 「派手浴衣」
第32回（明38年10月）
　◇第1等
　　早川 北汀 「秋雲冬雲」
　◇第2等
　　山東 厭花 「不断煩悩」
　◇第3等
　　大越 台麓 「白菊」
第33回（明38年11月）
　◇第1等
　　井手 蕪雨 「血薔薇」
　◇第2等
　　井上 梨花 「白雨録」
　◇第3等
　　英 蟬花 「辰巳気質」
第34回（明38年12月）
　◇第1等
　　黒河内 桂林 「転地」
　◇第2等
　　橋本 翠泉 「池の主」
　◇第3等
　　瑞岡 露泉 「病院船」
第35回（明39年1月）
　◇第1等
　　黒河内 桂林 「白百合」
　◇第2等

　　滝 閑邨 「白壁」
第36回（明39年2月）
　◇第1等
　　山本 柳風 「盲士官」
　◇第2等
　　野村 童雨 「かつり人」
第37回（明39年3月）
　◇第1等
　　橋本 翠泉 「新婚旅行」
　◇第2等
　　前川 紫山 「雨期晴」
第38回（明39年4月）
　◇第1等
　　該当作なし
　◇第2等
　　増田 御風 「傀儡」
　　山田 萍南 「うしろ姿」
第39回（明39年5月）
　◇第1等
　　児島 晴浜 「涙多摩川」
　◇第2等
　　英 蟬花 「流転」
第40回（明39年6月）
　◇第1等
　　該当作なし
　◇第2等
　　原 貝水 「水煙」
第41回（明39年7月）
　◇第1等
　　松本 琴潮 「面影橋」
　◇第2等
　　小田 銀兵衛 「愛の焔」
第42回（明39年8月）
　◇第1等
　　森岡 騒外 「少女の煩悶」
　◇第2等
　　橋本 紫星 「縺れ縁」
第43回（明39年9月）
　◇第1等
　　該当作なし
　◇第2等
　　桂川 秋香 「親ごゝろ」

児島 晴浜　「職工長」
◇第3等
　神田 意智楼　「柳月夜」
　瀬戸 新声　「くもり日」
　前田 宜山人　「伊庭如水」
第44回（明39年10月）
◇第1等
　長尾 紫孤庵　「しら浪」
◇第2等
　森岡 騒外　「神経家」
　柳岡 雪声　「わかき心」
◇第3等
　岡田 美知代　「森の黄昏」
　高橋 嚶々軒　「ふりわけ髪」
　寺田 麗花　「比翼くづし」
第45回（明39年11月）
◇第1等
　橋本 紫星　「寂寥」

◇第2等
　瀬戸 新声　「思ひざめ」
◇第3等
　松信 春秋　「密売薬児」
　松美 佐雄　「偲ケ巌」
　高橋 嚶々軒　「騎兵」
　児島 晴浜　「二度の恋」
第46回（明39年12月）
◇第1等
　本多 はる子　「磐船街道」
◇第2等
　井上 朝歌　「江上の客」
　森岡 騒外　「慈善家」
◇第3等
　高橋 嚶々軒　「津軽富士」
　岡田 美知代　「姑ごゝろ」
　林 美佐雄　「やま襦袢」

243　「文芸」懸賞創作

　改造社の雑誌「文芸」の創刊を記念して、昭和8年に新人を対象として設定した賞。昭和10年、第3回で休止したのち、昭和15年から年2回「文芸」推薦作品を選考したが、これも昭和18年第7回の選考中途で終った。
【主催者】改造社
【選考基準】小説、戯曲を募集、応募作の中から選んで授賞
【締切・発表】年1回文芸誌上に発表

第1回（昭8年）
　竹森 一男　「少年の果実」
第2回（昭9年）

　平林 彪吾　「鶏飼ひのコムミュニスト」
第3回（昭10年）
　佐野 順一郎　「敗北者の群」

244　「文藝春秋」懸賞小説

　「文藝春秋」が大正14,15年に懸賞小説を募集した。

第1回（大14年）
　力石 平三　「父と子と」
　山本 周五郎　「須磨寺附近」

　阿川 志津代　「或る住家」
　J・T　「子の前に」

田島 準子 「密輸入」
阿部 知二 「乾燥する街」
窪川 鶴次郎 「妹夫婦を迎えて」
辻本 浩太郎 「茂六先生」
桑田 忠親 「弟を看る」
第2回（大15年）

245 文藝賞

昭和37年雑誌「文芸」復刊を機に既成の文学観に捉われない新人の発掘を目的として創設。当初，中短篇部門，長篇部門，戯曲部門の三部門に分れていたが，第4回より部門別を廃止した。

【主催者】河出書房新社

【選考委員】（第51回）藤沢周，保坂和志，星野智幸，山田詠美

【選考方法】公募

【選考基準】〔対象〕小説。〔資格〕自作未発表原稿に限る。〔原稿〕枚数は400字詰原稿用紙100枚以上，400枚以内

【締切・発表】3月31日締切（当日消印有効），発表は雑誌「文藝」冬期号誌上

【賞・賞金】正賞：万年筆，副賞：賞金50万円（雑誌掲載の原稿料含む）

【URL】http://www.kawade.co.jp/bungeiaward.html

第1回（昭37年）
　高橋 和巳 「悲の器」
　田畑 麦彦 「嬰へ短調」
　西田 喜代志 「海辺の物語」
第2回（昭38年）
　真継 伸彦 「鮫」
第3回（昭39年）
　該当作なし
第4回（昭41年）
　金 鶴泳 「凍える口」
第5回（昭42年）
　該当作なし
第6回（昭44年）
　該当作なし
第7回（昭45年）
　黒羽 英二 「目的補語」
　小野木 朝子 「クリスマスの旅」
第8回（昭46年）
　本田 元弥 「家のなか・なかの家」
　後藤 みな子 「刻を曳く」
第9回（昭47年）
　尾高 修也 「危うい歳月」
第10回（昭48年）
　該当作なし
第11回（昭49年）
　小沢 冬雄 「鬼のいる社で」
第12回（昭50年）
　阿嘉 誠一郎 「世の中や」
第13回（昭51年）
　外岡 秀俊 「北帰行」
第14回（昭52年）
　星野 光徳 「おれたちの熱い季節」
　松崎 陽平 「狂いだすのは三月」
第15回（昭53年）
　黒田 宏治郎 「鳥たちの闇のみち」
第16回（昭54年）
　冥王 まさ子 「ある女のグリンプス」
　宮内 勝典 「南風」
第17回（昭55年）
　青山 健司 「囚人のうた」
　田中 康夫 「なんとなく，クリスタル」
　中平 まみ 「ストレイ・シープ」

第18回（昭56年）
　堀田 あけみ 「1980 アイコ 十六歳」
　ふくだ さち 「百色メガネ」
　山本 三鈴 「みのむし」
第19回（昭57年）
　平野 純 「日曜日には愛の胡瓜を」
第20回（昭58年）
　若一 光司 「海に夜を重ねて」
　山本 昌代 「応為坦坦録」
第21回（昭59年）
　渥美 饒児 「ミッドナイト・ホモサピエンス」
　平中 悠一 「"She's Rain"（シーズ・レイン）」
第22回（昭60年）
　山田 詠美 「ベッドタイムアイズ」
第23回（昭61年）
　岡本 澄子 「澪れた言葉」
第24回（昭62年）
　笹山 久三 「四万十川―あつよしの夏」
第25回（昭63年）
　飯嶋 和一 「汝ふたたび故郷へ帰れず」
　長野 まゆみ 「少年アリス」
第26回（平1年）
　比留間 久夫 「YES・YES・YES」
　結城 真子 「ハッピーハウス」
第27回（平2年）
　芦原 すなお 「青春デンデケデケデケ」
第28回（平3年）
　吉野 光 「撃壌歌」
　川本 俊二 「rose」
第29回（平4年）
　三浦 恵 「音符」
第30回（平5年）
　該当作なし
　◇佳作
　大石 圭 「履き忘れたもう片方の靴」
　小竹 陽一朗 「DMAC」
第31回（平6年）
　雨森 零 「首飾り」
第32回（平7年）
　伊藤 たかみ 「助手席にて、グルグル・ダンスを踊って」
　◇優秀作
　池内 広明 「ノックする人びと」
　金 真須美 「メソッド」
第33回（平8年）
　該当作なし
　◇優秀作
　大鋸 一正 「フレア」
　佐藤 亜有子 「ボディ・レンタル」
第34回（平9年）
　鈴木 清剛 「ラジオ デイズ」
　星野 智幸 「最後の吐息」
第35回（平10年）
　鹿島田 真希 「二匹」
第36回（平11年）
　浜田 順子 「Tiny,tiny」
第37回（平12年）
　黒田 晶 「YOU LOVE US」
　◇優秀作
　佐藤 智加 「肉触」
第38回（平13年）
　綿矢 りさ 「インストール」
第39回（平14年）
　中村 航 「リレキショ」
　岡田 智彦 「キッズ アー オールライト」
第40回（平15年）
　羽田 圭介 「黒冷水」
　生田 紗代 「オアシス」
　伏見 憲明 「魔女の息子」
第41回（平16年）
　山崎 ナオコーラ 「人のセックスを笑うな」
　白岩 玄 「野ブタ。をプロデュース」
第42回（平17年）
　青山 七恵 「窓の灯」
　三並 夏 「平成マシンガンズ」
第43回（平18年度）
　荻世 いをら 「公園」
　中山 咲 「ヘンリエッタ」
第44回（平19年度）
　磯﨑 憲一郎 「肝心の子供」
　丹下 健太 「青色讃歌」
第45回（平20年度）

喜多 ふあり　「けちゃっぷ」
　　安戸 悠太　「おひるのたびにさようなら」
第46回（平21年度）
　　大森兄弟　「犬はいつも足元にいて」
　　藤代 泉　「ボーダー＆レス」
第47回（平22年度）
　　該当作なし

第48回（平23年度）
　　今村 友紀　「クリスタル・ヴァリーに降りそそぐ灰」
第49回（平24年度）
　　谷川 直子　「おしかくさま」
第50回（平25年度）
　　桜井 晴也　「世界泥棒」

246　「文芸」推薦作品

　昭和8年に創設された「文芸」懸賞創作が3回で休止したのち、昭和15年から新人を対象として「文芸」推薦作品の選定を行ったが、昭和18年、第7回の選考途中で中止した。

【主催者】改造社
【選考委員】（第1回）青野季吉、宇野浩二、川端康成、武田麟太郎
【選考基準】同人雑誌に発表された作品を対象に選定
【締切・発表】年2回選考、選考結果は「文芸」誌上に発表

第1回（昭15年上）
　　織田 作之助　「夫婦善哉」
第2回（昭15年下）
　　池田 源尚　「運・不運」
第3回（昭16年上）
　　該当作なし
第4回（昭16年下）
　　秋山 恵三　「新炭図」

　　三田 華子　「祖父」
　　中村 正徳　「七月十八日」
　　中村 佐喜子　「雪の林檎畑」
第5回（昭17年上）
　　野村 尚吾　「岬の気」
第6回（昭17年下）
　　該当作なし

247　「文章世界」特別募集小説

　博文館は従来「文叢」欄において短編小説を募集していたが、大正6年「文叢」欄から独立させて募集。同誌の終刊とともに大正9年終った。

【主催者】博文館
【選考委員】中村星湖

（大6年10月）
　　鈴木 千久馬　「画家と野良犬」
（大6年11月）
　　鮫島 麟太郎　「砂丘」
（大6年12月）
　　加藤 牧星　「富良野川辺の或村」
（大7年1月）
　　白木 陸郎　「いろいろな日」
（大7年2月）
　　生田 花世　「ほそのを」

(大7年3月)
　赤城 享治　「哀れな労働者」
(大7年4月)
　多々良 安朗　「遠くへ行く船」
　青木 音吉　「小犬」
(大7年5月)
　野村 幽篁　「長男」
(大7年6月)
　＊
(大7年7月)
　吉田 春子　「娘」
(大7年8月)
　加藤 牧星　「南瓜盗人」
(大7年9月)
　館内 勇生　「月の出の頃」
(大7年10月)
　石野 緑石　「世間」
(大7年11月)
　木村 一郎　「郊外の家」
(大7年12月)
　鳥山 浪之介　「自分の室へ」
(大8年1月)
　小沼 水明　「老校長の死」
(大8年2月)
　石野 緑石　「「クロ」の生涯」
(大8年3月)
　仁科 愛村　「林戦条件のなった日から」
(大8年4月)
　小林 春郎　「死に急ぐ者」
(大8年5月)
　多々良 安朗　「妖魔の道行き」
(大8年6月)
　＊
(大8年7月)
　橋富 光雄　「河傍の家」
(大8年8月)
　木村 玲吾　「山道」
(大8年9月)
　宮川 曙村　「若い二人」
(大8年10月)
　川上 澄生　「第一日」
(大8年11月)
　波間 忠郎　「看護卒」
(大8年12月)
　千葉 亜夫　「不幸な家族」
(大9年1月)
　赤城 樫生　「落日」
(大9年2月)
　志筑 祥光　「刑罰の真意義」
(大9年3月)
　渋谷 悠蔵　「親の無い姉弟」
(大9年4月)
　石野 緑石　「怒鳴る内儀さん」
(大9年5月)
　竹中 八重子　「投げし水音」
(大9年6月)
　加藤 牧星　「海岸の丘」
(大9年7月)
　橋場 忠三郎　「残された重吉」
(大9年8月)
　高木 白葉　「焼けた弟の屍体」
(大9年9月)
　石野 緑石　「脇差の記憶」
　川上 澄生　「アラスカH―湾の追想」
(大9年10月)
　寺島 英輔　「家と幼稚園」
(大9年11月)
　石中 象治　「お富は,悦田君の「恋人」」

248 ボイルドエッグズ新人賞

　新世紀にふさわしい,まったく新しい才能,類例のない面白さに満ちた作品を募集。出版社(株)産業編集センター出版部の後援のもと創設。応募作は,ボイルドエッグズ代表取締役・村上達朗がすべてに目を通し,受賞作を選定する。平成24年から各出版社が参加する競争入札により単行本化されている。

249 「宝石」懸賞小説

【主催者】（有）ボイルドエッグズ
【選考委員】村上達朗（ボイルドエッグズ代表取締役）
【選考方法】公募
【選考基準】〔対象〕ジャンルを問わない清新なフィクション（長編、作品集等）。日本語で書かれた自作未発表の作品にかぎる。〔資格〕新人で、エントリー料の支払いを済ませた者。年齢制限なし。〔原稿〕原稿枚数が、200枚以上500枚以下（400字原稿用紙換算）。〔応募規定〕テキスト形式で保存した原稿をエントリー用のメールに添付して送信する。プリントアウト原稿、手書き原稿は不可。〔投稿料〕エントリー料として1作品につき7000円を支払う
【締切・発表】（第16回）平成25年11月25日締切、平成26年1月27日発表
【賞・賞金】賞状および副賞/記念品。受賞作は改稿後ただちに各出版社が参加する競争入札にかけられ、落札（出版権を獲得）した1社が単行本化し、規定の単行本印税が支払われる
【URL】http：//www.boiledeggs.com/index.html

第1回（平16年3月）
　日向 まさみち　「本格推理委員会」
第2回（平16年9月）
　該当作なし
　◇奨励賞
　時里 キサト　「彼女には自身がない」
第3回（平17年3月）
　将吉　「コスチューム！」
第4回（平17年11月）
　万城目 学　「鴨川ホルモー」
第5回（平18年5月）
　該当作なし
第6回（平18年12月）
　該当作なし
第7回（平19年8月）
　該当作なし
第8回（平20年5月）
　該当作なし
第9回（平21年1月）
　叶 泉　「お稲荷さんが通る」
第10回（平21年10月）
　蒲原 二郎　「オカルトゼネコン富田林組」
第11回（平22年6月）
　該当作なし
第12回（平23年2月）
　石岡 琉衣　「白馬に乗られた王子様」
　徳永 圭　「をとめ模様、スパイ日和」
第13回（平23年10月）
　園山 創介　「サザエ計画」
第14回（平24年6月）
　大橋 慶三　「じらしたお詫びはこのバスジャックで」
第15回（平25年2月）
　尾﨑 英子　「あしみじおじさん」（出版時「小さいおじさん」に改題）
　鈴木 多郎　「バージン・ロードをまっしぐら」
第16回（平26年1月）
　小嶋 陽太郎　「気障でけっこうです」

249 「宝石」懸賞小説

岩谷書店（のちの宝石社）は昭和21年に「探偵小説募集」を企画し、つづいて「中篇コンテスト」「百万円懸賞」を行い、昭和26年からは毎年1回、応募作から選んで「別冊宝石

新人25人集」を発行した。昭和35年から「宝石賞」と名を改め,37年には「宝石短篇賞」となった。入選者には,次のような名前がみえる。

(昭21年)
◇探偵小説募集
　飛鳥 高
　山田 風太郎
　香山 滋
　島田 一男
(昭24年)

◇中篇コンテスト
　岡田 鯱彦
◇百万円懸賞
　土屋 隆夫
　日影 丈吉
　鮎川 哲也
　藤村 正太

250 宝石賞

　昭和26年から毎年1回,応募作から選んで「別冊宝石新人25人集」を発行していたが,昭和35年にこれを「宝石賞」とし,さらに昭和37年には「宝石短篇賞」「宝石中篇賞」の2本立となった。

【主催者】岩谷書店(のちの宝石社)
【選考委員】江戸川乱歩,水谷準,城昌幸,中島河太郎(第1回)
【締切・発表】選考結果および作品は「宝石」誌上に発表
【賞・賞金】賞金3万円

第1回 (昭35年)
　藤木 靖子 「女と子供」
第2回 (昭36年)
　川辺 豊三 「蟻塚」
　蒼社 廉三 「屍衛兵」
第3回 (昭37年)
　田中 万三記 「死にゆくものへの釘」

　新羽 精之 「進代論の問題」
第4回 (昭38年)
　千葉 淳平 「或る老後 ユタの窓はどれだ」
第5回 (昭39年)
　冬木 喬 「笞刑」
　大貫 進 「枕頭の青春」

251 宝石中篇賞

　昭和35年に創設された「宝石賞」が昭和37年に,「宝石短篇賞」と「宝石中篇賞」の2本立てになったもの。

【主催者】宝石社
【選考委員】多岐川恭,佐野洋,平野謙,長沼弘毅(第2回)
【締切・発表】選考結果および作品は「宝石」誌上に発表

第1回 (昭37年)　　　　　　　　草野 唯雄 「交叉する線」

第2回（昭38年）　　　　　　　　　　　　　斎藤 栄　「機密」

252 放送文学賞

　昭和53年テレビの放送開始25周年を記念して、日本放送作家協会と日本放送出版協会がNHKの後援を得て、放送文化の向上に資するため、広く一般からテレビドラマの原作となる文学作品を公募した。第8回で中止となる。

【主催者】日本放送作家協会, 日本放送出版協会

【選考委員】杉本苑子, 井出孫六, 橋田寿賀子, 岩間芳樹, 川口幹夫

【選考方法】〔対象〕現代小説でも時代小説でもよい。内容は自由。〔資格〕あらゆる意味で未発表作品にかぎる。〔原稿〕400字詰原稿用紙300枚以上, 400枚まで。作品とは別に5枚程度の梗概をつけること

【締切・発表】第8回は昭和60年11月9日締切（当日消印有効）, 昭和61年3月15日新聞紙上（朝日・毎日・読売）にて発表

【賞・賞金】入選：賞金500万円, 佳作：賞金50万円

第1回（昭53年）
　該当作なし
◇佳作
　草彅 紘一　「旅芸人翔んだ！」
　勢 九二五　「天なお寒し」

第2回（昭54年）
　該当作なし
◇佳作
　鈴木 新吾　「川よ奔れ」
　榊原 直人　「鳴海五郎供述書」

第3回（昭55年）
　湯郷 将和　「遠雷と怒濤と」
◇佳作
　冬室 修　「残照の追憶」
　佐賀 純一　「元年者達」

第4回（昭56年）
　該当作なし
◇佳作
　鈴木 新吾　「虫けらたちの夏」
　志摩 佐木男　「冬を待つ季節」

第5回（昭57年）
　該当作なし
◇佳作
　笹本 定　「すなぞこの鳥」
　奥田 瓶人　「天使の旗の下に」

第6回（昭58年）
　該当作なし
◇佳作
　三岸 あさか　「はるかな町」
　草部 和子　「DJヌバ」

第7回（昭59年）
　該当作なし
◇佳作
　日向 六郎　「文久三年・海暗島」
　円乗 淳一　「鹿の消えた島」

第8回（昭60年）
　該当作なし
◇佳作
　赤江 行夫　「虎が来る」
　吉田 沙美子　「沢瀉（おもだか）の紋章の影に」

253 星新一ショートショート・コンテスト

星新一の選によるショート・ショート。最優秀作と優秀作は星新一氏の選評と合わせて、講談社の月刊文庫雑誌「IN★POCKET」に掲載。半年後に入選作全部を含めて単行本とする。昭和61年からは毎月募集・発表となった。

【主催者】講談社
【選考委員】星新一
【選考方法】〔対象〕ショート・ショート〔資格〕一人一編未発表の作品に限る。〔原稿〕400字詰原稿用紙1～10枚まで
【締切・発表】毎年9月30日締切、翌年3月発表予定
【賞・賞金】最優秀作賞金10万円,優秀作賞金5万円

第1回(昭54年)
　◇最優秀作
　　定岡 章司 「或る夜の出来事」
　　吉沢 景介 「できすぎ」
　　西山 浩一 「最高の喜び」
第2回(昭55年)
　◇最優秀作
　　江坂 遊 「花火」
　　早島 悟 「DOY」
第3回(昭56年)
　◇最優秀作
　　五十嵐 裕一郎 「愚か者の願い」
　　青木 隆弘 「読むな」
　　大懸 朋雪 「幸せ色の空」
第4回(昭57年)
　◇最優秀作
　　該当作なし
第5回(昭58年)
　◇最優秀作
　　安土 萌 「海」
第6回(昭59年)
　◇最優秀作
　　山口 由紀子 「よく似た女」
第7回(昭60年)
　◇最優秀作
　　山口 タオ 「ふられ薬」
第8回(昭61年)
　◇最優秀作
　　村田 浩一 「空想ゲーム」

254 北海道文学賞

「クォリティ」創刊10周年を記念し、昭和48年に創設された。

【主催者】太陽
【選考委員】神谷奈保子、木村真佐幸、佐野良二
【選考方法】公募
【選考基準】〔対象〕未発表の小説。〔原稿〕400字詰原稿用紙150～300枚
【締切・発表】毎年10月15日締切,11月直接通知

254 北海道文学賞

【賞・賞金】正賞・置時計,副賞・賞金10万円

第1回（昭49年）
　落合 慧 「闇のなか」
第2回（昭51年）
　該当作なし
　◇奨励賞
　　根保 孝栄 「ネッソスの肌着」
　　冬木 治郎 「悪の影」
第3回（昭52年）
　黛 恭介 「ガラスの翼」
　総戸 斗明 「殺意の濡れ衣」
第4回（昭54年）
　該当作なし
第5回（昭55年）
　該当作なし
　◇同人誌グループ等への奨励賞
　　井上 彪〔代表〕　「黎」
　　須貝 光夫〔代表〕　「こぶたん」
　　高松 久美子〔代表〕　「開かれた部屋」
第6回（昭56年）
　該当作なし
　◇奨励賞
　　斧 二三夫 「叛逆」
第7回（昭58年）
　熊谷 政江 「椅子の上の猫」
第8回（昭59年）
　冬邨 信介 「天馬」
第9回（昭60年）
　山下 冨美子 「水の行方」
第10回（昭61年）
　根保 孝栄 「微笑んだ女」
第11回（昭62年）
　森木 康一 「空にささったナイフ」
第12回（昭63年）
　該当作なし
　◇奨励賞
　　舘 昇三 「ゴモの群れ」
第13回（平1年）
　川邑 径子 「鳥たちのうた」
　◇奨励賞
　　前田 武 「四国から来た男」
第14回（平2年）
　鈴木 一喜 「鉢植えの記念樹」
　◇奨励賞
　　耕田 はる亜 「砂のダイアモンド」
　◇特別賞
　　陣内 五郎 「大陸商人」
第15回（平3年）
　町野 一郎 「トゥルー・ブルー」
　◇佳作
　　奥田 房子 「摘果」
　◇奨励賞
　　篠原 高志 「仮面の墓場」
第16回（平4年）
　村戸 忍 「インディアンドロップ宣言」
第17回（平5年）
　該当作なし
　◇佳作
　　富樫 英夫 「ライアー」
　◇奨励賞
　　山階 晃弘 「アカシアの黒い翳り」
第18回（平6年）
　◇佳作
　　小林 俊彦 「白い花」
　◇奨励賞
　　早見 淳 「海を見ていた少女」
第19回（平7年）
　◇大賞
　　稲 薫 「レインボー・ロードレーサー」
第20回（平8年）
　◇佳作
　　永井 するみ 「白い音楽」
　◇奨励賞
　　瀬良 久夫 「ウィーンからの七通の手紙」
　　岡部 実裕 「木霊」
第21回（平9年）
　◇佳作
　　古流斗 廉 「葬送のブルース」
　◇奨励賞

穂高 健 「特攻船」
第22回（平10年）
　◇奨励賞
　　　島貫 利明 「愁跡の館（たて）城」
第23回（平11年）
　◇佳作
　　　恩田 めぐみ 「聖老女」
第24回（平12年）
　◇佳作
　　　江原 久敏 「ツィガーヌ」
第25回（平13年）
　　　該当作なし
第26回（平14年）
　◇佳作
　　　木村 華奈美 「函館海岸美術館」
　◇奨励賞
　　　多米 淳 「ようこそ, ウズラちゃん」
第27回（平15年）
　◇佳作
　　　多米 淳 「おじさんバンド合戦」
　◇奨励賞
　　　鈴木 五郎 「詩人西脇順三郎試論」
第28回（平16年）
　◇佳作
　　　安本 嘆 「ボストンから」
第29回（平17年）
　◇佳作
　　　町田 誠也 「うたかた橋」
第30回（平18年）
　◇佳作
　　　柳 涼佳 「レトロ」
第31回（平19年）
　◇奨励賞
　　　宮森 閏司 「『騙し絵』を気取って」
第32回（平20年）
　◇佳作
　　　岩城 由榮 「少年の日」
第33回（平21年）
　◇奨励賞
　　　蛍 光 「トキシン」
第34回（平22年）
　◇佳作
　　　下道 重治 「草洋のはて」
　◇奨励賞
　　　蛍 ヒカル 「紅色の夏」
第35回（平23年）
　◇準大賞
　　　高橋 駘 「守衛の森」
　◇奨励賞
　　　蛍 ヒカル 「雪花美女」
　◇奨励賞
　　　村重 知幸 「お役所レストラン」
第36回（平24年）
　◇大賞
　　　蛍 ヒカル 「桃源の島」
　◇奨励賞
　　　村重 知幸 「輪廻転生」
　◇奨励賞
　　　結城 はに 「KI・YO・TAN」
第37回（平25年）
　◇佳作
　　　高岡 啓次郎 「月光の影」
　◇奨励賞
　　　悠希 マイコ 「水面」
第38回（平26年）
　◇奨励賞
　　　結城 はに 「ナツミザカバレエ研究所」

255 歿後五十年中島敦記念賞

　平成4年は, 若くして逝った中島敦の歿後五十年（中島敦之命の五十祭）にあたり, 中島敦を偲び・称え, 記念・鎮魂するために賞が開催された。主催は教え子や愛好者らが集って昭和50年つくった中島敦の会。後援は中島敦が国語・英語の教師として勤務し, 校庭に「山月記」碑がある,(学)横浜学園（旧制横浜高女）。継続はしない。

256 坊っちゃん文学賞

【主催者】中島敦の会
【選考委員】推薦人：陳舜臣（作家），白川静（立命館大学名誉教授），佐藤全弘（大阪市立大学教授）
【選考方法】中島敦の会（歿後五十年記念企画実行委員）推薦（選考経過は公表しない）
【選考基準】〔対象〕中国ほかを舞台に秀れた歴史小説を発表した若い作家の才能
【締切・発表】発表は「歿後五十年中島敦を偲ぶ会」にて
【賞・賞金】正賞は「李陵」（浄書原稿冒頭）を刻んだ盾，副賞50万円

（平4年）
　酒見 賢一　「墨攻」（新潮社）「陋巷（ろうこう）に在り」（「小説新潮」連載中）「ピュタゴラスの旅」（講談社）

256 坊っちゃん文学賞

　松山市制100周年を記念して，夏目漱石の「坊っちゃん」にちなんで賞を創設，新しいタイプの小説を全国から募集する。若手作家の登龍門となるように全国水準の文学賞を目指すことにより，松山の文化的イメージを形成・強化する。

【主催者】松山市，坊っちゃん文学賞実行委員会
【選考委員】（第14回）椎名誠，早坂暁，中沢新一，高橋源一郎（予定）
【選考方法】公募
【選考基準】〔対象〕斬新な作風の青春文学小説。未発表のオリジナル作品。〔資格〕年齢，性別，職業，国籍不問。〔原稿〕400字詰原稿用紙換算で80枚以上100枚以下の作品を無地A4判の紙に1枚につき30字×40行・縦書きで印字。ワープロ，パソコン原稿。あらすじ（30字×20～30行程度）を付記
【締切・発表】（第14回）平成27年6月30日締切（当日消印有効），発表は11月，受賞者に直接通知。大賞受賞作品は「クウネル」誌上に掲載（予定）
【賞・賞金】大賞（1点）：200万円，佳作（2点）：50万円，受賞作品の著作権は松山市に帰属
【URL】http://www.bocchan.matsuyama.ehime.jp/

第1回（平1年）
　月本 裕　「今日もクジラは元気だよ」
　鳥羽 耕史　「テクノデリック・ブルー」
　原 尚彦　「シェイク」
第2回（平3年）
　中脇 初枝　「魚のように」
　◇佳作
　竹森 茂裕　「ある登校拒否児の午後」
　四十雀 亮　「鳥人の儀礼」
第3回（平5年）
　巌谷 藍水（本名＝東岩井ユカ）「ノスタルジア」
　光山 明美　「土曜日の夜 The Heart of Saturday night」
第4回（平7年）
　◇大賞
　敷村 良子　「がんばっていきまっしょい」
　◇佳作
　鳴沢 恵（本名＝遠藤保宏）「夏の日」
　河野 敬子　「父のラブレター」

第5回(平9年)
　◇大賞
　　吉増 茂雄(本名=吉増重雄)「映写機カタカタ」
　◇佳作
　　武石 貞文　「温故堂の二階から」
　　加藤 唱子(本名=矢野由美子)「ランニング・シャドウ」
第6回(平11年)
　◇大賞
　　長屋 潤　「マジックドラゴン」
　◇佳作
　　桜井 ひかり(本名=小川美幸)「ゆうぐれ」
　　岡田 京子　「ゆれる甲板」
第7回(平13年)
　◇大賞
　　鬼丸 智彦　「富士川」
　　瀬尾 まいこ　「卵の緒」
第8回(平15年)
　◇大賞
　　浅井 柑　「三度目の正直」
　◇佳作
　　岩下 啓亮　「二重奏」
　　時田 慎也　「激痛ロード・グラフィティー」
第9回(平17年)
　◇大賞
　　大沼 紀子　「ゆくとし くるとし」
　◇佳作
　　高橋 亮光　「坂の下の蜘蛛」
　　無茶雲　「明日へ帰れ」
第10回(平19年)
　◇大賞
　　甘木 つゆこ　「タロウの鉗子」(改題：「はさんではさんで」)
　◇佳作
　　こみこ みこ　「君が咲く場所」
　　吉乃 かのん　「ともだちごっこ」
第11回(平21年)
　◇大賞
　　ふじくわ 綾　「右手左手、左手右手」
　　村崎 えん　「なれない」
　◇佳作
　　該当作なし
第12回(平23年)
　◇大賞
　　真枝 志保　「桃と灰色」
　◇佳作
　　遊部 香　「星々」
　　白崎 由宇　「チチノチ」
第13回(平25年)
　◇大賞
　　桐 りんご　「キラキラハシル」
　◇佳作
　　相川 英輔　「日曜日の翌日はいつも」
　　仲村 萌々子　「赤いろ黄信号」

257 北方文芸賞

　昭和51年に「北方文芸」通刊100号を記念するとともに北海道文学の新しい発掘をめざして創設された。第2回は通刊200号記念、第3回は通刊300号記念として行われた。

【主催者】北方文芸刊行会

【選考委員】(第3回)小檜山博、藤堂志津子、高橋揆一郎、寺久保友哉、立松和平

【選考方法】公募

【選考基準】〔対象〕未発表の小説・評論〔資格〕特になし(既受賞者を除く)〔原稿〕枚数は400字詰原稿用紙100枚程度

【締切・発表】(第3回)締切は平成4年8月31日(必着)、入選作は「北方文芸」5年1月号(300号記念号)に発表

【賞・賞金】第3回30万円

第1回（昭51年）
　小檜山 博 「出刃」
第2回（昭59年）
　藤沢 清典 「川霧の流れる村で」
　沢井 繁男 「雪道」
第3回（平5年）
　北村 洪史 「ファミリー」

258 北方文芸新鋭賞

「北方文芸賞」を主催する北方文芸刊行会が、道内の各地での同人誌や市民文芸誌の活動を通して、その発展を支えるべく、この賞を創設した。第2回の開催は未定。

【主催者】北方文芸刊行会
【選考委員】（第3回）川辺為三, 森山軍治郎, 鷲田小弥太, 神谷忠孝, 妹尾雄太郎
【選考方法】公募（自薦, 他薦を問わず）
【選考基準】〔対象〕「北方文芸」誌および道内の同人誌, 市民文芸誌等に既発表の創作。応募作品は前年8月から当年7月末日までに発表されたものであること
【締切・発表】（第1回）〆切は3年8月末日, 発表は4年1月15日
【賞・賞金】受賞作10万円, 佳作5万円

第1回（平3年）
　朝倉 聡（札幌）「空を行く鯨の話」（北方文芸3年7月号）
◇佳作
　中村 南（札幌）「上原商店日記」（岳樺6別冊）
　桃谷 保子（札幌）「赤富士」（間道18号）

259 ポプラ社小説新人賞

ポプラ社編集部がぜひ世に出したい, ともに歩みたいと考える作品, 書き手を選ぶ。

【主催者】ポプラ社
【選考委員】編集部
【選考方法】公募
【選考基準】〔資格〕不問。〔対象〕エンターテインメント作品を求める。ジャンル不問。日本語で書かれた自作の未発表作品に限る。〔原稿〕400字詰め原稿用紙換算200枚〜500枚。手書き原稿不可
【締切・発表】（第4回）平成26年6月30日締切（当日消印有効）。平成26年12月8日, ポプラ社ホームページおよびポプラ社発行PR小説誌「asta*」にて発表
【賞・賞金】新人賞：正賞記念品, 副賞200万円。入賞作品はポプラ社より刊行する

【URL】http://www.poplar.co.jp/taishou/index.html

第1回（平23年）
　◇新人賞
　　興津 聡史　「美少女ロボットコンテスト」
　◇特別賞
　　水田 静子　「喪失 プルシアンブルーの祈り」
　◇奨励賞
　　秋山 浩司　「私撰阪大異聞物語」
第2回（平24年）
　◇新人賞
　　向井 湘吾　「お任せ！ 数学屋さん」
　◇特別賞
　　青谷 真未　「花の魔女」
第3回（平25年）
　◇新人賞
　　該当作なし
　◇特別賞
　　中島 久枝　「日乃出が走る——浜風屋菓子話」

260 ポプラ社小説大賞

　新しい才能の発掘や支援を目的に、平成17年に創設。10代から大人まで楽しめるエンターテインメント小説を求める。数年間創作に専念できる環境を作る目的で、大賞の賞金は2000万円となっている。平成22年（第5回）をもって終了し、平成23年度より後継の賞として「ポプラ社小説新人賞」を実施している。

【主催者】ポプラ社

【選考方法】公募

【選考基準】〔資格〕不問。〔対象〕エンターテインメント作品を求める。日本語で書かれた自作の未発表作品に限る。〔応募規定〕400字詰め原稿用紙換算200枚～800枚。手書き原稿不可

【賞・賞金】大賞：賞金2000万円、優秀賞：賞金500万円。入賞作品はポプラ社より刊行する

【URL】http://www.poplar.co.jp/taishou/index.html

第1回（平18年）
　◇大賞
　　方波見 大志　「3分26秒の削除ボーイズ―ぼくと春とコウモリと―」
　◇優秀賞
　　真田 コジマ　「鉄塔の上から、さようなら」
　　長谷川 安宅　「見つめていたい娘」
第2回（平19年）
　◇大賞
　　該当作なし
　◇優秀賞
　　穂高 明　「月のうた」
　◇奨励賞
　　秋山 寛　「ラブ・パレード」
　　山下 貴光　「ガレキの下で思う」
第3回（平20年）
　◇大賞
　　該当作なし
　◇優秀賞
　　小野寺 史宜　「ロッカー」
　◇特別賞
　　真藤 順丈　「RANK」
　　永島 順子　「夏の終わりのトラヴィアータ」

第4回（平21年）
◇大賞
　該当作なし
◇優秀賞
　該当作なし
第5回（平22年）
◇大賞

齋藤 智裕　「KAGEROU」
◇特別賞
　古内 一絵　「銀色のマーメイド」
　浜口 倫太郎　「アゲイン」
◇奨励賞
　東 朔水　「仁侠ダディ」
　中山 良太　「龍へ向かう」

261 ホラーサスペンス大賞

　ホラー性のある小説が人気を集める中、新たな才能を発掘するため創設。長編小説を対象とする。出版権は新潮社と幻冬舎、映像化権はテレビ朝日が持ち、第5回の大賞受賞作品は新潮社、特別賞作品は幻冬舎からそれぞれ刊行される。平成17年第6回をもって終了。

【主催者】新潮社、幻冬舎、テレビ朝日
【選考委員】（第5回）綾辻行人、桐野夏生、唯川恵
【選考方法】公募
【選考基準】〔対象〕日本語で書いた自作未発表作品。〔応募規定〕400字詰原稿用紙250枚以上。同5枚程度の概要を添付。ワープロ原稿はA4判用紙に30字×30～40行、縦書きに印字。概要の冒頭にタイトル、400字詰原稿用紙換算枚数、氏名（ペンネームは本名も）、年齢、略歴、住所、電話番号を明記。原稿には必ず通しノンブルを入れる
【締切・発表】（第5回）平成16年5月31日締切、10月発表、17年1月贈呈式予定
【賞・賞金】大賞（1編）：賞金1千万円、特別賞（1編）：賞金300万円

第1回（平12年）
◇大賞
　黒武 洋　「ヘリウム24」（のち「そして粛清の扉を」に改題）
◇特別賞
　安東 能明　「鬼子母神」
第2回（平13年）
◇大賞
　五十嵐 貴久　「黒髪の沼」（のち「リカ」に改題）
◇特別賞
　春口 裕子　「火群の館」
第3回（平14年）
◇大賞
　ネコ・ヤマモト（のち佐藤ラギに改名）
　「人形（ギニョル）」
◇特別賞

　槇居 泉　「邪光」
第4回（平15年）
◇大賞
　高田 侑　「奇跡の夜」
◇特別賞
　誉田 哲也　「ACCESS（アクセス）」
第5回（平16年）
◇大賞
　沼田 まほかる　「九月が永遠に続けば」
◇特別賞
　道尾 秀介　「背の眼」
第6回（平17年）
◇大賞
　吉来 駿作　「キタイ」
◇特別賞
　木宮 条太郎　「時は静かに戦慄（おの

の）く」

262 本格ミステリ大賞〔小説部門〕

　平成12年,本格ミステリに関わるクリエイター（作家,評論家,イラストレーター,漫画家など）によって設立された本格ミステリ作家クラブが,本格ジャンルの発展を図るため賞を設立。前年発表された作品の中から,小説部門,評論・研究部門の各々の年間最優秀作を表彰する。

【主催者】本格ミステリ作家クラブ
【選考委員】全会員
【選考方法】推薦。前年に刊行された本格ミステリと評論・研究の中から,会員による記名アンケートを参考に予選委員会が候補作（各部門5作以内）を決定する。投票締切日までに全候補作を読んだ会員が,公開を前提とした選評を添えて記名投票。公開開票によって1位になった作品が各部門の受賞作となる。同票の場合,2作までは同時受賞とするが,3作以上の時は決戦投票を行う
【選考基準】〔対象〕小説部門は単行本として刊行された長編小説もしくは短編小説集（連作集なども含む）。評論・研究部門は単行本だけでなく,編著書および出版企画,雑誌掲載のみの評論も対象とする。両部門とも同一人物の複数回受賞を妨げない。特別賞（不定期）は,クラブが特に顕彰したい人物や企画などに贈る
【締切・発表】毎年5月中旬に開催の公開開票式で決定。「ジャーロ」（光文社）誌上とクラブの公式サイトに結果と全選評を掲載
【賞・賞金】正賞トロフィーと賞状。会員の自主運営のため賞金は無い
【URL】http://honkaku.com/award/award.html

第1回（平13年）
　◇小説部門
　　倉知 淳　「壺中の天国」（角川書店）
第2回（平14年）
　◇小説部門
　　山田 正紀　「ミステリ・オペラ」（早川書房）
第3回（平15年）
　◇小説部門
　　笠井 潔　「オイディプス症候群」（光文社）
　　乙 一　「GOTH リストカット事件」（角川書店）
第4回（平16年）
　◇小説部門
　　歌野 晶午　「葉桜の季節に君を想うということ」（文藝春秋）

第5回（平17年）
　◇小説部門
　　法月 綸太郎　「生首に聞いてみろ」（角川書店）
第6回（平18年）
　◇小説部門
　　東野 圭吾　「容疑者Xの献身」（文藝春秋）
第7回（平19年）
　◇小説部門
　　道尾 秀介　「シャドウ」（東京創元社）
第8回（平20年）
　◇小説部門
　　有栖川 有栖　「女王国の城」（東京創元社）
第9回（平21年）
　◇小説部門
　　牧 薩次　「完全恋愛」（マガジンハウス）

第10回（平22年）
　◇小説部門
　　歌野 晶午　「密室殺人ゲーム2.0」（講談社）
　　三津田 信三　「水魑の如き沈むもの」（原書房）
第11回（平23年）
　◇小説部門
　　麻耶 雄嵩　「隻眼の少女」（文藝春秋）

第12回（平24年）
　◇小説部門
　　城平 京　「虚構推理 鋼人七瀬」（講談社）
　　皆川 博子　「開かせていただき光栄です」（早川書房）
第13回（平25年）
　◇小説部門
　　大山 誠一郎　「密室蒐集家」（原書房）

263　本屋大賞

　出版業界を現場から盛り上げていけないかという発案のもと、「売場からベストセラーをつくる！」を趣旨とし、全国書店員が選んだ「いちばん！ 売りたい本」として、平成16年創設。

【主催者】本屋大賞実行委員会, 本の雑誌（協力），WEB本の雑誌（協力）
【選考委員】全国の新刊書店員
【選考方法】公募
【選考基準】その指定年度に出版されたオリジナルの日本の小説を対象に、一次投票の上、上位10作品をノミネート作とし、すべて読んだ上で二次投票を行う
【締切・発表】4月上旬、「本の雑誌」増刊「本屋大賞」と発表会で発表
【賞・賞金】大賞：図書カード10万円
【URL】http://www.hontai.or.jp/

第1回（平16年）
　◇大賞
　　小川 洋子　「博士の愛した数式」（新潮社）
　◇2位
　　横山 秀夫　「クライマーズ・ハイ」（文藝春秋）
　◇3位
　　伊坂 幸太郎　「アヒルと鴨のコインロッカー」（東京創元社）
　◇4位
　　森 絵都　「永遠の出口」（集英社）
　◇5位
　　伊坂 幸太郎　「重力ピエロ」（新潮社）
　◇6位
　　石田 衣良　「4TEEN」（新潮社）
　◇7位
　　よしもと ばなな　「デッドエンドの思い出」（文藝春秋）
　◇8位
　　福井 晴敏　「終戦のローレライ」（講談社）
　◇9位
　　京極 夏彦　「陰摩羅鬼の瑕」（講談社ノベルス）
　◇10位
　　矢作 俊彦　「ららら科學の子」（文藝春秋）
第2回（平17年）
　◇大賞
　　恩田 陸　「夜のピクニック」（新潮社）
　◇2位
　　荻原 浩　「明日の記憶」（光文社）
　◇3位
　　梨木 香歩　「家守綺譚」（新潮社）

◇4位
　絲山 秋子　「袋小路の男」（講談社）
◇5位
　伊坂 幸太郎　「チルドレン」（講談社）
◇6位
　角田 光代　「対岸の彼女」（文藝春秋）
◇7位
　雫井 脩介　「犯人に告ぐ」（双葉社）
◇8位
　飯嶋 和一　「黄金旅風」（小学館）
◇9位
　三浦 しをん　「私が語りはじめた彼は」（新潮社）
◇10位
　市川 拓司　「そのときは彼によろしく」（小学館）

第3回（平18年）
◇大賞
　リリー・フランキー　「東京タワー　オカンとボクと、時々、オトン」（扶桑社）
◇2位
　奥田 英朗　「サウスバウンド」（角川書店）
◇3位
　伊坂 幸太郎　「死神の精度」（文藝春秋）
◇4位
　東野 圭吾　「容疑者Xの献身」（文藝春秋）
◇5位
　重松 清　「その日のまえに」（文藝春秋）
◇6位
　島本 理生　「ナラタージュ」（角川書店）
◇7位
　町田 康　「告白」（中央公論新社）
◇8位
　古川 日出男　「ベルカ、吠えないのか？」（文藝春秋）
◇9位
　桂 望実　「県庁の星」（小学館）
◇10位
　西 加奈子　「さくら」（小学館）
◇11位
　伊坂 幸太郎　「魔王」（講談社）

第4回（平19年）
◇大賞
　佐藤 多佳子　「一瞬の風になれ」（講談社）
◇第2位
　森見 登美彦　「夜は短し歩けよ乙女」（角川書店）
◇第3位
　三浦 しをん　「風が強く吹いている」（新潮社）
◇第4位
　伊坂 幸太郎　「終末のフール」（集英社）
◇第5位
　有川 浩　「図書館戦争」（メディアワークス）
◇第6位
　万城目 学　「鴨川ホルモー」（産業編集センター）
◇第7位
　小川 洋子　「ミーナの行進」（中央公論新社）
◇第8位
　劇団ひとり　「陰日向に咲く」（幻冬舎）
◇第9位
　三崎 亜記　「失われた町」（集英社）
◇第10位
　宮部 みゆき　「名もなき毒」（幻冬舎）

第5回（平20年）
◇大賞
　伊坂 幸太郎　「ゴールデンスランバー」（新潮社）
◇2位
　近藤 史恵　「サクリファイス」（新潮社）
◇3位
　森見 登美彦　「有頂天家族」（幻冬舎）
◇4位
　吉田 修一　「悪人」（朝日新聞出版）
◇5位
　金城 一紀　「映画篇」（集英社）
◇6位
　角田 光代　「八日目の蟬」（中央公論新社）
◇7位
　桜庭 一樹　「赤朽葉家の伝説」（東京創元社）

◇8位
　万城目 学　「鹿男あをによし」(幻冬舎)
◇9位
　桜庭 一樹　「私の男」(文藝春秋)
◇10位
　重松 清　「カシオペアの丘で」(講談社)

第6回 (平21年)
◇大賞
　湊 かなえ　「告白」(双葉社)
◇2位
　和田 竜　「のぼうの城」(小学館)
◇3位
　柳 広司　「ジョーカー・ゲーム」(角川書店)
◇4位
　池上 永一　「テンペスト（上下）」(角川書店)
◇5位
　百田 尚樹　「ボックス！」(太田出版)
◇6位
　貴志 祐介　「新世界より（上下）」(講談社)
◇7位
　飯嶋 和一　「出星前夜」(小学館)
◇8位
　天童 荒太　「悼む人」(文藝春秋)
◇9位
　東野 圭吾　「流星の絆」(講談社)
◇10位
　伊坂 幸太郎　「モダンタイムス」(講談社)

第7回 (平22年)
◇大賞
　冲方 丁　「天地明察」(角川書店)
◇2位
　夏川 草介　「神様のカルテ」(小学館)
◇3位
　吉田 修一　「横道世之介」(毎日新聞社)
◇4位
　三浦 しをん　「神去なあなあ日常」(徳間書店)
◇5位
　小川 洋子　「猫を抱いて象と泳ぐ」(文藝春秋)

◇6位
　川上 未映子　「ヘヴン」(講談社)
◇7位
　藤谷 治　「船に乗れ！」(ジャイブ)
◇8位
　有川 浩　「植物図鑑」(角川書店)
◇9位
　東野 圭吾　「新参者」(講談社)
◇10位
　村上 春樹　「1Q84」(新潮社)

第8回 (平23年)
◇大賞
　東川 篤哉　「謎解きはディナーのあとで」(小学館)
◇2位
　窪 美澄　「ふがいない僕は空を見た」(新潮社)
◇3位
　森見 登美彦　「ペンギン・ハイウェイ」(角川書店)
◇4位
　百田 尚樹　「錨を上げよ」(講談社)
◇5位
　奥泉 光　「シューマンの指」(講談社)
◇6位
　梓崎 優　「叫びと祈り」(東京創元社)
◇7位
　貴志 祐介　「悪の教典」(文藝春秋)
◇8位
　夏川 草介　「神様のカルテ2」(小学館)
◇9位
　有川 浩　「キケン」(新潮社)
◇10位
　有川 浩　「ストーリー・セラー」(新潮社)

第9回 (平24年)
◇大賞
　三浦 しをん　「舟を編む」(光文社)
◇2位
　高野 和明　「ジェノサイド」(角川書店)
◇3位
　大島 真寿美　「ピエタ」(ポプラ社)
◇4位

中田 永一 「くちびるに歌を」(小学館)
◇5位
小川 洋子 「人質の朗読会」(中央公論新社)
◇6位
沼田 まほかる 「ユリゴコロ」(双葉社)
◇7位
宮下 奈都 「誰かが足りない」(双葉社)
◇8位
三上 延 「ビブリア古書堂の事件手帖―栞子さんと奇妙な客人たち」(アスキー・メディアワークス)
◇9位
万城目 学 「偉大なる、しゅららぼん」(集英社)
◇10位
百田 尚樹 「プリズム」(幻冬舎)

第10回(平25年)
◇大賞
百田 尚樹 「海賊とよばれた男」(講談社)
◇2位

横山 秀夫 「64」(文藝春秋)
◇3位
原田 マハ 「楽園のカンヴァス」(新潮社)
◇4位
中脇 初枝 「きみはいい子」(ポプラ社)
◇5位
西 加奈子 「ふくわらい」(朝日新聞出版)
◇6位
窪 美澄 「晴天の迷いクジラ」(新潮社)
◇7位
宮部 みゆき 「ソロモンの偽証」(新潮社)
◇8位
川村 元気 「世界から猫が消えたなら」(マガジンハウス)
◇9位
山田 宗樹 「百年法」(角川書店)
◇10位
伊藤 計劃,円城 塔 「屍者の帝国」(河出書房新社)
◇11位
冲方 丁 「光圀伝」(角川書店)

264 松岡譲文学賞

昭和51年,長岡市出身の漱石門下の作家・松岡譲の文学碑(「法城を護る人々」)建立を機に氏を慕う市民により創設された。地域の文化活動の発揚をその主旨とする。平成7年第20回をもって休止。想を改めて再開の計画はある。

【主催者】松岡譲をしのぶ会
【選考委員】(第20回)阿刀田高
【選考方法】公募
【選考基準】〔資格〕特に定めないが,新潟県にゆかりのある者〔原稿〕枚数は50枚～100枚
【締切・発表】毎年12月31日締切(当日消印有効),長岡ペンクラブ機関誌「Penac」次年号に発表
【賞・賞金】本賞(記念品),副賞(10万円)

第1回(昭51年)
　柴上 悠 「千両乞食虱井月記」
第2回(昭52年)
　該当作なし

第3回(昭53年)
　間嶋 稔 「海辺のレクイエム」
第4回(昭54年)
　浦島 聖哲 「海溝のピート」

265 松前重義文学賞

静岡県下における清新な作品を募集し、優秀な作品に対して東海大学総長・松前重義文学賞を与えるものとして、昭和60年創設された。不定期に開催。

【主催者】静岡県文学振興協会

【選考委員】（第7回）東海大学文学部教授ほか

【選考方法】公募

【選考基準】〔対象〕小説、戯曲、文芸評論（その他、同人誌、市民文芸、県民文芸も可）〔資格〕小・中・高校生は除く〔原稿〕400字詰原稿用紙100枚以内（多少の超過も可）。手数料1500円

【締切・発表】（第7回）平成5年12月末締切、平成6年3月末発表

【賞・賞金】各部門優秀作品（1編）10万円、佳作（1編）5万円

第1回（昭60年）
　◇小説
　　杉山 静生　「登呂の埋没」
第2回（昭61年）
　◇小説
　　青木 一一九　「青木ヶ原に消えた」
第3回（昭62年）
　　該当作なし
第4回（昭63年）
　　該当作なし
第5回（平1年）
　　該当作なし
第6回（平3年）
　　佐野 嘉昭　「渡座」
第5回（昭55年）
　　緒川 文雄　「ずくなしと家」
　　北川 省一　「越後柏崎風土記」
第6回（昭56年）
　　林 美保　「回復室」
　　阿里 操　「ゆずり葉」
第7回（昭57年）
　　該当作なし
第8回（昭58年）
　　該当作なし
第9回（昭59年）
　　小暮 静　「筆子と黒尊仏」
第10回（昭60年）
　　中野 麻里　「南天の紅い実」
　　灘波田 耕　「孤雁落日」
第11回（昭61年）
　　川島 敬子　「暁闇」
第12回（昭62年）
　　柴野 和子　「無人駅」
　　北上 実　「寿町物語（1）チンドン」
第13回（昭63年）
　　該当作なし
第14回（平1年）
　　該当作なし
第15回（平2年）
　　飯倉 章　「夕日の国」
第16回（平3年）
　　該当作なし
第17回（平4年）
　　北野 牧人　「享保悲聞」
第18回（平5年）
　　水野 晶　「STOPOVER（途中下車）」
第19回（平6年）
　　斉藤 逸子　「わかれ」
第20回（平7年）
　◇佳作
　　矢野 一　「岡の上の一軒家」

該当作なし

266 松本清張賞

平成4年に亡くなった松本清張の業績を記念して、5年創設された。当初は、推理小説・歴史小説に与えられていたが、第11回(平成16年)より、エンターテイメント作品を対象とするようになった。

【主催者】(財)日本文学振興会

【選考委員】(第21回)石田衣良、角田光代、北村薫、桜庭一樹、葉室麟

【選考方法】公募

【選考基準】〔対象〕長篇エンターテインメントであればジャンルは不問。〔資格〕自作未発表作品。プロ、アマその他の資格は問わない。〔原稿〕400字原稿用紙300枚〜600枚(ワープロの場合は、1頁40字×30行の縦書きで印字。右端を細紐で綴じ、400字詰原稿用紙換算枚数を付記)。表紙に、題名、郵便番号、住所、氏名(筆名の場合は本名も)、年齢、電話番号、職業を明記

【締切・発表】年1回、11月末締切、翌年4月中旬選考会、結果発表は「文藝春秋」7月号(6月10日発売)

【賞・賞金】正賞として時計、副賞(賞金500万円)。受賞作は文藝春秋出版局に委嘱し、単行本として刊行される

第1回(平6年)
　葉治 英哉 「狄物見隊顚末」
第2回(平7年)
　該当作なし
　◇佳作
　岡島 伸吾 「さざんか」
第3回(平8年)
　森福 都 「長安牡丹花異聞」
第4回(平9年)
　村雨 貞郎 「マリ子の肖像」
第5回(平10年)
　横山 秀夫 「陰の季節」
第6回(平11年)
　島村 匠 「芳年冥府彷徨」
第7回(平12年)
　明野 照葉 「輪廻(RINKAI)」
第8回(平13年)
　三咲 光郎 「群蝶の空」
第9回(平14年)
　山本 音也 「偽書西鶴」

第10回(平15年)
　岩井 三四二 「月ノ浦惣庄公事置書」
第11回(平16年)
　山本 兼一 「火天の城」
第12回(平17年)
　城野 隆 「一枚摺屋」
第13回(平18年)
　広川 純 「一応の推定」
第14回(平19年)
　葉室 麟 「銀漢の賦」
第15回(平20年)
　梶 よう子 「一朝の夢」
第16回(平21年)
　牧村 一人 「アダマースの饗宴」
第17回(平22年)
　村木 嵐 「マルガリータ」
第18回(平23年)
　青山 文平 「白樫の樹の下で」
第19回(平24年)
　阿部 智里 「烏に単は似合わない」

第20回（平25年）　　　　　　　　　　　　山口 恵以子　「月下上海」

267 マドモアゼル女流短篇新人賞

　創刊5周年を記念して、フレッシュな女性作家の発掘を目的とし、昭和40年（1965）に「女流短編新人賞」が開設された。途中で「マドモアゼル女流短篇新人賞」と改称される。昭和43年（1968）3月号で休刊となり、中止。

【主催者】小学館
【選考委員】円地文子,北杜夫,三浦朱門
【選考基準】〔対象〕短編小説,テーマは自由　〔資格〕女性なら誰でも　〔原稿〕400字詰原稿用紙で50枚
【締切・発表】毎年2月締切,6月発表
【賞・賞金】賞金3万円

第1回（昭40年）
　持田 美根子　「灰色のコンプレックス」
第2回（昭41年）
　島木 葉子　「朽ちた裏階段の挿話」
第3回（昭42年）
　該当作なし
第4回（昭43年）
　釈永 君子　「甚平」

268 マリン文学賞

　鳥羽市をはじめとする日本各地の文芸活動の振興を図るとともに、文化を通じて得られる心豊かなぬくもりを地域に、全国に提供し、「国際観光都市」鳥羽市のイメージアップを目的としている。平成16年度（第10回）をもって終了。

【主催者】鳥羽市,鳥羽市教育委員会
【選考委員】井沢元彦,立松和平,山崎洋子
【選考方法】公募
【選考基準】〔資格〕年齢,性別,職業,国籍,プロ,アマ不問。ただし,地方文学賞は三重県在住者,ジュニアマリン文学賞は19歳以下の者を対象とする。何点でも応募可。〔対象〕海をテーマまたは舞台にした小説。未発表のオリジナル作品。児童文学,随筆,ノンフィクション,戯曲,俳句集的なものは除く。〔原稿〕400字詰原稿用紙30枚以上100枚以内
【締切・発表】（第10回）平成16年5月31日締切（当日消印有効）,平成16年10月発表
【賞・賞金】大賞（1名）：賞金100万円・副賞,入選（2名）：賞金30万円・副賞,「地方文学賞」（1名）：賞金10万円・副賞,ジュニアマリン文学賞（2名）：賞金5万円

第1回（平2年）
　嘉野 さつき　「望郷」
◇入選
　阿部 幹　「潜士（かづぎ）の源造」

久生 哲　「さよなら海ウサギ」
◇佳作
　森岡 泉　「散華（はなふる）之海」
　長谷 侑季　「ローズ・マリーン」
第2回（平3年）
　島貫 尚美　「退屈な植物の赫い溜息」
◇入選
　村上 靖子　「沖」
　菅原 康　「鬼籍の海」
◇佳作
　北村 周一　「凪のあとさき」
　篠島 周　「海鳥の翔ぶ日」
第3回（平4年）
　上甲 彰　「独行船（どっこうせん）」
◇入選
　平手 清恵　「アダンの海」
　菅原 康　「ホッチャレ焦れ唄」
◇佳作
　山下 悦夫　「灯台視察船羅州丸」
　伊良波 弥　「鮫釣り」
第4回（平5年）
　伊良子 序　「橋/サドンデス」
◇入選
　辻井 良（本名=佐瀬喜市郎）「海からの光」
　西久保 隆（本名=重信）「癌」
◇佳作
　太田 晶（本名=晶子）「大連海員倶楽部 餐庁（れすとらん）」
　溝部 隆一郎　「興島（こしじま）」
◇地方文学賞
　松嶋 節　「そこに居るのは誰？」
　山本 輝久　「冬の海女」
第5回（平6年）
　政岡 風太郎　「流され者」
◇入選
　河村 孝次　「磯笛」
　増田 緑　「ステーション5」
◇佳作
　岩田 準子　「情熱物語 江戸川乱歩と岩田準一」
　京田 純一　「1910」

◇地方文学賞
　木場 博　「潮溜のある光景」
第6回（平7・8年）
　佐枝 せつ子　「イッツ・ア・ロング・ストーリー」
◇入選
　北川 寿二　「水脈の渦潮」
　岡田 陽介　「白い便箋, ブルーのレター」
◇地方文学賞
　浜口 拓　「しんじゅ色のタクシーに乗って」
第7回（平9・10年）
　渡辺 芳明　「南氷洋に鯨を追って」
◇入選
　奥田 順市　「海と洋とカヌー」
　加藤 二良　「栄福丸按針録」
◇地方文学賞
　岡野 由美子　「マリン・ブルーな季節」
第8回（平11・12年）
　長山 志信　「琥珀（こはく）海岸」
◇入選
　堀田 明日香　「やわらかなみず」
　井上 貞義　「対馬島主宗義調」
◇地方文学賞
　上原 順子　「慶長の海」
第9回（平13・14年）
◇大賞
　小林 美保子　「磯笛」
◇入選
　召田 喜和子　「水主（かこ）たちの遺産」
　東道 清高　「鱗が緑色に輝く巨大魚」
◇地方文学賞
　山下 悦夫　「海の碑（いしぶみ）」
第10回（平16年度）
◇大賞
　中田 重顕　「観音浄土の海」
◇入選
　古嶋 和　「夜明けの非常階段」
　宇神 幸男　「悲将の島」
◇地方文学賞
　濱口 弥生　「虫喰い石」

269 丸の内文学賞

丸の内文学賞は、再開発と活性化の動きがめざましい"変わりつつある丸の内"を舞台にした清新な現代小説を募集。平成10年のみの募集。

【主催者】マガジンハウスHanako編集部鳩よ！　編集部
【選考委員】林真理子（作家），柴門ふみ（漫画家），秋元康（作詞家）
【選考方法】公募
【選考基準】〔対象〕清新な現代小説。青春・恋愛・ミステリー・冒険・SF・ファンタジー・ユーモアなど，内容は自由。必ず，東京・丸の内を舞台として登場させることが条件。未発表の日本語で書かれたオリジナル作品〔原稿〕400字詰原稿用紙20枚以上〜25枚以内。複数応募は1人2編まで可〔資格〕不問
【締切・発表】平成10年9月30日締切（当日消印有効），平成10年10月末頃発表，受賞者に直接通知。大賞作品と選考経過は「鳩よ！」誌上（12月17日発売号）に掲載
【賞・賞金】大賞（1名）：賞金100万円，Hanako賞（1名）：賞金30万円，BRUTUS賞（1名）：賞金30万円，佳作（7名）：単行本化による印税「丸の内小説集（仮題）」としてマガジンハウスより単行本化。受賞者10名には印税が支払われる

（平10年）
◇大賞
　相川　藍　「MMM」
◇BRUTUS賞
　斉藤　弘志　「宝石」
◇Hanako賞
　橋本　夏実　「またね」

270 三重県文学新人賞

三重県の芸術・文化の振興に寄与するため昭和46年に創設した賞で，県内在住の新人を発掘し，その文芸活動を奨励する。平成12年で終了し，平成13年度より「三重県文化賞」に一本化された。

【主催者】三重県
【選考方法】推薦（選考委員，教育事務所，教育委員会から候補者をあげる。各部門1名を選考）
【選考基準】〔資格〕県内在住者
【締切・発表】年度により変動があるが，2〜3月頃行なう
【賞・賞金】賞金5万円

（昭46年度）
◇小説
　中島　静子
（昭47年度）
◇小説
　伊藤　伸司
（昭48年度）
◇小説

前田 暁
(昭49年度)
◇小説
　加藤 恵一
(昭50年度)
◇小説
　磯崎 仮名子
(昭51年度)
◇小説
　北川 宗哉
(昭52年度)
◇小説
　一見 幸次
(昭53年度)
◇小説
　服部 瑗子
(昭54年度)
◇小説
　中山 みどり
(昭55年度)
◇小説
　木場 博
(昭56年度)
◇小説
　浅野 美子
(昭57年度)
◇小説
　上田 啓子
(昭58年度)
◇小説
　山下 真美
(昭59年度)
◇小説
　山中 てる子
　古賀 宣子
(昭60年度)
◇小説
　竹内 令
(昭61年度)
◇小説
　岸田 淳子
(昭62年度)

◇小説
　大平 和弘
　旭 洋子
(昭63年度)
◇小説
　村山 節
(平1年度)
◇小説
　植地 芳久
　山口 玲子
(平2年度)
◇小説
　谷口 照男
(平3年度)
◇小説
　中田 重顕
(平4年度)
◇小説
　藤原 伸久
(平5年度)
◇小説
　中川 美江
(平6年度)
◇小説
　楢原 富美子
(平7年度)
◇小説
　三芳 公子
(平8年度)
◇小説
　石脇 信（本名＝福田信孝）
(平9年度)
◇小説
　麻生 俊（本名＝古市俊子）
(平10年度)
◇小説
　紺谷 猛
(平11年度)
◇小説
　近江 容子
(平12年度)

◇小説

小久保 修(本名=国府正昭)

271 ミステリーズ！ 新人賞

　斯界に新風を吹き込む、意気込みに溢れた推理短編の書き手の出現を熱望し募集する。創元推理短編賞のあとを継いで、「ミステリーズ！ 短編賞」として第1回を募集。第2回授賞の際、賞名を「ミステリーズ！ 新人賞」に変更。

【主催者】東京創元社
【選考委員】(第11回)新保博久、法月綸太郎、米澤穂信
【選考方法】公募
【選考基準】〔対象〕未発表の短編推理小説。400字詰原稿用紙換算で30〜100枚程度。ワープロ原稿の場合は1ページ40字×40行で印字した、8〜25枚の作品に限る
【締切・発表】3月31日消印有効、7月発表、受賞作は10月発売「ミステリーズ！」誌上に掲載予定
【賞・賞金】正賞：懐中時計、賞金：30万円
【URL】http://www.tsogen.co.jp/award/mysteries/

第1回(平16年度)
　受賞作なし
第2回(平17年度)
　高井 忍 「漂流厳流島」
第3回(平18年度)
　秋梨 惟喬 「殺三狼」
　滝田 務雄 「田舎の刑事の趣味とお仕事」
第4回(平19年度)
　沢村 浩輔 「夜の床屋」
第5回(平20年度)
　梓崎 優 「砂漠を走る船の道」
　◇佳作
　市井 豊 「聴き屋の芸術学部祭」
第6回(平21年度)
　受賞作なし

第7回(平22年度)
　美輪 和音 「強欲な羊」
　◇佳作
　明神 しじま 「商人の空誓文」
　深緑 野分 「オーブランの少女」
第8回(平23年度)
　受賞作なし
第9回(平24年度)
　近田 鳶迹 「かんがえるひとになりかけ」
　◇佳作
　からくり みしん 「○の一途な追いかけかた」
　天野 暁月 「清然和尚と仏の領解」
第10回(平25年度)
　櫻田 智也 「サーチライトと誘蛾灯」

272 ムー伝奇ノベル大賞

　雑誌「ムー」の20周年を記念し、21世紀を担う作家発掘と育成、魅力的な小説を求めて創設。ホラー、ファンタジー、サイコサスペンス、伝奇ロマン、ミステリー等を中心にした

小説を募集。大賞受賞作は学習研究社から刊行される。
- 【主催者】学習研究社
- 【選考委員】(第5回)皆川博子,赤江瀑,夢枕獏
- 【選考方法】公募
- 【選考基準】〔対象〕未発表作品に限る。〔資格〕プロ,アマ問わず。〔応募規定〕400字詰原稿用紙換算で,250枚以上。完結した作品であること。日本語で,ワープロ原稿が望ましい。その場合にはA4に縦書き40字×40行で印字した原稿に,2HDのフロッピーディスクを添付。文書形式はテキストファイルが最も望ましいが,それ以外は使用形式を明記する。表紙にタイトルと氏名(ペンネームの場合は本名も),年齢,職業,略歴,住所,電話番号を明記。別稿で400字5枚以内で作品の内容がわかる梗概(あらすじ)を添える
- 【締切・発表】(第5回)平成16年10月1日締切,17年6月9日発売の「ムー」7月号誌上にて発表
- 【賞・賞金】大賞:賞金100万円と記念品,優秀賞:賞金30万円,佳作:賞金10万円

第1回(平13年)
◇大賞
　該当作なし
◇最優秀賞
　久網 さざれ 「ダブル」
◇優秀賞
　狂崎 魔人 「想師(そうし)」
◇佳作
　南家 礼子 「センチメンタル・ファンキー・ホラー」
　野上 寧彦 「あなたの涙よ 私の頬につたわれ」

第2回(平14年)
◇大賞
　該当作なし
◇優秀賞
　誉田 哲也 「妖の華—あやかしのはな」
　沢田 黒蔵 「黄金寺院浮上」
　志木沢 郁 「左近戦記 大和篇」

◇佳作
　該当作なし

第3回(平15年)
◇大賞
　該当作なし
◇最優秀賞
　葉越 晶 「逢魔の都市」
◇優秀賞
　浅永 マキ 「犬飼い」
　長島 槙子 「旅芝居怪談双六 屋台崩骨寄敦盛」
◇佳作
　富川 典康 「天馬往くところ」

第4回(平16年)
◇大賞
　該当作なし

第5回(平17年)
◇大賞
　該当作なし

273 ムー・ミステリー大賞

超常現象研究の発表の場を設け,研究の発展に寄与することを目的に,「ムー・ノンフィクション・ミステリー大賞」を創設。第3回で小説部門(伝奇ロマン,古代推理もの)を新設し,「ムー・ミステリー大賞」と改称した。第4回は小説部門のみ。第4回をもって休止。

- 【主催者】学習研究社
- 【選考委員】(第4回)半村良,菊地秀行
- 【選考方法】公募
- 【選考基準】〔対象〕小説(伝奇ロマン・古代推理など),ノンフィクション(古代文明・心霊超能力・超科学)〔資格〕未発表のもの〔原稿〕小説・ノンフィクションとも400字詰80枚以上
- 【締切・発表】(第4回)平成2年8月31日締切,「ムー」11月号誌上で発表
- 【賞・賞金】最優秀作品賞(1編):100万円,優秀作品賞(2編):20万円,佳作(3編):10万円

第1回(昭62年)
　該当作なし
　◇優秀作品賞
　　亀田 滋　「地球人型宇宙人誕生の謎」
　　阿部 真幸　「DNAは宇宙の支配者か」
第2回(昭63年)
　該当作なし
第3回(平1年)
　◇ノンフィクション
　● 大賞
　　該当作なし
　● 優秀作
　　奥野 利明　「古代日本を動かしたカバラ思想の謎」
　● 佳作
　　高津 道明　「水中ピラミッド」
　　藤田 幸生　「人間タイマツ現象解明への挑戦」

　◇小説
　● 大賞
　　該当作なし
　● 第1席
　　富岡 照則　「沈む月」
　　つかの もり　「八角勾玉」
　● 第2席
　　該当作なし
第4回(平2年)
　◇小説
　● 大賞
　　該当作なし
　● 優秀作
　　山本 正志　「黒い臨月」
　　武田 敏彦　「邪術を弄する者」
　● 佳作
　　斉藤 啓一　「オカルトチェイサー」

274 問題小説新人賞

月刊「問題小説」が募集した賞で,広い視野,広大なスケールをもつと同時に,人間の奥深い闇を見つめることを忘れぬ新人の,挑戦的な問題作を募集。第10回の授賞をもって中止。

- 【主催者】徳間書店
- 【選考委員】早乙女貢,佐野洋,藤本義一(第10回)
- 【選考方法】〔対象〕ジャンルは問わない。〔資格〕単行本,商業誌に未発表の作品に限る。〔原稿〕400字詰原稿用紙で80枚まで,原稿には住所,氏名,略歴,年齢,電話番号を明記すること
- 【締切・発表】第10回の締切は昭和58年12月31日,昭和59年7月号の問題小説で発表

【賞・賞金】賞金30万円

第1回(昭50年)
　栗栖 喬平　「秋の鈴虫」
　稲角 良子　「終審」
第2回(昭51年)
　喜多 唯志　「星空のマリオネット」
　津山 弦一　「13」
　土門 冽　「東京のカナダっぺ」
第3回(昭52年)
　川 ゆたか　「小説・エネルギー試論」
　島野 一　「朱円姉妹」
第4回(昭53年)
　今野 敏　「怪物が街にやってくる」
第5回(昭54年)
　峰 隆一郎　「流れ灌頂」
第6回(昭55年)
　大和田 光也　「ある殺人者の告白」
第7回(昭56年)
　一瀬 宏也　「石を持つ女」
第8回(昭57年)
　該当作なし
　◇佳作
　宮内 剛　「堕ちた鯉」
　サム横内　「コヨーテの町」
第9回(昭58年)
　該当作なし
　◇佳作
　能面 次郎　「キャンディ・ボーイ」
　北林 耕生　「女狂い日記」
第10回(昭59年)
　仲村 雅彦　「健次郎,十九歳」

275 野性時代新人文学賞

野性の名にふさわしいバイオレンスをもった新しい作家の登場を期待して設立された。「野性時代」に掲載された新人の作品と公募作品が対象だったが,第10回より応募作品のみが,対象となった。第13回で中止となる。

【主催者】角川書店
【選考委員】宮本輝,高橋三千綱,中上健次,村上龍,三田誠広
【選考方法】応募作品は未発表,自作の小説に限る。枚数は400字詰原稿用紙100枚前後（原稿には800字以内の梗概を付記）
【締切・発表】締切は4月末日,発表は「野性時代」新年号
【賞・賞金】正賞ブロンズ像一基,副賞30万円

第1回(昭49年)
　谷 克二　「追うもの」野性時代
第2回(昭50年)
　片岡 義男　「スローなブギにしてくれ」野性時代
第3回(昭51年)
　池田 満寿夫　「エーゲ海に捧ぐ」野性時代4月号
第4回(昭52年)
　五百家 元子　「水銀女」野性時代12月号
第5回(昭53年)
　朝稲 日出夫　「彼の町に逃れよ」野性時代12月号
第6回(昭54年)
　該当作なし
第7回(昭55年)
　該当作なし
第8回(昭56年)

牛 次郎　「リリーちゃんとお幸せに」野性
　　　時代56年4月号
第9回（昭57年）
　　該当作なし
　◇佳作
　　大鷹 不二雄　「般若陰」野性時代57年12
　　　月号
第10回（昭58年）

　　草間 弥生　「クリストファー男娼窟」
　　吉村 茂　「熱い雨」
第11回（昭59年）
　　該当作なし
第12回（昭60年）
　　中村 淳　「風の詩（うた）」
第13回（昭61年）
　　栗田 教行　「白の家族」

---

276 野性時代青春文学大賞

　文芸誌「小説 野性時代」が公募する文学賞。平成17年に創設され平成20年（第4回）をもって終了。平成21年より「野性時代フロンティア文学賞」としてリニューアルスタート。

【主催者】　株式会社KADOKAWA 角川書店
【選考委員】　（平成21年）山本文緒（作家），池上永一（作家）
【選考方法】　公募
【選考基準】　〔対象〕広義のエンターテインメント小説。恋愛、ミステリ、冒険、青春、歴史, 時代, ファンタジーなど, ジャンルは問わない（ノンフィクション・論文・詩歌・絵本は除く）。未発表原稿に限る。〔原稿〕400字詰め原稿用紙換算200枚から400枚。始めにタイトル・著者名を書いた扉をつけ, 原稿用紙1枚ないし2枚程度にあらすじ・本名・生年月日・出身地・略歴・現住所・電話番号・メールアドレスを明記する。本名・ペンネームともにルビを付けること。原稿には通しページ番号を入れ, 右端を2カ所で綴じる。末尾には「了」の文字を入れる。データ原稿の場合は必ずCD-Rやフロッピーディスクなどの記録メディアを添付すること（ワープロは機種不問。パソコンの場合はファイル形式をテキスト，MS-WORD, 一太郎に限定）。ホームページから応募の場合も以上に準じる。
【締切・発表】　平成21年7月31日締切（必着），平成22年2月（予定）「野性時代」誌上にて発表
【賞・賞金】　大賞：賞金300万円, 副賞の記念品。受賞作および候補作の出版権は角川書店に帰属し, 出版に際しては規定の印税が支払われる。雑誌掲載権，web上の掲載権, 映像化その他の二次的利用権は賞の規定により10年間, 野性時代編集部に帰属する。ただし, 当該権利料は賞金に含まれる
【URL】　http://www.kadokawa.co.jp/contest/frontier/

第1回（平17年）
　　木堂 椎　「りはめより100倍恐ろしい」
第2回（平18年）
　　埜田 杏　「些末なおもいで」

第3回（平19年）
　　黒澤 珠々　「楽園に間借り」
第4回（平20年）
　　受賞作なし

277 野性時代フロンティア文学賞

文芸誌「小説 野性時代」が公募する文学賞。平成17年に創設され平成20年（第4回）をもって終了した「野性時代青春文学大賞」を改め、平成21年よりリニューアルスタート。

【主催者】株式会社KADOKAWA 角川書店

【選考委員】（第6回）冲方丁、辻村深月、森見登美彦

【選考方法】公募

【選考基準】〔対象〕広義のエンターテインメント小説。恋愛、ミステリ、冒険、青春、歴史、時代、ファンタジーなど、ジャンルは問わない（ノンフィクション・論文・詩歌・絵本は除く）。未発表原稿に限る。〔原稿〕400字詰め原稿用紙換算200枚から400枚。始めにタイトル・著者名を書いた扉をつけ、原稿用紙1枚ないし2枚程度にあらすじ・本名・生年月日・出身地・略歴・現住所・電話番号・メールアドレスを明記する。本名・ペンネームともにルビを付けること。原稿には通しページ番号を入れ、右肩をダブルクリップで留め、データ（CD-Rなどに記録したもの）を同梱する。ホームページから応募の場合も以上に準じる

【締切・発表】（第6回）平成26年8月29日締切（必着）、平成27年5月号「小説 野性時代」誌上にて発表

【賞・賞金】正賞：記念品、副賞賞金100万円。受賞作および候補作の出版権は株式会社KADOKAWAに帰属し、出版に際しては規定の印税が支払われる。雑誌掲載権、web上の掲載権、映像化その他の二次的利用権は賞の規定により10年間、株式会社KADOKAWAに帰属する。ただし、当該権利料は賞金に含まれる

【URL】http://www.kadokawa.co.jp/contest/frontier/

第1回（平22年）
　松尾 佑一「鳩とクラウジウスの原理」
第2回（平23年）
　日野 草「枯神のイリンクス」
第3回（平24年）
　芦沢 央「罪の余白」
　古川 春秋「ホテルブラジル」
第4回（平25年）
　篠原 悠希「天涯の果て 波濤の彼方をゆく 翼」
第5回（平26年）
　末上 夕二「心中おサトリ申し上げます」

278 Yahoo！JAPAN文学賞

インターネットのYahoo！JAPANサイトで公募が行われる文学賞。一般投票によって受賞作が決定するYahoo！JAPAN賞と、選考委員（第1回は石田衣良氏）による選考委員特別賞がある。平成17年創設。

【主催者】Yahoo！JAPAN

【選考方法】公募。Yahoo！JAPAN賞は、応募された作品のなかから、10作品（予定）を選考委員会がノミネート。ノミネート作品をYahoo！JAPAN文学賞特集で公開し、一般からの投票により決定。選考委員特別賞は、選考委員1名により決定（第1回の選

考委員は石田衣良氏)。

【選考基準】〔資格〕プロ・アマ不問。ただし, Yahoo！ JAPAN ID（無料）が必要。〔対象〕未発表の自作小説。ジャンル不問。「あした」をテーマにした小説。〔原稿規定〕文字数：1行40字で6000字から8000字まで。(段落分けなどの空白行を含めて150行から, 空白行を除いて概ね200行) ファイル形式：1行40字のテキストファイル(.txt)形式(1ファイル1作品)。〔応募方法〕Yahoo！ JAPAN文学賞特集のサイトからの応募に限定(郵送などによる応募は不可)

【締切・発表】(第1回)応募受付開始：平成17年7月14日, 応募締切：平成17年9月30日24：00。発表：ホームページ上で発表。11月中旬ノミネート作品決定, 平成18年1月中旬受賞作品決定。小学館「きらら」2月号誌上（平成18年1月20日ごろ発売）で掲載されるほか, Timebook Townで電子書籍化し, 公開する

【賞・賞金】Yahoo！ JAPAN賞(1名)：賞金20万円。選考委員特別賞(1名)：賞金20万円。両賞とも副賞としてソニー製読書専用端末「リブリエ」を贈呈。

第1回（平18年）
◇Yahoo！ JAPAN賞
　藤堂 絆 「アシタ」
◇選考委員特別賞（石田衣良選）
　そらと きょう 「キヨコの成分」

第2回（平19年）
◇Yahoo！ JAPAN賞
　やまもと はるみ 「FUNFUNFUNを聴きながら」
◇選考委員特別賞（阿部和重選）
　白井 愛子 「エボリューション」

第3回（平20年）
◇Yahoo！ JAPAN賞
　秋吉 理香子 「雪の花」
◇選考委員特別賞（あさのあつこ選）
　おおはし ひろこ 「街角に思い出のたたずむ」

第4回（平21年）
◇Yahoo！ JAPAN賞
　田尾 れみ 「雪の精と殺し屋」
◇選考委員特別賞（鈴木光司選）
　渋谷 史恵 「帰る場所」

279 山田風太郎賞

戦後日本を代表する大衆小説作家, 山田風太郎。本賞は山田風太郎の独創的な作品群とその作家的姿勢への敬意を礎に, 有望な作家の作品を発掘顕彰するため平成22年に創設。ミステリー, 時代, SFなどジャンルを問わず, 対象期間に発表され最も面白いと評価された作品に贈る。

【主催者】一般財団法人角川文化振興財団, 株式会社KADOKAWA 角川書店

【選考委員】（第4回）赤川次郎, 奥泉光, 京極夏彦, 筒井康隆, 林真理子

【選考方法】非公募

【選考基準】〔対象〕毎年9月1日から8月31日（奥付表記）までに刊行された日本の小説作品（長編, 短編集, 連作短編集等）。版元, 刊行時の判型を問わない。小説誌等の掲載段階では対象としない

【締切・発表】選考会10月, 贈呈式11月

【賞・賞金】正賞記念品, 副賞100万円

【URL】http://www.kadokawa.co.jp/award/yamada/

第1回（平22年）
　貴志 祐介 「悪の教典」（文藝春秋）
第2回（平23年）
　高野 和明 「ジェノサイド」（角川書店）
第3回（平24年）
　冲方 丁 「光圀伝」（角川書店）
　窪 美澄 「晴天の迷いクジラ」（新潮社）
第4回（平25年）
　伊東 潤 「巨鯨の海」（光文社）

280 やまなし文学賞〔小説部門〕

平成4年4月、山梨県にゆかりの深い樋口一葉の生誕120年を記念して制定された。山梨県の文学振興をはかり、日本の文化発展の一助として、小説と研究・評論の2部門を設ける。

【主催者】やまなし文学賞実行委員会

【選考委員】（第22回）小説部門：坂上弘、津島佑子、佐伯一麦、研究・評論部門：菅野昭正、高田衛、十川信介

【選考方法】小説：公募、研究・評論：推薦（自薦・他薦を問わず）

【選考基準】〔対象〕小説は未発表作品に限る。研究・評論は日本文学にかかわる著書または論文で、前年11月1日から当該年10月31日までに発表されたもの。〔原稿〕小説は400字詰原稿用紙80〜120枚

【締切・発表】当該年11月末締切、翌年3月発表・表彰式

【賞・賞金】〔小説部門〕やまなし文学賞（1編）賞金100万円、やまなし文学賞佳作（2編）：各30万円。やまなし文学賞・同賞佳作は山梨日日新聞紙上、及びウエブサイトに掲載。また、やまなし文学賞受賞作は、単行本として刊行。なお、受賞作の著作権は、選考結果発表の日から2年間、やまなし文学賞実行委員会に帰属。〔研究・評論部門〕やまなし文学賞（2編）賞金各50万円

【URL】http://www.bungakukan.pref.yamanashi.jp/

第1回（平4年度）
◇小説部門
　鬼内 仙次 「灯籠流し」
● 佳作
　笠井 佐智子 「鳳凰（フランボヤン）の花咲く街にて」
　藤谷 怜子 「諏訪久によろしく」
第2回（平5年度）
◇小説部門
　横山 充男 「帰郷」
● 佳作
　入江 和生 「冬の動物園」
　市原 千尋 「伝蟹郎の鱗」
第3回（平6年度）
◇小説部門
　李 優蘭 「川べりの家族」
● 佳作
　牛山 初美 「水のレクイエム」
第4回（平7年度）
◇小説部門
　宝生 房子 「光の中へ消えた大おばあちゃん」
● 佳作
　難波田 節子 「居酒屋『やなぎ』」

第5回（平8年度）
　◇小説部門
　　村野 温 「対馬―こころの島」
　●佳作
　　依田 茂夫 「花嫁の父」
　　藤田 千鶴 「思いでの家」
第6回（平9年度）
　◇小説部門
　　田村 加寿子 「わたしの牧歌」
　●佳作
　　大野 俊郎 「てぃんさぐぬ花」
　　清津 郷子 「ガーデナーの家族」
第7回（平10年度）
　◇小説部門
　　大野 俊郎 「たびんちゅ」
　●佳作
　　楠本 洋子 「小春日和」
　　樋口 範子 「はんこ屋の女房」
第8回（平11年度）
　◇小説部門
　　飯倉 章 「旅の果て」
　●佳作
　　荒川 玲子 「鏡餅」
　　谷本 美弥子 「小春日和」
第9回（平12年度）
　◇小説部門
　　鬼丸 智彦 「桑の村」
　●佳作
　　山岸 昭枝 「雪と火の祭り」
　　吉村 登 「木ニナル」
第10回（平13年度）
　◇小説部門
　　横瀬 信子 「優しい雲」
　●佳作
　　根本 幸江 「抜け道」
　　山田 たかし 「別れの谷」
第11回（平14年度）
　◇小説部門
　　該当作なし
　●佳作
　　吉田 文彦 「自転車」
　　秋元 朔 「紙人形」

第12回（平15年度）
　◇小説部門
　　尾木沢 響子 「ミクゥさん」
　●佳作
　　秋元 朔 「父の外套」
　　手塚 和美 「代書屋」
第13回（平16年度）
　◇小説部門
　　冬野 良 「少年と父親」
　●佳作
　　米川 忠臣 「秋桜の迷路」
　　深沢 晶子 「親友」
第14回（平17年度）
　◇小説部門
　　深沢 勝彦 「六道橋」
　●佳作
　　吉澤 薫 「となりのピアニスト」
　　宮川 顕二 「ハンザキ」
第15回（平18年度）
　◇小説部門
　　井岡 道子 「父のグッド・バイ」
　●佳作
　　もりお みずき 「湧水」
　　白坂 愛 「珈琲牛乳」
第16回（平19年度）
　◇小説部門
　　秋元 朔 「家族ごっこ」
　●佳作
　　早川 ゆい 「梨の木」
　　齊藤 洋大 「家に帰ろう」
第17回（平20年度）
　◇小説部門
　　柳原 隆 「日向の王子」
　●佳作
　　小川 栄 「密かな名人戦」
　　宇梶 紀夫 「けんちん汁」
第18回（平21年度）
　◇小説部門
　　大橋 紘子 「恩寵」
　●佳作
　　榊 初 「佇立する影」
　　冬川 文子 「額紫陽花の花」

第19回（平22年度）
　◇小説部門
　　宮野 晶　「真空管式」
　●佳作
　　井野 登志子　「風の行く先」
　　冬川 文子　「お魚にエサをあげてね」
第20回（平23年度）
　◇小説部門
　　朝田 武史　「祝人伝」
●佳作
　　阪野 陽花　「嵐の前に」
　　齊藤 朋　「狐提灯」
第21回（平24年度）
　◇小説部門
　　美里 敏則　「探骨」
●佳作
　　美杉 しげり　「瑠璃」
　　大城 貞俊　「別れてぃどいちゅる」

281 山本周五郎賞

　財団法人新潮文芸振興会が昭和62年に20周年を迎え，それまでの三大新潮賞（日本文学大賞，日本芸術大賞，新潮新人賞）にかえて設定した新潮四賞（三島由紀夫賞，山本周五郎賞，新潮学芸賞，日本芸術大賞）のうちの一つ。新潮社と由縁が深かった山本周五郎を記念するもので，すぐれて物語性を有する新しい文芸作品に授賞する。

【主催者】（一財）新潮文芸振興会
【選考委員】（第26回）石田衣良，角田光代，佐々木譲，白石一文，唯川恵
【選考方法】非公募
【選考基準】〔対象〕すぐれて物語性を有する新しい文芸作品。〔資格〕前年4月より当該年3月までに発表された作品
【締切・発表】毎年5月下旬発表
【賞・賞金】記念品と副賞100万円
【URL】http://www.shinchosha.co.jp/prizes/yamamotosho/

第1回（昭63年）
　　山田 太一　「異人たちとの夏」（新潮社）
第2回（平1年）
　　吉本 ばなな　「TUGUMI つぐみ」（中央公論社）
第3回（平2年）
　　佐々木 譲　「エトロフ発緊急電」（新潮社）
第4回（平3年）
　　稲見 一良　「ダック・コール」（早川書房）
第5回（平4年）
　　船戸 与一　「砂のクロニクル」（毎日新聞社）
第6回（平5年）
　　宮部 みゆき　「火車」（双葉社）
第7回（平6年）
　　久世 光彦　「1934年冬―乱歩」（集英社）
第8回（平7年）
　　帚木 蓬生　「閉鎖病棟」（新潮社）
第9回（平8年）
　　天童 荒太　「家族狩り」（新潮社）
第10回（平9年）
　　真保 裕一　「奪取」（講談社）
　　篠田 節子　「ゴサインタン―神の座」（双葉社）
第11回（平10年）
　　梁 石日　「血と骨」（幻冬舎）
第12回（平11年）
　　重松 清　「エイジ」（朝日新聞社）
第13回（平12年）

岩井 志麻子 「ぼっけえ、きょうてえ」（角川書店）
第14回（平13年）
乙川 優三郎 「五年の梅」（新潮社）
中山 可穂 「白い薔薇の淵まで」（集英社）
第15回（平14年）
吉田 修一 「パレード」（幻冬舎）
江國 香織 「泳ぐのに、安全でも適切でもありません」（集英社）
第16回（平15年）
京極 夏彦 「覘き小平次」（中央公論新社）
第17回（平16年）
熊谷 達也 「邂逅の森」（文藝春秋）
第18回（平17年）
荻原 浩 「明日の記憶」（光文社）
垣根 涼介 「君たちに明日はない」（新潮社）
第19回（平18年）
宇月原 晴明 「安徳天皇漂海記」（中央公論新社）
第20回（平19年）
森見 登美彦 「夜は短し歩けよ乙女」（角川書店）
恩田 陸 「中庭の出来事」（新潮社）
第21回（平20年）
今野 敏 「果断 隠蔽捜査2」（新潮社）
伊坂 幸太郎 「ゴールデンスランバー」（新潮社）
第22回（平21年）
白石 一文 「この胸に深々と突き刺さる矢を抜け」（講談社）
第23回（平22年）
貫井 徳郎 「後悔と真実の色」（幻冬舎）
道尾 秀介 「光媒の花」（集英社）
第24回（平23年）
窪 美澄 「ふがいない僕は空を見た」（新潮社）
第25回（平24年）
原田 マハ 「楽園のカンヴァス」（新潮社）
第26回（平25年）
小野 不由美 「残穢」（新潮社）

282　『幽』文学賞

　雑誌「ダ・ヴィンチ」「幽」を通じて怪談普及活動を展開しているKADOKAWAメディアファクトリーが，日本人の根底に流れる「怪談文化」を継承し，さまざまな形での怪談エンターテインメントを追求するために創設した。平成18年第1回授賞。平成26年より『幽』怪談文学賞から名称変更。

【主催者】「ダ・ヴィンチ」編集部，「幽」編集部

【選考委員】（第8回）岩井志麻子，京極夏彦，高橋葉介，南條竹則，東雅夫

【選考方法】公募

【選考基準】短編部門：40字×300〜500行（400字詰原稿用紙換算30〜50枚）。短い作品を数話分まとめた形式でも可。長編部門：40字×1500行以上（400字詰原稿用紙換算150枚以上）。本文の前に400〜800字程度の内容紹介を添付すること

【締切・発表】短編部門：6月上旬締切，長編部門：8月上旬締切。12月発売の『幽』，ダ・ヴィンチNEWS『幽』＆『Mei（冥）』ページで発表

【賞・賞金】正賞：青行灯トロフィー。短編部門：大賞賞金20万円及び『幽』に掲載及び単行本化を検討，長編部門：大賞賞金30万円及び単行本化を検討

【URL】http://ddnavi.com/yoo_mei-contents/91324/

第1回（平18年）
◇長編部門
- 大賞
  黒 史郎 「夜は一緒に散歩しよ」
- 優秀賞
  水沫 流人 「七面坂心中」
◇短編部門
- 大賞
  宇佐美 まこと 「るんびにの子供」

第2回（平19年）
◇長編部門
- 大賞
  該当作なし
- 特別賞
  長島 槙子 「遊郭の怪談（さとのはなし）」
◇短編部門
- 大賞
  雀野 日名子 「あちん」
- 優秀賞
  勝山 海百合 「竜岩石」

第3回（平20年）
◇長編部門
- 大賞
  該当作なし
◇短編部門
- 大賞
  岡部 えつ 「枯骨の恋」

第4回（平21年）
◇長編部門
- 大賞
  該当作なし
- 佳作
  藤原 葉子 「蛸地蔵」
◇短編部門
- 大賞
  神狛 しず 「おじゃみ」
  谷 一生 「住処」
- 佳作
  金子 みづは 「葦の原―ありふれた死の舞踏―」

第5回（平22年）
◇長編部門
- 大賞
  三輪 チサ 「捻じれた手」
- 佳作
  靄井 通眞 「だいこくのねじ」
◇短編部門
- 大賞
  平 金魚 「不幸大王がやってくる」
- 佳作
  仲町 六絵 「おいでるかん」
  有井 聡 「蟹の国」

第6回（平23年）
◇長編部門
- 大賞
  該当作なし
- 佳作
  沙木 とも子 「壺中遊魚（こちゅうにあそぶさかな）」
  内藤 了 「奇譚百話綴り」
◇短編部門
- 大賞
  小島 水青 「鳥のうた、魚のうた」

第7回（平24年）
◇長編部門
- 大賞
  該当作なし
- 奨励賞
  内藤 了 「霜月の花」
◇短編部門
- 大賞
  該当作なし
- 準大賞
  織江 邑 「地蔵の背」
  剣先 あおり 「埃家」

第8回（平25年）
◇長編部門
- 大賞

石川 緑　「天竺」
- 特別賞
　　添田 小萩　「この世の富」
- 奨励賞

　　内藤 了　「顔剝ぎ観音」
◇短編部門
- 大賞
　　沙木 とも子　「そこはかさん」

283　ゆきのまち幻想文学賞

雪降るまちをつなぐコミュニケーション誌「ゆきのまち通信」によって平成3年創設。雪をテーマにした幻想的な物語に贈られる。

【主催者】ゆきのまち通信

【選考委員】高田宏（作家）、萩尾望都（漫画家）、乳井昌史（エッセイスト）

【選考方法】公募

【選考基準】〔対象〕雪をテーマにし、雪の幻想性を表現した小さな物語（直接的に雪が出ていなくても、雪を感じさせるものなら可）。〔資格〕不問。未発表作品に限る。長篇部門は幻想文学賞で入選以上であること。〔原稿〕A4縦書きとする。400字詰原稿用紙10枚以内。長篇部門は、400字詰め原稿用紙30枚以内。〔連絡費〕入賞者には直接通知するが、入賞の如何にかかわらず通知を希望する場合は1000円（切手・小為替他）。長編は参加費として3000円

【締切・発表】締切は毎年1月20日（消印有効）、発表は3月上旬（受賞した本人に直接通知）。毎年5月1日発行の「ゆきのまち通信」誌上にて審査内容等を掲載

【賞・賞金】大賞（1編）：賞金30万円、長編賞（1編）：賞金10万円。受賞作（佳作を含む）は「ゆきのまち通信」誌上に掲載、また、その他、優秀作品約30編による「ゆきのまち幻想文学賞・小品集」を発行する予定。著作権は主催者に帰属

【URL】http://www.prism-net.jp/

第1回（平3年）
　　神崎 照子　「雪あかり」
◇佳作
　　末永 いつ　「月夜のならず者たち」
　　佐藤 香代子　「苳子（ふきこ）」
　　世良 利和　「記憶の雪」
　　石川 秀樹　「雪の花」
　　宇津 えみ子　「黄金の林檎」
　　佐藤 美加子　「泣き屋の黒うさぎ」
　　畠山 多恵子　「サラ」
　　秋元 弦　「タラ」
第2回（平4年）
　　該当作なし
◇準大賞
　　石塚 珠生　「箱の中の雪国」

　　垂木 項　「雪魔王」
　　林 ゆま　「夜中の雪だるま」
◇佳作
　　木村 コト　「地吹雪の思い出」
　　小堀 敏雄　「飢餓の雪」
　　三河屋 三平　「黒い森の中へ」
第3回（平5年）
　　末永 いつ　「紫色の雪ひら」
◇準大賞
　　前田 浩香　「Snow Dawghter—雪娘の憂鬱」
◇佳作
　　垂木 項　「雪玉青年団」
　　ディープ山崎　「おばあちゃんのゆくえ」
　　藤本 たか子　「カラスのいた窓」

兼光 恵二郎　「地獄に降った雪」
　　北畠 令子　「雪の村通信」
　　永野 らぢ太　「白い釦」
第4回（平6年）
　　松木 裕人　「キンチの話」
　◇準大賞
　　土屋 満理　「ナチュラル・ワールド」
第5回（平7年）
　　竹内 真　「スペースシップ」
　◇準大賞
　　増山 幸司　「別れ、別れ、別れ」
　　若久 恵二　「一人っ子のセイコちゃん」
第6回（平8年）
　　野口 麻衣子　「冬のうた」
第7回（平9年）
　　加藤 由美子　「与兵衛の雪」
　◇準大賞
　　上田 有里　「左右の天使」
第8回（平10年）
　　北原 尚生　「雪の道標」
　◇準大賞
　　雨宮 雨彦　「雪のあしあと」
　　本田 倖　「ファザー・スノー」
第9回（平11年）
　　青木 裕次　「夜咄（よばなし）」
　◇準大賞
　　石脇 信
　◇長編賞
　　北原 なお
第10回（平12年）
　　大矢 風子　「花びら餅」
　◇準大賞
　　樋口 てい子　「冬のカンナ」
　　柏崎 恵理　「ネージュ・パルファム」
　◇長編賞
　　高野 紀子　「ふたり」
第11回（平13年）
　　西山 樹一郎　「再会」
　◇準大賞
　　岩崎 恵　「東京スノウ」
　◇長編賞
　　大矢 風子　「わかれみち」

第12回（平14年）
　　冬川 文子　「遠い記憶」
　◇長編賞
　　大久保 悟朗　「雪果幻語（ゆきのはてゆめのかたらひ）」
第13回（平15年）
　　国吉 史郎　「赤い女」
　◇長編賞
　　真帆 しん　「セルリアン・シード」
　　神崎 照子　「スパゲッティー・スノウクリームワールド」
第14回（平16年）
　◇大賞
　　七森 はな　「雪見酒」
　◇準大賞
　　坂本 美智子　「海（かい）と帆（はん）」
　◇長編賞
　　松嶋 ひとみ　「胸に降る雪」
　　北原 なお　「Identity Lullaby」
第15回（平17年）
　◇大賞
　　中山 聖子　「心音」
　◇準大賞
　　細谷地 真由美　「福梅」
　◇長編賞
　　宇多 ゆりえ　「シズリのひろいもの」
第16回（平18年）
　　川田 裕美子　「横着星」
　◇準大賞
　　森 ゆうこ　「白い永遠」
　　瀬川 隆文　「思い出さないで」
　◇長編賞
　　東 しいな　「春彼岸」
第17回（平19年）
　　宇多 ゆりえ　「おいらん六花」
　◇長編賞
　　大沼 珠生　「きつね与次郎」
第18回（平20年）
　　前川 亜希子　「河童と見た空」
　◇準大賞
　　福島 千佳　「ストロベリーシェイク」
　◇長編賞

小滝 ダイゴロウ 「シュネームジーク」
　◇準長編賞
　　田中 明子 「銀化猫―ギンカネコ―」
第19回（平21年）
　◇大賞
　　中山 佳子 「雪の反転鏡」
　◇準大賞
　　田中 明子 「惑星のキオク」
　◇長編賞
　　中山 聖子 「潮の流れは」
第20回（平22年）
　◇大賞
　　東 しいな 「もうひとつの階段」
　◇長編賞
　　巣山 ひろみ 「雪の翼」
　◇準長編賞
　　加藤 清子 「猫のスノウ」
第21回（平23年）
　◇大賞

　　坂本 美智子 「風花（かざはな）」
　◇長編賞
　　加藤 清子 「春を待つクジラ」
第22回（平24年）
　◇大賞
　　山ノ内 真樹子 「大きな木」
　◇準大賞
　　紺野 仲右エ門 「まんずまんず」
　◇長編賞
　　結城 はに 「うきだあまん」
第23回（平25年）
　◇大賞
　　大沼 珠生 「とんでるじっちゃん」
　◇長編賞
　　該当作なし
　◇準長編賞
　　ももくち そらミミ 「たぁちゃんへ」
　　小林 栗奈 「春の伝言板」

284 ユーモア賞

　　明朗文学の向上発展と，新人の作品を推奨するため雑誌「ユーモアクラブ」により昭和15年に制定された。

【主催者】 雑誌「ユーモアクラブ」

【選考委員】 佐々木邦，獅子文六，辰野九紫

【選考基準】 作家，編集者の推薦による作品を選考対象とする

【賞・賞金】 賞金1,000円

第1回（昭15年）
　宇井 無愁

第2回（昭16年）
　該当者なし

285 横溝正史ミステリ大賞

　　昭和55年，角川書店により，ミステリーの世界に開かれた，新しい登龍門として設定された賞。平成13年第21回より，賞名を「横溝正史賞」から「横溝正史ミステリ大賞」に変更した。

【主催者】 株式会社KADOKAWA 角川書店

【選考委員】（第35回）有栖川有栖, 恩田陸, 黒川博行, 道尾秀介

【選考方法】公募

【選考基準】〔対象〕広義のミステリ小説。〔資格〕自作未発表作品に限る。〔原稿〕手書き原稿は400字詰め原稿用紙350枚から800枚。ワープロ原稿は40字×40行で88枚以上200枚以内。原稿扉にタイトル, 著者名（ペンネーム）を記入。原稿本文は, パソコンの場合はテキスト, MS WORD, 一太郎いずれかのファイル形式。パソコン, ワープロの場合の書式は40字×40行のA4サイズ縦組で原稿用紙型のマス目等の使用は不可。原稿には通し番号を付与し, 末尾に「了」の字を記し, 右肩を綴じる。400字詰3～5枚のあらすじを添付し, 末尾に氏名, 氏名よみがな, ペンネームとよみがな, 生年月日, 出身地（市町村まで）, 経歴, 文芸賞応募歴, 住所, 電話番号, メールアドレスを明記。印字原稿と共に, フロッピーディスクまたはCD-Rを添付し, データは, 作品原稿, あらすじを別のファイルとして保存。下記URLからの応募も可能（URL：http://www.kadokawa.co.jp/contest/yokomizo/）

【締切・発表】（第35回）平成26年11月5日締切。27年4月に選考会を開催し, 結果は選考会当日にKADOKAWAホームページにて発表

【賞・賞金】大賞：金田一耕助像, 副賞として賞金400万円。受賞作を株式会社KADOKAWA角川書店より出版し, 著者に規定の印税を支払う。テレビドラマ化, 映画・ビデオ・DVD化等の映像化権・放送権, その他二次利用に関する権利は株式会社KADOKAWAに帰属。ただし, 当該権利料は（二次的利用の対価も含む）賞金に含まれる

【URL】http://www.kadokawa.co.jp/contest/yokomizo/

第1回（昭56年）
◇大賞
　斎藤 澪 「この子の七つのお祝いに」
第2回（昭57年）
◇大賞
　阿久 悠 「殺人狂時代ユリエ」
◇佳作
　芳岡 道太 「メービウスの帯」
第3回（昭58年）
◇大賞
　平 龍生 「脱獄情死行」
◇佳作
　速水 拓三 「篝り火の陰に」
第4回（昭59年）
　該当作なし
第5回（昭60年）
◇大賞
　石井 龍生, 井原 まなみ 「見返り美人を消せ」
◇佳作
　中川 英一 「四十年目の復讐」
　森 雅裕 「画狂人ラプソディ」
第6回（昭61年）
　該当作なし
第7回（昭62年）
◇大賞
　服部 まゆみ 「時のアラベスク」
◇佳作
　浦山 翔 「鉄条網を越えてきた女」
第8回（昭63年）
　該当作なし
第9回（平1年）
◇大賞
　阿部 智 「消された航跡」
◇佳作
　姉小路 祐 「真実の合奏」
第10回（平2年）
◇大賞
　該当作なし
◇優秀作

285 横溝正史ミステリ大賞

　水城 嶺子 「世紀末ロンドン・ラプソディ」
第11回（平3年）
　◇大賞
　　姉小路 祐 「動く不動産」
第12回（平4年）
　◇大賞
　　羽場 博行 「レプリカ」
　　松木 麗 「恋文」
　◇特別賞
　　赤棋 将太郎（後＝亜木 冬彦）「殺人の駒音」
第13回（平5年）
　◇大賞
　　該当作なし
　◇優秀作
　　打海 文三 「灰姫 鏡の国のスパイ」
　　小野 博通 「キメラ暗殺計画」
第14回（平6年）
　◇大賞
　　五十嵐 均 「高原のDデイ」
　◇佳作
　　霞 流一 「おなじ墓のムジナ」
第15回（平7年）
　◇大賞
　　柴田 よしき 「RIKO—女神の永遠」
　◇佳作
　　藤村 耕造 「盟約の砦」
第16回（平8年）
　◇大賞
　　該当作なし
　◇優秀作
　　坂本 善三郎 「ノーペイン ノーゲイン」
　◇佳作
　　西浦 一輝 「夏色の軌跡」
第17回（平9年）
　　該当作なし
第18回（平10年）
　◇大賞
　　山田 宗樹 「直線の死角」
　◇佳作
　　尾崎 諒馬 「思案せり我が暗号」
　◇奨励賞
　　三王子 京輔 「稜線にキスゲは咲いたか」
第19回（平11年）
　◇大賞
　　井上 もんた 「化して荒波」
　◇佳作
　　樋口 京輔 「フラッシュ・オーバー」
　◇奨励賞
　　小笠原 あむ 「ヴィクティム」
第20回（平12年）
　　小笠原 あむ 「ホモ・スーペレンス」
　　小川 勝己 「葬列」
第21回（平13年）
　　川崎 草志 「長い腕」
　◇優秀賞
　　鳥飼 久裕 「中空」
第22回（平14年）
　　初野 晴 「水の時計」
　◇テレビ東京賞
　　滝本 陽一郎 「逃げ口上」
第23回（平15年）
　　該当作なし
第24回（平16年）
　　村崎 友 「風の歌、星の口笛」
　◇優秀賞・テレビ東京賞
　　射逆 裕二 「みんな誰かを殺したい」
第25回（平17年）
　　伊岡 瞬 「約束」
　◇テレビ東京賞
　　伊岡 瞬 「約束」
第26回（平18年）
　◇大賞
　　橋本 希蘭 「世界樹の枝で」
　◇テレビ東京賞
　　石原 ナオ 「オブリビオン～忘却」
第27回（平19年）
　◇大賞
　　大村 友貴美 「首挽村の殺人」（「血ヌル里、首挽村」改題）
　　桂 美人 「ロス・チャイルド」（「LOST CHILD」改題）
　◇テレビ東京賞
　　松下 麻理緒 「誤算」

358　小説の賞事典

第28回(平20年)
　◇大賞
　　該当作なし
　◇テレビ東京賞
　　望月 武 「テネシー・ワルツ」
第29回(平21年)
　◇大賞・テレビ東京賞
　　大門 剛明 「雪冤」(「ディオニス死すべし」
　　を改題)
　◇優秀賞
　　白石 かおる 「僕と『彼女』の首なし死体」
第30回(平22年)
　◇大賞
　　伊与原 新 「お台場アイランドベイビー」
　◇テレビ東京賞
　　佐倉 淳一 「ボクら星屑のダンス」
　◇優秀賞
　　蓮見 恭子 「女騎手」(「薔薇という名の馬」
　　を改題)
第31回(平23年)
　◇大賞
　　長沢 樹 「消失グラデーション」(「リスト
　　カット/グラデーション」を改題)
第32回(平24年)
　◇大賞
　　菅原 和也 「さあ、地獄へ堕ちよう」
　　河合 莞爾 「デッドマン」(「DEAD MAN」
　　を改題)
第33回(平25年)
　◇大賞
　　伊兼 源太郎 「アンフォゲッタブル」
第34回(平26年)
　◇大賞
　　藤崎 翔 「神様のもう一つの顔」

286 横光利一賞

改造社により,故横光利一の業績を記念して,昭和23年に制定された賞。昭和25年2回で終了した。

【主催者】改造社

【選考委員】川端康成,小林秀雄,河上徹太郎,林芙美子,橋本英吉,中山義秀,井伏鱒二,豊島与志雄

【選考基準】雑誌,単行本などに発表された新人の作品を対象とした

【締切・発表】選考結果および作品は改造文芸誌上に発表

【賞・賞金】賞金5万円

第1回(昭24年)
　　大岡 昇平 「俘虜記」

第2回(昭25年)
　　永井 龍男 「朝霧」

287 吉川英治賞

「毎日芸術大賞」をうけた吉川英治が,文学を志す人のために,賞金を毎日新聞社に寄託,同社は創刊90周年を記念して昭和37年に創設。昭和39年までの3回で2人の受賞者を出して終った。この他に吉川英治国民文化振興会の設定した「吉川英治文学賞」,「吉川英治文化賞」,「吉川英治文学新人賞」がある。

【主催者】毎日新聞社

【選考委員】丹羽文雄, 井上靖, 獅子文六, 大仏次郎
【選考基準】一般から小説を募集

第1回（昭38年）
　須知 徳平　「春来る鬼」
第2回（昭39年）
　該当作なし
第3回（昭40年）
　柘植 文雄　「石の叫び」

288 吉川英治文学新人賞

財団法人吉川英治国民文化振興会は、昭和42年以来「吉川英治文学賞」と「吉川英治文化賞」を設定してきたが、この2賞に加えて昭和55年より新たに「吉川英治文学新人賞」を設けた。

【主催者】（公財）吉川英治国民文化振興会

【選考委員】（第34回）浅田次郎, 伊集院静, 大沢在昌, 恩田陸, 京極夏彦, 高橋克彦

【選考方法】非公募

【選考基準】〔対象〕毎年1月1日から、12月31日までに新聞、雑誌、単行本等に小説を発表した作家の中から最も将来性のある新人

【締切・発表】毎年3月中旬発表、贈呈式は4月中旬

【賞・賞金】賞牌と副賞100万円

【URL】http://www.kodansha.co.jp/award/yoshikawa.html

第1回（昭55年度）
　加堂 秀三　「涸滝」（文藝春秋）
　田中 光二　「黄金の罠」（祥伝社）
第2回（昭56年度）
　栗本 薫　「絃の聖域」（講談社）
　南原 幹雄　「闇と影の百年戦争」（集英社）
第3回（昭57年度）
　沢田 ふじ子　「陸奥甲冑記」「寂野」（各講談社）
第4回（昭58年度）
　赤瀬川 隼　「球は転々宇宙間」（文藝春秋）
　北方 謙三　「眠りなき夜」（集英社）
第5回（昭59年度）
　連城 三紀彦　「宵待草夜情」（新潮社）
　山口 洋子　「プライベート・ライブ」（講談社）
第6回（昭60年度）
　船戸 与一　「山猫の夏」（講談社）
第7回（昭61年度）
　高橋 克彦　「総門谷」（講談社）
第8回（昭62年度）
　景山 民夫　「虎口からの脱出」（新潮社）
第9回（昭63年度）
　清水 義範　「国語入試問題必勝法」（講談社）
第10回（平1年度）
　椎名 誠　「犬の系譜」（講談社）
　岡嶋 二人　「99％の誘拐」（徳間書店）
第11回（平2年度）
　小杉 健治　「土俵を走る殺意」（新潮社）
第12回（平3年度）
　大沢 在昌　「新宿鮫」（光文社）
　伊集院 静　「乳房」（講談社）
第13回（平4年度）
　中島 らも　「今夜、すべてのバーで」（講談社）

宮部 みゆき 「本所深川ふしぎ草紙」（新潮社）
第14回（平5年度）
　帚木 蓬生 「三たびの海峡」（新潮社）
第15回（平6年度）
　薄井 ゆうじ 「樹の上の草魚」（講談社）
　東郷 隆 「大砲松」（講談社）
第16回（平7年度）
　浅田 次郎 「地下鉄（メトロ）にのって」（徳間書店）
　小嵐 九八郎 「刑務所ものがたり」（文藝春秋）
第17回（平8年度）
　真保 裕一 「ホワイトアウト」（新潮社）
　鈴木 光司 「らせん」（角川書店）
第18回（平9年度）
　馳 星周 「不夜城」（角川書店）
　服部 真澄 「鷲の驕り」（祥伝社）
第19回（平10年度）
　花村 萬月 「皆月」（講談社）
第20回（平11年度）
　山本 文緒 「恋愛中毒」（角川書店）
第21回（平12年度）
　宇江佐 真理 「深川恋物語」（集英社）
第22回（平13年度）
　野沢 尚 「深紅」（講談社）
第23回（平14年度）
　大崎 善生 「パイロットフィッシュ」（角川書店）
第24回（平15年度）
　福井 晴敏 「終戦のローレライ（上・下）」（講談社）
　諸田 玲子 「其の一日」（講談社）
第25回（平16年度）
　伊坂 幸太郎 「アヒルと鴨のコインロッカー」（東京創元社）
　垣根 涼介 「ワイルド・ソウル」（幻冬舎）
第26回（平17年度）
　恩田 陸 「夜のピクニック」（新潮社）
　瀬尾 まいこ 「幸福な食卓」（講談社）
第27回（平18年度）
　今野 敏 「隠蔽捜査」（新潮社）
第28回（平19年度）
　佐藤 多佳子 「一瞬の風になれ」（全三巻）（講談社）
第29回（平20年度）
　佐藤 亜紀 「ミノタウロス」（講談社）
第30回（平21年度）
　朝倉 かすみ 「田村はまだか」（光文社）
　柳 広司 「ジョーカー・ゲーム」（角川書店）
第31回（平22年度）
　池井戸 潤 「鉄の骨」（講談社）
　冲方 丁 「天地明察」（角川書店）
第32回（平23年度）
　辻村 深月 「ツナグ」（新潮社）
第33回（平24年度）
　西村 健 「地の底のヤマ」（講談社）
第34回（平25年度）
　伊東 潤 「国を蹴った男」（講談社）
　月村 了衛 「機龍警察 暗黒市場」（早川書房）

289 吉野せい賞

　地元出身作家吉野せい氏の文学業績を記念して、新人の優れた文学作品を顕彰し、市内の文化の振興を図るため、昭和53年に創設された。

【主催者】吉野せい賞運営委員会
【選考委員】（第36回）佐久間典子、鈴木俊之、園部義博、福住一義、吉田隆治
【選考方法】公募・推薦
【選考基準】〔対象〕創作（小説・童話・戯曲）、文芸評論、ノンフィクション。〔資格〕い

289 吉野せい賞

わき市内に在住・通勤・通学している者。いわき市出身者又は過去においていわき市に在住・通勤・通学した者。他薦も可。〔原稿〕原稿作品、または雑誌掲載作品、および小冊子として印刷された作品。原稿作品は、400字詰原稿用紙換算で15枚以上100枚を超えないもの。雑誌・小冊子の作品は、前年8月16日以降に印刷されたもので、その分量は原稿作品に準ずる。

【締切・発表】毎年8月15日締切、10月下旬新聞等に発表後、総合文化誌「うえいぶ」に掲載

【賞・賞金】吉野せい賞：賞金20万円と副賞、準賞：賞金10万円と副賞、奨励賞：賞金3万円と副賞、青少年特別賞：図書券1万円分と副賞

【URL】http://www.city.iwaki.fukushima.jp/bunka/rekishi/

第1回（昭53年）
　鈴木 計広 「緑の壁」
第2回（昭54年）
　該当作なし
第3回（昭55年）
　中村 君江 「五月の嵐」
　◇奨励賞
　安野 広路 「祝木会津恨面舞」
　佐波古 直胤 「鈴木吉之丞伝」
第4回（昭56年）
　脇坂 吉子 「あぶくま幻影」
　◇奨励賞
　箱崎 満寿雄 「孤耕の詩」
　山名 隆之 「菅原道明伝」
第5回（昭57年）
　該当作なし
　◇奨励賞
　鈴木 正人 「太陽の挽歌」
　鈴木 英司 「向こう岸へ」
第6回（昭58年）
　戸田 四郎 「関寛斎最後の蘭医」
　◇奨励賞
　石井 重衛 「銀色のメダル」
第7回（昭59年）
　該当作なし
　◇奨励賞
　長久保 博徳 「高見順の寒狭川の周辺」
　山口 紀美子 「野の母」
第8回（昭60年）
　堀江 潤 「明るい表通りで」
　◇奨励賞
　美木本 真 「星を数えるように」
　園部 義博 「タイゾーの夏物語」
第9回（昭61年）
　該当作なし
　◇奨励賞
　河林 潤 「海からの光」
　吉田 健一 「十五夜・一台目のテレビ」「惜別」
第10回（昭62年）
　該当作なし
　◇奨励賞
　新妻 澄子 「芽生え」
第11回（昭63年）
　新妻 澄子 「小さな迷路」
　◇奨励賞
　和田 寅雄 「藪蚊」
第12回（平1年）
　該当作なし
第13回（平2年）
　該当作なし
第14回（平3年）
　該当作なし
第15回（平4年）
　該当作なし
第16回（平5年）
　◇小説
　青田 繁 「廃校」
　●奨励賞
　篠原 寛 「仮面」
　中山 昌子 「白日夢譚」
第17回（平6年）

小説部門受賞作なし
第18回（平7年）
　◇小説
　●奨励賞
　　森田 早生 「P」
　　井上 まり子 「しびらっこい奴」
第19回（平8年）
　◇小説
　●準賞
　　安島 啓介 「崩壊」
　●奨励賞
　　桑田 研一 「忘れられた島」
第20回（平9年）
　◇小説
　　佐久間 典子 「角館」
　●奨励賞
　　酒井 正二 「再会」
　　武田 とも子 「誂えた夏」
　●青少年特別賞
　　新家 智美 「親子で二代の探偵ブック」
第21回（平10年）
　◇小説
　●奨励賞
　　成田 彩乃 「人形の館」
　●青少年特別賞
　　安達 真未 「太陽の残像」
第22回（平11年）
　◇小説
　●吉野せい賞
　　成田 彩乃 「ホーム」
　●奨励賞
　　加藤 哲史 「蛍」
　●奨励賞
　　新家 智美 「夏木立」
第23回（平12年）
　◇小説
　●準賞
　　横山 千秋 「ロッキング・デイズ」
　●奨励賞
　　小野 あゆみ 「ケヤキの丘〜向日葵が咲く日〜」
　◇ノンフィクション

　●準賞
　　鈴木 洋 「いわき断章」
第24回（平13年）
　　小説部門受賞作なし
第25回（平14年）
　◇小説
　●準賞
　　吉田 健三 「祭仲」
　●青少年特別賞
　　新谷 みどり 「無人島ツアーの手引き」
第26回（平15年）
　◇小説
　●吉野せい賞
　　佐藤 峰美 「青虫の唄」
　●奨励賞
　　佐藤 義弘 「邂逅」
　●奨励賞
　　二階堂 絹子 「夏の匂い」
　●青少年特別賞
　　鈴木 彩 「永遠の友達」
　●青少年特別賞
　　古生 愛恵 「夢はマウンドの上に…」
第27回（平16年）
　◇吉野せい賞
　　館山 智子 「春送り」
　◇選考委員会特別賞
　　二階堂 絹子 「蒼い夏」
　◇奨励賞
　　幸田 茉莉 「ズリ山に咲く赤い花」
　　菅野 豫 「ゆずり葉」
　◇青少年特別賞
　　三田 歩 「蝶」
　　布施 美咲 「今まで何度も」
第28回（平17年）
　◇吉野せい賞
　　該当作なし
　◇準賞
　　山田 清次郎 「大義に散る」
　　酒井 正二 「赤いソックス」
　◇奨励賞
　　川崎 葉子 「花冷えの…」
　　実川 れお 「ヘンテコ」

◇青少年特別賞
　鈴木 彩 「やくそく」
　橋谷田 麻衣 「小さな花」
　井上 法子 「トロイメライ」
第29回（平18年）
　◇吉野せい賞
　　西島 雅博 「鳥葬」
　◇奨励賞
　　そのべ あきら 「遠き日々、村里にありて」
　　菊地 祐美 「未来予想図」
　◇青少年特別賞
　　石井 菜保子 「one's first love…初恋」
　　及川 美波 「風の里保育園の熊先生」
第30回（平19年）
　◇吉野せい賞
　　実川 れお 「ただいま」
　◇奨励賞
　　中村 新 「夏の記憶」
　　佐藤 由希子 「絵描き日和」
　　田中 英雄 「贋・突貫紀行」
　　白井 貴紀 「Where Is The Love？」
　◇青少年特別賞
　　松永 安由 「Blue sky」
第31回（平20年）
　◇吉野せい賞
　　該当作なし
　◇準賞
　　中村 正弘 「ツクヨミ伝説」
　　風野 由依 「表現者」
　◇奨励賞
　　箱崎 昭 「カケス婆っぱ」
　　佐々島 貞子 「セピア色のハモニカ長屋」
　◇青少年特別賞
　　猪狩 彩夏 「ミュージアム」
第32回（平21年）
　◇吉野せい賞
　　該当作なし
　◇準賞
　　該当作なし
　◇奨励賞
　　猪狩 彩夏 「灰色のキャンバス」

　　林 清 「地底からの帰宅」
　　香川 瑞希 「いきる」
　　稀響 「涙」
　　佐藤 大介 「紅花珈琲専門店の話」
　◇青少年特別賞
　　小澤 翔平 「黄金虫」
　　北郷 菜奈美 「二重中心」
第33回（平22年）
　◇吉野せい賞
　　鈴木 俊之 「融解」
　◇奨励賞
　　青柳 千穂 「視線は世界のガラス越し」
　　髙野 由理 「僕が出会ったサンタクロース」
　◇青少年特別賞
　　猪狩 光央 「銀色のとびらを越えて」
第34回（平23年）
　◇吉野せい賞
　　青柳 千穂 「執着」
　◇選考委員会特別賞
　　根本 由希子 「また、晴れた空の下で」
　◇奨励賞
　　小林 叶奈 「宮戸診療所」
第35回（平24年）
　◇吉野せい賞
　　該当作なし
　◇準賞
　　猪狩 彩夏 「瞳」
　◇奨励賞
　　有戸 英明 「ソテツ幻影」
　　志賀 千尋 「余白」
　　大和田 實 「麗子と幸恵」
　　永沼 絵莉子 「金魚すくい」
第36回（平25年）
　◇吉野せい賞
　　室 拓 「橘霊の幻奇譚」
　◇選考委員会特別賞
　　佐々島 貞子 「二人の娘」
　◇奨励賞
　　島崎 桂 「灰色の家の娘たち」
　　板谷 紀子 「彩りのとき」
　◇青少年特別賞
　　出村 曉葵 「夏景色」

290 読売文学賞〔小説賞〕

昭和24年,戦後の文芸復興と日本文学の振興を目的に制定された。小説,戯曲,評論・伝記,詩歌俳句,研究・翻訳の5部門について授賞。第19回からは随筆・紀行を加え全6部門とし,第46回から戯曲を戯曲・シナリオ部門に改め現在に至っている。

【主催者】読売新聞社

【選考委員】(第64回)池澤夏樹,伊藤一彦,小川洋子,荻野アンナ,川本三郎,菅野昭正,高橋睦郎,沼野充義,野田秀樹,松浦寿輝,山崎正和

【選考方法】推薦(毎年11月に既受賞者をはじめ文芸界の多数に文書で推薦を依頼し,12月に第一次選考会,1月に第二次選考会)

【選考基準】〔対象〕1年間(前年11月からその年の11月まで)に発表・刊行された文学作品の中から各部門について最も優れた作品に授賞する。小説,戯曲,随筆・紀行,評論・伝記,詩歌俳句,研究・翻訳の6部門

【締切・発表】発表2月

【賞・賞金】正賞硯,副賞200万円

【URL】http://info.yomiuri.co.jp/culture/bungaku/

第1回(昭24年)
◇小説賞
井伏 鱒二 「本日休診」(文藝春秋新社)
第2回(昭25年)
◇小説賞
宇野 浩二 「思ひ川」(中央公論社)
第3回(昭26年)
◇小説賞
大岡 昇平 「野火」(展望連載)
第4回(昭27年)
◇小説賞
阿川 弘之 「春の城」(新潮社)
第5回(昭28年)
◇小説賞
該当作なし
第6回(昭29年)
◇小説賞
佐藤 春夫 「晶子曼陀羅」(講談社)
第7回(昭30年)
◇小説賞
里見 弴 「恋ごころ」(文藝春秋新社)
幸田 文 「黒い裾」(中央公論社)
第8回(昭31年)
◇小説賞
三島 由紀夫 「金閣寺」(新潮社)
久保田 万太郎 「三の酉」(中央公論社)
第9回(昭32年)
◇小説賞
室生 犀星 「杏っ子」(新潮社)
野上 弥生子 「迷路」(岩波書店)
第10回(昭33年)
◇小説賞
該当作なし
第11回(昭34年)
◇小説賞
正宗 白鳥 「今年の秋」(中央公論社)
中野 重治 「梨の花」(新潮社)
第12回(昭35年)
◇小説賞
外村 繁 「澪標」(講談社)
第13回(昭36年)
◇小説賞
該当作なし
第14回(昭37年)
◇小説賞
安部 公房 「砂の女」(新潮社)

第15回（昭38年）
　◇小説賞
　　井上 靖 「風濤」（講談社）
第16回（昭39年）
　◇小説賞
　　上林 暁 「白い屋形船」（講談社）
第17回（昭40年）
　◇小説賞
　　庄野 潤三 「夕べの雲」（講談社）
第18回（昭41年）
　◇小説賞
　　丹羽 文雄 「一路」（講談社）
第19回（昭42年）
　◇小説賞
　　網野 菊 「一期一会」（講談社）
第20回（昭43年）
　◇小説賞
　　河野 多恵子 「不意の声」（講談社）
　　滝井 孝作 「野趣」（大和書房）
第21回（昭44年）
　◇小説賞
　　耕 治人 「一条の光」（芳賀書店）
　　小沼 丹 「懐中時計」（講談社）
第22回（昭45年）
　◇小説賞
　　吉田 健一 「瓦礫の中」（中央公論社）
第23回（昭46年）
　◇小説賞
　　該当作なし
第24回（昭47年）
　◇小説賞
　　永井 龍男 「コチャバンバ行き」（講談社）
第25回（昭48年）
　◇小説賞
　　中里 恒子 「歌枕」（新潮社）
　　安岡 章太郎 「走れトマホーク」（講談社）
第26回（昭49年）
　◇小説賞
　　和田 芳恵 「接木の台」（河出書房新社）
第27回（昭50年）
　◇小説賞
　　檀 一雄 「火宅の人」（新潮社）
　　吉行 淳之介 「鞄の中身」（講談社）
第28回（昭51年）
　◇小説賞
　　八木 義徳 「風祭」（河出書房新社）
第29回（昭52年）
　◇小説賞
　　島尾 敏雄 「死の棘」（新潮社）
第30回（昭53年）
　◇小説賞
　　野口 冨士男 「かくてありけり」（講談社）
第31回（昭54年）
　◇小説賞
　　島村 利正 「妙高の秋」（中央公論社）
第32回（昭55年）
　◇小説賞
　　該当作なし
第33回（昭56年）
　◇小説賞
　　井上 ひさし 「吉里吉里人」（新潮社）
　　司馬 遼太郎 「ひとびとの跫音」（上下，中央公論社）
第34回（昭57年）
　◇小説賞
　　大江 健三郎 「『雨の木』（レイン・ツリー）を聴く女たち」（新潮社）
第35回（昭58年）
　◇小説賞
　　該当作なし
第36回（昭59年）
　◇小説賞
　　吉村 昭 「破獄」（岩波書店）
第37回（昭60年）
　◇小説賞
　　高橋 たか子 「怒りの子」（講談社）
　　田久保 英夫 「海図」（講談社）
第38回（昭61年）
　◇小説賞
　　津島 佑子 「夜の光に追われて」（講談社）
第39回（昭62年）
　◇小説賞
　　渋沢 龍彦 「高丘親王航海記」（文藝春秋）
第40回（昭63年）

◇小説賞
　　色川 武大　「狂人日記」(福武書店)
第41回(平1年)
　◇小説賞
　　高井 有一　「夜の蟻」(筑摩書房)
　　古井 由吉　「仮往生伝試文」(河出書房新社)
第42回(平2年)
　◇小説賞
　　森内 俊雄　「氷河が来るまでに」(河出書房新社)
第43回(平3年)
　◇小説賞
　　坂上 弘　「優しい碇泊地」(福武書店)
　　青野 聡　「母よ」(講談社)
第44回(平4年)
　◇小説賞
　　中薗 英助　「北京飯店旧館にて」(筑摩書房)
第45回(平5年)
　◇小説賞
　　該当作なし
第46回(平6年)
　◇小説賞
　　石井 桃子　「幻の朱い実」(岩波書店)
　　黒井 千次　「カーテンコール」(講談社)
第47回(平7年)
　◇小説賞
　　日野 啓三　「光」(文藝春秋)
　　村上 春樹　「ねじまき鳥クロニクル」(新潮社)
第48回(平8年)
　◇小説賞
　　該当作なし
第49回(平9年)
　◇小説賞
　　村上 龍　「イン ザ・ミソスープ」(読売新聞社)
　　小島 信夫　「うるわしき日々」(読売新聞社)
第50回(平10年)
　◇小説賞
　　小川 国夫　「ハシッシ・ギャング」(文藝春秋)
　　辻原 登　「飛べ麒麟」(読売新聞社)
第51回(平11年)
　◇小説賞
　　筒井 康隆　「わたしのグランパ」(文藝春秋)
　　三木 卓　「裸足と貝殻」(集英社)
第52回(平12年)
　◇小説賞
　　伊井 直行　「濁った激流にかかる橋」(講談社)
　　山田 詠美　「A2Z」(講談社)
第53回(平13年)
　◇小説賞
　　荻野 アンナ　「ホラ吹きアンリの冒険」(文藝春秋)
第54回(平14年)
　◇小説賞
　　水村 美苗　「本格小説」(新潮社)
第55回(平15年)
　◇小説賞
　　小川 洋子　「博士の愛した数式」(新潮社)
第56回(平16年)
　◇小説賞
　　松浦 寿輝　「半島」(文藝春秋)
第57回(平17年)
　◇小説賞
　　堀江 敏幸　「河岸忘日抄」(新潮社)
　　宮内 勝典　「焼身」(集英社)
第58回(平18年度)
　◇小説賞
　　受賞作なし
第59回(平19年度)
　◇小説賞
　　松浦 理英子　「犬身」(朝日新聞社)
第60回(平20年度)
　◇小説賞
　　黒川 創　「かもめの日」(新潮社)
第61回(平21年度)
　◇小説賞
　　高村 薫　「太陽を曳く馬」(新潮社)

第62回（平22年度）
　◇小説賞
　　桐野 夏生　「ナニカアル」（新潮社）
第63回（平23年度）
　◇小説賞
　　受賞作なし
第64回（平24年度）
　◇小説賞
　　多和田 葉子　「雲をつかむ話」（講談社）
　　松家 仁之　「火山のふもとで」（新潮社）

291　らいらっく文学賞

　"女性の時代の幕あけ"といわれた昭和55年（1980）、「女性の小説」募集としてスタート。平成2年（1990）から「らいらっく文学賞」と改称した。平成16年（2004）、第25回をもって授賞休止。

【主催者】朝日新聞北海道支社
【選考委員】（第25回）秋山駿、林真理子、唯川恵、渡辺淳一、朝日新聞東京本社学芸部長
【選考方法】公募
【選考基準】〔対象〕小説　〔資格〕全国の女性　〔原稿〕400字詰原稿用紙に換算して70枚まで。紙のプリントに入力済みフロッピー添付、もしくはメールに添付して送信。
【締切・発表】（第25回）平成16年3月15日締切、審査会6月上旬、審査会翌日の朝日新聞北海道版紙上とホームページで発表
【賞・賞金】入選（1編）：賞状と賞金100万円、佳作（2編）：賞状と賞金10万円

第1回（昭55年）
　杳沢 久里　「鶴の日」
第2回（昭56年）
　高久 裕子　「金髪のジェニーさん」
第3回（昭57年）
　該当作なし
第4回（昭58年）
　山下 邦子　「影絵の街」
第5回（昭59年）
　岡井 満子　「仮りの家」
第6回（昭60年）
　山路 ひろ子　「ある夏の断章」
第7回（昭61年）
　飯豊 深雪　「うつむいた秋」
第8回（昭62年）
　鎌田 理恵　「昆布番屋」
第9回（昭63年）
　坂本 直子　「イントロダクション」
第10回（平1年）
　江藤 あさひ　「階段をのぼれ」

第11回（平2年）
　蒲生 ゆかり　「月も 夜も 街も」
第12回（平3年）
　原田 由美子　「夏のうしろ姿」
　尾川 裕子　「星祭り」
第13回（平4年）
　井上 茅那　「三コーナーから大まくり」
第14回（平5年）
　水野 佳子　「愛されない僕と, 愛せない僕」
第15回（平6年）
　北城 景　「凍てるスニーカー」
第16回（平7年）
　杉村 静　「波ばかり」
第17回（平8年）
　高橋 あい　「星 ふるえる」
第18回（平9年）
　宮原 寧子　「雪線」
第19回（平10年）
　野水 あいら　「美しい記号」

第20回（平11年）
　舘 有紀 「木漏れ日」
第21回（平12年）
　今井 恭子 「引き継がれし者」
第22回（平13年）
　伊藤 莉沙 「ジ・パラナ・ホテル」

第23回（平14年）
　奥村 理英 「二人のノーサイド」
第24回（平15年）
　伊波 伊久子 「残り香」
第25回（平16年）
　喜多 由布子 「帰っておいで」

292 琉球新報短編小説賞

昭和48年、琉球新報創刊80周年を記念して創設され、沖縄文学振興の一翼を担っている。

【主催者】 琉球新報社

【選考委員】 又吉栄喜（芥川賞作家）、湯川豊（文芸評論家）、勝方＝稲福恵子（早稲田大学教授）

【選考方法】 公募

【選考基準】 〔資格〕沖縄在住者・出身者で未発表作品に限る。〔対象〕小説題材自由。〔原稿〕400字詰原稿用紙40枚

【締切・発表】 毎年10月30日締切、発表は12月上旬琉球新報紙上で

【賞・賞金】 入選作賞金10万円と記念品、佳作賞金3万円

【URL】 http：//www.ryukyushimpo.co.jp/

第1回（昭48年）
　嶋 津与志 「骨」
　◇佳作
　宮里 尚安 「トタン屋根の煙」
　中里 友豪 「予感」
第2回（昭49年）
　◇佳作
　富川 貞良 「龕の家」
　山川 文太 「ワイド・ショウ」
　新崎 恭太郎 「ネクタイ」
第3回（昭50年）
　◇佳作
　源河 朝良 「青ざめた街」
　宮里 尚安 「翁の館」
　富川 貞良 「蟻っ子の詩」
第4回（昭51年）
　又吉 栄喜 「カーニバル闘牛大会」
　コミネ ユキオ 「赤いピーポー」
　宮里 尚安 「風化の里」

第5回（昭52年）
　中原 晋 「銀のオートバイ」
　◇佳作
　田中 慶 「弟の結婚式」
第6回（昭53年）
　下川 博 「ロスからの愛の手紙」
　◇佳作
　コミネ ユキオ 「迷彩色になったサンドバッグ」
　迎甲 勝弘 「蟹釣り遊び」
第7回（昭54年）
　仲若 直子 「帰省の理由」
　◇佳作
　コミネ ユキオ 「夾竹桃の揺れる風景」
第8回（昭55年）
　玉木 一兵 「お墓の喫茶店」
　比喜 秀喜 「デブのボンゴに揺られて」
第9回（昭56年）
　仲村渠 ハツ 「約束」

小説の賞事典　369

◇佳作
　吉沢 庸希　「帰り仕度」
第10回（昭57年）
　上原 昇　「一九七〇年のギャング・エイジ」
◇佳作
　清水 愛子　「蛍虫」
　仲原 りつ子　「イヤリング」
第11回（昭58年）
　目取真 俊　「魚群記」
◇佳作
　島村 佳男　「白い闇」
　白石 弥生　「熱帯魚」
第12回（昭59年）
　山入端 信子　「鬼火」
◇佳作
　平田 健太郎　「ニュータウン」
　下地 春義　「父」
第13回（昭60年）
　該当作なし
第14回（昭61年）
　白石 弥生　「迷心」
第15回（昭62年）
　香葉村 あすか　「見舞い」
第16回（昭63年）
　知念 正昭　「シンナ」
第17回（平1年）
　比嘉 辰夫　「故郷（クニ）の花」
◇佳作
　瑞城 淳　「荷車」
　安井 風　「テニスに無関心なK叔母への手紙」
第18回（平2年）
　いしみね 剛　「父の遺言」
◇佳作
　竹本 真雄　「鳳仙花」
　中本 今日子　「花染」
第19回（平3年）
　武富 良祐　「梅雨明け 1948年初夏」
◇佳作
　加勢 俊夫　「エビ捕り」
　大湾 愛子　「手提げかご」
第20回（平4年）
　加勢 俊夫　「白いねむり」
◇佳作
　又吉 弘子　「煙」
　崎山 麻夫　「軍人節」
第21回（平5年）
　河合 民子　「針突きをする女」
◇佳作
　玉城 淳子　「民子の海」
　下地 芳子　「人形」
第22回（平6年）
　玉城　「ウンケーでーびる」
◇佳作
　玉村 由奈　「明日坂」
　中川 邦夫　「雪どーい」
第23回（平7年）
　後藤 利衣子　「エッグ」
　安谷屋 正丈　「マズムンやぁーい」
◇佳作
　崎山 麻夫　「絆」
第24回（平8年）
　伊礼 和子　「出棺まで」
◇佳作
　松浦 茂史　「海とダイヤモンド」
第25回（平9年）
　松浦 茂史　「コンビニエンスの夜」
　崎山 麻夫　「タバオ巡礼」
第26回（平10年）
　神森 ふたば　「ゆずり葉」
◇佳作
　備瀬 毅　「なだりの道」
第27回（平11年）
　古波蔵 信忠　「三重城とポーカの間」
◇佳作
　仲程 悦子　「蜘蛛」
第28回（平12年）
　てふてふP　「戦い・闘う・蠅」
◇佳作
　香川 浩彦　「子を見に行く」
第29回（平13年）
　松田 陽　「マリーン カラー ナチュラル シュガー スープ」
◇佳作

伊波 伊久子 「水色の魚」
第30回（平14年）
　国吉 真治 「南風青人の絵」
　大城 裕次 「ブルー・ライヴの夏」
第31回（平15年）
　垣花 咲子 「窓枠のむこう」
第32回（平16年）
　もりお みずき 「花いちもんめ」
第33回（平17年）
　荷川取 雅樹 「前、あり」
　◇佳作
　富山 陽子 「FOREVER STREET」
第34回（平18年）
　富山 陽子 「菓子箱」
　◇佳作
　大嶺 則子 「離人」
第35回（平19年）
　崎浜 慎 「野いちご」
　◇佳作

新垣 美夏 「オブラート スカイ」
第36回（平20年）
　森田 たもつ 「メリークリスマス
　　　　　　　everybody」
　◇佳作
　石垣 貴子 「風の綻（ほころ）び」
第37回（平21年）
　大嶺 則子 「回転木馬」
第38回（平22年）
　島尻 勤子 「バンザイさん」
第39回（平23年）
　東江 建 「二十一世紀の芝」
　◇佳作
　なかみや 梁 「ノブちゃんのひとり旅」
第40回（平24年）
　野原 誠喜 「シーサーミルク」
　◇佳作
　金城 光政 「案内状」

293 歴史群像大賞

　学習研究社の雑誌「歴史群像」が歴史分野の明日を担う才能発掘のため創設。平成6年より授賞開始。平成25年、全国の書店員が投票で選ぶ「本にしたい大賞」にバージョンアップし、個性豊かなキャラクターが活躍するエンターテインメント小説を広く募集。

【主催者】学習研究社
【選考委員】（第19回）川又千秋、桐野作人、牧秀彦
【選考方法】公募
【選考基準】〔対象〕戦国・大戦シミュレーション、戦記、ミリタリーなどを中心とした小説や歴史・時代小説で未発表のものに限る。〔資格〕プロ・アマ不問。〔原稿〕400字詰原稿用紙換算で200枚以上。A4縦書き、ワープロ可。400字詰原稿用紙5枚以内の梗概（あらすじ）を添付。〔応募規定〕入賞作の出版権・映像権は主催者に帰属する。応募原稿は返却しない
【賞・賞金】賞金：大賞100万円、優秀賞30万円、佳作10万円
【URL】http://hon.gakken.jp/

第1回（平6年）
　鈴木 旭 「うつけ信長」
　加藤 真司 「邪馬台国の謎」
　仲路 さとる 「異 戦国志」

　◇優秀賞
　中里 融司 「板東武神侠」
　村上 恭介 「ガリヤ戦記」
第2回（平7年）

柏田 道夫　「桃鬼城伝奇」
森本 繁　「征西府秘帖」
小林 霧野　「シャジャラ＝ドゥル」
◇奨励賞
　子竜 蛍　「不沈戦艦 紀伊」
◇佳作
　田中 崇博　「太平洋の嵐」
第3回（平8年）
　淵川 由利　「伏竜伝―始皇帝の封印」
第4回（平9年）
　富樫 倫太郎　「修羅の跫（あしおと）」
◇奨励賞
　神谷 隆一　「ドイツ機動艦隊」
第5回（平10年）
　岩井 三四二　「簒奪者」
◇優秀賞
　雑賀 俊二郎　「黒ん棒はんべえ 鄭芝龍救出行」
◇奨励賞
　井野 酔雲　「時は今…」
　桃園 直秀　「徳川魔退伝」
　山崎 絵里　「長安の女将軍―平陽公主伝」
　片山 洋一　「雲ゆく人」
　中村 ケージ　「防衛庁特殊偵察救難隊」
　渡辺 信広　「インパール」
　竹中 亮　「清正の後悔」
第6回（平11年）
　樹童 片　「皇女夢幻変（ひめみこむげんへん）」
◇優秀賞
　坂上 天陽　「天翔の謀（てんしょうのはかりごと）」
◇佳作
　遠藤 明範　「真牡丹灯籠」
◇奨励賞
　名木 朗人　「蜀竜本紀」
　如月 天音　「鬼を見た童子」
第7回（平12年）
　柳 蒼二郎　「異形の者」
◇優秀賞
　磯部 立彦　「国王・ルイ十五世」
　沢田 直大　「服部半蔵の陰謀」

◇佳作
　沢良木 和生　「幕末 京都大火 余話 町人剣 高富屋晃造」
　宇佐美 浩然　「王道三国志1」
◇奨励賞
　柊野 英彦　「大日本帝国海軍第七艦隊始末記」
　角田 幸雄　「戦国最後の大乱―豊臣秀吉と徳川家康の死闘」
第8回（平13年）
　該当作なし
◇最優秀賞
　伊達 虔　「鏨（たがね）」
◇優秀賞
　渡辺 毅　「アプトルヤンペ（嵐）」
　三吉 真一郎　「翳（かげり）の城」
◇佳作
　山西 基之　「後漢戦国志1」
　久住 隈苅　「桶狭間合戦録」
　鳥海 孝　「日出る処の天子の願い」
第9回（平14年）
　該当作なし
◇最優秀賞
　前島 不二雄　「秘聞 武田山嶽党」
◇優秀賞
　東天満 進　「町は焼かせない」
　矢元 竜　「女花火師伝」
◇佳作
　島田 一砂　「狂城」
　神尾 秀　「真田弾正忠幸隆」
◇奨励賞
　鋭電 力　「空母大戦」
第10回（平16年発表）
◇歴史群像大賞
　平野 正和　「管輅別伝」
◇優秀賞
　菅 靖匡　「ある一領具足の一生」
◇佳作
　松谷 健三　「魔の海」
◇奨励賞
　尾山 晴繁　「覇道の城」
　城 光貴　「嗚呼二本松少年隊」

第11回（平17年発表）
　◇歴史群像大賞
　　高妻 秀樹 「胡蝶の剣」
　◇優秀賞
　　該当作なし
　◇佳作
　　百目鬼 涼一郎 「南朝の暁星、楠木正儀」
　　山中 公夫 「風神送り」
　　伊藤 浩睦 「雉」
　◇奨励賞
　　該当作なし
第12回（平18年発表）
　◇歴史群像大賞
　　該当作なし
　◇最優秀賞
　　仁木 英之 「碭山の梨」
　◇優秀賞
　　中村 朋臣 「北天双星」
　◇佳作
　　該当作なし
　◇奨励賞
　　永松 久義 「戦国の零」
　　武藤 大成 「最後の剣」
　　河丸 裕次郎 「御坊丸と弥九郎」
第13回（平19年発表）
　◇歴史群像大賞
　　該当作なし
　◇最優秀賞
　　深水 聡之 「妖異の棲む城大和筒井党異聞」
　　河原谷 創次郎 「落城魏将・郝昭伝」
　◇優秀賞
　　該当作なし
　◇佳作
　　真田 左近 「蒼空の零」
　◇奨励賞
　　天羽 謙輔 「FLEET IN BEING PEARL HERBER」
　　小森 喜四朗 「奮戦陸上自衛隊イラク派遣部隊」
第14回（平20年発表）

　◇歴史群像大賞
　　該当作なし
　◇最優秀賞
　　水樹 ケイ 「鋼鉄のワルキューレ」
　◇優秀賞
　　智本 光隆 「風花」
　◇佳作
　　該当作なし
　◇奨励賞
　　小林 卿 「天佑」
　　伊多波 碧 「高遠櫻」
第15回（平21年発表）
　◇歴史群像大賞
　　該当作なし
　◇最優秀賞
　　神室 磐司 「斬恨の剣 仇討ち異聞」
　◇優秀賞
　　甲斐原 康 「戦塵 北に果つ―土方歳三戊辰戦始末」
　　古沢 英治 「十郎太からぶり控 騙り虚無僧」
第16回（平22年発表）
　◇歴史群像大賞
　　該当作なし
　◇最優秀賞
　　藤村 与一郎 「鮫巻き直四郎役人狩り」
　◇優秀賞
　　原田 孔平 「元禄三春日和 春の館」
第17回（平23年発表）
　◇佳作
　　山田 剛 「刺客―用心棒日和」
第18回（平24年発表）
　◇優秀賞
　　谷津 矢車 「蒲生の記」
　◇佳作
　　大塚 卓嗣
第19回（平25年発表）
　◇奨励賞
　　小佐 一成 「戦略遊撃艦隊出撃ス！」

294 歴史文学賞

新人物往来社が,歴史に取材した小説を対象とした賞で,昭和51年に設定された。第32回(平成19年度)をもって休止。

【主催者】 新人物往来社
【選考委員】 伊藤桂一,早乙女貢,津本陽
【選考方法】 公募
【選考基準】 〔対象〕歴史に取材した小説(東洋史,西洋史を含む)。〔資格〕未発表の作品に限る。〔原稿〕400字詰原稿用紙50〜100枚。800字以内の梗概をつける
【賞・賞金】 賞金200万円と副賞記念品、出版権・映像権等は原則的に新人物往来社に帰属

第1回(昭51年度)
　三木 一郎 「重い雨」
第2回(昭52年度)
　松本 幸子 「閑谷の日日」
第3回(昭53年度)
　該当作なし
第4回(昭54年度)
　霜川 遠志 「八代目団十郎の死」
第5回(昭55年度)
　泉 淳 「火田の女」
第6回(昭56年度)
　川上 直志 「氷雪の花」
第7回(昭57年度)
　該当作なし
第8回(昭58年度)
　篠田 達明 「にわか産婆・漱石」
第9回(昭59年度)
　高市 俊次 「花評者石山」
第10回(昭60年度)
　内村 幹子 「今様ごよみ」
第11回(昭61年度)
　浅田 耕三 「首化粧」
第12回(昭62年度)
　該当作なし
第13回(昭63年度)
　江宮 隆之 「経清記」
第14回(平1年度)
　該当作なし
　◇佳作
　　香里 了子 「熱病夢」
　　桐谷 正 「高漸離と筑」
　　島田 悠 「ロイヤル・クレセント」
第15回(平2年度)
　狩野 あざみ 「博浪沙異聞」
第16回(平3年度)
　鳴海 風 「円周率を計算した男」
第17回(平4年度)
　風野 真知雄 「黒牛と妖怪」
　◇佳作
　　前島 不二雄 「風そよぐ名塩峠」
第18回(平5年度)
　梓沢 要 「喜娘(きじょう)」
第19回(平6年度)
　東 秀紀 「鹿鳴館の肖像」
　◇佳作
　　山名 美和子 「梅花二輪」
第20回(平7年度)
　風来 某 「孤愁の仮面」
第21回(平8年度)
　別所 真紀子 「雪は ことしも」
第22回(平9年度)
　間 万里子 「天保の雪」
第23回(平10年度)
　渡辺 房男 「桜田門外十万坪」
　◇佳作
　　ととり 礼治 「夢、はじけても」
第24回(平11年度)
　城野 隆 「妖怪の図」

第25回（平12年度）
　乾 浩 「北夷の海」
第26回（平13年度）
　松浦 節 「伊奈半十郎上水記」
第27回（平14年度）
　植松 三十里 「桑港（サンフランシスコ）にて」
第28回（平15年度）
　岩井 三四二 「村を助くは誰ぞ」

第29回（平16年度）
　葉室 麟 「乾山晩愁」
第30回（平17年度）
　金 重明 「三別抄耽羅戦記」
第31回（平18年度）
　野田 真理子 「孤軍の城」
第32回（平19年度）
　賀名生 岳 「風歯」

295 歴史浪漫文学賞〔創作部門〕

　日本人の心のルーツを探るべく時代を遡り、独自の視点で歴史を再検証した斬新かつ学術的な文学作品を広く公募し、気鋭の作家を育て上げていくことを目的とする。平成16年第4回まで行われた「古代ロマン文学賞」と「中・近世文学賞」を一本化した賞で、平成17年第5回から授賞開始。

【主催者】郁朋社, 歴史文学振興会

【選考方法】公募

【選考基準】〔対象〕日本語で書かれた未発表のオリジナル作品。〔資格〕不問。ただし新人に限る。〔応募規定〕400字詰め原稿用紙換算200枚以上500枚以内。ワープロ原稿が望ましい（データのみでの応募は不可）。400字詰原稿用紙換算枚数を明記。別稿に2000字程度の概要を添付。原稿には表紙をつけてタイトル、本名、年齢、職業、略歴、住所、電話番号、応募部門（創作・研究）を明記

【締切・発表】（第15回）平成26年10月31日締切

【賞・賞金】歴史浪漫文学大賞（1編）：賞金30万円・作品は出版化。優秀賞（2編）：賞金10万円。なお、優秀賞は創作部門、研究部門から各1編, 賞を与える

【URL】http://ikuhousha.com/

第5回（平17年）
　◇大賞
　　安本 嘆 「武人立つ」
　◇創作部門優秀賞
　　高村 圭子 「遠見と海の物語」
　◇特別賞
　　太田 光一 「世阿弥」
第6回（平18年）
　◇大賞
　　該当作なし
　◇創作部門優秀賞
　　木邑 昌保 「品川沖脱走」

第7回（平19年）
　◇大賞
　　清野 春樹 「川に沿う邑」
　◇創作部門優秀賞
　　斎藤 光顕 「新陰流 活人剣」
第8回（平20年）
　◇大賞
　　該当作なし
　◇創作部門優秀賞
　　伊坊 榮一 「西海のうねり」
第9回（平21年）
　◇大賞

該当作なし
◇創作部門優秀賞
　高城 廣子 「いとしきもの すこやかに生まれよ―ケイゼルレイケスネーデ物語」

第10回（平22年）
◇大賞
　該当作なし
◇創作部門優秀賞
　片岡 伸行 「馬船楽浪航」

第11回（平23年）
◇大賞
　中村 芳満 「黎明の農夫たち」
◇創作部門優秀賞
　小室 千鶴子 「真葛と馬琴」

第12回（平24年）
◇大賞
　該当作なし
◇創作部門優秀賞
　泉 竹男 「平安異聞」

第13回（平25年）
◇大賞
　該当作なし
◇創作部門優秀賞
　西野 喬 「防鴨河使異聞」

第14回（平26年）
◇大賞
　該当作なし
◇創作部門優秀賞
　半井 肇 「雄略の青たける島」

---

296 「恋愛文学」コンテスト

時代を問わず、最も身近な関心事である「恋愛」をあなたの視点で自由に表現した作品を募集。オリジナリティ溢れる作品を期待する。優秀な作品は作品集に収録の途がある。

【主催者】「恋愛文学」コンテスト事務局

【選考委員】「恋愛文学」コンテスト

【選考基準】〔資格〕不問。〔対象〕小説、随筆（エッセイ）、メッセージ等。HPや同人誌に発表した作品も応募可。〔原稿〕400字詰原稿用紙5～50枚以内、書式不問。ワープロ原稿は、400字詰原稿用紙換算枚数を別途添付。別紙に郵便番号、住所、氏名（ふりがな・ペンネームの場合は本名も）、年齢、職業、電話番号、原稿枚数、作品のあらすじ、簡単なプロフィールを明記。〔応募規定〕自作未発表で一人につき一編に限る。応募作品の返却不可

【締切・発表】（第3回）平成16年10月10日（当日消印有効）締切

【賞・賞金】大賞（1編）：賞金20万円、賞状、作品集収録、優秀賞（5編）：賞金3万円、賞状、作品集収録、入選（20編）：熱風書房（新風舎直営書店）利用券5千円、賞状、佳作：賞状。入賞作以外も良い作品には共同出版で本にすることを積極的にご提案。（共同出版とは、著者と出版社が共同で出資する出版方法のこと）

第1回（平16年1月）
◇大賞
　高橋 白鹿（大阪府）「木琴のトランク」
◇優秀賞
　田中 修（東京都）「アイロンのはなし」
　原田 奈央子（千葉県）「砂場」
　藤野 健悟（群馬県）「道化師」
　春名 雪風（東京都）「何もなかった日記」
　荒佳 清（長野県）「月と風と大地とケンジ」

第2回（平16年7月）
◇大賞
　豊野谷 はじめ（大阪府）「いちごのケーキ」

◇優秀賞
　藤原 緑（東京都）「海へ出た」
　あがわ ふみ（栃木県）「山の彼方（あなた）」
　深沢 芽衣（大阪府）「プラスチック・トライアングル」
　中島 あや（神奈川県）「コイバナ」
　森 美樹（埼玉県）「ミリ・グラム」
第3回（平17年1月）

◇大賞
　天野 月詠（福岡県）「虫夫」
◇優秀賞
　宮本 みづえ（大阪府）「君達の場合、特に特に おめでとう」
　あがわ ふみ（栃木県）「星に願いを」
　木村 明美（青森県）「カンナの恋」
　八神時 悠（福岡県）「イロドリ」
　郷 音了（東京都）「ボンタンアメ」

297 労働者文学賞〔小説部門〕

労働者文学会議が結成10周年を記念し,平成元年創設。以後,毎年一般募集を続けている。

【主催者】労働者文学会
【選考委員】（第26回）木下昌明,鎌田慧,青木実,清水克二,木村和,磐城葦彦,篠原貞治
【選考方法】公募
【選考基準】〔対象〕小説,評論,ルポルタージュ,詩。未発表作品,ただし前年中に発行された同人誌,非商業誌掲載作品も可。〔原稿〕小説50枚以内,評論・ルポルタージュ30枚以内,1編。詩100行以内,2編とする
【締切・発表】毎年1月末日締切,7月発行の「労働者文学」に発表
【賞・賞金】小説（入選）：5万円,記録・評論（入選）：3万円,詩（入選）：2万円,佳作（各ジャンル）：記念品
【URL】http://rohbun.ciao.jp/index.html

第1回（昭63年度）
◇小説部門
　吉野 章 「浮遊空間」
　●佳作
　川村 寿子 「切断」
第2回（平1年度）
◇小説部門
　立石 富男 「知覧へ行く」
　●佳作
　　該当作なし
第3回（平2年度）
◇小説部門
　　該当作なし
　●佳作

　阿部 進 「夜明けとともに」
　岩瀬 一美 「暢達への回帰」
第4回（平3年度）
◇小説部門
　清水 克二 「谷間の風」
　霧山 登 「速達一号便」
　●佳作
　小林 勝美 「鍋の中」
第5回（平4年度）
◇小説部門
　武田 金三郎 「三九林班ほ小班」
　●佳作
　矢野 一 「出稼農民・酒造り」
　山内 哲哉 「お月様が笑っていた」

297 労働者文学賞〔小説部門〕

第6回（平5年度）
　◇小説部門
　　いぬゐ じゅん　「泥の谷から」
第7回（平6年度）
　◇小説部門
　　石田 きよし　「寒い夏」
第8回（平7年度）
　◇小説部門
　　三浦 良一　「らすと・すぱーと」
第9回（平8年度）
　◇小説部門
　　小林 勝美　「中位の苦痛」
第10回（平9年度）
　◇小説部門
　　鈴木 克己　「ジグソーパズル」
第11回（平10年度）
　◇小説部門
　　入選作なし
第12回（平11年度）
　◇小説部門
　　奥出 清典　「アレックスの暑い夏」
第13回（平12年度）
　◇小説部門
　　山田 たかし　「天の虫」
第14回（平13年度）
　◇小説部門
　　該当作なし
第15回（平15年）
　　該当作なし
第16回（平16年）
　◇小説部門
　●入選
　　黄 英治（千葉県）「記憶の火葬」
　●佳作
　　岡本 重清（兵庫県）「中途半端な労働搾取」
第17回（平17年）
　◇小説部門
　●入選
　　篠原 貞治（埼玉県）「女性運転士」
　●佳作
　　北川 悠（東京都）「鶴亀堂の冬」
第18回（平18年）

　◇小説部門
　●入選
　　脇田 恭弘（各務原市）「おとうさんの逆襲」
第19回（平19年）
　◇小説部門
　●入選
　　水木 亮（甲府市）「海老フライ」
第20回（平20年）
　◇小説部門
　●入選
　　剣 眞（金沢市）「四月七日金曜日」
　●佳作
　　黄 英治（松戸市）「壁を打つ旅」
第21回（平21年）
　◇小説部門
　●入選
　　堀田 利幸（神奈川県）「工場日記」
　●佳作
　　森田 修二（兵庫県）「トライアルウィーク」
第22回（平22年）
　◇小説部門
　●入選
　　本川 さとみ（広島県）「拳をにぎる」
　●佳作
　　沢村 ふう子（東京都）「時給八百円」
第23回（平23年）
　◇小説部門
　●入選
　　森田 修二（兵庫県）「雨の中の飛行船」
　●佳作
　　伊坂 尚仁（長野県）「マシーン・マン」
第24回（平24年）
　◇小説部門
　●入選
　　由仁尾 真千子（兵庫県）「ジャージの反乱」
　　沢村 ふう子（東京都）「ともに在る、ともに生きる」
　●佳作
　　栗 進介（神奈川県）「幻のリニア燃えたカー」
　　伊坂 尚仁（長野県）「パラノイド」
第25回（平25年）

◇小説部門
● 入選
　増田 勇（静岡県）「郵便物裁断」

● 佳作
　菊地 真千子（兵庫県）「明治の女」
　伊坂 尚仁（長野県）「近すぎた朝」

298 ロマン大賞

　時代の空気を鋭く感じとり、時代の新しいエンターテインメントを創り出す才能ある作家を求める。第5回平成8年度より「ファンタジーロマン大賞」から「ロマン大賞」に名称変更した。

【主催者】集英社
【選考委員】（平26年度）桑原水菜, 三浦しをん, 吉田玲子
【選考方法】公募
【選考基準】〔対象〕自作未発表の小説（日本語で書かれたものに限る）。〔資格〕不問。プロアマ問わない。〔原稿〕400字詰縦書原稿用紙250～350枚。原稿用紙4～5枚の梗概を添付。ワープロ原稿の場合は20字×20行仕様に限る。印字は白紙を使用のこと
【締切・発表】（平26年度）締切は郵送：平成26年1月10日〔当日消印有効〕、Web：平成26年1月10日23時59分。「Cobalt」平成26年9月号誌上、およびコバルト文庫のチラシ上にて発表。受賞作品および選考過程はWeb上で掲載される可能性あり。受賞作品の出版権および映像化、商品化等の二次的利用の権利は集英社に帰属
【賞・賞金】大賞（1名）：正賞楯、副賞賞金100万円（入選作は集英社「コバルト文庫」で出版）。佳作：正賞楯と副賞50万円
【URL】http://cobalt.shueisha.co.jp

第1回（平4年度）
　矢彦沢 典子　「天氷山時暁」
◇佳作
　青木 弓高　「美貌戦記」
第2回（平5年度）
　藤原 京　「龍王の淡海（うみ）」
◇佳作
　田中 啓文　「凶の剣士」
第3回（平6年度）
　嬉野 秋彦　「皓月（こうげつ）に白き虎の啼く」
◇選外佳作
　一条 理希　「パラノイア7」
第4回（平7年度）
◇選外佳作
　小林 栗奈　「海のアリーズ」
　柴田 明美　「聚（あつ）まるは永遠の大地」

第5回（平8年度）
◇入選
　荻野目 悠樹　「シインの毒」
◇佳作
　弓原 望　「マリオ・ボーイの逆説（パラドクス）」
第6回（平9年度）
◇入選
　毛利 志生子　「カナリア・ファイル—金蚕蠱（きんさんこ）」
◇佳作
　谷 瑞恵　「パラダイス ルネッサンス」
第7回（平10年度）
◇入選
　久和 まり　「冬の日の幻想」
第8回（平11年度）
　霜越 かほる　「高天原なリアル」

◇佳作
　さくま ゆうこ　「1st・フレンド」
第9回（平12年度）
　該当作なし
◇佳作
　渡瀬 桂子　「魂守記―枯骨報恩」
　中井 由希恵　「ミューズに抱かれて」
第10回（平13年度）
　該当作なし
◇佳作
　佐藤 ちあき　「花雪小雪」
　鷲田 旌刀　「つばさ」
第11回（平14年度）
◇入選
　該当作なし
◇佳作
　久藤 冬貴　「パーティーのその前に」
　倉世 春　「祈りの日」
第12回（平15年度）
◇入選
　該当作なし
◇佳作
　杉江 久美子　「グリーン・イリュージョン」
第13回（平16年度）
◇大賞
　該当作なし
◇佳作
　中村 幌　「クラウディア」
　小林 フユヒ　「ラベル」
第14回（平17年度）
◇大賞
　該当作なし
◇佳作
　広瀬 晶　「螺旋の王国」
　友桐 夏　「ガールズレビューステイ」
第15回（平18年度）
◇大賞
　該当作なし
◇佳作
　神埜 明美　「呪殺屋本舗」
第16回（平19年度）

◇大賞
　夏埜 イズミ　「眠れる島の王子様」
◇大賞
　ひずき 優　「REAL×FAKE」
◇佳作
　崎谷 真琴　「イクライナの鬼」
第17回（平20年度）
◇入選
　阿部 暁子　「いつまでも」
　みなづき 志生　「ハイガールムの魔物」
◇佳作
　該当作なし
第18回（平21年度）
◇大賞
　該当作なし
◇佳作
　我鳥 彩子　「最後のひとりが死に絶えるまで」
第19回（平22年度）
◇大賞
　はるおかりの　「三千寵愛在一身」
　湊 ようこ　「春にとけゆくものの名は」
◇佳作
　該当作なし
第20回（平23年度）
◇大賞
　藍川 竜樹　「秘密の陰陽師―身代わりの姫と恋する後宮―」
◇佳作
　該当作なし
第21回（平24年度）
◇大賞
　白川 紺子　「嘘つきな五月女王」
　希多 美咲　「月下浮世奇談」
◇佳作
　該当作なし
第22回（平25年度）
◇大賞
　一原 みう　「大帝の恋文」
◇佳作
　小湊 悠貴　「スカーレット・バード―天空に咲く薔薇―」

299 YA文学短編小説賞

人気が急上昇している小説ジャンルYA（ヤングアダルト）の活性化と新人発掘を目的とし、講談社児童局の協力のもとに開催する文学賞。第1回の授賞は平成20年。

【主催者】公募ガイド社，講談社児童局（協力）
【選考委員】（第2回）石崎洋司，梨屋アリエ
【選考方法】公募
【選考基準】〔対象〕中高生から大人を読者対象とした，YA文学。〔資格〕不問。〔原稿〕400字詰原稿用紙換算30枚以内。応募点数1人1編
【締切・発表】（第2回）平成21年4月30日締切，月刊『公募ガイド』10月号（9月9日発売）誌上で発表
【賞・賞金】最優秀賞1編：10万円，優秀賞2編：2万円，佳作数編：記念品。最優秀賞の全文は，月刊『公募ガイド』に掲載
【URL】http://koubo.jp/contents/release/20090908.html

第1回（平20年）
◇最優秀賞
　山口 雛絹　「案山子の娘」
◇優秀賞
　望月 雄吾　「純銀」
　深月 ともみ　「雨のあがる日」
◇佳作
　大谷 綾子　「寂しさの音」
　佐々木 みほ　「彼女の背中を追いかけて」
　山本 奈央子　「ぼくと92」
　波利 摩未香　「ふすまのむこうの」
　古川 こおと　「夜の姉妹」
　市井 波名　「はちみつ」

第2回（平21年）
◇最優秀賞
　古川 こおと　「図書館星の一冊の本」
◇優秀賞
　前嶋 佐和子　「水槽の中の二頭魚」
　吉田 みづ絵　「空とぶ金魚をさがしています」
◇佳作
　永田 もくもく　「ジンジャー・マンを探して」
　高木 敦　「夏の魔球」
　望月 雄吾　「糖度30」
　横山 さやか　「豚の神さま」
　山本 綾乃　「友絶ち」

300 早稲田文学新人賞〔小説部門〕

「早稲田文学」が昭和59年に設けた新人賞。既成の文壇にとらわれない自由で清新な才能の発掘を目的とする。第18回から対象を評論及び小説に絞った。

【主催者】早稲田文学会
【選考委員】（第25回）マイケル・エメリック
【選考方法】公募ほか
【選考基準】〔対象〕小説と評論。未発表の応募作品および「早稲田文学」平成15年11

早稲田文学新人賞〔小説部門〕

> 月号から平成16年9月号の掲載作品。〔原稿〕400字詰原稿用紙換算で小説, 評論とも100枚以内
>
> 【締切・発表】（第21回）平成16年8月31日〆切, 平成17年「早稲田文学」1月号にて発表
>
> 【賞・賞金】賞金10万円, 記念品

第1回（昭59年）
　岸山 真理子 「桂とライラとカガンダンハン」
　安久 昭男 「悲しいことなどないけれどさもしいことならどっこいあるさ」
第2回（昭60年）
　該当作なし
第3回（昭61年）
　◇小説
　織田 百合子 「まほし, まほろば」
第4回（昭62年）
　◇小説
　まきの えり 「プツン」
第5回（昭63年）
　該当作なし
第6回（平1年）
　波多野 杜夫 「東京一景」（小説）
　松崎 美保 「まり子のこと」（小説）
　引間 徹 「テレフォン・バランス」（小説）
第7回（平2年）
　林 和太 「アプカサンペの母（ハポ）」（小説）
第8回（平3年）
　該当作なし
第9回（平4年）
　麻田 圭子 「モーニング・サイレンス」（小説）
　羽根田 康美 「シングルマザー」（小説）
第10回（平5年）
　森田 候悟 「曝野」（小説）
第11回（平6年）
　◇佳作
　小倉 倫子 「熱帯魚の水」（小説）
第12回（平7年）
　向井 豊昭 「BARABARA」（小説）
第13回（平8年）
　大久 秀憲 「葛西夏休み日記帳」（小説）
第14回（平9年）
　該当作なし
第15回（平10年）
　阿部 公彦 「荒れ野に行く」（小説）
第16回（平11年）
　松本 薫 「ブロックはうす」
　高橋 秀行 「影の眼差し」
第17回（平12年）
　城殿 智行 「大人の玩具—大岡昇平と『現在形』の歴史」
　◇佳作
　鶴岡 一生 「サイヨーG・ノート」
第18回（平13年）
　該当作なし
第19回（平14年）
　仙田 学 「中国の拷問」
第20回（平15年）
　萩田 洋文 「ロマン戦」
第21回（平16年）
　雅雲 すくね 「不二山頂滞在記」
第22回（平20年）
　間宮 緑 「牢獄詩人」
第23回（平21年）
　青沼 静哉 「ほか・いど」
第24回（平24年）
　黒田 夏子 「abさんご」

受賞者名索引

【あ】

藍 あずみ ……………… 272
阿井 渉介 ……………… 152
相内 円 ………………… 30
アイカ …………………… 63
相川 藍 ………………… 340
藍川 暁 ………………… 266
愛川 晶 ………………… 15
相川 英輔 …………… 84, 327
相川 黒介 ……………… 183
藍川 竜樹 ……………… 380
愛川 弘 …………… 303, 304
相河 万里 ……………… 60
合木 顕五 ……………… 298
相崎 英彦 ……………… 93
相沢 沙呼 ……………… 15
相沢 武夫 …………… 52, 112
会津 凡児 ……………… 294
愛染 猫太郎 …………… 223
相磯 巴 ………………… 146
会田 五郎 …………… 52, 122
相戸 結衣 ……………… 267
相場 秀穂 ……………… 126
相羽 鈴 ………………… 273
青々 …………………… 185
蒼井 上鷹 ……………… 158
蒼 隼大 ………………… 140
葵 せきな ……………… 289
蒼井 ひかり …………… 267
葵 ゆう ………………… 65
蒼 龍一 ………………… 102
青垣 進 ………………… 179
青木 一一九 …………… 336
青木 音吉 ……………… 319
青木 和 ………………… 248
青木 滋 ………………… 105
青木 茂 …………… 124, 213
青木 淳悟 ………… 180, 276
青木 笙子 ……………… 107
青木 隆弘 ……………… 323
青木 健 ………………… 179
青木 千枝子 …………… 151
青木 徹 ………………… 41
青木 知亨 ……………… 177
青木 智子 ……………… 38
青木 洪 ………………… 268

青木 博志 ……………… 164
青木 万利子 …………… 67
青木 八束 ……………… 307
青木 祐子 ……………… 273
青木 裕次 ……………… 355
青木 弓高 ……………… 379
青木 陽子 ……………… 311
青木 礼子 ……………… 299
青崎 庚次 ……………… 83
青崎 有吾 ……………… 15
青島 幸男 ……………… 234
青田 繁 ………………… 362
青沼 静哉 ……………… 382
青野 聡 ………… 10, 275, 367
青野 龍司 ……………… 215
青葉 優一 ……………… 223
青平 繁九 ……………… 313
蒼虫 …………………… 38
青谷 真未 ……………… 329
青柳 千穂 ……………… 364
青柳 隼人 ……………… 3
青山 恵梨子 …………… 79
青山 治 ………………… 114
青山 健司 ……………… 316
青山 光二 ………… 74, 155, 287
蒼山 サグ ……………… 222
青山 七恵 ………… 11, 74, 317
青山 文平 ……………… 337
青山 美智子 …………… 284
青山 瞑 ………………… 54
阿嘉 誠一郎 …………… 316
赤井 三尋 ……………… 32
赤池 昌之 ……………… 105
赤石 宏 ………………… 223
赤江 瀑 …………… 62, 151
赤江 行夫 ………… 16, 181, 322
赤川 次郎 ………… 54, 62, 265
赤川 武助 ……………… 274
赤木 和雄 ……………… 180
赤城 享治 ……………… 319
赤木 けい子 …………… 45
赤木 駿介 ……………… 123
赤棋 将太郎 …………… 358
赤城 樫生 ……………… 319
赤木 大空 ……………… 146
赤坂 里絵 ……………… 272
赤坂 真理 ……………… 275
明石 喜代子 …………… 41
明石 静子 ……………… 72
明石 善之助 …………… 292

明石 鉄也 ……………… 57
赤地 裕人 ……………… 177
明石 裕子 ……………… 72
赤瀬川 隼 ………… 235, 360
赤染 晶子 ………… 12, 309
赤月 カケヤ …………… 146
赤月 黎 ………………… 182
赤沼 三郎 ……………… 125
赤沼 鉄也 ……………… 6
茜屋 まつり …………… 222
赤羽 建美 ……………… 308
赤羽 華代 ……………… 94
赫星 十四三 …………… 170
赤松 中学 ……………… 34
あかまつ つぐみ ……… 217
阿賀利 善三 …………… 126
東江 建 ………………… 371
東道 清高 ……………… 339
阿川 佐和子 ……… 136, 219
阿川 志津代 …………… 315
阿川 大樹 ……………… 129
阿川 弘之 ……………… 365
あがわ ふみ …………… 377
秋 玲瓏 ………………… 312
秋川 陽二 ……………… 129
秋草 露路 ……………… 124
あきさか あさひ ……… 37
亜紀坂 圭春 …………… 223
秋月 煌 ………………… 157
秋月 紫苑 ……………… 215
秋月 紫 ………………… 290
秋田 禎信 ……………… 288
秋杜 フユ ……………… 274
秋梨 惟喬 ……………… 342
秋梨 …………………… 254
秋鳴 …………………… 33
秋野 裕樹 ……………… 183
秋葉 俊介 ……………… 32
秋穂 有輝 ……………… 289
秋水 一威 ……………… 284
穐村 正治 ……………… 126
秋元 秋日子 …………… 44
秋元 朔 ………………… 350
秋元 弦 ………………… 354
秋山 あさの …………… 164
秋山 楓 ………………… 141
秋山 寛 ………………… 329
秋山 恵三 ……………… 318
秋山 浩司 ……………… 329
龝山 定文 ……………… 79

秋山 鉄 …………… 157	あさの あつこ …… 136	麻生 俊 …………… 341
秋山 富雄 ………… 206	浅野 笛秘 ………… 173	麻生 俊平 ………… 288
秋山 護 …………… 137	あさの ハジメ …… 34	遊部 香 ……… 86, 327
秋吉 理香子 ……… 348	浅野 誠 …………… 209	安宅 代智 ………… 34
日日日 …… 34, 37, 61	浅野 マサ子 ……… 244	足立 和葉 ………… 284
阿久 悠 ……… 136, 357	浅野 美和子 ……… 230	安達 公美 ………… 70
あくた ゆい ……… 300	浅野 美子 ………… 341	足立 浩二 ………… 91
阿久津 光市 ……… 116	浅葉 なつ ………… 222	安達 千夏 ………… 186
明坂 つづり ……… 146	朝日 豊 …………… 68	安達 真未 ………… 363
明田 鉄男 ………… 51	旭 洋子 …………… 341	足立 陽 …………… 187
明野 照葉 …… 55, 337	朝比奈 愛子 ……… 165	安谷屋 正丈 ……… 370
朝 九郎 …………… 280	朝吹 真理子 ……… 12	新 光江 …………… 101
安佐 郡太 …… 174, 214	浅間 勝衛 ………… 242	亜壇 月子 ………… 284
浅井 柑 …………… 327	麻見 和史 ………… 15	阿智 太郎 ………… 220
浅井 京子 ………… 27	麻見 展子 ………… 85	あちゃみ ………… 254
浅井 春美 ………… 154	朝矢 たかみ ……… 210	あつい すいか …… 264
朝井 まかて … 154, 236	浅利 佳一郎 ……… 54	厚木 隼 …………… 300
浅井 ラボ ………… 182	浅利 知輝 ………… 280	渥美 饒児 ………… 317
朝井 リョウ … 160, 236	味尾 長太 ………… 53	阿刀田 高 …… 234, 257
朝稲 日出夫 … 203, 345	足尾 毛布 ………… 183	跡部 蛮 …………… 76
朝海 さち子 ……… 203	芦沢 央 …………… 347	阿南 泰 …………… 308
アサウラ ………… 184	足塚 鰻 …………… 273	姉小路 祐 …… 357, 358
浅尾 大輔 ………… 180	芦田 千恵美 ……… 303	亜能 退人 ………… 183
麻岡 道子 ………… 100	芦原 公 …………… 151	賀名生 岳 ………… 375
朝香 式 …………… 56	芦原 瑞祥 ………… 39	阿部 藍樹 ………… 141
浅賀 美奈子 ……… 186	芦原 すなお … 235, 317	阿部 愛子 ………… 171
淺川 継太 ………… 92	葦原 青 …………… 133	阿部 暁子 ………… 380
浅川 純 …………… 54	芦辺 拓 …………… 15	阿部 昭 …………… 307
浅木 健一 ………… 176	聖城 白人 ………… 95	阿部 和重 … 11, 19, 91, 205, 275
浅黄 斑 ……… 158, 262	飛鳥 翔 …………… 163	阿部 加代 ………… 242
朝倉 かすみ … 153, 361	飛鳥 高 ……… 256, 321	阿部 幹 …………… 338
浅倉 聡 …………… 328	飛鳥 芙由子 ……… 118	阿部 公彦 ………… 382
浅倉 卓弥 ………… 109	飛鳥 ゆう …… 114, 121	阿部 晃生 ………… 26
朝倉 宏景 ………… 154	飛鳥井 千砂 ……… 159	安部 公房 …… 8, 204, 365
朝倉 衛 …………… 36	飛鳥部 勝則 ……… 15	阿部 智 …………… 357
朝倉 稔 …………… 112	梓沢 要 …………… 374	阿部 忍 …………… 83
朝倉 祐弥 ………… 187	安土 萌 …………… 323	阿部 進 …………… 377
朝倉 由希野 ……… 39	東 圭一 …………… 86	阿部 誠也 ………… 3
浅暮 三文 ………… 259	東 佐紀 …………… 184	安倍 村羊 ………… 313
麻田 圭子 …… 194, 382	東 朝水 …………… 330	阿部 智里 ………… 337
浅田 耕三 ………… 374	東 しいな …… 355, 356	阿部 哲司 ………… 194
浅田 次郎 ·· 135, 212, 235, 361	東 準 …………… 223	阿部 俊之 ………… 23
朝田 武史 ………… 351	東 直己 …………… 258	阿部 知二 ………… 316
浅津 慎 …………… 141	東 秀紀 …………… 374	阿部 夏丸 ………… 218
綾里 けいし ……… 37	東 亮太 …………… 182	阿部 初枝 ………… 162
朝戸 麻央 ………… 65	阿澄 森羅 ………… 290	阿部 牧郎 ………… 235
浅永 マキ ………… 343	アズミ …………… 223	阿部 真幸 ………… 344
朝凪 シューヤ …… 38	あせごの まん …… 264	阿部 未紀 ………… 23
浅沼 郁男 ………… 44	畔地 里美 ………… 39, 44, 117, 251, 252	阿部 光子 ………… 167
		阿部 陽一 ………… 32

阿部 良行 ………… 172	新井 英生 ………… 16	安西 篤子 ……… 168, 233
安井 龍太郎 …… 236, 241	新井 政彦 ……… 129, 266	安西 花奈絵 ………… 284
アポロ …………… 254	新井 満 ………… 10, 275	安斎 純二 ………… 118
雨神 音矢 …… 85, 117, 119	新井 素子 ………… 250	安斎 宗司 ………… 294
雨谷 千香子 ……… 292	新井 霊泉 ………… 219	安生 正 …………… 110
雨木 シュウスケ … 289	荒尾 和彦 ………… 152	庵田 定夏 …………… 37
天沢 夏月 ………… 223	新垣 美夏 ………… 371	安藤 育子 ………… 80
天音 マサキ ……… 183	荒川 要助 ………… 36	安藤 オン ………… 120
天野 暁月 ………… 342	荒川 玲子 ………… 350	庵洞 サチ ………… 290
天乃 楓 ……………… 37	荒木 左右 ………… 124	安藤 善次郎 ……… 5, 6
天野 純希 …… 160, 241	荒木 巍 …………… 58	安藤 鶴夫 ………… 233
天野 月詠 ………… 377	荒馬 間 …………… 54	安藤 汀子 ………… 118
天埜 冬景 …………… 35	荒俣 宏 …………… 249	安堂 虎夫 ………… 77
天埜 裕文 ………… 187	荒山 徹 …………… 301	安藤 由紀 ………… 297
天野 邊 …………… 249	阿里 操 …………… 336	安東 能明 …… 255, 259, 330
尼野 ゆたか ……… 289	有明 夏夫 …… 151, 234	安野 広路 ………… 362
雨宮 諒 …………… 221	有井 聡 …………… 353	
雨森 零 …………… 317	有川 浩 …… 221, 333, 334	【い】
安萬 純一 …………… 15	有城 達二 ………… 98	
綱藤 幸恵 ………… 296	有砂 悠子 ………… 166	井 賢治 …………… 207
網野 秋 …………… 195	有沢 創司 ………… 255	イアム …………… 254
網野 菊 …… 166, 167, 366	有澤 透世 ………… 61	伊井 圭 …………… 199
阿見本 幹生 ………… 28	有沢 まみず ……… 221	伊井 直行 … 90, 275, 287, 367
雨川 恵 …………… 64	有栖川 有栖 …… 259, 331	飯尾 憲士 ………… 186
雨宮 雨彦 ………… 355	有田 弘子 ………… 209	飯倉 章 ……… 336, 350
雨宮 町子 ………… 180	有戸 英明 …… 297, 364	飯嶋 和一 ………… 152,
飴村 行 …… 259, 264	有馬 綾子 ………… 300	241, 317, 333, 334
天羽 伊吹清 ……… 222	有間 カオル ……… 222	飯島 一次 ………… 85
天羽 謙輔 ………… 373	有馬 太郎 ………… 245	飯島 勝彦 …… 207, 270
天羽 沙夜 …… 139, 220	有馬 範夫 ………… 122	飯塚 朝美 ………… 180
鴉紋 洋 …………… 262	有馬 頼義 …… 232, 256	飯塚 静治 …… 207, 269
彩坂 美月 ………… 300	有松 周 …………… 252	飯塚 伎 …………… 151
綾崎 隼 …………… 222	有村 智賀志 ………… 3	飯塚 守 …………… 140
綾城 奈穂子 ……… 170	有村 とおる ……… 111	飯田 章 …………… 90
彩瀬 まる …………… 56	有本 隆敏 ………… 117	飯田 智 …………… 155
綾辻 行人 ………… 258	有森 信二 ………… 292	飯田 愁眠 ………… 279
彩峰 優 ……………… 37	有矢 聖美 ………… 304	伊々田 桃 ………… 102
あやめ ゆう ……… 134	有吉 佐和子 …… 155, 167	飯豊 深雪 ………… 368
彩本 和希 ………… 273	有吉 玉青 ………… 218	飯沼 優 …………… 144
阿佑 ……………… 278	有賀 喜代子 ……… 165	家坂 洋子 ……… 16, 142
鮎川 歩 …………… 146	あるくん …………… 30	伊岡 瞬 …………… 358
鮎川 哲也 …… 256, 265, 321	アレ ……………… 146	井岡 道子 ………… 350
鮎川 はぎの ……… 148	阿波 一郎 ………… 126	伊兼 源太郎 ……… 359
新井 克昌 ………… 94	泡坂 妻夫 …… 62, 235, 257	五十嵐 欽也 ……… 163
新井 滋 …………… 149	粟田 良助 ………… 112	五十嵐 邁 ………… 245
洗 潤 …………… 127	淡路 帆希 ………… 289	五十嵐 貴久 …… 129, 330
新井 碩野 ………… 183	粟谷川 虹 ………… 44	五十嵐 勉 …… 27, 89, 97
新井 千裕 ………… 91	安久 昭男 ………… 382	五十嵐 均 ………… 358
荒井 登喜子 ……… 270	安斎 あざみ ……… 308	

五十嵐 裕一郎 …………… 323	石井 恭子 …………… 46	石田 祥 …………… 267
猪狩 彩夏 …………… 364	石井 孝一 …………… 116	石田 甚太郎 …………… 246
猪狩 光央 …………… 364	石井 さやか …………… 296	石田 瀬々 …………… 56
井川 沙代 …………… 20	石井 重衛 …………… 362	石田 千 …………… 306
井川 正史 …………… 307	いしい しんじ …… 50, 219	石動 香 …………… 77
生島 治郎 …………… 233	石井 龍生 …… 54, 357	石堂 秀夫 …………… 199
生田 紗代 …………… 317	石井 哲夫 …………… 125	石中 象治 …………… 319
生田 庄司 …………… 28	石井 敏弘 …………… 32	石野 晶 …………… 261
生田 花世 …………… 318	石井 菜保子 …………… 364	石野 文香 …………… 145
井口 厚 …………… 245	石井 遥 …………… 297	石野 緑石 …………… 319
井口 ひろみ …………… 176	石井 博 …………… 52	石橋 徹志 …………… 126
井口 泰子 …………… 123	石井 桃子 …………… 367	石原 貞良 …………… 130
生野 草郎 …………… 162	石岡 琉衣 …………… 320	石原 悟 …………… 308
池 敬 …………… 26	石垣 貴子 …………… 371	石原 慎太郎 …… 8, 287, 306
池井戸 潤 …… 32, 236, 361	石垣 由美子 …………… 303	石原 宙 …………… 185
池内 広明 …………… 317	石上 襄次 …………… 124	石原 武義 …………… 71
池内 陽 …………… 144	石川 あまね …………… 146	石原 ナオ …………… 358
池上 永一 …… 260, 334	石川 渓月 …………… 266	石原 美光 …… 46, 47
池上 信一 …………… 98	石川 考一 …………… 139	石踏 一榮 …………… 289
池崎 弘道 …… 215, 216	石川 信乃 …………… 306	伊島 りすと …………… 264
池沢 夏樹 …… 10, 205, 211	石川 淳 …………… 7	いしみね 剛 …………… 370
池島 健一郎 …………… 114	石川 真介 …………… 15	石本 紫野 …………… 144
池添 麻奈 …………… 295	石川 助信 …………… 5	石森 延男 …………… 178
池田 錦水 …………… 173	石川 鈴子 …………… 210	石山 大樹 …………… 297
池田 源尚 …………… 318	石川 達三 …………… 7	石山 菜々子 …………… 42
池田 潤 …………… 107	石川 利光 …………… 8	維住 玲子 …………… 166
池田 純子 …………… 6	石川 智嗣 …………… 280	伊集院 静 …… 134, 235, 360
池田 章一 …………… 211	石河 内城 …………… 125	石脇 信 …… 341, 355
池田 藻 …………… 153	石川 はつえ …………… 163	石渡 大助 …………… 71
池田 継男 …………… 103	石川 光 …… 93, 162	井須 はるよ …………… 239
池田 直彦 …………… 51	石川 秀樹 …………… 354	井筒 ようへい …………… 184
池田 史 …………… 144	石川 博品 …………… 37	泉 淳 …………… 374
池田 誠利 …………… 169	石川 洋 …………… 200	和泉 静 …………… 24
池田 満寿夫 …… 10, 345	石川 宏宇 …………… 273	和泉 朱希 …………… 64
池田 みち子 …………… 287	石川 緑 …………… 354	泉 竹男 …………… 376
池田 萌 …………… 114	石川 美子 …………… 285	泉 秀樹 …………… 179
池田 雄一 …………… 197	石黒 達昌 …………… 57	和泉 ひろみ …………… 157
池田 陽一 …………… 85	石坂 あゆみ …………… 207	伊澄 優希 …………… 289
池永 陽 …… 159, 241	石崎 晴央 …………… 224	泉田 洋子 …………… 25
池波 正太郎 …… 150, 181, 233	石沢 英太郎 …… 257, 291, 301	出雲 真奈夫 …………… 209
池辺 たかね …………… 125	石塚 喜久三 …………… 8	出雲井 晶 …………… 16
池宮 彰一郎 …………… 135	石塚 京助 …………… 156	伊勢 八郎 …………… 26
伊坂 幸太郎 …… 180, 259, 332, 333, 334, 352, 361	石塚 珠生 …………… 354	磯上 多々良 …… 174, 214
伊坂 尚仁 …… 378, 379	石塚 長雄 …… 20, 114	磯崎 仮名子 …………… 341
射逆 裕二 …………… 358	石田 郁男 …………… 91	磯﨑 憲一郎 …… 12, 317
伊崎 喬助 …………… 147	石田 衣良 …… 55, 136, 212, 236, 332	伊園 旬 …………… 109
石和 鷹 …………… 18	石田 英司 …………… 162	五十目 寿男 …………… 119
井沢 元彦 …………… 31	石田 きよし …………… 378	磯葉 哲 …………… 34
	石田 耕平 …………… 104	磯部 立彦 …………… 372
		井田 誠一 …………… 310

板倉 充伸 …… 86	伊藤 明子 …… 162	稲葉 たえみ …… 278
板坂 康弘 …… 149	伊藤 一太良 …… 68, 69	稲葉 洋樹 …… 290
井谷 昌喜 …… 266	伊藤 永之介 …… 178	稲葉 真弓 …… 74, 165, 168, 205, 287
伊多波 碧 …… 373	伊藤 香織 …… 84	
いたみ ありお …… 272	伊藤 一増 …… 163	稲見 一良 …… 351
板谷 紀子 …… 364	伊藤 鏡雨 …… 313, 314	稲村 格 …… 52
市井 波名 …… 381	伊藤 恵一 …… 126	稲村 美紀 …… 195
市井 豊 …… 342	伊藤 桂一 …… 208, 233	乾 歩 …… 4
市川 雨声 …… 172	伊藤 圭一郎 …… 297	いぬゐ じゅん …… 378
市川 栞 …… 162	伊藤 計劃 …… 250, 335	乾 東里子 …… 165
市川 拓司 …… 333	伊藤 健二郎 …… 243	乾 浩 …… 375
市川 岳男 …… 288	伊藤 沆 …… 126	乾 ルカ …… 53
市川 哲也 …… 15	伊藤 孝一 …… 225	乾 緑郎 …… 12, 110
市川 温子 …… 291	伊藤 紫琴 …… 312	犬飼 和雄 …… 307
市川 靖人 …… 270	伊東 潤 …… 349, 361	犬飼 六岐 …… 153
市川 露葉 …… 312	伊藤 譲治 …… 25	犬伏 浩 …… 229
一条 理希 …… 379	伊藤 小翠 …… 312	犬山 丈 …… 180
壱乗寺 かるた …… 300	伊藤 二郎 …… 17	井野 酔雲 …… 372
壱月 龍一 …… 146	伊藤 伸司 …… 340	伊野 隆之 …… 249
市瀬 まゆ …… 148	いとう せいこう …… 276	井野 登志子 …… 78, 351
壱日 千次 …… 34	伊藤 貴子 …… 86	稲生 正美 …… 206
一の瀬 綾 …… 269	伊藤 たかみ …… 11, 219, 317	井上 荒野 …… 136, 212, 236, 291
一瀬 宏也 …… 345	伊東 孝泰 …… 36	井上 えつこ …… 138
一乃勢 まや …… 289	伊藤 たつき …… 64	井上 薫 …… 58
一ノ宮 慧 …… 218	伊藤 俊英 …… 208	井上 茅那 …… 368
市橋 一宏 …… 124	いとう のぶき …… 182	井上 寛治 …… 291
市原 千尋 …… 349	井東 汎 …… 242	井上 淳 …… 128
一原 みう …… 380	伊藤 浩睦 …… 373	井上 堅二 …… 37
市丸 薫 …… 103	伊藤 比呂美 …… 275	井上 貞義 …… 339
市丸 亮太 …… 195	伊東 誠 …… 25	井上 順一 …… 86
一見 幸次 …… 341	伊東 昌輝 …… 16	井上 卓 …… 69
市村 薫 …… 308	伊東 雅之 …… 77	井上 朝歌 …… 315
市村 与生 …… 20	伊藤 光子 …… 117, 165	井上 剛 …… 248
一柳 凪 …… 146	伊藤 美音子 …… 118	井上 寿彦 …… 246
市山 隆一 …… 152	伊藤 美穂 …… 299	井上 豊萌 …… 39
一路 晃司 …… 264	伊藤 美和 …… 80	井上 法子 …… 364
一藁 英一 …… 229	伊藤 睦子 …… 6	井上 ひさし …… 150, 205, 233, 249, 366
五木 寛之 …… 151, 233	伊藤 致雄 …… 111	
一色 銀河 …… 221	伊東 祐治 …… 210	井上 博 …… 77
一色 次郎 …… 203	伊藤 幸恵 …… 160	伊野上 裕伸 …… 54, 129
一色 良宏 …… 47	伊藤 利恵 …… 195	井上 雅博 …… 216
一色 るい …… 196	伊藤 莉沙 …… 369	井上 まり子 …… 363
一刀 研二 …… 124	絲山 秋子 …… 11, 74, 309, 333	井上 みち子 …… 99
一藤木 香子 …… 271	稲 薫 …… 324	井上 美登利 …… 174, 214
一本木 凱 …… 86	稲垣 一城 …… 51	井上 尨 …… 324
五谷 翔 …… 158	稲垣 史生 …… 126	井上 もんた …… 358
井手 花美 …… 144	稲垣 瑞雄 …… 121	井上 靖 …… 8, 125, 208, 366
井手 燕雨 …… 314	稲角 良子 …… 345	井上 悠宇 …… 183
井出 孫六 …… 234	稲葉 祥子 …… 39	井上 薫 …… 143
出泉 乱童 …… 37		

井上 良子 …………… 195	岩井川 皓二 …… 7, 118, 206	印内 美和子 …………… 106
井上 梨花 …………… 314	岩尾 白史 …………… 113	
井上 凜 …………… 76	岩木 章太郎 …………… 128	【う】
猪ノ鼻 俊三 …………… 125	岩城 武史 …………… 151	
猪股 愛江 …………… 25	岩城 広海 …………… 65	ヴァシィ 章絵 …………… 154
猪股 篁 …………… 130	岩城 由榮 …………… 325	有爲 エィンジェル …………… 89
伊波 伊久子 …… 369, 371	岩倉 政治 …………… 268	宇井 無愁 …… 125, 356
伊庭 高明 …………… 113	岩合 可也 …………… 100	宇江 誠 …………… 44
伊波 雅子 …………… 171	岩朝 清美 …………… 44	うえお 久光 …………… 221
井原 敏 …………… 98	岩佐 まもる …………… 182	宇江佐 真理 …… 53, 241, 361
井原 まなみ …… 54, 357	岩阪 恵子 …… 74, 275	植地 芳久 …………… 341
伊吹 わか子 …………… 300	岩崎 清一郎 …… 174, 214	上志羽 峰子 …………… 72
井伏 鱒二 …… 231, 365	岩崎 奈弥 …………… 41	上衛栖 鐵人 …………… 29
伊坊 榮一 …………… 375	岩崎 春子 …………… 126	上杉 那郎 …………… 111
今井 泉 …………… 128	岩崎 宏文 …………… 200	上田 かりん …………… 278
今井 絵美子 …… 78, 86	岩崎 まり子 …………… 130	上田 菊枝 …………… 41
今井 公雄 …………… 89	岩崎 恵 …………… 355	上田 啓子 …………… 341
今井 恭子 …………… 369	岩崎 保子 …………… 186	植田 紗布 …………… 41
今井 新一郎 …………… 240	岩崎 芳秋 …………… 112	上田 早夕里 …… 110, 250
今井 敏夫 …………… 16	岩猿 孝広 …………… 308	上田 志岐 …………… 299
今井田 博 …………… 71	岩下 啓亮 …………… 327	植田 昭一 …………… 69
今川 勲 …………… 269	岩下 恵 …… 200, 244	上田 蝉丸 …………… 231
今川 真由美 …………… 283	岩瀬 一美 …………… 377	植田 草介 …………… 156
今田 卓三 …………… 105	岩瀬 澄子 …………… 70	上田 秀人 …… 149, 241
今田 久 …… 174, 214	岩田 準子 …………… 339	上田 風登 …………… 143
今福 慶一郎 …………… 38	岩田 昭三 …………… 252	上田 三洋子 …………… 102
今村 保 …………… 104	岩田 昭蔵 …………… 71	上田 三四二 …………… 73
今村 友紀 …………… 318	岩田 隆幸 …………… 22	上田 有里 …………… 355
今村 夏子 …………… 203	岩田 恒德 …………… 125	上田 理恵 …………… 179
今村 真珠美 …………… 143	岩田 典子 …………… 251	上西 晴治 …………… 18
今村 葦子 …………… 218	岩武 都 …… 93, 161	上野 歩 …………… 159
今村 了介 …………… 51	岩槻 優佑 …………… 13	上野 哲也 …… 152, 219
井村 叡 …………… 78	岩辻 流 …………… 147	上野 登史郎 …………… 98
井村 恭一 …………… 260	磐十 賢 …………… 21	上野 治子 …………… 16
井元 保 …………… 246	いわなぎ 一葉 …………… 289	植野 治台 …………… 114
伊与原 新 …………… 359	岩波 三樹緒 …………… 78	上野 房江 …………… 86
伊良子 序 …………… 339	岩波 元彦 …………… 240	上原 小夜 …………… 267
伊良波 弥 …………… 339	岩波 零 …………… 34	上原 順子 …………… 339
入 皐 …………… 147	岩野 喜三郎 …………… 294	上原 徹 …………… 49
伊礼 和子 …… 170, 370	岩橋 邦枝 …… 59, 168, 287	上原 利彦 …………… 171
入江 和生 …………… 349	岩橋 洋子 …………… 26	上原 昇 …………… 370
入江 君人 …………… 289	岩橋 昌美 …………… 166	上原 秀樹 …………… 91
伊礼 英貴 …………… 171	岩淵 一也 …… 243, 244	上原 輪 …………… 84
色川 武大 …… 73, 211, 234, 367	岩間 光介 …………… 76	植松 二郎 …… 49, 117
岩井 恭平 …………… 61	岩本 清 …………… 67	植松 治代 …………… 85
岩井 志麻子 …… 136, 352	岩元 義育 …………… 41	植松 三十里 …… 241, 375
岩井 護 …… 151, 291	岩森 道子 …………… 83	植村 桂子 …………… 162
岩井 三四二 …… 152, 241, 337, 372, 375	巌谷 藍水 …………… 326	上村 佑 …………… 267
	岩山 六太 …… 127, 208	

植村 有 …………… 226	宇月原 晴明 ……… 260, 352	136, 212, 218, 236, 291, 352
上村 渉 …………… 310	宇津田 晴 ………… 147	江坂 遊 …………… 323
魚岩 孝生 ………… 162	内海 陽一 ………… 216	江崎 誠致 ………… 232
魚住 陽子 ………… 13	内海 隆一郎 ……… 307	江尻 紀子 ………… 216
宇梶 紀夫 …… 207, 270, 350	海上 真幸 ………… 280	頴田島 一二郎 …… 210
宇神 幸男 ………… 339	海原 育人 ………… 133	越後 直幸 ………… 5
鵜川 章子 ………… 138	宇能 鴻一郎 ……… 9	越前 英男 ………… 68
宇木 聡史 ………… 267	宇野 浩二 ………… 365	江都 苑 …………… 37
浮穴 みみ ………… 158	宇野 千代 ……… 166, 167	悦本 達也 ………… 84
浮島 吉之 ………… 124	宇野 涼平 ………… 185	江戸 次郎 ………… 149
浮世 夢介 ………… 125	冲方 丁 …………… 182,	江藤 あさひ ……… 368
右近 稜 …………… 16	250, 301, 334, 335, 349, 361	江藤 勉 …………… 118
うさぎ鍋 竜之介 … 141, 185	甘木 つゆこ ……… 327	江戸川 乱歩 ……… 256
宇佐美 浩然 ……… 372	馬面 善子 ………… 305	エドワード・スミス … 222
宇佐美 まこと …… 353	海月 ルイ …… 55, 85, 129	恵那 慎也 ………… 231
宇佐美 みゆき …… 140	海野 夕凪 ………… 266	江夏 美子 ………… 300
宇佐美 游 ………… 157	海辺 鷹彦 ………… 308	栄野川 安邦 ……… 246
氏家 暁子 ………… 98	うめ かおる ……… 294	榎木 洋子 ………… 272
氏家 敏子 ………… 108	梅崎 春生 ………… 232	榎木津 無代 ……… 222
牛尾 八十八 ……… 125	梅田 昌志郎 ……… 211	榎本 中 …………… 183
潮田 眞弓 ………… 39	梅津 佳菜 ………… 296	榎本 その ………… 208
牛山 喜美子 …… 81, 239	梅内 ケイ子 ……… 46	榎本 佳夫 ………… 209
牛山 初美 ………… 349	梅原 克文 ………… 258	江場 秀志 …… 169, 171, 186
宇城 千恵 ………… 114	梅原 稜子 ………… 287	江原 久敏 ………… 325
後田 多八生 ……… 170	宇山 翠 …………… 102	海老沢 文哉 ……… 143
薄井 清 ………… 206, 269	末枯 盛 …………… 278	海老沢 泰久 …… 156, 235
薄井 ゆうじ …… 152, 361	浦島 聖哲 ………… 335	江見 佳代子 ……… 70
臼井 吉見 ………… 204	うらしま 黎 ……… 170	江宮 隆之 ………… 374
卯月 金仙 ………… 172	浦野 里美 ………… 171	円 つぶら ………… 156
四月 十日 ………… 222	浦山 翔 …………… 357	円乗 淳一 ………… 322
宇多 ゆりえ ……… 355	漆土 龍平 ………… 141	円城 塔 …………… 12,
歌野 晶午 …… 259, 331, 332	漆畑 鏡子 ………… 67	250, 276, 309, 335
歌野 博 …………… 195	漆原 正雄 ………… 252	円地 文子 …… 166, 167, 204
歌見 朋留 ………… 147	嬉野 秋彦 ………… 379	遠藤 明範 ………… 372
打海 文三 ……… 43, 358	運上 旦子 ………… 179	遠藤 周作 ……… 8, 204
内田 彩 …………… 176		遠藤 純子 ………… 179
内田 響子 ………… 133	**【え】**	遠藤 孝弘 ………… 130
内田 幸子 ………… 44		遠藤 武文 ………… 32
内田 聖子 ……… 237, 270	映島 巡 …………… 139	遠藤 めぐみ ……… 21
内田 牧 …………… 46	鋭電 力 …………… 372	
内田 康夫 ………… 265	営野 康子 ………… 114	**【お】**
内村 和 …… 39, 172, 239	江川 さい子 …… 44, 114	
内村 幹子 ………… 374	江川 俊郎 ………… 113	及川 敦夫 ……… 24, 25
内山 茂子 ………… 224	恵木 永 …………… 116	及川 和男 ………… 26
内山 純 …………… 15	江口 ちかる ……… 47	及川 啓子 ………… 23
内山 捻華 ………… 314	江口 陽一 ………… 86	及川 美波 ………… 364
宇津 えみ子 ……… 354	江口 佳延 ………… 47	追本 葵 …………… 143
宇津木 聡史 ……… 195	江國 香織 ………… 74,	王 遍浬 ……… 117, 243
空木 春宵 ………… 198		

扇 智史 36	大鹿 卓 178, 210	大塚 将司 169
扇田 征夫 125	大下 宇陀児 256	大塚 卓嗣 373
逢坂 剛 54, 234, 257, 265	大島 愛 93	大塚 俊英 85
王城 夕紀 134	大島 孝雄 13	大墳 保衛 93
青海 静雄 291	大島 直次 252	大塚 幸男 291
近江 容子 341	大島 浩 162	大月 綾雄 46
大池 唯雄 125, 231	大島 正樹 149	大槻 拓 177
大石 観一 312	大島 昌宏 240	大坪 砂男 256
大石 きさこ 101	大島 真寿美 308, 334	大鶴 義丹 186
大石 圭 317	大城 貞俊 83, 87, 302, 351	大冨 明子 296
大石 直紀 145, 266	大城 新栄 170	大友 克洋 249
大石 夢幻庵 312	大城 立裕 9, 287	鳳 明子 162
大石 霧山 312, 313	大城 裕次 371	おおとり りゅう 17
大泉 拓 296	大須賀 朝陽 297	鳳乃 一真 37
大泉 芽衣子 186	太田 晶 339	大西 功 49, 116, 118, 209
大岩 鉱 269	太田 健一 57	大西 智子 39
大岩 尚志 252	太田 光一 107, 375	大西 達也 195
大内 曜子 53	太田 倭子 70, 108	大西 幸 53
大江 いくの 53	太田 全治 286	大貫 進 301, 321
大江 健三郎 8, 18, 59, 73, 204, 366	太田 貴子 81	大沼 珠生 355, 356
	太田 正 126	大沼 紀子 327
大江 賢次 57	太田 忠久 269	大野 滋 304
大岡 玲 10	太田 千鶴夫 58	大野 俊夫 209
大岡 昇平 257, 359, 365	太田 十折 161	大野 俊郎 81, 237, 350
大鋸 一正 317	太田 憲孝 295	大野 舞子 195
大懸 朋雪 323	太田 治子 218	大野 正巳 20
大河 司 280	太田 博子 245	大庭 桂 237
大木 智洋 140	太田 寛 69	大庭 さち子 125
大久保 悟朗 355	太田 弘志 3	大庭 芙蓉子 206
大久保 咲希 144	太田 芙美恵 66	大庭 みな子 9, 73, 74, 90, 167, 204
大久保 庸雄 197	太田 正之 173, 214	
大凹 友数 34	太田 道子 179	大橋 慶三 320
大久保 智弘 132	太田 実 94	大橋 秀二 243
大久保 智曠 52	太田 靖久 180	大橋 紀子 86
大久保 操 111, 114, 307	太田 ユミ子 119	大橋 英高 37
大久保 亮一 6	大田 洋子 166, 205	おおはし ひろこ 348
大倉 桃郎 172	大高 綾子 313, 314	大橋 紘子 350
大桑 八代 147	大鷹 不二雄 346	大橋 操子 71
大越 昭二 243	大高 雅博 89	大畑 太右エ門 25
大越 台麓 313, 314	大高 ミナ 79	大浜 則子 225
大坂 千恵子 39	太田黒 克彦 274	大林 清 274
大崎 岸子 163	大舘 欣一 200, 270	大林 憲司 288
大崎 善生 361	大谷 綾子 381	大原 加津子 39
大迫 智志郎 102	大谷 馨 69	大原 富枝 166, 167, 310
大沢 在昌 135, 158, 235, 258, 265, 360	大谷 久 146	大原 まり子 250, 280
	大谷 藤子 58, 166, 167	大原 田記子 101
大沢 久美子 114	大谷 裕三 55	大久 秀憲 186, 382
大沢 功一郎 70	大谷 羊太郎 31	大日向 葵 127
大澤 誠 185	大谷 和香子 285	大平 和弘 341

大平 洋 …… 17	岡田 斎志 …… 145	小河 洋子 …… 237
大洞 醇 …… 20	岡田 正孝 …… 174, 215	小川 洋子 …… 10, 57, 205, 332, 333, 334, 335, 367
大巻 裕子 …… 230, 251	緒方 雅彦 …… 207	
大道 二郎 …… 127	岡田 美津穂 …… 50	緒川 莉々子 …… 53
大道 珠貴 …… 11, 83	岡田 美知代 …… 315	小川内 初枝 …… 203
大嶺 邦雄 …… 171	岡田 峰幸 …… 296	尾木 豊 …… 246
大嶺 則子 …… 371	岡田 みゆき …… 226	尾木沢 響子 …… 252, 350
大村 麻梨子 …… 309	岡田 陽子 …… 339	オキシ タケヒコ …… 198
大村 友貴美 …… 358	岡田 良樹 …… 103	小木曽 左今次 …… 116
大森 コウ …… 278	岡田 義之 …… 54	小木曽 新 …… 121
大森 五郎 …… 71	岡野 由美子 …… 339	沖田 一 …… 126, 208
大森 実 …… 122	岡部 えつ …… 353	沖田 雅 …… 221
大森兄弟 …… 318	岡部 実裕 …… 324	興津 聡史 …… 329
大屋 研一 …… 119	岡部 昇吾 …… 104	息長 大次郎 …… 77
大矢 風子 …… 355	岡部 達美 …… 237	沖永 融明 …… 300
大家 学 …… 72	岡松 和夫 …… 9, 82, 307	荻野 アンナ …… 10, 19, 367
大山 誠一郎 …… 332	岡村 明子 …… 67	沖野 杏子 …… 45
大山 尚利 …… 264	岡村 義公 …… 201	荻野 幸一 …… 104
おおるり 万葉 …… 283	岡村 流生 …… 300	荻野 千影 …… 140
大和田 光也 …… 345	岡本 賢一 …… 277	荻野 真昼 …… 164
大和田 實 …… 364	岡本 好吉 …… 151	荻野目 悠樹 …… 379
大湾 愛子 …… 370	岡本 重清 …… 378	沖原 朋美 …… 273
丘 修三 …… 218	岡本 澄子 …… 317	荻舟 笑史 …… 312
岡 美奈子 …… 71	岡本 タクヤ …… 37	荻世 いをら …… 317
小粥 かおり …… 140	岡本 達也 …… 121	荻原 秀介 …… 22
岡井 満子 …… 368	岡本 真 …… 55	荻原 浩 …… 159, 332, 352
岡江 多紀 …… 152	岡本 昌枝 …… 44	奥泉 光 …… 11, 275, 334
岡崎 新之助 …… 34	岡本 学 …… 92	奥田 亜希子 …… 187
岡先 利和 …… 174, 215	岡山 桃子 …… 263	奥田 順市 …… 339
岡崎 登 …… 34	小川 苺 …… 72	奥田 久司 …… 125
岡崎 弘明 …… 260	小川 勝己 …… 358	奥田 英朗 …… 43, 135, 236, 333
岡崎 裕信 …… 184	小川 喜一 …… 127	奥田 房子 …… 324
岡崎 文徳 …… 67	小川 国夫 …… 18, 73, 367	奥田 瓶人 …… 322
岡崎 祥久 …… 91, 275	小川 恵 …… 107	奥田 真理子 …… 310
小笠原 あむ …… 358	小川 顕太 …… 152	奥平 桂三郎 …… 161
小笠原 由記 …… 49	小川 栄 …… 117, 119, 350	緒口 明夫 …… 239
岡篠 名桜 …… 273	緒川 怜 …… 266	小口 正明 …… 179, 246
岡島 伸吾 …… 337	小河 扶希子 …… 293	奥出 清典 …… 378
岡嶋 二人 …… 31, 257, 360	小川 大夢 …… 126	奥野 忠昭 …… 102, 246
岡田 京子 …… 116, 327	小川 兎馬子 …… 313	奥野 利明 …… 344
岡田 孝進 …… 152	小川 晴央 …… 223	小熊 千遥 …… 296
岡田 静香 …… 99	小川 秀年 …… 294	小熊 文彦 …… 282
岡田 鯱彦 …… 321	小川 博史 …… 183	奥村 栄三 …… 137
岡田 成司 …… 140	緒川 文雄 …… 243, 336	奥村 徹行 …… 253
岡田 誠三 …… 232	小川 文夫 …… 206	奥村 理英 …… 17, 116, 369
岡田 徳一 …… 209	小河 正岳 …… 221	奥谷 俊介 …… 149
岡田 智彦 …… 317	小川 美那子 …… 262	奥山 英一 …… 207
岡田 信子 …… 52	尾河 みゆき …… 119	奥山 景布子 …… 53
岡田 秀文 …… 158, 266	尾川 裕子 …… 116, 368	奥山 宏 …… 163
	小川 由香利 …… 209	

小倉 孝夫 ………… 230	小田切 芳郎 ………… 270	小山田 浩子 ……… 12, 180
小倉 龍男 ………… 58	小田原 直知 ………… 56	織江 邑 …………… 353
小倉 千恵 ………… 152	越智 絢子 ………… 79	織笠 白梅 ………… 313
小倉 弘子 ………… 101	越智 真砂 ………… 119	折口 真喜子 ……… 161
小倉 三枝子 ……… 298	落合 慧 …………… 324	織越 遥 …………… 298
小倉 倫子 ………… 382	乙一 …………… 139, 331	織坂 幸治 ………… 292
小倉 充 …………… 230	尾辻 克彦 …… 10, 211, 275	折田 裕 ………… 83, 85
小栗 虫太郎 ……… 175	音 鳴乃 ……………… 37	折原 一 …………… 258
小黒 和子 ………… 114	乙川 優三郎 ……… 53,	織部 圭子 ………… 38
刑部 竹幹 ………… 130	132, 236, 241, 352	織る びぴ ………… 39
刑部 聖 ……………… 37	御伽枕 …………… 221	温 又柔 …………… 187
尾﨑 英子 ………… 320	乙野 四方字 ……… 222	恩田 雅和 ………… 306
尾崎 一雄 ……………… 7	鬼丸 智彦 …… 327, 350	恩田 めぐみ ……… 325
尾崎 昌躬 ………… 308	小沼 丹 ………… 286, 366	恩田 陸 … 259, 332, 352, 361
尾崎 幹男 ………… 101	小野 あゆみ ……… 363	
尾崎 諒馬 ………… 358	小野 紀美子 ……… 52	【か】
長田 教司 …………… 91	小野 孝二 …………… 16	
小山内 恵美子 …… 84	小野 早那恵 ……… 283	甲斐 英輔 …………… 13
長部 日出雄 ……… 234	小野 俊治 ………… 47	海音寺 潮五郎 ‥ 122, 124, 231
オザワ カヲル ……… 297	小野 益 …………… 24	海賀 変哲 ………… 172,
小澤 翔平 ………… 364	小野 博通 ………… 358	173, 219, 311, 313
小沢 冬雄 ………… 316	斧 二三夫 ………… 324	開高 健 …………… 8, 73
小沢 真理子 ……… 85	斧 冬二 …………… 127	海渡 英祐 …………… 31
小沢 美智恵 ……… 210	小野 不由美 ……… 352	海東 セラ …………… 39
小澤 由 …………… 296	小野 正嗣 …… 13, 177	海堂 尊 …………… 109
小沢 美智恵 ……… 75	緒野 雅裕 ………… 49	海堂 昌之 ………… 203
押井 岩雄 ………… 206	小野 正道 …………… 37	海冬 レイジ ……… 300
押川 国秋 ………… 132	小野 みずほ ……… 147	貝永 漁史 ………… 311
忍澤 勉 …………… 198	小野 美智子 ……… 251	戒能 靖十郎 ……… 134
押元 裕子 ………… 209	小野 光仁 …………… 68	海庭 良和 ………… 52
尾白 未果 ………… 134	小野 美和子 ……… 121	甲斐原 康 ………… 373
尾関 修一 ………… 300	小野木 朝子 ……… 316	櫂末 高彰 …………… 37
小薗 ミサオ ………… 44	小野里 良治 …… 93, 199	雅雲 すくね ……… 382
小田 銀兵衛 ……… 314	斧 のびる …………… 87	花風 神也 ………… 289
織田 作之助 ……… 318	小野寺 寛 ………… 246	加賀 乙彦 ……… 21, 204
織田 貞之 …………… 78	小野寺 史宜 …… 53, 329	加賀 隆久 …………… 5
織田 正吾 ………… 127	小幡 亮介 …………… 90	鏡 貴也 …………… 289
織田 卓之 ………… 251	小原 かずを ……… 313	各務 信 …………… 106
小田 岳夫 ……… 7, 286	小原 康二 ……… 25, 26	加賀屋 美津子 …… 6, 118
織田 武雄 ‥ 51, 127, 155, 208	小原 さやか ……… 195	賀川 敦夫 ………… 251
織田 武夫 ………… 227	尾原 由教 ………… 228	香川 浩彦 ………… 370
小田 忠生 ………… 195	小原 美治 …………… 28	香川 瑞希 ………… 364
小田 真紀恵 ……… 116, 140	小尾 十三 …………… 8	香川 みわ …………… 50
小田 実 ……………… 74	帯 正子 …………… 165	垣根 涼介 ………… 43,
小田 雅久仁 ……… 261	小見 勝栄 ………… 162	129, 259, 352, 361
織田 みずほ ……… 186	小見 さゆり ……… 211	垣花 咲子 ………… 371
小田 泰正 ………… 179	小山 歩 …………… 261	垣見 鴻 …………… 243
織田 百合子 ……… 382	尾山 晴繁 ………… 372	垣谷 美雨 ………… 158
尾高 修也 ………… 316	小山田 宣康 …………… 5	
小高 宏子 ………… 283		

角田 光代 …… 19, 57, 74, 135, 212, 219, 236, 275, 333	柏田 道夫 …… 55, 149, 372	片山 洋一 …………… 372
筧 ミツル …………… 290	柏原 兵三 ……………… 9	かたやま 和華 ……… 300
掛川 直賢 ……………… 59	柏谷 学 ………………… 6	勝浦 雄 ………………… 13
影名 浅海 …………… 184	梶原 武雄 ……………… 69	勝木 康介 ……………… 90
影山 勝俊 …………… 285	梶原 珠子 …………… 124	香月 尚 ………………… 66
景山 民夫 ……… 235, 360	春日 秋人 …………… 290	香月 夕花 ……………… 53
影山 稔 ……………… 293	春日 皓 ………………… 93	葛飾 千子 …………… 119
影山 雄作 …………… 211	春日 夕陽 …………… 279	勝野 ふじ子 ………… 243
伽古屋 圭市 ………… 110	春日 芳雄 …………… 278	勝俣 文子 ……………… 67
葛西 薫 ……………… 224	春日部 武 …………… 183	勝目 梓 ……………… 151
笠井 享子 …………… 118	香月 カズト …………… 26	勝山 朗子 …………… 209
笠井 潔 …………… 62, 331	上総 朋大 …………… 290	勝山 海百合 …… 261, 353
笠井 佐智子 ………… 349	数野 和夫 …………… 130	桂 修司 ……………… 109
葛西 三十四 …………… 66	香住 泰 ……………… 158	桂 環 ………………… 273
河西 美穂 …………… 309	霞 流一 ……………… 358	桂 望実 ……………… 333
笠置 勝一 …………… 126	粕谷 知世 …………… 261	桂 美人 ……………… 358
風際 透 ………………… 78	粕谷 日出美 ………… 247	桂川 秋香 …………… 314
笠原 さき子 ………… 240	加勢 俊夫 ……… 170, 370	桂木 香 ……………… 227
笠原 淳 ……… 10, 151, 179	加瀬 政広 …………… 159	桂城 和子 ……………… 78
笠原 藤代 …………… 121	風野 旅人 …………… 116	桂木 和子 …………… 225
笠原 靖 ………………… 49	風野 真知雄 ………… 374	葛城 範子 ……………… 16
風間 透 ……………… 270	風野 由依 …………… 364	葛城 真樹 …………… 279
風見 治 ………………… 83	風森 さわ …………… 302	門井 慶喜 ……………… 55
風視 のり …………… 164	片岡 正 ……………… 251	加藤 栄次 …………… 152
加地 慶子 ……………… 78	片岡 稔恵 …………… 165	加藤 薫 ………………… 54
梶 竜雄 ………………… 31	片岡 伸行 …………… 376	加藤 和子 ……………… 24
梶 よう子 …………… 337	片岡 永 ……………… 237	加藤 清子 …………… 356
梶井 俊介 …………… 308	片岡 真 ………… 39, 117	加藤 恵一 …………… 341
かじい たかし ………… 30	片岡 義男 …………… 345	加藤 建亜 ……… 112, 114
梶尾 真治 …………… 249	片上 天弦 …………… 173	加藤 聡 ………………… 37
梶木 洋子 ……………… 86	片桐 貞夫 …………… 114	加堂 秀三 ……… 151, 360
梶田 幸一 ………… 80, 81	片桐 里香 …………… 271	加藤 唱子 …………… 327
梶谷 啓子 …………… 101	片倉 一 ……………… 133	加藤 二良 …………… 339
梶永 正史 …………… 110	片島 麦子 ……… 39, 279	加藤 真司 ……… 107, 371
梶野 悳三 …………… 202	片瀬 チヲル …………… 92	加藤 末子 …………… 130
鹿島 建曜 …………… 198	片瀬 二郎 …………… 198	加藤 善也 …………… 121
鹿島 春光 ……………… 13	片瀬 由良 …………… 147	加藤 たけし ………… 294
鹿島田 真希 … 12, 276, 317	堅田 信 ……………… 100	加藤 剛 ……………… 278
梶山 季之 …………… 150	堅田 美穂 ……………… 99	加藤 哲史 …………… 363
カシュウ タツミ …… 263	片野 喜章 ……………… 53	加藤 富夫 ………… 5, 307
柏 朔司 ……………… 246	方波見 大志 ………… 329	加藤 敬尚 …………… 120
柏木 抄蘭 …………… 166	片山 禾城 …………… 185	加藤 元 ……………… 154
柏木 武彦 ……………… 57	片山 恭一 ……… 292, 308	加藤 日出太 ………… 124
柏木 千秋 …………… 201	片山 憲太郎 ………… 184	加藤 博子 …………… 291
柏木 智二 …………… 270	片山 奈保子 ………… 273	加藤 広之 …………… 216
柏木 春彦 ……………… 49	片山 秀紀 …………… 195	加藤 牧星 ……… 318, 319
柏木 露月 …………… 313	片山 ひろ子 …………… 45	加藤 政義 …………… 140
柏崎 恵理 …………… 355	片山 満久 …………… 271	加藤 真実 ……………… 41
柏崎 太郎 …………… 242	片山 峰子 ……………… 47	加藤 麻里子 …………… 67
	片山 ゆかり ………… 165	加藤 実秋 …………… 199

加藤 幹也 …… 96	鎌田 慶四郎 …… 296	河林 満 …… 308
加藤 幸子 …… 10, 179	鎌田 秀平 …… 297	川 ゆたか …… 345
加藤 由美子 …… 355	鎌田 理恵 …… 368	河合 莞爾 …… 359
加藤 霖雨 …… 225	釜谷 かおる …… 102	河合 酔華 …… 69
加藤 蓮 …… 201	蒲池 香里 …… 98	河井 大輔 …… 13
門倉 暁 …… 77	神秋 昌史 …… 185	川合 大祐 …… 240
門倉 ミミ …… 39	神尾 秀 …… 372	河合 民子 …… 84, 170, 370
上遠野 浩平 …… 220	上岡 儀一 …… 40, 100	川井 豊子 …… 47
かどわき みちこ …… 244	上川 龍次 …… 49	河合 ゆうみ …… 65
夏那 霊ヰチ …… 299	神狛 しず …… 353	河合 和香 …… 145
蚊那 霊ヰチ …… 201	上坂 高生 …… 155	河市 晄 …… 148
かな …… 254	神坂 一 …… 288	河内 潔士 …… 293
金井 美恵子 …… 168	上島 拓海 …… 36	川勝 篤 …… 179
金井 未来男 …… 113	上正路 理砂 …… 291	川上 健一 …… 151, 219
金川 太郎 …… 126	神代 明 …… 184	川上 澄生 …… 319
金沢 好博 …… 169	神津 慶次朗 …… 15	川上 千尋 …… 143
金丸 浅子 …… 227	神高 槍矢 …… 185	川上 直志 …… 374
加奈山 径 …… 196	上津 虞生 …… 124	川上 直彦 …… 113
蟹谷 勉 …… 87, 207, 251	カミツキレイニー …… 146	川上 弘美 …… 11, 19, 168, 205, 277
金木 静 …… 151	上村 亮平 …… 187	
かねくら 万千花 …… 148	神森 ふたば …… 370	川上 亮 …… 60, 288
金子 朱里 …… 143	神谷 鶴伴 …… 172	川上 未映子 …… 11, 205, 334
金子 きみ …… 287	神谷 よしこ …… 284	川上 稔 …… 220
金子 紘一 …… 253	神谷 隆一 …… 372	川岸 殴魚 …… 146
我如古 修二 …… 78	守山 忍 …… 310	川口 明子 …… 116, 225
我如古 聚二 …… 170	神山 裕右 …… 32	川口 大介 …… 288
金子 正樹 …… 68	神室 磐司 …… 373	川口 士 …… 289
金子 みづは …… 353	亀井 宏 …… 151	川口 松太郎 …… 231
金子 みつあき …… 278	亀田 滋 …… 344	川久保 流木 …… 303
金子 隆一 …… 281	亀谷 千鶴 …… 169	川越 一郎 …… 118
金城 一紀 …… 235, 333	蒲生 ゆかり …… 368	川崎 敬一 …… 52
金城 孝祐 …… 187	鴨川 沢叉 …… 177	川崎 草志 …… 358
金田 勲衛 …… 125	河屋 一 …… 289	川崎 英生 …… 113
金田 久璋 …… 200	華屋 初音 …… 284	河崎 愛美 …… 145
金原 ひとみ …… 11, 50, 187	賀谷 尚 …… 215	河崎 守和 …… 85, 86
兼光 恵二郎 …… 355	萱野 葵 …… 179	川崎 保憲 …… 69
加野 厚 …… 52	茅野 泉 …… 272	川崎 康宏 …… 288
狩野 昌人 …… 153	茅原 麦 …… 177	川崎 祐子 …… 243
狩野 あざみ …… 374	香山 暁子 …… 272	川崎 葉子 …… 363
叶 泉 …… 320	茅間 枝里 …… 194	川重 茂子 …… 218
加納 一朗 …… 257	香山 滋 …… 256, 321	川島 敬子 …… 336
加納 朋子 …… 15, 258	香山 純 …… 211	川島 泰一 …… 162
狩野 光人 …… 161	茅本 有里 …… 220	河島 忠 …… 251
香納 諒一 …… 158, 258	唐 十郎 …… 10	川瀬 七緒 …… 32
鹿原 育 …… 284	唐草 燕 …… 300	川瀬 義行 …… 281
香葉村 あすか …… 370	からくり みしん …… 342	川添 寿昭 …… 100
樺山 三英 …… 249	柄澤 昌幸 …… 203	川田 明 …… 93
鏑木 蓮 …… 32	唐島 純三 …… 104, 105, 200	川田 武 …… 280
加部 進 …… 93	苅米 一志 …… 149	河田 鳥城 …… 312
壁井 ユカコ …… 221	刈野 ミカタ …… 34	

川田 みちこ …………… 272	神崎 八重子 …………… 48	岸 文雄 ……………… 226
川田 弥一郎 …………… 32	神崎 リン ……………… 182	岸 祐介 ……………… 281
川田 裕美子 …………… 355	神田 茜 ………………… 176	貴志 祐介 …………… 250,
川田 龍 ………………… 294	神田 意智楼 …………… 315	259, 263, 334, 349
川田 礼子 ……………… 300	神田 順 ………………… 156	岸田 和子 ……………… 300
河内 きみ子 …………… 216	神田 メトロ …………… 183	岸田 淳子 ……………… 341
河内 幸一郎 …………… 269	貫洞 チヨ ……………… 24	岸田 るり子 …………… 15
河内 仙介 ……………… 232	神無月 りく …………… 148	岸根 誠司 ……………… 277
河出 智紀 ……………… 139	菅野 五郎 ……………… 296	来島 潤子 ……………… 165
川名 さちよ …………… 85	菅野 豫 ………………… 363	木島 次郎 ……………… 252
川中 大樹 ……………… 266	管乃 了 ………………… 56	木島 たまら …………… 159
川浪 樗弓 ……………… 311	樺 鼎太 ………………… 124	岸間 信明 ……………… 152
河野 敬子 ……………… 326	上林 暁 …………… 73, 366	鬼島 礼 ……… 161, 162, 163
川野上 裕美 …………… 216	神林 長平 ………… 250, 280	岸本 みか ……………… 292
川端 克二 ……………… 125	蒲原 二郎 ……………… 320	喜舎場 直子 …………… 170
川端 要寿 ……………… 196	蒲原 文郎 ……………… 76	岸山 真理子 …………… 382
川端 好子 ……………… 162	かんべ むさし ………… 249	木塚 昌宏 ………… 86, 207
河林 潤 ………………… 362	神部 龍平 ………… 77, 118	木杉 教 ………………… 79
河原 明 ………………… 273		来生 直紀 ……………… 290
河原 晋也 ……………… 35	【き】	木曽 高 …………… 93, 161
河原 千恵子 …………… 160		儀村 方夫 ……………… 269
河原 未来 ……………… 78	熙 於志 ………………… 52	喜田 久美子 …………… 103
川原 礫 ………………… 222	紀伊 楓庵 ……………… 141	北 重人 …………… 43, 55
川辺 純可 ……………… 164	木内 昇 ………………… 236	木田 孝夫 ……………… 225
川辺 豊三 ……………… 321	勢 九二五 ……………… 322	きだ たかし …………… 83
川又 千秋 ……………… 249	岐川 新 ………………… 65	木田 拓雄 ……………… 179
河丸 裕次郎 …………… 373	木々 高太郎 ……… 231, 256	喜多 唯志 ……………… 345
川村 晃久 ……………… 281	木々乃 すい …………… 120	木田 肇 ………………… 50
川村 晃 ………………… 9	稀響 …………………… 364	喜多 ふあり …………… 318
川邑 径子 ……………… 324	きく れいこ …………… 67	希多 美咲 ……………… 380
川村 元気 ……………… 335	菊池 一夫 …………… 23, 24	喜多 みどり …………… 64
河村 孝次 ……………… 339	菊池 佐紀 ……………… 101	北 杜夫 ………………… 8
川村 寿子 ……………… 377	菊池 末男 ……………… 25	喜多 由布子 …………… 369
川村 久志 ……………… 52	菊池 瞳 ………………… 273	喜多 喜久 ……………… 110
川村 蘭世 ……………… 272	菊地 真千子 …………… 379	北入 聡 ………………… 115
川本 晶子 ……………… 203	菊地 美花 ……………… 297	北岡 克子 ……………… 78
川本 俊二 ……………… 317	菊地 祐美 ……………… 364	北岡 耕二 ……………… 309
川本 松三 ……………… 104	菊野 啓 ………………… 229	北岡 信吾 ……………… 69
川本 和佳 ……………… 39	菊村 到 …………… 8, 306	北方 謙三 ……………… 62,
川森 知子 ……………… 163	騎西 一夫 ……………… 58	134, 257, 265, 301, 360
瓦野 厳太郎 …………… 69	希崎 火夜 ……………… 140	北上 健 ………………… 294
河原谷 創次郎 ………… 373	木崎 さと子 ……… 10, 308	北上 菜々子 …………… 224
菅 靖匡 ………………… 372	木崎 ちあき …………… 223	北上 実 ………………… 336
神吉 拓郎 ………… 88, 234	木崎 巴 ………………… 308	北川 瑛治 ……………… 243
柑橘 ペンギン ………… 30	如月 天音 ……………… 372	北川 修 ………………… 151
玩具堂 ………………… 183	如月 恵 ………………… 217	北川 省一 ……………… 336
神崎 紫電 ……………… 146	木更木 春秋 …………… 65	北川 拓磨 ……………… 183
神崎 信一 ……………… 224	木地 雅映子 …………… 91	北川 寿二 ……………… 339
神崎 武雄 ……………… 232		北川 宗哉 ……………… 341
神崎 照子 ………… 354, 355		北川 悠 ………………… 378

北川 玲子 …… 295	木戸 柊子 …… 114	木村 嘉孝 …… 54
北国 浩二 …… 249	城戸 則人 …… 174, 214	木村 令胡 …… 296, 297
北郷 菜奈美 …… 364	樹戸 英斗 …… 221	木村 玲吾 …… 319
北阪 昌人 …… 209	木戸 ひろ子 …… 137	機本 伸司 …… 110
北沢 栄次郎 …… 174, 214	木戸 博子 …… 78	木本 雅彦 …… 37
北沢 紀味子 …… 246	城戸 光子 …… 260	喜安 幸夫 …… 17
北沢 汎信 …… 61	鬼頭 恭二 …… 125	木山 大作 …… 127
北沢 美勇 …… 126	樹童 片 …… 372	邱 永漢 …… 181, 232
北島 春石 …… 312	城殿 智行 …… 382	牛 次郎 …… 346
喜多嶋 隆 …… 152	木爾 チレン …… 56	泣洟 漁郎 …… 312
北城 景 …… 368	鬼内 仙次 …… 349	九哉 隆志 …… 240
北園 孝吉 …… 125	生成 順次 …… 281	狂 …… 140
北田 倫 …… 292	聴猫 芝居 …… 222	京極 夏彦 …… 135,
北岳 登 …… 169	樹乃 タルオ …… 170	236, 258, 332, 352
北野 安騎夫 …… 149	木下 訓成 …… 44,	響咲 いつき …… 65
北野 茨 …… 18	81, 216, 252, 270	京田 純一 …… 339
北野 華岳 …… 311	木下 祥 …… 133	京本 蝶 …… 141
北野 牧人 …… 336	樹下 昌史 …… 206	清岡 卓行 …… 9
北野 道夫 …… 310	木之下 白蘭 …… 125	清沢 晃 …… 54
北野 勇作 …… 250, 260, 281	木下 文緒 …… 57	清瀬 マオ …… 56
北乃坂 柾雪 …… 61	木下 古栗 …… 92	清岳 こう …… 41
北畠 令子 …… 355	木下 昌輝 …… 53	清谷 閑子 …… 122
北林 耕生 …… 345	木原 象夫 …… 242	清津 郷子 …… 350
北原 亜以子 …… 168, 179, 235	木原 幹夫 …… 81	清野 栄一 …… 309
北原 真一 …… 112	君条 文則 …… 149	清野 竜 …… 239
北原 双治 …… 262	木村 明美 …… 377	清原 つる代 …… 170
北原 立木 …… 114	木村 一郎 …… 319	清藤 コタツ …… 36
北原 なお …… 355	木村 逸司 …… 174, 214	吉来 駿作 …… 12, 330
北原 尚生 …… 355	木村 和彦 …… 303	桐 りんご …… 327
北原 文雄 …… 270	木村 華奈美 …… 325	桐井 生 …… 296
北原 深雪 …… 240	木村 清 …… 124	桐衣 朝子 …… 145
北原 リエ …… 165	木村 久美 …… 215	霧崎 雀 …… 147
北町 一郎 …… 125	木村 紅美 …… 309	きりしま 志帆 …… 274
喜多見 かなた …… 183	木村 光理 …… 103	桐谷 正 …… 374
北峯 忠志 …… 24, 25	木村 コト …… 354	霧友 正規 …… 290
北村 薫 …… 236, 258	木村 春作 …… 142	桐野 夏生 …… 32,
北村 周一 …… 78, 116, 339	木村 心一 …… 289	135, 136, 205, 235, 258, 368
北村 染衣 …… 272	木村 荘十 …… 125, 232	桐山 喬平 …… 85
北村 長史 …… 246	木村 大志 …… 34	霧山 登 …… 200, 377
北村 洪史 …… 328	木村 千春 …… 100	桐生 悠三 …… 16, 53
北村 満緒 …… 165	木村 とし子 …… 122	桐生 祐狩 …… 264
北元 あきの …… 34	木村 英代 …… 291	桐渡 紀一郎 …… 93
北森 鴻 …… 15, 258	木村 裕美 …… 195	金 鶴泳 …… 316
北柳 あぶみ …… 79	木村 富美子 …… 66	金 啓子 …… 304
北山 幸太郎 …… 225	木村 政巳 …… 124	金 重明 …… 13, 375
北山 大詩 …… 300	木邑 昌保 …… 375	金 聖珉 …… 208
橘川 有弥 …… 309	木村 みどり …… 125	金 真須美 …… 39, 317
稀月 優己 …… 279	木村 百草 …… 147	金 蓮花 …… 272
木戸 織男 …… 122	木村 友祐 …… 187	銀貨 …… 148
	木村 芳夫 …… 270	

金閣寺 ドストエフスキー 141	久世 禄太 144	玖村 まゆみ 32
金城 真悠 170	九谷 桑樹 126	久米 薫 124
金城 光政 371	朽葉屋 周太郎 222	久米 天琴 173
銀林 みのる 260	九月 文 65	久米 徹 124
	杳沢 久里 368	雲藤 みやび 195
【く】	杳澤 佳純 296	雲村 俊慥 262
	久網 さざれ 343	倉狩 聡 265
	工藤 亜希子 28	倉坂 葉子 46
九丘 望 222	工藤 憲五 224	倉科 田人 163
陸 凡鳥 146	工藤 健策 218	倉科 登志夫 239
久賀 理世 273	工藤 重信 58	倉島 斉 179
九鬼 蛍 182	久藤 冬貴 380	倉世 春 380
十八鳴浜 鷗 79	工藤 雅子 281	蔵薗 優美 174, 215
久下 貞三 69	工藤 みのり 144	倉田 樹 289
公家 裕 294	久遠 九音 30	倉田 東平 162
日下 圭介 31, 257	国沢 あゆみ 41	倉知 淳 331
日下 次郎 174, 214	国梓 としひで 171	倉津 一義 246
日下 奈々 240	国広 正人 265	倉橋 寛 107
日下 典子 300	国本 まゆみ 284	倉橋 由美子 166
草部 貴史 142	国吉 史郎 116, 355	倉林 洋子 156
草川 八重子 44	国吉 真治 371	蔵原 惟和 83
草木野 鎮 35	国吉 高史 170	倉吹 ともえ 147
草住 司郎 104	九人 龍輔 67	倉光 俊夫 8
草薙 アキ 30, 290	櫟元 健 46	倉村 実水 284
草薙 一雄 126	久根乃内 十九 20	倉持 れい子 17, 238
草薙 紘一 322	久保 綱 245	倉本 由布 271
草薙 秀一 311	久保 昌身 173, 214	栗 進介 105, 378
草薙 渉 159	窪 美澄 56, 334, 335, 349, 352	栗栖 喬平 345
草野 比佐男 206, 294	窪川 鶴次郎 316	栗田 つや子 162
草原 克芳 194	窪川 稔 125	栗田 教行 346
草部 和子 322	久保田 匡子 38, 101	栗田 平作 130
草間 克芳 194	久保田 大樹 217	栗田 ムネヲ 115
草間 茶子 283	久保田 万太郎 365	栗田 有起 186
草間 弥生 346	久保田 三千代 48	栗林 佐知 153, 203
国梓 トシヒデ 270	久保田 弥代 201	栗原 章 70
櫛木 理宇 160, 265	久保田 凛香 92	栗原 ちひろ 64
久嶋 薫 272	久保寺 健彦 261, 279	栗府 二郎 220
久島 達也 86	窪庭 忠雄 70	栗本 薫 31, 250, 360
九条 司 115	久麻 當郎 141	栗谷川 虹 44
九条 菜月 133	熊谷 敬太郎 169	栗山 富明 277
楠 淳生 105	熊谷 秀介 141	九瑠 久流 140
楠木 誠一郎 262	熊谷 達男 25	車谷 長吉 74, 235, 287
久住 隈苅 372	熊谷 達也 159, 236, 352	胡桃沢 耕史 234, 257
楠見 千鶴子 121	熊谷 独 128	黒 史郎 353
楠見 朋彦 186	熊谷 雅人 34	黒井 千次 204, 367
楠本 幸子 305	熊谷 政江 324	黒板 拡子 122
楠本 洋子 350	熊田 保市 207	黒岩 重吾 127, 150, 233
久世 光彦 351	熊久 平太 174, 214	黒岩 真央 144
		黒岩 夕城 163

黒岩 龍太 … 52		高円寺 文雄 … 125, 208
玄川 舟人 … 312	【け】	荒佳 清 … 376
玄川 小漁 … 312		幸川 牧生 … 51
黒川 創 … 367		紅玉 いづき … 221
黒川 博行 … 128, 258	邢彦 … 120	香月 せりか … 273
黒川 裕子 … 133	景生 洛 … 35	向坂 唯雄 … 199
黒河内 桂林 … 314	慶野 由志 … 185	香里 了子 … 152, 374
黒郷里 鏡太郎 … 51	気賀沢 清司 ‥ 71, 72, 238, 239	浩祥 まきこ … 272
黒坂 源悦 … 5, 6	劇団ひとり … 333	香月 紗江子 … 146
黒崎 緑 … 128	玄 月 … 11, 108	上月 文青 … 56
黒崎 良乃 … 117	源 五郎 … 94	高妻 秀樹 … 119, 373
黒沢 いづ子 … 52	謙 東弥 … 28	幸田 文 … 167, 365
黒沢 絵美 … 237	源河 朝良 … 369	合田 圭希 … 49
黒澤 珠々 … 346	剣先 あおり … 353	耕田 はる亜 … 324
黒沢 利夫 … 70	源氏 鶏太 … 232	幸田 茉莉 … 363
黒田 晶 … 317	軒上 泊 … 52	金南 一夫 … 28
黒田 馬造 … 45, 206	剣持 鷹士 … 199	河野 修一郎 … 307
黒田 宏治郎 … 316	玄侑 宗久 … 11	河野 多恵子 … 9, 19, 74, 167, 204, 224, 366
黒田 夏子 … 12, 382		高野 冬子 … 273
黒田 孝高 … 303	【こ】	河野 信子 … 291
黒武 洋 … 330		河野 典生 … 62, 256
黒津賀 来志 … 37		河野 裕人 … 216
黒野 伸一 … 87	小荒井 新佐 … 298	香野 雅紀 … 281
黒羽 英二 … 316	小荒井 実 … 296	河野 唯 … 41
黒葉 雅人 … 249	小嵐 九八郎 … 361	郷原 建樹 … 262
黒萩 知 … 100	小池 昌代 … 74	香村 日南 … 284
黒部 順拙 … 79	小池 真理子 ‥ 135, 235, 258	小浦 裕子 … 138
黒部 亨 … 90, 123	小池 雪 … 273	高麗 太一 … 195
黒薮 次男 … 44	後池田 真也 … 60	古賀 剛 … 72
久和 まり … 379	小石丸 佳代 … 84	古賀 純 … 68
桑井 朋子 … 102, 309	小泉 順 … 163	古賀 珠子 … 90
久和崎 康 … 152	小泉 直子 … 71	古賀 千冬 … 145
桑田 研一 … 363	小泉 一 … 104	古賀 宣彦 … 17, 341
桑田 忠親 … 316	小泉 美子子 … 66	木枯舎 … 172
桑田 淳 … 289	小泉 八束 … 289	鼓川 亜希子 … 139
桑高 喜秋 … 302	小泉 良二 … 112	小木 君人 … 146
桑原 一世 … 186	小磯 良子 … 179	古口 裕子 … 244
桑原 恭子 … 121	小糸 なな … 274	国分 光明 … 224
桑原 幹夫 … 307	鯉沼 晴二 … 200	小久保 修 … 342
桑原 水菜 … 272	こいわい ハム … 34	小久保 純子 … 283
桑原 優子 … 296	小祝 百々子 … 310	小久保 均 … 173, 213
桑元 謙芳 … 46	紅 … 132	小暮 静 … 336
桑山 幸子 … 103	郷 音了 … 377	小郷 穆子 … 83
郡司 道子 … 194	郷 静子 … 9	九重 一木 … 183
薫田 泰子 … 80	高 テレサ … 113, 115	九重 遙 … 35
	甲 紀枝 … 272	ココロ 直 … 273
	耕 治人 … 286, 366	小佐 一成 … 373
	鴻 みのる … 224	小堺 美夏子 … 76

小作 加奈 …… 194	伍東 和郎 …… 54	小林 俊彦 …… 324
こざわ たまこ …… 56	後藤 紀一 …… 9	小林 成美 …… 120
越 智男 …… 137	後藤 公丸 …… 228	小林 猫太 …… 244
小鹿 進 …… 124	後藤 幸次郎 …… 96	小林 信子 …… 243
越谷 オサム …… 261	木堂 椎 …… 346	小林 春郎 …… 319
越川 洋一 …… 195	後藤 翔如 …… 152	小林 英文 …… 269
越沼 初美 …… 152	後藤 杉彦 …… 127	小林 仁美 …… 54
小島 明 …… 199	後藤 知朝子 …… 164	小林 宏暢 …… 143
小島 小陸 …… 203	後藤 照子 …… 174, 214	小林 フユヒ …… 380
児島 晴浜 …… 313, 314, 315	後藤 博之 …… 104	小林 実 …… 98
小島 泰介 …… 124	後藤 みな子 …… 316	小林 美保子 …… 339
小島 達矢 …… 176	後藤 明生 …… 59, 111, 204, 286	小林 美代子 …… 90
小島 信夫 …… 8, 204, 367	後藤 祐迅 …… 34	小林 めぐみ …… 288
小島 久枝 …… 77	後藤 利衣子 …… 370	小林 綿 …… 296
小島 正樹 …… 106	琴平 稜 …… 290	小林 友 …… 313
小島 水青 …… 353	小中 陽太郎 …… 276	こばやし ゆうき …… 61
小嶋 陽太郎 …… 320	児波 いさき …… 271	小林 由香 …… 158
小島 義徳 …… 172	小西 京子 …… 116	小林 ゆり …… 203
五条 瑛 …… 43	小西 保明 …… 7	小林 義彦 …… 116
古城町 新 …… 243	小沼 燦 …… 121	小林 陸 …… 144
後白河 安寿 …… 274	小沼 水明 …… 319	小林 林之助 …… 124
小杉 英了 …… 265	小沼 まり子 …… 273	小針 鯛一 …… 156
小杉 謙后 …… 125	木ノ歌 詠 …… 300	小檜山 博 …… 82, 328
小杉 健治 …… 54, 257, 360	近村 英一 …… 147	小堀 新吉 …… 52
小杉 浩策 …… 294	木場 博 …… 339, 341	小堀 敏雄 …… 354
小杉 雄二 …… 124	古波蔵 信忠 …… 370	小堀 文一 …… 114
小杉 れい …… 174, 215	小橋 啓 …… 170	小堀 雄 …… 69
秋桜 …… 254	小橋 博 …… 98, 181	駒井 れん …… 13
古生 愛恵 …… 363	虎走 かける …… 223	駒田 信二 …… 268
戸切 冬樹 …… 311	小浜 清志 …… 308	駒田 忠 …… 3
五代 剛 …… 271	小林 勇 …… 69	小松 左京 …… 249, 257, 280
五代 夏未 …… 307	小林 井津志 …… 118	小松 重男 …… 52
五代 ゆう …… 288	小林 計夫 …… 69, 70	小松 滋 …… 125
小滝 ダイゴロウ …… 356	小林 克巳 …… 21	小松 征次 …… 41
小竹 陽一朗 …… 317	小林 勝美 …… 200, 377, 378	小松 のり …… 244
木立 嶺 …… 249	小林 叶奈 …… 364	小松 弘明 …… 107
小谷 章 …… 200	小林 がる …… 290	小松 光宏 …… 54
小谷 絹代 …… 46	小林 久三 …… 31, 62	小松 未都 …… 237
木谷 恭介 …… 149	小林 卿 …… 373	小松 美奈子 …… 297
小谷 剛 …… 8	小林 恭二 …… 57	小松 由加子 …… 273
小谷 真理 …… 250	小林 霧野 …… 372	小松崎 松平 …… 21
谺 健二 …… 15	小林 ぎん子 …… 270	駒林 六十二 …… 130
児玉 サチ子 …… 303	小林 栗奈 …… 356, 379	小鞠 小雪 …… 142
小玉 武 …… 49	小林 研治 …… 105	五味 康祐 …… 8
児玉 ヒサト …… 7	小林 信次 …… 130	こみこ みこ …… 327
小茶 冨美江 …… 209	小林 泰三 …… 263	小湊 悠貴 …… 380
小手鞠 るい …… 57, 136	小林 拓 …… 119	小南 三郎 …… 5
小寺 秋雨 …… 313	小林 長太郎 …… 49	小峰 元 …… 31
後藤 彰彦 …… 20	小林 天眠 …… 172	コミネ ユキオ …… 369
後藤 一平 …… 195		小室 千鶴子 …… 376

米谷 ふみ子 ‥ 10, 168, 179, 308	紺野 洋子 ‥‥‥‥‥‥ 137	佐伯 一麦 ‥‥‥‥ 57, 82, 275
米谷 実 ‥‥‥‥‥‥‥‥ 194		佐伯 恵子 ‥‥‥‥‥‥‥ 70
小森 喜四朗 ‥‥‥‥‥ 373	【さ】	佐伯 ツカサ ‥‥‥‥‥‥ 14
小森 淳一郎 ‥‥‥‥‥ 142		佐伯 享 ‥‥‥‥‥‥‥‥ 71
小森 隆司 ‥‥‥‥‥‥‥ 49		佐伯 葉子 ‥‥‥‥‥‥‥ 77
小森 好彦 ‥‥‥‥‥‥ 108	沙絢 ‥‥‥‥‥‥‥‥ 254	佐伯 怜 ‥‥‥‥‥‥‥ 163
小屋 幸保 ‥‥‥‥‥‥ 163	彩院 忍 ‥‥‥‥‥‥ 201	冴桐 由 ‥‥‥‥‥‥‥ 203
古谷田 奈月 ‥‥‥‥‥ 261	彩永 真司 ‥‥‥‥‥ 139	三枝 零一 ‥‥‥‥‥‥ 221
小柳 義則 ‥‥‥‥ 86, 117	雑賀 俊一郎 ‥‥‥‥ 372	冴崎 伸 ‥‥‥‥‥‥‥ 261
小山 有人 ‥‥‥‥‥‥ 179	彩河 杏 ‥‥‥‥‥‥ 271	佐枝 せつ子 ‥‥‥‥‥ 339
小山 伊 ‥‥‥‥‥‥‥ 296	斉木 香津 ‥‥‥‥‥ 145	早乙女 秀 ‥‥‥ 122, 125
小山 幾 ‥‥‥‥‥‥‥ 304	斎樹 真琴 ‥‥‥‥‥ 154	早乙女 朋子 ‥‥‥‥‥ 159
小山 いと子 ‥‥‥ 210, 232	税所 隆介 ‥‥‥‥‥‥ 55	早乙女 貢 ‥‥‥‥‥‥ 233
小山 花礁 ‥‥‥‥‥‥ 312	西条 倶吉 ‥‥‥‥‥ 211	佐賀 純一 ‥‥‥‥‥‥ 322
小山 啓子 ‥‥‥‥‥‥‥ 17	西條 奈加 ‥‥‥‥ 241, 261	佐賀 潜 ‥‥‥‥‥‥‥‥ 31
小山 甲三 ‥‥‥‥‥‥ 125	斉田 理 ‥‥‥‥‥‥‥ 66	坂井 希久子 ‥‥‥‥‥‥ 53
小山 鎮男 ‥‥‥‥‥‥‥ 86	斉藤 朱美 ‥‥‥‥‥ 152	境 京亮 ‥‥‥‥‥‥‥‥ 35
小山 タケル ‥‥‥‥‥ 290	斉藤 逸子 ‥‥‥‥‥ 336	酒井 健亀 ‥‥‥‥‥‥‥ 51
小山 牧子 ‥‥‥‥‥‥ 121	斎藤 盈世 ‥‥‥‥‥ 163	坂井 健二 ‥‥‥‥‥‥‥ 85
小山 真弓 ‥‥‥‥‥‥ 272	斉藤 啓一 ‥‥‥‥‥ 344	酒井 正二 ‥‥‥‥ 297, 363
小山 弓 ‥‥‥‥‥‥‥‥ 16	斎藤 渓舟 ‥‥‥‥‥ 172	坂井 大助 ‥‥‥‥‥‥‥ 69
小山田 浩子 ‥‥‥‥‥‥ 50	斉藤 栄 ‥‥‥‥‥ 31, 322	酒井 牧子 ‥‥‥‥‥‥ 166
古流斗 廉 ‥‥‥‥‥‥ 324	斉藤 紫軒 ‥‥‥‥ 173, 313	酒井 幸雄 ‥‥‥‥ 104, 105
是方 直子 ‥‥‥‥‥‥ 283	斎藤 純 ‥‥‥‥‥‥ 258	酒井 龍輔 ‥‥‥‥‥‥‥ 58
是鐘 リュウジ ‥‥‥‥‥ 38	斎藤 俊一 ‥‥‥‥‥ 242	境田 吉孝 ‥‥‥‥‥‥ 147
ころみごや ‥‥‥‥‥‥ 30	斉藤 昌三 ‥‥‥‥‥ 307	坂入 慎一 ‥‥‥‥‥‥ 221
	斉藤 真也 ‥‥‥‥‥‥ 34	坂上 天陽 ‥‥‥‥‥‥ 372
今 官一 ‥‥‥‥‥ 232, 254	斉藤 せち ‥‥‥‥‥ 238	栄野 弘 ‥‥‥‥‥‥‥ 303
今 東光 ‥‥‥‥‥‥‥ 232	斉藤 せつ子 ‥‥‥‥ 224	坂上 弘 ‥‥‥‥ 74, 211, 367
昆 飛雄 ‥‥‥‥‥‥‥ 288	齊藤 朋 ‥‥‥‥‥‥ 351	坂上 富志子 ‥‥‥‥‥ 114
今 日出海 ‥‥‥‥‥‥ 232	齋藤 智裕 ‥‥‥‥‥ 330	榊 一郎 ‥‥‥‥‥‥‥ 288
紺谷 猛 ‥‥‥‥‥‥‥ 341	斉藤 直子 ‥‥‥‥‥ 261	榊 邦彦 ‥‥‥‥‥‥‥ 176
近藤 啓太郎 ‥‥‥‥‥‥ 8	西東 登 ‥‥‥‥‥‥‥ 31	榊 初 ‥‥‥‥‥‥‥‥ 350
近藤 紘一 ‥‥‥‥‥‥ 211	斎藤 久江 ‥‥‥‥‥ 243	榊原 直人 ‥‥‥‥ 52, 322
近藤 早希子 ‥‥‥‥‥ 209	齊藤 洋大 ‥‥‥ 79, 117, 350	榊原 葉子 ‥‥‥‥‥‥ 246
近藤 左弦 ‥‥‥‥‥‥ 183	斉藤 弘志 ‥‥‥‥‥ 340	榊原 隆介 ‥‥‥‥‥‥‥ 44
近藤 善太郎 ‥‥‥‥‥‥ 86	斎藤 史子 ‥‥‥‥‥‥ 38	榊山 潤 ‥‥‥‥‥‥‥ 178
近藤 勲公 ‥‥‥‥ 84, 207	斉藤 正道 ‥‥‥‥‥‥ 93	坂口 安吾 ‥‥‥‥‥‥ 256
近藤 弘子 ‥‥‥‥ 39, 57	さいとう 学 ‥‥‥‥ 119	坂口 公 ‥‥‥‥‥‥‥ 239
近藤 弘俊 ‥‥‥‥‥‥‥ 90	斎藤 澪 ‥‥‥‥‥‥ 357	坂口 博 ‥‥‥‥‥‥‥ 293
近藤 史恵 ‥‥‥‥ 15, 43, 333	斎藤 道子 ‥‥‥‥‥ 296	坂口 雅美 ‥‥‥‥‥‥ 102
権藤 実 ‥‥‥‥‥‥‥ 274	斎藤 光顕 ‥‥‥‥‥ 375	坂口 褌子 ‥‥‥‥‥‥ 177
近藤 良夫 ‥‥‥‥‥‥ 111	斉藤 百伽 ‥‥‥‥‥ 148	逆瀬川 樹生 ‥‥‥‥‥‥ 28
近内 泰一 ‥‥‥‥‥‥ 297	斎藤 洋大 ‥‥‥‥‥‥ 28	坂田 太郎 ‥‥‥‥‥‥ 126
今野 緒雪 ‥‥‥‥‥‥ 272	斎藤 嘉徳 ‥‥‥‥‥ 131	阪田 寛夫 ‥‥‥‥‥‥ 9, 73
今野 和子 ‥‥‥‥‥‥ 244	斎藤 理恵子 ‥‥‥‥‥ 27	佐方 瑞歩 ‥‥‥‥‥‥ 140
紺野 仲右エ門 ‥‥‥‥ 356	賽目 和七 ‥‥‥‥‥ 147	坂谷 照美 ‥‥‥‥‥‥ 308
紺野 夏子 ‥‥‥‥‥‥ 292	佐浦 文香 ‥‥‥‥‥ 157	阪中 正夫 ‥‥‥‥‥‥‥ 58
今野 敏 ‥‥‥ 259, 345, 352, 361	佐江 衆一 ‥‥‥‥ 224, 240	坂永 雄一 ‥‥‥‥‥‥ 198
紺野 真美子 ‥‥‥‥ 81, 237		

阪西 夫次郎 ……………… 125	桜井 ひかり ………… 284, 327	笹本 定 …………… 287, 322
阪野 陽花 …………… 79, 351	桜井 牧 ………………… 288	笹本 寅 ………………… 274
坂場 さや ……………… 162	桜井 美奈 ……………… 222	笹本 稜平 …………… 43, 129
坂原 瑞穂 ……………… 305	桜井 木綿 ……………… 132	笹山 久三 ………… 218, 317
佐加美 登志雄 …………… 20	桜井 義夫 ……………… 20	指方 恭一郎 ………… 86, 169
坂本 昭和 ……………… 207	桜木 紫乃 …… 53, 136, 236	佐島 佑 ………………… 265
坂本 和也 ……………… 36	桜木 祐未 ……………… 119	佐宗 湖心 ……………… 173
坂本 光一 ……………… 32	桜糀 乃々子 …………… 144	佐多 稲子 …………… 73, 167
阪本 佐多生 ……………… 98	桜沢 みなみ …………… 284	佐田 暢子 ………… 103, 195
坂本 善三郎 ………… 85, 358	桜田 忍 ………………… 54	定岡 章司 ……………… 323
坂本 公延 ………… 174, 215	櫻田 しのぶ …………… 76	定形 美恵子 …………… 162
坂本 直子 ……………… 368	桜田 常久 …………… 8, 274	定金 伸治 ……………… 139
阪本 直子 ……………… 285	櫻田 智也 ……………… 342	貞刈 みどり …………… 292
坂本 美智子 ……… 355, 356	桜庭 馨 ………………… 164	佐竹 一彦 ……………… 54
坂本 康宏 ……………… 248	桜庭 一樹 … 236, 259, 333, 334	佐竹 幸吉 …………… 93, 163
坂本 遊 ………………… 47	酒見 賢一 ………… 260, 326	貞次 シュウ …………… 254
佐川 光晴 …… 179, 219, 276	最向 涼子 ……………… 309	左館 秀之助 ……… 98, 223
佐間 せつ子 ……… 174, 214	左近 育子 ……………… 262	五月 史 ………………… 94
沙木 とも子 ……… 353, 354	笹 耕市 ………………… 120	佐藤 愛子 ………… 167, 233
沙木 実里 ………… 79, 237	佐々 寿美枝 …………… 247	佐藤 亜紀 ………… 260, 361
佐木 隆三 ………… 18, 234	佐々木 秋 ……………… 278	佐藤 明子 ……………… 51
匂坂 日名子 ……………… 25	佐々木 悦子 …………… 100	佐藤 明裕 ……………… 243
鷺沢 萠 ………………… 308	佐々木 邦子 …………… 211	佐藤 あつこ …………… 207
咲田 哲宏 ……………… 60	佐々木 国広 …………… 78	佐藤 亜有子 …………… 317
崎谷 真琴 ……………… 380	佐々木 恵子 …………… 81	佐藤 郁子 ……………… 6
崎浜 慎 …………… 171, 371	佐々木 謙次 …………… 294	佐藤 いずみ …………… 237
崎村 裕 …………… 171, 238	佐々木 沙織 …………… 278	沙藤 一樹 ……………… 263
崎村 亮介 ……………… 53	佐々木 湘 ……………… 103	佐藤 夏蔦 ……………… 124
崎山 麻夫 ……… 83, 170, 370	佐々木 二郎 …………… 151	佐藤 香代子 …………… 354
崎山 多美 ………… 83, 169	佐々木 健朗 ……… 174, 214	佐藤 巌太郎 …………… 53
左京 潤 ………………… 290	佐々木 禎子 …………… 69	佐藤 鬼子夫 …………… 161
咲木 ようこ …………… 217	佐々木 信子 ……… 78, 207	佐藤 ケイ ……………… 221
さくしゃ ………………… 140	佐々木 初子 …………… 209	佐藤 賢一 ………… 159, 235
咲乃 月音 ……………… 267	ささき まさき ………… 141	里生 香志 ……………… 123
佐久間 しのぶ ………… 296	佐々木 増博 …………… 79	さとう さくら …………… 267
佐久間 直樹 …………… 161	佐々木 丸美 …………… 245	佐藤 三治郎 …………… 118
佐久間 典子 ……… 295, 363	佐々木 実 ……………… 24	佐藤 繁 ………………… 104
さくま ゆうこ ………… 380	佐々木 みほ …………… 381	佐藤 茂 ………………… 260
佐久吉 忠夫 …………… 309	佐々木 悠紀子 ………… 24	佐藤 正午 ……………… 186
桜 こう ………………… 146	佐々木 譲 … 52, 236, 258, 351	沙藤 童 ………………… 134
佐倉 淳一 ……………… 359	佐々木 義典 …………… 227	佐藤 青南 ……………… 110
佐倉 礼 ………………… 215	笹倉 明 ………… 128, 186, 235	佐藤 説子 ……………… 227
佐倉 れみ ……………… 231	笹沢 左保 ……… 150, 256, 265	佐藤 そのみ …………… 143
桜井 鈴茂 ……………… 13	佐々島 貞子 …………… 364	佐藤 大介 ………… 297, 364
桜井 琢巳 ……………… 20	笹田 隆志 ……………… 4	佐藤 高市 ……………… 21
櫻井 千姫 ……………… 254	細音 啓 ………………… 289	佐藤 多佳子 ……… 333, 361
桜井 翼 ………………… 281	笹峰 良仁 ……………… 60	佐藤 正 ………………… 25
桜井 利枝 ……………… 269	細雪 …………………… 148	佐藤 ちあき …………… 380
桜井 晴也 ……………… 318	笹本 敦史 ……………… 48	佐藤 哲也 ……………… 260

佐藤 得二	……………	233
佐藤 俊治	……………	86
佐藤 智加	……………	317
佐藤 豊彦	……………	3
佐藤 のぶき	………	118, 119
佐藤 憲胤	……………	92
佐藤 春夫	……………	365
佐藤 春子	……………	142
佐藤 久子	……………	294
佐藤 弘夫	……………	213
佐藤 弘	……………	180
佐藤 牡丹	……………	279
佐藤 雅美	……………	235
佐藤 雅通	……………	296
佐藤 学	……………	86
佐藤 美加子	……………	354
佐藤 光子	……………	83
佐藤 峰美	……………	363
佐藤 八重子	……………	130
佐藤 泰志	……………	121
佐藤 康裕	……………	194
佐藤 優紀	……………	297
佐藤 由希子	……………	364
佐藤 洋二郎	………	82, 275
佐藤 義弘	……………	363
佐藤 竜一郎	……………	308
佐藤 龍太	……………	26
佐藤 了	……………	37
佐藤 れい子	……………	270
里見 弴	……………	365
里見 蘭	……………	261
里村 洋子	……………	270
佐渡谷 重信	……………	292
里利 健介	……………	124
真田 和	……………	153
真田 コジマ	……………	329
真田 左近	……………	373
真田 たま子	……………	209
真田 文香	……………	303
佐抜 慎一	……………	286
佐野 暎子	………	40, 41
佐野 順一郎	……………	315
佐野 多紀枝	……………	130
佐野 寿人	……………	52
佐野 広	……………	242
佐野 洋	………	256, 265
佐野 文哉	……………	52
左能 典代	……………	179
佐野 嘉昭	……………	336
佐波古 直胤	……………	362

沙原 ぎん	………	173, 213
寒川 光太郎	……………	8
紗霧崎 戻樹	……………	139
サム横内	……………	345
鮫島 くらげ	……………	146
鮫島 秀夫	……………	117
鮫島 麟太郎	……………	318
佐文字 雄策	……………	16
左文字 勇策	……………	124
砂夜地 七遠	……………	239
沙山 茜	……………	272
佐山 寿彦	……………	294
左山 遼	……………	100
さらい	……………	37
沢 英介	……………	93
沢 享二	……………	124
沢 小民	……………	312
沙和 宋一	……………	268
沢 哲也	……………	52
沢 縫之助	……………	125
沢 昌子	……………	72
沢 まゆ子	……………	193
沢 良太	………	122, 125
沢 令二	……………	26
沢井 繁男	……………	328
沢木 信乃	……………	125
沢木 まひろ	……………	267
沢城 友理	……………	14
沢木 良	……………	6
沢口 子竜	……………	139
沢田 黒蔵	……………	343
沢田 裟誉子	……………	105
沢田 智恵	………	40, 99
澤田 瞳子	……………	241
沢田 東水	……………	172
沢田 直大	……………	372
沢田 ふじ子	………	151, 360
澤西 祐典	……………	187
沢野 繭里	……………	119
沢辺 のら	……………	79
沢村 浩輔	……………	342
沢村 ふう子	………	304, 378
沢村 凛	……………	260
沢良木 和生	……………	372
山東 脹花	……………	314
三王子 京輔	……………	358
三宮 掠湖	……………	42

【し】

椎名 誠	………	249, 360
椎名 鳴葉	……………	273
椎野 美由貴	……………	61
椎ノ川 成三	……………	122
椎葉 周	……………	182
思惟入	……………	30
塩毛 隆司	……………	285
塩崎 豪士	……………	309
汐月 遥	……………	273
塩田 武士	……………	154
塩田 祐香	……………	41
塩田 梨江	……………	41
塩月 剛	……………	271
塩野 七生	……………	168
塩原 経央	……………	69
汐原 由里子	……………	274
汐見 薫	………	76, 169
志賀 泉	……………	203
志賀 千尋	……………	364
志賀 直哉	……………	296
志川 節子	……………	53
澌川 由利	……………	372
志貴 宏	……………	211
敷村 良子	……………	326
志ぐれ庵	……………	172
重兼 芳子	……………	10
重来 十三生	……………	105
重高 賛	……………	216
茂野 洋一	……………	213
重松 清	………	219, 235, 333, 334, 351
重松 泰雄	……………	292
重見 利秋	……………	124
師佐 津四郎	……………	68
梓崎 優	………	334, 342
完甘 直隆	……………	281
獅子宮 敏彦	……………	199
四十雀 亮	……………	326
志図川 倫	……………	122
志筑 祥光	……………	319
雫井 脩介	………	43, 333
雫石 とみ	……………	112
志田 憲	……………	242
志智 双六	……………	181
七条 勉	……………	126

実川 れお ………… 363, 364	芝野 武男 ……………… 125	嶋本 達嗣 ……………… 260
志堂 日咲 ……………… 140	柴村 仁 ………………… 221	島本 理生 ………… 276, 333
品川 亮 ………………… 177	柴山 隆司 ……………… 149	清水 愛子 ……………… 370
しなな 泰之 …………… 184	柴山 芳隆 …………… 6, 118	清水 アリカ …………… 186
篠 綾子 ……………… 86, 97	地引 浩 ………………… 105	清水 一行 ……………… 257
篠 貴一郎 ………… 116, 262	渋井 真帆 ……………… 169	清水 一寿 ……………… 210
紫野 貴李 ………… 217, 261	渋川 驍 ………………… 287	清水 克二 ………… 199, 377
篠 鷹之 ………………… 97	渋沢 龍彦 ……………… 366	清水 正二郎 …………… 51
志野 亮一郎 …………… 151	渋谷 貴志 ……………… 141	清水 政二 ……………… 126
篠宜 曜 ………………… 185	渋谷 史恵 ……………… 348	志水 辰夫 ………… 135, 257
篠崎 紘一 ……………… 107	渋谷 八十七 …………… 244	清水 てつき …………… 139
篠島 周 ………………… 339	渋谷 悠蔵 ……………… 319	清水 信博 ……………… 138
篠田 香子 ……………… 247	澁谷 ヨシユキ ………… 309	清水 昇 ………………… 93
篠田 節子 ‥ 135, 159, 235, 351	志保 龍彦 ……………… 198	清水 朔 ………………… 273
篠田 達明 ……………… 374	島 一春 …………… 206, 269	清水 博子 ………… 186, 275
篠月 美弥 ……………… 133	志摩 佐木男 …………… 322	清水 文花 ……………… 288
篠藤 由里 ……………… 57	島 さち子 ……………… 165	清水 雅世 ……………… 76
篠原 紀 ………………… 217	島 三造 ………………… 246	清水 芽美子 …………… 55
篠原 高志 ……………… 324	嶋津 与志 ……………… 369	清水 基吉 ……………… 8
篠原 正 ………………… 288	島尾 敏雄 …… 73, 204, 366	志瑞 祐麒 ……………… 34
篠原 ちか子 ……… 230, 279	島木 健作 ……………… 210	清水 義範 ……………… 360
篠原 貞治 ……………… 378	島木 葉子 ……………… 338	清水 良英 ……………… 289
篠原 一 ………………… 308	島崎 桂 ………………… 364	志村 一矢 ……………… 220
篠原 悠希 ……………… 347	島崎 聖子 ……………… 44	司村 恭子 ……………… 176
篠原 寛 ………………… 362	島崎 ひろ ……………… 53	志村 恭吾 ……………… 95
篠原 陽一 ……………… 59	嶋崎 宏樹 ……………… 60	志村 白汀 ……………… 314
四宮 秀二 ……………… 226	島崎 文恵 ………… 40, 100	志村 雄 ………………… 124
篠宮 裕介 ……………… 15	島尻 勤子 ……………… 371	下井 葉子 ……………… 91
斯波 四郎 ……………… 8	島津 隆 ………………… 149	下浦 敦史 ……………… 298
芝 夏子 ………………… 84	島田 明宏 ……………… 119	霜川 遠志 ……………… 374
司馬 遼太郎 ‥ 21, 98, 233, 366	島田 一砂 ……………… 372	下川 博 …………… 117, 369
柴上 悠 ………………… 335	島田 一男 ………… 256, 321	志木沢 郁 ……………… 343
芝木 好子 ……… 8, 155, 166, 167	島田 震作 ……………… 239	霜越 かほる …………… 379
柴崎 友香 ………… 49, 276	島田 荘司 ……………… 265	下澤 勝井 ……………… 270
柴崎 日砂子 ……… 79, 210	島田 知沙 ……………… 194	下地 春奈 ……………… 370
柴田 明美 ……………… 379	島田 雅彦 ………… 19, 275	下地 博盛 ……………… 169
柴田 翔 ………………… 9	島田 悠 ………………… 374	下田 厚志 ……………… 6
柴田 哲孝 ……………… 43	島田 理聡 ……………… 272	志茂田 景樹 ……… 151, 234
柴田 夏子 ……………… 285	島谷 明 ………………… 50	下地 芳子 ……………… 370
柴田 眉軒 ……………… 173	嶋中 潤 ………………… 266	下鳥 潤子 ……………… 302
柴田 道代 ……………… 209	島貫 利明 ……………… 325	下原 由美子 …………… 278
柴田 宗徳 ……………… 213	島貫 尚美 ……………… 339	下道 重治 ……………… 325
柴田 由 ………………… 101	島野 一 …………… 54, 345	下山 俊三 ……………… 127
柴田 勇一郎 …………… 20	島原 尚美 ……………… 47	釈永 君子 ……………… 338
柴田 よしき …………… 358	島村 潤一郎 …………… 77	鯱城 一郎 ……………… 125
柴田 錬三郎 …………… 232	島村 匠 ………………… 337	十蔵 …………………… 183
柴沼 ヒロノ …………… 20	島村 利正 ………… 286, 366	柊野 英彦 ……………… 372
芝野 薫 ………………… 176	島村 洋子 ……………… 271	十文字 幸子 …………… 91
柴野 和子 ………… 243, 336	島村 佳男 ……………… 370	樹香梨 ………………… 254
		朱川 湊人 …… 55, 236, 264

首藤 瓜於 ……… 32	不知火 京介 ……… 32	末永 外徒 ……… 37
城 光貴 ……… 372	白根 三太郎 ……… 105	すえばし けん ……… 29
翔 民 ……… 119	白藤 こなつ ……… 144	末弘 喜久 ……… 186
城 春夫 ……… 223	白藤 茂 ……… 51	末吉 和弘 ……… 213
勝賀瀬 季彦 ……… 118	白星 敦士 ……… 290	周防 柳 ……… 160
将吉 ……… 320	子竜 蛍 ……… 372	須賀 章雅 ……… 306
上甲 彰 ……… 339	ジロ爺ちゃん ……… 183	須賀 敦子 ……… 168
庄司 薫 ……… 9	代田 重雄 ……… 68	須賀 しのぶ ……… 272
荘司 浩義 ……… 70	城平 京 ……… 332	菅 浩江 ……… 258
庄司 豊 ……… 208	シロツグ トヨシ ……… 57	須海 尋子 ……… 303
庄司 力蔵 ……… 223	城山 三郎 ……… 126, 233, 306	須貝 光夫 ……… 304, 324
城島 明彦 ……… 52	紫波 裕真 ……… 176	菅野 照代 ……… 51
翔田 寛 ……… 32, 158	師走 トオル ……… 299	菅野 正男 ……… 268
正田 菊江 ……… 94	神 雄一郎 ……… 28	菅野 雪虫 ……… 78
正大 喜一 ……… 141	仁賀 克雄 ……… 197	スガノ ……… 141
上段 十三 ……… 151	新儀 藤雄 ……… 70	菅原 和也 ……… 359
上智 一麻 ……… 35	新宮 正春 ……… 151	須川 邦彦 ……… 274
庄野 至 ……… 49	新家 智美 ……… 363	菅原 亨 ……… 5
笙野 さき ……… 72	新庄 耕 ……… 187	菅原 康 ……… 28, 251, 269, 339
庄野 潤三 ……… 8, 366	新章 文子 ……… 31	菅原 りであ ……… 148
城野 隆 ……… 337, 374	新谷 識 ……… 54	杉 公子 ……… 173, 213
笙野 頼子 ……… 11, 19, 90, 275	新谷 みどり ……… 363	杉 啓吉 ……… 206
小流 智尼 ……… 124	神通 明美 ……… 230	杉 昌乃 ……… 77
白井 愛子 ……… 348	陣出 達男 ……… 125	杉 みき子 ……… 242, 243
白井 和子 ……… 206	新藤 幸子 ……… 112	杉井 光 ……… 221
白井 貴紀 ……… 364	真藤 順丈 ……… 222, 264, 329	杉浦 愛 ……… 263
白井 信隆 ……… 220	新藤 卓広 ……… 110	杉江 和彦 ……… 138
白井 靖之 ……… 117	真堂 樹 ……… 272	杉江 久美子 ……… 380
白石 一郎 ……… 98, 134, 234, 291	神藤 まさ子 ……… 126	杉賢 要 ……… 140
白石 かおる ……… 359	新堂 令子 ……… 309	杉田 幸三 ……… 16
白石 一文 ……… 236, 352	新道 真太郎 ……… 93	杉田 純一 ……… 182
白石 すみほ ……… 86	陣内 五郎 ……… 324	杉田 瑞子 ……… 5
白石 久雄 ……… 237	陣内 よしゆき ……… 284	杉原 悠 ……… 225
白石 英樹 ……… 182	神埜 明美 ……… 380	杉村 静 ……… 368
白石 美保子 ……… 102	神野 淳一 ……… 221	杉本 章子 ……… 235, 241, 292
白石 弥生 ……… 170, 370	新野 剛志 ……… 32	杉本 要 ……… 206
白石 義夫 ……… 124, 127	榛葉 英治 ……… 232	杉本 晴子 ……… 165
白岩 玄 ……… 317	新橋 遊吉 ……… 233	杉本 苑子 ……… 126, 168, 233
白神 由紀江 ……… 47	新保 静波 ……… 185	杉本 利男 ……… 251
白川 紺子 ……… 380	真保 裕一 ……… 32, 258, 351, 361	杉本 りえ ……… 271
白川 敏行 ……… 221		杉元 怜一 ……… 152
白河 暢子 ……… 151	【す】	杉本 蓮 ……… 248
白川 悠紀 ……… 296, 297		杉森 久英 ……… 233, 287
白木 秋 ……… 140	須恵 淳 ……… 69	杉森 美也子 ……… 284
白木 陸郎 ……… 318	末浦 広海 ……… 32	杉山 恵治 ……… 179
白坂 愛 ……… 350	末津 きみ ……… 223	杉山 静生 ……… 336
白崎 由宇 ……… 327	末永 いつ ……… 354	杉山 武子 ……… 292
白滝 まゆみ ……… 106	末永 希 ……… 296	杉山 俊彦 ……… 249
白鳥 崇 ……… 3		杉山 宇宙美 ……… 98

杉山 泰道	175	鈴木 凛太朗	129	瀬川 まり	56
祐光 正	55	すずの とし	97	礒 朝次	303
朱雀門 出	264	涼原 みなと	133	関 俊介	60, 261
図子 慧	271	涼宮 リン	254	瀬木 ゆう	23
図子 英雄	179	鈴村 満	293	関川 周	126
鈴木 旭	371	雀野 日名子	264, 353	関口 勘治	105, 200
鈴木 篤夫	79	涼元 悠一	260, 272	関口 としわ	182
鈴木 彩	363, 364	須田 地央	119	関口 莫哀	313
鈴木 アヤ子	100	須知 徳平	360	瀬木口 初恵	66
鈴木 綾子	67	須藤 あき	299	関口 尚	159, 219
鈴木 郁子	303	須藤 晃	112	関口 ふさえ	128
鈴木 英司	362	周藤 氷努	34	関口 有吾	244
鈴木 一喜	324	須藤 万尋	140	関根 パン	37
鈴木 計広	295, 362	須藤 靖貴	157	セゴロ	37
鈴木 克己	378	須藤 隆二	182	利希	279
鈴木 輝一郎	258	砂義 出雲	146	摂津 茂和	175, 178
鈴木 狭花	311	砂田 弘	127	瀬戸 新声	313, 315
鈴木 清隆	237	簾内 敬司	5	瀬戸 良枝	187
鈴木 けいこ	91	住 太陽	117	瀬戸井 誠	311
鈴木 光司	260, 361	角田 嘉久	291	瀬戸内 寂聴	205
鈴木 弘太	195	墨谷 渉	187	瀬戸内 晴美	167, 224
鈴木 好狼	313	すみやき	141	瀬那 和章	222
鈴木 小太郎	144	須山 静夫	179	瀬名 秀明	250, 263
鈴木 五郎	325	巣山 ひろみ	216, 356	妹尾 津多子	71
鈴木 咲枝	69	須田 ユキエ	165	妹尾 与三二	46
鈴木 聡実	297	駿河 台人	173	せひら あやみ	274
鈴木 佐代子	165	諏訪 月江	156	蟬川 タカマル	222
鈴木 重作	206	諏訪 哲史	11, 92	瀬山 寛二	52
鈴木 次郎	170			瀬良 けい	207
鈴木 信一	78, 225	【せ】		世良 さおり	284
鈴木 新吾	123, 322			世良 利和	354
鈴木 鈴	221			瀬良 久夫	324
鈴木 清剛	317	清家 未森	64	芹川 兵衛	158
鈴木 誠司	49, 85	井水 伶	76	芹澤 桂	279
鈴木 大輔	289	青桐 柾夫	125	芹沢 光治良	57
鈴木 隆之	91	清野 かほり	157	芹沢 葉子	78, 231
鈴木 多郎	320	清野 静	182	仙川 環	145
鈴木 千久馬	318	清野 奈菜	296	千沢 耿平	69
鈴木 俊之	364	清野 春樹	375	千足 一郎	68
鈴木 智之	218	青来 有一	11, 19, 205, 309	千田 克則	115
鈴木 能理子	277	瀬尾 こると	153	千田 佳代	106
鈴木 比嵯子	292	瀬尾 理	174, 214	千田 春義	200
鈴木 弘樹	179	瀬緒 瀧世	79	仙田 学	382
鈴木 洋	363	瀬尾 つかさ	289	千羽 カモメ	34
鈴木 博光	199	瀬尾 まいこ	219, 327, 361	千羽 輝子	112
鈴木 正人	362	瀬垣 維	116		
鈴木 道成	69	瀬川 ことび	264		
鈴木 萌	63	瀬川 深	203		
鈴木 善昭	195	瀬川 隆文	355		
鈴木 善徳	310				

【そ】

宗 久之助 125
蒼社 廉三 321
岬上 人 281
草野 唯雄 321
相馬 里美 16
相馬 隆 158
宗谷 真爾 211, 269
添田 小萩 354
添田 知道 178
そえだ ひろ 116
添田 ひろみ 201
副田 義也 224
曽我 得二 126, 208
外岡 秀俊 316
外本 次男 251
曽根 圭介 32, 259, 264
埴田 良子 40
曽野 綾子 167
そのべ あきら 297, 364
薗部 一郎 20, 294
園部 晃三 152
園部 舞雨 312
園部 義博 362
園山 創介 320
曽原 紀子 84
ゾペティ, デビット 186
そぼろそぼろ 35
そらと きょう 348
空埜 一樹 29
村爾 退二郎 125

【た】

醍醐 麻沙夫 52, 128
大正 十三造 98
鯛津 祐太 37
大狄 就一郎 66
大門 剛明 359
平 安寿子 53
平 金魚 353
平 忠夫 52
平 龍生 357
大楽 絢太 289

田内 初義 59
多宇部 貞人 222
田尾 れみ 348
田岡 典夫 232
多賀 一造 42
多賀 多津子 251
多賀 八重子 100
高井 泉 106
高井 忍 342
高井 有一 9, 204, 367
高石 次郎 127
高市 俊次 374
高尾 佐介 129
高尾 光 153
鷹尾 へろん 115
高岡 一郎 99
高岡 啓次郎 325
高岡 水平 211
高岡 杉成 146
高木 彬光 256
高木 敦 61, 381
高木 功 53
喬木 言吉 124
高木 浩太郎 23
高城 修三 179
高木 敏克 102
高樹 のぶ子 10,
　　　　　74, 135, 168, 205
高木 白葉 319
高木 芙羽 57
髙木 りつか 67
高樹 凛 222
高久 裕子 368
高坂 栄 70
高﨑 卓郎 101
高﨑 綾子 22
高嶋 てつお 153
高嶋 哲夫 78, 129
高島 哲裕 149
高城 廣子 376
高瀬 ききゅ 38
高瀬 千図 179
高瀬 ちひろ 187
高瀬 紀子 79
高瀬 ユウヤ 289
高田 郁 76
高田 侑 330
高田 六常 230
高田屋 綾子 6, 118
高津 慎一 93, 162

高津 道明 344
高槻 真樹 198
高辻 楓 140
高遠 信次 216
高遠 砂夜 272
高遠 豹介 222
高殿 円 60
髙島 邦仁 115
高取 結有 137
貴子 潤一郎 289
高野 和 221
高野 和明 32, 259, 334, 349
高野 多可司 115
高野 紀子 355
高野 史緒 32
高野 道夫 145
高野 裕美子 266
髙野 由理 364
高野 亘 91
高信 狂酔 312
鷹羽 十九哉 128
鷹羽 知 222
高橋 あい 251, 368
高橋 亮光 327
高橋 晃 286
高橋 あこ 254
高橋 杏 162
高橋 一起 308
高橋 嚶々軒 315
高橋 治 134, 234
高橋 一夫 23, 206
高橋 和巳 316
高橋 克彦 31,
　　　　　235, 257, 265, 360
高橋 揆一郎 10, 307
高橋 菊江 72
高橋 京子 112
高橋 源一郎 19, 89, 205
高橋 堅悦 207
高橋 惟文 207
高橋 貞子 6
高橋 しげる 108
高橋 駘 325
高橋 たか子 73, 167, 366
高橋 丈雄 57
高橋 達三 51
高橋 貞子 6
高橋 直樹 53, 240
高橋 ななを 283

高橋 南浦 …………… 312	高城 修三 …………… 10	竹内 令 …………… 341
高橋 延雄 …………… 194	田木 敏智 …………… 224	竹岡 葉月 …………… 273
高橋 信子 …………… 6	多岐 友伊 …………… 139	武川 哲郎 …………… 125
高橋 白鹿 …………… 376	滝 夜半 …………… 311	竹崎 寛子 …… 174, 214
高橋 秀行 …………… 382	多岐 わたる …………… 85	武重 謙 …………… 17
高橋 ひろし …………… 94	滝井 孝作 …………… 366	武田 明 …………… 48
高橋 宏 …………… 151	瀧上 耕 …………… 87	竹田 修 …………… 176
高橋 文樹 …… 96, 180	多岐川 恭 …… 31, 233	武田 金三郎 … 118, 377
高橋 正男 …………… 209	滝川 虔 …………… 125	武田 佐俊 …………… 105
高橋 正樹 …………… 77	滝川 武司 …… 60, 288	武田 敏彦 …………… 344
高橋 成典 …………… 295	滝川 野枝 …………… 77	武田 とも子 …………… 363
高橋 三千綱 …… 10, 90	滝川 由美子 …………… 215	竹田 真砂子 …… 52, 241
高橋 三雄 …………… 67	滝川 羊 …………… 288	武田 八洲満 …… 16, 51
高橋 貢 …………… 6	滝川 廉治 …………… 184	武田 雄一郎 …………… 269
高橋 光子 …………… 307	滝口 明 …………… 186	武田 遙子 …………… 300
高橋 実 …………… 242	滝沢 浩平 …………… 50	武富 良祐 …………… 370
高橋 八重彦 …………… 126	滝口 康彦 …… 51, 127	竹中 広文 …………… 69
高橋 弥七郎 …………… 221	滝口 悠生 …………… 180	竹中 亮 …………… 372
高橋 祐一 …………… 183	滝沢 美恵子 …… 10, 308	竹中 八重子 …………… 319
高橋 夕樹 …………… 288	滝沢 通江 …………… 24	竹浪 和夫 …………… 17
高橋 洋子 …………… 211	滝沢 隆一郎 …………… 168	竹西 寛子 …… 73, 167
高橋 陽子 …………… 187	滝田 勝 …………… 20	竹野 雅人 …… 57, 275
高橋 義夫 …………… 235	滝田 務雄 …………… 342	竹野 昌代 …………… 308
高梁 るいひ …………… 284	滝村 康介 …………… 149	武葉 コウ …………… 290
高橋 和島 …… 53, 149	滝本 竜彦 …………… 61	竹林 七草 …………… 147
高畑 京一郎 …………… 220	滝本 正和 …………… 218	竹原 素子 …………… 20
高林 左和 …………… 152	滝本 陽一郎 …………… 358	武部 悦子 …………… 308
高林 杏子 …………… 308	たくき よしみつ …………… 159	武政 博 …………… 101
高原 弘吉 …………… 54	田口 かおり …………… 14	竹見 洋一郎 …………… 177
高松 久美子 …………… 324	田口 佳子 …… 78, 101, 165	武宮 闇之 …… 116, 282
髙見 雛 …………… 274	田口 仙年堂 …………… 36	竹邑 祥太 …………… 187
髙見沢 功 …………… 295	田口 大貴 …………… 144	竹村 肇 …… 53, 153
高光 巳代子 …………… 292	田口 武雄 …………… 115	竹本 喜美子 …………… 302
高村 薫 …… 235, 255, 258, 367	田口 達大 …………… 143	竹本 賢三 …………… 58
高村 圭子 …………… 375	田口 一 …………… 34	竹本 真雄 …… 170, 370
高森 一栄子 …………… 35	田口 寿子 …………… 209	竹森 一男 …………… 315
高森 真士 …… 52, 197	田久保 英夫 …… 9, 73, 366	竹森 茂裕 …………… 326
高柳 芳夫 …… 31, 54	拓未 司 …………… 109	竹森 千珂 …………… 13
高山 英三 …………… 71	宅和 俊平 …………… 270	武谷 牧子 …………… 159
高山 聖史 …………… 109	武井 久 …………… 171	竹吉 優輔 …………… 32
鷹山 誠一 …………… 30	武石 貞文 …………… 327	田郷 虎雄 …………… 58
高山 ちあき …………… 273	竹内 大 …………… 145	田崎 弘章 …………… 83
高山 昇 …………… 238	竹内 紀吉 …………… 209	多崎 礼 …………… 133
高山 羽根子 …………… 198	竹内 日登美 …………… 40	多地 映一 …………… 173
高山 泰彦 …………… 119	竹内 真 …… 152, 159, 355	田島 啓二郎 …………… 127
高野 文具 …………… 183	竹内 正人 …………… 78	多島 健 …………… 152
多岐 一雄 …………… 224	竹内 松太郎 …………… 151	田島 準子 …………… 316
滝 閑邨 …… 311, 312, 314	竹内 泰宏 …………… 72	田島 一 …………… 311
滝 洸一郎 …………… 217	竹内 ゆき …………… 295	田島 操 …………… 197

田代 裕彦 …………… 300	田中 健三 …………… 308	谷 恒生 …………… 62
多田 愛理 …………… 63	田中 耕作 …………… 121	谷 敏江 …………… 47
多田 正平 …………… 46	田中 光二 ………… 62, 360	谷 俊彦 …………… 156
多田 一 …………… 226	田中 小実昌 … 29, 204, 234	谷 瑞恵 …………… 379
多田 正 …………… 50	田中 早紀 …………… 217	谷 ユリ子 …………… 79
多田 裕計 …………… 8	田中 重顕 …………… 246	谷川 哀 …………… 60
タタツ シンイチ …… 249	田中 主一 …………… 81	谷川 直子 …………… 318
多々羅 四郎 …………… 124	田中 順 …………… 215	谷川 流 …………… 182
多々良 安朗 …………… 319	田中 順三 …………… 112	谷川 みのる …………… 116
多地 映一 …………… 213	田中 昭一 …………… 206	谷口 シュンスケ …… 30
舘 昇三 …………… 324	田中 慎弥 …… 12, 74, 180	谷口 哲秋 …………… 308
舘 有紀 ………… 251, 369	田中 澄江 …………… 168	谷口 照男 …………… 341
舘 蓉子 …… 173, 174, 214	田中 誠一 …………… 70	谷口 裕貴 …………… 248
橘 淳生 …………… 104	田中 青磁 …………… 6	谷口 葉子 …………… 121
橘 かがり …………… 153	田中 せり …………… 252	谷崎 由依 …………… 309
橘 恭介 …………… 182	田中 崇博 …………… 372	谷沢 信嘉 ……… 172, 239
橘 柑子 …………… 37	田中 健之 …………… 75	谷村 志穂 …………… 136
橘 公司 …………… 289	田中 他歩 …………… 115	谷村 久雄 …………… 25
立花 椎夜 …………… 141	田中 千佳 …………… 165	谷本 美弥子 … 215, 216, 350
立花 水馬 …………… 53	田中 兆子 …………… 56	谷矢 真世 …………… 229
橘 涼香 …………… 284	田中 敏樹 …………… 51	谷脇 常盤 ……… 40, 41
橘 外男 …………… 231	たなか なつみ …… 278, 279	谷脇 陽子 …………… 285
橘 文子 …………… 209	田中 創 …………… 141	田野 武裕 …………… 308
橘 有末 …………… 272	田中 英雄 …………… 364	田能 千世子 …………… 102
立原 とうや …………… 272	田中 洋 …………… 230	田場 美津子 ……… 57, 169
立原 正秋 …………… 233	田中 啓文 ……… 259, 379	田畑 茂 ……… 116, 117
竜口 亘 …………… 13	田中 文雄 …………… 280	田畑 美香 …………… 195
竜ノ湖 太郎 …………… 183	田中 文子 …………… 103	田畑 麦彦 …………… 316
達実 想平 ………… 173, 214	田中 平六 …………… 208	田端 六六 …………… 76
伊達 一行 …………… 186	田中 万三記 …………… 321	田原 弘毅 …………… 152
伊達 虔 ………… 28, 372	田中 雅美 …………… 156	田原 夏209	田中 希彦 …………… 86	玉井 光隆 …………… 70
伊達 康 …………… 35	田中 康夫 …………… 316	玉岡 かおる …………… 49
立石 富男 …………… 377	田中 泰高 …………… 307	玉木 一兵 … 84, 170, 369, 370
舘内 勇生 …………… 319	田中 康慶 …………… 169	玉城 淳子 …………… 370
立野 信之 …………… 232	田中 由起 …………… 108	玉城 まさし …………… 170
立野 ゆう子 …………… 243	田中 幸夫 …………… 207	珠城 みう …………… 148
立松 和平 ……… 218, 275	たなか よしひこ …… 103	田牧 大和 …………… 154
立山 晶子 …………… 216	田中 良彦 …………… 237	圭沢 祥平 …………… 239
舘山 智子 ……… 296, 363	田中 律子 …………… 117	玉代 勢章 …………… 170
帯刀 収 …………… 125	田鶸 新 …………… 102	玉田 崇二 …………… 304
田中 昭雄 …………… 76	田辺 青蛙 …………… 264	玉村 由奈 …………… 370
田中 明子 …………… 356	田辺 聖子 …… 9, 21, 168	タマモ …………… 37
田中 章 …………… 162	田名部 宗司 …………… 222	田村 悦子 …………… 237
田中 阿里子 …………… 165	田辺 武光 …………… 59	田村 加寿子 …………… 350
田中 委左美 …………… 112	田辺 闊青火 …………… 124	田村 貴恵子 …………… 39
田中 修 …………… 376	田辺 典忠 …………… 3	田村 松魚 …………… 172
田中 香津子 …………… 49	谷 一生 …………… 353	田村 登正 …………… 221
田中 かなた …………… 229	谷 克二 ………… 62, 345	田村 西男 ……… 312, 313
田中 慶 …………… 369		

田村 初美 ………… 303, 304	千早 霞城 ………… 311	対馬 正治 ………… 288
田村 初代 ………… 163	千尋 ………… 63	津島 佑子 ………… 18, 73, 167, 205, 275, 287, 366
田村 大 ………… 139	智本 光隆 ………… 373	辻村 恭二 ………… 85
田村 総 ………… 291	チャーリー・武藤 ………… 85	辻村 深月 ………… 236, 361
田村 雄一 ………… 100	中条 厚 ………… 294	辻村 もと子 ………… 18
田村 礼子 ………… 23	張 赫宙 ………… 58	辻本 浩太郎 ………… 316
多米 淳 ………… 325	千桂 賢丈 ………… 97	辻元 秀夫 ………… 244
為三 ………… 35	千代田 圭之 ………… 169	都築 賢一 ………… 177
為房 梅子 ………… 47	千代延 紫 ………… 149	都築 隆広 ………… 309
田谷 榮近 ………… 237	陳 舜臣 ………… 31, 233, 256	都築 直子 ………… 152
田山 朔美 ………… 309		都筑 道夫 ………… 265
田吉 義明 ………… 102	【つ】	津田 伸二郎 ………… 126, 293
成田 昌代 ………… 143		津田 美幸 ………… 67, 196
垂木 頂 ………… 354	つか こうへい ………… 234	津田 耀子 ………… 155
太朗 想史郎 ………… 110	塚越 淑行 ………… 117	土屋 浅就 ………… 182
多和田 葉子 ………… 11, 19, 91, 205, 368	司 修 ………… 74	土屋 隆夫 ………… 256, 265, 321
俵 元昭 ………… 98	ツカサ ………… 146	土屋 のぼる ………… 200
檀 一雄 ………… 232, 274, 366	司城 志朗 ………… 62, 129	土屋 満理 ………… 355
弾 射音 ………… 27	塚田 照夫 ………… 102	土屋 幹雄 ………… 45, 174, 214
丹下 健太 ………… 317	つかの もり ………… 344	土谷 三奈 ………… 49
丹沢 泰 ………… 57	塚原 湊都 ………… 148	筒井 佐和子 ………… 42
丹地 甫 ………… 20	塚本 悟 ………… 119	筒井 康隆 ………… 73, 204, 249, 280, 367
丹藤 夢子 ………… 299	ツガワトモタカ ………… 30	筒井 優 ………… 42
丹野 彬 ………… 297, 298	津川 有香子 ………… 39, 117	堤 一巳 ………… 163
団野 文丈 ………… 91	月嶋 楡 ………… 305	堤 高数 ………… 227
丹波 元 ………… 116	月足 亮 ………… 53	堤 千代 ………… 232
	月野 美夜子 ………… 148	網木 三枝 ………… 223
【ち】	月之浜 太郎 ………… 171	網島 啓介 ………… 195
	月原 渉 ………… 15	網田 紀美子 ………… 200, 246
近田 鳶迩 ………… 342	月見 草平 ………… 34	網淵 謙錠 ………… 233
千頭 ひなた ………… 187	月村 葵 ………… 252	恒川 光太郎 ………… 264
千木良 宣行 ………… 113	月村 了衛 ………… 250, 361	津野 創一 ………… 158
筑紫 聡 ………… 126	月本 ナシオ ………… 64	つの みつき ………… 274
千世 明 ………… 65	月本 一 ………… 37	角田 明 ………… 58
千梨 らく ………… 267	月本 裕 ………… 326	角田 伊一 ………… 295
知念 節子 ………… 170	月森 みるく ………… 254	角田 喜久雄 ………… 124, 175, 256
知念 正昭 ………… 370	柘植 文雄 ………… 360	角田 幸雄 ………… 372
知念 里佳 ………… 145	辻 邦生 ………… 205	椿 径子 ………… 126
千野 隆司 ………… 158	辻 仁成 ………… 11, 186	円谷 夏樹 ………… 158
茅野 裕城子 ………… 186	辻 真先 ………… 16, 257	坪井 あき子 ………… 46
千葉 治平 ………… 206, 233	辻 昌利 ………… 63	壼井 栄 ………… 166, 178
千葉 淳平 ………… 321	辻 亮一 ………… 8	坪田 譲治 ………… 178
千葉 鈴香 ………… 85	辻井 喬 ………… 205, 287	坪田 亮介 ………… 220
千葉 千代子 ………… 23	辻井 南青紀 ………… 13	妻屋 大助 ………… 155
千葉 亜夫 ………… 319	辻井 良 ………… 28, 339	津村 記久子 ………… 11, 50, 74, 203, 276
千葉 不忘庵 ………… 312	辻内 智貴 ………… 203	津村 節子 ………… 9, 74, 168, 224, 300
千早 茜 ………… 136, 160	辻原 登 ………… 10, 19, 74, 205, 367	
	津島 秋子 ………… 284	

津村 敏行 ……… 88	天出 だめ ……… 34	富樫 英夫 ……… 324
津本 陽 ……… 234	天童 荒太 ……… 236,	富樫 倫太郎 ……… 372
津山 弦一 ……… 345	255, 258, 334, 351	十神 冥 ……… 61
釣巻 礼公 ……… 153	天藤 真 ……… 257	戸川 静子 ……… 300
鶴 陽子 ……… 106	天堂 里砂 ……… 133	登川 周二 ……… 80
津留 六平 ……… 247	天楓 一日 ……… 117	戸川 昌子 ……… 31
靏井 通眞 ……… 353	天六 ヤヨイ ……… 39	戸川 みなみ ……… 131
鶴岡 一生 ……… 270, 382		戸川 南 ……… 24
鶴賀 イチ ……… 297	**【と】**	戸川 幸夫 ……… 181, 232
鶴ケ野 勉 ……… 83, 207, 303		時海 結以 ……… 299
鶴川 健吉 ……… 310	土井 敦子 ……… 292	時里 キサト ……… 320
鶴木 不二夫 ……… 126	都井 邦彦 ……… 156	時沢 京子 ……… 140
剣 眞 ……… 378	土井 建太 ……… 146	時田 慎也 ……… 327
鶴田 知也 ……… 7	土居 洸太 ……… 143	時無 穫 ……… 182
津脇 喜代男 ……… 200	土井 稔 ……… 51	磨家 信一 ……… 44
	土井 行夫 ……… 128	常盤 新平 ……… 234
【て】	土居 良一 ……… 89	徳江 和巳 ……… 94
	戸板 康二 ……… 233, 257	徳田 友子 ……… 170
ティ・エン ……… 109	十色 ……… 65	徳留 節 ……… 102
鄭 承博 ……… 269	堂垣 園江 ……… 91, 275	徳永 圭 ……… 320
ディープ山崎 ……… 354	東倉 勉一 ……… 227	徳永 富彦 ……… 285
出川 正三 ……… 69	東郷 十三 ……… 126	徳永 博之 ……… 117
出口 正二 ……… 117	東郷 隆 ……… 301, 361	匿名希望 ……… 38
出久根 達郎 ……… 235	東郷 礼子 ……… 70	徳見 茜子 ……… 124
手島 史詞 ……… 289	堂迫 充 ……… 207	床丸 迷人 ……… 63
手島 学 ……… 149	堂場 瞬一 ……… 159	所 与志夫 ……… 281
手島 みち子 ……… 210	東条 元 ……… 125	十三 湊 ……… 223
手代木 正太郎 ……… 147	遠田 緻 ……… 272	十佐間 つくお ……… 193, 195
手塚 和美 ……… 350	藤堂 絆 ……… 348	豊島 ミホ ……… 55
てつま よしとう ……… 36	東堂 燦 ……… 274	年見 悟 ……… 289
てふてふP ……… 370	藤堂 志津子 ……… 135, 136, 235	とだ あきこ ……… 154, 174, 214
出村 曉葵 ……… 364	桐堂 貴 ……… 70	都田 鼎 ……… 124
寺内 大吉 ……… 51, 127, 233	東野 利夫 ……… 292	戸田 鎮子 ……… 121
寺門 秀雄 ……… 178	東野辺 薫 ……… 8	戸田 四郎 ……… 362
寺坂 小迪 ……… 309	桐部 次郎 ……… 52	戸田 友信 ……… 99
寺島 英輔 ……… 319	東保 朗子 ……… 230	戸田 房子 ……… 287
寺田 文恵 ……… 108	当真 伊純 ……… 148	戸田 真知子 ……… 6
寺田 文一 ……… 66	百目鬼 涼一郎 ……… 139, 373	兎月 山羊 ……… 222
寺田 麗花 ……… 315	塔山 郁 ……… 109	ととり 礼治 ……… 374
寺林 智栄 ……… 225	當山 清政 ……… 171	轟 一平 ……… 104
寺林 峻 ……… 52	当山 之順 ……… 169	刀祢 喜美子 ……… 102
寺村 朋輝 ……… 91	遠沢 志希 ……… 65	利根 好美 ……… 163
寺山 あきの ……… 172	遠田 潤子 ……… 261	殿岡 立比人 ……… 119
照井 裕 ……… 170	遠多 恵 ……… 174, 215	外村 繁 ……… 365
暉峻 康隆 ……… 21	十市 梨夫 ……… 269	鳥羽 耕史 ……… 326
典厩 五郎 ……… 128, 301	遠野 りりこ ……… 145	鴛馬 十駕 ……… 61
天正 紗夜 ……… 148	遠山 あき ……… 209, 269	鳥羽 亮 ……… 32
典田 次郎 ……… 68	戸梶 圭太 ……… 180	トバシ サイコ ……… 140
		土橋 真二郎 ……… 221
		飛 浩隆 ……… 250

飛田 甲 36	内藤 みどり 28	中川 昇 47
戸松 淳矩 259	内藤 了 353, 354	仲川 晴斐 144
泊 美津子 149	内藤 渉 288	中川 裕朗 128
富井 多恵夫 15	内流 悠人 180	中川 美江 341
富岡 多恵子 73, 167	直井 潔 286	長久保 博徳 362
富岡 照則 344	直江 謙継 116	中倉 真知子 58
冨岡 美子 238	直江 総一 14	中越 隆通 101
富川 貞良 369	直江 ヒロト 289	長坂 秀佳 32
富川 典康 343	直月 秋政 37	中崎 久二男 303
富崎 喜代美 84, 207	直良 美恵子 300	中里 恒子 7, 167, 366
冨沢 有為男 7	那珂 理志 103	中里 奈央 278
冨田 國衛 297	長井 彬 31	中里 十 146
富田 常雄 232	長井 朝男 230	中里 友豪 369
富永 滋人 51	永井 恵理子 302	中里 融司 220, 371
冨永 礼子 40	永井 荷風 172	中里 友香 4, 249
富谷 千夏 157	永井 紗耶子 145	中里 喜昭 253
富山 陽子 371	永井 するみ ... 85, 158, 180, 324	長沢 樹 359
留畑 眞 23, 24, 25, 26	中井 拓志 263	中沢 けい 90, 275
友井 羊 110	永井 龍男 73, 359, 366	中沢 紅鯉 283
友桐 夏 380	中井 智彦 295	永沢 透 76
友坂 幸詠 144	中居 真麻 267	中澤 日菜子 154
友谷 蒼 182	永井 路子 167, 233	中沢 正弘 171, 239, 270
智凪 桜 148	中井 佑治 91	中沢 ゆかり 78
伴野 朗 31, 257	中井 由希恵 380	中路 啓太 154
土門 冽 345	中石 海 143	仲路 さとる 371
土門 弘幸 220	永石 拓 152	中島 あや 377
豊野谷 はじめ 376	長浦 縁真 154	中島 要 161
豊田 有恒 280	長江 かぶる 251	中島 河太郎 31, 256, 265
豊田 行二 52	長尾 彩子 274	長嶋 絹絵 67
豊田 穣 233	長尾 宇迦 26, 151	中島 京子 236
豊永 寿人 155	長尾 邦加 46, 47	中島 三四郎 35
鳥井 綾子 270	長尾 健一 158	中島 静子 340
鳥井 加南子 31	長尾 紫孤庵 315	永島 順子 329
鳥居 羊 29	中尾 昇 303	中島 俊輔 308
鳥海 孝 372	長尾 誠夫 128	中島 真平 105
鳥海 高志 70, 71	長尾 操 80	中島 たい子 187
鳥海 文子 39	長尾 由多加 54	中嶋 隆 145
鳥飼 久裕 358	長岡 千代子 78	中島 久枝 329
鳥越 碧 132	長岡 弘樹 158, 259	中嶋 博行 32
西島 伝法 198	長岡 マキ子 289	長島 槙子 343, 353
鳥山 浪之介 319	中上 健次 9	永島 三恵子 24
十和 254	中紙 輝一 269	なかじま みさを 273
永遠月 心悟 142	中上 紀 186	中島 桃果子 176
	中川 いづみ 174, 214	長嶋 有 11, 309
【な】	中川 英一 357	仲川 ゆうり 225
	中川 邦夫 370	中島 らも 258, 360
	中川 圭士 182	中条 孝子 49
なぁな 254	中川 静子 51, 226	中条 佑弥 252
内藤 淳一郎 281	中川 童二 127	長瀬 加代子 46, 47, 70

永瀬 さらさ ……… 65	永原 十茂 ……… 185	中村 みゆき ……… 85
永瀬 三吾 ……… 256	中原 昌也 ……… 276	仲村 萌々子 ……… 327
永瀬 直矢 ……… 203	中原 洋一 ……… 16	中村 豊 ……… 217, 303
長瀬 ひろこ ……… 207	仲原 りつ子 ……… 370	中村 芳満 ……… 376
中瀬 誠人 ……… 84	中平 まみ ……… 316	中村 隆資 ……… 308
中薗 英助 ……… 367	永藤 ……… 34	中村 涼子 ……… 148
中田 永一 ……… 335	仲程 悦子 ……… 370	中村 玲子 ……… 120
中田 重顕 ……… 339, 341	仲町 六絵 ……… 222, 353	中本 昭 ……… 174, 214
中田 龍雄 ……… 126	永松 久義 ……… 373	中本 今日子 ……… 370
永田 俊也 ……… 53	中丸 美繪 ……… 50	永森 悠哉 ……… 182
永田 実 ……… 280	なかみや 梁 ……… 371	長屋 潤 ……… 327
永田 宗弘 ……… 119	中村 彰彦 ……… 35, 235, 240	中山 あい子 ……… 151
永田 もくもく ……… 381	中村 幌 ……… 380	中山 可穂 ……… 13, 352
中谷 周 ……… 113	中村 新 ……… 364	中山 義秀 ……… 7
中谷 芳子 ……… 215	中村 稲海 ……… 312, 313	中山 敬子 ……… 215
中津 文彦 ……… 31, 62	中村 恵里加 ……… 221	中山 幸太 ……… 179
永槻 みか ……… 118	中村 勝行 ……… 132	中山 咲 ……… 317
ながと 帰葉 ……… 273	中村 君江 ……… 362	永山 茂雄 ……… 295
中戸 真吾 ……… 151	中村 公子 ……… 79	中山 七里 ……… 110
長堂 英吉 ……… 179	中村 喬次 ……… 83	長山 志信 ……… 78, 339
中堂 利夫 ……… 123	中村 キヨ子 ……… 24	中山 聖子 ……… 119, 355, 356
中西 美智子 ……… 78	中村 欽一 ……… 94	中山 妙子 ……… 81
なかにし 礼 ……… 235	中村 邦生 ……… 308	中山 ちゑ ……… 208
永沼 絵莉子 ……… 364	中村 ケージ ……… 372	中山 登紀子 ……… 165
中根 進 ……… 251	中村 弦 ……… 261	中山 智幸 ……… 309
長野 修 ……… 252	中村 航 ……… 276, 317	中山 茅集 ……… 165
中野 孝次 ……… 286	中村 光至 ……… 51	中山 昌子 ……… 362
中野 沙羅 ……… 50	中村 佐喜子 ……… 318	中山 みどり ……… 341
中野 重治 ……… 365	中村 智子 ……… 86, 99	長山 靖生 ……… 250
中野 順一 ……… 129	中村 淳 ……… 346	中山 佳子 ……… 356
中野 青史 ……… 123	中村 春雨 ……… 172	中山 良太 ……… 330
中野 拓馬 ……… 132	中村 真一郎 ……… 204	半井 肇 ……… 376
中納 直子 ……… 92	中村 妙子 ……… 40	仲若 直子 ……… 83, 169, 369
中野 藤雄 ……… 130	中村 友恵 ……… 296	中脇 初枝 ……… 219, 326, 335
中野 文明 ……… 140	中村 朋臣 ……… 373	名木 朗人 ……… 372
中野 勝 ……… 91	中村 登良治 ……… 243	南木 佳士 ……… 10, 308
長野 まゆみ ……… 317	中村 豊秀 ……… 303	南木 稔 ……… 59
中野 麻里 ……… 336	中村 獏 ……… 126	渚辺 環生 ……… 61
中野 良浩 ……… 54	中村 啓 ……… 109	薙野 ゆいら ……… 64
中野 衣恵 ……… 303	中村 文則 ……… 11, 180, 276	名草 良作 ……… 122
永野 らぢ太 ……… 355	中村 正常 ……… 57	梨木 香歩 ……… 332
中野 隆之 ……… 124	中村 正軌 ……… 234	無嶋 樹了 ……… 30
中野 玲子 ……… 17	中村 正徳 ……… 318	名島 ちはや ……… 300
中野之 三雪 ……… 65	仲村 雅彦 ……… 345	那須田 淳 ……… 219
中浜 照子 ……… 78, 137	中村 正弘 ……… 364	那智 思栄 ……… 296
中林 明正 ……… 206	中村 まさみ ……… 283	なつ みどり ……… 288
中林 亮介 ……… 52, 112	中村 勝 ……… 17	夏井 午後 ……… 278
中原 吾郎 ……… 127	中村 路子 ……… 38	夏川 草介 ……… 145, 334
中原 晋 ……… 369	中村 南 ……… 328	なつかわ めりお ……… 28
永原 千歳 ……… 100	なかむら みのる ……… 253	

夏川 裕樹 …………… 271	成田 良悟 …………… 221	西内 佐津 ………… 41, 100
夏川 黎人 …………… 125	鳴 タマコ …………… 279	西浦 一輝 …………… 358
夏木 エル …………… 254	成上 真 ……………… 142	西方 郁子 ……………… 99
夏木 健 ………………… 99	鳴沢 恵 ……………… 326	西方 野々子 ………… 298
夏樹 静子 …… 257, 265, 291	成瀬 正祐 …………… 306	西川 清六 …………… 310
夏埜 イズミ ………… 380	鳴海 章 ……………… 32	西川 満 ……………… 241
夏海 公司 …………… 222	鳴海 風 …………… 16, 374	西川 百々 ……………… 80
夏実 桃子 …………… 147	鳴山 草平 …………… 175	西木 正明 ……… 135, 235
夏村 めめめ …………… 61	名和 一男 …………… 155	西口 典江 ……………… 38
夏目 翠 ……………… 133	縄手 秀幸 …………… 288	西久保 隆 …………… 339
夏目 千代 ……………… 78	暖 文兵 ………………… 98	西崎 憲 ……………… 261
夏芽 涼子 ……………… 78	南海 日出子 ………… 124	西沢 いその ……… 71, 72
七井 春之 …………… 132	南郷 二郎 …………… 124	西島 恭子 ……… 81, 216
七位 連一 ……………… 34	南条 三郎 …… 125, 126, 208	西島 雅博 …………… 364
七海 純 ……………… 220	南条 竹則 …………… 260	西田 喜代志 ………… 316
七飯 宏隆 …………… 221	南条 範夫 ……… 51, 232	西田 咲 ……………… 144
七緒 ………………… 141	南禅 満作 …………… 102	西田 俊也 …………… 271
七尾 あきら ………… 182	難波 進一郎 …… 174, 214	西田 宣子 …………… 292
七河 迦南 ……………… 15	難波 聖爾 ……………… 45	西谷 洋 ………… 83, 207
奈々愁 仁子 ………… 222	難波 利三 ……… 52, 234	仁科 愛村 …………… 319
七瀬 那由 …………… 148	難波田 節子 …… 119, 349	仁科 杏子 …………… 244
七瀬川 夏吉 ………… 182	南原 幹雄 ……… 151, 360	仁科 友里 …………… 217
名波 薫2号 …………… 34	南部 きみ子 ………… 165	西野 喬 ……………… 376
七森 はな ………… 25, 355	南部 駒蔵 ……………… 26	西林 久美子 ………… 238
灘波田 耕 …………… 336	南里 正典 …………… 262	西原 啓 ………………… 90
なべ しげる …………… 85		西原 健次 …… 117, 207, 286
鍋島 寿美枝 …………… 40	【に】	西堀 凜華 …………… 144
生江 和哉 …………… 295		西牧 隆行 …………… 240
並木 さくら ………… 210	新崎 恭太郎 …… 169, 369	西巻 秀夫 ……………… 97
並木 秀雄 ………… 93, 162	新妻 澄子 …………… 362	西町 意和子 ………… 166
波野 鏡子 …………… 119	新高 初郎 ……………… 66	西村 京太郎 … 31, 54, 257, 265
波間 忠郎 …………… 319	新見 聖 ……………… 35	西村 啓子 ……………… 71
仲村渠 ハツ …… 169, 369	二井本 宇高 ………… 138	西村 健 ……………… 361
那木 葉二 …………… 124	二階堂 絹子 ………… 363	西村 賢太 ……… 12, 276
奈良 井一 …………… 125	二階堂 紘史 …………… 34	西村 しず代 …………… 86
楢 八郎 ……… 126, 127, 208	二階堂 玲太 …………… 17	西村 聡淳 …………… 292
奈良 裕明 …………… 186	二階堂 黎人 …………… 15	西村 琢 ……………… 206
奈良 美那 …………… 267	仁川 高丸 …………… 186	西村 文宏 ……………… 30
奈良井 一 …………… 126	荷川取 雅樹 ………… 371	西本 秋 ……………… 158
楢崎 三平 ……………… 46	仁木 悦子 ……… 31, 257	西本 紘奈 ……………… 65
楢原 富美子 ………… 341	二鬼 薫子 …………… 116	西本 陽子 …………… 165
平城山 工学 …………… 61	仁木 健 ……………… 182	西山 樹一郎 ………… 355
成川 順 ………………… 41	仁木 英之 ……… 261, 373	西山 恭平 ……… 94, 114
成重 尚弘 …………… 220	二牛 迁人 …………… 313	西山 浩一 …………… 323
成田 彩乃 ……… 295, 363	肉Q ………………… 35	似鳥 鶏 ……………… 15
成田 謙 ………… 173, 214	西 加奈子 … 49, 68, 333, 335	新田 純子 …………… 165
成田 津斗武 ………… 296	仁志 耕一郎 …… 12, 154	新田 次郎 … 122, 127, 150, 232
成田 名璃子 ………… 222	西 正義 …………… 103	新田 文男 …………… 229
成田 隆平 ……………… 6		仁田 義男 …………… 306

仁藤 慶一	68	
二取 由子	52	
仁野 功州	67	
にのまえ はじめ	30	
二宮 隆雄	152	
弐宮 環	289	
二瓶 哲也	310	
仁村 魚	164	
菲崎 真一	69	
韮山 圭介	269	
楡井 亜木子	186	
庭 鴨野	169	
丹羽 さだ	238	
丹羽 昌一	129	
新羽 精之	321	
丹羽 文雄	210, 366	

【ぬ】

貫井 徳郎	259, 352	
ぬこ	254	
怒田 福寿	69	
沼 佐一	68	
沼澤 篤	21	
沼田 茂	306	
沼田 まほかる	43, 330, 335	

【ね】

根木 健太	37	
根宜 久夫	104, 105	
ネコ・ヤマモト	330	
猫砂 一平	61	
猫塚 信	4	
猫飯 美味し	34	
ネザマフィ, シリン	310	
ねじめ 正一	212, 235, 301	
ねずみ 正午	141	
根保 孝栄	324	
根本 大輝	144	
根本 幸江	350	
根本 由希子	364	

【の】

野阿 梓	280	
能 一京	262	
納富 泰子	292	
能美 龍一郎	252	
能面 次郎	345	
野上 弥生子	167, 365	
野上 寧彦	343	
野上 竜	54	
能木 昶	125	
野木 はな子	114	
野口 篤男	227	
野口 一郎	294	
野口 健二	124	
野口 卓也	140	
野口 冨士男	73, 366	
野口 麻衣子	355	
野口 雪夫	174, 214	
野坂 昭如	150, 233	
野坂 喜美	206	
野崎 文子	119	
野崎 まど	222	
野里 征彦	119	
野沢 薫子	84	
野沢 霞	238, 239	
野沢 尚	32, 135, 361	
野島 勝彦	307	
野島 けんじ	60	
野島 千恵子	78, 165	
野島 誠	83	
野津 ゆう	137	
望 公太	30	
野田 栄二	53	
埜田 杏	346	
野田 真理子	375	
野中 柊	57	
乃南 アサ	212, 235, 255	
野々村 務	279	
野原 誠喜	371	
野火 鳥夫	51	
延江 浩	152	
信沢 貢	93	
野辺 慎一	196	
ノベロイド二等兵	35	
登坂 北嶺	173	
野間 宏	204	

野間 ゆかり	272	
野間井 淳	179	
野水 陽介	92	
野見山 潔子	39	
野村 かほり	28	
野村 童雨	312, 314	
野村 佳	61	
野村 圭策	162	
野村 香生	112	
野村 尚吾	155, 318	
野村 土佐夫	41, 100, 101	
野村 敏雄	16, 181	
野村 敏子	72	
野村 ひろみ	100	
のむら 真郷	79	
野村 美月	36	
野村 幽篁	319	
野村 行央	274	
野村 落椎	312	
野本 郁太郎	242	
野本 隆	16	
野元 正	108	
野本 光夫	295	
のらね	254	
法月 綸太郎	259, 331	
乗峯 栄一	13	
野呂 邦暢	9	

【は】

狂崎 魔人	343	
灰谷 健次郎	174, 214	
芳賀 良彦	281	
葉狩 哲	52	
萩 裕子	281	
萩尾 抄子	163	
萩尾 大亮	285	
萩田 洋文	382	
萩山 綾音	91	
萩原 亨	91	
萩原 博志	93	
萩原 葉子	167	
伯井 重行	304	
はぐれっち	30	
ばけら	288	
箱崎 昭	364	
箱崎 満寿雄	362	
葉越 晶	343	

間 万里子 …………… 374	長谷川 寛 …………… 112	花井 俊子 …………… 121
波佐間 義之 ………… 200	長谷川 昌史 ………… 221	花井 美紀 …………… 117
葉治 英哉 …………… 337	長谷川 美智子 … 97, 112	花石 邦夫 ……………… 23
橋爪 勝 ……………… 124	長谷川 素行 ………… 307	花木 深 ……………… 128
橋富 光雄 …………… 319	長谷川 幸延 ………… 178	華城 文子 ……………… 90
橋場 忠三郎 ………… 319	長谷川 菱花 ………… 311	花坂 麗子 ……………… 23
羽柴 雪彦 …………… 243	支倉 凍砂 …………… 221	花谷 敏嗣 ……………… 37
葉嶋 圭 ……………… 182	ハセノ バクシンオー … 109	花谷 レイ子 ………… 216
羽島 トオル ………… 152	馳平 啓樹 …………… 310	花野 ゆい …………… 131
橋本 治 ……………… 135	幡 章 …………… 173, 213	英 蟬花 ……………… 314
橋本 和也 …………… 221	羽田 圭介 …………… 317	花房 牧生 ……………… 29
橋本 勝三郎 ………… 106	秦 恒平 ……………… 203	花間 燈 ………………… 35
橋本 希蘭 …………… 358	畑 裕子 …………… 13, 207	花巻 かおり ………… 187
橋本 康司郎 …………… 28	羽太 雄平 ……… 132, 149	華宮 らら …………… 148
橋本 滋之 …………… 263	畠 ゆかり ……………… 66	花宗 冬馬 …………… 272
橋本 紫星 …… 313, 314, 315	羽田 遼亮 ……………… 38	花村 萬月 …… 11, 159, 361
橋本 翠泉 …………… 314	畠中 恵 ……………… 261	花本 圭司 ……… 174, 214
橋本 捨五郎 ………… 296	畠山 恵美 …………… 225	花森 太郎 …………… 209
橋本 武 ……………… 295	畠山 憲司 ……………… 44	花森 哲平 …………… 156
橋本 長道 …………… 160	畠山 多恵子 ………… 354	塙 仁礼子 ……………… 57
橋本 紡 ……………… 220	畠山 武志 ……………… 24	花輪 真衣 ……… 78, 170
橋本 都耶子 ………… 286	畠山 則行 …………… 224	埴谷 雄高 …………… 204
橋本 夏実 …………… 340	畠山 正則 …………… 100	羽根川 牧人 ………… 290
橋元 秀樹 ……………… 70	幡地谷 領 …………… 216	羽倉 せい ……………… 65
ハシモト ヒロシ …… 283	秦野 織部 ……………… 60	翅田 大介 ……………… 29
橋本 ふゆ ……………… 78	秦野 純一 ……………… 28	羽田 奈緒子 …………… 33
橋本 幸也 …………… 228	畑野 智美 …………… 160	羽根田 康美 …… 309, 382
橋本 録多 …………… 126	波多野 都 …………… 177	羽谷 ユウスケ ……… 146
橋谷田 麻衣 ………… 364	波多野 杜夫 ………… 382	はば しげる ………… 286
葉月 堅 ……………… 260	波多野 鷹 …………… 271	馬場 信浩 ……………… 35
八月 万里子 ………… 117	波多野 陸 ……………… 92	馬場 博行 …………… 358
蓮見 恭子 …………… 359	羽田野 良太 ………… 237	ばば まこと ………… 152
羽澄 愁子 …………… 267	畑山 博 ………………… 9	馬場 美里 …………… 238
長谷 圭剛 ……………… 35	八王子 琴子 ………… 225	馬場 由美 …………… 131
長谷 健 ………………… 8	八神 時悠 …………… 377	帚木 蓬生 ……………… 83,
馳 星周 ………… 43, 258, 361	八針 来夏 …………… 185	134, 248, 255, 351, 361
長谷 侑季 …………… 339	八匠 衆一 …………… 287	羽深 律 ……………… 156
長谷 流月 …………… 313	八田 尚之 …………… 125	浜 比寸志 …………… 311
長谷川 安宅 ………… 329	服部 泰平 …………… 306	浜 夕平 ……………… 126
長谷川 和一 ………… 105	服部 鉄香 …………… 312	浜渦 文章 …………… 101
長谷川 一石 ………… 225	服部 瑛子 …………… 341	浜口 隆義 …………… 308
長谷川 憲司 …………… 49	服部 春江 …………… 112	浜口 拓 ……………… 339
長谷川 更生 ………… 125	服部 真澄 …………… 361	濱口 弥生 …………… 339
長谷川 諭司 ………… 182	服部 まゆみ ………… 357	浜口 倫太郎 ………… 330
長谷川 潤二 ………… 159	服部 美南子 …… 297, 298	浜崎 達也 …………… 182
長谷川 摂子 ………… 219	服部 素女 ……………… 86	浜崎 幸吉 ……… 41, 99
長谷川 敬 …………… 307	服部 洋介 ……… 102, 106	浜田 幸作 …………… 101
長谷川 多紀 ………… 120	初野 晴 ……………… 358	浜田 嗣範 …………… 251
長谷川 卓 ………… 63, 90	初美 陽一 …………… 290	浜田 広介 …………… 274
長谷川 信夫 ………… 124	羽鳥 九一 …………… 242	浜田 睦雄 ……………… 40

浜田 ゆかり ……… 40	林崎 惣一郎 …… 162, 243	波利 摩未香 ……… 381
浜田 順子 ……… 317	林田 辰二 ……… 68	張江 勝年 ……… 155
浜田 理佐 ……… 285	林野 浩芳 ……… 247	はるおかりの ……… 380
葉真中 顕 ……… 266	早島 悟 ……… 323	春口 裕子 ……… 330
浜中 たけ ……… 223	林本 光義 ……… 124	春名 雪風 ……… 376
濱野 京子 ……… 219	早瀬 馨 ……… 44, 78	春山 希義 ……… 307
浜野 健三郎 ……… 310	早瀬 徹 ……… 217	葉和 新 ……… 294
浜野 冴子 ……… 270	早瀬 透 ……… 72	坂照 鉄平 ……… 289
浜野 博 …… 45, 253	早瀬 乱 ……… 32	半田 美里 ……… 229
浜本 八収 ……… 137	早野 貢司 ……… 308	半田 義之 ……… 8
浜本 浩 ……… 178	葉山 由季 ……… 39	板東 秀 ……… 229
葉巡 明治 ……… 185	隼見 果奈 ……… 203	坂東 真砂子 … 135, 235, 263
羽村 滋 ……… 151	早見 淳 ……… 324	伴名 練 ……… 264
葉室 麟 …… 236, 337, 375	速水 拓三 ……… 357	半村 良 … 134, 234, 249, 280
早川 阿栗 ……… 310	原 岳人 ……… 260	
早川 秀策 ……… 21	はら てつし ……… 199	**【ひ】**
早川 大介 ……… 91	原 トミ子 ……… 186	
早川 北汀 ……… 314	原 尚彦 ……… 326	
早川 真澄 ……… 213	原 貝水 ……… 314	日秋 七美 ……… 300
早川 みどり ……… 295	原 元 ……… 206	柊 ……… 50
早川 ゆい ……… 350	ハラ ハルカ ……… 164	柊 清彦 ……… 141
ハヤケン ……… 30	原 久人 …… 79, 304	緋色 友架 ……… 38
早坂 杏 ……… 47	原 寮 ……… 235	火浦 功 ……… 280
早崎 慶三 …… 122, 127	原口 啓一郎 …… 115, 225	檜枝 悦子 ……… 272
林 あや子 ……… 45	原口 真智子 …… 78, 292	ひえだ みほこ ……… 230
林 和太 ……… 382	原口 夭々 ……… 172	比嘉 辰夫 ……… 370
林 京子 … 9, 73, 90, 168, 204	原沢 隆 ……… 94	比嘉 野枝 ……… 170
林 清 ……… 364	原田 英輔 ……… 262	比喜 秀喜 ……… 369
林 啓介 ……… 227	原田 源五郎 ……… 146	日影 丈吉 …… 256, 321
林 玄川 ……… 312	原田 孔平 ……… 373	東 峰夫 …… 9, 307
林 吾一 ……… 127	原田 成人 ……… 163	東川 篤哉 ……… 334
林 洸人 ……… 94	原田 重久 ……… 126	東館 千鶴子 ……… 97
林 瀬津子 ……… 237	原田 じゅん ……… 283	東天満 進 ……… 372
林 俊 ……… 171	原田 妙子 ……… 215	東野 圭吾 …… 32, 135,
林 武志 ……… 216	原田 武信 ……… 25	212, 236, 258, 331, 333, 334
林 恒雄 ……… 243	原田 太朗 ……… 52	東山 彰良 ……… 43
林 トモアキ ……… 60	原田 奈央子 ……… 376	東山 魚良 ……… 109
林 英子 ……… 77	原田 直澄 ……… 140	東山 麓 ……… 126
林 博子 ……… 66	原田 紀 ……… 272	氷上 恭子 ……… 199
林 房雄 ……… 202	原田 ひ香 ……… 187	干刈 あがた …… 56, 275
林 芙美子 ……… 166	原田 勝史 ……… 171	緋川 小夏 ……… 164
林 真理子 …… 134, 136, 234	原田 マハ …… 267, 335, 352	ヒキタクニオ ……… 43
林 美佐雄 ……… 315	原田 宗典 ……… 186	引間 徹 …… 186, 382
林 美保 …… 243, 336	原田 康子 …… 166, 168	樋口 明雄 ……… 43
林 恵 ……… 41	原田 八東 ……… 51	樋口 勇 ……… 161
林 ゆま ……… 354	原田 弥生 ……… 278	樋口 京輔 ……… 358
林 由美子 ……… 267	原田 由美子 ……… 368	樋口 健司 ……… 80
林 与茂三 ……… 125	原田 瑠美 ……… 216	樋口 修吉 ……… 152
林 量三 ……… 117	原中 三十四 ……… 30	樋口 てい子 ……… 355
林 緑風 ……… 314		

樋口 直哉 …………… 92	ひむかし …………… 278	平山 瑞穂 …………… 261
樋口 範子 …………… 350	姫野 いさら …………… 65	平山 実 …………… 69
樋口 まゆ子 …………… 78	姫野 カオルコ …………… 236	平山 夢明 …………… 43, 259
樋口 モグラ …………… 34	百田 尚樹 …………… 334, 335	平山 蘆江 …………… 311
樋口 有介 …………… 128	桧山 芙二夫 …………… 52	蛭田 亜紗子 …………… 56
樋口 至宏 …………… 307	檜山 良昭 …………… 257	蛭田 一男 …………… 294
日暮 花音 …………… 132	日向 六郎 …………… 322	比留間 久夫 …………… 317
久内 純子 …………… 72	日昌 晶 …………… 288	蛭間 裕人 …………… 246
久生 哲 …………… 339	陽羅 義光 …………… 172, 196	広岡 千明 …………… 152
久生 十蘭 …………… 175, 232	平井 杏子 …………… 106, 116	広川 純 …………… 337
火坂 雅志 …………… 241	平井 塙村 …………… 311	広川 禎孝 …………… 90
久川 芙深彦 …………… 299	平井 彩花 …………… 103	広小路 尚祈 …………… 92
ひさぎ ふうじ …………… 215	平井 敏夫 …………… 69	広沢 サカキ …………… 222
久志 もと代 …………… 127	平井 利果 …………… 246	広沢 康郎 …………… 270, 294
久遠 恵 …………… 158	平石 貴樹 …………… 186	恢 余子 …………… 211
久永 蒼真 …………… 143	平出 隆 …………… 82	広嶋 玲子 …………… 284
久野 智裕 …………… 49	平岩 弓枝 …………… 181, 233	広瀬 晶 …………… 380
久丸 修 …………… 54, 292	平尾 京子 …………… 163	廣瀬 楽人 …………… 144
久本 裕詩 …………… 139	平緒 宣子 …………… 239	広瀬 進 …………… 197
菱田 愛日 …………… 222	平岡 禎之 …………… 171	弘田 静憲 …………… 54
樋尻 雅昭 …………… 253	平岡 陽明 …………… 53	廣田 菜穂 …………… 144
緋月 薙 …………… 30	平川 虎臣 …………… 210	広谷 鏡子 …………… 186
ひずき 優 …………… 380	平川 深空 …………… 148	広津 桃子 …………… 167
備瀬 毅 …………… 370	平坂 静音 …………… 79	広中 俊雄 …………… 268
飛田 一歩 …………… 79	平坂 読 …………… 33	広部 直之 …………… 162
火田 良子 …………… 154	平沢 健一 …………… 24	広松 彰 …………… 307
日高 正信 …………… 206	平沢 裕子 …………… 24	弘也 英明 …………… 261
日高 麟三 …………… 126	平茂 寛 …………… 12	日和 聡子 …………… 276
披ль野 光信 …………… 243	平瀬 誠一 …………… 253	ひわき ゆりこ …………… 39
秀章 …………… 146	平田 健太郎 …………… 170, 370	樋脇 由利子 …………… 292
ひでまろ …………… 173	平田 純一 …………… 215	
一橋 鵜 …………… 37	平田 俊子 …………… 276	**【ふ】**
人見 圭子 …………… 118	平田 好輝 …………… 69	
緋奈川 イド …………… 35	平谷 美樹 …………… 110	黄 英治 …………… 378
ひなた 茜 …………… 65	平手 清恵 …………… 339	風来 某 …………… 374
ひなた しょう …………… 140	平中 悠一 …………… 317	笛木 薫 …………… 251
日向 まさみち …………… 320	平野 啓一郎 …………… 11	ふぉれすと …………… 298
日向 蓬 …………… 55	平野 純 …………… 317	深井 迪子 …………… 59
火野 葦平 …………… 7	平野 潤子 …………… 171	深井 律夫 …………… 169
日野 啓三 …… 9, 18, 204, 286, 367	平野 宏 …………… 84	深草 小夜子 …………… 64
日野 俊太郎 …………… 261	平野 正和 …………… 372	深沢 晶子 …………… 350
日野 草 …………… 347	平野 稜子 …………… 116	深沢 潮 …………… 56
緋野 由意子 …………… 79	平林 たい子 …………… 166, 167	深沢 勝彦 …………… 350
照下 土竜 …………… 249	平林 彪吾 …………… 315	深沢 七郎 …………… 73, 204, 211
日の原 裕光 …………… 290	平林 糧 …………… 285	深沢 忠 …………… 26
響 遊山 …………… 289	平林 廉 …………… 86	深沢 芽衣 …………… 377
響野 夏菜 …………… 272	平原 夏樹 …………… 85	深田 俊祐 …………… 138
陽未 …………… 254	平松 次郎 …………… 264	深田 祐介 …………… 234, 306
氷見 玄 …………… 130	平松 誠治 …………… 211	
日向 蠟子 …………… 299	平山 寿三郎 …………… 132	

深津 十一 …………… 110	藤井 貴城 …………… 195	藤巻 幹城 …………… 130
深津 望 ……………… 92	藤井 健生 …………… 177	藤牧 久雄 …………… 230
深堀 骨 ……………… 282	藤井 登美子 ………… 213	伏見 憲明 …………… 317
深水 聡之 …………… 373	藤井 仁司 …………… 304	伏見 ひろゆき ……… 183
深見 真 …………… 60, 299	藤井 素介 …………… 132	伏見丘 太郎 ………… 151
深海 ゆずは ………… 63	藤枝 和則 …………… 179	藤村 いずみ ………… 129
深水 黎一郎 ………… 259	藤枝 静男 ……… 204, 286	藤村 邦 ……………… 94
深緑 野分 …………… 342	藤岡 真 ……………… 156	藤村 耕造 …………… 358
深谷 晶子 …………… 273	藤岡 陽子 …………… 79	藤村 正太 ………… 31, 321
深谷 てつよ ………… 46	藤上 貴矢 …………… 272	藤村 秀治 …………… 68
福 明子 ………… 119, 305	藤川 省自 …………… 125	藤村 文彦 …………… 69
福井 馨 ……………… 287	藤川 敏夫 …………… 59	藤村 与一郎 ………… 373
福井 晴敏 …………… 32, 43, 258, 332, 361	藤川 義久 …………… 101	藤本 泉 …………… 31, 151
	藤木 靖子 …………… 321	伏本 和代 …………… 308
福井 幸江 ……… 81, 138, 216	藤木 優佳 …………… 144	藤本 義一 ………… 29, 234
福尾 湖南 …………… 173	ふじくわ 綾 ………… 327	藤本 圭子 …………… 271
福岡 さだお ……… 49, 117	藤崎 和男 …………… 92	藤本 恵子 ……… 121, 308
福岡 青河 …………… 76	藤崎 翔 ……………… 359	藤本 柊一 …………… 182
福岡 義信 …………… 70	藤沢 清典 …………… 328	藤本 たか子 ………… 354
福迫 光英 …………… 309	藤沢 周 ……………… 11	藤本 拓也 …………… 298
福澤 徹三 …………… 43	藤沢 周平 ……… 52, 234	藤本 ひとみ ………… 271
福沢 英敏 …………… 171	藤沢 すみ香 ………… 252	冨士本 由紀 ………… 159
福島 順子 ……… 174, 215	藤沢 誠 ……………… 70	藤森 慨 ……………… 35
福島 千佳 …………… 355	藤島 三四郎 ………… 25	藤森 重紀 …………… 24
福田 螢二 …………… 123	藤島 秀佑 …………… 41	藤森 益弘 …………… 129
ふくだ さち …………… 317	藤代 泉 ……………… 318	藤原 明 ……………… 244
福田 章二 …………… 211	藤代 映二 …………… 125	藤原 あずみ ………… 210
福田 敬 ……………… 81	藤瀬 光哉 …………… 77	藤原 伊織 …… 32, 186, 235
福田 登女子 ………… 112	藤田 和子 …………… 115	藤原 審爾 ……… 155, 232
福田 政雄 …………… 184	藤田 幸生 …………… 344	藤原 大輔 …………… 23
福田 道夫 …………… 307	藤田 幸蔵 …………… 69	藤原 京 ……………… 379
福田 由美子 ………… 296	藤田 澄子 …………… 47	藤原 智美 …………… 10
福田 遼太 …………… 144	藤田 武司 …………… 251	藤原 伸久 …………… 341
福地 誠 ……………… 20	藤田 千鶴 …………… 350	藤原 真莉 …………… 272
福永 真也 …………… 79	藤田 敏男 …………… 126	藤原 美里 …………… 273
福永 タミ子 ………… 137	藤田 博保 …………… 206	藤原 瑞記 …………… 133
福長 斉 ……………… 277	藤田 正彦 …………… 80	藤原 緑 ……………… 377
福永 令三 …………… 51	藤田 雅矢 …………… 260	藤原 師仁 …………… 48
福本 武久 …………… 203	藤田 めい …………… 144	藤原 侑貴 …………… 50
福吉 哲 ……………… 216	藤田 宜永 …… 135, 235, 258	藤原 葉子 …………… 353
総戸 斗明 …………… 324	藤谷 治 ……………… 334	布施 英利 …………… 162
ふじ おさむ …………… 3	藤谷 怜子 …………… 349	布施 美咲 …………… 363
不二 今日子 …… 203, 242	藤野 可織 ……… 12, 309	府高 幸夫 …………… 71
藤 まる ……………… 223	藤野 健悟 …………… 376	淵川 元晴 …………… 144
藤 水名子 …………… 159	藤野 庄三 …………… 125	淵田 隆雄 …………… 151
藤井 綾子 …………… 25	藤野 千夜 …… 11, 57, 275	舟木 映子 …………… 297
藤井 建司 …………… 145	藤野 麻実 …………… 7	船木 一夫 …………… 296
藤井 佐知子 ………… 285	藤ノ木 陵 …………… 164	舟木 かな子 ………… 102
藤井 重夫 …………… 233	藤林 愛夏 …………… 33	船越 和太流 ………… 117
	藤春 都 ……………… 29	舟里 映 ……………… 198

舟田 愛子 …… 106	古沢 堅秋 …… 299	保科 義子 …… 66
鮒田 トト …… 39, 84	古澤 健太郎 …… 76, 86	星野 アギト …… 61
船津 祥一郎 …… 45	古嶋 和 …… 339	星野 彼方 …… 30
船津 弘 …… 71	古荘 正朗 …… 308	星野 智幸 …… 276, 317
舩津 弘繁 …… 94	古橋 秀之 …… 220	星野 泰司 …… 117
船戸 鏡聖 …… 112	古林 邦和 ‥ 119, 217, 225, 252	星野 光徳 …… 316
船戸 与一 ‥ 235, 258, 351, 360	古味 三十六 …… 100	星野 泰斗 …… 117
船山 馨 …… 155, 274	古屋 甚一 …… 52	星山 夏 …… 200
吹雪 ゆう …… 77	古谷 孝男 …… 5	穂積 生萩 …… 118
夫馬 基彦 …… 211	古山 高麗雄 …… 9, 74	穂積 驚 …… 181, 232
文沢 隆一 …… 90, 174, 214	ぶろっこりぃ …… 279	細川 純緒 …… 243
文月 あそぶ …… 163	分銅 志静 …… 5	細川 昊 …… 174, 214
文野 広輝 …… 116		細川 洋子 …… 285
冬川 正左 …… 280	**【へ】**	細見 隆博 …… 56
冬川 文子 …… 350, 351, 355		細谷地 真由美 …… 355
冬川 亘 …… 179	別氏 光斗 …… 242	穂高 明 …… 329
冬木 憑 …… 125	別司 芳子 …… 119	穂高 健 …… 325
冬木 鋭介 …… 123	別所 真紀子 …… 374	穂田川 洋山 …… 310
冬木 薫 …… 186	別所 三夫 …… 206	蛍 ヒカル …… 325
冬木 格 …… 94	別当 晶司 …… 179	蛍 光 …… 325
冬樹 忍 …… 29	逸見 真由 …… 39	堀田 あけみ …… 317
冬木 史朗 …… 155	辺見 庸 …… 10	堀田 明日香 …… 339
冬木 治郎 …… 324	片理 誠 …… 249	堀田 利幸 …… 378
ふゆき たかし …… 128		堀田 善衞 …… 8
冬木 喬 …… 321	**【ほ】**	保前 信英 …… 211
冬木 冬樹 …… 34		堀 晃 …… 249
冬木 耀 …… 93, 162	歩 青至 …… 119	堀 和久 …… 52, 240
冬島 菖太郎 …… 143	ポウィータ, ハンヒニー	堀 辰雄 …… 210
冬野 良 …… 350	…… 63	堀井 拓馬 …… 265
冬郷 信介 …… 324	方玖 舞文 …… 35	堀内 伸 …… 306
冬室 修 …… 322	法坂 一広 …… 110	堀内 英雄 …… 95
芙容 貴子 …… 66	北条 秀司 …… 178	堀江 潤 …… 362
ブリッジス,マーガレット	法条 遥 …… 264	堀江 敏幸 …… 11,
…… 128	宝生 房子 …… 349	19, 74, 82, 205, 367
武陵 蘭 …… 305	北条 誠 …… 274	堀江 信男 …… 20
古井 由吉 ‥ 9, 73, 204, 367	朴 重鎬 …… 108	堀川 アサコ …… 261
古井 らじか …… 47, 48	ぼくのみぎあしをかえして	堀川 喜美子 …… 295
古市 隆志 …… 296	…… 30	堀口 実徳 …… 67
古内 一絵 …… 330	保坂 和志 ‥ 11, 205, 275, 287	堀口 良一 …… 163
古内 研二 …… 296	星 新一 …… 256	堀越 博 …… 107
古岡 孝信 …… 22	星 政治 …… 93	堀之内 泉 …… 286
古川 敦史 …… 109	星家 なこ …… 34	本沢 みなみ …… 272
古川 薫 …… 235	穂史賀 雅也 …… 34	本荘 浩子 …… 155
古川 こおと …… 381	星川 周太郎 …… 126	本城 美智子 …… 186
古川 さとし …… 67	星川 清司 …… 235	本田 倖 …… 355
古川 春秋 …… 347	星隈 真野 …… 36	本多 孝好 …… 158
古川 日出男 ‥ 250, 259, 333	保科 昌彦 …… 264	誉田 哲也 …… 330, 343
古木 信子 …… 78		本多 はる子 …… 315
古沢 英司 …… 373		本田 広義 …… 209
		本田 誠 …… 37

本多 美智子 …… 121	蒔田 広 …… 206	町田 久次 …… 297
本田 美なつ …… 144	牧田 真有子 …… 310	町田 康 ‥ 11, 74, 205, 275, 333
本田 元弥 …… 316	マキタリック, モリー …… 128	町田 誠也 …… 325
誉田 龍一 …… 158	牧野 英二 …… 178	町田 てつや …… 177
本田 礼子 …… 294	まきの えり …… 382	町田 登喜子 …… 163
本渡 章 …… 278	牧野 修 …… 250, 263, 277	町田 波津夫 …… 122
本間 正志 …… 69	牧野 誠義 …… 230	町野 一郎 …… 324
本間 洋平 …… 186	牧野 節子 …… 166	松 時ノ介 …… 30
ほんま よしみ …… 5	牧野 遼作 …… 67	松井 今朝子 …… 132, 236
	牧村 一人 …… 55, 337	松井 健一郎 …… 196
【ま】	牧村 牧郎 …… 243	松井 千尋 …… 273
	万城目 学 ‥ 320, 333, 334, 335	松井 透 …… 242
舞坂 あき …… 166	幕内 克蔵 …… 127	松家 仁之 …… 368
前川 亜希子 …… 355	真久田 正 …… 170	松浦 淳 …… 225
前川 麻子 …… 157	マクワイア, アツコ …… 197	松浦 茂史 …… 370
前川 紫山 …… 314	まこと …… 63	松浦 節 …… 375
前川 ひろ子 …… 22, 215	政岡 風太郎 …… 339	松浦 寿輝 …… 11, 82, 367
前川 裕 …… 266	真坂 マサル …… 223	松浦 秀昭 …… 201
前嶋 佐和子 …… 381	柾 悟郎 …… 281	松浦 央和 …… 143
前島 不二雄 …… 372, 374	柾 恒郎 …… 250	松浦 幸男 …… 51
前田 昭彦 …… 106	正木 陶子 …… 55	松浦 理英子 …… 168, 308, 367
前田 暁 …… 341	真崎 浩 …… 294	松江 ちづみ …… 303
前田 新 …… 270	真崎 雅樹 …… 289	松尾 光治 …… 308
前田 孝一 …… 69	真崎 まさむね …… 35	松尾 佑一 …… 347
真枝 志保 …… 327	柾 弥生 …… 283	松尾 由美 …… 281
前田 宣山人 …… 315	正宗 白鳥 …… 365	松尾 与四 …… 22
前田 武 …… 324	真島 節朗 …… 107	松尾 依子 …… 92
前田 珠子 …… 271	間嶋 稔 …… 78, 251, 335	松岡 弘一 …… 16, 149, 262
前田 とみ子 …… 165	真下 春夫 …… 161	松岡 智 …… 269
前田 菜穂 …… 304	真代屋 秀晃 …… 223	松岡 弘 …… 88
前田 浩香 …… 354	増子 一美 …… 200	松岡 よし子 …… 99
前田 豊 …… 16, 52	増沢 一平 …… 71	松川 明彦 …… 117
前田 よし子 …… 170	増田 勇 …… 379	松川 周作 …… 289
前田 慈乃 …… 144	増田 御風 …… 314	松木 修平 …… 151
前田 隆壱 …… 310	増田 忠則 …… 159	松木 精 …… 227
前田 隆之介 …… 307	増田 俊成 …… 109	松樹 剛史 …… 159
前中 行至 …… 155	ますだ まさやす …… 70	真継 伸彦 …… 316
前山 公彦 …… 177	増田 みず子 …… 19, 275	松木 裕人 …… 355
曲木 磯六 …… 126	増田 緑 …… 339	松木 麗 …… 358
真木 桂之助 …… 269	益永 英治 …… 174, 215	松隈 一馬 …… 86
真木 颯子 …… 295	増村 由児 …… 130	松倉 紫苑 …… 131
牧 薩次 …… 331	増山 幸司 …… 355	松倉 隆清 …… 225
真木 純 …… 126	舛山 六太 …… 123	松崎 移翠 …… 112
眞木 空人 …… 61	間瀬 昇 …… 106	松崎 覚 …… 217
牧 比呂志 …… 223	又吉 栄喜 …… 11, 83, 169, 186, 369	松崎 真治 …… 280
万亀 佳子 …… 215	又吉 弘子 …… 370	松﨑 成穂 …… 144
横居 泉 …… 330	町井 奢 …… 118	松崎 勝 …… 93
蒔岡 雪子 …… 309	町井 登志夫 …… 110	松崎 美保 …… 309, 382
		松崎 保美 …… 280
		松崎 有理 …… 198

松崎 陽平 …… 316	松本 茂樹 …… 149	丸山 好雄 …… 93
松崎 与志人 …… 126	松本 しげ子 …… 296	丸山 義二 …… 268
松下 寿治 …… 289	松本 清張 …… 8, 150, 256	
松下 麻理緒 …… 15, 358	松本 孝 …… 112	【み】
松嶋 節 …… 108, 339	松本 太吉 …… 303	
松嶋 ちえ …… 49, 79	松本 敏彦 …… 108	三浦 明博 …… 32
松嶋 チエ …… 218	松本 富生 …… 308	三浦 綾子 …… 21
松嶋 ひとみ …… 355	松本 昇 …… 99	三浦 勇雄 …… 34
松島 美穂子 …… 163	松本 はる …… 14	三浦 清宏 …… 10
松瀬 久雄 …… 206	松本 文世 …… 22, 292	三浦 しをん …… 236, 333, 334
松田 喜平 …… 207	松本 侑子 …… 186	三浦 哲郎 …… 9, 18, 74, 224
松田 桂 …… 56	松本 幸久 …… 80	三浦 秀雄 …… 3
松田 倶夫 …… 130	松本 れい …… 71	三浦 浩樹 …… 203
松田 浩昭 …… 195	松谷 雅志 …… 201	三浦 万奈 …… 279
松田 悠八 …… 106	松山 巌 …… 18	三浦 真奈美 …… 271
松田 幸緒 …… 76, 117	松山 照夫 …… 202	三浦 恵 …… 317
松田 有未 …… 25	真殿 皎 …… 177	三浦 康男 …… 107
松田 陽 …… 370	真中 良 …… 142	三浦 良一 …… 41, 100
松田 るんを …… 84, 278	真奈辺 圭子 …… 215	三浦 隆造 …… 223
松谷 健三 …… 372	真鍋 元之 …… 181	三浦 良 …… 289
松谷 文吾 …… 122	真鍋 寧子 …… 177	三浦 良一 …… 378
松永 ひろ子 …… 70	真野 真央 …… 35	水鏡 希人 …… 222
松永 安由 …… 364	まはら 三桃 …… 219	磨 聖 …… 140
松浪 和夫 …… 255	真帆 しん …… 355	御影 防人 …… 281
松波 太郎 …… 310	まほろし …… 313	三日月 …… 146
松野 昭二 …… 71	まみや かつき …… 288	三日月 拓 …… 56
松信 春秋 …… 315	間宮 弘子 …… 85, 106	神門 京 …… 37
松葉屋 なつみ …… 134	間宮 緑 …… 382	三門 鉄狼 …… 34
松原 伊佐子 …… 83	麻宮 ゆり子 …… 161	三上 延 …… 335
松原 一枝 …… 310	麻耶 雄嵩 …… 259, 332	三上 喜代司 …… 17
松原 幹 …… 125	繭 …… 254	三上 三吉 …… 163
松原 栄 …… 84, 171	黛 恭介 …… 324	三神 弘 …… 186
松原 澄子 …… 71	黛 信彦 …… 44	三神 真彦 …… 203
松原 真琴 …… 140	真弓 あきら …… 283	三上 真璃 …… 27
松原 正実 …… 297	眉村 卓 …… 280	未上 夕二 …… 347
松原 好之 …… 186	丸内 敏治 …… 95	三河 ごーすと …… 222
松美 佐雄 …… 315	丸岡 大介 …… 92	見川 舜水 …… 21
松村 栄子 …… 10, 57	丸岡 通子 …… 78	三川 みり …… 65
松村 哲秀 …… 117	丸岡 道子 …… 94, 163, 164	三河屋 三平 …… 354
松村 秀樹 …… 152	丸川 賀世子 …… 165	三木 一郎 …… 374
松村 比呂美 …… 14, 85, 201	丸川 雄一 …… 277	三木 紀伊子 …… 160
松本 昭雄 …… 71	丸谷 才一 …… 9, 73, 204	幹 菜一 …… 17
松本 ありさ …… 283	丸山 健二 …… 9, 307	美樹 正次郎 …… 93
松本 薫 …… 382	丸山 英人 …… 222	三木 卓 …… 9, 19, 205, 287, 367
松本 清 …… 125	丸山 史 …… 165	幹 ヒロシ …… 253
松本 琴潮 …… 314	丸山 昌弘 …… 163	三岸 あさか …… 322
松本 敬子 …… 237	丸山 弓削平 …… 45	美木 本真 …… 362
松本 幸之介 …… 68	丸山 裕 …… 162	三國 青葉 …… 261
松本 幸子 …… 374	円山 夢久 …… 221	

三雲 岳斗 …… 182, 220, 248	水野 由美 …………… 309	151, 234, 257, 265, 332
三坂 淳一 ………………… 297	水野 ユーリ ………… 254	美奈川 護 …………… 222
三阪 水鋏 ………………… 313	水野 佳子 …………… 368	皆月 蒼葉 …………… 198
御坂 真之 ………………… 255	水原 秀策 …………… 109	水無月 慧子 ………… 170
三崎 亜記 ………… 159, 333	水原 涼 ……………… 310	みなづき 志生 ……… 380
岬 かつみ ………………… 183	水見 稜 ……………… 280	水無瀬 梓 …………… 230
岬 鷺宮 …………………… 223	水村 圭 ……………… 113	水瀬 葉月 …………… 221
三咲 光郎 ……… 53, 116, 337	水村 美苗 ……… 275, 367	水瀬 ほたる ………… 24
三崎 祐司 ………………… 66	水杜 明珠 …………… 272	湊 かなえ …… 158, 259, 334
美里 敏則 ……… 170, 171, 351	水森 サトリ ………… 160	湊 ようこ …………… 380
三沢 章子 …………… 94, 162	瑞山 いつき ………… 64	南 浅二郎 …………… 294
三沢 陽一 ………………… 4	溝井 洋子 …………… 47	南 綾子 ……………… 56
三島 浩司 ………………… 248	溝口 愛子 …………… 278	南 安閑 ……………… 169
三島 霜川 ………………… 172	溝口 三平 …………… 125	南 椎茸 ……………… 279
三島 由紀夫 ……………… 365	溝部 隆一郎 ………… 339	三波 利夫 …………… 58
水市 恵 …………………… 146	三田 歩 ……………… 363	三並 夏 ……………… 317
瑞岡 露泉 ………………… 314	三田 完 ……………… 53	南 ふさ子 …………… 130
水上 勉 …… 73, 204, 233, 256	三田 つばめ ………… 152	南島 砂江子 ………… 55
水城 昭彦 ………………… 152	三田 照子 …………… 24	南谷 緑 ………… 174, 214
水樹 あきら ……………… 271	三田 華 ……………… 49	南家 礼子 …………… 343
水樹 ケイ ………………… 373	三田 華子 …………… 318	源 高志 ……………… 117
水月 昴 …………………… 61	三田 誠広 …………… 10	みなもと ひさし …… 227
水月 紗鳥 ………………… 35	三田村 志郎 ………… 264	水沫 流人 …………… 353
美杉 しげり ……………… 351	道 俊介 ……………… 127	岑 亜紀良 …………… 151
瑞城 淳 …………………… 370	道尾 秀介 …………… 43,	峰 和子 ……………… 22
観月 文 …………………… 139	236, 259, 330, 331, 352	峰 一矢 ……………… 45
水城 嶺子 ………………… 358	道場 和恵 …………… 251	峰 隆一郎 …………… 345
水城 亮 …………………… 86	道端 さっと ………… 37	峯崎 ひさみ ………… 210
水木 亮 ……… 49, 130, 270, 378	光岡 明 ……………… 234	峯下 幸夫 …………… 103
水口 恵弥 ………………… 278	光岡 和子 …………… 217	峰原 緑子 …………… 308
水口 敬文 ………………… 182	三岡 雅晃 …………… 279	峯村 純 ……………… 238
水口 由比子 ……………… 66	三ツ木 茂 …………… 44	峰守 ひろかず ……… 222
水沢 秋生 ………………… 176	深月 ともみ ………… 381	蓑 修吉 ……………… 207
水沢 黄平 ………………… 290	満坂 太郎 …………… 15	三ノ神 龍司 ………… 183
水沢 夢 …………………… 147	三津田 信三 ………… 332	箕田 政男 …………… 94
水沢 莉 …………………… 254	三橋 美津子 ………… 69	三原 みつき ………… 34
水科 月征 ………………… 284	光原 百合 …………… 259	壬生 菜々佳 ………… 144
水嶋 佑子 ………………… 216	光本 正記 …………… 176	三船 恭太郎 ………… 143
水田 静子 ………………… 329	光本 有里 …………… 210	三松 道尚 …………… 72
水田 敏彦 ………………… 121	光森 和正 …………… 42	耳目 ………………… 158
水田 美意子 ……………… 109	光山 明美 …………… 326	三村 雅子 …………… 78
水谷 準 …………… 175, 256	観手 歩 ……………… 48	三村 雪子 …………… 24
水谷 玲一 ………………… 176	御堂 彰彦 …………… 221	宮 規子 ……………… 49
水足 蘭秋 ………………… 124	みどり ゆうこ ……… 308	見矢 百代 …………… 151
水野 晶 …………… 244, 336	緑川 京介 …………… 149	宮井 明子 …………… 47
水野 スミレ ……………… 60	緑川 玄三 …………… 126	宮井 千津子 ………… 121
水野 泰治 ………………… 142	緑川 七央 …………… 272	宮井 紅於 …………… 144
水野 知夫 ………………… 216	緑川 涼子 …………… 105	宮内 勝典 … 19, 275, 316, 367
水野 友貴 ………………… 272	御永 真幸 …………… 274	宮内 寒弥 …………… 286
	皆川 博子 …………… 134,	宮内 剛 ……………… 345

宮内 悠介 …………… 198, 250	雅 彩人 ………………… 220	向田 邦子 ……………… 234
宮尾 登美子 …… 167, 203, 234	宮部 みゆき …… 54, 235, 250,	無茶雲 ………………… 327
宮尾 和知 ……………… 69	255, 258, 333, 335, 351, 361	睦月 けい ……………… 65
宮岡 亜紀 ……………… 20	深山 あいこ …………… 50	六塚 光 ………………… 182
宮川 顕二 ……………… 350	深山 くのえ …………… 285	武藤 一郎 ……………… 27
宮川 沙猿 ……………… 95	深山 亮 ………………… 158	六冬 和生 ……………… 282
宮川 静代 ……………… 41	宮本 此君庵 …………… 172	武藤 大成 ……………… 373
宮川 曙村 ……………… 319	宮本 須磨子 …………… 209	武藤 養子 ……………… 240
宮川 直子 ……………… 79	宮本 誠一 …………… 303, 304	宗像 喜代治 …………… 294
宮木 あや子 …………… 56	宮本 徹志 ……………… 237	宗像 哲夫 ……………… 297
宮城 正枝 ……………… 28	宮本 輝 ……………… 10, 203	宗像 弘之 ……………… 116
宮城 好弘 ……………… 72	宮本 徳蔵 …………… 134, 179	棟田 博 ………………… 274
宮岸 孝吉 ……………… 195	宮本 紀子 ……………… 161	宗任 珊作 ……………… 127
宮城谷 昌光 …………… 235	宮本 誠 ………………… 304	胸宮 雪夫 ……………… 54
三宅 彰 ………………… 129	宮本 将行 ……………… 61	村井 泰子 ……………… 144
三宅 克俊 ……………… 116	宮本 みづえ …………… 377	村岡 圭三 ……………… 95
三宅 孝太郎 …………… 52	宮森 聞司 ……………… 325	村岡 毅 ………………… 286
三宅 弥生 ……………… 103	深志 いつき …………… 273	村岡 紘子 ……………… 243
宮越 郷平 …………… 118, 119	明神 しじま …………… 342	村上 碧 ………………… 149
宮腰 郷平 ……………… 5	三好 一知 ……………… 126	村上 章子 ……………… 165
宮越 しまぞう ………… 61	三好 貫太郎 ………… 104, 105	村上 恭介 ……………… 371
みやこし ようこ ……… 6	三芳 公子 ……………… 341	村上 元三 ……………… 232
都島 純 ………………… 125	三好 京三 …………… 234, 307	村上 俊介 ……………… 20
宮崎 一郎 ……………… 126	三好 治郎 ……………… 124	村上 尋 ………………… 155
宮崎 和雄 ……………… 152	三吉 真一郎 …………… 372	村上 青山 ……………… 229
宮崎 柊羽 ……………… 61	三好 徹 ……………… 233, 256	村上 青二郎 ………… 172, 239
宮崎 鉄郎 ……………… 112	三吉 不二夫 …………… 107	村上 節 ………………… 308
宮崎 博江 ……………… 21	三好 三千子 …………… 90	村上 春樹 ……………… 90,
宮崎 宏 ………………… 71	三好 陽子 ……………… 195	204, 275, 334, 367
宮崎 実 ………………… 94	未来谷 今芥 …………… 50	村上 敏火 ……………… 215
宮崎 素子 ……………… 3	みるもり ちひろ ……… 177	村上 福三郎 …………… 124
宮崎 吉宏 ……………… 130	美輪 和音 ……………… 342	村上 政彦 ……………… 57
宮里 尚安 ……………… 369	三輪 克巳 ……………… 309	村上 靖子 ……………… 339
宮沢 周 ………………… 185	三輪 滋 ………………… 307	村上 龍 ………………… 10,
宮沢 すみれ …………… 173	三羽 省吾 ……………… 157	90, 205, 275, 287, 367
宮沢 笛子 ……………… 177	三輪 チサ ……………… 353	村木 嵐 ………………… 337
宮地 たえこ …………… 100	海羽 超史郎 …………… 221	村越 英文 ……………… 52
宮地 由為子 …………… 42		村崎 えん ……………… 327
宮下 耕治 ……………… 177	【む】	村崎 友 ………………… 358
宮下 奈都 …………… 309, 335		村雨 貞郎 ……………… 337
宮下 洋二 ……………… 163	無一 …………………… 34	村雨 悠 ………………… 158
宮代 賢二 ……………… 176	向井 功 ………………… 246	村重 知幸 ……………… 325
宮田 和雄 ……………… 246	向井 湘吾 ……………… 329	村瀬 継弥 ……………… 149
宮田 隆 ………………… 77	向井 豊昭 ……………… 382	村田 喜代子 ……………
宮西 建礼 ……………… 198	向井 路琉 ……………… 55	10, 74, 83, 168, 287
宮野 晶 ………………… 351	迎甲 勝弘 ……………… 369	村田 浩一 ……………… 323
宮野 美嘉 ……………… 148	務古 一郎 ……………… 116	村田 沙耶香 ………… 91, 276
宮ノ川 顕 ……………… 264	六甲月 千春 …………… 289	村田 栞 ………………… 64
宮原 昭夫 ……………… 9, 307		村田 等 ………………… 124
宮原 寧子 ……………… 368		村戸 忍 ………………… 324

村中 美恵子 …… 163	望月 武 …… 359	森 ゆうこ …… 355
村中 好穂 …… 137	望月 もらん …… 65	森 ゆみ子 …… 21
村野 温 …… 350	望月 雄吾 …… 381	森 瑶子 …… 186
村松 公明 …… 200	望月 諒子 …… 266	森 葉治 …… 51
村松 駿吉 …… 126	持田 明子 …… 292	森 瑠美子 …… 80
村松 友視 …… 234	持田 美根子 …… 338	森 礼子 …… 10
村松 美悠加 …… 143	本岡 冬成 …… 146	森 禮子 …… 292
村松 泰子 …… 246	本岡 類 …… 54	森 露声 …… 312
村本 健太郎 …… 57	本川 さとみ …… 378	森内 俊雄 …… 307, 367
村本 椎子 …… 79	本沢 幸次郎 …… 126	もりお みずき …… 171, 350, 371
村山 小弓 …… 79	本橋 隆夫 …… 114	森岡 泉 …… 339
村山 節 …… 341	本宮 典久 …… 42	もりおか えいじ …… 216
村山 富士子 …… 203	本谷 有希子 …… 276	森岡 啓子 …… 66
村山 由佳 …… 135,	本山 貞子 …… 69	森岡 騒外 …… 314, 315
136, 139, 159, 212, 236	本山 順子 …… 243	森岡 隆司 …… 216
村山 りおん …… 106	本山 袖頭巾 …… 312	森岡 浩之 …… 281
村山 良三 …… 105	物上 敬 …… 126	森木 康一 …… 324
村若 昭雄 …… 270	モブ・ノリオ …… 11, 309	森下 陽 …… 44
室 拓 …… 364	籾山 市太郎 …… 161	森下 ひろし …… 25
室井 格子 …… 195	ももくち そらミミ …… 356	守島 邦明 …… 310
室井 光広 …… 11	百瀬 ヒロミ …… 172	森瀬 いずみ …… 164
室生 犀星 …… 365	百瀬 ヨルカ …… 30	森瀬 一昌 …… 126
室町 修二郎 …… 125	桃園 直秀 …… 372	森田 あきみ …… 313
	桃谷 保子 …… 328	森田 功 …… 78
【め】	森 晶麿 …… 4	盛田 勝寛 …… 28
	森 当 …… 270	森田 季節 …… 34
冥王 まさ子 …… 316	森 厚 …… 207, 270	森田 候悟 …… 382
恵 茉美 …… 217	森 敦 …… 9	森田 定治 …… 83
召田 喜和子 …… 117, 339	森 詠 …… 218	森田 成男 …… 151
愛島 紀生 …… 216	森 絵都 …… 332	森田 修二 …… 378
目取真 俊 …… 11,	杜 香織 …… 165	森田 誠吾 …… 234
74, 82, 83, 170, 370	森 一彦 …… 52	森田 たもつ …… 371
目野 展也 …… 85	森 一歩 …… 16	森田 尚 …… 272
	森 健 …… 91	もりた なるお …… 54
【も】	森 沙織 …… 41	森田 二十五絃 …… 311, 312
	森 純 …… 129	森田 早生 …… 363
毛利 志生子 …… 379	森 誠一郎 …… 57	森田 弘輝 …… 50
最上 燭介 …… 309	森 青花 …… 260	森田 裕之 …… 279
茂木 昇 …… 149	森 静泉 …… 94	森田 文人 …… 66
茂木 賢樹 …… 162	森 荘已池 …… 232	森田 由紀 …… 262
木宮 条太郎 …… 330	森 千絵子 …… 163	守田 陽一 …… 22, 118
母田 裕高 …… 211	森 直子 …… 28	森谷 明子 …… 15
望月 あんね …… 92	森 英樹 …… 99, 100	森月 朝文 …… 146
望月 清示 …… 114	森 真沙子 …… 152	守時 雫 …… 240
望月 広三 …… 303	森 雅葉 …… 215, 216	森野 藍子 …… 209
望月 茂 …… 274	森 雅裕 …… 31, 357	森野 昭 …… 28
望月 たか …… 66	森 美樹 …… 56, 377	森野 音児 …… 24, 25
	森 美樹子 …… 79	森福 都 …… 337
	森 深紅 …… 111	もりま いつ …… 272
	森 三千代 …… 178	森見 登美彦 …… 250,

	261, 333, 334, 352	
森村 誠一 ……………… 31,	安岡 章太郎 ……… 8, 74, 366	矢野 一 …………… 336, 377
62, 150, 257, 265	八杉 将司 ……………… 249	やの ゆい ……………… 37
森村 南 ………………… 159	柳月 美智子 …………… 219	矢作 幸雄 ……………… 21
森本 繁 ………………… 372	安島 啓介 ……………… 363	矢作 俊彦 ………… 62, 332
森本 等 ………………… 90	安田 依央 ……………… 160	八幡 政男 ……………… 112
森本 弘子 ……………… 46	保田 英一 ……………… 66	矢彦沢 典子 …………… 379
森本 房子 ……………… 112	やすだ 柿 ……………… 34	矢吹 透 ………………… 152
森本 平三 ……………… 208	保田 良雄 ……………… 128	藪野 豊 ………………… 246
森々 明詩 ……………… 303	保田 亨介 ……………… 140	矢部 嵩 ………………… 264
森屋 寛治 ……………… 53	保高 徳蔵 ……………… 57	矢部 陽子 ……………… 243
森山 勇 ………………… 46	安武 久 ………………… 108	山内 史朗 ……………… 125
森山 清隆 ……………… 255	安戸 悠太 ……………… 318	山内 哲哉 ……………… 377
森山 啓 ………………… 178	安成 昭夫 ……………… 295	山内 マキ ……………… 65
森山 東 ………………… 264	安福 昌子 ……………… 227	山内 マリコ …………… 56
もろ ひろし …………… 195	安本 嘆 ……… 225, 325, 375	山内 美樹子 …………… 76
両角 長彦 ……………… 266	矢田 洋 ………………… 162	山内 陽子 ……………… 286
両角 道子 ……………… 17	蜂也 温子 ……………… 26	山内 令南 ……………… 310
諸田 玲子 ……………… 361	谷津 矢車 ……………… 373	山岡 けいわ …………… 237
諸藤 成信 ………… 207, 237	矢塚 …………………… 34	山岡 荘八 ……………… 274
諸星 悠 ………………… 290	八ッ塚 久美子 ………… 246	山岡 千枝子 …………… 99
諸山 立 ………………… 47	梁 雅子 ………………… 166	山岡 都 ………………… 199
門前 典之 ……………… 15	矢内 久子 ……………… 112	山形 石雄 ……………… 184
門田 露 ………………… 102	柳井 寛 ………………… 251	山形 由純 ……………… 145
門馬 久男 ……………… 5	柳井 正夫 ……………… 124	山川 一作 ……………… 308
	柳川 明彦 ……………… 54	山川 進 ………………… 146
【や】	八奈川 景晶 …………… 290	山川 文太 ……………… 369
	柳 広司 ……… 13, 259, 334, 361	山川 真理恵 …………… 42
	柳 蒼二郎 ……………… 372	やまき 美里 …………… 76
	八薙 玉造 ……………… 184	山岸 昭私 ……………… 350
八木 圭一 ……………… 110	柳 涼佳 ………………… 325	山岸 香奈恵 …………… 305
八樹 こうすけ ………… 37	柳岡 雪声 ……………… 315	山岸 雅恵 ……………… 154
矢城 潤一 ……………… 267	柳田 狐狗狸 …………… 223	矢口 敦子 ……………… 166
八木 大介 ……………… 247	柳田 知怒夫 …………… 51	山口 泉 ………………… 260
八本 正幸 ……………… 156	柳田 のり子 …………… 27	山口 恵以子 ……… 17, 338
八木 義徳 …………… 8, 366	柳田 晴夫 ……………… 3	山口 紀美子 …………… 362
八木沢 里志 …………… 217	柳坪 幸佳 ……………… 285	山口 晋裕 ……………… 195
八木沼 瑞穂 …………… 225	柳原 慧 ………………… 109	山口 源二 ……………… 124
八切 止夫 ……………… 151	柳原 隆 ………………… 350	山口 幸三郎 …………… 222
矢口 葵 ………………… 254	柳実 冬貴 ……………… 289	山口 正二 ……………… 16
矢倉 房枝 ……………… 206	柳本 勝司 ……………… 243	山口 四郎 ……………… 52
八坂 龍一 ……………… 51	柳谷 郁子 ……………… 39	山口 清次郎 …………… 202
八坂堂 蓮 ……………… 145	柳谷 千恵子 …………… 116	山口 タオ ……………… 323
矢治 哲典 ……………… 37	柳原 一日 ……………… 131	山口 たかよ …………… 299
矢島 綾 ………………… 140	柳瀬 直木 ……………… 121	山口 年子 ……………… 165
矢島 イサヲ ………… 70, 71	矢貫 こよみ …………… 148	山口 典子 ……………… 119
康 伸吉 ………………… 54	矢野 愛佳 ……………… 144	山口 瞳 ………………… 233
野水 あいら …………… 368	矢野 茜 ………………… 42	山口 雛絹 ……………… 381
安井 風 ………………… 370	矢野 啓大 ………… 173, 214	山口 寛士 ……………… 149
安井 健太郎 …………… 182	矢野 隆 ………………… 160	山口 雅也 ……………… 258
	矢野 とおる …………… 303	山口 優 ………………… 249

山口 由紀子 …………… 323	山田 彩人 …………… 15	山之口 洋 …………… 260
山口 洋子 ………… 234, 360	山田 央子 …………… 112	山原 ユキ …………… 182
山口 美子 …………… 80	山田 詠美 …………… 168,	山吹 恵 …………… 137
山口 芳宏 …………… 15	205, 234, 287, 317, 367	山村 巌 …………… 125
山口 玲子 …………… 341	山田 克郎 …………… 232	山村 錦子 …………… 70
山倉 五九夫 …………… 209	山田 旭南 …………… 172	山村 直樹 …………… 51
山腰 慎吉 …………… 278	山田 賢二 …………… 106	山村 錦 …………… 70
山崎 厚子 …………… 262	山田 清次郎 …………… 363	山村 正夫 …………… 62
山崎 絵里 …………… 372	山田 太一 …………… 351	山村 睦 ………… 39, 77, 230
山崎 公夫 …………… 125	山田 たかし ……………	山村 律 ………… 22, 103
山﨑 智 ………… 303, 304	115, 207, 350, 378	山室 一広 …………… 186
山崎 静香 …………… 100	山田 隆司 …………… 237	山本 綾乃 …………… 381
山崎 スピカ …………… 239	山田 剛 …………… 373	山本 一力 ………… 53, 235
山崎 豊子 …………… 232	山田 武博 …………… 139	山本 栄治 …………… 97
山崎 ナオコーラ …………… 317	山田 剛 …………… 269	山本 音也 …………… 337
山崎 秀雄 …………… 282	山田 とし …………… 83	山本 楓 …………… 209
山崎 人功 …………… 270	山田 野理夫 …………… 269	山本 和子 …………… 162
山崎 光夫 …………… 152	山田 風太郎 …… 256, 265, 321	山本 喜美夫 …………… 69
山崎 洋子 …………… 32	山田 風見子 …………… 282	山本 きみ子 …………… 112
山﨑 霖太郎 ………… 41, 101	山田 萍南 ………… 313, 314	山本 恵子 …………… 53
山里 禎子 ………… 170, 308	山田 真砂夫 ……… 24, 25, 26	山本 健一 …………… 106
山里 水葉 …………… 173	山田 正紀 … 62, 249, 258, 331	山本 兼一 ………… 236, 337
山路 ひろ子 ……… 28, 78, 368	山田 まさ子 ………… 41, 100	山本 修一 …………… 159
山下 歩 …………… 77	山田 美里 …………… 297	山本 周五郎 …………… 315
山下 郁夫 …………… 224	山田 道夫 …………… 206	山本 森 …………… 46
山下 一味 …………… 79	山田 道保 …………… 195	山本 森平 …………… 216
山下 一郎 …………… 70	山田 宗樹 ……… 259, 335, 358	山本 孝夫 …………… 106
山下 悦夫 …………… 339	やまだ ゆうすけ …………… 184	山本 敬弘 …………… 289
山下 和子 …………… 45	山田 好夫 …………… 280	山本 隆行 …………… 78
山下 邦子 …………… 368	山手 樹一郎 …………… 274	山本 多津 …………… 151
山下 慧子 …………… 18	ヤマト …………… 132	山本 恒彦 …………… 139
山下 澄人 …………… 276	矢的 竜 …………… 86	山本 徹夫 …………… 125
山下 惣一 ………… 206, 269	山名 淳 …………… 46	山本 輝久 …………… 339
山下 敬 ………… 198, 281	山名 隆之 …………… 362	山本 利雄 …………… 213
山下 貴光 ………… 109, 329	山名 美和子 …………… 374	山本 奈央子 …………… 381
山下 智恵子 ………… 121, 165	山名 能弘 …………… 95	山本 直哉 …… 171, 238, 252
山下 徳恵 …………… 99	山名 良介 …………… 158	やまもと はるみ …………… 348
山下 奈美 …………… 119	山中 公夫 …………… 373	山本 裕枝 …………… 216
山下 冨美子 …………… 324	山中 てる子 …………… 341	山本 文緒 …… 235, 271, 361
山下 真美 …………… 341	山中 美幸 …………… 216	山本 正志 …………… 344
山下 まり子 …………… 216	山西 基之 …………… 372	山本 昌代 …………… 317
山下 欣宏 …………… 76	山入端 信子 ……… 170, 370	山本 みぎわ …………… 94
山階 晃弘 …………… 324	山野 炯 …………… 94	山本 三鈴 …………… 317
山科 春樹 …………… 89	山野 昌道 …………… 78	山本 道子 … 9, 135, 168, 179
山城 達雄 …………… 170	山井 道代 …………… 59	山本 勇一 …………… 207
やましろ ゆう …………… 113	山之内 朗子 …………… 69	山本 幸久 …………… 159
山田 あかね ……… 145, 309	山ノ内 早苗 …………… 38	山本 百合子 …………… 99
山田 赤磨 …………… 127	山ノ内 真樹子 …………… 356	山本 瑤 …………… 273
山田 昭彦 …………… 199	山之内 正文 …………… 158	山本 柳風 …………… 314

山本 涼子 ……… 100	雪野 竹人 ……… 312	横山 悠太 ……… 92
山稲 登志夫 ……… 69	湯郷 将和 ……… 322	吉井 恵璃子 ……… 83, 207
矢元 竜 ……… 372	遊座 理恵 ……… 217	吉井 磨弥 ……… 310
弥生 翔太 ……… 184	湯沢 あや子 ……… 24	吉井川 洋 ……… 45
ヤング,ラルフ ……… 128	弓束 しげる ……… 148	吉岡 紋 ……… 292
	柚木 麻子 ……… 53	吉岡 群 ……… 130
【ゆ】	柚月 裕子 ……… 43, 109	吉岡 健 ……… 116
	湯田 梅久 ……… 295	吉岡 禎三 ……… 174, 214
	由仁尾 真千子 ……… 378	芳岡 道太 ……… 357
湯浅 克衛 ……… 58	柚木 美佐子 ……… 39	吉開 那津子 ……… 253
湯浅 勝至郎 ……… 227	由布川 祝 ……… 125, 126	吉川 英梨 ……… 267
湯浅 弘子 ……… 251	宙目 ケン ……… 279	吉川 史津 ……… 41
湯浅 未知 ……… 227	由真 直人 ……… 309	吉川 隆代 ……… 16
由井 鮎彦 ……… 203	弓 透子 ……… 38	吉川 貞司 ……… 296
唯川 恵 ……… 135, 235, 271	祐未 みらの ……… 129	吉川 トリコ ……… 56
柳 美里 ……… 11, 82	弓原 望 ……… 379	吉川 永青 ……… 154
悠 レイ ……… 34	夢幻 ……… 139	吉川 良 ……… 186
五百家 元子 ……… 345	夢猫 ……… 141	芳川 恭久 ……… 106
結城 あい ……… 101	夢野 リコ ……… 273	吉川 良太郎 ……… 248
結城 愛 ……… 138	夢枕 獏 ……… 135, 249, 301	吉越 泰雄 ……… 242
悠喜 あづさ ……… 308	由良 三郎 ……… 128	吉澤 薫 ……… 350
結城 和義 ……… 28	ユール ……… 273	吉沢 薫 ……… 39, 78
結城 恭介 ……… 156		吉沢 景介 ……… 323
由布木 皓人 ……… 262	**【よ】**	吉沢 道子 ……… 59
結城 五郎 ……… 108, 129		吉沢 庸希 ……… 169, 370
悠木 シュン ……… 159		吉住 侑子 ……… 78, 106
結城 辰二 ……… 129	楊 逸 ……… 11, 309	吉田 久美子 ……… 216
結城 祝 ……… 279	横井 和彦 ……… 49	吉田 健一 ……… 362, 366
結城 はに ……… 325, 356	横井 八千代 ……… 80	吉田 健至 ……… 307
悠希 マイコ ……… 325	横尾 久男 ……… 126	吉田 健三 ……… 363
結城 真子 ……… 317	横倉 辰次 ……… 181	吉田 沙美子 ……… 322
結城 昌治 ……… 233, 256	横瀬 信子 ……… 350	吉田 修一 ……… 11,
佑木 美紀 ……… 308	横関 大 ……… 32	135, 309, 333, 334, 352
結城 充考 ……… 221, 266	横田 あゆ子 ……… 54	吉田 スエ子 ……… 170
釉木 淑乃 ……… 186	横田 創 ……… 91	吉田 直 ……… 182
ゆうき りん ……… 272	横谷 芳恵 ……… 121	吉田 タキノ ……… 300
祐天寺 ヒロミ ……… 164	横溝 正史 ……… 256	吉田 武三 ……… 125
遊道 渉 ……… 28	横溝 美晶 ……… 158	吉田 近夫 ……… 26
湯川 聖司 ……… 85	横道 翼 ……… 286	吉田 勉 ……… 244
ゆき ……… 254	横道 広吉 ……… 24	吉田 荻洲 ……… 219
由起 しげ子 ……… 8, 155	横村 華乱 ……… 243	吉田 十四雄 ……… 269
由岐 京彦 ……… 98	横本 多佳子 ……… 138, 216	吉田 知子 ……… 9, 74, 168
雪代 陽 ……… 141	横山 さやか ……… 381	吉田 直樹 ……… 255
行田 尚希 ……… 223	横山 史朗 ……… 169	吉田 直美 ……… 180
雪竹 靖 ……… 94	横山 忠 ……… 184	吉田 菜津子 ……… 66
雪竹 ヨシ ……… 194	横山 千秋 ……… 363	吉田 典子 ……… 38, 78
行成 薫 ……… 160	横山 秀夫 ……… 128, 258, 332, 335, 337	吉田 初太郎 ……… 124
雪叙 静 ……… 185		吉田 春子 ……… 319
雪乃 紗衣 ……… 64	横山 充男 ……… 349	吉田 洋幸 ……… 298

吉田 文彦	………………	350
吉田 みづ絵	………………	381
吉田 桃子	………………	298
よしだ ゆうすけ	………………	72
吉田 縁	………………	272
吉富 有	………………	159
吉永 達彦	………………	264
吉永 南央	………………	55
吉永 尚子	………………	84
吉野 章	………………	377
吉野 理	………………	238
吉野 一洋	………………	61
吉野 一穂	………………	155
吉乃 かのん	………………	327
吉野 栄	………………	44
嘉野 さつき	………………	338
吉野 さよ子	………………	114
吉野 静か	………………	279
吉野 妙子	………………	194
吉野 光	………………	317
吉野 万理子	………………	176
吉野 光久	………………	81
義則 喬	………………	129
吉橋 通夫	………………	305
吉原 清隆	………………	187
吉原 啓二	………………	101
吉原 忠男	………………	280
ヨシハラ小町	………………	171
吉平 映理	………………	273
吉増 茂雄	………………	327
吉松 博	………………	295
吉峰 正人	………………	102
吉村 昭	………	203, 366
吉村 茂	………………	346
吉村 正一郎	………	52, 132
吉村 奈央子	………………	39
吉村 登	………	107, 350
吉村 萬壱	………	11, 309
吉村 夜	………………	288
吉村 龍一	………………	154
吉目木 晴彦	…	11, 91, 275, 287
吉本 加代子	………………	252
よしもと ばなな	…	57, 332, 351
吉屋 信子	………………	166
吉行 淳之介	……	8, 204, 366
吉行 理恵	………	10, 168
与田 Kee	………………	198
依田 茂夫	………………	350
依田 守	………………	105

依田 径子	………………	172
米川 忠臣	………………	350
米沢 朝子	………	42, 100
米澤 歩佳	………………	143
米澤 穂信	………………	259
米田 和夫	………………	20
米田 一穂	………………	3
米田 京	………………	77
米田 夕歌里	………………	187
米光 硯海	………………	172
米村 圭伍	………………	157
米山 敏保	………………	242
嫁兼 直一	………………	231
蓬田 耕作	………………	143
四方山 嵩	………………	148
夜森 キコリ	………………	147
夜野 しずく	………………	65

【ら】

頼 迅一郎	………………	17
来田 志郎	………………	222
来楽 零	………………	221
楽 ミュウ	………………	103
楽月 慎	………………	13
藍上 陸	………………	184

【り】

李 恢成	………	9, 90
李 家豊	………………	95
李 起昇	………………	90
李 相琴	………………	218
李 優蘭	………………	349
李 良枝	………………	10
力石 平三	………………	315
リービ英雄	………	19, 275
理山 貞二	………………	198
龍 瑛宗	………………	58
劉 絹子	………………	144
隆 慶一郎	………………	134
竜岩石 まこと	………………	140
龍胆寺 雄	………………	57
梁 石日	………………	351
リリー・フランキー	………………	333

【る】

流奈	………………	254
ルルコ	………………	216

【れ】

礼 応仁	………………	45
黎 まやこ	………………	307
礼田 時生	………………	20
麗羅	………	123, 128
レオン, ドナ・M.	………………	128
蓮華 ゆい	………………	141
連城 三紀彦	……	95, 134, 234, 257, 360

【ろ】

ロペス, ベゴーニャ	………………	128

【わ】

若合 春侑	………	276, 309
若一 光司	………………	317
若江 克己	………	86, 100
若木 未生	………………	271
若栗 清子	………………	231
若駒 勲	………………	105
若狭 滝	………………	126
若杉 晶子	………………	207
若竹 七海	………………	259
和ヶ原 聡司	………………	222
若久 恵二	………………	355
若山 哲郎	………………	101
脇 真珠	………………	218
脇坂 綾	………………	91
脇坂 吉子	………	295, 362
脇田 浩幸	………………	306
脇田 恭弘	………………	378
和久 峻三	………	31, 258
和琴 正	………………	243
稚子輪 正幸	………………	149

鷲尾 雨工	……………	231
和喰 博司	……………	76
鷲田 旌刀	……………	380
和城 弘志	………	25, 26, 224
和田 顕太	……………	151
和田 一美	……………	286
和田 喜美子	……………	69
輪田 圭子	……………	194
和田 賢一	……………	289
和田 昇介	…………	174, 214
和田 新	……………	197
わだ しんいちろう	………	94
和田 伝	……………	178
和田 徹	……………	152
和田 寅雄	……………	362
和田 信子	……………	292
和田 ゆりえ	……………	39
和田 芳恵	……	73, 233, 366
和田 よしみ	……………	101
和田 竜	……………	334
渡井 せい	……………	130
渡壁 忠紀	…………	174, 215
和多月 かい	……………	134
渡瀬 桂子	……………	380
渡瀬 草一郎	……………	221
渡瀬 良一郎	……………	163
渡辺 アキラ	………	130, 131
渡部 麻実	……………	7
渡辺 江里子	……………	299
渡辺 喜恵子	……………	233
渡辺 きの	……………	5
渡辺 球	……………	261
渡辺 桂子	……………	6
渡辺 伍郎	……………	241
渡辺 淳一	…………	224, 233
渡辺 淳子	……………	161
渡辺 昭一	……………	200
渡辺 聖子	……………	244
渡部 精治	……………	25
渡辺 毅	……	218, 225, 372
渡辺 たづ子	……	172, 238, 239
渡辺 智恵	……………	99
渡辺 捷夫	……………	126
渡邊 利道	……………	198
渡辺 利弥	……………	151
渡辺 智恵	……………	100
渡部 智子	……………	78
渡辺 菜摘	……………	296
渡辺 信広	……………	372
渡邊 則幸	……………	141
渡邊 治之	……………	85
渡邉 弘子	……………	293
渡辺 房男	……………	374
わたなべ 文則	……………	139
渡辺 真臣	……………	177
渡辺 真子	……	137, 138, 215
渡部 雅文	……………	158
渡邉 雅之	……………	183
渡辺 真理子	……………	53
渡辺 みずき	……………	244
渡邊 道輝	……………	144
渡辺 茂代子	……………	294
渡辺 やよい	……………	55
渡部 侑士	……………	279
渡辺 由佳里	……………	157
渡辺 容子	……………	32
渡辺 陽司	…………	303, 304
渡辺 義昭	……………	294
渡辺 芳明	……………	339
渡邊 能江	……………	72
渡辺 凱一	……………	112
渡辺 禮	……………	244
渡辺 六郎	……………	69
渡辺 渉	……………	58
綿引 なおみ	……………	153
渡部 盛造	……………	294
綿矢 りさ	…………	11, 317
渡 航	……………	146
渡野 玖美	……………	251
我鳥 彩子	……………	380
和巻 耿介	……………	16

【英字】

Ayaka.	……………	254
CAMY	……………	300
CHEROKEE	……………	27
EL星クーリッジ	……………	184
ERINA	……………	254
J・T	……………	315
kiki	……………	254
KSイワキ	……………	203
ODA	……………	278
otohime式	……………	37
R	……………	254
reY	……………	254
rila。	……………	254
Salala	……………	254
SOW	……………	140
tomo4	……………	254
YuUHi	……………	254

作品名索引

【あ】

アアア・ア・ア（松嶋節）……………… 108
ああ 狂おしの鳩ポッポ 一月某日（須賀章雅）
　……………………………………………… 306
嗚呼二本松少年隊（城光貴）…………… 372
ああ胸が痛い（後藤明生）……………… 111
藍（塩原経央）……………………………… 69
哀色のデッサン（真田文香）…………… 303
相生橋（高遠信次）……………………… 216
愛玩王子（片瀬由良）…………………… 147
愛国者たち（藤枝静男）………………… 286
愛されない僕と、愛せない僕（水野佳子）… 368
愛書喪失三代記（成瀬正祐）…………… 306
会津士魂（笹本寅）……………………… 274
アイスバー・ガール（赫星十四三）…… 170
愛染の人（小松のり）…………………… 244
あいつのためのモノローグ（山村睦）… 39
愛読者（稲葉たえみ）…………………… 278
愛と殺意と境界人間（神崎紫電）……… 146
アイドライジング！（広沢サカキ）…… 222
愛に似たもの（唯川恵）………………… 135
アイヌ遊侠伝（淵田隆雄）……………… 151
愛の焔（小田銀兵衛）…………………… 314
愛の夢 第三番（観手歩）………………… 48
愛の夢とか（川上未映子）……………… 205
愛の領分（藤田宜永）…………………… 235
愛の輪廻（りんね）（山田真砂夫）……… 26
愛の渡し込み（笠置勝一）……………… 126
アイバンク（眼科女医日記）（重高贅）… 216
アイランド（葉月堅）…………………… 260
アイランド2012（未来谷今芥）………… 50
アイ・リンク・ユー（山本栄治）……… 97
アイロンのはなし（田中修）…………… 376
アウトクライド・ドリーマー（大河司）… 280
アウレリャーノがやってくる（高橋文樹）… 180
阿吽の弾丸（磨聖）……………………… 140
会えなかった人（由井鮎彦）…………… 203
洟い海（藤沢周平）……………………… 52
蒼い影の傷みを（稲葉真弓）…………… 165
青い傷（北原リエ）……………………… 165
青いクレパス（原田瑠美）……………… 216
青い航跡（瀬山寛二）…………………… 52
青い珊瑚礁（鈴木博水）………………… 199
碧い谷の水面（石坂あゆみ）…………… 207
青い鳥（中村勝）………………………… 17
蒼い夏（二階堂絹子）…………………… 363

青い沼（島村利正）……………………… 286
青い壜（レイ・ブラッドベリー）……… 188
青いリボンの飛越（ジャンプ）（波多野鷹）… 271
青いリンゴの譜（北原立木）…………… 114
青色讃歌（丹下健太）…………………… 317
青色ジグゾー（野村行央）……………… 274
青をこころに、一、二と数えよ（コードウェイナー・スミス）……………………… 190
青木ケ原に消えた（青木一一九）……… 336
蒼き人竜―偽りの神（杉田純一）……… 182
蒼き水流（林あや子）…………………… 45
青木の実は赤かった（岡美奈子）……… 71
青桐（木崎さと子）……………………… 10
蒼ざめた馬を見よ（五木寛之）………… 233
青ざめた街（源河朝良）………………… 369
青空チェリー（豊島ミホ）……………… 55
青猫の街（涼元悠一）…………………… 260
青猫屋（城戸光子）……………………… 260
青の悪魔（九重遙）……………………… 35
青の儀式（長谷川敬）…………………… 307
アオの本と鉄の靴（吉野一洋）………… 61
青虫の唄（佐藤峰美）…………………… 363
赤い女（朝矢たかみ）…………………… 210
赤い女（国吉史郎）……………………… 355
赤い傘（花巻かおり）…………………… 187
赤い鴉（福永令三）……………………… 51
緋い記憶（高橋克彦）…………………… 235
赤い牛乳（飯塚静治）…………………… 269
赤い勲章（磨家信一）…………………… 44
赤い凍り柿（二階堂玲太）……………… 17
赤いソックス（酒井正二）……………… 363
赤い血の流れの果て（伊野上裕伸）…… 54
赫い月（押元裕子）……………………… 209
赤い定期入れ（小野里良治）…………… 199
赤い電車が見える家（花井俊子）……… 121
赤いトマト（宇梶紀夫）………………… 270
赤い鳥（横尾久男）……………………… 126
紅い鳥居（田中早紀）…………………… 217
赤犬（畠山則行）………………………… 224
赤い猫（仁木悦子）……………………… 257
赤い灯（千沢耿平）……………………… 69
赤いピーポー（コミネユキオ）………… 369
赤い満月（大庭みな子）………………… 74
赤い目（山田道保）……………………… 195
赤い雪（榛葉英治）……………………… 232
赤い雪（鈴木計広）……………………… 295
赤い落日（川森知子）…………………… 163
赤いろ黄信号（仲村萌々子）…………… 327
赤鬼はもう泣かない（明坂つづり）…… 146
赤城山卓球場に歌声は響く（野村美月）… 36

赤き月の廻るころ（岐川新） ……… 65	アクセル・ワールド（川原礫） ……… 222
朱き女神の杜（星隈真野） ……… 36	悪惣-武州一揆頭領伝聞（粟田良助） … 112
赤朽葉家の伝説（桜庭一樹） …… 259, 333	悪徳なんかこわくない（ロバート・A.ハインライン） ……… 189
アカコとヒトミと（山本幸久） ……… 159	悪人（吉田修一） ……… 333
アカシアの黒い翳り（山階晃弘） ……… 324	悪の影（冬木治郎） ……… 324
朱を奪ふもの（円地文子） ……… 204	悪の教典（貴志祐介） ……… 334, 349
アカシヤの大連（清岡卓行） ……… 9	アクバール・カンの復讐（石井теф夫） … 125
赤頭巾ちゃん気をつけて（庄司薫） …… 9	悪魔の皇子（深草小夜子） ……… 64
赤ずきんちゃん こんにちは（久川芙深彦） … 299	悪魔のミカタ（うえお久光） ……… 221
暁のかわたれどきに（浅木健一） ……… 176	悪夢から悪夢へ（北乃坂柾雪） ……… 61
暁の琵琶の音は（藤原あずみ） ……… 210	悪役令嬢ヴィクトリア～花洗う雨の紅茶屋～（菅原りである） ……… 148
赤土の家（朝比奈愛子） ……… 165	アゲイン（浜口倫太郎） ……… 330
赤と黒の記憶（後藤明生） ……… 59	明智少年のこじつけ（道端さっと） ……… 37
赤と白（櫛木理宇） ……… 160	朱の大地（小林克巳） ……… 21
茜色の山（清野竜） ……… 239	揚羽蝶が壊れる時（小川洋子） ……… 57
あかね空（山本一力） ……… 235	朱美くんがいっぱい。（嶋崎宏樹） ……… 60
茜とんぼ（西谷洋） ……… 207	憧れ（国吉高史） ……… 170
アカのキセキ（天乃楓） ……… 37	朝市の四季（中村キヨ子） ……… 24
赤の円環（トーラス）（涼原みなと） ……… 133	浅い眠り（岩橋邦枝） ……… 287
赤富士（卯月金仙） ……… 172	浅い眠り（原沢隆） ……… 94
赤富士（桃谷保子） ……… 328	ア・サウザンド・ベイビーズ（金閣寺ドストエフスキー） ……… 141
赤まんま（佐藤説子） ……… 227	朝霞（植田昭一） ……… 69
赤目四十八滝心中未遂（車谷長吉） ……… 235	あさがお（北入聡） ……… 115
あがり（松崎有理） ……… 198	アサガオ（添田ひろみ） ……… 201
あかり塾I（森静泉） ……… 94	朝顔（佐々木秋） ……… 278
明るい表通りで（堀江潤） ……… 362	朝が止まる（浅川継太） ……… 92
明るい墓地（奈良井一） ……… 125	朝 君が家を出る時（小荒井新佐） ……… 298
秋（沢享二） ……… 124	朝顔（永井龍男） ……… 359
秋（永井龍男） ……… 73	浅草エノケン一座の嵐（長坂秀佳） ……… 32
秋風（小田切芳郎） ……… 270	浅草人間縦覧所（雨神音矢） ……… 117
秋から冬へ（深川迪子） ……… 59	あさくさの子供（長谷健） ……… 8
秋雲冬雲（早川北汀） ……… 314	浅草の灯（浜本浩） ……… 178
明希子（武部悦子） ……… 308	浅沙の影（瀬緒瀧世） ……… 79
晶子曼陀羅（佐藤春夫） ……… 365	浅葱（山本百合子） ……… 99
秋暦（喜田久美子） ……… 103	アサッテの人（諏訪哲史） …… 11, 92
秋寂ぶ（福田登女子） ……… 112	朝露（児島晴浜） ……… 313
秋蟬の村（西谷洋） ……… 83	朝凪（森美樹） ……… 56
秋の金魚（河合和香） ……… 145	朝のガスパール（筒井康隆） ……… 249
秋の水景（松本幸久） ……… 80	朝の光の中で（山本楓） ……… 209
秋の鈴虫（栗栖喬平） ……… 345	朝の幽霊（永沢透） ……… 76
秋の大三角（吉野万理子） ……… 176	旭川教育召集の記（菊池末男） ……… 25
秋の蝶（大月綾雄） ……… 46	朝日照る村（安藤善次郎） ……… 6
秋の猫（藤堂志津子） ……… 135	朝の直刺す国、夕日の日照る国（池田潤） … 107
秋の響き（小泉直子） ……… 71	浅間隠し（九条司） ……… 115
秋の輪郭（阿部婆子） ……… 171	朝まで踊ろう（山ノ内早苗） ……… 38
秋日和（平沢裕子） ……… 24	アザミ（ハンニニー・ボウィータ） ……… 63
あきらめのよい相談者（剣持鷹士） ……… 199	あざやかなひとびと（深田祐介） ……… 306
アクアプラネット（大原まり子） ……… 190	
悪妻に捧げるレクイエム（赤川次郎） ……… 62	
握手（黒河内桂林） ……… 314	

| 作品名索引 | | あのま |

足音（杉田瑞子）	5
足柄峠（草薙一雄）	126
足軽塾大砲顛末（東圭一）	86
紫陽花（中原吾郎）	127
紫陽花（あじさい）（森岡隆司）	216
紫陽花色の浴室（北峯忠志）	24
アシタ（藤堂絆）	348
明日（児島晴浜）	314
明日坂（玉村由奈）	370
明日の樹（日秋七美）	300
明日の記憶（荻原浩）	332, 352
明日の旗手たち（岩下恵）	200
あしたのジョーは死んだのか（朝稲日出夫）	203
明日の夜明け（時無穣）	182
明日はお天気（北園孝吉）	125
明日へ帰れ（無茶雲）	327
明日、ボクは死ぬ。キミは生き返る。（藤まる）	223
あしたも天気（水瀬ほたる）	24
葦の原─ありふれた死の舞踏─（金子みづは）	353
あしびきデイドリーム（梶尾真治）	192
あしみじおじさん（尾崎英子）	320
足下の土（堂垣園江）	91
葦分船（伊藤小翠）	312
時空（あす）を紡ぐ影たち（オザワカヲル）	297
明日を待つ―冴子と清次（山﨑智）	304
飛鳥残照（倉橋寛）	107
飛鳥の将軍・阿倍比羅夫（真島節朗）	107
明日から俺らがやってきました（高樹凛）	222
アスガルド（香里子）	152
アスクレピオスの愛人（林真理子）	136
明日こそ鳥は羽ばたく（河野典生）	62
アストロノト！（赤松中学）	34
明日の行方は猫まかせ（妹尾津多子）	71
あすは、満月だと約束して（月嶋楡）	305
アスファルトのまるい虹（永島三恵子）	24
明日への道（及川和男）	26
安曇野（白井吉見）	204
アース・リバース（三雲岳斗）	182
あぜ道（大浜則子）	225
遊びの時間は終らない（都井邦彦）	156
遊ぶ子どもの声きけば（吉住侑子）	78
あたし彼女（kiki）	254
あたしの彼女へ（荻野真昼）	164
あたしの幸福（青桐柾夫）	125
温かな素足（上田理恵）	179
温め石（多賀一造）	42
あだたら 火山ガス遭難・私考（小荒井実）	296
足立さんの古い革鞄（庄野至）	49
アダマースの饗宴（牧村一人）	337
頭山（舟里映）	198
新しい風を（堂迫充）	207
あたらしい娘（今村夏子）	203
アダンの海（平手清恵）	339
あちん（雀野日名子）	353
熱い雨（吉村茂）	346
アッティラ！（籾山市太郎）	161
聚（あつ）まるは永遠の大地（柴田明美）	379
厚物咲（中山義秀）	7
訛えた夏（武田とも子）	363
あとかた（千早茜）	136
あとつぎエレジー（田中昭一）	206
跡とり（橋本武）	295
アド・バード（椎名誠）	249
アドベンチャー（平松誠治）	211
アトムたちの空（大城貞俊）	302
アトムの貯金箱（北岡久子）	78
アトラス伝説（井出孫六）	234
穴（小山田浩子）	12
あなしの吹く頃（田中健三）	308
あなたが捨てた島（後田多八生）	170
あなたがほしい jete veux（安達千夏）	186
あなたとの縁（鷲馬十駕）	61
あなたと呼べば（右近稜）	16
あなたについて わたしについて（下井葉子）	91
あなたの人生の物語（テッド・チャン）	192
あなたの涙よ 私の頬につたわれ（野上寧彦）	343
あなたの街の都市伝鬼！（聴猫芝居）	222
あなたはあたしを解き放つ（深志いつき）	273
あなたは不屈のハンコ・ハンター（多島健）	152
あなたへ（河崎愛美）	145
あなたへの贈り物（和泉ひろみ）	157
アナベルと魔女の種（朝戸麻央）	65
穴掘り（小口正明）	246
穴（あな）らしきものに入る（国広正人）	265
アニス（花房牧生）	29
兄の偵察（まほろし）	313
アヌビス（和田ゆりえ）	39
姉飼（あついすいか）	264
姉のための花（福永真也）	79
アノー…（鶴ケ野勉）	303
あの夏を生きた君へ（水野ユーリ）	254
あの夏に生まれたこと（沢辺のら）	79
あの夏への便り（木村令胡）	297
あの冬（宮崎素子）	3
あの室（へや）（三好陽子）	195
あの町（大田倭子）	70

あのめ　作品名索引

あのメッシは魔法を遣う（今福慶一郎） …… 38
あの夕陽（日野啓三） …… 9
ア・ハッピーファミリー（黒野伸一） …… 87
アパートメント・ラブ（蒼井ひかり） …… 267
至高聖所（アパトーン）（松村栄子） …… 10
あはほの辻（松嶋ちえ） …… 79
暴れん坊のサンタクロース（福田遼太） …… 144
アーバン・ヘラクレス（久保田弥代） …… 201
アヒルと鴨のコインロッカー（伊坂幸太郎）
　 …… 332, 361
アブカサンベの母（ハポ）（林和太） …… 382
あぶくま幻影（脇坂吉子） …… 362
アプトルヤンペ（嵐）（渡辺毅） …… 372
アフリカ鯰（前田隆壱） …… 310
アフリカン・ゲーム・カートリッジズ（深見
　真） …… 60
ア・フール（小倉千恵） …… 152
あべ川（小西京子） …… 116
アベベの走った道（櫟元健） …… 46
阿呆鳥の話（古城町新） …… 243
『アボジ』を踏む（小田実） …… 74
海士（阪本佐多生） …… 98
海女（大田洋子） …… 205
甘い過日（倉田樹） …… 289
天城峠（池波正太郎） …… 181
尼子悲話（高橋直樹） …… 53
雨戸を開けて（今野和子） …… 244
海女の島（菅原康） …… 251
天邪鬼（根宜久夫） …… 104
海人舟（近藤啓太郎） …… 8
雨やどり（半村良） …… 234
雨宿り（宮本紀子） …… 161
雨夜空（林俊） …… 171
網（笹本定） …… 287
……雨（合木顕五） …… 298
雨（蓬田耕作） …… 143
雨あがりの奇跡（太田貴子） …… 81
雨女（明野照葉） …… 55
雨が好き（高橋洋子） …… 211
飴玉が三つ（蒔岡雪子） …… 309
飴玉の味（柴崎日砂子） …… 79
雨としまうまとビール（山崎スピカ） …… 239
雨のあがる日（深月ともみ） …… 381
雨の一日（三松道尚） …… 72
『雨の木』（レイン・ツリー）を聴く女たち（大
　江健三郎） …… 366
雨の自転車（織田正吾） …… 127
雨のち雨？（岩阪恵子） …… 74
雨の中の飛行船（森田修二） …… 378
雨のなかへ（茅野泉） …… 272

雨の柩（小沢真理子） …… 85
雨降る季節に（岩間光介） …… 76
アメリカからやってきた少女（よしだゆうす
　け） …… 72
アメリカ三度笠（小山甲三） …… 125
アメリカ蟬（尾原由教） …… 228
アメリカひじき（野坂昭如） …… 233
アメリカン・スクール（小島信夫） …… 8
アモック島日記（大久保庸雄） …… 197
危うい歳月（尾高修也） …… 316
綾内記覚書（滝口康彦） …… 51
あやかしがたり（渡航） …… 146
妖の華―あやかしのはな（誉田哲也） …… 343
亜弥子のブラックホール（黒津賀来志） …… 37
あやつり組由来記（町田波津夫） …… 122
繰り世界のエトランジェ（赤月黎） …… 182
あやまち（仁藤慶一） …… 68
あやめ　鰈　ひかがみ（松浦寿輝） …… 82
鮎鮓（雪野竹人） …… 312
洗うひと（田原弘毅） …… 152
抗いし者たちの系譜　逆襲の魔王（三浦良） …… 289
荒川荘物語（高野多可司） …… 115
あらし（久米天琴） …… 173
嵐のあと（仁科杏子） …… 244
嵐の前に（阪野陽花） …… 351
アラスカH―湾の追想（川上澄生） …… 319
あらたなほほえみ（江見佳代子） …… 70
アラバーナの海賊達（伊藤たつき） …… 64
アラビアの夜の種族（古川日出男） …… 250, 259
蟻（あり）（岸根誠司） …… 277
有明先生と瑞穂さん（コン） …… 254
ありうべきよすが～氷菓～（北沢汎信） …… 61
蟻絵（栗進介） …… 105
有島武郎（渡辺凱一） …… 112
蟻塚（川辺豊三） …… 321
アリスの国の殺人（辻真先） …… 257
アリスの夜（藍川暁） …… 266
アリス・リローデッド　ハロー、ミスター・マ
　グナム（茜屋まつり） …… 222
蟻っ子の詩（富川貞良） …… 369
蟻と麝香（赤木駿介） …… 123
蟻の木の下で（西東登） …… 31
蟻の群れ（田島一） …… 311
アリバイ横丁物語（内村和） …… 239
蟻は知らない（木戸柊子） …… 114
アリラン峠の唄が聞こえる（畠山正則） …… 100
ある秋の出来事（坂上弘） …… 211
あるアーティストの死（櫻田しのぶ） …… 76
ある遺書（小堀雄） …… 69
或る遺書（沼田茂） …… 306

ある一日（いしいしんじ）・・・・・・・・・・・50
ある一領具足の一生（菅靖匡）・・・・・・・372
ある意味、ホームレスみたいなものですが、なにか？（藤井建司）・・・・・・・145
アルヴィル 銀の魚（吉田縁）・・・・・・・272
或る『ウルトラマン』伝（目野展也）・・・85
ある女のグリンプス（冥王まさ子）・・・316
或る回復（森本等）・・・・・・・・・・・・・・90
アルカディア（長谷川諭司）・・・・・・・182
アルカディアの夏（皆川博子）・・・・・・151
アルカトラズの聖夜（彩本和希）・・・・273
あるカルテ（唐島純三）・・・・・・・・・104
アルキメデスは手を汚さない（小峰元）・・・31
アル・グランデ・カーボ（亜能退人）・・183
あるグループホームの風景（宮地由為子）・・・42
ある決闘（水谷準）・・・・・・・・・・256
或る『小倉日記』伝（松本清張）・・・・・・8
ある殺人者の告白（大和田光也）・・・345
ある時代（小林計夫）・・・・・・・・・・70
ある出発（八ッ塚久美子）・・・・・・・246
ある少女にまつわる殺人の告白（佐藤青南）・・110
あるスカウトの死（高原弘吉）・・・・・・54
或る住家（阿川志津代）・・・・・・・・315
ある青春の出会い（尾﨑幹男）・・・・・101
或戦線の風景（白石義夫）・・・・・・・124
ある挿話（宮腰郷平）・・・・・・・・・・・5
アルチュール・エリソンの素描（石田郁男）・・91
ある登校拒否児の午後（竹森茂裕）・・・326
二激港（アルトンカン）（池田直彦）・・・・51
ある夏の断章（山路ひろ子）・・・・・・368
或る人夫（出川正三）・・・・・・・・・・69
アルハンブラの想い出（石井龍生ほか）・・54
ある非行少年（前田豊）・・・・・・・・・16
アルプスに死す（加藤薫）・・・・・・・・54
ある保安隊員（秋山富雄）・・・・・・・206
ある夕べ（木杉教）・・・・・・・・・・・79
或る夜の出来事（定岡章司）・・・・・・323
ある履歴書の中から（沼佐一）・・・・・・68
或る老後 ユタの窓はどれだ（千葉淳平）・・・321
アレキシシミア（生田庄司）・・・・・・・28
荒れた粒子（久丸修）・・・・・・・・・・54
荒地の恋（ねじめ正一）・・・・・・・・212
アレックスの暑い夏（奥出清典）・・・・378
荒れ野に行く（阿部公彦）・・・・・・・382
アレルヤ（桜井鈴茂）・・・・・・・・・・13
泡をたたき割る人魚は（片瀬チヲル）・・・92
哀れな労働者（赤城享治）・・・・・・・319
憐れまれた晋作（重見賢秋）・・・・・・124
暗渠の宿（西村賢太）・・・・・・・・・276
暗愚王（刑部聖）・・・・・・・・・・・・37

暗号少女が解読できない（新保静波）・・・185
暗黒告知（小林久三）・・・・・・・・・・31
暗黒星雲（武田遙子）・・・・・・・・・300
暗黒の城（ダーク・キャッスル）（有村とおる）・・・111
暗殺の年輪（藤沢周平）・・・・・・・・234
アンシーズ（宮沢周）・・・・・・・・・185
暗室（吉行淳之介）・・・・・・・・・・204
暗示の壁（ふゆきたかし）・・・・・・・128
アンジュ・ガルディアン（年見悟）・・・289
杏っ子（室生犀星）・・・・・・・・・・365
あんずの向こう（小山幾）・・・・・・・304
安政写真記（那木葉二）・・・・・・・・124
アンダカの怪造学（日日日）・・・・・・・61
アンダンテ（北野茨）・・・・・・・・・・18
アンチリテラルの数秘術師（兎月山羊）・・222
アンデスの十字架（高尾佐介）・・・・・129
庵堂三兄弟の聖職（真藤順丈）・・・・・264
暗闘士（高山聖史）・・・・・・・・・・109
安徳天皇漂海記（宇月原晴明）・・・・・352
アンドロメダ病原体（マイクル・クライトン）・・188
案内状（金城光政）・・・・・・・・・・371
安南人の眼（関川周）・・・・・・・・・126
安南の六連銭（新宮正春）・・・・・・・151
安寧（ひむかし）・・・・・・・・・・・278
アンフォゲッタブル（伊兼源太郎）・・・359
安楽処方箋（山崎光夫）・・・・・・・・152

【い】

イエスの裔（柴田錬三郎）・・・・・・・232
家出少年（網野秋）・・・・・・・・・・195
家と幼稚園（寺島英輔）・・・・・・・・319
家に帰ろう（齊藤洋大）・・・・・・・・350
家のなか・なかの家（本田元弥）・・・・316
家日和（奥田英朗）・・・・・・・・・・135
家守綺譚（梨木香歩）・・・・・・・・・332
硫黄島（菊村到）・・・・・・・・・・・・8
魚神（いおがみ）（千早茜）・・・・・・160
庵の内に（依田径子）・・・・・・・・・172
筏の部（江川さい子）・・・・・・・・・114
行かないで—If You Go Away（三浦真奈美）・・・271
『いかにもってかんじに呪われて荘』の住人（夢猫）・・・141
いがみ合う仲間（荻野幸一）・・・・・・104
錨を上げよ（百田尚樹）・・・・・・・・334
怒りの子（高橋たか子）・・・・・・・・366

錨のない部屋（阿南泰）……………… 308
いきいき老青春（田村総）…………… 291
生餌（千代田圭之）…………………… 169
生き甲斐の問題（平川虎臣）………… 210
イキガミステイエス 魂は命を尽くさず、神は
　生を尽くさず。（沖永融明）………… 300
行き着く場所（境田吉孝）…………… 147
生きていく場所（砂夜地七遠）……… 239
生きていりゃこそ（山﨑智）………… 304
生き屛風（田辺青蛙）………………… 264
生物は、何故死なない？（冬樹忍）…… 29
異郷（津村節子）……………………… 74
異郷（森厚）…………………………… 207
異形の神（中堂利夫）………………… 123
異形の姫と妙薬の王子（せひらあやみ）… 274
異形の者（柳蒼二郎）………………… 372
イギリス山（佐藤洋二郎）…………… 82
いきる（香川瑞希）…………………… 364
生きる（乙川優三郎）………………… 236
生きる（佐藤いずみ）………………… 237
戰鬼—イクサオニ—（川口士）……… 289
藺（いぐさ）刈り（福長斉）………… 277
い草の花（梶木洋子）………………… 86
イクシードサーキット（杉賢要）…… 140
郁達夫伝（小田岳夫）………………… 286
イクライナの鬼（崎谷真琴）………… 380
池（福田敬）…………………………… 81
池の主（橋本翠泉）…………………… 314
池袋ウエストゲートパーク（石田衣良）… 55
生ける屍の夜（阿部和重）…………… 91
生ける少女のパヴァーヌ（佐藤了）… 37
異国の髭（奈良井一）………………… 126
生駒山（米光硯海）…………………… 172
居酒屋『やなぎ』（難波田節子）…… 349
居酒屋野郎ナニワブシ（秋山鉄）…… 157
いさましいちびのトースター（トマス・M.ディッ
　シュ）………………………………… 189
十六夜華泥棒（山内美樹子）………… 76
十六夜に（竹田真砂子）……………… 52
石（野本郁太郎）……………………… 242
石を持つ女（一瀬宏也）……………… 345
石上草心の生涯（吉村正一郎）……… 52
意地がらみ（市川南声）……………… 172
石狩平野（船山馨）…………………… 155
石川啄木の人と文学（堀江信男）…… 20
医師・金裕沢（別氏光斗）…………… 242
石ころ畑（黒坂源悦）………………… 5
石畳の街に（やましろゆう）………… 113
石の花冠（村山りおん）……………… 106
石の記憶（利希）……………………… 279

石の血脈（半村良）…………………… 188
石の叫び（柘植文雄）………………… 360
石の下の記録（大下宇陀児）………… 256
石の城（星山夏）……………………… 200
石の卵（ひさぎふうじ）……………… 215
石の中の蜘蛛（浅暮三文）…………… 259
石のニンフ達（宮原昭夫）…………… 307
石の笛（堤高数）……………………… 227
石の来歴（奥泉光）…………………… 11
いじめられっ子ゲーム（野本隆）…… 16
異人たちとの夏（山田太一）………… 351
椅子（牧田真有子）…………………… 310
何処へ（宮崎宏）……………………… 71
椅子の上の猫（熊谷政江）…………… 324
水を引いた男（横道広吉）…………… 24
湖が燃えた日（佐藤のぶき）………… 119
和泉式部（森三千代）………………… 178
異 戦国志（仲路さとる）…………… 371
異相界の凶獣（対馬正治）…………… 288
磯笛（河村孝次）……………………… 339
磯笛（小林美保子）…………………… 339
磯笛（和城弘志）……………………… 26
磯松風（伊藤鏡雨）…………………… 314
磯までは（中村妙子）………………… 40
痛い（岩崎まり子）…………………… 130
偉大なる、しゅららぼん（万城目学）… 335
板垣生きて自由は死せり（各務信）… 106
頂女（いたじょ）（山田まさ子）…… 100
悪戯（いたずら）（黒部順拙）……… 79
頂（森田成男）………………………… 151
悼む人（天童荒太）……………… 236, 334
板室温泉（伊藤一太良）……………… 69
異端と兎（田島操）…………………… 197
1Q84（村上春樹）…………………… 334
いちいの木（加賀屋美津子）………… 6
一応の推定（広川純）………………… 337
一音の距離（徳永富彦）……………… 285
1キロあたり（下原由美子）………… 278
いちげんさん（デビット・ゾペティ）… 186
一絃の琴（宮尾登美子）……………… 234
一期一会（水口恵弥）………………… 278
一期一会（網野菊）…………………… 366
イチゴ色禁区（神崎リン）…………… 182
苺と踏切（後藤博之）………………… 104
いちごのケーキ（豊野谷はじめ）…… 376
いちじく（宇山翠）…………………… 102
無花果（日下奈々）…………………… 240
無花果（小林綿）……………………… 296
無花果の季節（柴野和子）…………… 243
無花果よ私を貫け（楠見千鶴子）…… 121

一条の光（耕治人）	366
いちずな愛（貫洞チヨ）	24
一大事（平井彩花）	103
いちでらんらん（前田昭彦）	106
一年（北条誠）	274
一年の牧歌（河野多恵子）	204
一枚摺屋（城野隆）	337
一枚の板（会津凡児）	294
一夢庵風流記（隆慶一郎）	134
一輪車の歌（青木陽子）	311
一縷の川（直井潔）	286
一路（丹羽文雄）	366
いつか汽笛を鳴らして（畑山博）	9
一画（柴山芳隆）	6
いつかこの手に、こぼれ雪を（紀伊楓庵）	141
いつか見た海へ（もりまいつ）	272
一休（水上勉）	204
一向僧兵伝（洗潤）	127
伊津子の切符売り（船越和太流）	117
一札の事（大舘欣一）	270
一週間（トバシサイコ）	140
一瞬の風になれ（佐藤多佳子）	333, 361
一所懸命（岩井三四二）	152
一千兆円の身代金（八木圭一）	110
一朝の夢（梶よう子）	337
イッツ・ア・ロング・ストーリー（佐枝せつ子）	339
一通の手紙（武重謙）	17
イッツ・オンリー・トーク（絲山秋子）	309
一滴の藍（北村周一）	116
一滴の嵐（小島小陸）	203
一転（大石観一）	312
いつの間にか・写し絵（浅利佳一郎）	54
一平くん純情す（水樹あきら）	271
一方通行のバイパス（桜井木綿）	132
いつまでも（阿部暁子）	380
逸民（小川国夫）	73
いつも心に爆弾を（うさぎ鍋竜之介）	141
いつもと同じ春（辻井喬）	287
いつも通り（片桐里香）	271
いつも夜（康伸吉）	54
偽りの…（ふぉれすと）	298
射手座（上村渉）	310
凍月（グレッグ・ベア）	191
凍てついた暦（大西功）	118
凍て梨（笠原さき子）	240
凍てるスニーカー（北城景）	368
渭田開城記（野村敏雄）	181
遺伝染色体の雨の中で啓示を待つ──工藤哲巳さんの想い出──（中川昇）	47
異土（吉野光久）	81
糸（上原輪）	84
稚ない春（竹内ゆき）	295
いとしきもの すこやかに生まれよ──ケイゼルレイケスネーデ物語（高城廣子）	376
いとしのブリジット・バルドー（井上ひさし）	150
糸でんわ（鈴木郁子）	303
糸電話（船津弘）	71
絃の聖域（栗本薫）	360
糸のみだれ（池田継男）	103
田舎（丸山義二）	268
田舎の刑事の趣味とお仕事（滝田務雄）	342
田舎へ帰ろう（石原美光）	47
蝗の王（北野安騎夫）	149
伊奈半十郎上水記（松浦節）	375
古（いにしえ）（飛鳥美由子）	118
囲繞地（館容子）	174, 214
犬（山下智恵子）	121
乾谷（村岡圭三）	95
犬を捜す（武藤一郎）	27
犬飼い（浅永マキ）	343
犬（影について・その一）（司修）	74
犬神（後藤杉彦）	127
犬小屋（向田邦子）	234
犬侍（楢八郎）	127
犬とハサミは使いよう（さらい）	37
犬とハモニカ（江國香織）	74
犬盗人（仲若直子）	83
犬の気焔（北村周一）	116
犬の系譜（椎名誠）	360
犬の戦場（福岡さだお）	49
犬のように死にましょう（高橋一起）	308
犬はいつも足元にいて（大森兄弟）	318
狗人（小川喜一）	127
犬婿入り（多和田葉子）	11
稲刈りの季節に（遠藤孝弘）	130
いねの花（野坂喜美）	206
イノセント・イモラル・マミー（佐々木湘）	103
イノセント・ムーン（手島みち子）	210
いのち（そのべあきら）	297
命（多賀八重子）	100
命（古沢堅秋）	299
いのち毛（海賀変哲）	313
いのちに満ちる日（田中雅美）	156
命のつな（井東汎）	242
いのちみつめる（高山英三）	71
いのち燃える日に（浅井春美）	154
祈りの海（グレッグ・イーガン）	192
祈りの日（倉世春）	380

祈る時まで（川口明子） ……………… 225
位牌（小山弓） ………………………… 16
伊庭如水（前田宣山人） ……………… 315
いばらの呪い師 病葉兄妹 対 怪人三日月卿（大谷久） ……………………………… 146
遺品（瀬戸井誠） ……………………… 311
異物（北原真一） ……………………… 112
いふや坂（内藤みどり） ……………… 28
異聞浪人記（滝口康彦） ……………… 127
異邦人（辻亮一） ……………………… 8
異本・源氏 藤式部の書き侍りける物語（森谷明子） ……………………………… 15
異本源氏物語 千年の黙（しじま）（森谷明子） ………………………………… 15
今池電波聖ゴミマリア（町井登志夫） … 110
今 花吹雪（北峯忠志） ………………… 25
今まで何度も（布施美咲） …………… 363
今までの自分にサヨナラを（Salala） … 254
今様ごよみ（内村幹子） ……………… 374
忌み神のダーカー（神門京） ………… 37
イミューン（青木和） ………………… 248
妹（船津弘） …………………………… 71
いもうとコンプレックス！-IC-（稲葉洋樹） ………………………………… 290
妹たち（小沢美智恵） ………………… 75
妹は漢字が読める（かじいたかし） … 30
妹夫婦を迎えて（窪川鶴次郎） ……… 316
イモたちの四季（小野俊治） ………… 47
イモムシランデブー（久麻當郎） …… 141
いやしい鳥（藤野可織） ……………… 309
イヤリング（仲原りつ子） …………… 370
蕁麻の家（萩原葉子） ………………… 167
イラハイ（佐藤哲也） ………………… 260
入り江にて（伊藤幸恵） ……………… 160
イリーガル・エイリアン（ロバート・J.ソウヤー） ……………………………… 192
海豚（石上襄次） ……………………… 124
いろいろな日（白木陸郎） …………… 318
イロドリ（八神時悠） ………………… 377
彩りのとき（板谷藤紀子） …………… 364
色のない街（笠原藤代） ……………… 121
囲炉裏（長尾操） ……………………… 80
祝木会津恨面舞（安野広路） ………… 362
岩木川（千木良宣行） ………………… 113
いわき断章（鈴木洋） ………………… 363
岩宿遺跡（岩武都） …………………… 93
磐船街道（本多はる子） ……………… 315
韻が織り成す召喚魔法―バスタ・リリッカーズ―（真代屋秀晃） …………… 223
陰気な愉しみ（安岡章太郎） ………… 8
イングリ（山口恵比子） ……………… 17

イン ザ・ミソスープ（村上龍） ……… 367
インシャラー（張江勝年） …………… 155
インスタント・カルマ（高木芙羽） … 57
インストール（綿矢りさ） …………… 317
インディアンドロップ宣言（村戸忍） … 324
インディゴの夜（加藤実秋） ………… 199
インデペンデンス・デイ・イン・オオサカ（愛はなくとも資本主義）（大原まり子） … 191
印度（田郷虎雄） ……………………… 58
イントゥルーダー（高嶋哲夫） ……… 129
インド糞闘記（淵川元晴） …………… 144
インドミタブル物語（羽深律） ……… 156
イントロダクション（坂本直子） …… 368
インパール（渡辺信広） ……………… 372
インフィニティ・ゼロ（有沢まみず） … 221
隠蔽捜査（今野敏） …………………… 361
陰陽道士～福山宮のカンフー少女とオネエ道士（中野之三雪） ………………… 65

【う】

ヴァカンス（綱藤幸恵） ……………… 296
ヴァーテックテイルズ 麗しのシャーロットに捧ぐ（尾関修一） ………………… 300
ヴァニラテイル（須藤あき） ………… 299
ヴァロフェス（和田賢一） …………… 289
ヴァンダル画廊街の奇跡（美奈山護） … 222
ヴィクティム（小笠原あむ） ………… 358
ウィザーズ・ブレイン（三枝零一） … 221
ウィザード＆ウォーリアー・ウィズ・マネー（三河ごーすと） …………………… 222
ヴィーナス・シティ（柾恒郎） … 191, 250
ヴィナスの濡れ衣（醍醐麻沙夫） …… 128
ウイニング・ボール（白河暢子） …… 151
有為の果実（山田真砂夫） …………… 24
ウィーンからの七通の手紙（瀬良久夫） … 324
飢え（島崎文恵） ……………………… 40
ヴェアヴォルフ オルデンベルク探偵事務所録（九条菜月） ………………… 133
ウエイトレス（藤本恵子） …………… 121
ヴェクサシオン（新井満） …………… 275
ヴェサリウスの柩（ひつぎ）（麻見和史） … 15
上原商店日記（中村南） ……………… 328
ウェルカム・ミスター・エカリタン（松井千尋） ……………………………… 273
ウエンカムイの爪（熊谷達也） ……… 159
魚河岸ものがたり（森田誠吾） ……… 234
ウォー・クライ（上原小夜） ………… 267

ウォークライ（笠原淳）	179
ウォーターズ・ウィスパー（眞木空人）	61
ウォッチャー（三田つばめ）	152
ヴォミーサ（小松左京）	188
うきだあまん（結城はに）	356
宇喜多の捨て嫁（木下昌輝）	53
浮名長者（南条三郎）	125
浮橋（岩橋邦枝）	168
雨期晴（前川紫山）	314
右京の恋（楢八郎）	127, 208
うぐいす（小田武雄）	127
鶯（伊藤永之介）	178
鶯（うぐいす）（紺野洋子）	137
鶯を呼ぶ少年（日下圭介）	257
受け月（伊集院静）	235
雨月荘殺人事件（和久峻三）	258
動く不動産（姉小路祐）	358
兎（福井幸江）	138
うさパン！ 私立戦車小隊/首なしラビッツ（うさぎ鍋竜之介）	185
牛（水野知夫）	216
潮の齢（古屋甚一）	52
失われた町（三崎亜記）	333
失われた街―MY LOST TOWN（八本正幸）	156
牛の消えた村（榎本佳夫）	209
うしろ姿（安藤善次郎）	6
うしろ姿（山田萍南）	314
薄青の風景画（椎名鳴葉）	273
薄い唇（松村比呂美）	201
薄化粧（岩合可也）	100
白引き老安（大西功）	118
うすべにの街（近藤弘子）	39
雨舌（桑原幹夫）	307
嘘つき天使は死にました！（嘘）（葉巡明治）	185
嘘つきな五月女王（白川紺子）	380
うたいつくして（磐十賢）	21
歌う峰のアリエス（松葉屋なつみ）	134
うたかた草紙（海音寺潮五郎）	124
うたかたのうた（松川明彦）	117
うたかた橋（町田誠也）	325
歌枕（中里恒子）	366
撃たれなきゃわからない（椎葉周）	182
打ち上げ花火（田村初美）	304
内気な女神（ミューズ）（秋山あさの）	164
内なる宇宙（ジェイムズ・P.ホーガン）	191
ウチの彼女が中二で困ってます。（日の原裕光）	290
うちへ、帰ろう（鹿原育）	284

宇宙切手シリーズ（松田桂）	56
宇宙細胞（黒葉雅人）	249
雨中の客（浅黄斑）	158
宇宙のみなもとの滝（山口泉）	260
宇宙のランデヴー（アーサー・C.クラーク）	189
有頂天家族（森見登美彦）	333
卯木の花（山口典子）	119
美しい記号（野水あいら）	368
美しい私の顔（中納直子）	92
美しき未明（及川和男）	26
うつけ信長（鈴木旭）	371
鬱病に挑む（留鯛眞）	25
うつぶし（隼見果奈）	203
ウツボの森の少女（片島麦子）	279
うつむいた秋（飯豊深雪）	368
うどん キツネつきの（高山羽根子）	198
鰻（水野晶）	244
姥が宿（畑裕子）	207
乳母車の記憶（佐々木国広）	78
姥捨て（奥野忠昭）	102
鵺（うはっきゅう）（山田央子）	112
姥ひとり（みなもとひさし）	227
姥ゆり（石原美光）	46
産声（和城弘志）	25
馬（阪中正夫）	58
馬市果てて（千葉治平）	206
馬追原野（辻村もと子）	18
石女（沢田ふじ子）	151
馬船楽浪航（片岡伸行）	376
ウーマン・ノー・クライ（木村光理）	103
海（安土萌）	323
海色の午後（唯川恵）	271
海を感じる時（中沢けい）	90
海を越えた者たち（笹倉明）	186
海を見ていた少女（早見淳）	324
海を渡る植物群（みどりゆうこ）	308
海からの光（河林潤）	362
海からの光（辻井良）	339
海と死者（梅田昌志郎）	211
海とダイヤモンド（松浦茂史）	370
海と洋とカヌー（奥田順市）	339
海鳥の翔ぶ日（篠島周）	339
海鳴り（高木浩太郎）	23
海鳴り（山下惣一）	269
海鳴りの丘（間嶋稔）	251
海鳴りの果て（野本光夫）	295
海に与える書（岩崎春子）	126
海にゆらぐ糸（大庭みな子）	73
海に夜を重ねて（若一光司）	317
海ねこ（細川純緒）	243

海猫 (谷村志穂)	136
海猫ツリーハウス (木村友祐)	187
海のアリーズ (小林栗奈)	379
海の泡 (羽柴雪彦)	243
海の碑 (いしぶみ) (山下悦夫)	339
海の扇 (森山啓)	178
海のかけら (井戸登志子)	78
海の牙 (水上勉)	256
海の底のコールタール (上野登史郎)	98
海の空 空の舟 (上野哲也)	152
海のない港街 (吉田典子)	38
海の廃園 (山田克郎)	232
海の墓 (栗原章)	70
海の花婿 (川端克二)	125
海の向日葵 (小山弓)	16
海の見える町 (青木滋)	105
海の向こうの血 (飯尾憲士)	186
海の娘 (のむら真郷)	79
埋み火 (植松二郎)	117
海ふかく (東館千鶴子)	97
海へ (岩淵一也)	244
海へ還る (滝川由美子)	215
海へ出た (藤原緑)	377
海へのチェローネ (中戸真吾)	151
海辺の風景 (真田たま子)	209
海辺の町 (尾木沢響子)	252
海辺の町 (沢田智恵)	99
海辺の村から (中野衣恵)	303
海辺の物語 (西田喜代志)	316
海辺のレクイエム (間嶋稔)	335
ウメ子 (阿川佐和子)	219
梅と鶯 (折口真喜子)	161
梅の花 (杉啓吉)	206
梅干駅から枇杷駅まで (月之浜太郎)	171
埋められた傷痕 (芹口兵衛)	158
埋める (山下智恵子)	165
埋れ井戸 (三島霜川)	172
埋もれ火 (榊原葉子)	246
埋もれる (奈良美那)	267
烏有此譚 (うゆうしたん) (円城塔)	99
裏ギリ少女 (榎本中)	183
ウラジオストック (吉村奈央子)	39
裏通りの炎 (黒岩龍太)	52
裏庭の穴 (田山朔美)	309
裏の海 (久保田匡子)	38
裏へ走り蹴り込め (小野寺史宜)	53
裏街 (田中律子)	117
ウラミズ (佐島佑)	265
売る女、脱ぐ女 (斉藤朱美)	152
ウルトラ高空路 (樺鼎太)	124

うるわしき日々 (小島信夫)	367
熟れてゆく夏 (藤堂志津子)	235
鱗が緑色に輝く巨大魚 (東道清高)	339
雨露の童 (石井さやか)	296
噂 (高橋晃)	286
暈囲 (礼応仁)	45
ウンケーでーびる (玉城)	370
雲上都市の大冒険 (山口芳宏)	15
運転士 (藤原智美)	10
運転事故 (今田卓三)	105
雲南守備兵 (木村荘十)	232
運・不運 (池田源尚)	318
運命交響曲殺人事件 (由良三郎)	128
運命の糸 (池内陽)	144

【え】

[映]アムリタ (野﨑まど)	222
永遠に一日 (小幡亮介)	90
永遠に放つ (田内初義)	59
永遠の仔 (天童荒太)	258
永遠の出口 (森絵都)	332
永遠の友達 (鈴木彩)	363
永遠の1/2 (佐藤正午)	186
永遠の響き (岩崎奈弥)	41
永遠の都 (加賀乙彦)	21
永遠の森 (菅浩江)	258
永遠の森 博物館惑星 (菅浩江)	192
映画篇 (金城一紀)	333
永久の時空 (関俊介)	60
栄光一途 (内流悠人)	180
栄光の人々 (岩野喜三郎)	294
英語屋さん (源氏鶏太)	232
エイジ (重松清)	351
映写機カタカタ (吉増茂雄)	327
永青 (篠原紀)	217
エイト (柏木千秋)	201
栄福丸按針録 (加藤二良)	339
英文科AトゥZ (武谷牧子)	159
嬰ヘ短調 (田畑麦彦)	316
英雄失格！ (白木秋)	140
英雄になりたい男 (津田伸二郎)	126, 293
英雄ラファシ伝 (岡崎弘明)	260
英雄〈竜殺し〉の終焉 (戒能靖十郎)	134
えづりでい・えれめんたる (宮本将行)	61
ええから加減 (永田俊也)	53
絵描き日和 (佐藤由希子)	364
エーゲ海に捧ぐ (池田満寿夫)	10, 345

エーコと【トオル】と部活の時間。(柳田狐狗狸) ……… 223
エージェント・ブルース(佐藤康裕) ……… 194
餌づけ(たなかなつみ) ……… 278
エスケエプ・スピヰド(九丘望) ……… 222
エース、始めました。(月本一) ……… 37
エスパレー・ポワンソン・プティタ(森深紅) ……… 111
蝦夷松を焚く(竹本賢三) ……… 58
枝打殺人事件(中根進) ……… 251
エターナル・ゲート(羽倉せい) ……… 65
越後柏崎風土記(北川省一) ……… 336
越後瞽女唄冬の旅(村山富士子) ……… 203
越境者(宅和俊平) ……… 270
エッグ(後藤利衣子) ……… 370
越の麗媛(くわしめ)(楠本幸子) ……… 305
越の老函人(息長大次郎) ……… 77
エデンの卵(佐々木信子) ……… 207
江戸切絵図の記憶(跡部蛮) ……… 76
穢土荘厳(杉本苑子) ……… 168
江戸職人綺譚(佐江衆一) ……… 240
江戸風狂伝(北原亜以子) ……… 168
江戸娘(滝夜半) ……… 311
エトランゼ(長谷川美智子) ……… 112
エトロフ発緊急電(佐々木譲) ……… 258, 351
ヌ氏(渡邊利道) ……… 198
エノラゲイ撃墜指令(松浪和夫) ……… 255
絵はがき(小田武雄) ……… 208
絵葉書(小田武雄) ……… 127
恵比寿から届いた手紙(小林宏暢) ……… 143
恵比寿屋喜兵衛手控え(佐藤雅美) ……… 235
エピデミックゲージ(相川黒介) ……… 183
エビ捕り(加勢俊夫) ……… 370
海老フライ(水木亮) ……… 378
江分利満氏の優雅な生活(山口瞳) ……… 233
エボリューション(白井愛子) ……… 348
えもんかけ(気賀沢清司) ……… 71
選ばれた種子(由布川祝) ……… 125
エリ・エリ(平谷美樹) ……… 110
エル・キャブ(都築直子) ……… 152
エルリック・サーガ(マイケル・ムアコック) ……… 190
エレクトラ(匂坂日名子) ……… 25
エレメンツ・マスター(弐宮環) ……… 289
艶影(南条三郎) ……… 126
宴会(池田章一) ……… 211
炎下の劇(冬島菖太郎) ……… 143
演歌の虫(山口洋子) ……… 234
炎環(永井路子) ……… 233
厭犬伝(弘也英明) ……… 261

冤罪の構造(湯川聖司) ……… 85
円周率を計算した男(鳴海風) ……… 374
延段(須山ユキヱ) ……… 165
エンドレス・ワルツ(稲葉真弓) ……… 168
炎熱商人(深田祐介) ……… 234
エンパシー(中島ゆうり) ……… 225
焔夫(林恒雄) ……… 243
炎風(真鍋元之) ……… 181
遠方より(谷口哲秋) ……… 308
煙幕(深津望) ……… 92
遠雷(七条勉) ……… 126
遠雷(立松和平) ……… 275
遠雷と怒濤と(湯郷将和) ……… 322
遠来の客(山城達雄) ……… 170
遠来の客(米谷ふみ子) ……… 308
遠雷や、残すものなどなにもない(畠山恵美子) ……… 225

【 お 】

オアシス(生田紗代) ……… 317
お家さん(玉岡かおる) ……… 49
お椅子さん(鯱城一郎) ……… 125
追いつめる(生島治郎) ……… 233
オイディプス症候群(笠井潔) ……… 331
オイディプスの刃(赤江瀑) ……… 62
おいでるかん(仲町六絵) ……… 353
お稲荷さんが通る(叶泉) ……… 320
おいらん六花(宇多ゆりえ) ……… 355
追為名人漁師伊勢松(南部駒蔵) ……… 26
応為坦坦録(山本昌代) ……… 317
王国物語(雨川恵) ……… 64
黄金色の痣(上原利彦) ……… 171
黄金色の道(水木亮) ……… 130
黄金を抱いて翔べ(高村薫) ……… 255
黄金火(沢良太) ……… 122
黄金寺院浮上(沢田黒蔵) ……… 343
黄金の庭(高橋陽子) ……… 187
黄金の林檎(宇津えみ子) ……… 354
黄金の罠(田中光二) ……… 360
黄金流砂(中津文彦) ……… 31
黄金旅風(飯嶋和一) ……… 333
王子降臨(手代木正太郎) ……… 147
王子はただ今出稼ぎ中(岩城広海) ……… 65
応召と生活(城山三郎) ……… 126
横着星(川田裕美子) ……… 355
王手桂香取り!(青葉優一) ……… 223
嘔吐(伊藤健二郎) ……… 243

| おうと | 作品名索引 |

王道三国志1（宇佐美浩然）	372
王道楽土（御堂彰彦）	221
黄土の疾風（深井律夫）	169
嫗繁昌記（藤本泉）	151
王の眠る丘（牧野修）	277
王妃の階段（柳原一日）	131
王妃の離婚（佐藤賢一）	235
横柄巫女と宰相陛下（鮎川はぎの）	148
逢魔の都市（葉越晶）	343
追うもの（谷克二）	345
大いなる幻影（戸川昌子）	31
大江戸釣客伝（夢枕獏）	301
狼と香辛料（支倉凍砂）	221
狼の待ち伏せ（新井滋）	149
狼奉行（高橋義夫）	235
大川図絵（村上尋）	155
大きい大将と小さい大将（井上薫）	58
大きな木（山ノ内真樹子）	356
おおきな火（加賀隆久）	5
大きな息子（松原一枝）	310
大ギヤ文七（山名能弘）	95
大阪作者（物上敬）	126
大山椒魚（平原夏樹）	85
大鹿（山村睦）	77
おおづちメモリアル（榊原隆介）	44
大空に夢をのせて（一色良宏）	47
大鎚と小鎚（山﨑霖太郎）	101
大伴家持（太田光一）	107
大引割峠（谷脇常盤）	40
大路切書店のこと（石田千）	306
大部屋の源さん（斉藤せち）	238
大晦日の食卓（賀谷尚）	215
大宮踊り（神崎信一）	224
大山学園（佐山寿彦）	294
大雪に殺される（大平洋）	17
犯さぬ罪（大高綾子）	313
お菓子のアニメーション（花坂麗子）	23
おかっぱちゃん（朝倉由希野）	39
オカッパニカッパ（伊達康）	35
丘の雑草（あらくさ）たち（森下陽）	44
丘の上、桜満開（佐久間しのぶ）	296
岡の上の一軒家（矢野一）	336
オカルトゼネコン富田林組（蒲原二郎）	320
オカルトチェイサー（斉藤啓一）	344
オカンの嫁入り（咲乃月音）	267
沖（村上靖子）	339
沖で待つ（絲山秋子）	11
翁の館（宮里尚安）	369
オキナワ、夏のはじまり（国吉史郎）	116
オキナワの少年（東峰夫）	9, 307
沖縄の旅（小原康二）	25
燠火（竹本真雄）	170
お吟さま（今東光）	232
屋上駐車場（飯田愁眠）	279
屋上の点景（分銅志静）	5
屋上ミサイル（山下貴光）	109
おくつき（佐藤れい子）	270
奥の谷へ（松本太吉）	303
オーケストラ、それは我なり―朝比奈隆 四つの試練（中丸美繪）	50
桶狭間合戦録（久住隕匊）	372
お子様ランチ・ロックソース（彩河杏）	271
お小人騒動（柳田知怒夫）	51
お魚にエサをあげてね（冬川文子）	351
幼き者は驢馬に乗って（森内俊雄）	307
オサムの朝（森詠）	218
おじい（小林計夫）	69
押し入れ（小森隆司）	49
おしかくさま（谷川直子）	318
押しかけ絵術師と侯爵家の秘密（斉藤百伽）	148
雄子沢（冨田國衛）	297
おじさんバンド合戦（多米淳）	325
伯父の墓地（安岡章太郎）	74
おしまいの少年（品川亮）	177
おしゃべり怪談（藤野千夜）	275
おじゃみ（神狛しず）	353
オーシャン・レクリエーション（もりおかえいじ）	216
叔父よ、あなたの投降は（伯井重行）	304
オシラガミ記（城春夫）	223
おすず―信太郎人情始末帖（杉本章子）	241
御巣鷹おろし（山崎公夫）	125
遅い目覚めながらも（阿部光子）	167
お葬式（瀬川ことび）	264
お供え（吉田知子）	74
お台場アイランドベイビー（伊与原新）	359
"オタクの君"の恋のワナ!?（津島秋子）	284
おたすけレディ（千葉鈴香）	85
お玉さん（村岡紘子）	243
お試し期間（水城亮）	86
小田原の織社（中野良浩）	54
落栗（片上天弦）	173
堕ちた鯉（宮内剛）	345
落武者（小林槇之助）	124
お茶漬の味（小松左京）	280
おちゃらけ王（朽葉屋周太郎）	222
落ちる（多岐川恭）	233
お月様が笑っていた（山内哲哉）	377
おっさん（香川みね）	50
押忍!! かたれ部（喜多見かなた）	183

446 小説の賞事典

おっつぁん(森野藍子)	209	お墓の喫茶店(玉木一兵)	369
オッドアイズドール(佐伯ツカサ)	14	お初の繭(一路晃司)	264
夫の始末(田中澄江)	168	お鼻番 北前すず(平林廉)	86
おっぱい貝(小山内恵美子)	84	御林(佐伯多紀枝)	130
オッフェルトリウム(鈴木智之)	218	お腹召しませ(浅田次郎)	212
オデカケ(森屋寛治)	53	お針子人魚メロウ～吸血鬼の花嫁衣裳～(天正紗夜)	148
オーデュボンの祈り(伊坂幸太郎)	180	おはん(宇野千代)	166
お父さんと伊藤さん(中澤日菜子)	154	首(おびと)の姫と首なし騎士(睦月けい)	65
おとうさんの逆襲(脇田恭弘)	378	小日向源伍の終わらない夏(今井絵美子)	86
お父さんの長い風呂(高岡一郎)	99	お日待ち(中野藤雄)	130
弟を看る(桑田忠親)	316	おひるのたびにさようなら(安戸悠太)	318
弟の結婚式(田中慶)	369	オブ・ザ・ベースボール(円城塔)	309
おとぎ話(小手鞠るい)	57	オブセッション(小黒和子)	114
おとぎ話集(村井泰子)	144	オブラート スカイ(新垣美夏)	371
男衆藤太郎(九谷桑樹)	126	オープランの少女(深緑野分)	342
落し穴(本多美智子)	121	オブリビオン～忘却(石原ナオ)	358
大人の玩具―大岡昇平と『現在形』の歴史(城殿智行)	382	オーフロイデ(木村英代)	291
"お隣さんと世界破壊爆弾と"(近藤左弦)	183	オープン・セサミ(森田定治)	83
オートバイと茂平(西村琢)	206	オホーツクに燃ゆ(浜比寸志)	311
お富は、悦田君の「恋人」(石中象治)	319	溺るる(川上弘美)	19, 168
お弔い(岩波三樹緒)	78	朧月夜(森田あきみ)	313
乙女の密告(赤染晶子)	12	おまえと暮らせない(原田宗典)	186
をとめ模様、スパイ日和(徳永圭)	320	お任せ! 数学屋さん(向井湘吾)	329
音もなく光もなく(青野龍司)	215	お見合いツアー(水木亮)	270
踊り場(原久人)	79	お見世出し(森山東)	264
オート・リバース(寺田文恵)	108	オムス党、走る(伊波雅子)	171
おどる牛(川重茂子)	218	おむら殉愛記(能木昶)	125
おどるでく(室井光広)	11	重い雨(三木一郎)	374
踊るナマズ(高瀬ちひろ)	187	思ひ川(宇野浩二)	365
おどんな海賊(塚田照夫)	102	思い込み(藤田和子)	115
おなじ墓のムジナ(霞流一)	358	思い込み(水口恵弥)	278
お夏(門田露)	102	思ひざめ(瀬戸新声)	315
鬼を見た童子(如月天音)	372	思い出さないで(瀬川隆文)	355
鬼ケ島の姥たち(飯島勝彦)	207	想い出映画館へようこそ(徳江和巳)	94
鬼のいる社で(小沢冬雄)	316	思いでの家(藤田千鶴)	350
鬼の詩(藤本義一)	234	想い出のカケラ(松崎覚)	217
鬼の話(秋田禎信)	288	思い出の傘を広げて(光森和正)	42
鬼婆(松岡弘一)	16	思い出のなかに明日がある(崎村裕)	238
鬼火(山入端信子)	370	思い出は風に乗って(藤原大輔)	23
鬼火(吉屋信子)	166	重い雪(白根三太郎)	105
オニヤンマ(時沢京子)	140	俤(中村稲海)	313
おねえさんの呪文(木々乃すい)	120	面影橋(松本琴潮)	314
お願いだからあと五分!(境京亮)	35	重い車(文沢隆一)	90
尾根の雨(牧野誠義)	230	沢潟(おもだか)の紋章の影に(吉田沙美子)	322
おばあちゃん(佐藤久子)	294	面(おもて)・変幻(畑裕子)	13
おばあちゃんの恋人(水野友貴)	272	お役所レストラン(村重知幸)	325
おばあちゃんのゆくえ(ディープ山崎)	354	親ごゝろ(桂川秋香)	314
おばあちゃんは宇宙人(中村欽一)	94	親子で二代の探偵ブック(新家智美)	363
オーバーイメージ(永藤)	34		

おやじの就職（坂本昭和）	207
親の無い姉弟（渋谷悠蔵）	319
親指Pの修業時代（松浦理英子）	168
於雪―土佐一条家の崩壊（大原富枝）	167
泳ぐのに、安全でも適切でもありません（江國香織）	352
おらんだ楽兵（大池唯雄）	125
オリエンタル・ドリーム（岩崎まり子）	130
オリオンの星々（三村雪子）	24
折り鶴（本宮典久）	42
檻の里（山崎人功）	270
檻の中（山岡千枝子）	99
オリーブの薫りはまだ届かない（西沢いその）	72
オルガニスト（山之口洋）	260
オルゴール（加藤蓮）	201
オルゴールメリーの残像（井上凛）	76
お留守バンシー（小河正岳）	221
俺が拾った吉野太夫（木谷恭介）	149
俺がメガネであいつはそのまま（ひなたしょう）	140
俺様王子と秘密の時間（涼宮リン）	254
おれたちの熱い季節（星野光徳）	316
俺達のさよなら（葉狩哲）	52
俺たちの水晶宮（影山雄作）	211
俺達のストライクゾーン（橘涼香）	284
折れた竜骨（米澤穂信）	259
俺、ツインテールになります。（水沢夢）	147
俺と雌猫のレクイエム（牧村一人）	55
俺のある寒い日（西方野々子）	298
おれのおばさん（佐川光晴）	219
俺の血は他人の血（筒井康隆）	188
おれの中のおれ（小林勝美）	200
俺の春（星野泰斗）	117
俺は座布団（矢野愛佳）	144
俺は死事人（星野泰司）	117
俺はどしゃぶり（須藤靖貴）	157
おれはミサイル（秋山瑞人）	192
俺らしくB―坊主（保田亨介）	140
オレンジ（加藤敬尚）	120
オレンジ色のノート（光岡和子）	217
オレンジ色の部屋（緋野由意子）	79
オレンジ色の闇（舟木かな子）	102
オレンジ砂塵（吉富有）	159
オレンジブロッサム（沢城友理）	14
おれんの死（太田忠久）	269
愚か者の願い（五十嵐裕一郎）	323
オロロ畑でつかまえて（荻原浩）	159
オワ・ランデ〜夢魔の貴族は焦らし好き〜（神秋昌史）	185
終わりなき索敵（谷甲州）	191
終わりのいろいろなかたち（山田あかね）	309
終の支度（前川ひろ子）	22
終わる世界の物語（宇野涼平）	185
追われるもの（真崎浩）	294
恩古さんの日常（板東秀）	229
温故堂の二階から（武石貞文）	327
怨讐の相続人（保科昌彦）	264
温泉のある村（西内佐津）	41
恩田の人々（なかむらみのる）	253
恩寵（大橋紘子）	350
女綾織唄（喜舎場直子）	170
女絵地獄（南原幹雄）	151
女からの声（青野聡）	275
女騎手（蓮見恭子）	359
女狂い日記（北林耕生）	345
女ごゝろ（高信狂酔）	312
女たちのジハード（篠田節子）	235
女と子供（藤木靖子）	321
女のいくさ（佐ταδ得二）	233
女の歌（戸川静子）	300
女の写真（船津弘）	71
女の宿（佐多稲子）	167
女の指輪（大谷馨）	69
女花火師伝（矢元竜）	372
女渡守（大倉桃郎）	172
怨念の彼方に（須貝光夫）	304
音符（三浦恵）	317
おんぼろ鏡とプリンセス（草間茶子）	283
陰陽ノ京（渡瀬草一郎）	221
陰摩羅鬼の瑕（京極夏彦）	332

【か】

かあさんの山（井川沙代）	20
戒（小山歩）	261
櫂（宮尾登美子）	203
開運堂（田中順三）	112
街燈（玉田崇二）	304
壊音 KAI-ON（篠原一）	308
開花（笠井亨）	118
貝殻の道（伊藤俊英）	208
海岸寺へ（小島義徳）	172
海岸の丘（加藤牧星）	319
海峡に陽は昇る（西村しず代）	86
海峡の光（辻仁成）	11
皆勤の徒（西島伝法）	198
邂逅（佐藤義弘）	363

邂逅（圭沢祥平）	239
邂逅の海（早川秀策）	21
海溝のピート（浦島聖哲）	335
邂逅の森（熊谷達也）	236, 352
骸骨山脈（野間井淳）	179
介護入門（モブ・ノリオ）	11, 309
会真記（西川満）	241
海図（田久保英夫）	366
海戦（丹羽文雄）	210
回想（小山伊）	296
回送ドライバー（池崎弘道）	216
海賊船ガルフストリーム（なつみどり）	288
海賊とよばれた男（百田尚樹）	335
海賊丸漂着異聞（満坂太郎）	15
階段をのぼれ（江藤あさひ）	368
怪談撲滅委員会（永遠月心悟）	142
懐中時計（小沼丹）	366
海底戦記（山岡荘八）	274
海底の愛人（秋草露路）	124
回転木馬（大嶺則子）	371
海道東征（阪田寛夫）	73
怪盗ブラックドラゴン（真弓あきら）	283
海（かい）と帆（はん）（坂本美智子）	355
楷の木のように（島崎聖子）	44
海馬の助走（若含春侑）	276
改番（大舘欣一）	200
回復室（林美保）	336
怪物が街にやってくる（今野敏）	345
解剖台（東山籠）	126
解剖台を繞る人々（夏川黎人）	125
海鰻荘綺談（香山滋）	256
回遊魚の夜（森山清隆）	255
海狼伝（白石一郎）	234
回路猫（福井幸江）	81
かういふ女（平林たい子）	166
カウンターブロウ（長尾健一）	158
カウント・プラン（黒川博行）	258
カエアンの聖衣（バリントン・J・ベイリー）	189
過影（和田喜美子）	69
帰っておいで（喜多由布子）	369
帰ってきたホロスケ（永山茂雄）	295
楓（吉野理）	238
楓の剣！（かたやま和華）	300
帰らざる旅（青山眠）	54
帰らざる夏（加賀乙彦）	204
帰り仕度（吉沢庸希）	370
かえり船（和田よしみ）	101
蛙殺し（古林邦和）	252
かえるの子（税所篤快）	55
帰る場所（渋谷史恵）	348
帰る日まで（藤原真莉）	272
火焰（片岡永）	237
火焔樹（柴沼ヒロノ）	20
火炎樹の咲く国（萩尾大亮）	285
火燕飛んだ（高橋和島）	149
顔（明石静子）	72
顔（松本清張）	256
顔に降りかかる雨（桐野夏生）	32
顔のない自画像（村上青山）	229
顔剥ぎ観音（内藤了）	354
かおばな憑依帖	261
薫れ茉莉花（中山ちえ）	208
加賀瓜四代記（今井敏夫）	16
かかし長屋（半村良）	134
案山子の娘（山口雛絹）	381
かかとを失くして（多和田葉子）	91
画家と野良犬（鈴木千久馬）	318
鏡（金子正樹）	68
鏡の国のアリス（広瀬正）	188
鏡餅（荒川玲子）	350
輝くほうへ（藤井綾子）	25
篝火（北野華岳）	311
篝り火の陰に（速水拓三）	357
河岸忘日抄（堀江敏幸）	367
牡蠣筏（かきいかだ）（越智真砂）	119
華吉屋縁起（井上順一）	86
餓鬼道（張赫宙）	58
柿盗人（野村落椎）	312
柿の木、枇杷も木（中澤日菜子）	154
鍵のない夢を見る（辻村深月）	236
下級アイデアマン（眉村卓）	280
画狂人ラプソディ（森雅裕）	357
華僑伝（大林清）	274
限りなく透明に近いブルー（村上龍）	10, 90
額紫陽花の花（冬川文子）	350
架空庭園の夜（三上真瑛）	27
架空列車（岡本学）	92
学園カゲキ！（山川進）	146
学園警護〔城渓篇〕（滝川武司）	60
学園謀反戦記サチューゴ（是鐘リュウジ）	38
確証（小谷剛）	8
覚醒少年 エクスプローラー（北山大詩）	300
かくてありけり（野口冨士男）	366
カクテル・パーティー（大城立裕）	9
角館（佐久間典子）	363
額縁（渡部智子）	78
革命のためのサウンドトラック（清水アリカ）	186
神楽坂ファミリー（竹内真）	152
神楽舞いの後で（鶴ケ野勉）	83

カクリヨの短い歌（大桑八代）	147	賀状（鈴木信一）	225
隠れ菊（連城三紀彦）	134	過剰兵（木山大作）	127
隠囊（三宅弥生）	103	華燭（津村節子）	300
かくれんぼクラブ（前田慈乃）	144	カシラコンプの海（長谷川一石）	225
火群の館（春口裕子）	330	潜士（かづき）の源造（阿部幹）	338
影（桐渡紀一郎）	93	和子が死んでから（浜野博）	253
崖（大島直次）	252	上総風土記（村上元三）	232
賭け（原田武信）	25	カスピ海の宝石（延江浩）	152
駆け足の季節（飯田智）	155	風（猪股薫）	130
かけいの水（安藤善次郎）	5	風（関口勘治）	200
影絵の街（山下邦子）	368	風（壹井栄）	166
駆け落ち（楽ミュウ）	103	火星人先史（川又千秋）	189
影をめぐるとき（萩山綾音）	91	火星ダーク・バラード（上田早夕里）	110
藤桔梗（泡坂妻夫）	235	火星で最後の……（豊田有恒）	280
カケス婆っぱ（箱崎昭）	364	火星鉄道一九（谷甲州）	190
影と棲む（田口佳子）	101	風駆ける日（桑原水菜）	272
駆け抜けて、青春！（冬木史朗）	155	風が強く吹いている（三浦しをん）	333
陰の季節（横山秀夫）	337	風が見える（野沢霞）	239
影の告発（土屋隆夫）	256	化石（奥村徹行）	253
影の乗算（水嶋佑子）	216	風草（林吾一）	127
蔭の棲みか（玄月）	11	風一勝負の日々（篠貴一郎）	116
影の眼差し（高橋秀行）	382	風そよぐ名塩峠（前島不二雄）	374
陰日向に咲く（劇団ひとり）	333	風それぞれ（綱木三枝）	223
影踏み鬼（翔田寛）	158	風とおし（池田萌）	114
かけら（青山七恵）	74	風と星の調和の取れたリズム（網藤幸恵）	296
翳（かげり）の城（三吉真一郎）	372	風に祈りを（山本敬弘）	289
駆けろ鉄兵（内田聖子）	270	風に訊く日々（中沢正弘）	171, 270
水主（かこ）たちの遺産（召田喜和子）	339	風にキス、君にキス。（繭）	254
過去のある人々（沢野繭里）	119	風に棲む（桂城和子）	78
籠の鳥いつか飛べ（深山くのえ）	285	風に添へた手紙（田原夏彦）	125
過去のはじまり未来のおわり（西本秋）	158	風になったラブレター（若山哲郎）	101
過去（リメンバー）（北方謙三）	62	風に吹かれて（吉川史津）	41
葛西夏休み日記帳（大久秀憲）	382	風のある日に（桑原恭子）	121
風垣の家（野村ひろみ）	100	風のある風景（三橋美津子）	69
風車の音はいらない（上田三洋子）	102	風の色（前田よし子）	170
かささぎ（井田誠一）	310	風の詩（うた）（中村淳）	346
重ね合わせの歳時（西正義）	103	風の歌を聴け（村上春樹）	90
風花（智本光隆）	373	風の歌、星の口笛（村崎友）	358
風花（山路ひろ子）	28	風の馬（相馬里美）	16
風花（かざはな）（坂本美智子）	356	風の河（小浜清志）	308
笠原テーラー（高橋延雄）	194	風の櫛（沙木実里）	237
風祭（八木義徳）	366	風の群像（稚子輪正幸）	149
飾れない勲章（岩崎芳秋）	112	風のけはい（峰原緑子）	308
火山のふもとで（松家仁之）	368	風の鍵盤（柳坪幸佳）	285
カシオペアの丘で（重松清）	334	風の坂道（丹野彬）	298
化して荒波（井上もんた）	358	風の里保育園の熊先生（及川美波）	364
菓子箱（富山陽子）	371	風の島の竜使い（片倉一）	133
河岸八町（大道二郎）	127	風のしらべ（さいとう学）	119
火車（宮部みゆき）	351	風のターン・ロード（石井敏弘）	32
ガジュマルの家（大島孝雄）	13	風の中（川田明）	93

風の白猿神 (滝川羊)	288
風の柩 (有馬太郎)	245
風の日々 (藤田幸蔵)	69
風の吹かない景色 (山之内正文)	158
風の綻 (ほころ) び (石垣貴子)	371
風の舞 (山田まさ子)	41
風の路 (石塚長雄)	114
風の行く先 (井野登志子)	351
風のゆくへ (金南一夫)	28
風物語 (山田武博)	139
風よ、撃て (三宅彰)	129
風よ、空駆ける風よ (津島佑子)	18
架線 (斧冬二)	127
火葬 (若江克己)	100
仮想儀礼 (篠田節子)	135
仮想の騎士 (斉藤直子)	261
家族狩り (天童荒太)	351
家族ゲーム (本間洋平)	186
家族ごっこ (秋元朔)	350
家族仕立て (守時雫)	240
家族シネマ (柳美里)	11
家族になる時間 (平岡禎之)	171
家族の肖像 (なつかわめりお)	28
画題「統一」(安倍村羊)	313
傍聞き (長岡弘樹)	259
難き日を生きし人々 (岩尾白史)	113
火宅 (鈴木弘太)	195
火宅の人 (檀一雄)	366
肩ごしの恋人 (唯川恵)	—
カタコンベ (神山裕右)	32
確かな風景 (岩瀬澄子)	70
片思慕の竹 (黒部亨)	123
寂兮寥兮 (大庭みな子)	204
かたつむり (富崎喜代美)	84
蝸牛 (飯塚静治)	207
かたつむり家族 (小島明)	199
象られた力 (飛浩隆)	192, 250
片頬の笑 (森田あきみ)	313
形見の写真 (長谷流月)	313
ガダラの豚 (中島らも)	258
語り部じんえい (山口幸三郎)	222
ガダルカナル (西川清六)	310
果断 隠蔽捜査2 (今野敏)	259, 352
勝烏 (穂積鷲)	181, 352
家畜の朝 (浅尾大輔)	180
ガチャマン (南禅満作)	102
かつを鳥 (武政博)	101
閣下 (北条秀司)	178
楽器 (滝口悠生)	180
学校裁判 (まこと)	63
学校の階段 (櫃末高彰)	37
学校の初恋 (末永外徒)	37
月山 (森敦)	9
褐色の標的 (安東能明)	255
褐色のメロン (小針鯛一)	156
渇水 (河林満)	308
滑走路34 (緒川怜)	266
カッティング ～Case of Mio Nishiamane～ (翅田大介)	29
かっぱきの詩 (石渡大助)	71
河童と見た空 (前川亜希子)	355
勝也の終戦 (松原栄)	84
桂とライラとカガンダンハン (岸山真理子)	382
かつり人 (野村葦雨)	314
カディスの赤い星 (逢坂剛)	234, 257
ガーデナーの家族 (清津郷子)	350
ガーデン (越智絢子)	79
カーテンコール (黒井千次)	367
カーテンコール (寺林智栄)	225
火田の女 (泉淳)	374
火天の城 (山本兼一)	337
蛾と笹舟 (森荘巳池)	232
首途 (児島晴浜)	313
門出 (森田あきみ)	313
カナ (ヨシハラ小町)	171
金江のおばさん (深沢潮)	56
叶えられた祈り (萱野葵)	179
カナクのキセキ (上総朋大)	290
カナコ (大谷和香子)	285
金沢文学 (畔地里美)	39
愛 (かな) し (千梨らく)	267
悲しいことなどないけれど さもしいことなら どっこいあるさ (安久昭男)	382
悲しい鳥 (山本喜美夫)	69
悲しき木霊 (市川靖人)	270
哀しみ色は似合わない (小野早那恵)	283
哀しみキメラ (来楽零)	221
悲しみの港 (小川国夫)	18
悲しみの向こうに (緑川涼子)	105
カナダ館一九四一年 (西条倶吉)	211
カナリア・ファイル―金蚕蠱 (きんさんこ) (毛利志生子)	379
蟹 (河野多恵子)	9
蟹釣り遊び (迎甲勝弘)	369
蟹と彼と私 (荻野アンナ)	19
蟹の国 (有井聡)	353
カーニバル闘牛大会 (又吉栄喜)	369
かにみそ (倉狩聡)	265
金子さん夫婦と介護保険 (藤川義久)	101
鐘の音 (青平繁九)	313

加納城址幻影（樋口健司） ……………… 80
彼女たちのメシがマズい100の理由（高野文
　具） ……………………………………… 183
彼女には自身がない（時里キサト） …… 320
彼女の運命譚（水口敬文） ……………… 182
彼女の結婚（松本はる） ………………… 14
彼女の消息（土屋幹雄） …………… 174, 214
彼女の知らない彼女（里見蘭） ………… 261
彼女の背中を追いかけて（佐々木みほ）… 381
彼女のプレンカ（中上紀） ……………… 186
彼女はこん、とかわいく咳をして（名波薫2号）
　…………………………………………… 34
彼の町に逃れよ（朝稲日出夫） ………… 345
河馬に嚙まれる（大江健三郎） ………… 73
鞄の中身（吉行淳之介） ………………… 366
鞄屋の娘（前川麻子） …………………… 157
黴の季節（愛島紀生） …………………… 216
カフーを待ちわびて（原田マハ） ……… 267
カフカズに星墜ちて（保田良雄） ……… 128
兜首（大池唯雄） ………………………… 231
かぶら川（木村芳夫） …………………… 270
壁（安部公房） …………………………… 8
壁（岩田昭蔵） …………………………… 71
壁（岡松和夫） …………………………… 307
壁（加藤霖雨） …………………………… 225
壁を打つ旅（黄英治） …………………… 378
壁・旅芝居殺人事件（皆川博子） ……… 257
かべちょろ（黒沢いづ子） ……………… 52
壁の花（今官一） ………………………… 232
南瓜盗人（加藤牧星） …………………… 319
窯（高田六常） …………………………… 230
かまきり（桐堂貴） ……………………… 70
鎌倉擾乱（高橋直樹） …………………… 240
鎌倉物語（梶原珠子） …………………… 124
蒲田行進曲（つかこうへい） …………… 234
嘉間良心中（吉田スエ子） ……………… 170
神遊び（清水朔） ………………………… 273
髪を洗う男（稲葉祥子） ………………… 39
神隠し（竹内大） ………………………… 145
神隠し（和城弘志） ……………………… 25
神隠し 異聞『王子路考（おうじろこう）』（安堂
　虎夫） …………………………………… 77
神隠しの町（井上博） …………………… 77
神語りの茶会（薙野ゆいら） …………… 64
紙金（中林亮介） ………………………… 112
神々の山嶺（夢枕獏） …………………… 135
神々の埋葬（山田正紀） ………………… 62
神狩り（山田正紀） ……………………… 188
神キチ（赤木和雄） ……………………… 180
神喰のエクスマキナ（草薙アキ） ……… 290

神様（川上弘美） ………………………… 277
神さまのいない日曜日（入江君人） …… 289
神様のおきにいり（岡崎新之助） ……… 34
神様のカメラ（村岡毅） ………………… 286
神様のカルテ（夏川草介） ………… 145, 334
神様のカルテ2（夏川草介） …………… 334
神様のごほうび（ハラハルカ） ………… 164
神様のパズル（機本伸司） ……………… 110
神様のもう一つの顔（藤崎翔） ………… 359
紙漉小屋（斉藤紫軒） …………………… 173
紙漉風土記（小田武雄） ………………… 51
神と人との門（北沢美勇） ……………… 126
雷のおとしもの（気賀沢清司） ………… 72
紙人形（秋元朔） ………………………… 350
神の女（加藤富夫） ……………………… 307
神の血脈（伊藤致雄） …………………… 111
紙の月（角田光代） ……………………… 135
髪の花（小林美代子） …………………… 90
紙の棺（船木一夫） ……………………… 296
神の御名の果てに…（矢島綾） ………… 140
神の汚れた手（曽野綾子） ……………… 167
紙ひこーき（結城あい） ………………… 101
紙ヒコーキ・飛んだ（市山隆一） ……… 152
かみまご（江都苑） ……………………… 37
仮眠室（田場美津子） …………………… 57
神去なあなあ日常（三浦しをん） ……… 334
カメ男（小磯良一） ……………………… 179
カメが流した涙（本田礼子） …………… 294
かめくん（北野勇作） …………………… 250
かめとその名前（山下まり子） ………… 216
亀とり作一（赤江行夫） ………………… 16
甕の鈴虫（竹本富美子） ………………… 302
カメレオン狂のための戦争学習帳（丸岡大介）
　…………………………………………… 92
仮面（国分光明） ………………………… 224
仮面（篠原寛） …………………………… 362
仮面アルツハイマー症（松岡弘一） …… 262
仮面の時代（石田甚太郎） ……………… 246
仮面の生活（御坂真之） ………………… 255
仮面の墓標（篠原高志） ………………… 324
仮面は夜に踊る（名島ちはや） ………… 300
仮面法廷（和久峻三） …………………… 31
蒲生邸事件（宮部みゆき） ……………… 250
蒲生の記（谷津矢車） …………………… 373
加茂川の川竹（福岡義信） ……………… 70
鴨川ホルモー（万城目学） ………… 320, 333
カモミイル・ティー（森雅葉） ………… 215
かもめの日（黒川創） …………………… 367
火薬と愛の星（森健） …………………… 91
榧の木祭り（高城修三） …………… 10, 179

作品名索引　　　　　かんく

茅原の瓜─小説 関藤藤陰伝・青年時代─（栗
　谷川虹）．．．．．．．．．．．．．．．．．．．．．．．．．．．．．．． 44
唐衣の疑問（牛尾八十八）．．．．．．．．．．．．．．．． 125
がらくた（江國香織）．．．．．．．．．．．．．．．．．．．． 136
がらくたヴィーナス（宮越しまぞう）．．．．． 61
がらくた博物館（大庭みな子）．．．．．．．．．．．． 167
絡繰り心中（永井紗耶子）．．．．．．．．．．．．．．．． 145
唐島大尉の失踪（荒木左右）．．．．．．．．．．．．．． 124
ガラシャ夫人のお手玉（桐衣朝子）．．．．．．． 145
カラス（富崎喜代美）．．．．．．．．．．．．．．．．．．．． 207
硝子細工のプライヴェイト・アイ（香野雅松）
　．． 281
烏に単は似合わない（阿部智里）．．．．．．．．．． 337
カラスのいた窓（藤本たか子）．．．．．．．．．．．． 354
カラスの親指（道尾秀介）．．．．．．．．．．．．．．．． 259
ガラスの麒麟（加納朋子）．．．．．．．．．．．．．．．． 258
ガラスの翼（黛恭介）．．．．．．．．．．．．．．．．．．．． 324
ガラスの人形（江川俊郎）．．．．．．．．．．．．．．．． 113
硝子のハンマー（貴志祐介）．．．．．．．．．．．．．． 259
ガラスペンと白文鳥（小野美和子）．．．．．．． 121
空ノ巣（岡篠名桜）．．．．．．．．．．．．．．．．．．．．．．． 273
からの鳥かご（杉原悠）．．．．．．．．．．．．．．．．．．． 225
空箱（鈴木咲枝）．．．．．．．．．．．．．．．．．．．．．．．．．． 69
カラマーゾフの妹（高野史緒）．．．．．．．．．．．．． 32
空廻りの季節（山村錦）．．．．．．．．．．．．．．．．．．． 70
からみつく指（奥村理英）．．．．．．．．．．．．．．．．． 17
ガランドウ（佐伯葉子）．．．．．．．．．．．．．．．．．．． 77
仮往生伝試文（古井由吉）．．．．．．．．．．．．．．．． 367
雁金屋草紙（鳥越碧）．．．．．．．．．．．．．．．．．．．． 132
雁立（清水基吉）．．．．．．．．．．．．．．．．．．．．．．．．．．． 8
仮寝姿（森田二十五絃）．．．．．．．．．．．．．．．．．． 312
仮りの家（岡井満子）．．．．．．．．．．．．．．．．．．．． 368
仮の水（リービ英雄）．．．．．．．．．．．．．．．．．．．．． 19
ガリバーの死体袋（福迫光英）．．．．．．．．．．．． 309
カリフォルニア（土居良一）．．．．．．．．．．．．．．． 89
ガリヤ戦記（村上恭介）．．．．．．．．．．．．．．．．．． 371
刈谷得三郎の私事（清沢晃）．．．．．．．．．．．．．．． 54
華竜の宮（上田早夕里）．．．．．．．．．．．．．．．．．． 250
狩りりんぐ！ 萩乃森高校狩猟専門課程（森月
　朝文）．．．．．．．．．．．．．．．．．．．．．．．．．．．．．．．．．． 146
ガールズレビューステイ（友桐夏）．．．．．．． 380
カレイドスコープの少女（内藤渉）．．．．．．． 288
華麗なる醜聞（佐野洋）．．．．．．．．．．．．．．．．．． 256
ガレキの下で思う（山下貴光）．．．．．．．．．．．． 329
瓦礫の中（吉田健一）．．．．．．．．．．．．．．．．．．．． 366
枯草の根（陳舜臣）．．．．．．．．．．．．．．．．．．．．．．． 31
枯れ蔵（永井するみ）．．．．．．．．．．．．．．．．．．．． 180
涸滝（加堂秀三）．．．．．．．．．．．．．．．．．．．．．．．． 360
カレディナ・ブラウスキュル（朝倉衞）．．．． 36
枯れてたまるか探偵団（岡田斎志）．．．．．．． 145

彼には志があった─評伝近藤重蔵（青木茂）．．． 213
彼によろしく（祐天寺ヒロミ）．．．．．．．．．．．． 164
枯葉の中の青い炎（辻原登）．．．．．．．．．．．．．．． 74
枯葉の微笑（とだあきこ）．．．．．．．．．．．．．．．． 154
河（佐々木禎子）．．．．．．．．．．．．．．．．．．．．．．．．．． 69
かわいいおとこ（伊吹わか子）．．．．．．．．．．．． 300
乾いた石（すずのとし）．．．．．．．．．．．．．．．．．．． 97
渇いた記憶（安藤育子）．．．．．．．．．．．．．．．．．．． 80
乾いた花─越境者・杉本良吉の妻（大西功）．．． 116
かわうそ（向田邦子）．．．．．．．．．．．．．．．．．．．． 234
乾き（刀祢喜美子）．．．．．．．．．．．．．．．．．．．．．． 102
渇きの街（北方謙三）．．．．．．．．．．．．．．．．．．．． 257
川霧の流れる村で（藤沢清典）．．．．．．．．．．．． 328
川崎序章（瓦田厳太郎）．．．．．．．．．．．．．．．．．．． 69
カワサキタン（中山幸太）．．．．．．．．．．．．．．．． 179
カワセミ（図子英雄）．．．．．．．．．．．．．．．．．．．． 179
彼誰時（紺野真美子）．．．．．．．．．．．．．．．．．．．． 237
川に抱かれて（奥村理英）．．．．．．．．．．．．．．．． 116
川に沿う邑（清野春樹）．．．．．．．．．．．．．．．．．． 375
河の怒り（吉田近夫）．．．．．．．．．．．．．．．．．．．．． 26
川の掟（高石次郎）．．．．．．．．．．．．．．．．．．．．．． 127
川の終り（前田豊）．．．．．．．．．．．．．．．．．．．．．．． 52
川の声（山本修一）．．．．．．．．．．．．．．．．．．．．．． 159
河のにおい（辻井良）．．．．．．．．．．．．．．．．．．．．． 28
川の風景（小野益）．．．．．．．．．．．．．．．．．．．．．．． 24
河傍の家（橘富光雄）．．．．．．．．．．．．．．．．．．．． 319
川は涙を飲み込んで（山岸香奈恵）．．．．．．． 305
川べり（山之内朗子）．．．．．．．．．．．．．．．．．．．．． 69
川べりの家族（李優蘭）．．．．．．．．．．．．．．．．．． 349
川べりの道（鷺沢萠）．．．．．．．．．．．．．．．．．．．． 308
川靄（武井久）．．．．．．．．．．．．．．．．．．．．．．．．．． 171
川よ奔れ（鈴木新吾）．．．．．．．．．．．．．．．．．．．． 322
河原評判記（若狭滝）．．．．．．．．．．．．．．．．．．．． 126
河原者の牛黄を見つけたるのこと（前田菜穂）
　．． 304
変りない日々に（白average三太郎）．．．．．．．．．．． 105
かわりに神がくれたもの（古井らじか）．．． 47
かわりみ（本山貞子）．．．．．．．．．．．．．．．．．．．．． 69
癌（西久保隆）．．．．．．．．．．．．．．．．．．．．．．．．．．． 339
かんがえるひとになりかけ（近田鳶迩）．．． 342
カンガルー倶楽部、海へ（田村貴恵子）．．． 39
漢奸（堀田善衛）．．．．．．．．．．．．．．．．．．．．．．．．．．． 8
かんかん虫（横谷芳恵）．．．．．．．．．．．．．．．．．． 121
寒菊（北条誠）．．．．．．．．．．．．．．．．．．．．．．．．．． 274
寒菊抄（真木純）．．．．．．．．．．．．．．．．．．．．．．．． 126
雁木坂（陽羅義光）．．．．．．．．．．．．．．．．．．．．．． 172
換気扇（木田肇）．．．．．．．．．．．．．．．．．．．．．．．．． 50
眼球奇譚（鷹羽知）．．．．．．．．．．．．．．．．．．．．．． 222
眼球探求譚（緋色友架）．．．．．．．．．．．．．．．．．．． 38
玩具（津村節子）．．．．．．．．．．．．．．．．．．．．．．．．．． 9

小説の賞事典　453

作品名	ページ
玩具修理者(小林泰三)	263
関係者以外立入り禁止(芦原公)	151
管絃祭(竹西寛子)	167
環濠の内で(務古一郎)	116
看護卒(波間忠郎)	319
冠婚葬祭(長谷川幸延)	178
関西古本屋一期一会『まいど』(脇田浩幸)	306
贋作『坊っちゃん』殺人事件(柳広司)	13
ガンジス川ではない川(竹見洋一郎)	177
ガンジーの空(篠藤由里)	57
感情日記(吉野一穂)	155
感傷の街角(大沢在昌)	158
肝心の子供(磯崎憲一郎)	317
ガン×スクール=パラダイス!(やまだゆうすけ)	184
寒昴(出雲井晶)	16
陥穽(小川由香利)	209
寛政見立番付(片野喜章)	53
感染〜infection〜(仙川環)	145
完全なる凶器(羽太雄平)	149
完全なる首長竜(くびながりゅう)の日(乾緑郎)	110
完全恋愛(牧薩次)	331
乾燥腕(鶴田健吉)	310
檻送記(山手樹一郎)	274
乾燥する街(阿部知二)	316
歓待(芳川恭久)	106
干拓団(早崎慶三)	122
完太と洋の旅(桑山幸子)	103
神田伯山(工藤健策)	218
癌だましい(山内令南)	310
眼中の悪魔(山田風太郎)	256
かんちょろりん(渡辺義昭)	294
寒椿(宮尾登美子)	167
かんでえらの日々(山田隆司)	237
完盗オンサイト(玖村まゆみ)	32
カントリーロード(有矢聖美)	304
神流川晩夏(戸川南)	24
カンナの恋(木村明美)	377
元年者達(佐賀純一)	322
龕の家(富川貞良)	369
雁の寺(水上勉)	233
顔のない柔肌(江戸次郎)	149
観音浄土の海(中田重顕)	339
寒梅(安藤善次郎)	5
がんばっていきまっしょい(敷村良子)	326
カンパニュラの銀翼(中里友香)	4
看板屋の恋(都築隆広)	309
韓非子翼贔(星川晶太郎)	126
幹部職試験(武田佐俊)	105
完璧なママ(松田幸緒)	76
官報を読む男(古澤健太郎)	86
漢方小説(中島たい子)	187
灌木の唄(野火鳥夫)	51
寒牡丹(桜木祐未)	119
甘中中毒(緒川莉々子)	53
寛容(神崎武雄)	232
観用家族(鮒田トト)	84
甘露(水原涼)	310
管略別伝(平野正和)	372

【き】

紀伊小倉駅にて(樋尻雅昭)	253
黄色い牙(志茂田景樹)	234
黄色いコスモス(草加八重子)	44
黄色い猫(吉行理恵)	168
黄色いハイビスカス(蔵原惟和)	83
黄色い花の紅(アサウラ)	184
黄色い帽子と青い服(山田昭彦)	199
黄色い雪(渡部麻実)	7
消えずの行灯(誉田龍一)	158
消えた半夏生(沢昌子)	72
帰燕(きえん)(米沢朝子)	42
記憶(中村玲子)	120
記憶の火葬(黄英治)	378
記憶の先に(石井遥)	297
記憶の雪(世良利和)	354
木を接ぐ(佐伯一麦)	57
機械仕掛けのブラッドハウンド(岩辻流)	147
機会の耳(小松由加子)	273
機械野郎(松木修平)	151
飢餓の雪(小堀敏雄)	354
祈願(三好貫太郎)	104
帰還学生(阿波一郎)	126
期間工ブルース(伊礼英貴)	171
機関車先生(伊集院静)	134
聞きます屋・聡介(小川栄)	117
聴き屋の芸術学部祭(市井豊)	342
帰郷(海老沢泰久)	235
帰郷(薫田泰子)	80
帰郷(瀬良けい)	207
帰郷(長瀬加代子)	46
帰郷(横山充男)	349
戯曲集1,2,3(後藤彰彦)	20
木喰虫愛憎図(猪ノ鼻俊三)	125
喜劇悲奇劇(泡坂妻夫)	62
キケン(有川浩)	334

作品名	ページ
危険な関係（新章文子）	31
帰国（高嶋哲夫）	78
帰国（雪竹ヨシ）	194
鬼哭山恋奇譚（加藤政義）	140
きことわ（朝吹真理子）	12
きざし（気賀沢清司）	239
気障でけっこうです（小嶋陽太郎）	320
雉（伊藤浩睦）	373
雉子（由岐京彦）	98
きじかくしの庭（桜井美奈）	222
儀式の城（山本孝夫）	106
儀式は終わった（大泉拓）	296
岸つつじが咲く里（上岡儀一）	100
義姉妹（小寺秋雨）	313
鬼子母神（安東能明）	330
希釈空間（上野房江）	86
汽車の家（井原敏）	98
奇術師の家（魚住陽子）	13
偽書（辻村恭二）	85
喜娘（きじょう）（梓沢要）	374
気象精霊記 正しい台風の起こし方（清水文花）	288
机上の人（栗山富明）	277
機上の人々（松崎勝）	93
偽書西鶴（山本音也）	337
機神兵団（山田正紀）	191
傷跡（柴田道代）	209
傷ある翼（円地文子）	204
傷ついた野獣（伴野朗）	257
絆（小杉健治）	257
絆（崎山麻夫）	370
絆（きずな）（永原千歳）	100
絆の運命（山田真砂夫）	25
犠牲（佐竹幸吉）	93
寄生彼女サナ（砂義出雲）	146
寄生人の生活（飯沼優）	144
帰省の理由（仲若直子）	369
鬼籍の海（菅原康）	339
輝石の花（河屋一）	289
奇蹟の表現（結城充考）	221
奇跡の夜（高田侑）	330
季節の記憶（保坂和志）	205, 287
季節風（押井岩雄）	206
帰巣（きそう）（平井杏子）	106
キタイ（吉来駿作）	330
北回帰線（太田正）	126
北風のランナー（月足亮）	53
北の朝（新井英生）	16
北の河（高井有一）	9
北の国（弓透子）	38
北の島（近藤良夫）	111
北の窓（菊池一夫）	24
奇譚百話綴り（内藤了）	353
キッズ アー オールライト（岡田智彦）	317
キッチン（吉本ばなな）	57
キッドナッパーズ（門井慶喜）	55
きつね（登川周二）	80
狐と踊れ（神林長平）	280
狐提灯（齊藤朋）	351
狐の鶏（日影丈吉）	256
狐寝入夢虜（十文字幸子）	91
狐の百物語（冬木冬樹）	34
きつね与次郎（大沼珠生）	355
偽帝誅戮（武川哲郎）	125
汽笛は響く（田島啓二郎）	127
鬼道（真殿皎）	177
木並の犬（志田憲）	242
木ニナル（吉村登）	350
木に登る犬（日下圭介）	257
絹コーモリ（浜夕平）	126
砧をうつ女（李恢成）	9
絹の変容（篠田節子）	159
木の椅子（山本隆行）	78
樹の上の草魚（薄井ゆうじ）	361
きのうの空（志水辰夫）	135
紀伊国屋文左衛門（武田八洲満）	16
黄の幻想（小谷絹代）	46
キノコの呪い（佐藤そのみ）	143
木下恵介 "探し"―映画監督木下恵介ノート（有戸英明）	297
きのときのと（新藤幸子）	112
牙（成川順）	41
帰帆（福尾湖南）	173
黍の葉揺れやまず（青崎庚次）	83
吉備稚媛（きびのわかひめ）（多田正平）	46
ぎぶそん（伊藤たかみ）	219
騎兵（高橋曖々軒）	315
希望（平野潤子）	171
希望の砦（竹内泰宏）	72
気紛れ発一本松行き（石塚京助）	156
君江（川本松三）	104
君を、何度でも愛そう。（沙絢）	254
君があたりは（藤ノ木陵）	164
君が咲く場所（こみこみこ）	327
君が代と洗面器（芹沢葉子）	231
君死にたまうことなかれ（佐藤明裕）	243
君たちに明日はない（垣根涼介）	352
君達の場合、特に特に おめでとう（宮本みづえ）	377
機密（斎藤栄）	322

作品名	頁
ギミック・ハート(七海純)	220
キミとは致命的なズレがある(赤月カケヤ)	146
君とリンゴの木の下で(渡邉雅之)	183
きみに会えて(今川真由美)	283
きみに出会う場所(世良さおり)	284
君のいた風景(貫洞チヨ)	24
君のための物語(水鏡希人)	222
君の勇者に俺はなる!(永原十茂)	185
きみはいい子(中脇初枝)	219, 335
君はギフチョウの園を見たか(角田伊一)	295
キミはぼっちじゃない!(こいわいハム)	34
奇妙な新婚(和城弘志)	224
奇妙な民間療法(石川智嗣)	280
奇妙な雪(鴻みのる)	224
木村家の人びと(谷俊彦)	156
キメラ暗殺計画(小野博通)	358
肝、焼ける(朝倉かすみ)	223
きやうだい(山里水葉)	173
逆転(三好貫太郎)	105
逆理(ぎゃくり)の魔女(雪叙静)	185
逆光の子供(森雅葉)	216
キャッツアイころがった(黒川博行)	128
キャプテンの星座(山室一広)	186
キャプテン・フューチャーの死(アレン・スティール)	191
木山捷平さんと備中(宇江誠)	44
キャラコさん(久生十蘭)	175
ギャルゲーの世界よ、ようこそ!(タマモ)	37
キャンディ・ボーイ(能面次郎)	345
求愛(藤田宜永)	135
旧街道(佐々木初子)	209
休火山(山本直哉)	238
九官鳥は泣いていた(森一歩)	16
吸血鬼のおしごと(鈴木鈴)	221
吸血の家(二階堂黎人)	15
旧婚旅行(及川敦夫)	25
99%の誘拐(岡嶋二人)	360
給食工場(壬生菜々佳)	144
給食争奪戦(アズミ)	223
救助信号(吉平映理)	273
給水塔と亀(津村記久子)	74
窮鼠の眼(酒井健亀)	51
宮廷恋語り―お妃修業も楽じゃない―(響咲いつき)	65
キュウビ(熊谷秀介)	141
休眠打破(和喰博司)	76
キュージュッカ!(関根パン)	37
キュービックの午後(佐々寿美枝)	247
暁闇(川島敬子)	336
教育者(添田知道)	178
凶音窟(山下歩)	77
境界線(前山公彦)	177
境界のテーゼ(緑川七央)	272
京から来た運孤(俵元昭)	98
兇器(高森真士)	52
狂気(原田成人)	163
狂気の遺産(松岡弘)	88
狂言師(平岩弓枝)	181
僥倖(石原貞良)	130
競合脱線(はらてつし)	199
狂骨死語り(飯塚守)	140
京子の夏(出雲真奈夫)	209
教師(黒藪次男)	44
梟首聞書(堤高数)	227
教授と少女と錬金術師(金城孝祐)	187
狂城(島田一砂)	372
梟将記(野村敏雄)	16
狭小邸宅(新庄耕)	187
鏡色の瞳(中野文明)	140
狂人日記(色川武大)	367
僑人の檻(早乙女貢)	233
共生虫(村上龍)	205
競漕海域(佐藤茂)	260
協奏曲"群青"(高殿円)	60
夾竹桃の咲く街(長瀬加代子)	70
キョウチクトウの花のやね(原田妙子)	215
夾竹桃の揺れる風景(コミネユキオ)	369
狂蝶(千早霞成)	311
凶鳥の群(徳留節)	102
凶徒(野上竜)	54
京都五番町付近(山﨑智)	304
京都まで(林真理子)	234
京都よ、わが情念のはるかな飛翔を支えよ(松原好之)	186
凶の剣士(田中啓文)	379
享保貢象始末(堀和久)	52
享保猪垣始末記(樹下昌史)	206
京包線にて(稲垣史生)	126
享保悲聞(北野牧人)	336
今日もオカリナを吹く予定はない(原田源五郎)	146
狂乱家族日記(日日日)	37
狂乱二十四孝(北森鴻)	15
恐竜ラウレンティスの幻視(梶尾真治)	190
橋霊の幻奇譚(室拓)	364
行列(吉田洋幸)	298
狂恋の女師匠(高槻真樹)	198
許永順(中沢正弘)	239
極度の悲しみを越えて(菊池末男)	25
玉兎の望(仁志耕一郎)	154

作品名	ページ
玉嶺よふたたび(陳舜臣)	256
魚群記(目取真俊)	370
巨鯨の海(伊東潤)	349
虚構推理 鋼人七瀬(城平京)	332
キヨコの成分(そらときょう)	348
馭者の秋(三木卓)	287
巨食症の明けない夜明け(松本侑子)	186
虚飾のメディア(北岳登)	169
嘘神(三田村志郎)	264
巨人の城(松原伊佐子)	83
虚数の庭(一柳凪)	146
虚船 大江戸攻防珍奇談(松浦秀昭)	201
虚像淫楽(山田風太郎)	256
巨大な祭典(佐々木二郎)	151
清経入水(秦恒平)	203
清正の後悔(竹中亮)	372
漁遊(小川文夫)	206
キョンシー・プリンセス〜乙女は糖蜜色の恋を知る〜(後白河安寿)	274
機雷(光岡明)	234
キラキラハシル(桐りんご)	327
切られた絵(江場秀志)	171
擬卵(山本健一)	106
霧朝(渡辺渉)	58
吉里吉里人(井上ひさし)	189, 249, 366
キーリ死者たちは荒野に眠る(壁井ユカコ)	221
桐島、部活やめるってよ(朝井リョウ)	160
切りとられた光景(島田知沙)	194
霧の五郎兵衛(柴山隆司)	149
霧の中の眼(加藤和子)	24
霧の中-瓶-(大川倭子)	70
霧の橋(乙川優三郎)	132
切羽(きりは)へ(井上荒野)	236
キリハラキリコ(高野道夫)	145
桐一葉〜大阪城妖綺譚〜(智凪桜)	148
気流(田中香津子)	49
機龍警察 暗黒市場(月村了衛)	361
機龍警察 自爆条項(月村了衛)	250
キリング・タイム(蒼井上鷹)	158
キリンヤガ(マイク・レズニック)	192
ギルド(大村麻梨子)	309
基隆港(石川信乃)	306
きれぎれ(町田康)	11
斬られた詩人(岡田峰幸)	
疑惑の背景(杉山宇宙美)	98
銀(岩下恵)	244
ギンイロノウタ(村田沙耶香)	276
金色の大きい魚(小木曽新)	121
金色の魚(竹森千珂)	13
銀色の生活(小谷章)	200
金色の象(宮内勝典)	275
銀色の月(小川恵)	107
銀色のとびらを越えて(猪狩光央)	364
銀色のマーメイド(古内一絵)	330
銀色のメダル(石井重衛)	362
禁煙(関口莫哀)	313
銀河英雄伝説(田中芳樹)	190
金閣寺(三島由紀夫)	365
菫花抄・解説編(岡本昌枝)	44
銀がたき(雨神音矢)	85
銀河帝国の弘法も筆の誤り(田中啓文)	192
銀河鉄道☆スペースジャック(相河万里)	60
銀化猫―ギンカネコ―(田中明子)	356
銀河風帆走(宮西建礼)	198
銀漢の賦(葉室麟)	337
金魚を飼う女(弘田静憲)	54
金魚すくい(永沼絵莉子)	364
金魚姫(小熊千遥)	296
金鶏郷に死出虫は嗤う(やまき美里)	76
銀行アニマル(駒田忠)	3
筋骨(松谷文吾)	122
『銀座』と南十字星(醍醐麻沙夫)	52
金さん(根宜久夫)	104
菌糸にからむ恋(三好治郎)	124
錦秋(米沢朝子)	100
禁断のパンダ(拓未司)	109
禁断の実(五月史)	94
キンチの話(松木裕人)	355
金と銀の暦(小橋博)	181
銀杏の墓(飯島勝彦)	270
ギンネム屋敷(又吉栄喜)	186
銀の雨(羽島トオル)	152
銀のオートバイ(中原晋)	369
金の騎士は銀の姫君をさらう(歌見朋留)	147
きんのじ(馳平啓樹)	310
銀の峠(緑川玄三)	126
金の波(如月恵)	217
金の棺(網野菊)	166
銀の明星(夏実桃子)	147
緊縛(小川内初枝)	203
金髪のジェニーさん(高久裕子)	368
銀盤カレイドスコープ(EL星クーリッジ)	184
ギンヤンマ(木村裕美)	195
吟遊詩人(中村友恵)	296
銀葉亭茶話(ぎんようていさわ)(金蓮花)	272

【く】

クイックセーブ＆ロード(鮎川歩) ……… 146
グイン・サーガ(栗本薫) ……………… 250
空間の殺人(溝口三平) ………………… 125
偶然の息子(上月文青) ………………… 56
空戦魔導士候補生の教官(諸星悠) …… 290
空想キッチン(潮田眞子) ……………… 39
空想ゲーム(村田浩一) ………………… 323
空中庭園(和田徹) ……………………… 152
空中ブランコ(奥田英朗) ……………… 236
空転(林英子) …………………………… 77
空洞の怨恨(森村誠一) ………………… 150
空白を歌え(三岡雅晃) ………………… 279
空母大戦(鋭電力) ……………………… 372
空母プロメテウス(岡本好吉) ………… 151
苦役列車(西村賢太) …………………… 12
愚園路秘帖(摂津茂和) ………………… 175
久遠の緋(小鞠小雪) …………………… 142
九月が永遠に続けば(沼田まほかる) … 330
九月十一日(橋本捨五郎) ……………… 296
九月の空(高橋三千綱) ………………… 10
九月の渓で(景生洛) …………………… 35
九月の町(軒上泊) ……………………… 52
釘師(蒲池香里) ………………………… 98
傀儡(増田御風) ………………………… 314
傀儡后(牧野修) ………………………… 250
枸杞と蝮と鴉(安斎宗司) ……………… 294
草小路鷹麿の東方見聞録(草薙渉) …… 159
草の上の朝食(保坂和志) ……………… 275
草のかんむり(伊井直行) ……………… 90
草のつるぎ(野呂邦暢) ………………… 9
草葉の陰で見つけたもの(大田十折) … 161
草芽枯る(里生香志) …………………… 123
鎖(村若昭雄) …………………………… 270
くさりと境界線(星政治) ……………… 93
孔雀の道(陳舜臣) ……………………… 256
愚者の夜(青野聡) ……………………… 10
愚者の楽園(R.A.ラファティ) ………… 188
鯨唄(小栁義則) ………………………… 86
鯨神(宇能鴻一郎) ……………………… 9
くじらになりたい(瀬垣雒) …………… 116
鯨のいる地図(柏木武彦) ……………… 57
くずばこに箒星(石原宙) ……………… 185
くすぶりの龍(馬場信浩) ……………… 35
崩れ去る大地に(真木桂之助) ………… 269
糞袋(藤田雅矢) ………………………… 260

朽ちた裏階段の挿話(島木葉子) ……… 338
梔子の草湯(中林亮介) ………………… 52
口火は燃える(多々羅四郎) …………… 124
くちびるに歌を(中田永一) …………… 335
口紅(柴野和子) ………………………… 243
クチュクチュバーン(吉村萬壱) ……… 309
靴(田口佳子) …………………………… 78
くっすん大黒(町田康) ………………… 275
屈折残像(山口寛士) …………………… 149
グッドラック 戦闘妖精・雪風(神林長平) … 192
グッバイ・クルエル・ワールド(オザワカヲル) …………………………………… 297
グッバイ、こおろぎ君。(藤崎和男) … 92
国を蹴った男(伊東潤) ………………… 361
邦子の夏(高田屋綾子) ………………… 118
故郷(クニ)の花(比嘉辰夫) …………… 370
クニノミチ(雨神音矢) ………………… 119
椚平にて(蓑修吉) ……………………… 207
首(指方恭一郎) ………………………… 86
首飾り(雨森零) ………………………… 317
くびきの夏(黒田孝高) ………………… 303
首挽村の殺人(大村友貴美) …………… 358
首化粧(浅田耕三) ……………………… 374
首なし騎士は月夜に嘲笑う(関口としわ) … 182
首曲がり(稲生正美) …………………… 206
窪森(くぶむい)(山城達雄) …………… 170
熊坂長庵が往く(第一部〜第三部)(山田賢二) ……………………………………… 106
熊と越年者(渡辺捷夫) ………………… 126
隈取絵師(平茂寛) ……………………… 12
熊猫の囁き(邢彦) ……………………… 120
熊の敷石(堀江敏幸) …………………… 11
空見子の花束(遊座理恵) ……………… 217
ぐみの木の下には(北村染衣) ………… 272
淵(クムイ)(樹乃タルオ) ……………… 170
蜘蛛(仲程悦子) ………………………… 370
雲を斬る(池永陽) ……………………… 241
雲をつかむ話(多和田葉子) …………… 368
曇った日(内山茂子) …………………… 224
くもの糸その後(仲川晴斐) …………… 144
雲の裂け目に(山村錦子) ……………… 70
雲の翼(谷ユリ子) ……………………… 79
雲の橋(桜井義夫) ……………………… 20
雲の花(森沙織) ………………………… 41
雲のみだれ(橋本紫星) ………………… 313
雲は還らず(高橋八重子) ……………… 126
雲ゆきあやし、雨にならんや(坪田亮介) … 220
雲ゆく人(片山洋一) …………………… 372
くもり日(瀬戸新声) …………………… 315
曇る時(稲垣瑞雄) ……………………… 121

| 蔵(安斎純二) 118
| 暗い越流(若竹七海) 259
| 暗い珊瑚礁(葛城範子) 16
| 暗い夏(野村香生) 112
| 暗い歩道(竹中広文) 69
| クライマーズ・ハイ(横山秀夫) 332
| 暗い森を抜けるための方法(足立浩二) ... 91
| クラウディア(中村幌) 380
| グラウンド(鈴木弘樹) 179
| クラゲ(北岡信吾) 69
| 海月の休日(伊藤利恵) 195
| くらげの日(草上仁) 190
| 蔵の中(楢八郎) 126
| 蔵法師助五郎(道俊介) 127
| 鞍骨坂(北柳あぶみ) 79
| 暗闇にノーサイドⅠ・Ⅱ(矢作俊彦ほか) .. 62
| 暗闇にヤギをさがして(穂史賀雅也) 34
| 暗闇の光(直江謙継) 116
| くらんく・あっぷ(ハシモトヒロシ) ... 283
| グランド・フィナーレ(阿部和重) 11
| グランプリ(西巻秀夫) 97
| グランホッパーを倒せ!(いとうのぶき) .. 182
| グラン・マーの犯罪(相馬隆) 158
| クリアネス(十和) 254
| クリス・クロス―混沌の魔王(高畑京一郎) 220
| クリスタル・イーゴ(アツコ・マクワイア) 197
| クリスタル・ヴァリーに降りそそぐ灰(今村友紀) 318
| クリストファー男娼窟(草間弥生) 346
| クリスマス上等。(三浦勇樹) 34
| クリスマスの旅(小野木朝子) 316
| クリーピー(前川裕) 266
| グリーン・イリュージョン(杉江久美子) . 380
| グリーン車の子供(戸板康二) 257
| ぐりーん・ふいっしゅ(市川温子) 291
| グリーン・レクイエム(新井素子) 189
| 狂い潮(幹菜一) 17
| 狂いだすのは三月(松崎陽平) 316
| 狂い能(佐藤学) 86
| 狂いバチ、迷いバチ(竹野昌代) 308
| 狂える神のしもべ(川瀬義行) 281
| ぐるぐる渦巻きの名探偵(上田志岐) ... 299
| くるぐる使い(大槻ケンヂ) 191
| ぐるぐるまわるすべり台(中村航) 276
| 狂った背景(柳川明彦) 54
| クルドの花(五十嵐邁) 245
| クルト・フォルケンの神話(図子慧) 271
| 車いすの若猛者たち(彩永真司) 139
| グルメな女と優しい男(望月あんね) 92
| くるり用水のかめんた(小薗ミサオ) 44

| 廓の与右衛門 恋の顛末(中嶋隆) 145
| クレア、冬の音(遠藤純子) 179
| 紅荘の悪魔たち(井上靖) 125
| 紅の翼(南里正典) 262
| 暮れなずみ…(植野治台) 114
| 紅蓮の闇(賀川敦夫) 251
| くろ(本渡章) 278
| クロ(藤田めい) 144
| 黒あざみ(山倉五九夫) 209
| 黒い穴(佐々木謙次) 294
| 黒い雨(古賀純) 68
| 黒い家(貴志祐介) 263
| 黒い顔(近藤勲公) 84
| 黒い観覧車(レイ・ブラッドベリ) 188
| 黒い季節(沖方丁) 182
| くろい、こうえんの(橘川有弥) 309
| 黒い鈴(越後直幸) 5
| 黒い裾(幸田文) 365
| 黒い旅路(寺内大吉) 51
| 黒い乳房(本沢幸次郎) 126
| 黒い鳥―わが半世紀一(上田蝉丸) 231
| 黒いドレスの女(阪本直子) 285
| 黒い布(色川武大) 211
| 黒い白鳥(鮎川哲也) 256
| 黒い服の未亡人(汐見薫) 76
| 黒い森の中へ(三河屋三平) 354
| 黒い森の宿(高柳芳夫) 54
| 黒いリボン素直につけて明るい職場(地引浩) 105
| 黒い臨月(山本正志) 344
| 黒牛と妖怪(風野真知雄) 374
| 黒髪の沼(五十嵐貴久) 330
| 黒潮(永田実) 280
| 黒十字サナトリウム(中里友香) 249
| クロスファイヤ(ラルフ・ヤング) ... 128
| クロスフェーダーの曖昧な光(飯塚朝美) 180
| クロス・ロード(桑原一世) 186
| クロダイと飛行機(浜田嗣範) 251
| 黒と白のデュエット(岡村流生) 300
| 黒猫の愛読書(藤本柊一) 182
| 黒猫の白星と僕のクロボシ(梅津佳葉) . 296
| 黒猫の遊歩あるいは美学講義(森晶麿) .. 4
| 黒の迂回路(滝村康介) 149
| 「クロ」の生涯(石野緑石) 319
| 黒の連環(三浦康男) 107
| 黒鳩団がやってくる(倉村実水) 284
| 黒パン俘虜記(胡桃沢耕史) 234
| クロマキー・ブルー(川田武) 280
| 黒ん棒はんべえ 鄭芝龍救出行(雑賀俊一郎) 372

桑の村(鬼丸智彦)	350
軍医大尉(小島久枝)	77
軍旗はためく下に(結城昌治)	233
軍事郵便(河内仙介)	232
群青の人(能美龍一郎)	252
君子蘭(浜野健三郎)	310
軍人節(崎山麻夫)	370
群棲(黒井千次)	204
群蝶の空(三咲光郎)	337
軍刀始末記(渡辺桂子)	6
軍用犬(東郷十三)	126

【け】

慶安余聞「中山文四郎」(喬木言吉)	124
計画(松木精)	227
契火の末裔(篠月美弥)	133
警極魔道課チルビィ先生の迷子なひび(横山忠)	184
蛍光(林崎惣一郎)	243
渓谷記(永槻みか)	118
傾国の美姫(夢野リコ)	273
敬語で旅する四人の男(麻宮ゆり子)	161
警視庁捜査二課・郷間彩香 特命指揮官(梶永正史)	110
傾斜面(村山良三)	105
渓春〜白神草(高橋貢)	6
経清記(江宮隆之)	374
ケイゾウ・アサキのデーモン・バスターズ 血ぬられた貴婦人(小山真弓)	272
携帯電話俺(水市恵)	146
慶長の海(上原順子)	339
鯨波(長井朝男)	230
刑罰の真意義(志筑祥光)	319
競馬の終わり(杉山俊彦)	249
刑務所ものがたり(小嵐九八郎)	361
警鈴(岡本真)	55
ゲインラインまで(蟹谷勉)	207
穢れ聖者のエク・セ・レスタ(新見聖)	35
汚れた風景の中で(美樹正次郎)	93
撃壌歌(吉野光)	317
激痛ロード・グラフィティー(時田慎也)	327
激突カンフーファイター(清水良英)	289
下克上ジーニアス(高辻楓)	140
けさらんぱさらん(城島明彦)	52
消された航跡(阿部智)	357
ケージ(悦本達也)	84
夏至の匂い(青山恵梨子)	79
夏至祭(佐藤洋二郎)	275
下宿あり(藤田敏男)	126
化粧男(鳥海文子)	39
化身(愛川晶)	15
化身(宮ノ川顕)	264
ケタオチ(宗像弘之)	116
けちゃっぷ(喜多ふあり)	318
血縁(木村荘十)	125
結界師のフーガ(水瀬葉月)	221
月下浮世奇談(希多美咲)	380
月下上海(山口恵以子)	338
月下の恋人(西牧隆行)	240
月下の夜想曲(石山大樹)	297
月華の楼閣(塚原湊都)	148
月下美人(北川瑛治)	243
月鏡の海(陣内よしゆき)	284
けっくりさん(宮本徹志)	237
月光の影(高岡啓次郎)	325
月虹のラーナ(響野夏菜)	272
月光見返り美人(武宮閣之)	282
決死水兵(大石露山)	312
結晶星団(小松左京)	188
結晶世界(J.G.バラード)	188
月柱(柳谷郁子)	39
月桃夜(遠田潤子)	261
決闘ワルツ(秋月煌)	157
けつね袋(天六ヤヨイ)	39
訣別(伊礼和行)	170
訣別の森(末浦広海)	32
月明に飛ぶ(明田鉄男)	51
欠落(多岐わたる)	85
月齢0831(田口かおり)	14
結露(宮本須磨子)	209
ゲーテル物語(大日向葵)	127
ケニア夜間鉄道(滝洸一郎)	217
気配(片山恭一)	308
ゲーマーズ・ナイト(シロツグトヨシ)	57
煙(又吉弘子)	370
煙が目にしみる(石川渓月)	266
煙へ飛翔(奥野忠昭)	246
ケヤキの丘〜向日葵が咲く日〜(小野あゆみ)	363
けりがつくまで(高テレサ)	115
蹴りたい背中(綿矢りさ)	11
ゲルマニウムの夜(花村萬月)	11
化粧坂(林由美子)	267
幻影城(江戸川乱歩)	256
幻影の蛍(田村初美)	304
幻花(北川修)	151
源吉じいさん(細田洋子)	285

幻景浅草色付不良少年団(あさくさカラー・
　ギャング)(祐光正) ……………………… 55
検察官の証言(中嶋博行) ………………… 32
乾山晩愁(葉室麟) ………………………… 375
幻詩狩り(川又千秋) ……………………… 249
検事の本懐(柚月裕子) …………………… 43
源氏物語人殺し絵巻(長尾誠夫) ………… 128
幻住庵(木村とし子) ……………………… 122
元首の謀叛(中村正軌) …………………… 234
健次郎, 十九歳(仲村雅彦) ……………… 345
原子炉の蟹(長井彬) ……………………… 31
犬身(松浦理英子) ………………………… 367
幻想婚(笹峰良仁) ………………………… 60
言想のクライシスゲーム(一橋鵡) ……… 37
幻想夢譚(服部美南子) …………………… 297
減反神社(山下知一) ……………………… 206
建築屍材(門前典之) ……………………… 15
玄鳥がいた頃(若江克己) ………………… 86
県庁の星(桂望実) ………………………… 333
けんちん汁(宇梶紀夫) …………………… 350
幻灯(橋元秀樹) …………………………… 70
幻塔譜(東条元) …………………………… 125
剣と薔薇の夏(戸松淳矩) ………………… 259
剣の道殺人事件(鳥羽亮) ………………… 32
厳命(古賀宣子) …………………………… 17
懸命の地(幸川牧生) ……………………… 51
元禄三春日和 春の館(原田孔平) ……… 373

【こ】

恋(小池真理子) …………………………… 235
恋歌(大庭桂) ……………………………… 237
恋ごころ(里見弴) ………………………… 365
小石の砦(福井幸江) ……………………… 216
恋する私家版(服部泰平) ………………… 306
恋と拳闘(金田勲衛) ……………………… 125
鯉名の舟歌(春日皓) ……………………… 93
恋に変ずる魔改上書(木村百草) ………… 147
恋女房(林玄川) …………………………… 312
小犬(青木音吉) …………………………… 319
恋の曲者(森田二十五絃) ………………… 311
鯉の徳兵衛(広沢康郎) …………………… 270
鯉の病院(田中泰高) ……………………… 307
恋初む(吉橋通夫) ………………………… 305
恋はセサミ(西田俊也) …………………… 271
コイバナ(中島あや) ……………………… 377
恋人といっしょになるでしょう(上野歩) … 159
恋文(松木麗) ……………………………… 358
恋文(連城三紀彦) ………………………… 234
恋紅(皆川博子) …………………………… 234
恋忘れ草(北原亜以子) …………………… 235
ゴーイング・マイ・ウェイ(本沢みなみ) … 272
コインロッカー・ベイビーズ(村上龍) … 275
恋う(高橋たか子) ………………………… 73
紅雲町のお草(吉永南央) ………………… 55
公園(荻世いをら) ………………………… 317
高円寺純情商店街(ねじめ正一) ………… 235
公園秋愁(山村律) ………………………… 22
後悔さきにたたず(野水陽介) …………… 92
後悔と真実の色(貫井徳郎) ……………… 352
郊外の家(木村一郎) ……………………… 319
紅牙のルビーウルフ(淡路帆希) ………… 289
後宮小説(酒見賢一) ……………………… 260
号泣する準備はできていた(江國香織) … 236
交響詩「一騒乱」(藍あずみ) …………… 272
好去好来歌(温又柔) ……………………… 187
拘禁(斉藤昌三) …………………………… 307
香華(有吉佐和子) ………………………… 155
攻撃天使スーサイドホワイト(高瀬ユウヤ) … 289
皓月(こうげつ)に白き虎の啼く(嬉野秋彦)
　………………………………………………… 379
高原のDデイ(五十嵐均) ………………… 358
交叉する線(草野唯雄) …………………… 321
黄砂吹く(野田栄二) ……………………… 53
こうして彼は屋上を燃やすことにした(カミツ
　キレイニー) ……………………………… 146
工場(小山田浩子) …………………… 50, 180
強情いちご(田岡典夫) …………………… 232
工場日記(堀田利幸) ……………………… 378
江上の客(井上朝歌) ……………………… 315
黄塵紛々(氷見玄) ………………………… 130
香水魚(斎藤理恵子) ……………………… 27
香水はミス・ディオール(白石美保子) … 102
紅雪(大越台籠) …………………………… 313
高瀬離と筑(桐谷正) ……………………… 374
高層の死角(森村誠一) …………………… 31
黄濁の街(北沢紀味子) …………………… 246
業多姫(時海結以) ………………………… 299
巷談本牧亭(安藤鶴夫) …………………… 233
好敵手『敵の手が好き』(阿部藍樹) …… 141
鋼鉄の騎士(藤田宜永) …………………… 258
鋼鉄のワルキューレ(水樹ケイ) ………… 373
講堂(浅野誠) ……………………………… 209
高塔奇譚(伊井圭) ………………………… 199
光媒の花(道尾秀介) ……………………… 352
こうばしい日々(江國香織) ……………… 218
幸福(宇野千代) …………………………… 167
幸福な食卓(瀬尾まいこ) ………………… 361

幸福な朝食(乃南アサ)	255
幸福な遊戯(角田光代)	57
幸福の絵(佐藤愛子)	167
降伏の儀式(ラリイ・ニーヴンほか)	190
『降伏命令』無し─収容所までの道─(鎌田慧四郎)	296
光芒(多岐一雄)	224
光芒(永田宗弘)	119
こうもりかるてっと(坂原瑞穂)	305
蝙蝠に食われた(蛭田一男)	294
荒野を見よ(中林明正)	206
煌夜祭(多崎礼)	133
強欲なパズル(小林成美)	120
強欲な羊(美輪和音)	342
強力伝(新田次郎)	122, 232
交流(金川太郎)	126
降倭記(舛山六太)	123
港湾都市(川口明子)	116
声(巣山ひろみ)	216
声で魅せてよベイビー(木本雅彦)	37
声の娼婦(稲葉真弓)	287
声のゆくえ(曽原紀子)	84
凍った唇(岸祐介)	281
子を見に行く(香川浩彦)	370
氷の海のガレオン(木地雅映子)	91
氷の王(土屋のぼる)	200
氷の橋(野島千恵子)	78
凍れる瞳(西木正明)	235
こおろぎ(内田牧)	46
こおろぎ(小堀文一)	114
五月に一(黎まやこ)	307
五月の嵐(中村君江)	362
五月の嵐(メイストーム)(乾東里子)	165
五月の気流(北村満緒)	165
五月の首飾り(平井利果)	246
黄金虫(小澤翔平)	364
木枯しの頃(内村和)	239
後漢戦国志1(山西基之)	372
孤雁落日(灘波田耕)	336
故郷(明石鉄也)	57
故郷(田畑美範)	195
故郷『駒止のふもと』に生きて(湯田梅夢)	295
故郷の在り処(三宮捺湖)	42
子切れ雲ははぐれ雲(峯村純)	238
虚空の花(篠綾子)	86
虚空夜叉(山入端信子)	170
国王陛下の長い眠り(野々村務)	279
国王・ルイ十五世(磯部立彦)	372
国語入試問題必勝法(清水義範)	360
国際会議はたはむれる(木村みどり)	125
国際児(栄野弘)	303
極彩色の夢(瀬川まり)	56
黒歯将軍(和田新)	197
獄中記(山手樹一郎)	274
黒鳥(安west篤子)	168
黒鳥共和国(木村清)	124
国道沿いのファミレス(畑野智美)	160
国道四九号線(川崎祐子)	243
獄の海(西原健次)	117
告白(町田康)	205, 333
告白(湊かなえ)	334
告白〜synchronize Love〜(夏木エル)	254
告白の連鎖(大谷裕三)	55
極楽(笙野頼子)	90
極楽荘の姉妹(郡司道子)	194
極楽とんぼ(村松泰子)	246
黒冷水(羽田圭介)	317
孤軍の城(野田真理子)	375
焦茶色のパステル(岡嶋二人)	31
苔やはらかに。(伊ახ香織)	84
虎口からの脱出(景山民夫)	360
孤耕の詩(箱崎満寿雄)	362
凍える牙(乃南アサ)	235
凍える口(金鶴泳)	316
凍える島(近藤史恵)	15
枯骨の恋(岡森えつ)	353
ここにいる(立山晶子)	216
九重第二の魔法少女(林トモアキ)	60
此の子(玄川舟人)	312
午後の時間割(藤野千夜)	57
午後の祠り(江場秀志)	186
心(内村和)	39
心を解く(小木曽左今次)	116
心ささくれて(小林ぎん子)	270
心づくし(海賀変哲)	219
こころの石はきえない(佐藤大介)	297
ココロのうた(天楓一日)	117
心のカケラ(渡辺たづ子)	238
心の壺(片桐貞夫)	114
心のヒダ(渡辺陽司)	303
心の眼(郷土女剣客伝)(熊谷達男)	25
心映えの記(太田治子)	218
心細い日々(中島真平)	105
ゴサインタン一神の座(篠田節子)	351
五左衛門坂の敵討(中村彰彦)	240
護法実(丸山弓削平)	45
誤算(松下麻理緒)	358
興島(こしじま)(溝部隆一郎)	339
ゴシック・ローズ(小糸なな)	274
後日の話(河野多恵子)	19

腰振りで踊る男(愛川弘)‥‥‥‥‥‥‥ 304
小島に祈る(中村豊秀)‥‥‥‥‥‥‥‥ 303
コシャマイン記(鶴田知也)‥‥‥‥‥‥‥ 7
55(矢城潤一)‥‥‥‥‥‥‥‥‥‥‥‥ 267
五十五歳のスニーカー(松尾与四)‥‥‥ 22
ご愁傷さま二ノ宮くん(鈴木大輔)‥‥‥ 289
孤愁の仮面(風来某)‥‥‥‥‥‥‥‥ 374
孤愁の岸(杉本苑子)‥‥‥‥‥‥‥‥ 233
五十万年の死角(伴野朗)‥‥‥‥‥‥‥ 31
ご主人さん&メイドさま 父さん母さん、ウチのメイドは頭が高いと怒ります(榎木津無代)‥‥‥‥‥‥‥‥‥‥‥‥‥‥‥ 222
五城座のあったころ(菅原亨)‥‥‥‥‥‥ 5
枯神のイリンクス(日野草)‥‥‥‥‥‥ 347
コスチューム!(将吉)‥‥‥‥‥‥‥‥ 320
ゴーストタワー(久永蒼真)‥‥‥‥‥‥ 143
ゴーストライフ(竹村肇)‥‥‥‥‥‥‥ 153
秋桜(室井格子)‥‥‥‥‥‥‥‥‥‥ 195
秋桜の迷路(米川忠臣)‥‥‥‥‥‥‥ 350
戸籍係の憂鬱(茅本有里)‥‥‥‥‥‥ 220
ごぜ奇譚(鈴木清隆)‥‥‥‥‥‥‥‥ 237
午前三時のルースター(垣根涼介)‥‥ 129
五千人舞踏会(柏谷学)‥‥‥‥‥‥‥‥ 6
午前零時のサンドリヨン(相沢沙呼)‥ 15
子育てごっこ(三好京三)‥‥‥‥ 234,307
去年(こぞ)の雪(簾内敬司)‥‥‥‥‥‥ 5
古代日本を動かしたカバラ思想の謎(奥野利明)‥‥‥‥‥‥‥‥‥‥‥‥‥‥ 344
答えて、トマス(西町意和子)‥‥‥‥ 166
子種(有賀喜代子)‥‥‥‥‥‥‥‥‥ 165
木霊(岡部実裕)‥‥‥‥‥‥‥‥‥‥ 324
谺を聞く(田中洋)‥‥‥‥‥‥‥‥‥ 230
コチャバンバ行き(永井龍男)‥‥‥‥ 366
壺中遊魚(こちゅうにあそぶさかな)(沙木とも子)‥‥‥‥‥‥‥‥‥‥‥‥‥ 353
壺中の天国(倉知淳)‥‥‥‥‥‥‥‥ 331
胡蝶の剣(高妻秀樹)‥‥‥‥‥‥‥‥ 373
こちらあみ子(今村夏子)‥‥‥‥‥‥ 203
こちらノーム(長谷川潤二)‥‥‥‥‥ 159
こちらパーティー編集部〜ひよっこ編集者と黒王子〜(深海ゆずは)‥‥‥‥‥‥ 63
告解(志智双六)‥‥‥‥‥‥‥‥‥‥ 181
国旗(藤代映二)‥‥‥‥‥‥‥‥‥‥ 125
ゴッド・クライシス―天来鬼神伝(七尾あきら)‥‥‥‥‥‥‥‥‥‥‥‥‥‥ 182
ゴッド・ブレイス物語(花村萬月)‥‥ 159
骨肉(千葉千代子)‥‥‥‥‥‥‥‥‥ 23
骨肉の愛をもって(山田真砂夫)‥‥‥ 25
ゴーディーサンディー(照下土竜)‥‥ 249
孤島(新田次郎)‥‥‥‥‥‥‥‥‥‥ 122

孤闘 立花宗茂(上田秀人)‥‥‥‥‥ 241
孤独なアスファルト(藤村正太)‥‥‥‥ 31
孤独な誕生日(平井敏夫)‥‥‥‥‥‥ 69
孤独の癒し(新井克昌)‥‥‥‥‥‥‥ 94
孤独の陰翳(藤村いづみ)‥‥‥‥‥‥ 129
孤独の歌声(天童荒太)‥‥‥‥‥‥‥ 255
孤独の人(辻真先)‥‥‥‥‥‥‥‥‥ 16
今年の秋(正宗白鳥)‥‥‥‥‥‥‥‥ 365
言壺(神林長平)‥‥‥‥‥‥‥‥‥‥ 250
言葉使い師(神林長平)‥‥‥‥‥‥‥ 189
言葉の帰る日(中沢紅鯉)‥‥‥‥‥‥ 283
琴葉のキソク!(京本蝶)‥‥‥‥‥‥ 141
寿町物語(1)チンドン(北上実)‥‥‥ 336
こどもクルミと母さんクルミ(佐抜慎一)‥ 286
子供の四季(坪田讓治)‥‥‥‥‥‥‥ 178
子供の煙草(轟一平)‥‥‥‥‥‥‥‥ 104
こどもの指につつかれる(小祝百々子)‥ 310
子供部屋(阿部昭)‥‥‥‥‥‥‥‥‥ 307
コトリ(玉木一兵)‥‥‥‥‥‥‥‥‥ 84
子盗(こと)り(海月ルイ)‥‥‥‥‥‥ 129
五年の梅(乙川優三郎)‥‥‥‥‥‥‥ 352
この国の空(高井有一)‥‥‥‥‥‥‥ 204
この子の七つのお祝いに(斎藤澪)‥‥ 357
この時代に生きることを(坂本有也)‥‥ 36
この地図を消去せよ(久世祥太)‥‥‥ 144
この罪を明日に残して(本間正志)‥‥ 69
この涙が枯れるまで(ゆき)‥‥‥‥‥ 254
この人の閾(保坂和志)‥‥‥‥‥‥‥‥ 11
この広い世界に二人ぼっち(磯葉哲)‥‥ 34
子の前に(J・T)‥‥‥‥‥‥‥‥‥ 315
この胸に深々と突き刺さる矢を抜け(白石一文)‥‥‥‥‥‥‥‥‥‥‥‥‥‥ 352
この村,出ていきません(吉井恵璃子)‥ 207
この世に招かれて来た客(耕治人)‥‥ 286
この世の富(添田小萩)‥‥‥‥‥‥‥ 354
この世の眺め(我如古修二)‥‥‥‥‥ 78
この夜にさようなら(池田藻)‥‥‥‥ 153
琥珀(こはく)海岸(長山志信)‥‥‥‥ 339
琥珀の心臓(瀬尾つかさ)‥‥‥‥‥‥ 289
小春(小野益)‥‥‥‥‥‥‥‥‥‥‥ 24
小春日和(楠本洋子)‥‥‥‥‥‥‥‥ 350
小春日和(谷本美弥子)‥‥‥‥‥‥‥ 350
湖畔の家(野村童雨)‥‥‥‥‥‥‥‥ 312
珈琲牛乳(白坂愛)‥‥‥‥‥‥‥‥‥ 350
コピーフェイスとカウンターガール(アレ)‥ 146
五百円(中村稲海)‥‥‥‥‥‥‥‥‥ 312
御符(村上福三郎)‥‥‥‥‥‥‥‥‥ 124
辛夷(花森太郎)‥‥‥‥‥‥‥‥‥‥ 209
拳をにぎる(本川さとみ)‥‥‥‥‥‥ 378
辛夷並木の坂道で(岡田良樹)‥‥‥‥ 103

こぶたん(須貝光夫) ……………… 324
小ぶなものがたり(太田黒克彦) …… 274
五兵衛(山名淳) ……………………… 46
虎砲記(宮本徳蔵) …………………… 134
御坊丸と弥九郎(河丸裕次郎) ……… 373
こぼれ梅(小川兎馬子) ……………… 313
コミック・トラブル(松﨑成穂) …… 144
ゴミ箱から失礼いたします(岩波零) … 34
ゴミ袋(ODA) ……………………… 278
ごむにんげん(浩祥まきこ) ………… 272
米喰虫(小林信子) …………………… 243
ごめんねツーちゃん-1/14569-(水沢黄平) … 290
ゴモの群れ(舘昇三) ………………… 324
子守唄しか聞こえない(松尾依子) … 92
子守りの殿(南条範夫) ……………… 51
木漏れ日(舘有紀) …………………… 369
小指(堤千代) ………………………… 232
御用雪氷異聞(吹雪ゆう) …………… 77
孤鷹の天(澤田瞳子) ………………… 241
コヨーテの町(サム横内) …………… 345
暦(壹181栄) ………………………… 178
コーラルアイランドの夏(綾城奈穂子) … 170
孤立の光に(小作加奈) ……………… 194
五里峠(渡野玖美) …………………… 251
懲りない男(草野比佐男) …………… 294
狐狸物語(坂田太郎) ………………… 126
ゴルディアスの結び目(小松左京) … 189
ゴルディータは食べて、寝て、働くだけ(吉井磨弥) ……………………… 310
ゴールデンスランバー(伊坂幸太郎) … 333, 352
ゴールデンラッキービートルの伝説(水沢秋生) ……………………… 176
コールド・ゲヘナ(三雲岳斗) ……… 220
ゴールドラッシュ(柳美里) ………… 82
五霊闘士オーキ伝—五霊闘士現臨！(土門弘幸) ……………………… 220
これはゾンビですか？ 1はい、魔装少女です(木村心一) ……………… 289
ゴーレム×ガールズ(大凹友数) …… 34
五郎と十郎(恵木永) ………………… 116
殺しの四人(池波正太郎) …………… 150
衣ヶ浦(林緑風) ……………………… 314
こわれた人々(高岡杉成) …………… 146
壊れない椅子(岩瀬澄子) …………… 70
混血都市(深沢忠) …………………… 26
権現の踊り子(町田康) ……………… 74
ごんごの淵(石原美光) ……………… 47
コンシェルジュの煌めく星(汐原由里子) … 274
今昔奇怪録(朱雀門出) ……………… 264
コンシャス・デイズ(柊) …………… 50

魂守記—枯骨報恩(渡瀬桂子) ……… 380
痕跡(久保田匡子) …………………… 101
コンダクターを撃て(三沢陽一) ……   4
コンタクトレンズ・アイ(真奈辺圭子) … 215
昆虫記(山岡都) ……………………… 199
混沌(朝日豊) ………………………… 68
今日もクジラは元気だよ(月本裕) … 326
コンパニオン・プランツ(奥村理英) … 17
金春屋ゴメス(西條奈加) …………… 261
コンビニエンスの夜(松浦茂史) …… 370
コンビニエンスロゴス(高野亘) …… 91
金毘羅(笙野頼子) …………………… 19
昆布番屋(鎌田理恵) ………………… 368
権兵衛の生涯(薄井清) ……………… 206
紺碧のサリフィーラ(天堂里砂) …… 133
婚約のあとで(阿川佐和子) ………… 136
今夜、すべてのバーで(中島らも) … 360

【さ】

さあ、地獄へ堕ちよう(菅原和也) … 359
彩雲国綺譚(雪乃紗衣) ……………… 64
再会(大谷藤子) ……………………… 167
再会(酒井正二) ……………………… 363
再会(白石義夫) ……………………… 127
再会(難波田節子) …………………… 119
再会(西山樹一郎) …………………… 355
再会(横関大) ………………………… 32
西海のうねり(伊坊榮一) …………… 375
催花雨(さいかう)(阪野陽花) ……… 79
西鶴人情橋(吉村正一郎) …………… 132
西行花伝(辻邦生) …………………… 205
再建工作(津留六平) ………………… 247
最高の喜び(西山浩一) ……………… 323
最後の歌を越えて(冴桐由) ………… 203
最後のうるう年(二瓶哲也) ………… 310
最後の贈りもの(風視のり) ………… 164
最後のクラス写真(ダン・シモンズ) … 192
最後の剣(武藤大成) ………………… 373
最後の孝行(笹田隆志) ………………   4
最後の姿(飛田一歩) ………………… 79
最後の敵(山田正紀) ………………… 249
最後の吐息(星野智幸) ……………… 317
最後の逃亡者(熊谷独) ……………… 128
最後の時(河野多恵子) ……………… 167
最後のともだち(松田幸緒) ………… 117
最後のトロンペット(村松駿吉) …… 126
最後の夏(知念節子) ………………… 170

さいごのばんさん（栗進介） ……… 105
最後のひとりが死に絶えるまで（我鳥彩子）… 380
最後のヘルパー（高橋正樹） ……… 77
最後の息子（吉田修一） ……… 309
最後のラブレター（渡部麻実） ……… 7
サイコメ ―PSYCHO&LOVE COMEDY―
　（匿名希望） ……… 38
サイコロ特攻隊（かんべむさし） ……… 188
サイコロの裏（草木野鎖） ……… 35
さいころの政（陣出達男） ……… 125
彩色（堀内伸） ……… 306
最終上映（石黒達昌） ……… 57
災獣たちの楽土1 雷獅子の守り（尾白未果）… 134
最終バス（牛山喜美子） ……… 81
最終便に間に合えば（林真理子） ……… 234
細杖（山田旭南） ……… 172
斎場ロビーにて（大月綾雄） ……… 46
再生のパラダイムシフト（武葉コウ） ……… 290
祭仲（吉田健三） ……… 363
サイドカーに犬（長嶋有） ……… 309
さい果て（津村節子） ……… 224
さいはての記（緒口明夫） ……… 239
災厄の記念碑（高島哲裕） ……… 149
サイヨーG・ノート（鶴岡一生） ……… 382
サイレント・ナイト（高野裕美子） ……… 266
サイレントパニック（新堂冷令） ……… 309
サイレンの鳴る村（柏木智二） ……… 270
サウスバウンド（奥田英朗） ……… 333
サウナ ニュー・ナカノシマ（中瀬誠人） …… 84
佐恵（杉昌乃） ……… 77
さえずりの宇宙（坂永雄一） ……… 198
紗央里ちゃんの家（矢部嵩） ……… 264
堺筋（早崎慶三） ……… 127
坂崎出羽守（沖野杏子） ……… 45
サカサマホウショウジョ（大澤誠） ……… 185
魚（千早茜） ……… 160
坂中井に虹が出て（馬面善子） ……… 305
～サカナ帝国～（井手花美） ……… 144
サカナナ（深谷晶子） ……… 273
魚の目（あかまつつぐみ） ……… 217
魚のように（中脇初枝） ……… 326
坂西たづの記（岩淵一也） ……… 243
坂の下の蜘蛛（高橋亮光） ……… 327
坂の向うに（鳥井綾子） ……… 270
坂道（竹内紀吉） ……… 209
坂道（松岡弘一） ……… 16
坂道の停留所（内海陽一） ……… 216
相模通走（家坂洋子） ……… 16
佐川君からの手紙（唐十郎） ……… 10
咲き出す少年群（石森延男） ……… 178

鷺谷（遠山あき） ……… 269
佐吉の大時計（林美保） ……… 243
鷺と雪（北村薫） ……… 236
咲く花の（大墳保衛） ……… 93
ザ・ギャンブラー（松本幸之介） ……… 68
砂丘（鮫島麟太郎） ……… 318
砂丘が動くように（日野啓三） ……… 204
作造のはなし（岡部昇吾） ……… 104
昨夜は鮮か（大久保操） ……… 111, 307
さくら（西加奈子） ……… 333
サクラ（宮井明子） ……… 47
佐久良東雄（望月茂） ……… 274
桜雨（坂東真砂子） ……… 135
桜を愛でる（仁科友里） ……… 217
桜川イワンの恋（三田完） ……… 53
櫻観音（紫野貴李） ……… 217
桜小僧参上（鳥海高志） ……… 70
桜子は帰って来たか（麗羅） ……… 128
桜咲荘（片岡真） ……… 117
桜月（森ゆみ子） ……… 21
桜田門外十万坪（渡辺房男） ……… 374
桜田門外のライター（大塚俊英） ……… 85
桜散る（中村豊） ……… 217
桜と散る倫子（宮崎実） ……… 94
桜の下で会いましょう（久遠九音） ……… 30
桜の下の人魚姫（沖原朋美） ……… 273
さくらの花（網野菊） ……… 167
桜の花をたてまつれ（木島次郎） ……… 252
錯乱（池波正太郎） ……… 233
サクリファイス（近藤史恵） ……… 43, 333
鮭と狐の村（中川童二） ……… 127
叫び（吉越泰雄） ……… 242
叫びと祈り（梓崎優） ……… 334
鮭姫（中田龍雄） ……… 126
左近戦記 大和篇（志木沢郁） ……… 343
サザエ計画（園山創介） ……… 320
笹沢部落（米山敏保） ……… 242
さざなみの国（勝山海百合） ……… 261
さざんか（岡島伸吾） ……… 337
さざん花（みやこしようこ） ……… 6
サージウスの死神（佐藤憲胤） ……… 92
さして重要でない一日（伊井直行） ……… 275
さしもしらじな（佐藤八重子） ……… 130
サージャント・グリズリー（彩峰優） ……… 37
砂上の記録（村雨悠） ……… 158
ザ・スペルアーズ（奥谷俊介） ……… 149
定子（吉沢道子） ……… 59
さちの世界は死んでも廻る（三日月） ……… 146
サーチライトと誘蛾灯（櫻田智也） ……… 342
殺意（小山弓） ……… 16

殺意（水野泰治）	142
殺意という名の家畜（河野典生）	256
殺意の演奏（大谷羊太郎）	31
殺意の濡れ衣（総戸斗明）	324
撮影所三重奏（山村巌）	125
五月闇（田村松魚）	172
殺人喜劇の十三人（芦辺拓）	15
殺人狂時代ユリエ（阿久悠）	357
殺人交差（小川美那子）	262
殺人童話・北のお城のお姫様（藤林愛夏）	33
殺人の棋譜（斎藤栄）	31
殺人の駒音（赤棋将太郎）	358
殺人ピエロの孤島同窓会（水田美意子）	109
殺人フォーサム（秋川陽二）	129
殺人保険（松岡弘一）	149
雑踏の向こう側（重来十三生）	105
薩摩刀匂えり（末吉和弘）	213
薩摩風雲録（柴田宗徳）	213
砂糖菓子（わたなべ文則）	139
左党ひとすじ（荘司浩義）	70
里恋ひ記（寺門秀雄）	178
里の女のユートピア（田村悦子）	237
サトル（漆原正雄）	252
サドル（石川宏宇）	273
蛹（田中慎弥）	74
蛹の中の十日間（秦野織部）	60
サナギのように私を縛って（村本健太郎）	57
真田弾正忠幸隆（神尾秀）	372
サナトリウムの青春（桜井琢巳）	20
鯖（早崎慶三）	122
砂漠を走る船の道（梓崎優）	342
砂漠にて（玉城まさし）	170
砂漠の千一昼夜物語―幻の王子と悩殺王女―（きりしま志帆）	274
サハリンの鯢（河井大輔）	13
淋しい香車（篠貴一郎）	262
寂しさの音（大谷綾子）	381
サビタカノジョ（南椎茸）	279
錆びた歯車（阿部晃生）	26
サプライズパーティー（鈴木聡実）	297
サブレ（藤井健生）	177
サマー・クリスマス（中井智彦）	295
サマーグリーン（倉本由布）	271
些末なおもいで（埜田杏）	346
彷徨う勇者 魔王に花（沙藤童）	134
さまよえる神々（橋本捨五郎）	296
サマー・ランサー（天沢夏月）	223
寂野（沢田ふじ子）	360
寒い夏（石田きよし）	378
鮫（真継伸彦）	316
鮫釣り（伊良波弥）	339
醒めない夏（植村有）	226
鮫巻き直四郎役人狩り（藤村与一郎）	373
鞘火（さやか）（唐草燕）	300
鞘師勘兵衛の義（早瀬徹）	217
沙耶のいる透視図（伊達一行）	186
左右の天使（上田有里）	355
さようならH・Sさん（石川光）	93
さようなら、オレンジ（KSイワキ）	203
さようなら、ギャングたち（高橋源一郎）	89
さようならトウトウさん（原口啓一郎）	115
さよなら アメリカ（樋口直哉）	92
さよなら海ウサギ（久生哲）	339
さよならクリストファー・ロビン（高橋源一郎）	205
さよならジュピター（小松左京）	189
さよならダイノサウルス（ロバート・J.ソウヤー）	191
さよならドビュッシー（中山七里）	110
さよならトロイメライ（壱乗寺かるた）	300
さよなら山里（矢島イサヲ）	70
サラ（畠山多恵子）	354
曝野（森田候悟）	382
サラの柔らかな香車（橋本長道）	160
さらば国境よ（木村春作）	142
さらばモスクワ愚連隊（五木寛之）	151
さらばわが青春のアルカディア（見川舞水）	21
サラマンダー殲滅（梶尾真治）	249
サラリーマン・コクテール（八田尚之）	125
さりぎわの歩き方（中山智幸）	309
猿尾の記憶（浅沼郁男）	44
ザルツブルグの小枝（野里征彦）	119
猿丸幻視行（井沢元彦）	31
猿湯（川井龍）	294
されど咎人は竜と踊る（浅井ラボ）	182
されどわれらが日々（柴田翔）	9
ザ・ロスチャイルド（渋井真帆）	169
沢夫人の貞節（由起しげ子）	155
佐和山異聞（九月文）	65
鱸鰕（真久田正）	170
斬（綱淵謙錠）	233
3H2A 論理魔術師は深夜の廊下で議論する（土屋浅就）	182
残穢（小野不由美）	352
残影の馬（松樹剛史）	159
参加（大久保操）	114
三界の家（林京子）	73
山姫抄（さんきしょう）（加藤元）	154
残虐記（桐野夏生）	135
三九林班ほ小班（武田金三郎）	377

山峡の群像(伊勢八郎) ……………… 26
残業ものがたり(山稿登志夫) ……… 69
ざんぎり頭に花簪を(服部美南子) … 298
残光(東直己) ………………………… 258
残光(倉坂葉子) ……………………… 46
三号室の男(後藤幸次郎) …………… 96
三コーナーから大まくり(井上茅那) … 368
斬恨の剣 仇討ち異聞(神室磐司) … 373
さんさ踊り(今川勲) ………………… 269
三次元への招待状(天音マサキ) …… 183
三十五歳、独身(水城昭彦) ………… 152
三十年目のラグビーボール(渡辺アキラ) … 131
残照(織田貞之) ……………………… 78
三条院記(黒板拡子) ………………… 122
残照龍ノ口(黛信彦) ………………… 44
残照の追憶(冬室修) ………………… 322
山水楼悲話(佐藤夏蔦) ……………… 124
三千寵愛在一身(はるおかりの) …… 380
残像(森田功) ………………………… 78
残像少年(薄井ゆうじ) ……………… 152
三代目(摂津茂和) …………………… 178
簒奪者(岩井三四二) ………………… 372
三鉄活人剣(塚本悟) ………………… 119
山塔(斯波四郎) ……………………… 8
サーンド・クラッシュ(大城貞俊) … 83
サント・ジュヌビエーブの丘で(見矢myth) … 151
三度目の正直(浅井柑) ……………… 327
三人の女(松井透) …………………… 242
三年坂 火の夢(早瀬乱) …………… 32
三の酉(久保田万太郎) ……………… 365
サンパウリ夜話(松本清) …………… 125
三匹の蟹(大庭みな子) ……………… 9, 90
桑港(サンフランシスコ)にて(植松三十里) … 375
3分26秒の削除ボーイズ―ぼくと春とコウモリと―(方波見大志) … 329
1/3の罪(吉川隆代) ………………… 16
ザンベジのほとり(大洞醇) ………… 20
三別抄耽羅戦記(金重明) …………… 375
サンマイ崩れ(平松次郎) …………… 264
三〇六号室(大田倭子) ……………… 70
山陽の憂鬱(青木茂) ………………… 124

【し】

詩(レイ・ブラッドベリ) …………… 188
幸せ色の空(大懸朋雪) ……………… 323
幸せの島(蓮華ゆい) ………………… 141
幸せの翠(松本敬子) ………………… 237
しあわせの理由(グレッグ・イーガン) … 192
思案せり我が暗号(尾崎諒馬) ……… 358
飼育(大江健三郎) …………………… 8
しいたけ(文沢隆一) ……… 174, 214
じいちゃんが…(小林陸) …………… 144
椎の川(大城貞俊) …………………… 87
シインの毒(荻野目悠樹) …………… 379
シーウィンド(川辺純可) …………… 164
シェイク(原尚彦) …………………… 326
ジェイコブ・ブロート博士のシミュレーションゲーム(渡辺真子) ……… 215
屍衛兵(蒼社廉三) …………………… 321
シェイヨルという名の星(コードウェイナー・スミス) ……………………… 191
ジェノサイド(高野和明) … 259, 334, 349
ジェノサイド・エンジェル(吉田直) … 182
ジェームス山の李蘭(樋口修吉) …… 152
シェルター(小口正明) ……………… 246
ジェロニモの十字架(青来有一) …… 309
潮風の情炎(杉本要) ………………… 206
潮彩(丹藤夢子) ……………………… 299
潮騒(森々明詩) ……………………… 303
潮境(湯浅弘子) ……………………… 251
潮溜のある光景(木場博) …………… 339
潮の流れは(中山聖子) ……………… 356
塩の柱(村上青二郎) ………………… 172
塩の街(有川浩) ……………………… 221
四界物語1 金翅のファティオータ(黒川裕子) … 133
鹿男あをによし(万城目学) ………… 334
死がお待ちかね(ベゴーニャ・ロペス) … 128
刺客一用心棒日和(山田剛) ………… 373
しかして塵は(須山静夫) …………… 179
自画像を描く(渡辺真臣) …………… 177
四月七日金曜日(剣眞) ……………… 378
四月は残酷な月(村上章子) ………… 165
鹿の消えた島(円乘淳一) …………… 322
志賀島(岡松和夫) …………………… 9
屍の足りない密室(岸田るり子) …… 15
侍家坊主(洗潤) ……………………… 127
シガレット・ロマンス(海月ルイ) … 85
時間衝突(バリントン・J.ベイリー) … 190
時間線を遡って(ロバート・シルヴァーバーグ) ……………………………… 188
時間の無限大(スティーブン・バクスター) … 191
此岸の家(日野啓三) ………………… 286
此岸の海(青山治) …………………… 114
時間の中に(浅間勝衛) ……………… 242
時間砲(豊田有恒) …………………… 280

死期を誤った梶川 (久米薫) ……… 124
式神宅配便の二宮少年 (滝川武司) ……… 288
色彩のある海図 (早乙女秀) ……… 125
色彩のない風景 (酒井牧子) ……… 166
色彩のない街 (松本昭雄) ……… 71
時機すぎた総括 (太田憲孝) ……… 295
鳴のうらみ (小山花礁) ……… 312
時給八百円 (沢村ふう子) ……… 378
ジグソーパズル (鈴木克己) ……… 378
ジグゾー・パズル (加勢俊夫) ……… 170
Σ—シグマ— (渡邊則幸) ……… 141
シークレット・メモリー (花野ゆい) ……… 131
私刑 (大坪砂男) ……… 256
シゲが空を飛ぶ日 (向井功) ……… 246
試撃室 (竜岩石まこと) ……… 140
指月の筒 (仁志耕一郎) ……… 154
「茂」二十二の秋に (日高正信) ……… 206
茂六先生 (辻本浩太郎) ……… 316
事件 (大岡昇平) ……… 257
次元管理人—The Inn of the Sixth Happiness— (立花椎夜) ……… 141
時限爆呪 (希崎火夜) ……… 140
嗜好 (明治屋) ……… 88
事故からの生還 (武重謙) ……… 17
地獄 (インフェルノ)—私の愛したピアニスト (瀬尾こると) ……… 153
地獄絵 (赤沼三郎) ……… 125
四国から来た男 (前田武) ……… 324
地獄とは神の不在なり (テッド・チャン) ……… 192
地獄に降った雪 (兼光恵二郎) ……… 355
地獄の女公爵とひとりぼっちの召喚師 (百瀬ヨルカ) ……… 30
地獄は一定すみかぞかし (石和鷹) ……… 18
地獄番 鬼蜘蛛日誌 (斎樹真琴) ……… 154
四国山 (梅原稜子) ……… 287
自己中戦艦2年3組 (秋鳴) ……… 33
シーサーミルク (野原誠喜) ……… 371
ジジイとスライムとあたし (観月文) ……… 139
じじさんの家 (長尾邦加) ……… 47
獅子で勝負だ、菊三 (早瀬徹) ……… 217
屍者の帝国 (伊藤計劃) ……… 250, 335
刺繍 (川本晶子) ……… 203
思春期サイコパス (井上悠宇) ……… 183
思春期ボーイズ×ガールズ戦争 (亜紀坂圭春) ……… 223
私小説 (水村美苗) ……… 275
詩小説 (阿久悠) ……… 136
辞書のたのしみ (草原克芳) ……… 194
詩人西脇順三郎試論 (鈴木五郎) ……… 325
詩人の妻 生田花世 (戸田房子) ……… 287

静御前終焉の地 生きてきた伝説記 (蜂也温子) ……… 26
静かな雨 (宮下奈都) ……… 309
静かな駅 (渡辺昭一) ……… 200
静かな風の中で (吉原啓二) ……… 101
静かな熱 (佐伯享) ……… 71
しずかな日々 (椰月美智子) ……… 219
静かなる意志 (松永ひろ子) ……… 70
静かなる叫び (義則喬) ……… 129
しずかにわたすこがねのゆびわ (干刈あがた) ……… 275
静かの海 (田崎弘章) ……… 83
雫の日 (左近育子) ……… 262
シスター (江口陽一) ……… 86
閑谷の日日 (松本幸子) ……… 374
沈む霧 (安佐郡太) ……… 174, 214
沈むさかな (ティ・エン) ……… 109
沈む月 (富岡照則) ……… 344
シズリのひろいもの (宇多ゆりえ) ……… 355
しずり雪 (小河洋子) ……… 237
シースルー!? (天羽伊吹清) ……… 222
シーズンザンダースプリン♪ (三日月拓) ……… 56
私生活 (神吉拓郎) ……… 234
死せる魂の幻想 (寺村朋輝) ……… 91
視線 (石沢英太郎) ……… 257
慈善家 (森岡騒外) ……… 315
視線は世界のガラス越し (青柳千穂) ……… 364
私撰阪大異聞物語 (秋山浩司) ……… 329
地蔵の背 (織江邑) ……… 353
始祖鳥記 (飯嶋和一) ……… 241
紫蘇むらさきの (内田聖子) ……… 237
死体からの遺言 (山内陽子) ……… 286
死体と花嫁 (つのみつき) ……… 274
時代屋の女房 (村松友視) ……… 234
羊歯行 (石沢英太郎) ……… 301
下町ロケット (池井戸潤) ……… 236
師теш坂・六〇 (井水伶) ……… 76
示談書 (豊田行二) ……… 52
七 (小杉雄二) ……… 124
七月十八日 (中村正徳) ……… 318
七五郎略伝 (田中希彦) ……… 86
七人の共犯者 (中津文彦) ……… 62
七人の武器屋 レジェンド・オブ・ビギナーズ! (大楽絢太) ……… 289
七面坂心中 (水沫流人) ……… 353
七里ケ浜 (宮内寒弥) ……… 286
歯痛 (辻元秀夫) ……… 244
実験—ガリヴァ (篠原陽一) ……… 59
失語 (谷口葉子) ……… 121
執行猶予 (小山いと子) ……… 232

実体のない仮像（蛭間裕人）	246
じっちゃんの養豚場（木下訓成）	252
失敗禁止っ！ 彼女のヒミツは漏らせない！（真崎まさむね）	35
疾風伝（二宮隆雄）	152
疾風のごとくゆるやかに（杉森美也子）	284
シッペ返し（楠淳生）	105
失恋探偵ももせ（岬鷺宮）	223
実録！ 江戸前寿司部 誕生秘話（セゴロ）	37
指定席（三沢章子）	94
死出の鐔（丹波元）	116
自転車（吉田文彦）	350
使徒（前田隆之介）	307
自動起床装置（辺見庸）	10
品川沖脱走（木邑昌保）	375
シーナくんのつくりかた！（すみやき）	141
死なす（高橋丈雄）	57
死なない男に恋した少女（空埜一樹）	29
地鳴り（白川悠紀）	296
死に急ぐ者（小林春郎）	319
死に至るノーサイド（蟹谷勉）	87
しにかまん（松本れい）	71
死神とチョコレート・パフェ（花風神也）	289
死神の精度（伊坂幸太郎）	259, 333
死化粧（渡辺淳一）	224
死に待ちの家（伊藤光子）	165
死にゆくものへの釘（田中万三記）	321
じねんじょ（三浦哲郎）	74
偲ケ巌（松美佐雄）	315
しのたけ（片山ひろ子）	45
死の棘（島尾敏雄）	366
志乃の桜（高田郁）	76
死の配達夫（大貫進）	301
忍び外伝（乾緑郎）	12
死のフェニーチェ劇場（ドナ・M.レオン）	128
忍ぶ川（三浦哲郎）	9
芝居茶屋（三田華）	49
自爆（名和一男）	155
自縛自縄の二乗（蛭田亜紗子）	56
柴栗（千葉不忘庵）	312
死は誰のもの（新谷識）	54
ジハード（定色伸治）	139
芝生焼打委員会（綱田紀美子）	200, 246
ジ・パラナ・ホテル（伊藤莉沙）	369
ジパング（吉目木晴彦）	91
しびきせ祭り（佐田暢子）	103
しびらっこい奴（井上まり子）	363
渋い夢（田中啓文）	259
地吹雪の思い出（木村コト）	354
自分の室へ（鳥山浪之介）	319
自分の戦場（吉川良）	186
自分は自分でいいんだ（村松美悠加）	143
シベリヤ（大江賢次）	57
姉妹（日下典子）	300
姉妹（成田隆平）	6
シー・マスト・ダイ（石川あまね）	146
島津奔る（池宮彰一郎）	135
島と人類（足立陽）	187
島に吹く風（野見山潔子）	39
島之内ブルース（田靡新）	102
島の音（大野俊夫）	209
島の眺め（鈴木次郎）	170
島の美人（玄川小漁）	312
島の人々（池崎弘道）	215
しまんちゅ（大野俊郎）	237
四万十川―あつよしの夏（笹山久三）	218, 317
地虫（伍東和郎）	54
地虫（難波利三）	52
死綿花（小林綿）	296
下総御料牧場の春（島田明宏）	119
下総 紺足袋おぼえ書き（長谷圭剛）	35
霜月の花（内藤了）	353
下ネタという概念が存在しない退屈な世界（赤城大空）	146
視野（春日芳雄）	278
ジャイロ！（早川大介）	91
社会部記者（島田一男）	256
ジャガーになった男（佐藤賢一）	159
邪眼（イーガル・アイズ）（柾悟郎）	281
市役所のテーミス（古澤健太郎）	76
しゃくなげの杖（宮地たえこ）	100
斜坑（野島誠）	83
遮光（中村文則）	276
邪光（槇居泉）	330
社交ダンスサークル虹（米谷実）	194
麝香ねずみ（指方恭一郎）	86
殺三狼（秋梨惟喬）	342
ジャージの反乱（由仁尾真千子）	378
じゃじゃ馬娘と死神騎士団ッ！（入阜）	147
シャジャラ＝ドゥル（小林霧野）	372
蛇衆（矢野隆）	160
蛇衆綺談（矢野隆）	160
邪術を弄する者（武田敏彦）	344
ジャスティン！（小林がる）	290
写生難（高橋南浦）	312
遮断機（吉沢薫）	39
社長解任動議（金沢好博）	169
ジャッカーズ（大石直紀）	145
ジャッジメント（小林由香）	158
シャドウ（道尾秀介）	331

シャトゥーン（増田俊成）	109	集塵（山口年子）	165
しゃばけ（畠中恵）	261	囚人のうた（青山健司）	316
ジャパニーズ・カウボーイ（緒方雅彦）	207	終身未決囚（有馬頼義）	232
ジャパゆき梅子（味尾長太）	53	愁跡の館（たて）城（島貫利明）	325
シャープ・エッジ（坂入慎一）	221	終戦のローレライ（福井晴敏）	332, 361
喋る男（三坂淳一）	297	自由高さH（穂田川洋山）	310
邪魔（奥田英朗）	43	住宅（赤田建美）	308
赦免花（高妻秀樹）	119	住宅移築苦心談（菊池末男）	25
赦免船―新撰組最後の隊長相馬主計の妻（小山啓子）	17	執着（青柳千穂）	364
		終着駅殺人事件（西村京太郎）	257
軍鶏師と女房たち（石橋徹志）	126	終着駅の絆（大沢功一郎）	70
シャモ馬鹿（森一彦）	52	姑ごゝろ（岡田美知代）	315
軍鶏流行（石橋徹志）	126	自由と正義の水たまり（蒼龍一）	102
写楽殺人事件（高橋克彦）	31	銃と魔法（川崎康宏）	288
シャーレンブレンの癒し姫（銀貨）	148	17歳の日に（石動香）	77
ジャンクパーツ（樋口モグラ）	34	17歳はキスから始まる（原田じゅん）	283
ジャン＝ジャックの自意識の場合（樺山三英）	249	十二階（小口正明）	179
		12月のベロニカ（貴子潤一郎）	289
ジャンダルム（西山恭平）	94	十八の夏（光原百合）	259
上海（林京子）	168	十八歳差の想い人（大須賀朝陽）	297
シャンハイムーン（井上ひさし）	205	終末の海・鞱晦の箱船（片理誠）	249
朱色の命（長野修）	252	終末のフール（伊坂幸太郎）	333
銃（中村文則）	180	秋明菊の花びら（武重謙）	17
驟雨（黒沢利夫）	70	襲名犯（竹吉優輔）	32
驟雨（堀内英雄）	95	終油の遺物（大森実）	122
驟雨（吉行淳之介）	8	重力ピエロ（伊坂幸太郎）	332
周縁の女たち（沢村ふう子）	304	自由恋愛（岩井志麻子）	136
終焉の使者（佐藤優紀）	297	十郎太からぶり控 騙り虚無僧（古沢英治）	373
銃音（内山捻華）	314	十六歳（藤田博保）	206
集会参加（中尾昇）	303	十六歳、夏のカルテ（甲紀枝）	272
収穫（半村良）	280	十六歳のマリンブルー（本城美智子）	186
19分25秒（引間徹）	186	16歳はセックスの齢（山内マリコ）	56
醜業婦（ひでまろ）	173	樹影譚（丸谷才一）	73
終局（菲崎真一）	69	守衛の森（高橋貽）	325
従軍タイピスト（桜田常久）	274	朱円姉妹（島野一）	345
銃口（三浦綾子）	21	シュガーアップル・フェアリーテイル―砂糖林檎妖精譚―（三川みり）	65
十五歳の周囲（三浦哲郎）	224		
15歳のラビリンス（月森みるく）	254	樹下の家族（干刈あがた）	56
じゅうごの夜（佐久間直樹）	161	シュガーボクサー（芳賀良彦）	281
十五夜・一台目のテレビ（吉田健一）	362	珠華繚乱（宇津田晴）	147
13（津山弦一）	345	祝婚（上田三四二）	73
13階段（高野和明）	32	祝祭（水木亮）	49
十三歳の郵便法師（伏見ひろゆき）	183	祝祭のための特別興行（志貴宏）	211
十三姫子が菅を刈る（高橋和島）	53	祝捷の宴（柏木露月）	313
十三詣（じゅうさんまい）り（八月万里子）	117	宿場と女（福田螢二）	123
十字架（クルス）（高見沢功）	295	寿限無（浮穴みみ）	158
自由時間（増田みず子）	275	呪剣（田村大）	139
秋日（山野畑）	94	守護神の品格（田口達大）	143
十字の石（佐藤三治郎）	118	守護天使（上村佑）	267
終審（稲角良子）	345	呪殺屋本舗（神埜明美）	380

手術綺談（中野隆介）	124
侏儒の時代（藤田敏夫）	59
酒仙（南条竹則）	260
出棺まで（伊礼和子）	370
出家せば（安藤オン）	120
出港（渋川驍）	287
出航（沢田姿誉子）	105
出航まで（平野宏）	84
出星前夜（飯嶋和一）	334
出征の町（藤森重紀）	24
出立の前（高橋一夫）	206
出張神易（河原晋也）	35
出発の周辺（勝木康介）	90
首桃果の秘密（ヤマト）	132
首部消失（小松左京）	249
授乳（村田沙耶香）	91
シュネームジーク（小滝ダイゴロウ）	356
朱の財布・ノート（相沢武夫）	112
朱の喪章（朝倉稔）	112
主婦＋動詞（鈴木能理子）	277
シュプルのおはなし Grandpa's Treasure Box（雨宮諒）	221
シューマンの指（奥泉光）	334
樹木内侵入臨床士（安斎あざみ）	308
修羅の蹬（あしおと）（富樫倫太郎）	372
修羅の人（青山光二）	155
ジュリエット（伊島りすと）	264
シュレーディンガーの子猫（ジョージ・アレック・エフィンジャー）	190
純愛（村上政彦）	57
潤一（井上荒野）	136
春王冥府（しゅうおうめいふ）（真堂樹）	272
春暁（伊藤美和）	80
殉教カテリナ車輪（飛鳥部勝則）	15
殉教秘闘（有城達二）	98
純銀（望月雄吾）	381
『春琴抄』を読む その特異な想像的世界とマゾヒズム（生江和哉）	295
純潔ブルーススプリング（十神糞）	61
春宵一刻（大島愛）	93
純情感情エイリアン1 地球防衛部と僕と桃先輩（こばやしゆうき）	61
純情綺談（鬼頭恭二）	125
純粋階段（鮒田トト）	39
春雪仕掛針（池波正太郎）	150
春風変異譚（水杜明珠）	272
春陽のベリーロール（植松二郎）	49
ショーウィンドウ（羽澄愁子）	267
昇煙（真木颯子）	295
城外（小田岳夫）	7
障害者と娘（典田次郎）	68
上顎下顎観血手術（加奈山径）	196
小学生浪人（黒岩重吾）	150
消閑の挑戦者～Perfect King～（岩井恭平）	61
上京（中条厚）	294
償勤兵行状記（田辺闘青火）	124
上弦の月あかり（藤牧久雄）	230
上弦の月を喰べる獅子（夢枕獏）	190, 249
小研寮（栗山富明）	277
商魂（早崎慶三）	127
焼残反故（妻屋大助）	155
情事（森瑤子）	186
消失グラデーション（長沢樹）	359
自用車（荻舟笑史）	312
上州巷説ちりめん供養（都島純）	125
杖術師夢幻帳（昆飛雄）	288
少女（ますだまさやす）	70
少女禁区（伴名練）	264
少女小景（印内美和子）	106
少女のための鏖殺作法（加藤幹也）	96
少女の煩悶（森岡騒外）	314
少女の目（山下一郎）	70
少女は巨人と踊る（雨木シュウスケ）	289
焼身（宮内勝典）	367
小説・秋田屋伝蔵（宮越郷平）	118
小説・エネルギー試論（川ゆたか）	345
小説家（河田鳥城）	312
小説のように生きたい（早川みどり）	295
焦躁の遠き日日への追憶（及川敦夫）	25
冗談関係のメモリアル（中村邦生）	308
上段の突きを喰らう猪獅子（夢枕獏）	190
小伝抄（星川清司）	235
庄内士族（大林清）	274
商人（ねじめ正一）	301
商人の空響文（明神しじま）	342
情熱物語 江戸川乱歩と岩田準一（岩田準子）	339
少年（児玉サチ子）	303
少年（滝田勝）	20
少年アリス（長野まゆみ）	317
少年工（松崎与志人）	126
少年坑夫記（津脇喜代男）	200
少年、少女（藤本拓也）	298
少年と馬（船津祥一郎）	45
少年と父親（冬野良）	350
少年と夏（湯浅未知）	227
少年とハト（金子絃一）	253
少年の果実（竹森一男）	315
少年の休日（津田耀子）	155

少年の橋（後藤紀一）	9
少年の日（岩城由榮）	325
賞の柩（帚木蓬生）	255
蒸発（夏樹静子）	257
菖蒲人形（中村春雨）	172
哨兵（山﨑霽太郎）	41
笑歩（藤岡真）	156
賞味期限（田村初美）	304
消滅の光輪（眉村卓）	189
掌紋（佐野広）	242
証文（鈴木佐代子）	165
蕉門秘訣（五十日寿男）	119
縄文流（杉山恵治）	179
賞与日前後（北町一郎）	125
勝利と敗北（井元保）	246
省令第105号室（名草良作）	122
昭和の犬（姫野カオルコ）	236
昭和の子供よ僕たちは（後藤公丸）	228
女王国の城（有栖川有栖）	331
ジョーカー（雪代陽）	141
ジョーカー・ゲーム（柳広司）	259, 334, 361
女患部屋（鶴木不二夫）	126
ショク（内田彩）	176
食神（やすだ柿）	34
食肉植物（日向蟻子）	299
植物図鑑（有川浩）	334
職務放棄（岡田徳一）	209
蜀竜本紀（名木朗人）	372
食糧管理法違反（今村保）	104
女工失業時代（南海日出子）	124
ショコラの錬金術師（高見雛）	274
女子会をいたしましょう（ひわきゆりこ）	39
ジョージが射殺した猪（又吉栄喜）	83
女子芸人（神田茜）	176
女子大生・曲愛玲（瀬戸内晴美）	224
諸事万端相談所まるなげ堂の事件簿（阿澄森羅）	290
初秋のころ（笙野さき）	72
助手席にて、グルグル・ダンスを踊って（伊藤たかみ）	317
序章（今井公雄）	89
女性運転士（篠原貞治）	378
女性状無意識（小谷真理）	250
序奏（佐々木悠紀子）	24
職工長（児島晴浜）	315
しょっぱいドライブ（大道珠貴）	11
ショート・サーキット（佐伯一麦）	275
ショート・ストーリーズ（西崎憲）	261
女碑銘（角田明）	58
徐福（加藤真司）	107
処方箋（清水博子）	275
ジョヤサ祭り（及川敦夫）	24
女優（島津隆）	149
女郎部唄（八坂龍一）	51
ジョン万次郎漂流記（井伏鱒二）	231
シライへの道（山本直哉）	252
白樫の樹の下で（青山文平）	337
白壁（滝閑邨）	314
白壁の文字は夕陽に映える（荒巻義雄）	188
白菊（大越台籠）	314
じらしたお詫びはこのバスジャックで（大橋慶三）	320
しら浪（長尾紫孤庵）	315
しらべ（村山小弓）	79
虱（野口一郎）	294
白百合（黒河内桂林）	314
知られざる医原性薬物依存（山腰慎吉）	278
知られない春（米田和夫）	20
シリアスレイジ（白川敏行）	221
私立エルニーニョ学園伝説 立志編（SOW）	140
シルフィ・ナイト（神野淳一）	221
白い紫陽花の咲く頃（福田由美子）	296
白い犬と黒い犬（直江総一）	14
白い永遠（森ゆうこ）	355
白い鬼（向井路琉）	55
白い音楽（永井するみ）	324
白い影（小野寺寛）	246
白い紙（シリン・ネザマフィ）	310
白い寒波（長尾宇迦）	26
白い切り紙（山田とし）	83
白い罌粟（立原正秋）	233
白いジャージ ～先生と私～（reY）	254
白い月（渡辺菜摘）	296
白い手の残像（汐見薫）	169
白い夏（古林邦和）	225
白いねむり（加勢俊夫）	370
白い花（小林俊彦）	324
白い花（玉井光隆）	70
白い花と鳥たちの祈り（河原千恵子）	160
白い薔薇の淵まで（中山可穂）	352
白いハンドバック（典田次郎）	68
白い人（遠藤周作）	8
白い紐（中村光至）	51
白い標的（三浦秀雄）	3
白い便箋、ブルーのレター（岡田陽子）	339
白い部屋（伊藤光子）	117
白い部屋で月の歌を（朱川湊人）	264
白い釦（永野らぢ太）	355
白い炎（及川啓子）	23
白い道の記憶（杉みき子）	242

白い屋形船(上林暁) ……………………… 366
白い山(村田喜代子) …………………… 168
白い闇(島村佳男) ……………………… 370
白い夢(光本正記) ……………………… 176
次郎さヴァイオリンの遺跡(関口有吾) …… 244
ジローが死んだ(大森五郎) ………………… 71
しろがねの雲―新・補陀洛渡海記(秦野純一)
　……………………………………………… 28
しろがねの道(柴山芳隆) ………………… 118
白く長い廊下(川田弥一郎) ………………… 32
シロクロネクロ(多宇部貞人) …………… 222
白の家族(栗田教行) ……………………… 346
白詰草の香り(清藤コタツ) ………………… 36
白の咆哮(朝倉祐弥) ……………………… 187
白芙蓉(田村西男) ………………………… 312
神異帝紀(小松弘明) ……………………… 107
心音(中山聖子) …………………………… 355
神学士(平井塙村) ………………………… 311
神学生の手記(山内史朗) ………………… 125
新陰流 活人剣(斎藤光顕) ……………… 375
進化の運命(川村晃久) …………………… 281
進化の時計(伊井直行) …………………… 287
新感覚バナナ系ファンタジーバナデレ！～
　剣と魔法と基本はバナナと(谷口シュンス
　ケ) ………………………………………… 30
真贋の構図(もりたなるお) ……………… 54
シンギュラリティ・コンクェスト(山口優) … 249
深紅(野state尚) …………………………… 361
真空管式(宮野晶) ………………………… 351
心空管レトロアクタ(羽根川牧人) ……… 290
シングルマザー(羽根田康美) …………… 382
シンクロ・インフィニティ―Synchro ∞―(上
　智一麻) …………………………………… 35
神経家(森岡騒外) ………………………… 315
新月(木々高太郎) ………………………… 256
真拳勝負！(松谷雅志) …………………… 201
信玄の遁げた島(帯刀収) ………………… 125
信号機の向こうへ(岩猿孝広) …………… 308
新古今殺人事件(岩木章太郎) …………… 128
神国崩壊(獅子宮敏彦) …………………… 199
ジンゴロサの洞穴(横村華乱) …………… 243
新婚旅行(橋本翠泉) ……………………… 314
真作譚(加藤栄次) ………………………… 152
新参者(東野圭吾) ………………………… 334
新・執行猶予考(荒馬間) …………………… 54
心室細動(結城五郎) ……………………… 129
真実の合奏(姉小路祐) …………………… 357
信じ服従し働く(向坂唯雄) ……………… 199
じんじゃえーる(原中三十四) ……………… 30
ジンジャー・マンを探して(永田もくもく) … 381

新種(草野比佐男) ………………………… 206
しんじゅ色のタクシーに乗って(浜口拓) … 339
新宿鮫(大沢在昌) ………………… 258, 360
新宿鮫 無間人形(大沢在昌) …………… 235
新宿紫団(吉田武三) ……………………… 125
新城マツの天使(徳田友子) ……………… 170
新世紀ガクエンヤクザ！(三原みつき) …… 34
人生なんて！(小久保純子) ……………… 283
人生の阿呆(木々高太郎) ………………… 231
新世の学園戦区(来生直紀) ……………… 290
人生の親戚(大江健三郎) …………………… 18
人生は疑似体験ゲーム(太田健一) ……… 57
人生本(加藤剛) …………………………… 278
新世界より(貴志祐介) …………… 250, 334
真説石川五右衛門(檀一雄) ……………… 232
シンセミア(阿部和重) ……………………… 19
新創世記(神田順) ………………………… 156
寝台特急事件(滝本正和) ………………… 218
寝台の方舟(勝目梓) ……………………… 151
進代論の問題(新羽精之) ………………… 321
死んだ息子の定期券(浅黄斑) …………… 262
新炭図(秋山恵三) ………………………… 318
新地海岸(第一部)(木村和彦) …………… 303
新知己(斉藤紫軒) ………………………… 313
心中おサトリ申し上げます(未上夕二) …… 347
沈丁花(菊池一夫) ………………………… 23
深重の海(津本陽) ………………………… 234
死んでもいい(折田裕) ……………………… 85
シンナ(知念正昭) ………………………… 370
甚平(釈永君子) …………………………… 338
新兵群像(小倉龍男) ……………………… 58
真牡丹灯篭(遠藤明範) …………………… 372
新米教師(駒林六十二) …………………… 130
審問(スタニスワフ・レム) ………………… 189
深夜(小山いと子) ………………………… 210
深夜勤務(村松公明) ……………………… 200
深夜の形相(波佐間義之) ………………… 200
親友(深沢晶子) …………………………… 350
侵略教師星人ユーマ(エドワード・スミス) … 222
深緑の魔女(伊東孝泰) …………………… 36

【す】

水位(悠喜あづさ) ………………………… 308
忍冬の翡翠(吉松博) ……………………… 295
随監(安東能明) …………………………… 259
水銀女(五百家元子) ……………………… 345
水琴窟(宗像哲夫) ………………………… 297

水軍大宝丸(阿賀利善三)	126
酔蟹(沖田一)	126, 208
水上往還(崎山多美)	83
水上のパッサカリア(海野夕凪)	266
彗星狩り(笹本祐一)	191
水槽の魚(久内純子)	72
水槽の中の二頭魚(前嶋佐和子)	381
水族館(牧野節子)	166
水族館の昼と夜(盛田勝寛)	28
水中の声(村田喜代子)	83
水中の白い花(清野奈菜)	296
水中ピラミッド(高津道明)	344
スイーツ!(しなな泰之)	184
水滴(高崎綏子)	22
水滴(目取真俊)	11, 83
隧道(関口勘治)	200
スイート・リトル・ベイビー(牧野修)	263
水平線上にて(中沢けい)	275
水平線のこちら側(加藤真実)	41
水脈(高樹のぶ子)	168
水脈の渦潮(北川寿二)	339
水面(悠希マイコ)	325
推理小説展望(中島河太郎)	256
睡蓮の鉢(井藤貴子)	86
頭蓋に立つ旗(帚木蓬生)	83
スカーレット・バード―天空に咲く薔薇―(小湊悠貴)	380
菅原道明伝(山名隆之)	362
すかんぽん(上志羽峰子)	72
過越しの祭(米谷ふみ子)	10, 179
過ぎし日の傷跡(清水信博)	138
杉っぺ菩薩(大岩鉱)	269
過ぎてゆくもの(長尾邦加)	46
好きな人(坂口雅美)	102
隙間(守山忍)	310
隙間女(幅広)(丸山英人)	222
ずくなしと家(緒川文雄)	336
スク鳴り(中村喬次)	83
スクリプトリウムの迷宮(富井多恵子)	15
末黒野(すぐろの)(佐々吉忠夫)	309
助郷三代(冬木耀)	93
助っ人(森英樹)	100
健やかな日常(斉藤せつ子)	224
筋違い半介(犬飼六岐)	153
すじぼり(福澤徹三)	43
スズ!(白石英樹)	182
鈴(氏家暁子)	98
鈴木吉之丞伝(佐波古直胤)	362
鈴木春信(滝川慶)	125
鈴木主水(久生十蘭)	232
すずの兵隊(松原澄子)	71
涼宮ハルヒの憂鬱(谷川流)	182
スズメ(鷹尾へろん)	115
雀(小沼燦)	121
硯(浜田幸吉)	99
スターマイン(高橋しげる)	108
スターリン暗殺計画(檜山良昭)	257
スタンス・ドット(堀江敏幸)	74
スチール(織田みずほ)	186
スティル・ライフ(池沢夏樹)	10, 211
素敵な誤算(白滝まゆみ)	106
ステージ(清水芽美子)	55
ステーション5(増田緑)	339
すてっち!―上乃原女子高校手芸部日誌(相内円)	30
ステファノの生き方(高テレサ)	113
ステンドグラスの中の風景(三輪滋)	307
スト署名(根宜久夫)	105
スト体制(酒井幸雄)	104
ストップウォッチ物語(渡邊道輝)	144
ストマイつんぼ(大原富枝)	166
ストラルプラグ(桑井朋子)	102
ストーリー・セラー(有川浩)	334
ストルイピン特急―越境者杉本良吉の旅路(大西功)	49
須戸玲氏のバラ(高津慎一)	93
ストレイ・シープ(中平まみ)	316
ストロベリーシェイク(福島千佳)	355
ストロボ(古市隆志)	296
砂絵呪縛後日怪談(野坂昭如)	150
すなぞこの鳥(笹本定)	322
砂で描いた島(福井幸江)	216
砂の女(安部公房)	365
砂の関係(黒部亨)	90
砂のクロニクル(船戸与一)	351
沙の園に唄って(手島史詞)	289
砂のダイアモンド(耕田はる亜)	324
砂場(原田奈央子)	376
砂浜の宝もの(和田一美)	286
拗ね張る(山田道夫)	206
スパイシー・ジェネレーション(森直子)	28
スパゲッティー・スノウクリームワールド(神崎照子)	355
巣箱(塩原経央)	69
スーパー・フェニックス(神林長平)	189
素晴らしい一日(平安寿子)	53
すばらしき明日の反対側(花谷敏嗣)	37
スピッツ(吉岡群)	130
スピリッツ島(寺山あきの)	172
スフィンクス作戦(仁賀克雄)	197

スプラッシュ（大鶴義丹）・・・・・・・・・・・・ 186
スペアキー（葛城範子）・・・・・・・・・・・・・・・ 16
スペシャル・アナスタシア・サービス（鳥居羊）・・・・・・・・・・・・・・・・・・・・・・・・・・・ 29
スペースシップ（竹内真）・・・・・・・・・・・ 355
すべて売り物（小松光宏）・・・・・・・・・・・ 54
〈すべての夢｜果てる地で〉（理山貞二）・・・・・ 198
すべては勅命のままに（桑岡淳）・・・・・ 289
すべては優しさの中へ消えていく（佐藤裕弘）・・・ 180
スペリオル・サエルクム（萩佐子）・・・ 281
須磨寺附近（山本周五郎）・・・・・・・・・・・ 315
スマートクロニクル（悠木シュン）・・・ 159
住処（谷一生）・・・・・・・・・・・・・・・・・・・・・・ 353
墨のあと（北阪昌人）・・・・・・・・・・・・・・・ 209
純恋―スミレー（なぁな）・・・・・・・・・・・ 254
スラップスティック・デイドリームス（蒼虫）・・・・・・・・・・・・・・・・・・・・・・・・・・・ 38
スリー・アゲーツ（五条瑛）・・・・・・・・・・ 43
スリーパー・ゲノム（司城志朗）・・・・・ 129
スリーピーホロウの座敷ワラシ（狩野昌人）・・・ 153
ズリ山に咲く赤い花（幸田茉莉）・・・・・ 363
駿河守述懐（中村智子）・・・・・・・・・・・・・・ 86
スレイヤーズ！（神坂一）・・・・・・・・・・・ 288
スロウ・カーヴ（水原秀策）・・・・・・・・・ 109
スローなブギにしてくれ（片岡義男）・・・ 345
諏訪に落ちる夕陽～落日の姫～（ながと帰葉）・・・・・・・・・・・・・・・・・・・・・・・・・・・ 273
諏訪久によろしく（藤谷怜子）・・・・・・・ 349
寸法武者（八切止夫）・・・・・・・・・・・・・・・ 151

【せ】

背（佐江衆一）・・・・・・・・・・・・・・・・・・・・・・ 224
世阿弥（太田光一）・・・・・・・・・・・・・・・・・ 375
聖域（水科月征）・・・・・・・・・・・・・・・・・・・ 284
西域剣士列伝（松下寿治）・・・・・・・・・・・ 289
青雲の翳（竹原素子）・・・・・・・・・・・・・・・・ 20
聖花（山下敬）・・・・・・・・・・・・・・・・・・・・・ 281
星界の紋章（森岡浩之）・・・・・・・・・・・・・ 191
星海の楽園（デイヴィッド・ブリン）・・・ 192
生活（吉峰正人）・・・・・・・・・・・・・・・・・・・ 102
生活の設計（佐川光晴）・・・・・・・・・・・・・ 179
青果の市（芝木好子）・・・・・・・・・・・・・・・・・ 8
生還（石原慎太郎）・・・・・・・・・・・・・・・・・ 287
世紀末をよろしく（浅川純）・・・・・・・・・・ 54
世紀末ロンドン・ラプソディ（水城嶺子）・・・ 358
青玉獅子香炉（陳舜臣）・・・・・・・・・・・・・ 233
聖ゲオルギー勲章（高円寺文雄）・・・・・ 125
青幻記（一色次郎）・・・・・・・・・・・・・・・・・ 203

聖ジェームス病院（伊藤二郎）・・・・・・・・ 17
青磁砧（芝木好子）・・・・・・・・・・・・・・・・・ 167
聖者の異端書（内田響子）・・・・・・・・・・・ 133
青春（和泉静）・・・・・・・・・・・・・・・・・・・・・・ 24
青春―アルコール病棟記―（平沢健一）・・・ 24
青春遺書（松本敏彦）・・・・・・・・・・・・・・・ 108
青春デンデケデケデケ（芦原すなお）・・ 235, 317
青春の海（高坂栄）・・・・・・・・・・・・・・・・・・ 70
青春ばんだバンド（瀧上耕）・・・・・・・・・・ 87
青春譜（園部舞雨）・・・・・・・・・・・・・・・・・ 312
青春ラリアット!!（蟬川タカマル）・・・ 222
星条旗の聞こえない部屋（リービ英雄）・・・ 275
聖少女（三好徹）・・・・・・・・・・・・・・・・・・・ 233
聖職者（湊かなえ）・・・・・・・・・・・・・・・・・ 158
聖水（青来有一）・・・・・・・・・・・・・・・・・・・・ 11
征西府秘帖（森本繁）・・・・・・・・・・・・・・・ 372
生存者ゼロ（安生正）・・・・・・・・・・・・・・・ 110
青鳥発見伝（曲木磯六）・・・・・・・・・・・・・ 126
晴天の迷いクジラ（窪美澄）・・・・ 335, 349
贅肉（丹羽文雄）・・・・・・・・・・・・・・・・・・・ 210
清然和尚と仏の領解（天野暁月）・・・・・ 342
青年重役（八木大介）・・・・・・・・・・・・・・・ 247
青年の環（野間宏）・・・・・・・・・・・・・・・・・ 204
静謐な空（保directorio信英）・・・・・・・・・・・・・ 211
制服（大江いくの）・・・・・・・・・・・・・・・・・・ 53
正方形の食卓（竹野雅人）・・・・・・・・・・・・ 57
正捕手の篠原さん（千羽カモメ）・・・・・・ 34
生命盡きる日（八匠衆一）・・・・・・・・・・・ 287
清明の頃（河合民子）・・・・・・・・・・・・・・・ 170
星夜（大月綾雄）・・・・・・・・・・・・・・・・・・・・ 46
聖野菜祭（セントベジタブルデイ）（片山満方）・・・・・・・・・・・・・・・・・・・・・・・・・・・ 271
清佑、ただいま在庄（岩井三四二）・・・ 241
青嵐（田村礼子）・・・・・・・・・・・・・・・・・・・・ 23
精霊紀界ディメンティア（荒川要助）・・・ 36
精恋三国志Ⅰ（奈々愁仁子）・・・・・・・・・ 222
聖老女（恩田めぐみ）・・・・・・・・・・・・・・・ 325
背負い水（荻野アンナ）・・・・・・・・・・・・・・ 10
瀬音の彼方へ（間宮弘子）・・・・・・・・・・・ 106
セカイを敵にまわす時（本田誠）・・・・・・ 37
世界から猫が消えたなら（川村元気）・・ 335
《世界記録》（横田創）・・・・・・・・・・・・・・・ 91
世界最大のこびと（羽田奈緒子）・・・・・・ 33
世界樹の枝で（橋本希蘭）・・・・・・・・・・・ 358
世界征服物語～ユマの大冒険（神代明）・・・ 184
世界泥棒（桜井晴也）・・・・・・・・・・・・・・・ 318
世界の終りとハードボイルド・ワンダーランド（村上春樹）・・・・・・・・・・・・・・・・・ 204
世界のキズナ 混沌な世界に浮かぶ月（有澤透世）・・・・・・・・・・・・・・・・・・・・・・・・・ 61

世界の正しい壊し方（三ノ神龍司）…… 183
世界の蝶番はうめく（R.A.ラファティ）…… 191
世界のりんご（渡辺たづ子）…… 239
世界平和は一家団欒のあとに（橋本和也）…… 221
世界融合でウチの会社がブラックに!?（和多月かい）…… 134
セカンド・ガール（緋川小夏）…… 164
セカンド・ガール（山本多津）…… 151
セカンド・サイト（中野順一）…… 129
関寛斎最後の蘭医（戸田四郎）…… 362
隻眼の少女（麻耶雄嵩）…… 259, 332
赤十字（山田萍南）…… 313
惜春の譜の流れ来て（守田陽一）…… 118
石人（織田武夫）…… 227
赤刃（せきじん）（長浦縁真）…… 154
惜別（佐々木沙織）…… 278
惜別（吉田健一）…… 362
寂寥（橋本紫星）…… 315
寂寥郊野（吉目木晴彦）…… 11
鶺鴒（杏澤佳純）…… 296
世間（石野緑石）…… 319
世間知らず（岩崎保子）…… 186
世田谷一番乗り（十佐間つくお）…… 193
雪冤（大門剛明）…… 359
雪花（杜香織）…… 165
雪花美女（蛍ヒカル）…… 325
切岸まで（風森さわ）…… 302
雪渓（南木稔）…… 59
雪渓のリネット（七瀬那由）…… 148
石鹸オペラ（清野かほり）…… 157
殺生仏（久島達也）…… 86
折簪曲（大倉桃郎）…… 172
雪線（宮原寧子）…… 368
絶対服従カノジョ。（春日秋人）…… 290
絶対服従者（ワーカー）（関俊介）…… 261
切断（川村寿子）…… 377
雪洞にて（内海隆一郎）…… 307
切腹（上野治子）…… 16
切腹（柏木春彦）…… 49
切腹九人目（田中敏樹）…… 51
雪訪（福吉哲）…… 216
雪稜（源五郎）…… 94
せなか（野村土佐夫）…… 100
背中の傷（紺野真美子）…… 81
銭の弾もて秀吉を撃て 海商 島井宗室（指方恭一郎）…… 169
背の眼（道尾秀介）…… 330
セピア色のインク（木下訓成）…… 44
セピア色のハモニカ長屋（佐々島貞子）…… 364
背広を買う（帯正子）…… 165

セブンティーンズ・コネクション（高梁るいひ）…… 284
蝉（森本弘子）…… 46
セミの追憶（古山高麗雄）…… 74
蝉の抜け殻（野津ゆう）…… 137
蝉ハイツ（清原つる代）…… 170
セ・ラ・ヴィ！（森田尚）…… 272
芹さんのショール（松本文世）…… 22
セルゲイ王国の影使い（月野美夜子）…… 148
セルリアン・シード（真帆しん）…… 355
セルロイドの夏（林野浩芳）…… 247
セレスティアル・フォース（中川圭士）…… 182
ゼロから始める魔法の書（虎走かける）…… 223
零歳の詩人（楠見朋彦）…… 186
ゼロはん（李起昇）…… 90
戦域軍ケージュン部隊（木立嶺）…… 249
戦雲の座（野村尚吾）…… 155
千貫森（久根乃内十九）…… 20
戦鬼たちの海──織田水軍の将・九鬼嘉隆（白石一郎）…… 134
1934年冬―乱歩（久世光彦）…… 351
1910（京田純一）…… 339
一九七〇年のギャング・エイジ（上原昇）…… 370
1980 アイコ 十六歳（堀田あけみ）…… 317
1000キロくらいじゃ、涙は死なない（相羽鈴）…… 273
戦国最後の大乱─豊臣秀吉と徳川家康の死闘（角田幸雄）…… 372
戦国の零（永松久義）…… 373
洗骨（大城新栄）…… 170
戦死の花（河田鳥城）…… 312
千寿庵（大高綾子）…… 314
仙寿院裕子（雲村俊慥）…… 262
戦場のバニーボーイズ（草部貴史）…… 142
戦塵 北に果つ─土方歳三戌辰戦始末（甲斐原康）…… 373
先生と帽子（山村睦）…… 230
センセイの鞄（川上弘美）…… 205
禅〈ゼン・ガン〉銃（バリントン・J.ベイリー）…… 190
前線部隊（沢縫之助）…… 125
戦争を演じた神々たち（大原まり子）…… 250
前奏曲（プレリュード）（有為エィンジェル）…… 89
先祖祭りの夜（十市梨夫）…… 269
洗濯機は俺にまかせろ（宮崎和雄）…… 152
感傷旅行（センチメンタル・ジャーニィ）（田辺聖子）…… 9
センチメンタル・ファンキー・ホラー（南家礼子）…… 343

先手(せんて)れエピメテウス(高井泉)……106
先導者(せんどうしゃ)(小杉英了)……265
戦闘妖精・雪風(神林長平)……190
仙人のお守り(黒沢絵美)……237
仙人窓(池敬)……26
千年紀(北川玲子)……295
千年杉(西原健次)……207
千年蒼芒(金城真悠)……170
千の花も、万の死も(斉木香津)……145
先輩とぼく(沖田雅)……221
前夜の航跡(紫野貴李)……261
戦略遊撃艦隊出撃ス！(小佐一成)……373
仙龍演義(秋穂有輝)……289
千両乞食虱井月記(柴上悠)……335
線路の向こう(渡部麻実)……7

【そ】

蒼闇深くして金暁を招ぶ(西本紘奈)……65
霜煙(乾歩)……4
憎悪の化石(鮎川哲也)……256
蒼火(北重人)……43
双界のアトモスフィア(筧ミツル)……290
滄海の海人(伊達虔)……28
総会屋錦城(城山三郎)……233
葬儀の日(松浦理英子)……308
蒼穹のカルマ1(橘公司)……289
蒼空時雨(綾崎隼)……222
蒼空の零(真田左近)……373
蒼月宮殺人事件(堊城白人)……95
草原を走る都(三宅克俊)……116
相克のファトゥム(七瀬川夏吉)……182
想師(そうし)(狂崎魔人)……343
そうじき星になったほうき星(末枯盛)……278
喪失(福田章二)……211
喪失の花鳥風月(鶴賀イチ)……297
喪失 プルシアンブルーの祈り(水田静子)……329
喪失への徘徊(津田美幸)……196
草死なざりき(岩山六太)……208
草子の成長(斎藤久江)……243
相思花(大西幸)……53
掃除婦ソノ(末津きみ)……223
壮士再び帰らず(清水正二郎)……51
早春(椿径子)……126
早春(森英樹)……99
喪神(五味康祐)……8
創世見聞(酒井正二)……297
創世記機械(ジェイムズ・P.ホーガン)……189

葬送のブルース(古流斗廉)……324
想像ラジオ(いとうせいこう)……276
相続相撲(一本木凱)……86
曽祖母のこと(桑原優子)……296
増大派に告ぐ(小田雅久仁)……261
蒼天(今村了介)……51
遭難(室町修二郎)……125
遭難前夜(古賀宣子)……17
象の棲む街(渡辺球)……261
雑兵(白石一郎)……98
蒼氓(石川達三)……7
総門谷(高橋克彦)……360
草洋のはて(下道重治)……325
双龍(小鹿進)……124
蒼龍(山本一力)……53
総領の剣(頼迅一郎)……17
総領の甚六(西山恭平)……114
ソウルシンクロマシン(十歳)……183
ソウル・トリップ(山里禎子)……308
ソウルに消ゆ(有沢創司)……255
ソウル・ミュージック・ラバーズ・オンリー(山田詠美)……234
葬列(小川勝己)……358
速達一号便(霧山登)……377
狙撃者(谷克二)……62
粗忽拳銃(竹内真)……159
そこに居るのは誰？(松嶋節)……339
底ぬけ(青垣進)……179
そこはかさん(沙木とも子)……354
そこへ行くな(井上荒野)……212
そして……(松崎保美)……280
そして俺は途方に暮れる(渡辺やよい)……55
そして粛清の扉を(黒武洋)……330
そしてまた、明日という言葉なしに(小山田宣康)……5
そして龍太はニャーと鳴く(松原真琴)……140
卒業(原久人)……304
即興オペラ・世界旅行者(栗原ちひろ)……64
卒業前年(藤本圭子)……271
啐啄の嘴(小川大夢)……126
袖ケ浦(長谷川菱花)……311
ソテツ幻影(有戸英明)……364
蘇鉄の村(新崎恭太郎)……169
袖振り合うも他生の縁(山田真砂夫)……26
袖枕(北島春石)……312
外面姫と月影の誓約(山内マキ)……65
ソード・ソウル～遙かな白い城の姫～(青木祐子)……273
其の一日(諸田玲子)……361
その仮面をはずして(岡崎裕信)……184

その声（小原かずを）	313
園子と真知子（佐々木悠紀子）	24
その後のお滝（阪西夫次郎）	125
その静かな、小さな声（上村亮平）	187
そのときは彼によろしく（市川拓司）	333
その夏の終わりに（結城五郎）	108
その名はアンクル（宮本誠一）	304
その橋をわたって（高橋京子）	112
その日彼は死なずにすむか？（小木君人）	146
その一つのもの（荒木巍）	58
その日のまえに（重松清）	333
その街の今は（柴崎友香）	49
その闇、いただきます。（友坂幸詠）	144
そばかす三次（小流智尼）	124
そばかすのフィギュア（菅浩江）	191
そばしらず（田中他歩）	115
祖父（三田華子）	318
祖父の終い（白石久雄）	237
背いて故郷（志水辰夫）	257
空（成田昌代）	143
空色想い（Ayaka.）	254
空色の夢（森瀬いずみ）	164
空を仰ぐ（吉沢薫）	78
空を歩く（宮沢笛子）	177
空をサカナが泳ぐ頃（浅葉なつ）	222
空をつかむまで（関口尚）	219
空を失くした日（岩橋目美）	166
空を行く鯨の話（朝倉聡）	328
空とぶ金魚をさがしています（吉田みづ絵）	381
空飛ぶ船（多岐友伊）	139
空に終わりを告げる頃（岩波元彦）	240
空にささったナイフ（森木康一）	324
空に向かって（畔地里美）	252
空にゆれる糸（筒井佐和子）	42
空の彼方（菱田愛日）	222
空は空色（白鳥崇）	3
空は屋根の向こうに（山田まさ子）	100
空模様の翼（多田愛理）	63
ソリトンの悪魔（梅原克文）	258
それがし（服部素女）	86
それからの小町―翡翠頸飾の秘密（沼澤篤）	21
それからの二人（岩城武史）	151
それぞれの時空（早坂杏）	47
それぞれの終楽章（阿部牧郎）	235
それぞれのとき（佐倉れみ）	231
それぞれのモディリアーニ（川上直彦）	113
それ！とんとん（坂上富志子）	114
それは魔法とアートの因果律（かねくら万千花）	148
ソロモンの偽証（宮部みゆき）	335
ソロモンの夏（鮫島秀夫）	117
ソング・オブ・サンデー（藤堂志津子）	136
存在のエコー（島さち子）	165
村長日記（岩倉政治）	268
そんな血を引く戦士たち（川口大介）	288

【た】

たぁちゃんへ（ももくちそらミミ）	356
胎（野島勝彦）	307
タイアップ屋さん（佐野寿人）	52
ダイアン（植田草介）	156
大暗黒（小栗虫太郎）	175
体育館の殺人（青崎有吾）	15
第一日（川上澄生）	319
第一のGymnopedie（沙山茜）	272
太一の詩（森山勇）	46
ダイエット（井手花美）	144
ダイエットの方程式（草上仁）	191
体温の灰（七井春之）	132
大絵画展（望月諒子）	266
対岸の彼女（角田光代）	236, 333
対岸の町（平井杏子）	116
大義に散る（山田清次郎）	363
退屈解消アイテム（香住泰）	158
退屈しのぎ（高橋三千綱）	90
退屈な植物の赫い溜息（鳥貫尚美）	339
第九の流れる家（五谷翔）	158
太鼓（池波正太郎）	181
太閤暗殺（岡田秀文）	266
退行する日々（桑井朋子）	309
だいこくのねじ（霞井通眞）	353
胎児（樋口まゆ子）	78
大事（武田八洲満）	51
台児荘（棟田博）	274
胎児の記憶（白石すみほ）	86
代償のギルタオン（神高槍矢）	185
大丈夫だよ、和美ちゃん！（渡辺陽司）	304
大正暮色（三咲光郎）	116
大正四年の狙撃手（スナイパー）（三咲光郎）	53
代書屋（手塚和美）	350
大震災（留畑眞）	26
大親友（大久保咲希）	144
大好きでした。（YuuHi）	254
タイゾーの夏物語（園部義博）	362
タイタンの妖女（カート・ヴォネガット・ジュニア）	188

作品名	ページ
大帝の恋文（一原みう）	380
大道剣、飛蝶斬り（柏田道夫）	149
大唐風雲記（田村登正）	221
台所（坂上弘）	74
ダイナー（平山夢明）	43
胎内回帰―夏の記録（宮下耕治）	177
大浪花諸人往来（有明夏夫）	234
大日本帝国海軍第七艦隊始末記（柊野英彦）	372
大脳ケービング（松村秀樹）	152
退廃姉妹（島田雅彦）	19
第八東龍丸（阿井渉介）	152
待避駅（穎田島一二郎）	210
台風（司村恭子）	176
「太平洋 おんな戦史」シリーズ（小野孝二）	16
太平洋の嵐（田中崇博）	372
太平洋の薔薇（笹本稜平）	43
大砲煎餅（穐村正治）	126
大砲はまだか（武田明）	48
大砲松（東郷隆）	361
大魔王ジャマ子さんと全人類総勇者（岬かつみ）	183
退魔師鬼十郎（市川岳男）	288
たいまつ赤くてらしつつ（八木沼瑞穂）	225
タイムカプセル（川名さちよ）	85
タイム・シップ（スティーヴン・バクスター）	191
タイムスリップ・コンビナート（笙野頼子）	11
タイムトラベラーズ（小茶冨美江）	209
太厄記（久保網）	245
ダイヤモンドダスト（南木佳士）	10
大誘拐（天藤真）	257
太陽を曳く馬（高村薫）	367
太陽がイッパイいっぱい（三羽省吾）	157
太陽が死んだ夜（月原渉）	15
太陽が見てるから（高橋あこ）	254
太陽が山並に沈むとき（弾射音）	27
太陽戦士サンサンサン（坂照鉄平）	289
太陽と死者の記録（粕谷知世）	261
太陽のあくび（有間カオル）	222
太陽の季節（石原慎太郎）	8, 306
太陽の残像（安達真未）	363
太陽の簒奪者（野尻抱介）	192
太陽の塔／ピレネーの城（森見登美彦）	261
太陽の匂い（前中行至）	155
太陽の挽歌（鈴木正人）	362
太陽風交点（堀晃）	249
太陽連合（吉原忠男）	280
大陸商人（陣内五郎）	324
大陸へ渡った少年（滝沢通江）	24
代理処罰（嶋中潤）	266
大連海員倶楽部 餐庁（れすとらん）（太田晶）	339
第六大陸（小川一水）	192
田植帯（公家裕）	294
田植え舞（北原文雄）	270
タウ・ゼロ（ポール・アンダースン）	191
高丘親王航海記（渋沢龍彦）	366
山から来た男（高橋一夫）	23
誰袖草（中里恒子）	167
坏（たかつき）（浜田幸吉）	41
高遠櫻（伊多波碧）	373
高那ケ辻（西島恭子）	81
鏨（たがね）（伊達慶）	372
鏨師（平岩弓枝）	181, 233
高天原なリアル（霜越かほる）	379
高見順の寒狭川の周辺（長久保博徳）	362
高安犬物語（戸川幸夫）	181, 232
耕す人々の群（青木洪）	268
だから言わないコッチャナイ（村越英文）	52
宝くじ挽歌（松浦幸男）	51
宝皇女紀行（安武久）	108
多輝子ちゃん（辻内智貴）	203
滝造の小屋（田中誠一）	70
滝物語（那珂理志）	103
ダーク・アイズ（天羽沙夜）	220
タクシードライバー（浜田幸作）	101
タクティカル ジャッジメント（師走トオル）	299
濁流の音（笛木薫）	251
竹の刃（大島正樹）	149
タケルツバサに乗って（古谷孝男）	5
タコ一族の挑戦（横道翼）	286
蛸地蔵（藤原葉子）	353
多重心世界シンフォニックハーツ（永森悠哉）	182
たずな抄（左館秀之助）	223
尋ね人の時間（新井満）	10
黄昏色の詠使い―イヴは夜明けに微笑んで―（細音啓）	289
黄昏世界の絶対逃走（本岡冬成）	146
黄昏の終わる刻（後池田真也）	60
黄昏の旅（北条誠）	274
黄昏は今日も灰色（渡部盛造）	294
ただいま（実川れお）	364
戦いすんで日が暮れて（佐藤愛子）	233
戦い・闘う・蝿（てふてふP）	370
闘いの構図（青山光二）	287
戦いの時代（椎ノ川成三）	122
戦う司書と恋する爆弾（山形石雄）	184
戦う少女と残酷な少年（深見真）	299

戦うヒロインに必要なものは、この世でただ
　愛だけだよね、ったら（成上真）……… 142
ただここに降りしきるもの（御永真幸）… 274
だだだな町、ぐぐぐなおれ（広小路尚祈）… 92
タタド（小池昌代）……………………… 74
畳屋さんたすけてください（松野昭二）… 71
崇りの家（葛西薫）……………………… 224
立合川（川端要寿）……………………… 196
立切れ（富岡多恵子）…………………… 73
橘屋本店閻魔帳〜跡を継ぐまで待って〜（高山
　ちあき）……………………………… 273
脱（藪野豊）……………………………… 246
ダック・コール（稲見一良）…………… 351
ダックスフントのワープ（藤原伊織）… 186
脱獄情死行（平龍生）…………………… 357
奪取（真保裕一）………………… 258, 351
脱出（駒田信二）………………………… 268
だっせん（藤島秀佑）…………………… 41
脱走（小林信次）………………………… 130
脱走九年（赤沼三郎）…………………… 125
たったひとつの冴えたやりかた（ジェイムズ・
　ティプトリー・ジュニア）………… 190
たった一人の反乱（丸谷才一）………… 204
脱兎リベンジ（秀章）…………………… 146
脱皮（加藤和子）………………………… 24
竜巻ガール（垣谷美雨）………………… 158
辰巳気質（英蟬花）……………………… 314
ダーティペアの大逆転（高千穂遙）…… 190
ダーティペアの大冒険（高千穂遙）…… 189
伊達のかぶと（原田武信）……………… 25
タード・オン・ザ・ラン（TURD ON THE RUN）
　（東山魚良）………………………… 109
たとへば、十九のアルバムに（一藤木香子）… 271
谷間（木戸博子）………………………… 78
谷間コラボレーション（田村雄一）…… 100
谷間の風（清水克二）…………………… 377
谷間の生霊たち（朝海さち子）………… 203
谷間の虫（怒田福寿）…………………… 69
ターニングポイント（千田克則）……… 115
他人でない他人（伊藤美音子）………… 118
他人の垢（住太陽）……………………… 117
他人の家（大沢久美子）………………… 114
他人の椅子（桑高喜秋）………………… 302
他人の受賞（有村智賀志）……………… 3
狸（村上節）……………………………… 308
たぬきの戦場（山口四郎）……………… 52
タバオ巡礼（崎山麻夫）………………… 370
旅をする蝶のように（外本次男）……… 251
旅芸人翔んだ！（草彅紘一）…………… 322
旅芝居怪談双六 屋台崩骨寄敦盛（長島槇子）

旅する前に（大高雅博）………………… 343
旅の足跡（高瀬紀子）…………………… 89
旅のウィーク（戸田鎮子）……………… 79
旅の終り（高山泰彦）…………………… 121
旅のおわりに（堀川喜美子）…………… 119
旅の果て（飯倉章）……………………… 295
旅人の墓（白神由紀江）………………… 350
たぴんちゅ（大野俊郎）………………… 47
たぶらかし（安田依央）………………… 350
『ω β』〜ダブリュベータ〜（伊澄優希）… 160
ダブル（久網さざれ）…………………… 289
ダブル・ファンタジー（村山由佳）… 135, 136, 212
ダブルブリッド（中村恵里加）………… 221
たべもの芳名録（神吉拓郎）…………… 88
打棒日和（相川英輔）…………………… 84
多摩川は今日も流れている（師佐津四郎）… 68
玉、砕ける（開高健）…………………… 73
卵（佐々木邦子）………………………… 211
卵洗い（立松和平）……………………… 218
卵の緒（瀬尾まいこ）…………………… 327
魂込め（目取真俊）…………………… 74, 82
魂の捜索人（ゼーレ・ズーヒア）（村田栞）… 64
『騙し絵』を気取って（宮原閏司）…… 325
玉手橋（石井孝一）……………………… 116
球は転々宇宙間（赤瀬川隼）…………… 360
タマや（金井美恵子）…………………… 168
たまゆら（あさのあつこ）……………… 136
タマラセ（六塚光）……………………… 182
ダミアンズ、私の獲物（華城文子）…… 90
民子の海（玉城淳子）…………………… 370
だむかん（柄澤昌幸）…………………… 203
田村はまだか（朝倉かすみ）…………… 361
たゆたふ蠟燭（小林ゆり）……………… 203
タラ（秋元弦）…………………………… 354
だれ？（海老沢文哉）…………………… 143
誰かが君を必要とする（竹内日登美）… 40
誰かが触った（宮原昭夫）……………… 9
誰かが足りない（宮下奈都）…………… 335
タロウの鉗子（甘木つゆこ）…………… 327
タローの死（阿部哲司）………………… 194
戯れの秋（吉住侑子）…………………… 106
断雲（南条三郎）………………………… 208
断崖（佐々木実）………………………… 24
断崖の年（日野啓三）…………………… 18
弾丸迷走（綿引なおみ）………………… 153
タンゴ・チャーリーとフォックストロット・ロ
　ミオ（ジョン・ヴァーリイ）……… 191
探骨（美里敏則）………………………… 351
断罪業火の召使い（ぼくのみぎあしをかえし

て)………………………………	30
タンジェント(グレッグ・ベア)…………	191
団十郎切腹事件(戸板康二)………………	233
誕生(島村潤一郎)…………………………	77
探照灯(河野修一郎)………………………	307
ダンス(小石丸佳代)………………………	84
ダンスインザウインド(岩佐まもる)……	182
男性審議会(宗久之助)……………………	125
弾性波動(三好一知)………………………	126
団地の猫(森一歩)…………………………	16
団地夢想譚(藤森慨)………………………	35
探偵小説辞典(中島河太郎)………………	31
炭田の人々(筑紫聡)………………………	126
ダンボールボートで海岸(千頭ひなた)…	187
黙市(津島佑子)……………………………	73

【ち】

ちいさい海あります(大森コウ)…………	278
小さいおうち(中島京子)…………………	236
小さいおじさん(尾崎英子)………………	320
小さな椅子(工藤憲二)……………………	224
小さな貴婦人(吉行理恵)…………………	10
小さな旅(小杉浩策)………………………	294
小さな墓の物語(渡辺毅)…………………	225
小さな花(橋谷田麻衣)……………………	364
小さな迷路(新妻澄子)……………………	362
ちいさなモスクワ あなたに(浅井京子)…	27
チェイン(伊東雅之)………………………	77
チェストかわら版(桐生悠三)……………	53
地を駆ける虹(七位連一)…………………	34
誓いの木(馬場美里)………………………	238
地下街のY(依田守)………………………	105
近すぎた朝(伊坂尚仁)……………………	379
地下鉄クイーン(東佐紀)…………………	184
地球エゴイズム(山田好夫)………………	280
地球が丸く見える場所(九哉隆志)………	240
地球最後の24時間(貞次シュウ)…………	254
地球人型宇宙人誕生の謎(亀田滋)………	344
地球・精神分析記録(山田正紀)…………	189
地球はブレインヨーグルト(梶尾真治)…	189
地球唯一の男(ノベロイド二等兵)………	35
筑紫の歌(早乙女秀)………………………	122
畜生道(鎌田秀平)…………………………	297
チグリスとユーフラテス(新井素子)……	250
笞刑(冬木喬)………………………………	321
智光尼行状記(河合酔華)…………………	69
遅刻貝の譜(林瀬津子)……………………	237

千里(ちさと)がいる(渋谷貴志)………	141
血潮の色に咲く花は(霧崎雀)……………	147
地芝風土記(斉藤正道)……………………	93
致死量未満の殺人(三沢陽一)……………	4
縮んだ愛(佐川光晴)………………………	276
千鶴と小熊(佐藤豊彦)……………………	3
知性化戦争(デイヴィッド・ブリン)……	190
血薔薇(井手蕪雨)…………………………	314
父(下地春義)………………………………	370
父(藤田澄子)………………………………	47
父親(鈴木重作)……………………………	206
父が消えた(尾辻克彦)……………………	10
父とカリンズ(山路ひろ子)………………	78
父と子(岩井川皓二)………………………	118
父と子と(力石平三)………………………	315
父と子の炎(小林久三)……………………	62
父となる記(鈴木道成)……………………	69
乳と卵(川上未映子)………………………	11
父の外套(秋元朔)…………………………	350
父のグッド・バイ(井岡道子)……………	350
父の背中(岡本賢一)………………………	277
チチノチ(白崎由宇)………………………	327
父の涙(吉川隆代)…………………………	16
父の場所(福岡さだお)……………………	117
父の話(川本和佳)…………………………	39
父の引き出し(西島恭子)…………………	216
父の筆跡(武重謙)…………………………	17
父の遺言(いしみね剛)……………………	370
父のラブレター(河野敬子)………………	326
秩父札所巡り余話(山田真砂夫)…………	26
地中海(冨沢有為男)………………………	7
蟄居記(山手樹一郎)………………………	274
小っちゃなヒーロー(上田風登)…………	143
ちっともファンタジーじゃない話〜パンツ編〜(otohime式)………………………	37
地底からの帰宅(林清)……………………	364
血と黄金(田中光二)………………………	62
血と骨(梁石日)……………………………	351
地には平和を(小松左京)…………………	280
血ヌル里、首挽村(大村友貴美)…………	358
地の底のヤマ(西村健)……………………	361
地の熱(服部洋介)…………………………	106
地のはてから(乃南アサ)…………………	212
地の涯てのアリア(百瀬ヒロミ)…………	172
血の花(水田敏彦)…………………………	121
地の炎(竹内松太郎)………………………	151
乳房(伊集院静)……………………………	360
地方都市伝説大全(安宅代智)……………	34
巷のあんばい(丸川賀世子)………………	165
巷の歴史(影山稔)…………………………	293

作品名	頁
チーム・バチスタの崩壊(海堂尊)	109
チャージ(片岡稔恵)	165
茶花のひとりごと(安藤汀子)	118
チャレンジ(小川栄)	119
茶わん屋稼業(河崎守和)	86
張少子の話(安西篤子)	233
チューイングボーン(大山尚利)	264
中位の苦痛(小林勝美)	378
中陰の花(玄侑宗久)	11
中央道親子ジャンクション(西牧隆行)	240
仲介者の意志(横田あゆ子)	54
中学作家の品格(服部美南子)	297
中間管理職(渡辺アキラ)	130
中空(鳥飼久裕)	358
中国の拷問(仙田学)	382
中途半端な労働搾取(岡本重清)	378
中の下!(長岡マキ子)	289
虫夫(天野月詠)	377
チューリップの誕生日(楡井亜木子)	186
蝶(三田歩)	363
長安の女将軍―平陽公主伝(山崎絵里)	372
長安牡丹花異聞(森福都)	337
長官(赤江行夫)	181
超ゲーム(浅利知輝)	280
超高層に県かる月と、骨と(北重人)	55
超高速機動粒子炉船(チョロせん)春一番(出泉乱童)	37
長江デルタ(多田裕計)	8
超古代史 壬申の乱 大海人皇子の陰謀(堀越博)	107
長恨歌(檀一雄)	232
彫残二人(植松三十里)	241
寵児(津島佑子)	167
弔辞(小山弓)	16
調子のいい女(宇佐美游)	157
超常現象交渉人(星野彼方)	30
寵臣(佐藤明子)	51
鳥人の儀礼(四十雀亮)	326
朝鮮あさがお(橋本都耶子)	286
朝鮮人街道(早野貢司)	308
鳥葬(西島雅博)	364
蝶たちは今…(日下圭介)	31
暢達への回帰(岩瀬一美)	377
蝶番(中島桃果子)	176
長男(野村幽篁)	319
長男の出家(三浦清宏)	10
町人(太田正)	126
超人間・岩村(滝川廉治)	184
蝶の命(田口寿子)	209
蝶の季節(高橋光子)	307
蝶の道(大久保亮一)	6
蝶のゆくえ(橋本治)	135
チョーク(広川禎孝)	90
直線の死角(山田宗樹)	358
チョコミント(中山聖子)	119
チョコレート(渡辺六郎)	69
チョコレートゲーム(岡嶋二人)	257
ちょっと待ってください(たなかなつみ)	278
ちょっとムカつくけれど、居心地のいい場所(伏本和代)	308
チヨ丸(大野俊郎)	81
佇立する影(榊初)	350
知覧へ行く(立石富男)	377
塵の中(和田芳恵)	233
塵(ちり)降る町に(谷沢信意)	239
チルカの海(桂環)	273
チルドレン(伊坂幸太郎)	333
鎮魂(渡辺智恵)	99
鎮魂夏(金木静)	151
鎮魂歌(馳星周)	258
鎮魂歌(長谷川素行)	307
鎮魂曲(川田礼子)	300
チンチン踏切(会田五郎)	52
沈底魚(曽根圭介)	32
枕頭の青春(大貫進)	321
チン・ドン・ジャン(奈良裕明)	186
沈黙(遠藤周作)	204
『沈黙の川』―本田延三郎点綴(青木笙子)	107
沈黙の教室(折原一)	258
沈黙の輪(釣巻礼公)	153

【つ】

ツアーバス(影山勝俊)	285
追憶(稀月優己)	279
追憶の人(山田真砂夫)	25
ツィガーヌ(江原久敏)	325
憑いている!(後藤祐迅)	34
終の住処(磯﨑憲一郎)	12
終の栖(夏木健)	99
墜落の歌(太田千鶴夫)	58
通信制警察(耳目)	158
通天閣(西加奈子)	49
津軽海峡(古内研二)	296
津軽じょんから節(長部日出雄)	234
津軽富士(高橋嚶々軒)	315
津軽世去れ節(長部日出雄)	234
疲れた花(阿部加代)	242

作品名	ページ
月明りの下で(藤井佐知子)	285
月王(桜井牧)	288
月を描く少女と太陽を描いた吸血鬼(川村蘭世)	272
月影(佐藤のぶき)	118
月が見ている(上杉那郎)	111
接木の台(和田芳恵)	366
突き進む鼻先の群れ(高岡水平)	211
つきせぬ恨(滝閑邨)	311
月だけが、私のしていることを見おろしていた。(成田名璃子)	222
月と貴女に花束を(志村一矢)	220
月と風と大地とケンジ(荒佳清)	376
月と蟹(道尾秀介)	236
月に笑く(白井信隆)	220
月のうた(穂高明)	329
月ノ浦惣庄公事置書(岩井三四二)	337
月の裏で会いましょう(原田紀)	272
月の記憶(鶴陽子)	106
月のころはさらなり(井口ひろみ)	176
月のさかな(追本葵)	143
月のさなぎ(石野晶)	261
月の旅(渡部侑士)	279
つぎの、つぎの青(尾河みゆき)	119
月の出の頃(館内勇生)	319
月の道化者(三浦浩樹)	203
月のない晩に(橘かがり)	153
月姫降臨(佑木美紀)	308
月見草の夏(本橋隆夫)	114
月も 夜も 街も(蒲生ゆかり)	368
月夜が丘(神津慶次朗)	15
月夜のならず者たち(末永いつの)	354
月夜見(増田みず子)	19
佃島ふたり書房(出久根達郎)	235
継ぐのは誰か?(小松左京)	188
筑波おろし風来画人抄(大野正巳)	20
噤(つぐ)む(坂口公)	239
ツクモガミ(真中良)	142
つくも神は青春をもてなさんと欲す(慶野由志)	185
ツクヨミ伝説(中村正弘)	364
辻火(田久保英夫)	73
対馬―こころの島(村野温)	350
対馬主宗義調(井上貞義)	339
伝い石(近藤善太郎)	86
伝えたいこと(鈴木萌)	63
伝えられた心(小山鎮男)	86
つたのとりで(小粥かおり)	140
蔦燃(つたもえ)(高樹のぶ子)	135
蔦紅葉(小川兎馬子)	313
土(山下徳恵)	99
つちかわれた狂人(東郷礼子)	70
つちくれ(岩橋邦枝)	59
土くれ鼓(沢田智恵)	40
土と戦ふ(菅野正男)	268
土の器(阪田寛夫)	9
土の声(芦田千恵美)	303
土の塵(山下敬)	198
土の中の子供(中村文則)	11
土の館(やかた)(丹羽さだ)	238
土踏まずの日記(高森一栄子)	35
恙(つつが)虫(出口正二)	117
躑躅(つつじ)(笹耕市)	120
繋いだ手(斎藤嘉徳)	131
ツナグ(辻村深月)	361
津波(菅原康)	28
つなわたり(一ノ宮慧)	218
常ならぬ者の棲む(鈴木誠司)	49
つばさ(鷲田旌刀)	380
翼はいつまでも(川上健一)	219
つばめ(梅内ケイ子)	46
ツバメ来て(村上青二郎)	239
妻が戻る朝(守田陽一)	22
端黒豹紋(海辺鷹彦)	308
つまずきゃ、青春(児波いさき)	271
妻と戦争(大庭さち子)	125
妻の女友達(小池真理子)	258
妻の手(田中青磁)	6
妻の寝顔(本田広義)	209
積み木の日々(高橋堅悦)	207
罪な女(藤原審爾)	232
罪なくして斬らる―小栗上野介(大島昌宏)	240
罪の余白(芦沢央)	347
冷たい水の羊(田中慎弥)	180
冷たい部屋(磧朝次)	303
冷く光る雲に(原田勝史)	171
爪と目(藤野可織)	12
積もる雪(尾川裕子)	116
通夜ごっこ(門倉ミミ)	39
通夜の客(柴田勇一郎)	20
艶やかな死神(桜田忍)	54
露(大石霧山)	313
梅雨明け(倉持れい子)	17
梅雨明け 1948年初夏(武富良祐)	370
露草(渡井せい)	130
ツリーハウス(角田光代)	19
ツール&ストール(円谷夏樹)	158
鶴亀堂の冬(北川悠)	378
鶴沢清造(石河内城)	125
つるのこいも(若駒勲)	105

鶴の日（沓沢久里）............ 368
ツル婆さんの場合（美里敏則）........ 170
鶴八鶴次郎（川口松太郎）......... 231
釣瓶の音（大谷藤子）............ 166
つわぶき（深谷てつよ）............ 46
石蕗の花（広津桃子）............ 167

【て】

手（恢余子）............... 211
ディアヴロの茶飯事（思惟入）........ 30
ディヴァースワールズ・クライシス（方玖舞文）................. 35
ディヴィジョン（奥田真理子）....... 310
ディオニス死すべし（大門剛明）...... 359
定期コール（中里奈央）........... 278
テイク・マイ・ピクチャー（越沼初美）.. 152
帝国の遺産（ラライ・ニーヴン）..... 189
定数（有砂悠子）.............. 166
ディスタンス・ゲーム（佐倉礼）..... 215
ティッシュの箱（松田るんを）....... 84
ティティカカの向こう側（長山志信）... 78
帝都剣戟モダニズム（高瀬ききゆ）..... 38
帝都物語（荒俣宏）............ 249
ディーナザード（千世明）.......... 65
泥濘（保高徳蔵）.............. 57
停年（伊藤一太良）............. 68
碇泊なき海図（今井泉）.......... 128
ティーム・ティチング（田辺典忠）..... 3
てぃんさぐぬ花（大野俊郎）....... 350
手遅れの死（津野創一）.......... 158
でかい月だな（水森サトリ）....... 160
出稼農民・酒造り（矢野一）...... 377
手紙―The Song is Over（佐浦文香）.. 157
摘果（奥田房子）.............. 324
できすぎ（吉沢景介）........... 323
敵は海賊・A級の敵（神林長平）.... 191
敵は海賊・海賊版（神林長平）..... 189
手鎖心中（井上ひさし）.......... 233
テクノデリック・ブルー（鳥羽耕史）.. 326
てくらまくら（金真須美）......... 39
デコとぬた（若杉晶子）.......... 207
手提げかご（大湾愛子）.......... 370
テスト・ブリッジ（柏朔司）....... 246
鉄騎兵、跳んだ（佐々木譲）........ 52
鉄球姫エミリー（八薙玉造）...... 184
鉄甲船異聞木津川口の波濤（目目鬼涼一郎）... 139
鉄条網を越えてきた女（浦山翔）.... 357

鉄塔の上から、さようなら（真田コジマ）.... 329
鉄塔 武蔵野線（銀林みのる）....... 260
デッドエンド・スカイ（清野栄一）.... 309
デッドエンドの思い出（よしもとばなな）.. 332
デッドマン（河合莞爾）.......... 359
デッドマン・ミーツ・ガール（柊清彦）. 141
鉄のしぶきがはねる（まはら三桃）.... 219
鉄の光（五十嵐勉）.............. 97
鉄の骨（池井戸潤）............ 361
鉄の窓までご案内（山﨑智）....... 303
撤兵（木之下白蘭）............. 125
テニスに無関心なK叔母への手紙（安井風）... 370
手ぬぐい（小山幾）............. 304
テネシー・ワルツ（望月武）...... 359
掌のなかの夏（桂木香）.......... 227
手のひらの文字（松本しげ子）..... 296
出刃（小檜山博）.............. 328
テーパー・シャンク（吉原清隆）.... 187
でびっとぺてろざうるす（麻晨展子）... 85
てびらこみたいな嫁（佐藤あつこ）... 207
手袋（古木信子）............... 78
てふてふ（末永希）............. 296
デブのボンゴに揺られて（比喜秀喜）.. 369
デューン／砂の惑星（フランク・ハーバート）
.... 188
寺泊（水上勉）................. 73
テラの水槽（皆月蒼葉）.......... 198
照見哲平（林本光義）........... 124
テレフォン・バランス（引間徹）.... 382
テロリストのパラソル（藤原伊織）... 32, 235
テロリストの夢見た桜（大石直紀）... 145
典医の女房（仲町六絵）......... 222
田園に歌えレクイエム（川越一郎）... 118
天蓋（柴田由）............... 101
天涯の果て 波濤の彼方をゆく翼（篠原悠希）
.... 347
天華無敵！（響遊山）........... 289
天気雨（青木博志）............ 164
天狗と伝々（山田美里）......... 297
天狗のいたずら（田端六六）....... 76
天狗山のかなたへ（須藤晃）...... 112
てんくらげ（河島忠）........... 251
天剣王器（海羽超史郎）......... 221
天鼓（田中平六）.............. 208
転合（てんごう）の日々（栗田ムネヲ）. 115
天氷山時暁（矢彦沢典子）....... 379
天国に涙はいらない（佐藤ケイ）.... 221
天国の番人（加野厚）............ 52
天国は待つことができる（小熊文彦）.. 282
天国への道程（村松泰子）....... 246

天国までの49日間（櫻井千姫） …………… 254
天才と狂人の間（杉森久英） ………………… 233
テンサウザンドの節約術師（真野真央） …… 35
天山を越えて（胡桃沢耕史） ………………… 257
天竺（石川緑） ………………………………… 354
天使誕生（小林実） …………………………… 98
天使墜落（ラリイ・ニーヴンほか） ………… 191
天使の傷痕（西村京太郎） …………………… 31
天使の取り分（齊藤洋大） …………………… 117
天使のナイフ（秋葉俊介） …………………… 32
天使の旗の下に（奥田瓶人） ………………… 322
天使の漂流（阿川大樹） ……………………… 129
天使の骨（中山可穂） ………………………… 13
天使の歩廊 ある建築家をめぐる物語（中村弦） ……………………………………… 261
天使のレシピ（御伽枕） ……………………… 221
電車（原口真智子） …………………………… 78
電車ごっこ停戦（福本武久） ………………… 203
天正女合戦（海音寺潮五郎） ………………… 231
天翔の謀（てんしょうのはかりごと）（坂上天陽） …………………………………………… 372
伝蟹郎の鱗（市原千尋） ……………………… 349
天神斎一門の反撃（乗峯栄一） ……………… 13
田紳有楽（藤枝静男） ………………………… 204
伝説寺内村（ほんまよしみ） ………………… 5
伝説なき地（船戸与一） ……………………… 258
伝蔵脱走（藤川省自） ………………………… 125
纏足の頃（石塚喜久三） ……………………… 8
転地（黒河内桂林） …………………………… 314
電池式（庵洞サチ） …………………………… 290
天地人（火坂雅志） …………………………… 361
天地明察（冲方丁） …………………… 301, 334, 341
天中軒雲月（河内潔士） ……………………… 293
天梯（てんてい）（緒野雅裕） ……………… 49
電電石縁起（山川一作） ……………………… 308
テント（高尾光） ……………………………… 153
天なお寒し（勢九二五） ……………………… 322
天に光を（桜井翼） …………………………… 281
天女（小林井津志） …………………………… 118
天女（山本みぎわ） …………………………… 94
天女の末裔（鳥井加南子） …………………… 31
天皇（エンペラドール）の密使（丹羽昌三） … 129
電脳天使（彩院忍） …………………………… 201
天皇の帽子（今日出海） ……………………… 232
天の音（加地慶子） …………………………… 78
てんのじ村（難波利三） ……………………… 234
天の舞（林洸人） ……………………………… 94
天の虫（山田たかし） ………………………… 378
天の罠（下澤勝井） …………………………… 270
電蜂 DENPACHI（石路一榮） ……………… 289

電波日和（片山憲太郎） ……………………… 184
テンプル・トゥリー（大巻裕子） …………… 230
テンペスト（池上永一） ……………………… 334
電報（田村西男） ……………………………… 312
天保水滸伝のライター（羽村滋） …………… 151
天保の雪（間万里子） ………………………… 374
天北の詩人たち（冬木薫） …………………… 186
天盆（王城夕紀） ……………………………… 134
天馬（冬邨信介） ……………………………… 324
天馬、翔ける（安部龍太郎） ………………… 241
天窓（芹沢葉子） ……………………………… 78
天窓のある部屋（宮井千津子） ……………… 121
天満の坂道（花井美紀） ……………………… 117
天馬往くところ（富川典康） ………………… 343
天明（檀一雄） ………………………………… 274
天佑（小林卿） ………………………………… 373
天理教本部（騎西一夫） ……………………… 58
電話（山本森平） ……………………………… 216
電話男（小林恭二） …………………………… 57

【と】

ドアの隙間（飛鳥ゆう） ……………………… 121
とある梅干、エリザベスの物語（西田咲） … 144
ドイツ機動艦隊（神谷隆一） ………………… 372
塔（船山馨） …………………………………… 274
塔（末弘喜久） ………………………………… 186
闘（幸田文） …………………………………… 167
12〈twelve Y O〉（福井晴敏） ……………… 32
動機（横山秀夫） ……………………………… 258
桃鬼城伝奇（柏田道夫） ……………………… 372
唐黍（野村土佐夫） …………………………… 41
闘牛（井上靖） ………………………………… 8
闘牛（副田義也） ……………………………… 224
闘牛士の夜（諏訪月江） ……………………… 156
東京一景（波多野杜夫） ……………………… 382
東京ヴァンパイア・ファイナンス（真藤順丈） …………………………………………… 222
東京駅之介（火田良子） ……………………… 154
東京かくれんぼ（九瑠久流） ………………… 140
東京キノコ（早川阿栗） ……………………… 310
東京島（桐野夏生） …………………………… 205
東京新大橋雨中図（杉本章子） ……………… 235
東京スノウ（岩崎恵） ………………………… 355
塔京ソウルウィザーズ（愛染猫太郎） ……… 223
東京ダモイ（鏑木蓮） ………………………… 32
東京タワー オカンとボクと、時々、オトン（リリー・フランキー） ……………………… 333

東京のカナダっぺ（土門渕）	345	トゥルー・ブルー（町野一郎）	324
東京のロビンソン（金子きみ）	287	蟷螂（岩田恒徳）	125
東京パック（横倉辰次）	181	灯篭流（浅野笛秋）	173
同居離婚（出雲井晶）	16	灯籠流し（鬼内仙次）	349
峠（山田赤磨）	127	遠いアメリカ（常盤新平）	234
凍蛍（田畑茂）	116	遠い歌声（諸ристы信）	237
闘鶏（神部龍平）	77	遠い海から来たCOO（景山民夫）	235
東京城の夕映え（平山寿三郎）	132	遠い記憶（冬川文子）	355
道化師（藤野健悟）	376	遠い国からの殺人者（笹倉明）	235
道化師の蝶（円城塔）	12	遠い翼（豊永寿人）	155
洞穴（井上えつこ）	138	遠い農協（風間透）	270
凍結幻想（西口典江）	38	遠い花火（鈴木信一）	78
峠の棲家（岡松和夫）	82	遠い日の告白（渡部麻実）	7
峠の春（栗林佐知）	203	遠い日の墓標（小郷穆子）	83
桃源の島（蛍ヒカル）	325	遠い道（谷沢信意）	172
登校拒否（わだしんいちろう）	94	遠い土産（原元）	206
投降のあとさき（伯井重行）	304	とおかあちゃん（太田ユミ子）	119
透光の樹（高樹のぶ子）	205	十日夜（とおかんや）（山田たかし）	115
凍港へ（柳瀬直子）	121	遠き日々、村里にありて（そのべあきら）	364
東寺の霧（大田倭子）	108	遠き道ゆく（吉野妙子）	194
桃仙娘々伝（とうせんにゃんにゃんでん）（藤原美里）	273	遠き山に日は落ちて（佐伯一麦）	82
同窓会（黒萩知）	100	遠くて浅い海（ヒキタクニオ）	43
灯台鬼（南条範夫）	232	遠くへ行く船（多々良安朗）	319
灯台視察船羅州丸（山下悦夫）	339	遠きうす闇（長岡千代子）	78
灯台の火（三阪水銹）	313	遠田の蛙（深山亮）	158
満天星躑躅（どうだんつつじ）の樹のしたで（清岳こう）	41	父ちゃん，水！（沢木良）	6
とうちゃんのあほたれ（井上みち子）	99	遠花火（三浦良一）	41
凍蝶（岩元義育）	41	遠火の馬子唄（畷文兵）	98
藤堂家はカミガカリ（高遠豹介）	222	遠見と海の物語（高村圭子）	375
とうとうたらり たらりら たらり（滝川野枝）	77	通りゃんせ（藤原侑貴）	50
糖度30（望月雄吾）	381	都会の牧歌（浮島吉之）	124
等伯（安部龍太郎）	236	とかげのささやき（竹見洋一郎）	177
登攀（小尾十三）	8	十勝平野（上西晴治）	18
逃亡（小島泰介）	124	トギオ（太朗想史郎）	110
逃亡（帚木蓬生）	134	時をきざむ潮（藤本泉）	31
東北呪禁道士（大林憲司）	288	時を克えすぎて（火浦功）	280
動脈列島（清水一行）	257	刻を曳く（後藤みな子）	316
童夢（大友克洋）	249	時が滲む朝（楊逸）	11
透明な季節（梶竜雄）	31	トキシン（蛍光）	325
透明な谷間（池敬）	26	時、流れても（そのべあきら）	297
透明になった犬の話（片島麦子）	39	時に佇つ（佐多稲子）	73
東明の浜（尾崎昌躬）	308	時の悪魔と三つの物語（ころみごや）	30
東名ハイウエイバス・ドリーム号（井口泰子）	123	時のアラベスク（服部まゆみ）	357
トウヤのホムラ（小泉八束）	289	時刻（とき）のアルバム（大冨明子）	296
桃梨、山河を越えて——福島の果物と北政所ねねとの奇縁——（高橋成典）	295	時のなかに（岩田典子）	251
		時の渚（笹本稜平）	129
		時載りリンネ！（清野静）	182
		時は今…（井野酔雲）	372
		時は静かに戦慄（おのの）く（木宮条太郎）	330
		読経とカエル（中越隆通）	101

作品名	ページ
トーキョー・クロスロード(濱野京子)	219
途切れない風景(岩波元彦)	240
徳川魔退伝(桃園直秀)	372
毒殺魔の教室(塔山郁)	109
ど腐れ炎上記(中川童二)	127
ドクターイエロー(気賀沢清司)	238
どくだみ(三好三千子)	90
得度(加藤建亜)	112
独白するユニバーサル横メルカトル(平山夢明)	259
特別の夏休み(榎木洋子)	272
毒薬(大橋紀子)	86
徳山道助の帰郷(柏原兵三)	9
刺(久志もと代)	127
時計館の殺人(綾辻行人)	258
時計塔のある町(古賀千冬)	145
溶けた貝(母田裕高)	211
溶けたらしぼんだ。(木爾チレン)	56
刺(とげ)の予感(江藤勉)	118
溶ける闇(高木敏克)	102
土工(下田厚志)	6
とこしえ橋(石井恭子)	46
閉されし人(牧比呂志)	223
屠殺(川久保流木)	303
屠殺者グラナダに死すい(逢坂剛)	54
年頃(古荘正朗)	308
都市伝説パズル(法月綸太郎)	259
年の残り(丸谷才一)	9
土性骨(橘淳生)	104
図書館戦争(有川浩)	333
図書館屋の一冊の本(古川こおと)	381
土壇場でハリー・ライム(典厩五郎)	128
トタン屋根の煙(宮里尚安)	369
途中下車(高橋文樹)	96
海豹亭の客(浅黄斑)	262
ドッグ・デイズ(藤枝和則)	179
ドッグファイト(谷口裕貴)	248
突撃中隊の記録(牧野英二)	178
特攻船(穂高健)	325
独行船(どっこうせん)(上甲彰)	339
どっちがネットアイドル?(周藤氷努)	34
とってもストライキ(地引浩)	105
土手の家(矢野とおる)	303
とても小さな世界(鈴木小太郎)	144
怒濤の唄(関川周)	126
ドナーカード～その他〈全てを〉(千桂賢丈)	97
隣に良心ありき(山崎秀雄)	282
隣のあの子は魔王様?(秋山楓)	141
となりのピアニスト(吉澤薫)	350
となり町戦争(三崎亜記)	159
怒鳴る内儀さん(石野緑石)	319
殿がくる!(福田政雄)	184
殿様と口紅(藤原審爾)	155
賭博者(江夏美子)	300
とばっちり(矢倉房枝)	206
土俵を走る殺意(小杉健治)	360
扉の外(土橋真二郎)	221
扉の外へ(三浦隆造)	223
ドファラの鐘(渡部精治)	25
飛べ麒麟(辻原登)	367
跳べ,ジョー! B.Bの魂が見てるぞ(川上健一)	151
飛べ,鳥かごの外へ(柳田晴夫)	3
飛べないシーソー(島崎ひろ)	53
翔べよ源内(小中陽太郎)	276
トマト(日暮花音)	132
トマト(古林邦和)	217
とまどい(宮城好弘)	72
トマトのために(石田祥)	267
ドマーニ(明日)(月村葵)	252
止まらない記憶(織越遥)	298
戸村飯店 青春100連発(瀬尾まいこ)	219
友(有本隆敏)	117
友井町バスターズ(ばけら)	288
友垣寂び(間瀬昇)	106
共喰い(田中慎弥)	12
トモスイ(高樹のぶ子)	74
友絶ち(山本綾乃)	381
友達(安部公房)	204
ともだちごっこ(吉乃かのん)	327
友達の彼氏をスキになった。(tomo4)	254
ともに在る、ともに生きる(沢си ふう子)	378
共に生きる全てのものたちへ(小澤由)	296
友待つ雪(木下訓成)	252
土曜の夜の狼たち(川村久志)	52
土曜日の夜 The Heart of Saturday night(光山明美)	326
トライアル(菊池瞳)	273
トライアル&エラー(伊園旬)	109
トライアルウィーク(森田修二)	378
虎が来る(赤江行夫)	322
どらきゅら綺談(香山純)	211
ドラキュラのいる客間(草間克芳)	194
ドラゴンキラーあります(海原育人)	133
ドラゴンズ・ウィル(榊一郎)	288
ドラゴン・デイズ(咲田哲宏)	60
ドラゴンは姫のキスで目覚める(夜野しずく)	65
トラッシュ(山田詠美)	168

作品名	頁
とらばらーま哀歌(国梓トシヒデ)	270
トラブル街三丁目(源高志)	117
ドラマチック(荒井登喜子)	270
ドランク チェンジ(八坂堂蓮)	145
鳥(山田剛)	269
鳥を売る(岡本達也)	121
鳥を放つ日(西方郁子)	99
とりかえしのつかない一日(大家学)	72
鳥ぐるい抄(左舘秀之助)	98
トリスメギトス(浜崎達也)	182
鳥たちのうた(川邑径子)	324
鳥たちの闇のみち(黒田宏治郎)	316
鳥のいる場所(柳田のり子)	27
鳥のうた、魚のうた(小島水青)	353
とりのなきうた(氷上恭子)	199
鳥の悲鳴(倉林洋子)	156
ドリーミー・ドリーマー(中島三四郎)	35
ドリーム・アレイの錬金術師(山下欣宏)	76
どれあい(中条孝子)	49
トロイメライ(井上法子)	364
徒労(藤村文彦)	69
泥海ニ還ラズ(田中良彦)	237
泥と飛天(小森好彦)	108
泥の河(宮本輝)	203
泥の谷から(いぬゐじゅん)	378
泥の微笑み(田村初美)	304
登呂の埋没(杉山静生)	336
泥の街(大屋研一)	119
どろぼうの名人(中里十)	146
トロンプルイユの星(米田夕歌里)	187
とんがり(渡辺利弥)	151
トンコ(雀野日名子)	264
ドンコロ糞(岩崎宏文)	200
遁走曲(小久保均)	173, 213
とんでるじっちゃん(大沼珠生)	356
トンニャット・ホテルの客(謙東弥)	28
トンネル(夏井午後)	278
とんぼ物語 二(留畑眞)	26
ドン・ビセンテ(田中せり)	252
とんびの話(奥村栄三)	137

【な】

ナイトダンサー(鳴海章)	32
ナイトフライヤー(ジョージ・R.R.マーティン)	189
ナイトメアオブラプラス(鷹山誠一)	30
ナイフ(重松清)	219
内部告発者(滝沢隆一郎)	168
ナイヤガラ(北原深雪)	240
菜穂子(堀辰雄)	210
直助権兵衛(長谷川更生)	125
直美の行方(高橋菊江)	72
長い腕(川崎草志)	358
長い階段のある家(矢島イサヲ)	71
長い午後(井川正史)	307
長い堤(山下和子)	45
長い拍手(山本涼子)	100
長い道程(みちのり)(堀和久)	240
中上坂(古井由吉)	73
永き闘いの序章(深田俊祐)	138
長崎ぶらぶら節(なかにし礼)	235
長すぎる夜(披田野光信)	243
仲蔵狂乱(松井今朝子)	132
中富士とGHQ(川崎英生)	113
中庭の出来事(恩田陸)	352
ながもち(松村比呂美)	14
長良川(豊田穣)	233
長良川―スタンドバイミー・1950(松田悠八)	106
流れ灌頂(峰隆一郎)	345
流され者(政岡風太郎)	339
流れない川(石原悟)	308
流れない歳月(中西美智子)	78
流れ模様(大畑太右エ門)	25
流れる(坪井あき子)	46
泣き声(ルルコ)	216
渚にて(上岡儀一)	100
渚のロブスター少女(あきさかあさひ)	37
凪のあとさき(北村周一)	339
なぎの葉考(野口冨士男)	73
泣き屋(山下一味)	79
泣き屋の黒うさぎ(佐藤美加子)	354
なくこころとさびしさを(清瀬マオ)	56
泣くなルヴィニア(村爾退二郎)	125
投げし水音(竹中八重子)	319
泣けない魚たち(阿部夏丸)	218
なければなくても別にかまいません(小林勇)	69
名残七寸五分(後藤翔如)	152
梨の木(成田隆平)	6
梨の木(早川ゆい)	350
なしのつぶて(高木敦)	61
梨の花(中野重治)	365
梨畑の向こう側(田中幸夫)	207
なづけ(松本昇)	99
なずな(堀江敏幸)	19
那須野(岸田和子)	300

謎解きはディナーのあとで(東川篤哉) 334
なだりの道(備瀬毅) 370
雪崩と熊の物語(下山俊三) 127
ナチュラル・ワールド(土屋満理) 355
夏(中村真一郎) 204
夏色の軌跡(西浦一輝) 358
夏がおわる(南綾子) 56
夏がキラリ。(後藤知朝子) 164
懐かしき友へ―オールド・フレンズ(井上淳)
...... 128
なつかしの雨(藤上貴矢) 272
なつき☆フルスイング! ケツバット女、笑う
夏希。(樹戸英斗) 221
夏景色(出村曉葵) 364
夏木立(新家智美) 363
なっこぶし(宗谷真爾) 269
夏衣(高橋貞子) 6
夏潮(左山遼) 100
なつそら(CAMY) 300
鳴って梅雨明け(戸田友信) 99
夏と花火と私の死体(乙一) 139
夏のあとに(増子一美) 200
夏の家(結城祝) 279
夏の色(河野唯) 41
夏の鶯(伊藤恵一) 126
夏の鶯(伊藤桂一) 208
夏のうしろ姿(原田由美子) 368
夏の宴(脇真珠) 218
夏の遠景(伊々田桃) 102
夏のお父さん(竹田修) 176
夏の終り(笠原靖) 49
夏の終り(瀬戸内晴美) 167
夏の終わり(今井新一郎) 240
夏の終わりのトラヴィアータ(永島順子) 329
夏の記憶(中村新) 364
夏の記憶(柚木麻佐子) 39
夏の残影(佐田暢子) 103
夏の葬列(杏澤佳純) 296
夏の旅人(田中文雄) 280
夏の流れ(丸山健二) 9, 307
夏の名残(大石きさこ) 101
夏の匂い(二階堂絹子) 363
夏の賑わい(中島俊輔) 308
夏の音色(佐藤大介) 297
夏の果て(浜口隆義) 308
夏の花(中沢ゆかり) 78
なつのはね(近内泰一) 297
夏の日(鳴沢恵) 326
夏の日に(麻田圭介) 194
夏の日の,あの夕日(小山弓) 16

夏の淵(高瀬千図) 179
夏の魔球(高木敦) 381
夏のまもの(鳴タマコ) 279
夏の約束(藤野千夜) 11
夏の闇の愛と記憶(村中好穂) 137
夏の百合(木曽高) 93
夏光(乾ルカ) 53
夏姫春秋(宮城谷昌光) 235
ナツミザカバレエ研究所(結城はに) 325
夏海紗音と不思議な世界(直江ヒロト) 289
夏目漱石の事件簿(楠木誠一郎) 262
夏模様(倉持れい子) 238
夏よ、光り輝いて流れよ(野辺慎一) 196
ななかさんは現実(鮫島くらげ) 146
七転び(志川節子) 53
名なし鳥飛んだ(土井行夫) 128
七瀬ふたたび(筒井康隆) 188
七つの海を照らす星(七河迦南) 15
ななつのこ(加納朋子) 15
七歳美郁と虚構の王(陸凡鳥) 146
七番目の世界(中村涼子) 148
七姫物語(高野和) 221
7/7のイチロと星喰いゾンビーズ(羽谷ユウス
ケ) 146
ナニカアル(桐野夏生) 136, 368
何も変わら無い日(森野音児) 24
なにもしてない(笙野頼子) 275
何もなかった日記(春名雪風) 376
何者(朝井リョウ) 236
浪速怒り寿司(長谷川憲司) 49
ナノの星、しましまの王女、宮殿の秘密(西村
文宏) 30
那覇の港で(石堂秀夫) 199
那覇の木馬(五代夏夫) 307
ナビゲーター(芝夏子) 84
鍋の中(小林勝美) 377
鍋の中(村田喜代子) 10
ナホトカ号の雪辱(大岩尚志) 252
ナポレオン狂(阿刀田高) 234
名前のない表札(市村薫) 308
生首に聞いてみろ(法月綸太郎) 331
生篭り(杉田幸三) 16
なまづま(堀井憲馬) 265
なまみこ物語(円地文子) 167
なみき村便り(岩井川皓二) 7
涙(稀響) 364
涙(松本茂樹) 149
涙多摩川(児島晴浜) 314
波の花(鳥海高志) 71
波ばかり(杉村静) 368

ナミヤ雑貨店の奇蹟(東野圭吾)	212
名もなき孤児たちの墓(中原昌也)	276
名も無き世界のエンドロール(行成薫)	160
名もなき毒(宮部みゆき)	333
なもなきはなやま(岩槻優佑)	13
名もなき道を(高橋治)	134
奈落(伊藤孝一)	225
ナラタージュ(島本理生)	333
楢山節考(深沢七郎)	211
ナリン殿下への回想(橘外男)	231
なるたま～あるいは学園パズル(玩具堂)	183
鳴門崩れ(池辺たかね)	125
なるとの中将(曽我得二)	126, 208
鳴海五郎供述書(榊原直人)	322
なれない(村崎えん)	327
南海封鎖(津村敏行)	88
なんか島開拓誌(原岳人)	260
南郷エロ探偵社長(上津廣生)	124
南国殉教記(柳井正夫)	124
南国博覧会(高崎卓郎)	101
汝の隣人(花谷レイ子)	216
汝ふたたび故郷へ帰れず(飯島和一)	317
軟弱なからし明太子(崎村亮介)	53
南朝の暁星、楠木正儀(百目鬼涼一郎)	373
何でもないこと(舩津弘繁)	94
南天の紅い実(中野麻里)	336
なんとなく、クリスタル(田中康夫)	316
南蛮かんぬし航海記(伊東昌輝)	16
南蛮寺門前町別れ坂(田吉義明)	102
南氷洋に鯨を追って(渡辺芳明)	339
南部牛追唄(山田野理夫)	269
南風青人の絵(国吉真治)	371
南溟(山下郁夫)	224
南稜七ツ家秘録 七ツの二ツ(長谷川卓)	63

【に】

新島守(二牛迂人)	313
兄ちゃんを見た(小堀新吉)	52
匂い辛夷(こぶし)(笹耕市)	120
仁王立ち(島野一)	54
二階(葉山由季)	39
苦い厨(冨永礼子)	40
にがい米(儀村方夫)	269
苦い暦(胸宮雪夫)	54
苦い酒(荒尾和彦)	152
似顔絵(桐生悠三)	16
二月・断片(田辺武光)	59

肉神(にくがみ)(折田裕)	83
肉触(佐藤智加)	317
荷車(瑞城淳)	370
荷車の詩(うた)(岩橋洋子)	26
逃げ口上(滝本ami一郎)	358
逃げ場(青木礼子)	299
逃げ水の見える日(海月ルイ)	55
逃げ道(北野直夫)	310
逃げるやもりと追うやもり(森田弘輝)	50
二剣用心棒(九鬼蛍)	182
濁った激流にかかる橋(伊井直行)	367
ニコライエフスク(三波利夫)	58
虹(北川瑛治)	243
虹(中村智行)	99
虹(藤井重大)	233
虹を見たか(赤江行夫)	16
西から昇る太陽(嫁兼直一)	231
西澤堰物語(野村土佐夫)	101
虹と修羅(円地文子)	204
虹の色(石原武義)	71
虹の音(刑部竹幹)	130
虹の彼方(小池真理子)	135
虹のカマクーラ(平石貴樹)	186
虹の切れはし(水沢秋生)	176
西巷説百物語(京極夏彦)	135
虹の谷の五月(船戸与一)	235
虹の岬(辻井喬)	205
西浜隊顛末記(準中)	223
西日(倉持れい子)	17
にじふぁそら(山口たかよ)	299
虹へ、アヴァンチュール(鷹羽十九哉)	128
二十一世紀の芝(東江建)	371
二重奏(岩下啓亮)	327
二重底の女(船津弘)	71
二重中心(北郷菜奈美)	364
二十二歳のサルビア(輪田圭子)	194
二十年目の恩讐(赤井三尋)	32
ニジンスキーの手(赤江瀑)	151
鰊漁場(梶野惠三)	202
贋ダイアを弔う(金真須美)	39
贋・突貫紀行(田中英雄)	364
尼僧の襟(海月ルイ)	129
日月山水図屏風異聞(小林義彦)	116
日常転換期(野口卓也)	140
日曜日には愛の胡瓜を(平野純)	317
日曜日の翌日はいつも(相川英輔)	327
日輪の神女(篠崎紘一)	107
日録なまり(佐加美登志雄)	20
日蝕(西原啓)	90
日蝕(平野啓一郎)	11

| 作品名索引 | ねこの |

二等兵お仙ちゃん(藤田敏男) ……… 126
二度のお別れ(黒川博行) ………… 128
二度の恋(児島晴浜) ……………… 315
二度目の太陽(和泉朱希) …………… 64
二年四組 暴走中!(片山禾域) …… 185
ニノミヤのこと(長谷川多紀) …… 120
二番目の男(会田五郎) …………… 122
二匹(鹿島田真希) ………………… 317
日本SF精神史(長山靖生) ………… 250
日本以外全部沈没(筒井康隆) …… 188
日本殺人事件(山口雅也) ………… 258
日本沈没(小松左京) ……… 188, 257
日本文学盛衰史(高橋源一郎) ……… 19
二万三千日の幽霊(柏田道夫) ……… 55
にゃんこそば(渡辺江里子) ……… 299
入道はん(藤牧久雄) ……………… 230
ニューオーリンズ・ブルース(岡田信子) …… 52
ニューギニア山岳戦(岡田誠三) …… 232
ニュースの時間です ……………… 193
ニュータウン(平田健太郎) ……… 370
ニューヨークのサムライ(桧山芙二夫) …… 52
ニューヨークの女(ひと)に送る恋文(小松崎松平) ……………………… 21
ニューロマンサー(ウィリアム・ギブスン) … 190
女人浄土(鈴木新吾) ……………… 123
ニライカナイ(川井豊子) ………… 47
ニライカナイの空で(上野哲也) … 219
にわか雨(野村敏子) ……………… 72
にわか産婆・漱石(篠田達明) …… 374
にわか姫の懸想(長尾彩子) ……… 274
鶏が鳴く(波多野陸) ……………… 92
鶏飼ひのコムミュニスト(平林彪吾) …… 315
鶏騒動(半田義之) ………………… 8
鶏と女と土方(原田太朗) ………… 52
にわとり翔んだ(合田圭希) ……… 49
人形(国沢あゆみ) ………………… 41
人形(下地芳子) …………………… 370
人形(西堀凜華) …………………… 144
人形館(前川ひろ子) ……………… 22
人形(ギニョル)(ネコ・ヤマモト) …… 330
仁侠ダディ(東朔水) ……………… 330
人形遣い(賽目和七) ……………… 147
人形になる(矢口敦子) …………… 166
人形の絵(矢内久子) ……………… 112
人形の旅立ち(長谷川摂子) ……… 219
人形のまち(服部春江) …………… 112
人形の館(成田彩乃) ……………… 363
人魚姫(珠城みう) ………………… 148
人間タイマツ現象解明への挑戦(藤田幸生) …… 344
人間と魔物がいる世界(そぼろそぼろ) …… 35

人間の証明(森村誠一) ……………… 62
人間の尊厳と八〇〇メートル(深水黎一郎) … 259
人間の土地(吉田十四雄) ………… 269
人間万事塞翁が丙午(青島幸男) … 234
人間檻褸(大田洋子) ……………… 166
妊娠カレンダー(小川洋子) ………… 10
人参ごんぼ 豆腐にこんにゃく(木塚昌宏) … 207
忍耐の祭(山科春樹) ………………… 89

【ぬ】

脱がせません(肉Q) ………………… 35
抜け道(根本幸江) ………………… 350
ヌタックカムウシュッペ(神々の遊ぶ庭)(太田実) ……………………… 94
沼田又太郎の決意(頼迅一郎) ……… 17
沼地の虎(清水政二) ……………… 126
沼に舞う(江口ちかる) ……………… 47
塗りこめられた時間(広松彰) …… 307
ぬるい毒(本谷有希子) …………… 276
濡れた心(多岐川恭) ………………… 31
濡れた言葉(岡本澄子) …………… 317
ぬれた洞窟壁画の謎(A.B.チャンドラー) … 188
ぬんない(徳永博之) ……………… 117

【ね】

姉さん(瀬戸新声) ………………… 313
姉ちゃんは中二病(はぐれっち) …… 30
ネオンと三角帽子(黒岩重吾) …… 127
ネガティブハッピー・チェーンソーエッヂ(滝本竜彦) ……………………… 61
葱の花と馬(伊東祐治) …………… 210
ネクスト・エイジ(野島けんじ) …… 60
ネクタイ(新崎恭太郎) …………… 369
ネクタイの世界(吉田健至) ……… 307
ネクラ少女は黒魔法で恋をする(熊谷雅人) … 34
ねこ(榎本その) …………………… 208
猫(平田好輝) ……………………… 69
猫を抱いて象と泳ぐ(小川洋子) … 334
猫ヲ祭ル(千田佳代) ……………… 106
猫か花火のような人(十八鳴浜鷗) … 79
ねこたま(小林めぐみ) …………… 288
猫にはなれないご職業(竹584七草) … 147
猫の居場所(坂本遊) ……………… 47
猫の客(平出隆) …………………… 82
猫の生涯(広岡千明) ……………… 152

猫のスノウ（加藤清子）	356
猫耳天使と恋するリンゴ（花間燈）	35
猫目狩り（橋本紡）	220
猫はいません（柳谷千恵子）	116
猫は知っていた（仁木悦子）	31
ネコババのいる町で（滝沢美恵子）	10, 308
ネザーワールド（東佐紀）	184
捻子医（鴨川沢叉）	177
ねじまき鳥クロニクル（村上春樹）	367
ネジ巻の腕時計（平緒宜子）	239
ネージュ・パルファム（柏崎理恵）	355
捻じれた手（三輪チサ）	353
鼠浄土（宗谷真爾）	211
鼠と肋骨（脇坂綾）	91
ねずみ娘（宇井無愁）	125
ネッソスの肌着（根保孝栄）	324
熱帯魚（白石弥生）	370
熱帯魚の水（小倉倫子）	382
熱帯夜（曽根圭介）	259
熱病夢（香里了子）	374
熱風（長瀬ひろし）	207
熱風（福明子）	305
寝ても覚めても（柴崎友香）	276
ねのこ（紫波裕真）	176
ネバーランドの柩（新井政彦）	129
涅槃岳（宮本誠一）	304
涅槃の雪（西條奈加）	241
ねぶたが笑った（木田孝夫）	225
ネプチューン（新井素子）	189
眠りなき夜（北方謙三）	360
眠りの海（本多孝好）	158
眠りの前に（二取由子）	52
ねむりひめ（吉川トリコ）	56
眠り姫（上田かりん）	278
眠り姫の目覚める朝（前田珠子）	271
眠り姫は方法を使う（紗霧崎戻樹）	139
眠る指輪（谷脇陽士）	285
ネームレス・デイズ（上川龍次）	49
眠れぬ川（松嶋ちえ）	49
眠れぬ真珠（石田衣良）	136
眠れる島の王子様（夏埜イズミ）	380
眠れる聖母～絵画探偵の事件簿～（国本まゆみ）	284
年賀状の波紋（新田文男）	229
年季奉公（小松重男）	52
燃焼（薄井清）	269
ねんねこライダー（永井恵理子）	302
粘膜蜥蜴（飴村行）	259
粘膜人間の見る夢（飴村行）	264
年末大決済（久保田大樹）	217
念力（藤巻幹城）	130

【の】

野いちご（崎浜慎）	371
ノヴァーリスの引用（奥泉光）	275
脳男（首藤瓜於）	32
納骨（小山弓）	16
濃紺のさよなら（文野広輝）	116
脳卒中物語（増沢一平）	71
脳病院へまゐります。（若合春侑）	309
能満寺への道（藤沢すみ香）	252
能面殺人事件（高木彬光）	256
農林技官（遊道渉）	28
野餓鬼のいた村（加藤幸子）	179
野菊の如く 女医第二号 生沢久野の生涯（長谷川美智子）	97
野菊のように（山口恵以子）	17
軒の雫（しずく）（沙木実里）	79
残された夫（田木敏智）	224
残された重吉（橋場忠三郎）	319
残り香（伊波伊久子）	369
残りの花（石塚長雄）	20
残る桜も（内村和）	172
ノスタルジア（巌谷藍水）	326
ノーストリリア（コードウェイナー・スミス）	190
野面吹く風（杉本利男）	251
覗き小平次（京極夏彦）	352
後巷説百物語（京極夏彦）	236
ノックする人びと（池内広明）	317
ノーティアーズ（渡辺由佳里）	157
野天風呂（大庭芙蓉子）	206
能登（杉森久英）	287
のの子の復讐ジグジグ（大槻ケンヂ）	191
ののの（太田靖久）	180
野の母（山口紀美子）	362
ノノメメ、ハートブレイク（近村英一）	147
野薔薇の道（松本富生）	308
ノバルサの果樹園（渡辺伍郎）	241
野火（大岡昇平）	365
伸びきった時間（池島健一郎）	114
ノービットの冒険―ゆきて帰りし物語（パット・マーフィー）	192
野火止（吉野さよ子）	114
野ブタ。をプロデュース（白岩玄）	317
ノブちゃんのひとり旅（なかみや梁）	371
信長 あるいは戴冠せるアンドロギュヌス（宇	

月原晴明) ………………… 260
信長の首(伊藤沱) ………………… 126
伸予(高橋揆一郎) ………………… 10
ノーペイン ノーゲイン(坂本善三郎) … 358
のぼうの城(和田竜) ………………… 334
蚤の心臓ファンクラブ(萩原亨) ……… 91
猪目の洞っこ(いのめのほらっこ)(木下訓成) ………………… 216
ノーモア・家族(円つぶら) ………… 156
乗合馬車(中里恒子) ………………… 7
呪われた七つの町のある祝福された一つの国の物語(喜多みどり) ………… 64
野分(梶谷啓子) ……………………… 101
暢気眼鏡(尾崎一雄) ………………… 7

【は】

婆様の覚え書(大田倭子) …………… 70
ばあちゃんのBSE(鶴ケ野勉) ……… 207
ばあばあ・さる・じいじい(小野正嗣) … 177
灰色猫のフィルム(天埜裕文) ……… 187
灰色の家の娘たち(島崎桂) ………… 364
灰色のキャンバス(猪狩彩夏) ……… 364
灰色のコンプレックス(持田美根子) … 338
煤煙(花峰生) ………………………… 173
梅花二輪(山名美和子) ……………… 374
ハイガールムの魔物(みなづき志生) … 380
廃墟に乞う(佐々木譲) ……………… 236
ハイキング(管乃了) ………………… 56
廃校(青田繁) ………………………… 362
売国奴(永瀬三吾) …………………… 256
背後の時間(海堂昌之) ……………… 203
廃車(松波太郎) ……………………… 310
ハイスペック・ハイスクール(緋奈川イド) … 35
廃船(青柳隼人) ……………………… 3
ハイデラパシャの魔法(左能典代) …… 179
背徳のメス(黒岩重吾) ……………… 233
バイバイ、エンジェル(笠井潔) …… 62
バイ・バイ、ジョン(金井未来男) … 113
灰姫 鏡の国のスパイ(打海文三) … 358
ハイブリッド・チャイルド(大原まり子) … 190
ハイペリオン(ダン・シモンズ) …… 191
ハイペリオンの没落(ダン・シモンズ) … 191
敗北者の群(佐野順一郎) …………… 315
配流(河崎守和) ……………………… 85
パイロケーション(法条遥) ………… 264
パイロットフィッシュ(大崎善生) … 361
ハウスマヌカンストリート(野木はな子) … 114

蠅(松本昭雄) ………………………… 71
蠅の帝国 軍医たちの黙示録(帚木蓬生) … 248
覇王の娘〜外つ風は琥珀に染まる(市瀬まゆ) … 148
墓(花輪真衣) ………………………… 170
覇壊の宴(日昌晶) …………………… 288
葉隠聞書き(佐藤俊治) ……………… 86
『葉隠』抜き書 切腹な痛かばんた(木塚昌宏) ………………………………… 86
バガージマヌパナス(池上永一) …… 260
墓―書人刈屋翔山の顛末(福明子) … 119
博士の愛した数式(小川洋子) … 332, 367
歯形(河内いきみ子) ………………… 216
博多豚骨ラーメンズ(木崎ちあき) … 223
バカとテストと召喚獣(井上堅二) … 37
儚い者たち(ERINA) ……………… 254
鋼の記憶(苅米一志) ………………… 149
ハガネノツルギ〜死でも二人を別てない〜(無嶋樹了) ……………………… 30
墓場の野師(仁田義男) ……………… 306
履き忘れたもう片方の靴(大石圭) … 317
白雨録(井上梨花) …………………… 314
爆音、轟く(国梓としひで) ………… 171
白銀新生ゼストマーグ(天埜冬景) … 35
白日夢譚(中山昌子) ………………… 362
白春(竹田真砂子) …………………… 241
白色の残像(坂本光一) ……………… 32
爆心(青来有一) ……………… 19, 205
剥製博物館(泉秀樹) ………………… 179
パークチルドレン(石野文香) ……… 145
バクト!(海冬レイジ) ……………… 300
白馬に乗られた王子様(石岡琉衣) … 320
伯備線の女―断腸亭異聞(三ツ木茂) … 44
白泡の記(川浪梣弓) ………………… 311
白墨釣記 ―藤の花に恋するころ―(成田津斗武) ……………………………… 296
幕末 京都大火 余話 町人剣 高富屋晃造(沢良木和生) …………………… 372
幕末薩摩(郷原建樹) ………………… 262
幕末魔法士―Mage Revolution―(田名部宗司) ………………………………… 222
薄明(加藤和子) ……………………… 24
薄命(吉田荻洲) ……………………… 219
薄命記(織笠白梅) …………………… 313
パーク・ライフ(吉田修一) ………… 11
幕乱資伝(松時ノ介) ………………… 30
はぐれ鳥(千田春義) ………………… 200
はぐれ念仏(寺内大吉) ……………… 233
はぐれ蛍(峰和子) …………………… 22
馬喰(小南三郎) ……………………… 5

博浪沙異聞（狩野あざみ）	374
破軍の星（北方謙三）	134
激しい夏（太田博子）	245
化け猫音頭（松嶋チエ）	218
化け猫じゃらし―吉原天災騒動記（高橋夕樹）	288
「禿げる」あるいは「レオポンの夜」（竹田修）	176
はけん小学生（池田史ほか）	144
破獄（吉村昭）	366
函館海岸美術館（木村華奈美）	325
箱のうちそと（田口佳子）	165
箱の中（岡村義公）	201
箱の中の雪国（石塚珠生）	354
箱部～東高引きこもり同好会～（小川博史）	183
葉桜が来た夏（夏海公司）	222
葉桜の季節に君を想うということ（歌野晶午）	259, 331
ハサミ（ぶろっこりぃ）	279
はさんではさんで（甘木つゆこ）	327
橋（蟹谷勉）	251
はしか犬（稲村格）	52
はしご（廣田菜穂）	144
橋/サドンデス（伊良子序）	339
ハシッシ・ギャング（小川国夫）	367
走って帰ろう！（加藤聡）	37
橋の上から（川勝篤）	179
橋の上の少年（菅野雪虫）	78
橋の下と僕のナイフ（岡田美津穂）	50
端島の女（西木正明）	235
はじまらないティータイム（原田ひ香）	187
始まり（崎浜慎）	171
はじまりの秋（高取結有）	137
始まりの日は空へ落ちる（久保理世）	273
はじまりの骨の物語（五代ゆう）	288
パジャマラマ（山本恒彦）	139
走る（加部進）	93
走る男（上原秀樹）	91
走るジイサン（池永陽）	159
走れトマホーク（安岡章太郎）	366
走れフォーク（鯉沼晴二）	200
バージン・ロードをまっしぐら（鈴木多郎）	320
破水（南木佳士）	308
葉末をわたる風（金子隆一）	281
パスカルの窓（駒井れん）	13
バスケット通りの人たち（矢吹透）	152
バスストップの消息（嶋本達嗣）	260
バセティックな一日（清水克二）	199
破線のマリス（野沢尚）	32
パソコン・レッスン（中谷芳子）	215
破損馬一箇（門馬久男）	5
旗（吉開那津子）	253
裸（大道珠貴）	83
裸犬（妹尾津多子）	71
裸木（垣見鴻）	243
裸の王様（開高健）	8
裸の捕虜（鄭承博）	269
肌ざわり（尾辻克彦）	211
裸足（木崎さと子）	308
裸足と貝殻（三木卓）	367
はだしの小源太（喜安幸夫）	17
二十歳（平山実）	69
二十歳の朝に（木田拓雄）	179
ハタハタ侍（渡辺きの）	5
ハタハタの鳴る夜（渡部麻実巳）	7
働かざるもの（三輪克巳）	309
はたらく魔王さま！（和ヶ原聡司）	222
鉢植えの記念樹（鈴木一喜）	324
ハチカヅキ！（壱日千次）	34
八月の青い蝶（周防柳）	160
八月の獲物（森純）	129
八月のコスモス（河合民子）	84
八月の路上に捨てる（伊藤たかみ）	11
八代目団十郎の死（霜川遠志）	374
蜂の殺意（関口ふさえ）	128
パチプロ・コード（伽古屋圭市）	110
はちみつ（市井波名）	381
パチンコ母さん（大坂千恵子）	39
八角勾玉（つかのもり）	344
バッカーノ！（成田良悟）	221
初冠雪（溝井洋子）	47
白球アフロ（朝倉宏景）	154
白球残映（赤瀬川隼）	235
白球と爆弾（朝倉宏景）	154
髪魚（鈴木善徳）	310
発狂（角田喜久雄）	124
バックミラーの空漠（福田道夫）	307
初恋（唐島純三）	104
初恋タイムスリップ（樹香梨）	254
初恋物語（沢木信乃）	125
発酵（太田寛）	69
白光院雑記（沢英介）	93
発酵部屋（田中由起）	108
初子さん（赤染晶子）	309
八丁堀慕情・流刑の女（押川国秋）	132
服部半蔵の陰謀（沢田直大）	372
ハッピーハウス（結城真子）	317
初詣（小林計夫）	69
果つる底なき（池井戸潤）	32
パーティー（山名良介）	158

パーティーのその前に（久藤冬貴）	380
果てしなき白い道を（有田弘子）	209
果てない奇（安達公美）	70
果てなき渇きに眼を覚まし（古川敦史）	109
派手浴衣（志村白汀）	314
破天の剣（天野純希）	241
鳩（気賀沢清司）	239
覇道鋼鉄テッカイオー（八針来夏）	185
覇道の城（尾山晴繁）	372
鳩を食べる（中野勝）	91
鳩とクラウジウスの原理（松尾佑一）	347
パートナー（正木陶子）	55
バードメン（澁谷ヨシユキ）	309
バトルカーニバル・オブ・猿（春日部武）	183
花（平野稜子）	116
鼻（曽根圭介）	264
花明かり（中川静子）	226
花合せ・濱次お役者双六一（田牧大和）	154
花筏（山村律）	103
花いちもんめ（新光江）	101
花いちもんめ（もりおみずき）	371
花色運河（牛山喜美子）	239
華岡青洲の妻（有吉佐和子）	167
花をみたい（加藤末子）	130
花がたみ（藤井登美子）	213
花狩人（野阿梓）	280
花喰い鳥（堀之内泉）	286
花腐し（松浦寿輝）	11
鼻ぐりは集落に眠れ（楢崎三平）	46
鼻毛と小人と女の子（桜糀乃々子）	144
花衣ぬぐやまつわる…（田辺聖子）	168
花咲かす君（山本瑤）	273
話、聞きます（門倉暁）	77
花捨て（不二今日子）	203
花園のサル（神田茜）	176
花園の迷宮（山崎洋子）	32
花染（中本今日子）	370
花畳（夏芽涼子）	78
ハナダンゴ（神崎八重子）	48
花と少年（片瀬二郎）	198
花と分校と（うめかおる）	294
花に眩む（彩瀬まる）	56
花に抱かれて（武陵蘭）	305
花に問え（瀬戸内寂聴）	205
花に降る千の翼（月本ナシオ）	64
花野（井須はるよ）	239
花の形見（松田有未）	25
花の御所（稲垣一城）	51
花の下にて春死なむ（北森鴻）	258
鼻の周辺（風見治）	83
花のない庭（葛飾千子）	119
花の名前（向田邦子）	234
花の碑（友谷蒼）	182
花のふる沼（村上碧）	149
花の魔女（青谷真未）	329
花のれん（山崎豊子）	232
花は桜、琴は月（秋水一葳）	284
花は桜よりも華のごとく（河合ゆうみ）	65
花火（江坂遊）	323
花火（山本利雄）	213
花火（横井八千代）	80
花冷えの…（川崎葉子）	363
花火師丹十（緑川玄三）	126
花評者石山（高市俊次）	374
花びら、ひらひらと（大高ミナ）	79
花びら餅（大矢風子）	355
花袋（岡田静香）	99
散華（はなふる）之海（森岡泉）	339
花まつり（加藤富夫）	5
花まんま（朱川湊人）	236
花見の仇討（宮田隆）	77
花屋（荻原秀介）	22
華やかな死体（佐賀潜）	31
花雪小雪（佐藤ちあき）	380
花宵道中（宮木あや子）	56
花嫁の父（依田茂夫）	350
離れ猿（森野昭）	28
母（林恵）	41
パパイヤのある街（龍瑛宗）	58
母、狂う（玉代勢章）	170
母娘（渡辺茂代子）	294
はばたけニワトリ（中倉真知子）	58
母たち女たち（仲村渠ハツ）	169
母つばめ（明石喜代子）	41
母と息子（緒川文雄）	243
母の死化粧（玉木一兵）	170
バーバーの肖像（早乙女朋子）	159
母の睡（柏崎太郎）	242
母の世界（浜野博）	45
母の背中（今井絵美子）	78
母の秘密（片山峰子）	47
パパの分量（竹村肇）	53
母の遺言（長瀬加代子）	47
母への皆勤賞（桐生悠三）	16
母よ（青野聡）	367
母よ、我、未だ健在なり（菅野五郎）	296
バビロニア・ウェーブ（堀晃）	190
ハーフドームの月（宮城正枝）	28
パーボ・スロプタ（古林邦和）	225
ハホー・ピュッ（船戸鏡聖）	112

浜津脇溶鉱炉（家坂洋子） ………… 16
浜なす（瀬木ゆう） ………………… 23
はまなすの花（三田照子） ………… 24
浜辺のリサイタル（西原健次） …… 286
ハミザベス（栗田有起） …………… 186
はみだし会（森当） ………………… 270
ハミングで二番まで（香納諒一） … 158
食む（由布木皓人） ………………… 262
はめごろしの窓（雪竹靖） ………… 94
ハーモニー（伊藤計劃） …………… 250
葉もれ日（波野鏡子） ……………… 119
波紋（石田耕平） …………………… 104
波紋（千足一郎） …………………… 68
波紋（德見茄子） …………………… 124
波紋（本間正志） …………………… 69
破門の記（山村直樹） ……………… 51
薔薇（武藤養子） …………………… 240
薔薇忌（皆川博子） ………………… 134
パラサイト・イヴ（瀬名秀明） …… 263
原島弁護士の処理（小杉健治） …… 54
パラダイスファミリー（島田理聡） … 272
パラダイス ルネッサンス（谷瑞恵） … 379
薔薇という名の馬（蓮見恭子） …… 359
バラード・イン・ブルー（森真沙子） … 152
薔薇に雨（東堂燦） ………………… 274
薔薇の登音（菊池佐紀） …………… 101
パラノイア7（一条理希） ………… 379
パラノイド（伊坂尚仁） …………… 378
パラフレーズ（仁村魚） …………… 164
パラララバ —Parallel lovers—（四月十日） … 222
パラレル（宮代賢二） ……………… 176
パラレル・ターン（大原加津子） … 39
パラレル・パラダイム・パラダイス（飛田甲）
  …………………………………… 36
針（原田弥生） ……………………… 278
ハリウッドを旅するブルース（岑本紀良） … 151
ハリガネムシ（吉村萬壱） ………… 11
針突きをする女（河合民子） ……… 370
春一番（木下訓成） ………………… 270
パールウェーブ（小川苺） ………… 72
春枝と僕（恵那慎也） ……………… 231
春送り（館山智子） ………………… 363
春を待つクジラ（加藤清子） ……… 356
はるがいったら（飛鳥井千砂） …… 159
はるか海の彼方に（高遠砂夜） …… 272
遙か彼方の島（近藤早希子） ……… 209
遙かなるニューヨーク（橋本康司郎） … 28
春風のなかに（阿部誠也） ………… 3
はるかな町（三岸あさか） ………… 322
遙かなる虹の大地 架橋技師伝（葦原青） … 133

遙かなる腐食の幻影（並木秀雄） … 93
遙かなる山なみ（山岸雅恵） ……… 154
春妃〜デッサン（村山由佳） ……… 159
春来る鬼（須知徳平） ……………… 360
春子のバラード（片山ゆかり） …… 165
春紫苑物語（新田次郎） …………… 150
パルタイ（倉橋由美子） …………… 166
バルタザールの遍歴（佐藤亜紀） … 260
春告鳥（三阪水銹） ………………… 313
春とボロ自転車（志村雄） ………… 124
春にとけゆくものの名は（湊ようこ） … 380
春の訪れ（伊藤睦子） ……………… 6
春の訪れ（根本大輝） ……………… 144
春の終り（一の瀬綾） ……………… 269
春の終わり（勝山朗子） …………… 209
春の川（桂木和子） ………………… 225
春の草（石川利光） ………………… 8
春の城（阿川弘之） ………………… 365
春の胎内（茅原麦） ………………… 177
春の手品師（大島真寿美） ………… 308
春の伝言板（小林栗奈） …………… 356
春の砦（藤森益弘） ………………… 129
春の雪（泉田洋子） ………………… 25
春の雪（山本勇一） ………………… 207
春の夜の夢のごとく 新平家公達草子（篠綾子）
  …………………………………… 97
春の夜（原口夭々） ………………… 172
春の病葉（蚊那霊ヰチ） …………… 201
春は冬に遠くして（市村与生） …… 20
春彼岸（東しいな） ………………… 355
ハルビン・カフェ（打海文三） …… 43
バルベスタールの秘婚（平川深空） … 148
ハルマヘラの鬼（幕内克蔵） ……… 127
ハル道のスージジヴァにはいって（大嶺邦雄） … 171
春未明（加賀屋美津子） …………… 118
はるゆりの歌（柴崎日砂子） ……… 210
バルーン・タウンの殺人（松尾由美） … 281
パレスチナから来た少女（大石直紀） … 266
パレード（吉田修一） ……………… 352
晴れ時どき正義の乙女（宮崎柊羽） … 61
ハーレムのサムライ（海庭良和） … 52
ハロー、厄災（こざわたまこ） …… 56
ハワイ（How was it）？ Vol.1（星野アギト）
  …………………………………… 61
ハワイッサー（水野スミレ） ……… 60
パワー系181（墨谷渉） …………… 187
播火（柳谷郁子） …………………… 39
挽歌（高山英三） …………………… 71
挽歌（原田康子） …………………… 166
晩夏（葛城真樹） …………………… 279

晩夏(渡邊能江)	72
晩花(山下慧子)	18
ハンカチ落とし(江川さい子)	44
晩菊(林芙美子)	166
叛逆(斧二三夫)	324
反逆者 〜ウンメイノカエカタ〜(弥生翔太)	184
ハングリー・ブルー(小柳義則)	117
はんこ屋の女房(樋口範子)	350
ハンゴンタン(由真直人)	309
バンザーイ(南ふさ子)	130
旛祭(八王子琴乃)	225
バンザイさん(島尻勤子)	371
ハンザキ(宮川顕二)	350
万事ご吹聴(召田喜和子)	117
盤上のアルファ(塩田武士)	154
盤上の夜(宮内悠介)	198, 250
半所有者(河野多恵子)	74
韓素音(ハン・スーイン)の月(茅野裕城子)	186
半生(大谷òv子)	58
伴奏(工藤重信)	58
晩霜の朝(高橋惟文)	207
蕃地(坂口䙝子)	177
パンツァーポリス1935(川上稔)	220
パンツ・ミーツ・ガール(為三)	35
半島(松浦寿輝)	367
半島の芸術家たち(金聖珉)	208
板東武神侠(中里融司)	371
半島へ(稲葉真弓)	205
パントマイム(夏目千代)	78
パンドラ・アイランド(大沢在昌)	135
般若陰(大鷹不二雄)	346
犯人に告ぐ(雫井脩介)	43, 333
番人のいる町(有松周)	252
晩年の抒情(関川周)	126
万能による無能のための狂想曲(水月紗鳥)	35
パンのなる海、緋の舞う空(木島たまら)	159
万物理論(グレッグ・イーガン)	192
半分のふるさと―私が日本にいたときのこと(李相琴)	218
パン屋のおやじ(沢まゆ子)	193
叛乱(立野信之)	232
氾濫現象(山本森)	46

【ひ】

ピアニシモ(辻仁成)	186
ピイ子また孤独となる(赤沼鉄也)	6
日出る処の天子の願い(鳥海孝)	372
火色の蛇(木村令胡)	296
比叡炎上(佐藤弘夫)	213
比叡を仰ぐ(藤本恵子)	308
ピエタ(大島真寿美)	334
日を棄てて(福沢英敏)	171
火男(吉来駿作)	12
悲歌(小野光子)	68
被害妄想彼氏(アポロ)	254
日かげぐさ(柳井寛)	251
日傘(平沢裕子)	24
東に向かう道(正大喜一)	141
光(日野啓三)	367
光抱く友よ(高樹のぶ子)	10
光と影(小倉三枝子)	298
光と影(成田謙)	173, 214
光と影(渡辺淳一)	233
光の海(山野昌道)	78
光の戦士たち(大内曜子)	53
光の中に歩みいでよ(平瀬誠一)	253
光の中のイーゼル(古井らじか)	48
光の中へ消えた大おばあちゃん(宝生房子)	349
ひかりのまち nerim's note(長谷川昌史)	221
光の魔法使い(椎野美由貴)	61
光の領分(津島佑子)	275
光降る精霊の森(藤原瑞記)	133
光る大雪(小檜山博)	82
ピカルディーの三度(鹿島田真希)	276
緋寒桜と目白(栄野川安邦)	246
彼岸獅子舞の村(前田新)	270
彼岸には(三浦良一)	41
彼岸へ(齊藤洋大)	79
彼岸への道(野沢霞)	238
引き籠り迷路少女(漆土龍平)	141
引き潮のとき(眉村卓)	191
引出しの中(吉田久美子)	216
引き継がれし者(今井恭子)	369
引き抜かれた稲(谷村久雄)	25
緋魚(犬飼和雄)	307
燧火(ひきりび)(神雄一郎)	28
蜩(ひぐらし)(一色るい)	196
蜩ノ記(ひぐらしのき)(葉室麟)	236
日暮れの前に(野島千恵子)	165
ひげ(高橋宏)	151
ひげ(二階堂玲太)	17
ひげ納屋の唄(二井本宇高)	138
緋剣のバリアント(小山タケル)	290
飛行機レトロ(萩野千影)	140
ピコラエヴィッチ紙幣―日本人が発行したルー

作品名	ページ
プル札の謎（熊谷敬太郎）	169
陽射し（中石海）	143
飛車を追う（篠鷹之）	97
羆女（正田菊江）	94
非常時（土屋幹雄）	45
美少女慟哭屍叫【デススクリーム】セレンディアナ（根木健太）	37
美少女ロボットコンテスト（興津聡史）	329
悲将の島（宇神幸男）	339
非情のバンク（志村恭吾）	95
翡翠の封印（夏目翠）	133
ビスクドール（杉本晴子）	165
ヒストリア・シード（朝凪シューヤ）	38
ピストルズ（阿部和重）	205
密かな名人戦（小川栄一）	350
ピーターパン症候群（塩生祐香）	41
ビー玉（そえだひろ）	116
ひだまりの家（別司芳子）	119
陽だまりのブラジリアン（楽月慎）	13
ビタミン（筒井康隆）	188
ビタミンF（重松清）	235
左手に告げるなかれ（渡辺容子）	32
左の乳房（谷脇常盤）	41
左目に映る星（奥田亜希子）	187
美談の出発（川村晃）	9
ピーチガーデン（ジロ爺ちゃん）	183
飛蝶（新田純子）	165
柩の家（望月清示）	114
ビッグボーナス（ハセノバクシンオー）	109
羊をめぐる冒険（村上春樹）	275
羊かい（市川露葉）	312
ひっそりとして，残酷な死（小林仁美）	54
備中高松城水攻異聞（内田幸子）	44
備中の二人（粟谷川虹）	44
ヒデブー（斧田のびる）	87
秀吉と利休（野上弥生子）	167
日照り雨（田村初美）	304
秘伝（高橋治）	234
悲田院（梁雅子）	166
人を喰らう建物（門前典之）	15
ヒトカケラ（星家なこ）	34
人が猫になる時（佐野暎子）	41
人喰い（笹ств左保）	256
一桁の前線（二鬼薫子）	116
ひとことのお返し（丸岡道子）	164
人質の朗読会（小川洋子）	335
ひとすくいの大海（御影防人）	281
ひとすじの髪（西本陽子）	165
ヒトツナガリテ，ドコヘユク（庵田定夏）	37
ひとつの町のかたち（遠藤めぐみ）	21
ひとつ火の粉の雪の中（秋田禎信）	288
一粒の涙も（薗部一郎）	20
ひと夏の経験値（火浦功）	191
ひと握りの父（谷沢信意）	239
ひとの樹（山本道子）	168
人のセックスを笑うな（山崎ナオコーラ）	317
人柱（王遍浬）	117
ひとびとの跫音（司馬遼太郎）	366
瞳（猪狩彩夏）	364
瞳（川崎保慶）	69
瞳（水城亮）	86
一人（原トミ子）	186
一人苦行（山田真砂夫）	25
一人暮らしアパート発・Wao・ブランド（小沼まり子）	273
独り群せず（北方謙三）	301
独楽（ひとりたのしみ）（島村洋子）	271
一人っ子のセイコちゃん（若久恵二）	355
一人で歩いていった猫（大原まり子）	280
一人の夜（田中重頃）	246
ひとり日和（青山七恵）	11
火取虫（鼓川亜希子）	139
雛を弔う（津川有香子）	39
微熱（小原美治）	28
微熱狼少女（仁川高丸）	186
日の移ろい（島尾敏雄）	204
悲の器（高橋和巳）	316
緋の風（祐未みらの）	129
火の壁（伊野上裕伸）	129
緋の記憶（島田震作）	239
火の粉（伊東誠）	25
火ノ児の剣（中路啓太）	154
日乃出が走る——浜風屋菓子話（中島久枝）	329
日の果てから（大城立裕）	287
若火之燎ケ原（ねずみ正午）	141
火の山—山猿記（津島佑子）	205
ビハインド・ザ・マスク（勝浦雄一）	13
陽は海へ沈んで（村上俊介）	20
緋袴の恋（東保朋子）	230
美白屋のとんがり屋根（畔地里美）	252
雲雀は鳴かず（和巻耿介）	16
非々国民（本山袖頭巾）	312
日日是必勝（宮川沙猿）	95
緋帛紗（秋玲瓏）	312
秘佛（代田重雄）	68
ビブリア古書堂の事件手帖—栞子さんと奇妙な客人たち（三上延）	335
秘聞 武田山嶽党（前島不二雄）	372
美貌戦記（青木弓高）	379

ひまつぶし（最向涼子）……………… 309
ヒマラヤ桜の下で（冨岡美子）………… 238
ひまわり（あちゃみ）…………………… 254
向日葵（岩崎奈弥）………………………… 41
ひまわりの彼方へ（上原徹）……………… 49
ひまわりの夏服（相馬里美）……………… 16
秘密（東野圭吾）………………………… 258
秘密（平林たい子）……………………… 167
秘密結社にご注意を（新藤卓広）……… 110
秘密の陰陽師―身代わりの姫と恋する後宮―
　（藍川竜樹）………………………… 380
ひめきぬげ（小森淳一郎）……………… 142
姫君と女戦士（広嶋玲子）……………… 284
秘めた想い（鳴海風）…………………… 16
火目の巫女（杉井光）…………………… 221
皇女夢幻変（ひめこむげんへん）（樹童片）
　………………………………………… 372
紐（太田弘志）…………………………… 3
ひもじい月日（円地文子）……………… 166
紐付きの恩賞（黒郷里鏡太郎）………… 51
ヒモはつらい（桐山喬平）………………… 85
素見（ひやかし）（中島要）……………… 161
百（色川武大）……………………………… 73
百色メガネ（ふくだきち）……………… 317
百姓侍（丹野彬）………………………… 297
百年法（山田宗樹）………………… 259, 335
白蓮れんれん（林真理子）……………… 134
ヒヤシンス（寺坂小迪）………………… 309
日向の王子（柳原隆）…………………… 350
ピュタゴラスの旅（酒見賢一）………… 326
病衣群像（新道真太郎）………………… 93
病院船（瑞岡露泉）……………………… 314
氷河が来るまでに（森内俊雄）………… 367
表具師精一（妹尾与三二）……………… 46
表現者（風野由依）……………………… 364
漂砂（ひょうさ）のうたう（木内昇）… 236
表彰（石川洋）…………………………… 200
氷上のウェイ（安西花奈絵）…………… 284
氷雪の花（川上直志）…………………… 374
表層生活（大岡玲）………………………… 10
秒速10センチの越冬（岡崎祥久）……… 91
漂泊者のアリア（古川薫）……………… 235
漂泊の門出（笠原淳）…………………… 151
氷壁のシュプール（篠原正）…………… 288
漂民（奥田久司）………………………… 125
病名はあるの（明石静子）……………… 72
漂流街（馳星周）………………………… 43
漂流厳流島（高井忍）…………………… 342
漂流裁判（笹倉明）……………………… 128
漂流物（車谷長吉）……………………… 287

漂流物（古賀剛）………………………… 72
氷輪（永井路子）………………………… 167
比翼くづし（寺田麗花）………………… 315
ヒョタの存在（神藤まさ子）…………… 126
平井骸惚此中ニ有リ（田代裕彦）……… 300
平賀源内（桜田常久）……………………… 8
開かせていただき光栄です（皆川博子）… 332
開かれた部屋（高松久美子）…………… 324
ひらめきの風（辻昌利）…………………… 63
ビリーブ（鈴木篤夫）……………………… 79
ヒリヤカレッタ（都築賢二）…………… 177
蛭っ田（萩原博志）………………………… 93
昼と夜（長谷川卓）………………………… 90
昼と夜（渡辺真子）……………………… 138
ピレネーの城（風野旅人）……………… 116
ヒロコ（加藤博子）……………………… 291
ひろしの四季（別所三夫）……………… 206
広瀬餅（岩田昭三）……………………… 252
拾った剣豪（志野亮一郎）……………… 151
ヒロの詩（うた）（阿部忍）……………… 83
広場の孤独（堀田善衛）…………………… 8
鶸（三木卓）………………………………… 9
ピンキードリーム（千代延紫）………… 149
ピンクの菜箸（松田るんを）…………… 278
牝鶏となった帖佐久・倫氏（里利健子）… 124
ぴんしょの女（緑川京介）……………… 149

【ふ】

ブア（川野上裕美）……………………… 216
ファザー・スノー（本田倖）…………… 355
ファースト・ブルース（松尾光治）…… 308
1st・フレンド（さくまゆうこ）………… 380
ファディダディ・ストーカーズ（芹澤桂）… 279
ファナイル・ゲーム（岸間信明）……… 152
ファミリー（北村洪史）………………… 328
ファミリー・ビジネス（米谷ふみ子）… 168
ファルー先生と太一（小原康二）………… 26
ファンタジスタ（星野智幸）…………… 276
ふいご峠（赤木けい子）…………………… 45
不意の声（河野多恵子）………………… 366
フィリピンからの手紙（草薙秀一）…… 311
封印された書（海上真幸）……………… 280
封印の女王（遠沢志希）…………………… 65
風雨（須恵淳）……………………………… 69
風雲（海音寺潮五郎）…………………… 122
風化する女（木村紅美）………………… 309
風化せず（松隈一馬）……………………… 86

風化の里（宮里尚安）	369
風景（佐久間典子）	295
風景男のカンタータ（秋野裕樹）	183
ふう子のいる街（森美樹子）	79
風歯（賀名生岳）	375
風樹（福井馨）	287
風神送り（山中公夫）	373
風塵地帯（三好徹）	256
風水天戯（望月もらん）	65
風雪の詩人（代田重雄）	68
風葬の教室（山田詠美）	287
風俗人形（村松駿吉）	126
瘋癲（小山牧子）	121
風濤（井上靖）	366
夫婦（白井和子）	206
封魔組血風録〜〈DON〉と呼ばれたくない男（須藤隆二）	182
風味絶佳（山田詠美）	205
風流冷飯伝（米村圭伍）	157
風鈴（川添寿昭）	100
不運な延長線―江夏豊の罠（渡部雅文）	158
笛（船山馨）	274
フェイク（犬山丈）	180
フェニックスの弔鐘（阿部陽一）	32
ブエノスアイレス午前零時（藤沢周）	11
笛吹けば人が死ぬ（角田喜久雄）	256
フェリッペの襟巻き（田中せり）	252
4TEEN（石田衣良）	236, 332
舞王 ―プリンシパル（志堂日咲）	140
フォーゲットミー、ノットブルー（柚木麻子）	53
フォルマント・ブルー カラっぽの僕に、君はうたう。（木ノ歌詠）	300
鱶（田中阿里子）	165
深い河（田久保英夫）	9
深い感情（葉和新）	294
ふがいない僕は空を見た（窪美澄）	334, 352
孵化界（なかじまみさを）	273
深川恋物語（宇江佐真理）	361
武官弁護士エル・ウィン（鏡貴也）	289
不機嫌な悪魔とおしゃべりなカラスと（二階堂紘史）	34
不機嫌な人（々）（原田直澄）	140
苳子（ふきこ）（佐藤香代子）	354
不帰水道（池田雄一）	197
ブギーポップは笑わない（上遠野浩平）	220
福梅（細谷地真由美）	355
複眼の怒り（生成順次）	281
ふくし（菅野照代）	51
復讐（橋爪勝）	124
復讐するは我にあり（佐木隆三）	234
福寿草（高橋信子）	6
福寿草（中原洋一）	16
福白髪（根宜久夫）	104
福の神（葛城範子）	16
福耳（峯崎ひさみ）	210
福耳を持った男の話（里村洋子）	270
伏竜伝―始皇帝の封印（渕川由利）	372
フクロウ男（朱川湊人）	55
梟の城（司馬遼太郎）	233
袋小路の男（絲山秋子）	74, 333
袋の旅（山崎静香）	100
ふくわらい（西加奈子）	68, 335
武家用心集（乙川優三郎）	241
普賢（石川淳）	7
不幸大王がやってくる（平金魚）	353
不幸な家族（千葉亜未）	319
ふざけんな、ミーノ（永石拓）	152
房の三味線（林美保）	243
富士川（鬼丸智彦）	327
不二山頂滞在記（雅雲すくね）	382
プシスファイラ（天野邊）	249
藤田先生の婚約（村瀬継弥）	149
不死鳥（清谷閑子）	122
プシュケープリンセス（刈野ミカタ）	34
浮上（田野武裕）	308
武将の死（吉井川洋）	45
腐蝕色彩（冬木鋭介）	123
腐蝕の構造（森村誠一）	257
武人立つ（安本嘆）	375
無粋なやつら（森田裕之）	279
不随の家（広谷鏡子）	186
ふすまのむこうの（波利摩未香）	381
不切方形一枚折り（矢的竜）	86
舞台（佐野多紀枝）	130
舞台役者の孤独（玄月）	108
双面（浜中たけ）	223
ふたご（岬上人）	281
二つの火（藤瀬光哉）	77
ふたつの家のちえ子（今村葦子）	218
二つの山河（中村彰彦）	235
ふたつの時間（野崎文子）	119
二つの宣言（玉田崇二）	304
二つの部屋（岡先利和）	174, 215
二つのボール（砂田弘）	127
ブタになったお姉ちゃん（アイカ）	63
豚の神さま（横山さやか）	381
札の辻の花（霧山登）	200
豚の報い（又吉栄喜）	11
豚は飛んでもただの豚？（猫飯美味し）	34

双葉は匂ふ(林与茂三) ……… 125	冬の汗(草住司郎) ……… 104
ふたり(高野紀子) ……… 355	冬の海女(山本輝久) ……… 339
ふたりぐらし(丸山史) ……… 165	冬のうた(野口麻衣子) ……… 355
二人妻(熙於志) ……… 52	冬の海(安藤善次郎) ……… 5
ふたりだけの記憶(滝沢浩平) ……… 50	冬のカンナ(樋口てい子) ……… 355
二人で始める世界征服(岡崎登) ……… 34	冬の航跡(宮越郷平) ……… 119
二人の夏(小西保明) ……… 7	冬の旅(辻原登) ……… 19
二人のノーサイド(奥村理英) ……… 369	冬の旅(戸川みなみ) ……… 131
二人の万作(森瑠美子) ……… 80	冬の動物園(入江和生) ……… 349
二人の娘(佐々島貞子) ……… 364	冬の虹(湯沢あや子) ……… 24
二人乗り(平田俊子) ……… 276	冬のノクターン(馬場由美) ……… 131
二人の老人(阿見本幹生) ……… 28	冬の花火(飛鳥ゆう) ……… 114
不断煩悩(山東厭花) ……… 314	冬の灯(佐藤雅通) ……… 296
不沈戦艦 紀伊(子竜蛍) ……… 372	冬の陽に(小沢美智恵) ……… 210
復活祭のためのレクイエム(新井千裕) ……… 91	冬の日の幻想(久和まり) ……… 379
復活のゴール(丸内敏治) ……… 95	冬の日の招待状(渡部麻実) ……… 7
復活のマウンド ―加賀谷智明の軌跡―(岡田成司) ……… 140	冬の母標(舟木映子) ……… 297
ぶつかる夢ふたつ(戸梶圭太) ……… 180	冬の夜(光本有里) ……… 210
仏陀を買う(近藤紘一) ……… 211	フユ婆の月(吉井恵璃子) ……… 83
ブッタの垣根(柏木抄蘭) ……… 166	冬晴れの先に(渡部麻実) ……… 7
仏法僧ナチス陣営に羽撃く(橋本録多) ……… 126	冬陽(河野唯) ……… 41
プツン(まきのえり) ……… 382	プライベート・ライブ(山口洋子) ……… 360
筆子と黒尊仏(小暮静) ……… 336	ブラインドi・諦めない気持ち(米田京) ……… 77
葡萄色の大地(山本直哉) ……… 171	ブラウン管の中の彼女(のらね) ……… 254
ふなうた(木枯舎) ……… 172	ブラジル君(阿部良行) ……… 172
舟形光背(小田武雄) ……… 155	プラス思考でいこう！(塩毛隆司) ……… 285
船霊(沢哲也) ……… 52	プラスチック高速桜(スピードチェリー)(小川顕太) ……… 152
鮒の秘密(王遍狸) ……… 243	プラスチック・トライアングル(深沢芽衣) ……… 377
船若寺穴蔵覚書(東条元) ……… 125	プラスティック・サマー(竹邑祥太) ……… 187
不人情噺(森本平三) ……… 208	ブラック・ジャック・キッド(久保寺健彦) ……… 261
舟を編む(三浦しをん) ……… 334	ブラックディスク(吉田典子) ……… 78
船に乗れ！(藤谷治) ……… 334	ブラックテイル(手島学) ……… 149
船はどこへ行く(片岡正) ……… 251	ブラックロッド(古橋秀之) ……… 220
負の座標(尾木豊) ……… 246	フラッシュ・オーバー(樋口京輔) ……… 358
負の花(鵜川章子) ……… 138	プラトー――停滞期(青木知亭) ……… 177
ブバリヤの花(田中耕作) ……… 121	プラナリア(山本文緒) ……… 235
吹雪の系譜(中村豊) ……… 303	富良野川辺の或village(加藤牧星) ……… 318
吹風無双流(難波聖爾) ……… 45	プラハからの道化たち(高柳芳夫) ……… 31
不法所持(菊村到) ……… 306	ブラ・バロック(結城充考) ……… 266
父母妻子(広瀬進) ……… 197	フラミンゴの村(澤西祐典) ……… 187
踏まれた足(丸山好雄) ……… 93	ふられ薬(山口タオ) ……… 323
踏切(猫塚信) ……… 4	フリーク(中野沙羅) ……… 50
史子(ふみこ)(本荘浩子) ……… 155	ブリザード(維住玲子) ……… 166
不眠症奇譚(与田Kee) ……… 198	プリザーブドフラワー(田村初美) ……… 304
不夜城(馳星周) ……… 361	フリースタイルのいろんな話(中井佑治) ……… 91
浮游(宮本徳蔵) ……… 179	プリズム(神林長平) ……… 190
浮遊空間(吉章章) ……… 377	プリズム(下浦敦史) ……… 298
冬を待つ季節(志摩佐木男) ……… 322	プリズム(百田尚樹) ……… 335
冬霞(福岡青河) ……… 76	プリズムの夏(関口尚) ……… 159

プリズン・トリック(遠藤武文)	32
ブリーチ(花輪真衣)	78
ブリティッシュ・ミステリアス・ミュージアム(藤春都)	29
振り向けば、春(小倉充)	230
不良少年とレヴューの踊り子(市橋一宏)	124
俘虜記(大岡昇平)	359
俘虜の花道(小橋博)	98
俘虜物語(米田一穂)	3
ふりわけ髪(志ぐれ庵)	172
ふりわけ髪(高橋嘤々軒)	315
プリンセス(陽未)	254
ブルーエスト・ブルー(吉田直樹)	255
震える(山田好夫)	280
震える水(畔地里美)	44
古川(吉永達彦)	264
古疵(井上卓)	69
ブルキナ、ファソの夜(橋本滋之)	263
ブルークロニクル(白星敦士)	290
「ふることぶみ」によせて(野間ゆかり)	272
プールサイド小景(庄野潤三)	8
ふるさと(岡田みゆき)	226
ふるさと(妹尾津多子)	71
ふるさと(埇田良子)	40
ふるさと(たなかよしひこ)	103
ふるさと(宮沢すみれ)	173
ふるさと抄(黒田馬造)	206
ふるさと―鷹の渡る空(鍋島寿美枝)	40
ふるさとの歌(黒田馬造)	45
フルサトのダイエー(照井裕)	170
ふるさと―白木蓮の(浜田ゆかり)	40
ブルジョア(芹沢光治良)	57
ブルースを葬れ(山田風見子)	282
フル・ネルソン(筒井康隆)	188
ブルー・ライヴの夏(大城裕次)	371
ブルーローズ(浜野冴子)	270
フレア(大鋸一正)	317
プレオー8の夜明け(古山高麗雄)	9
プレミアム・プールの日々(山本文緒)	271
フレームシフト(ロバート・J.ソウヤー)	192
不連続殺人事件(坂口安吾)	256
不連続線(石川真介)	15
ブロオニングの照準(中村獏)	126
プロキオンが見える(阿部未紀)	23
プログラムどおり(松崎真治)	280
ブロックはうす(松本薫)	382
プロミスト・ランド(飯嶋和一)	152
フロムヘル～悪魔の子～(十色)	65
プロメテウスの晩餐(オキシタケヒコ)	198
ブロンズの首(上林暁)	73
腑分けの巧者―蘭学事始異聞(大野滋)	304
ふわふわの泉(野尻抱介)	192
分岐(中里喜昭)	253
文久三年・海暗島(日向六郎)	322
文治のあしあと(留畑眞)	24
分子レベルの愛(森誠一郎)	57
奮戦陸上自衛隊イラク派遣部隊(小森喜四朗)	373
糞尿譚(火野葦平)	7
墳墓(黒藪次男)	44
フンボルト海流(谷恒生)	62

【ヘ】

平安異聞(泉竹男)	376
兵営の記録(権藤実)	274
平家蟹異聞(奥山景布子)	53
平五郎の初陣(なべしげる)	85
閉鎖師ユウと黄昏恋歌(扇智史)	36
閉鎖病棟(帚木蓬生)	351
ベイスボイル・ブック(井村恭一)	260
ベイスボール★キッズ(清水てつき)	139
平成悪女症候群(田中文子)	103
平成マシンガンズ(三並夏)	317
平成世直し老人会(チャーリー・武藤)	85
兵隊宿(竹西寛子)	73
平中淫火譚(茂木昇)	149
閉店まで(下川博)	117
ベイビー・シャワー(山田あかね)	145
平野の鳥(岩朝清美)	44
並列バイオ(川上亮)	288
平和通りと名付けられた街を歩いて(目取真俊)	170
平和な死体作戦(朝九郎)	280
ヘヴン(川上未映子)	334
へえでもやらにゃあ(幡地谷領)	216
北京飯店旧館にて(中薗英助)	367
×(ペケ)計画予備軍婦人部(平城山工学)	61
ベゴと老婆(岩井川皓二)	206
ベジタブル(町井奢)	118
べしみ(田中兆子)	56
ベースボール・トレーニング(大西智子)	39
へだて(大石夢幻庵)	312
ペーターという名のオオカミ(那須田淳)	219
ヘチマと僕と、そしてハヤ(三船恭太郎)	143
ベッドタイムアイズ(山田詠美)	317
ペットの背景(小倉弘子)	101
別離(小倉孝夫)	230

作品名	ページ
別離の銅鑼（山田真砂夫）	25
ベティさんの庭（山本道子）	9
紅色の夏（蛍ヒカル）	325
紅栗（冬川亘）	179
紅花珈琲専門店の話（佐藤大介）	364
ベネズエラ・ビター・マイ・スウィート（森田季節）	34
へび苺（柴田眉軒）	173
蛇いちごの周囲（青木八束）	307
蛇を踏む（川上弘美）	11
蛇と水と梔子の花（足塚鰐）	273
蛇にピアス（金原ひとみ）	11, 187
蛇の卵（中山茅集）	165
部屋（金丸浅子）	227
ベラクルス（堂垣園江）	275
ヘリウム24（黒武洋）	330
ペリドットの太陽（香月カズト）	26
ベルカ、吠えないのか？（古川日出男）	333
ヘルカム！（八奈川景晶）	290
ペルシャの幻術師（司馬遼太郎）	98
ヘルジャンパー（須藤万尋）	140
伯林―1888年（海渡英祐）	31
ペロー・ザ・キャット全仕事（吉川良太郎）	248
ペンギン（蔵薗優美）	174, 215
ペンギンの前で会いましょう（片山奈保子）	273
ペンギン・ハイウェイ（森見登美彦）	250, 334
弁護士探偵物語 天使の分け前（法坂一広）	110
変色論（阿部俊之）	23
返信（館山智子）	296
変態王子と笑わない猫（天出だめ）	34
変調二人羽織（連城三紀彦）	95
ヘンテコ（実川れお）	363
変な仇討（加藤日出太）	124
ヘンな椅子（加藤善也）	121
ベンハムの独楽（小島達矢）	176
片翼のリサイエーラ（香村日南）	284
ヘンリエッタ（中山咲）	317

【ほ】

毒殺（ポイズン）倶楽部（松下麻理緒）	15
祝人伝（朝田武史）	351
ボーイミーツガール オン ライン（岡本タクヤ）	37
ポイント35（長谷川和一）	105
防衛庁特殊偵察救難隊（中村ケージ）	372
鳳凰（フランボヤン）の花咲く街にて（笠井佐智子）	349
崩壊（安島啓介）	363
崩壊する日々（町田久次）	297
放課後（東野圭吾）	32
放課後図書室（イアム）	254
放課後の羽生城（髙島邦仁）	115
ほうかご百物語（峰守ひろかず）	222
防鴨河使異聞（西野喬）	376
防寒具（伊藤鏡雨）	313
幇間の退京（浮世夢介）	125
望郷（嘉野さつき）	338
望郷、海の星（湊かなえ）	259
望郷の日々（岸文雄）	226
鳳頸の女（山崎厚子）	262
冒険商人アムラフィ―海神ドラムの秘宝（中里融司）	220
彷徨の果て（清水昇）	93
亡国のイージス（福井晴敏）	43, 258
逢春門（寺内大吉）	127
芳生紅（上岡儀一）	40
宝石（斉ீ弘志）	340
鳳積術（ほうせきじゅつ）（金重明）	13
宝石泥棒（山田正紀）	189
鳳仙花（竹本真雄）	370
暴走社会魔法学（夏村めめめ）	61
暴走ラボ（研究所）（結城辰二）	129
包帯をまいたイブ（冨士本由紀）	159
亡兆のモノクローム（三浦周博）	32
宝塔湧出（夫馬基彦）	211
芳年冥府彷徨（島村匠）	337
葬る（林武志）	216
亡命記（白藤茂）	51
抱擁家族（小島信夫）	204
謀略銀行（大塚将司）	169
傍流（森葉治）	51
放浪時代（龍胆寺雄）	57
放浪者目醒めるとき（冬川正左）	280
放浪の血脈（中野玲子）	17
吼え起つ龍は高らかに（無一）	34
鬼灯市（渡辺真理子）	53
ほか・いど（青沼静哉）	382
ほかならぬ人へ（白石一文）	236
僕（志賀直哉）	296
北夷の海（乾浩）	375
僕が出会ったサンタクロース（髙野由理）	364
僕が七不思議になったわけ（小川晴央）	223
僕がなめたいのは君っ！（桜こう）	146
北斎殺人事件（高橋克彦）	257
北斎の弟子（佐野文哉）	52
北征の人（滝閑郎）	312
ぼくたちの〈日露〉戦争（渡辺毅）	218

作品名	ページ
僕たちのパラドクス―Acacia2279―(厚木隼)	300
僕たちの祭り(樋口至宏)	307
僕たちは、いつまでもここにいるわけではない(久本裕詩)	139
僕って何(三田誠広)	10
僕であるための旅(梶井俊介)	308
北天双星(中村朋臣)	373
ぼくと相棒(鹿島春光)	13
北斗 ある殺人者の回心(石田衣良)	212
僕と『彼女』の首なし死体(白石かおる)	359
ぼくと92(山本奈央子)	381
ぼくと桜のアブナイ関係(小高宏子)	283
僕と不思議な望遠鏡(石本紫野)	144
ぼくと、ぼくらの夏(樋口有介)	128
僕にキが訪れる(秋梨)	254
ぼくにはさっぱりわからない(加藤たけし)	294
ぼくのお姉さん(丘修三)	218
ぼくのしっぽ(黒岩真央)	144
ぼくの出発(運上旦子)	179
僕の戦場日記(赤川武助)	274
僕の血を吸わないで(阿智太郎)	220
ボクの手紙(若栗清子)	231
僕のノーサイド(歩青至)	119
ぼくのブラック・リスト(花森哲平)	156
僕はお父さんを訴える(友井羊)	110
僕はかぐや姫(松村栄子)	57
ボクは風になる(石川美子)	285
ぼくはきみのおにいさん(角田光代)	219
ぼくはここにいる(ユール)	273
僕はやっぱり気付かない(望公太)	30
僕僕先生(仁木英之)	261
北冥日記(小田武雄)	127
僕らに降る雨(竹岡葉月)	273
ぼくらの時代(栗本薫)	31
ボクら星屑のダンス(佐倉淳一)	359
ポコが危篤です―母から息子への手紙(宮川静代)	41
誇り高き人々(吉目木晴彦)	287
埃家(剣先あおり)	353
欲しいのは、あなただけ(小手鞠るい)	136
星を数えるように(美木本真)	362
星を継ぐもの(ジェイムズ・P.ホーガン)	189
星を掃く女(庄司豊)	208
星をひろいに(高橋あい)	251
星からの風(青木健)	179
星屑のパレード(芝野薫)	176
星屑ビーナス!(中居具麻)	267
星空(流奈)	254
星空のマリオネット(喜多唯志)	345
星に願いを(あがわふみ)	377
星の民のクリスマス(古谷田奈月)	261
星の散るとき(平坂静音)	79
星の光 月の位置(大迫智志郎)	102
星の街(井上寿彦)	246
星の世の恋(新井霊泉)	219
星の夜(斉藤紫軒)	173
星 ふるえる(高橋あい)	368
星降夜(田中昭雄)	76
星降る夜は社畜を殴れ(高橋祐一)	183
星への旅(吉村昭)	203
星々(遊部香)	327
星ほしの荒野から(ジェイムズ・ティプトリー・ジュニア)	192
星々の舟(村山由佳)	236
星祭り(尾川裕子)	368
墓上の涙(大石霧山)	313
慕情二つ井戸(加瀬政広)	159
戊辰牛方参陣記(奥山英一)	207
戊辰瞽女唄(相沢武夫)	52
ボストンから(安本噸)	325
ぽーずは今日もたんしゃに乗る(米澤佳挂)	143
細い赤い糸(飛鳥高)	256
ほそのを(生田花世)	318
ボーダー&レス(藤代泉)	318
菩提の庭(田中健之)	75
ボタニカル・ハウス(井上豊萌)	39
ポータブル・パレード(吉田直美)	180
蛍(江口佳延)	47
蛍(加藤哲史)	363
蛍川(宮本輝)	10
ほたる座(水野由美)	309
蛍の河(伊藤桂一)	233
蛍の航跡 軍医たちの黙示録(帚木蓬生)	248
火垂るの墓(野坂昭如)	233
蛍虫(清水愛子)	370
北海道牛飼い抄(中紙輝一)	269
北帰行(外岡秀俊)	316
ホック氏の異郷の冒険(加納一朗)	257
ボックス!(百田尚樹)	334
ほっくり屋(夏那霊キチ)	299
ぼっけえ、きょうてえ(岩井志麻子)	263, 352
墨攻(酒見賢一)	326
ホッチャレ焦れ唄(菅原康)	339
鉄道員(ぽっぽや)(浅田次郎)	235
ボディ・ダブル(久遠恵)	158
ボディ・メッセージ(安萬純一)	15
ボディ・レンタル(佐藤亜紀子)	317
ぼてこ陣屋(富永滋人)	51
ホテル・アゼンス(有馬綾子)	300

ホテルブラジル（古川春秋）……………… 347
ホテルローヤル（桜木紫乃）……………… 236
歩道橋（山本きみ子）……………………… 112
舗道に唱う（山本徹夫）…………………… 125
仏の顔（橘文子）…………………………… 209
仏の城（榊原直人）………………………… 52
ポトスライムの舟（津村記久子）………… 11
ポート・タウン・ブルース（麻生俊平）… 288
ほととぎす（伊藤紫琴）…………………… 312
ホトベ釣り（はばしげる）………………… 286
ポートレート・イン・ナンバー（鈴木隆之）… 91
ボーナス・トラック（越谷オサム）……… 261
ほな、またね、メール、するからね（津川有香子）…… 117
ボニー・バーンズ（戸田真知子）………… 6
骨（氏家敏子）……………………………… 108
骨（近藤弘俊）……………………………… 90
骨（嶋津与志）……………………………… 369
骨の行方（諸山立）………………………… 47
炎と鉄の装甲兵（ハヤケン）……………… 30
焰の記録（湯浅克衛）……………………… 58
炎の日、一九四五年八月六日（広中俊雄）… 268
墓標（久下貞三）…………………………… 69
ぽぷらと軍神（高橋揆一郎）……………… 307
ポプラの匂い（藤原明）…………………… 244
屠る（飯塚伎）……………………………… 151
微笑んだ女（根保孝栄）…………………… 324
ポマード（松田倶夫）……………………… 130
ホーム（成田彩乃）…………………… 295, 363
焰火（ほむらび）（吉村龍一）…………… 154
ホモ・スーペレンス（小笠原あむ）……… 358
ホモ・ビカレンス創世記（武宮閣之）…… 116
洞（ほら）の中の女神（檜枝悦子）……… 272
ホラ吹きアンリの冒険（荻野アンナ）…… 367
ポリエステル系十八号（真田和）………… 153
ポリティカル・スクール（足尾毛布）…… 183
ボルネオ奇談・レジデントの時計（山口源二）…………………… 124
ホロカ（松倉隆清）………………………… 225
ぽろぽろ（直良美恵子）…………………… 300
ボロポロ（田中小実昌）…………………… 204
ボロ家の春秋（梅崎春生）………………… 232
ホワイトアウト（真保裕一）……………… 361
本格小説（水村美苗）……………………… 367
本格推理委員会（日向まさみち）………… 320
骨王（ボーンキング）I.アンダーテイカーズ（野村佳）…………………… 61
香港（邱永漢）…………………… 181, 232
本日休診（井伏鱒二）……………………… 365
本所深川ふしぎ草紙（宮部みゆき）……… 361
本陣殺人事件（横溝正史）………………… 256
本多の狐（羽太雄平）……………………… 132
ボンタンアメ（郷音了）…………………… 377
本朝甲冑奇談（東郷隆）…………………… 301
本朝算法縁起（松原幹）…………………… 125
ホーンテッド！（平坂読）………………… 33
ホーンテッド・キャンパス（櫛木理宇）… 265
本の話（由起しげ子）……………………… 8
奔馬（高森真士）…………………………… 197
ぽんぽわぁん（吉村登）…………………… 107
盆祭りの後に（森田由紀）………………… 262
盆休み（佐伯恵子）………………………… 70

【ま】

舞扇（宮岡亜紀）…………………………… 20
舞い落ちる村（谷崎由依）………………… 309
マイ・ガール（小田真紀恵）……………… 116
迷子（西村啓子）…………………………… 71
マイ・スウィート・ホーム（富谷千夏）… 157
マイナス因子（木崎巴）…………………… 308
毎日大好き！（高橋ななを）……………… 283
マイ・ハウス（田畑茂）…………………… 117
マイファミリー（村本椎子）……………… 79
マイブルー・ヘブン（田中千佳）………… 165
前、あり（荷川取雅樹）…………………… 371
前を向いて（佐藤龍太）…………………… 26
前髪（吉野静か）…………………………… 279
前に見た夢（三浦万奈）…………………… 279
前の店より（廣瀬楽人）…………………… 144
魔王（伊坂幸太郎）………………………… 333
魔王を孕んだ子宮（土井建太）…………… 146
魔を穿つレイン（渚辺環生）……………… 61
まおうとゆびきり（六甲月千春）………… 289
魔王の愛（宮内勝典）……………………… 19
曲った煙突（羽鳥九一）…………………… 242
マカロニ（中村正常）……………………… 57
マキゾエホリック（東亮太）……………… 182
魔魚戦記（吉村夜）………………………… 288
幕切れ（寺林峻）…………………………… 52
真葛と馬琴（小室千鶴子）………………… 376
マークスの山（高村薫）…………………… 235
マグノリア通り、曇り（増田忠則）……… 159
孫が来た日（伊東譲治）…………………… 25
政吉の呟き（及川敦夫）…………………… 24
雅人の木（佐野暎子）……………………… 40
混ざりものの月（瑞山いつき）…………… 64
マシアス・ギリの失脚（池沢夏樹）……… 205

増毛の魚（藤田武司）	251
マジックドラゴン（長屋潤）	327
マーシュ大尉の手記（宮崎一郎）	126
魔術師の小指（佐方瑞歩）	140
魔術師は竜を抱きしめる（ツガワトモタカ）	30
魔術都市に吹く赤い風（仁木健）	182
魔術はささやく（宮部みゆき）	255
魔女（宗像喜代治）	294
魔少女達の朝（篠田香子）	247
魔女の息子（伏見憲明）	317
魔女ルミカの赤い糸（田口一）	34
マシーン・マン（伊坂尚仁）	378
まずは一報ポプラパレスより（河出智紀）	139
マズムンやぁーい（安谷屋正丈）	370
ますらを定期便（河野裕人）	216
マゼンタ100（日向蓬）	55
マーダー・アイアン—万聖節前夜祭—（タタツシンイチ）	249
まだ、いま回復期なのに（早瀬馨）	44
狄物見隊顛末（葉治英哉）	337
また時を刻む日まで（柴田夏子）	285
またね（橋本夏実）	340
また、晴れた空の下で（根本由希子）	364
またふたたびの道（李恢成）	90
待合室（茅helpa枝里）	194
街角に思い出のたたずむ（おおはしひろし）	348
街の座標（清水博子）	186
町の底（加curl秀三）	151
町は焼かせない（東天満進）	372
街へ（倉津一義）	246
マッカンドルー航宙記（チャールズ・シェフィールド）	191
松ケ岡開懇（大林清）	274
真白闇（まっしろやみ）（筒井優）	42
末代まで！（猫砂一平）	61
松茸の季節（神部龍平）	118
松田さんの181日（平岡陽明）	53
マッチメイク（不知火京介）	32
待つ妻（大石霧山）	312
松原物語（松本孝）	112
松前追分（斎藤渓舟）	172
松前非常余聞（赤石宏）	223
祭り（大越昭二）	243
祭り（谷脇常盤）	40
祭を探して（森野音児）	25
茉莉花（サンパギータ）（川中大樹）	266
祭りに咲いた波の花（中野青史）	123
祭の前夜（北上健）	294
祭りの時（夏川裕樹）	271
祭りの場（林京子）	9, 90

末路（越前英男）	68
魔笛（古賀珠子）	90
マテリアルゴースト（葵せきな）	289
惑う朝（滝口明）	186
窓越しの風景（野沢薫子）	84
窓の灯（青山七恵）	317
窓の向こうに海が見え（藤野麻実）	7
窓辺のトナカイ（森岡隆司）	216
窓辺の頬杖（松浦淳）	225
まどろむ夜のUFO（角田光代）	275
窓枠のむこう（垣花咲子）	371
窓枠湖（金子みつあき）	278
眼差（藤本ひとみ）	271
真夏の公園、ビール（小林拓）	119
真夏の車輪（長岡弘樹）	158
真夏のスクリーン（北原双治）	262
マニキュア（府高幸夫）	71
マニシェの林檎（島谷明）	50
魔の海（松谷健三）	372
真昼なのに昏い部屋（江國香織）	212
真昼の花火（山下奈美）	119
真昼の鯛（堅田美穂）	99
真昼へ（津島佑子）	287
馬淵川（渡辺喜恵子）	233
マーブル騒動記（井上剛）	248
魔法（池添麻奈）	295
魔法（山本道子）	179
魔法少女☆仮免許（冬木冬樹）	34
魔法日和の昼下がり（鯛津祐太）	37
まほし、まほろば（織田百合子）	382
まほろ駅前多田便利軒（三浦しをん）	236
幻（貫洞チヨ）	24
幻（小松未都）	237
幻をなぐる（瀬戸良枝）	187
まほろし日記（海賀変哲）	172
幻の愛妻（岩間光介）	76
幻の朱い実（石井桃子）	367
幻の池（野元正）	108
幻の女（香納諒一）	258
幻の川（小田泰正）	179
幻の声（宇江佐真理）	53
幻のささやき（井口厚）	245
まほろしの秋水号（村中美恵子）	163
幻の壺（家坂洋子）	142
幻の天使（泊美津子）	149
幻のリニア燃えたカー（栗進介）	378
幻物語（駿河台人）	173
幻領主の鳥籠（秋杜フユ）	274
まほろばの姫君（足立和葉）	284
継子殺（海賀変哲）	173

ママにハンド・クラップ（青山美智子）…… 284
ママは知らなかったのよ（北原亜以子）…… 179
まみぃぽこ！―ある日突然モンゴリアン・デス・ワームになりました（草薙アキ）…… 30
麻実子誕生（南浅二郎）……………………… 294
蝮の家（薗部一郎）…………………………… 294
豆（岩瀬澄子）………………………………… 70
守札の中身（木村政巳）……………………… 124
繭（原久人）…………………………………… 304
繭の流れ（増村由児）………………………… 130
繭の見る夢（空木春宵）……………………… 198
迷える魔物使い（柑橘ペンギン）…………… 30
まよチキ！～迷える執事とチキンな俺と～（あさのハジメ）………………………………… 34
真夜中のカーニバル（所与志夫）…………… 281
真夜中の自転車（村田喜代子）……………… 287
真夜中の少年（平忠夫）……………………… 52
真夜中のニワトリ（谷川みのる）…………… 116
真夜中のホーム（吉田桃子）………………… 298
真夜中の列車（宮本誠一）…………………… 303
マラソン始末記（山田真砂夫）……………… 25
マリー（明石裕子）…………………………… 72
マリアの父親（たくきよしみつ）…………… 159
マリオ・ボーイの逆説（パラドクス）（弓原望）………………………………………… 379
まり子のこと（松崎美保）…………………… 382
マリ子の肖像（村雨貞郎）…………………… 337
マリーゴールド（永井するみ）……………… 85
マリーン カラー ナチュラル シュガー スープ（松田陽）………………………………… 370
マリン・ブルーな季節（岡野由美子）……… 339
マル（赤池昌之）……………………………… 105
マルガリータ（村木嵐）……………………… 337
マルガリータを飲むには早すぎる（喜多嶋隆）………………………………………… 152
マルクスの恋人（新野剛志）………………… 32
マルゴの調停人（木下祥）…………………… 133
マルジャーナの知恵（木下訓成）…………… 81
マルドゥック・スクランブル（冲方丁）…… 250
○の一途な追いかけかた（からくりみしん）… 342
マルフーシャ（有馬範夫）…………………… 122
○○式歩兵型戦闘車両（坂本康宏）………… 248
マレー鉄道の謎（有栖川有栖）……………… 259
まれびと奇談（植松治代）…………………… 85
まわり道（気賀沢清司）……………………… 72
マンイーター（津村記久子）………………… 203
万延元年のフットボール（大江健三郎）…… 204
マンガ肉と僕（朝香式）……………………… 56
まんげつ（岡田京子）………………………… 116
満月（三村雅子）……………………………… 78
満月（山中美幸）……………………………… 216
満月の欠けら（田村初美）…………………… 303
マンゴスチンの恋人（遠野りりこ）………… 145
満洲は知らない（吉田知子）………………… 168
曼珠沙華（鶴岡一生）………………………… 270
まんずまんず（紺野仲右エ門）……………… 356
万代橋（立野ゆう子）………………………… 243
曼荼羅道（坂東真砂子）……………………… 135
マンドレークの声（杉みき子）……………… 243
マンホールにて（磯上多々良）……… 174, 214
マンモスの牙（小山有人）…………………… 179

【み】

見上げれば曇り空（橋本幸也）……………… 228
木乃伊とり（楠淳生）………………………… 105
箕売り（石川助信）…………………………… 5
視えない大きな鳥（鈴木凛太朗）…………… 129
見えない彼女の探しもの（霧友正規）……… 290
見えないザイル（島原尚美）………………… 47
見えない紐（小浦裕子）……………………… 138
見えない町（須海尋子）……………………… 303
見えないままに（清水一寿）………………… 210
見栄は踊る（酒井幸雄）……………………… 105
澪標（外村繁）………………………………… 365
見かえり峠の落日（笹沢左保）……………… 150
見返り美人を消せ（石井龍生）……………… 357
三ヶ月の魔法（上島拓海）…………………… 36
三方ケ原物語（大畑太右エ門）……………… 25
身代わり吉右衛門（上田秀人）……………… 149
身代わり忠義（喜安幸夫）…………………… 17
身代わり伯爵の冒険（清家未森）…………… 64
身がわり―母・有吉佐和子との日日（有吉玉青）………………………………………… 218
未完の告白（松山照夫）……………………… 202
みかんの花咲く丘で（浜田睦雄）…………… 40
右手左手、左手右手（ふじくわ綾）………… 327
右と左（森瀬一昌）…………………………… 126
右の祠（武重謙）……………………………… 17
見切り千両（梶山季之）……………………… 150
ミクゥさん（尾木沢響子）…………………… 350
三重城とポーカの間（古波蔵信忠）………… 370
ミクマリ（窪美澄）…………………………… 56
見越の松（神谷鶴伴）………………………… 172
美琴姫様騒動始末（結城恭介）……………… 156
実さえ花さえ（朝井まかて）………………… 154
岬（中上健次）………………………………… 9
岬一郎の抵抗（半村良）……………………… 249

岬に立てば（久保田三千代）………… 48
ミサキの一発逆転！（悠レイ）………… 34
岬の気（野村尚吾）………………… 318
ミサキへ（榊邦彦）………………… 176
三島さんの話（大槻拓）…………… 177
未熟なナルシスト達（杉本りえ）…… 271
実生（篠原ちか子）………………… 279
見知らぬ家族たちへ（河原未来）…… 78
見知らぬ侍（岡田秀文）…………… 158
水色の川（宮本誠一）……………… 303
水色の魚（伊波伊久子）…………… 371
水色の夏（赤木里絵）……………… 272
みずうみ（細見隆博）……………… 56
みずうみのほうへ（上村亮平）…… 187
湖の水（柴山芳隆）………………… 118
水木しげ子さんと結ばれました（真坂マサル）
　　　　　　　　　　　　　　……… 223
水煙（原貝水）……………………… 314
みすず（丸岡通子）………………… 78
水溜まりの夢（太田全治）………… 286
水魑の如き沈むもの（三津田信三）… 332
ミスティ・ガール（松倉紫苑）…… 131
ミステリ・オペラ（山田正紀）… 258, 331
水に埋もれる墓（小野正嗣）………… 13
水に立つ人（香月夕花）……………… 53
水になる（川田みちこ）…………… 272
水の時計（初野晴）………………… 358
水のはじまり（長田敦司）…………… 91
水の兵士（諸藤成信）……………… 207
水の行方（山下冨美子）…………… 324
水のレクイエム（牛山初美）……… 349
みずは無間（六冬和生）…………… 282
ミス・ホームズ 夏色のメモリー（本田美なつ）……………………………… 144
未成年儀式（彩坂美月）…………… 300
見世物小屋の女（田口武雄）……… 115
みぞれ（信沢貢）…………………… 93
みぞれの朝、弟の涙（大橋操子）…… 71
三たびの海峡（帚木蓬生）………… 361
乱れからくり（泡坂妻夫）………… 257
斑蒼（みちおしえ）（水足蘭秋）…… 124
迪子とその夫（飯田章）……………… 90
みち潮（上坂高生）………………… 155
みちづれ（三浦哲郎）……………… 18
道連れ（南島砂江子）……………… 55
道の記憶（青木滋）………………… 105
みちのくのしのぶもぢずり誰ゆえに 乱れそめしに我ならなくに（佐藤牡丹）……… 279
みちのくの人形たち（深沢七郎）… 73, 204
道之島遠島記（茂野洋一）………… 213

道寥寥（海賀変哲）………………… 172
三日芝居（三神弘）………………… 186
光圀伝（冲方丁）……………… 335, 349
密告者（木村嘉孝）………………… 54
密室殺人ゲーム2.0（歌野晶午）…… 332
密室蒐集家（大山誠一郎）………… 332
ミッドナイト・ホモサピエンス（渥美饒児）… 317
ミッドナイト★マジック（夢幻）… 139
三つ巴（平山蘆江）………………… 311
密売薬児（松信春秋）……………… 315
見つめていたい娘（長谷川安宅）… 329
密輸入（田島準子）………………… 316
密猟者（寒川光太郎）………………… 8
密猟者（和田顕太）………………… 151
密漁者（高橋正男）………………… 209
見てはいけない（狂）……………… 140
見てはいけない（山口恵以子）……… 17
緑の壁（鈴木計広）………………… 362
緑のさる（山下澄人）……………… 276
緑の草原に……（李家豊）…………… 95
緑の手紙（五十嵐勉）……………… 27
緑の瞳の少女（藤井貴城）………… 195
緑の闇（香月紗江子）……………… 146
みなさん、さようなら（久保寺健彦）… 279
皆月（花村萬月）…………………… 361
水底の家（斎藤洋大）………………… 28
水底の街から（諸山立）……………… 47
港へ（青木智子）……………………… 38
ミーナの行進（小川洋子）…… 205, 333
南風（宮内勝典）…………………… 316
南十字星の女（窪川稔）…………… 125
南へ（たなかなつみ）……………… 278
水面（みなも）渡りて…（井上雅博）… 216
ミニッツ？ 一分間の絶対時間？（乙野四方字）………………………………… 222
ミネさん（河西美穂）……………… 309
ミノタウロス（佐藤亜紀）………… 361
みのむし（三浦哲郎）……………… 74
みのむし（山本三鈴）……………… 317
実らぬ稲の多けれど（黒坂源悦）…… 6
みのり（原田重久）………………… 126
見果てぬ夢（竹浪和夫）…………… 17
見果てぬ夢（林啓介）……………… 227
壬生義士伝（浅田次郎）…………… 135
身分帳（佐木隆三）………………… 18
美歩！（遠田綾）…………………… 272
未亡人（田村西男）………………… 313
見舞い（香葉村あすか）…………… 370
耳（渡壁忠紀）………………… 174, 215
耳刈ネルリ御入学万歳万歳万々歳（石川博品）

耳切り坊主の唄（我如古聚二）	170
蚯蚓、赤ん坊、あるいは砂糖水の沼（深堀骨）	282
ミミズクと夜の王（紅玉いづき）	221
蚯蚓の踊り（長谷川寛）	112
ミミのこと（田中小実昌）	234
未明の悪夢（谺健二）	15
ミモザの林を（岩阪恵子）	275
都忘れ（阿久津光市）	116
宮島曲（小林天眠）	172
宮戸診療所（小林叶奈）	364
雅先生の地球侵略日誌（直月秋政）	37
深雪の里の…（中村まさみ）	283
ミュージアム（猪狩彩夏）	364
ミュージック・プレス・ユー!!（津村記久子）	276
ミューズ（赤坂真理）	275
ミューズに抱かれて（中井由希恵）	380
ミューズの額縁（完甘直隆）	281
妙高（村上青二郎）	239
妙高の秋（島村利正）	366
苗字買い（熊田保市）	207
明神沼の欅（花石邦夫）	23
妙薬（桐生祐狩）	264
未来探測（アイザック・アシモフ）	191
未来予想図（菊地祐美）	364
ミラノ 霧の風景（須賀敦子）	168
ミラハブ アイス―家族五人のアメリカ旅行―（斎藤道子）	296
ミリ・グラム（森美樹）	377
海松（ミル）（稲葉真弓）	74
ミレ（工藤みのり）	144
ミロ（為房梅子）	47
弥勒が天から降りてきた日（松村哲秀）	117
碭山の梨（仁木英之）	373
みんな誰かを殺したい（射逆裕二）	358
民謡ごよみ（沙和宋一）	268

【む】

無縁仏（池田みち子）	287
むがさり（佐藤正）	25
昔、火星のあった場所（北野勇作）	260
むかしがたり（津田伸二郎）	126
昔の眼（服部洋介）	102
麦熟るる日に（中野孝次）	286
向こう岸へ（鈴木英司）	362
無機世界へ（筒井康隆）	280
むき出しの姿で歩き続けなければならない（本山順子）	243
麦の虫（川崎敬一）	52
麦ふみクーツェ（いしいしんじ）	219
椋（古井由吉）	204
椋鳥日記（小沼丹）	286
むく鳥の群（浦野里美）	171
夢幻史記 游俠妖魅列伝（真崎雅樹）	289
無限青春（原田英輔）	262
無限のしもべ（木下古栗）	92
夢幻の扉（佐藤巌太郎）	53
夢幻花（東野圭吾）	135
無限舞台のエキストラ―『流転骨牌（メタフェシス）』の傾向と対策―（九重一木）	183
無言電話（松原栄）	171
無彩の空（渡辺智恵）	100
武蔵野（吉田初太郎）	124
武蔵丸（車谷長吉）	74
虫（坂東真砂子）	263
虫明講師（結城愛）	138
蠱使い・ユリウス（葵ゆう）	65
虫喰い石（濱口弥生）	339
虫けらたちの夏（鈴木新吾）	322
蟲と眼球とテディベア（日日日）	34
虫のいどころ（坂井希久子）	53
虫封じマス（立花水馬）	53
無常（相場秀穂）	126
無情山脈（安成昭夫）	295
無情の世界（阿部和重）	275
無常の月（ラリイ・ニーヴン）	189
無常米（島一春）	269
無人駅（柴野和子）	336
無人車（高林杏子）	308
無人島（ODA）	278
無人島ツアーの手引き（新谷みどり）	363
無人島に生きる十六人（須川邦彦）	274
息子（斎藤俊一）	242
息子の逸楽（守島邦明）	310
息子の時代（井賢治）	207
娘（吉田春子）	319
娘よ眠っておくれ（北上菜々子）	224
無籍機械（佐藤繁）	104
無題（春日夕陽）	279
陸奥甲冑記（沢田ふじ子）	360
霧笛（橘元秀樹）	70
無頭人（辻井南青紀）	13
胸痛む（田谷榮近）	237
胸に降る雪（松嶋ひとみ）	355
無敗の剣聖 塚原卜伝（矢作幸雄）	21
無風帯（石川鈴子）	210
夢魔のふる夜（水見稜）	280
無明長夜（吉田知子）	9

無明童子（伊庭高明）	113
無名の虎（仁志耕一郎）	12
夢遊王国のための音楽（島田雅彦）	275
村を助くは誰ぞ（岩井三四二）	375
村が消える（古岡孝信）	22
村上龍映画小説集（村上龍）	287
紫色の雪ひら（末永いつ）	354
紫川（峯下幸夫）	103
むらさめ（金啓子）	304
村の器（畠山憲司）	44
村の名前（辻原登）	10
村の名物（鈴木好狼）	313
村八分（愛川弘）	303
村正と正宗（野口健二）	124
無力の王（粕谷日出美）	247
群れ星なみだ色（津野創一）	158
ムーンシールド（早瀬透）	72
ムーンスペル!!（尼野ゆたか）	289
ムーンリバー（横本多佳子）	138

【め】

目（岩田隆幸）	22
眼（早瀬馨）	78
明暗二人影（南条三郎）	125
迷彩色になったサンドバッグ（コミネユキオ）	369
名刺（上田菊枝）	41
明治犬鑑（小田真紀恵）	140
明治新選組（中村彰彦）	35
明治二十四年のオウガア（桂修司）	109
明治の女（菊地真千子）	379
明治の青雲（佐文字雄策）	16
明治の青春（多田一）	226
名人（芝野武男）	125
迷心（白石弥生）	370
名探偵の証明（市川哲也）	15
メイド・イン・ジャパン（石垣由美子）	303
鳴動（川端加二）	125
迷投手・誕生！（沢口子竜）	139
冥土の家族（富岡多恵子）	167
冥土めぐり（鹿島田真希）	12
冥府から来た女（一刀研二）	124
瞑父記（田能千世子）	102
名物庖丁正宗（桑元謙芳）	46
盟約の砦（藤村耕造）	358
迷路（野上弥生子）	365
迷路（比嘉野枝）	170
迷路（八幡政男）	112
メイン州のある街で（弓透子）	38
夫婦鯉（山本恵子）	53
女夫船（貝永漁史）	311
夫婦善哉（織田作之助）	318
夫婦風呂（藤沢すみ香）	252
眼鏡HOLICしんどろ～む（上衛栖鐵人）	29
眼鏡屋は消えた（山田彩人）	15
女神と棺の手帳（ひなた茜）	65
盲（めくら）按摩青春異聞（相崎英彦）	93
めぐる夏の日（岡田正孝）	174, 215
目覚めれば森の中（おおるり万葉）	283
盲いたる笛（代田重雄）	68
目印はコンビニエンス（塩崎豪士）	309
メソッド（金真須美）	317
メタモルフォセス群島（筒井康隆）	188
メダル（殿岡立比人）	119
メッセージ（松村比呂美）	85
メデューサとの出会い（アーサー・C.クラーク）	188
地下鉄（メトロ）にのって（浅田次郎）	361
目には目を（オースン・スコット・カード）	190
目の略奪（宮田和雄）	246
芽生え（加賀屋美津子）	6
芽生え（新妻澄子）	362
メービウスの帯（芳岡道太）	357
眩暈（福地誠）	20
眩暈（めまい）（来島潤子）	165
メランコリア（當山清政）	171
メリークリスマスeverybody（森田たもつ）	371
メリー・クリスマス・オン・ザ・ムーン（多田正）	50
メリーゴーランド（古井らじか）	48
メルサスの少年（菅浩江）	190
メルト・ダウン（高嶋てつお）	153
面（富岡常雄）	232
『明太子王国』と『たらこ王国』（井上薫）	143
めん玉（愛島紀生）	216
めんどうみてあげるね（鈴木輝一郎）	258

【も】

もう一度の青い空（黒崎良乃）	117
盲士官（山本柳風）	314
猛スピードで母は（長嶋有）	11
妄想カレシ（芦原瑞祥）	39
妄想彼氏、妄想彼女（ささきまさき）	141

妄想銀行（星新一）	256
妄想少女（やのゆい）	37
もう一度デジャ・ヴ（村山由佳）	139
もう一つの朝（佐藤泰志）	121
もうひとつの階段（東しいな）	356
もうひとつの絆（浜渦文章）	101
もう一人（伊東美穂）	299
盲目（島木健作）	210
魍魎の匣（京極夏彦）	258
燃える冬（矢部陽子）	243
杢二の世界（笠原淳）	10
木炭事務所の風景（矢島イサヲ）	71
目的（たなかなつみ）	278
目的補語（黒羽英二）	316
木馬に宛てた7通の手紙―国吉康雄外伝（秋元秋日子）	44
目礼をする（畔地里美）	39
目録（小野里良治）	93
モー殺し（今井田博）	71
もしや（倉持れい子）	17
もずの庭（桜井利枝）	269
モダンタイムス（伊坂幸太郎）	334
望潮（村田喜代子）	74
もちた（宮井紅於）	144
モーツァルトは子守唄を歌わない（森雅裕）	31
モッキングバードのいる町（森礼子）	10
木琴のトランク（高橋白鹿）	376
もつれ糸（森露声）	312
縺れ縁（橋本紫星）	314
戻り川心中（連城三紀彦）	257
モーニング・サイレンス（麻田圭子）	382
物語が殺されたあとで（最上爆介）	309
モノ好きな彼女と恋に落ちる99の方法（木更木春秋）	65
物原を踏みて（吉野栄）	44
ものみな憩える（忍澤勉）	198
喪服のノンナ（小野紀美子）	52
紅葉が淵（服部鉄香）	312
紅葉街駅前自殺センター（光本正記）	176
桃（坂井大助）	69
桃太郎の流産（小杉謙后）	125
桃と灰色（真枝忠保）	327
モモに憑かれて（吉永尚昇）	84
桃の罐詰（逸見真由）	269
桃山ビート・トライブ（天野純希）	160
モモンガのいたころ（小泉良二）	112
舫いあう男たち（中山登紀子）	165
鵆と渚（庄司力蔵）	223
森陰にコグマを捨てて（浅田美和子）	230
森崎書店の日々（八木沢里志）	217
森と河童と人間と（菊地美花）	297
森の言葉/森への飛翔（伊野隆之）	249
森の黄昏（岡田美知代）	315
門前雀羅（陽羅義光）	196

【や】

八百長（新橋遊吉）	233
八百万戀歌（当真伊純）	148
やがて霧が晴れる時（汐月遥）	273
やがて伝説がうまれる（上正路理砂）	291
焼絵玻璃（石崎瑞央）	224
焼き子の唄（菅原康）	269
柳生斬魔伝（鴉紋洋）	262
柳生大戦争（荒山徹）	301
やくそく（鈴木彩）	364
約束（伊岡瞬）	358
約束（仲村渠ハツ）	369
約束（藤野庄三）	125
約束（藤原師仁）	48
約束の地（樋口明雄）	43
約束の柱、落日の女王（いわなぎ一葉）	289
約束の宝石（神谷よしこ）	284
役立たず（伊東誠）	25
焼けた弟の屍体（高木白葉）	319
野犬飼育場―彼またはKの場合（小島正樹）	106
やご（勝野ふじ子）	243
やさしい音（湯沢あや子）	24
優しい女（中山あい子）	151
優しい雲（横瀬信子）	350
優しい碇泊地（坂上弘）	367
やさしい光（鈴木けいこ）	91
優しい人たち（大江健三郎）	59
香具師仁義（扇田征夫）	125
野趣（滝井孝作）	366
野獣の乾杯（高円寺文雄）	208
安兵衛の血（君条文則）	149
やすやすと遍在する死のイメージ（赤地裕人）	177
やすらかに今はねむり給え（林京子）	204
やすらぎの満月（倉科登志夫）	239
やだぜ！（華屋初音）	284
矢立（久下貞三）	69
やつし屋の明り（畔地里美）	117
やってきたよ、ドルイドさん！（志瑞祐麒）	34
やっとこ探偵（志茂田景樹）	151
宿の春（山田萍南）	313
宿り木（西川百々）	80

谷中物語(佐藤高市)	21
柳寿司物語(池上信一)	98
屋根の上(高山昇)	238
野蛮人(大鹿卓)	210
弥彦山(和琴正)	243
藪蚊(和田寅雄)	362
藪燕(乙川優三郎)	53
破馬車(宮本此君庵)	172
やまあいの煙(重兼芳子)	10
山犬物語(新田次郎)	127
やまいはちから—スペシャルマン(成重尚弘)	220
山影(韋山圭介)	269
山風記(長尾宇迦)	151
山川さんは鳥を見た(咲木ようこ)	217
やま襦袢(林美佐雄)	315
邪馬台国の謎(加藤真司)	371
大和撫子(池田錦水)	173
山中鹿之介の兄(都田鼎)	124
山猫の夏(船戸与一)	360
山の彼方(あなた)(あがわふみ)	377
山の上の交響曲(中井紀夫)	190
山の歌(沢令二)	26
山の音(小松征次)	41
山のさざ波(猪股愛江)	25
山の灯(松岡智)	269
山のまつり(髙橋ひろし)	94
山の湯(前田孝一)	69
山妣(坂東真砂子)	235
山姫と黒の皇子さま～遠まわりな非政略結婚～(河市晧)	148
山道(木村玲吾)	319
山脇京(村田等)	124
ヤマンスと川霧(風際透)	78
山姥騒動(中村路子)	38
闇鏡(堀川アサコ)	261
闇と影の百年戦争(南原幹雄)	360
闇の音(西林久美子)	238
闇のかなたへ(うらしま黎)	170
闇のなか(落合慧)	324
闇の中から(中崎久二男)	303
闇のなかの石(松山巌)	18
闇のなかの黒い馬(埴谷雄高)	204
闇の向こうへ(崎山麻夫)	170
闇の夜(永井荷風)	172
闇夜に舞う蛍(矢野茜)	42
やむなく覚醒!! 邪神大沼(川岸殿魚)	146
槍(大正十三造)	98
野流の淵(宮崎博江)	21
柔かい朝(高坂栄)	70
柔らかな頬(桐野夏生)	235
やわらかなみず(堀田明日香)	339
ヤンのいた島(沢村凛)	260
ヤンのいた場所(小田原直知)	56

【ゆ】

唯円房(丹地甫)	20
結(ゆ)い言(ごん)(藤岡陽子)	79
夕茜(垣見鴻)	243
幽韻(登坂北嶺)	173
憂鬱なハスビーン(久保田凛香)	92
勇往なモノローグ(安藤由紀)	297
融解(鈴木俊之)	364
誘拐児(翔田寛)	32
遊郭の怪談(さとのはなし)(長島槇子)	353
ゆうかげぐさ(山吹恵)	137
誘蛾灯(中条佑弥)	252
祐布とじゃじゃまるの夏(蒲原文郎)	76
有願春秋抄(由布川祝)	126
勇敢な犬たち(岡部達美)	237
幽鬼の舞(森本房子)	112
結城の森(山下一郎)	70
ゆうぐれ(桜井ひかり)	327
夕暮れて(古味三十六)	100
有限会社もやしや(浅津慎)	141
有子(田中委左美)	112
勇士の妹(田村西男)	312
勇者になれなかった俺はしぶしぶ就職を決意しました。(左京潤)	290
勇者には勝てない(来田志郎)	222
勇者リンの伝説(琴平稜)	290
幽囚転転(中川静子)	51
友情復活(藤村秀治)	68
遊食の家(近藤弘子)	57
湧水(もりおみずき)	350
勛然なる情景(新儀藤雄)	70
遊動亭円木(辻原登)	205
夕凪(古口裕子)	244
夕映え(高橋貞子)	6
夕映え(吉川隆代)	16
夕映え河岸(三宅孝太郎)	52
夕日の国(飯倉章)	336
郵便馬車の駅者だった(もりおみずき)	171
郵便物裁断(増田勇)	379
郵便屋(杉浦愛)	263
夕べの雲(庄野潤三)	366
悠望(ゆうぼう)(吉川貞司)	296

夕焼け好きのポエトリー（ココロ直）…… 273
夕焼ける眺め（小川秀年）…………… 294
雄略の青たける島（半井肇）………… 376
幽霊でSで悪食な彼女が可愛くて仕方ない（秋月紫）……………………………… 290
幽霊の合図（西村啓子）……………… 71
幽霊伯爵の花嫁（宮野美嘉）………… 148
幽霊列車（赤川次郎）………………… 54
「ユーカリさん」シリーズ（辻真先）… 16
歪んだ朝（西村京太郎）……………… 54
歪んだ駒跡（本岡類）………………… 54
ゆきあいの空（西沢いその）………… 71
雪あかり（遠山あき）………………… 209
雪あかり（神崎照子）………………… 354
雪唄（赤羽華代）……………………… 94
雪女（和田芳恵）……………………… 73
雪煙（藤沢誠）………………………… 70
ゆきずりの旅（高橋貞子）…………… 6
雪空（畔地里美）……………………… 252
雪玉青年団（垂木項）………………… 354
雪どーい（中川邦夫）………………… 370
雪解（池田純子）……………………… 6
雪解け（人見圭子）…………………… 118
雪と火の祭り（山岸昭枝）…………… 350
雪沼とその周辺（堀江敏幸）…… 82, 205
雪野（尾辻克彦）……………………… 275
雪のあしあと（雨宮雨彦）…………… 355
雪の歌（山岡けいわ）………………… 237
雪残る村（高橋実）…………………… 242
雪のした（木原象夫）………………… 242
雪の精と殺し屋（田尾れみ）………… 348
雪の丹後路（山口正二）……………… 16
雪の断章（佐々木丸美）……………… 245
雪の翼（巣山ひろみ）………………… 356
雪の道標（北原尚生）………………… 355
雪の扉（野村かほり）………………… 28
雪のない冬（春山希義）……………… 307
雪の中（おおとりりゅう）…………… 17
雪の墓（立野ゆう子）………………… 243
雪果幻語（ゆきのはてゆめのかたらひ）（大久保悟朗）………………………… 355
雪の花（秋吉理香子）………………… 348
雪の花（石川秀঴）…………………… 354
雪の反転鏡（中山佳子）……………… 71
雪の日に（松本昭雄）………………… 71
雪の日のおりん（岩井護）…………… 151
雪の村通信（北畠令子）……………… 355
雪の林檎畑（中村佐喜子）…………… 318
雪は ことしも（別所真紀子）……… 374
雪降り頻る（那智思栄）……………… 296

雪魔王（垂木項）……………………… 354
雪見酒（七森はな）…………………… 355
雪道（沢井繁男）……………………… 328
雪迎え（岩森道子）…………………… 83
雪迎え（能一京）……………………… 262
雪虫（桜木紫乃）……………………… 53
雪虫が舞い（冬木格）………………… 94
雪物語（児島晴浜）…………………… 313
ゆく雲（鈴木狭花）…………………… 311
ゆくとし くるとし（大沼紀子）…… 327
ユグノーの呪い（新井政彦）………… 266
行春の曲（山東賦花）………………… 314
行く水（沢田東水）…………………… 172
ユージニア（恩田陸）………………… 259
輸出（城山三郎）……………………… 306
ゆずり葉（阿里操）…………………… 336
ゆずり葉（神森ふたば）……………… 370
ゆずり葉（菅野豫）…………………… 363
湯豆腐（大橋秀二）…………………… 243
湯殿山麓呪い村（山村正夫）………… 62
ユニコーン・ヴァリエーション（ロジャー・ゼラズニイ）………………………… 189
湯ノ川（木島次郎）…………………… 252
湯葉（芝木好子）……………………… 166
由熙（李良枝）………………………… 10
指一本分の殺意（倉科登志夫）……… 239
湯檜曽（箕田政男）…………………… 94
指の音楽（志賀泉）…………………… 203
指輪（栗田平作）……………………… 130
指輪（留畑眞）………………………… 23
油麻藤の花（酒井龍輔）……………… 58
弓子の川（橋本勝三郎）……………… 106
夢売りのたまご（立原とうや）……… 272
夢を…（梶原武雄）…………………… 69
夢を 刻む（浜田理佐）……………… 285
夢顔さんによろしく（西木正明）…… 135
夢かたり（後藤明生）………………… 286
夢食い魚のブルーグッドバイ（釜谷かおる）… 102
夢で遭いましょう（小池雪）………… 273
夢のあとさき（水村圭）……………… 113
夢のかけら（平林糧）………………… 285
夢の壁（加藤幸子）…………………… 10
夢の樹が接げたなら（森岡浩之）…… 281
夢の木坂分岐点（筒井康隆）………… 204
夢の坂（舟田愛子）…………………… 106
ユメノシマ（深山あいこ）…………… 50
夢の消滅（大原由記子）……………… 101
夢の地層（原口啓一郎）……………… 225
夢の途中で（谷本美弥子）…………… 216
夢の中へ（横本多佳子）……………… 216

夢の乳房(にゅうぼう)(小林長太郎) ……… 49
夢の花(毓山定文) …………………… 79
夢の宮・竜のみた夢(今野緒雪) ……… 272
夢、はじけても(ととり礼治) ………… 374
夢はマウンドの上に…(古生愛恵) …… 363
夢羊(川上千尋) ……………………… 143
夢見草(織田卓之) …………………… 251
夢見の噺(清水雅世) ………………… 76
夢見る猫は、宇宙に眠る(八杉将司) … 249
夢見る野菜の精霊歌〜My Grandfathers' Clock 〜(永瀬さらさ) …………… 65
夢よりももっと現実的なお伽話(浅賀美奈子) ………………………… 186
ユーモレスク(北村周一) ……………… 78
湯宿物語(吉本加代子) ………………… 252
ゆらぎ(片岡真) ………………………… 39
ゆらぐ藤浪(洗潤) ……………………… 127
揺籃日誌(塙仁礼子) …………………… 57
ユリゴコロ(沼田まほかる) ……… 43, 335
百合野通りから(大久保智曠) ………… 52
由利の別れ(勝賀瀬季彦) ……………… 118
赦(ゆる)しの庭(舘有紀) …………… 251
ゆれる甲板(岡田京子) ………………… 327
揺れる心(西方郁子) …………………… 99
ゆれる風景(甲斐英輔) ………………… 13

【よ】

夜明けとともに(阿部進) ……………… 377
夜明けの朝に続く道(水谷玲一) ……… 176
夜明けの音が聞こえる(大泉芽衣子) … 186
夜明けのテロリスト(森岡浩之) ……… 191
夜明けの晩(渡辺たづ子) ……………… 172
夜明けの非常階段(古嶋和) …………… 339
夜嵐(泣涙漁郎) ………………………… 312
よいこのうた(いたみありお) ………… 272
夜市(恒川光太郎) ……………………… 264
宵待草夜情(連城三紀彦) ……………… 360
妖異の棲む城大和筒井党異聞(深水聡之) … 373
ようかい遊び(木村大志) ……………… 34
妖怪の図(城野隆) ……………………… 374
八目の蟬(角田光代) ……………… 212, 333
容疑者Xの献身(東野圭吾) …… 236, 331, 333
容疑者の夜行列車(多和田葉子) … 19, 205
楊貴妃亡命伝説(三吉不二夫) ………… 107
妖魚(林房雄) …………………………… 202
羊群原(岡田良樹) ……………………… 103
杳子(古井由吉) ………………………… 9

ようこそ,ウズラちゃん(多米淳) …… 325
ようこそ『東京』へ(杉元怜一) ……… 152
幼児狩り(河野多恵子) ………………… 224
『洋酒天国』とその時代(小玉武) …… 49
窯談(小田武雄) ………………………… 127
妖魔(崎山麻夫) ………………………… 83
妖魔アモル翡翠の魔身変(まみやかつき) … 288
妖魔の道行き(多々良安朗) …………… 319
夜風の通りすぎるまま(久嶋薫) ……… 272
予感(中里友豪) ………………………… 369
予感(釉木淑乃) ………………………… 186
余寒の雪(宇江佐真理) ………………… 241
夜汽車(内村和) ………………………… 239
欲(加藤剛) ……………………………… 278
浴室(長谷川信夫) ……………………… 124
沃土(和田伝) …………………………… 178
よく似た女(山口由紀子) ……………… 323
欲望(小池真理子) ……………………… 135
横座(三上喜代司) ……………………… 17
横須賀線にて(桐部次郎) ……………… 52
横須賀ドブ板通り(達忠) ……………… 151
横浜道慶橋縁起(早川真澄) …………… 213
横道世之介(吉田修一) …………… 135, 334
吉田キグルマレナイト(日野俊太郎) … 261
吉永さん家のガーゴイル(田口仙年堂) … 36
吉野大夫(後藤明生) …………………… 204
吉野朝太平記(鷲尾雨工) ……………… 231
吉原手引草(松井今朝子) ……………… 236
余燼(湯浅勝至郎) ……………………… 227
四日間(坂谷照美) ……………………… 308
四日間の奇蹟(浅倉卓弥) ……………… 109
ヨッパ谷への降下(筒井康隆) ………… 73
四つ葉のクローバーちょうだい。(rila。) … 254
夜露に濡れて蜘蛛(中野拓馬) ………… 132
夜中の雪だるま(林ゆま) ……………… 354
四人姉妹(松江ちづみ) ………………… 303
4年ぶり(沢小民) ……………………… 312
四年霊組こわいもの係(床丸迷人) …… 63
世の天秤はダンボールの中に(緋月薙) … 30
世の中や(阿嘉誠一郎) ………………… 316
余は如何にして服部ヒロシとなりしか(あせごのまん) ……………………… 264
余白(志賀千尋) ………………………… 364
夜咄(よばなし)(青木裕次) ………… 355
呼び声(谷敏江) ………………………… 47
夜更けにスローダンス(岡江多紀) …… 152
ヨブの風呂(織部るび) ………………… 39
与兵衛の雪(加藤由美子) ……………… 355
甦れ薫風(山田真砂夫) ………………… 24
夜道の落とし物(橋本ふゆ) …………… 78

作品名索引　らふの

黄泉びと知らず（梶尾真治）………… 192
読むな（青木隆弘）……………………… 323
嫁（たなかなつみ）……………………… 279
嫁革命（広沢康郎）……………………… 294
嫁恋物語（武田金三郎）………………… 118
嫁の地位（蒔田広）……………………… 206
嫁よこせ村長様（河内幸一郎）………… 269
ヨモギ・アイス（野中柊）………………… 57
夜と霧の隅で（北杜夫）……………………… 8
夜に光る花の歌（青木徹）……………… 41
夜の雨（山里水葉）……………………… 173
夜の蟻（高井有一）……………………… 367
夜の家の魔女（ゆうきりん）…………… 272
夜の梅（大越台籠）……………………… 313
夜の奥に（佐々木義典）………………… 227
夜の終る時（結城昌治）………………… 256
夜の河にすべてを流せ（柳原慧）……… 109
夜の客（牧村牧郎）……………………… 243
夜の雲（山井道代）……………………… 59
夜の刻印（鈴村満）……………………… 293
夜の魚・一週間の嘘（是方直子）……… 283
夜の姉妹（古川こおと）………………… 381
夜の蟬（北村薫）………………………… 258
夜の蒼空（宇城千恵）…………………… 114
夜の翼（ロバート・シルヴァーバーグ）… 188
夜の鶴（芝木好子）……………………… 155
夜の床屋（沢村浩輔）…………………… 342
夜のトマト（岩井川皓二）……………… 118
夜のない朝（丸岡道王）………………… 94
夜の鳩（千羽輝子）……………………… 112
夜の薔薇の紅い花びらの下（長尾由多加）… 54
夜の光に追われて（津島佑子）………… 366
夜のピクニック（恩田陸）………… 332, 361
夜の道行（千野隆司）…………………… 158
夜は明けない（木戸織男）……………… 122
夜は一緒に散歩しよ（黒史郎）………… 353
夜は短し歩けよ乙女（森見登美彦）… 333, 352
よろずのことに気をつけよ（川瀬七緒）… 32
萬屋探偵事務所事件簿（にのまえはじめ）… 30
弱き者は死ね（亀井宏）………………… 151
弱音を吐こう！（佐藤春子）…………… 142
夜半（よわ）の太陽（神無月りく）…… 148
四十日と四十夜のメルヘン（青木淳悟）… 180, 276
四十年目の復響（中川英一）…………… 357
409ラドクリフ（江國香織）……………… 291
四百二十連敗ガール（音鳴乃）………… 37
四万二千メートルの果てには（岡田義之）… 54
四万人の目撃者（有馬頼義）…………… 256

【ら】

ライアー（富樫英夫）…………………… 324
雷雨（三浦良一）………………………… 100
ライジン×ライジン（初美陽一）……… 290
ライトノベルの神さま（青々）………… 185
ライプニッツ・ドリーム（丸川雄一）… 277
来訪者（阿刀田高）……………………… 257
来訪者の足あと（恩田雅和）…………… 306
ライン・アップ（久和崎康）…………… 152
ラヴ☆アタック！（川上亮）…………… 60
ラガド（両角長彦）……………………… 266
楽園（鈴木光司）………………………… 260
楽園幻想（高野冬子）…………………… 273
楽園に間借り（黒澤珠々）……………… 346
楽園のカンヴァス（原田マハ）…… 335, 352
楽園の種子（倉吹ともえ）……………… 147
落書きスプレー（丹沢秦）……………… 57
落日（赤城穉生）………………………… 319
落日（斎藤史子）………………………… 38
落日（渡辺アキラ）……………………… 130
落日の詩（松崎移翠）…………………… 112
落日の炎（舞坂あき）…………………… 166
落首（小橋博）…………………………… 181
落城魏将・郝昭伝（河原谷創次郎）…… 373
楽天屋（岡崎祥久）……………………… 275
ラグナロク（安井健太郎）……………… 182
落陽の海（四宮秀二）…………………… 226
楽浪の棺（宗任靜作）…………………… 127
ラジオ ディズ（鈴木清剛）……………… 317
羅生門の鬼（津田伸二郎）……………… 126
ラスト・ゲーム（かな）………………… 254
ラストステージ（羽田野良太）………… 237
らすと・すぱーと（三浦良一）………… 378
ラス・マンチャス通信（平山瑞穂）…… 261
らせん（鈴木光司）……………………… 361
螺旋の王国（広瀬晶）…………………… 380
螺旋の肖像（別当晶司）………………… 179
埒外（朴重鎬）…………………………… 108
落下（安本嘆）…………………………… 225
落暉伝（原田八束）……………………… 51
ラッシュ・くらっしゅ・トレスパス―鋼鉄の
　吸血鬼―（松川周作）………………… 289
ラニーニャ（伊藤比呂美）……………… 275
ラパロ（腹腔鏡）（町井奢）……………… 118
ラブ・ケミストリー（喜多喜久）……… 110
裸婦の光線（板坂康弘）………………… 149

小説の賞事典　515

ラブ・パレード(秋山寛) ……………… 329
ラブ・ラブ・レラ(さくしゃ) ………… 140
ラブレス(桜木紫乃) …………………… 136
ラベル(小林フユヒ) …………………… 380
螺法四千年記(日和聡子) ……………… 276
ラムネ(加藤広之) ……………………… 216
ラムネの泡と、溺れた人魚(石田瀬々) … 56
ららら科学の子(矢作俊彦) …………… 332
乱(らん)(海老沢泰久) ……………… 156
らんぐざあむ くらふてぃぐろーぺんが(板倉
  充伸) ………………………………… 86
乱世(楢八郎) …………………………… 127
檻棲記(峰一矢) ………………………… 45
ランタナの咲く頃に(長堂英吉) ……… 179
蘭と狗(いぬ)(中村勝行) …………… 132
ランニング・オブ(大木智洋) ………… 140
ランニング・シャドウ(加藤唱子) …… 327
乱反射(貫井徳郎) ……………………… 259

【り】

リアルヴィジョン(山形由純) ………… 145
リヴィエラを撃て(高村薫) …………… 258
リカ(五十嵐貴久) ……………………… 330
リーガル・ファンタジー(羽田遼亮) … 38
利休にたずねよ(山本兼一) …………… 236
陸の孤島(武田雄一郎) ………………… 269
りく平紛失(南郷二郎) ………………… 124
利巧な奴(平井敏夫) …………………… 69
離婚(色川武大) ………………………… 234
離人(大嶺則之) ………………………… 371
離人たち(団野文丈) …………………… 91
リストカット/グラデーション(長沢樹) … 359
リスの檻(トマス・M.ディッシュ) …… 188
理想は高き平尾台(市丸薫) …………… 103
律子の簪(白井靖之) …………………… 117
立春(佐藤郁子) ………………………… 6
リーディング!(姫川いさら) ………… 65
リトル・ダーリン(松本ありさ) ……… 283
リトル・バイ・リトル(島本理生) …… 276
リトルリトル☆トライアングル(斉藤真也) … 34
リハーサル(松本文世) ………………… 22
リバーシブル 黒の兵士(水月昂) …… 61
理髪店の女(塚越淑行) ………………… 117
りはめより100倍恐ろしい(木堂椎) … 346
リベンジ・ゲーム(谷川哀) …………… 60
理由(宮部みゆき) ……………………… 235
柳暗花明(細雪) ………………………… 148

龍王の淡海(うみ)(藤原京) ………… 379
龍を飼う(藤島三四郎) ………………… 25
竜を駆る種族(ジャック・ヴァンス) … 189
龍ヶ崎のメイドさんには秘密がいっぱい(田中
  創) …………………………………… 141
龍ヶ嬢七々々の埋蔵金(鳳乃一真) …… 37
柳下亭(猪ノ鼻俊三) …………………… 125
竜岩石(勝山海百合) …………………… 353
劉広福(八木義徳) ……………………… 8
琉球瞞着(崎村裕) ……………………… 171
柳月夜(神田意智楼) …………………… 315
竜女の首(穂積生萩) …………………… 118
龍神の雨(道尾秀介) …………………… 43
流星(多地映一) ………………… 173, 213
流星雨(津村節子) ……………………… 168
龍勢の翔る里(山田たかし) …………… 207
流星の絆(東野圭吾) …………………… 334
龍太鼓(藤田正彦) ……………………… 80
流灯(松岡よし子) ……………………… 99
竜のおたけび(礼田時生) ……………… 20
竜の卵(ロバート・L.フォワード) … 189
龍の目の涙(浜田広介) ………………… 274
竜は眠る(宮部みゆき) ………………… 258
流氷の祖国(志図川倫) ………………… 122
流氷の街(南部きみ子) ………………… 165
龍へ向かう(中山良太) ………………… 330
流密のとき(太田道子) ………………… 179
流離譚(中村隆資) ……………………… 308
リュカオーン(縄手秀幸) ……………… 288
量産型はダテじゃない!(柳実冬貴) … 289
猟銃(中村登良治) ……………………… 243
涼州賦(藤水名子) ……………………… 159
猟人の眠り(中川裕朗) ………………… 128
稜線にキスゲは咲いたか(三王子京輔) … 358
涼太のカケラ(渡辺みずき) …………… 244
両手を広げて(河原明) ………………… 273
遼陽の夕立(林量三) …………………… 117
緑竜亭繁盛記(橘柑子) ………………… 37
旅行鳩が死んだ日(金田久璋) ………… 200
虜囚(不二今日子) ……………………… 242
虜愁記(千葉治平) ……………………… 233
リリーちゃんとお幸せに(牛次郎) …… 346
履歴(遊部香) …………………………… 86
リレキショ(中村航) …………………… 317
履歴書(杉田瑞子) ……………………… 5
燐火(宮崎鉄郎) ………………………… 112
隣家の律義者(土井稔) ………………… 51
リングテイル(円山夢久) ……………… 221
リングのある風景(須田地央) ………… 119
リング・リング(浅野マサ子) ………… 244

作品名索引

【り（続き）】

- リングワールド（ラリイ・ニーヴン） …… 189
- 林檎の木（松田喜平） …… 207
- リンゴ畑の樹の下で（香山暁子） …… 272
- 臨床真理士（柚月裕子） …… 109
- 吝嗇の人（辻真先） …… 16
- 隣人（りんじん）（永井するみ） …… 158
- 林戦条件のなった日から（仁科愛村） …… 319
- 輪廻（RINKAI）（明野照葉） …… 337
- 輪廻転生（村重知幸） …… 325
- りんの響き（宇梶紀夫） …… 207
- 燐の譜（杉本苑子） …… 126

【る】

- ルイジアナ杭打ち（吉目木晴彦） …… 275
- ルイとよゐこの悪党稼業（あるくん） …… 30
- ルカ―楽園の囚われ人たち―（七飯宏隆） …… 221
- 流刑地にて（三神真彦） …… 203
- ル・ジタン（斎藤純） …… 258
- 留守宅の事件（松本清張） …… 150
- ルソンの谷間（江崎誠致） …… 232
- 流謫の島（五十嵐勉） …… 89
- ルチア（華宮らら） …… 148
- 流転（井上靖） …… 208
- 流転（英蝉花） …… 314
- 流転の外療医、周斎（宮本誠） …… 304
- √セッテン（*R*） …… 254
- ルドルフ・カイヨワの事情（北国浩二） …… 249
- ルナ（三島浩司） …… 248
- 流人群像 坩堝の島（藤井素介） …… 132
- ルバング島の幽霊（麗羅） …… 123
- ルパンの消息（横山秀夫） …… 128
- ルビー・チューズディの闇（ばばまこと） …… 152
- ルミナス（グレッグ・イーガン） …… 192
- 瑠璃（美杉しげり） …… 351
- るり色の天使（桜庭一樹） …… 164
- 瑠璃唐草（山本道子） …… 135
- ルリトカゲの庭（佐々木信子） …… 78
- 流浪刑の物語（スガノ） …… 141
- るんぴにの子供（宇佐美まこと） …… 353

【れ】

- 黎（井上彭） …… 324
- 冷雨のころ（数野和夫） …… 130
- 霊眼（中村啓） …… 109
- 冷酷な環境（宮尾政和） …… 69
- 麗子と幸恵（大和田實） …… 364
- 霊長類 南へ（筒井康隆） …… 188
- 礼服（小林猫太） …… 244
- 黎明の河口（きだたかし） …… 83
- 黎明の農夫たち（中村芳満） …… 376
- レインボー・ロードレーサー（稲薫） …… 324
- レヴォリューションNO.3（岡田孝進） …… 152
- 歴史（榊山潤） …… 178
- 轢断（小堀雄） …… 69
- れくいえむ（郷静子） …… 9
- レジェスの夜に（恵茉美） …… 217
- レゾナンス（山原ユキ） …… 182
- レッテル思考（石山菜々子） …… 42
- レッド・マーズ（キム・スタンリー・ロビンスン） …… 192
- レトロ（柳涼佳） …… 325
- レフトハンド（中井拓志） …… 263
- レプリカ（羽場博行） …… 358
- レプリカント・パレード（木下文緒） …… 57
- レポクエ―赤点勇者とゆかいな仲間たち―（四方山蒿） …… 148
- レモンの中で暮らす月（溝口愛子） …… 278
- レモンパイ、お屋敷横町ゼロ番地（野田昌宏） …… 190
- レリーフ（ひえだみほこ） …… 230
- 連（れん）（前田とみ子） …… 165
- 恋愛時代（野沢尚） …… 135
- 恋愛中毒（山本文緒） …… 361
- 恋歌（れんか）（朝井まかて） …… 236
- 連結コイル（海東セラ） …… 39
- 連鎖（真保裕一） …… 32
- 連想ゲーム〜ツムギビト〜（白藤こなつ） …… 144
- レンタルキャット 小六（工藤みのり） …… 144
- レンタルな関係（水沢莉） …… 254
- れんの譜（脇坂吉子） …… 295
- 蓮氷（織部圭子） …… 38
- 連絡員（倉光俊夫） …… 8

【ろ】

- ロイヤル・クレセント（島田悠） …… 374
- ロイ洋服店（加勢俊夫） …… 170
- 廊下をつっ走れ（北村長史） …… 246
- ロウきゅーぶ！（蒼山サグ） …… 222
- 浪曲師朝日丸の話（田中小実昌） …… 234
- 老校長の死（小沼水明） …… 319
- 陋巷（ろうこう）に在り（酒見賢一） …… 326
- 陋巷の狗（森村南） …… 159

牢獄詩人（間宮緑）	382
老人と猫（石井博）	52
老人の朝（井村叡）	78
老人の死（唐島純三）	105, 200
浪人（白川悠紀）	297
浪人弥一郎（左文字勇策）	124
老農夫（島一春）	206
老梅（山口洋子）	234
老猫のいる家（岩山六太）	127
老父（倉島斉）	179
老木（近藤勲公）	207
蠟涙（原田康子）	168
ローカル空路を海へ（島三造）	246
ローカル線（桑山幸子）	103
ロギング・ロード（大屋研一）	119
六月の村（七森はな）	25
六月の雪（篠宮裕介）	15
六十六の灯（児玉ヒサト）	7
6000日後の一瞬（工藤亜希子）	28
6000フィートの夏（高木功）	53
六道橋（深沢勝彦）	350
六道珍皇寺（横井和彦）	49
六番目の会（佐々木増博）	79
鹿鳴館時代（冬木憑）	125
鹿鳴館の肖像（東秀紀）	374
64（横山秀夫）	335
路地（阿佑）	278
路地（田畑茂）	116
路地（三木卓）	205
路地（望月広三）	303
路地裏のあやかしたち 綾櫛横丁加納表具店（行田尚希）	223
匙（ローシカ）（高橋達三）	51
ローズウィザーズ（三門鉄狼）	34
ロスからの愛の手紙（下川博）	369
ロス・チャイルド（桂美人）	358
ロスト・ケア（葉真中顕）	266
ロスト・ワールド（川合大祐）	240
ローズ・マリーン（長谷侑希）	339
ロッカー（小野寺史宜）	329
ロッキング・デイズ（横山千秋）	363
ロックスミス！ カルナの冒険（月見草平）	34
ロック母（角田光代）	74
六〇〇日（戸切冬樹）	311
ロデオ・カウボーイ（園部晃三）	152
ロードスター（竹内正人）	78
ロバ君の問題点（北山esame郎）	225
路傍（東山彰良）	43
ロマン戦（萩田洋文）	382
ロマンティック（大久秀憲）	186
ロミオとインディアナ（永瀬直矢）	203
ロンリー・ウーマン（高橋たか子）	167
ロンリー・ライダーの死（安福昌子）	227

【わ】

ワイド・ショウ（山川文太）	369
ワイルド・ソウル（垣根涼介）	43, 259, 361
賄賂（佐藤光子）	83
ワイングラスは殺意に満ちて（黒崎緑）	128
和解（古林邦和）	119
若い先生（安藤善次郎）	6
若い渓間（大原富枝）	310
わが愛しのワトスン（マーガレット・ブリッジス）	128
我が糸は誰を操る（吉川永青）	154
若い二人（宮川曙村）	319
わかき心（柳岡雪声）	315
若木春照の悩み～ゲーテの小径殺人事件～（小堺美夏子）	76
若草野球部狂想曲 サブマリンガール（一色銀河）	221
わかさぎ武士（沢良太）	125
ワーカーズ・ダイジェスト（津村記久子）	50
我が青春の北西壁（涼元悠一）	272
若竹教室（藤井仁司）	304
わが友マキアヴェッリ（塩野七生）	168
若夏の来訪者（白石弥生）	170
我が名はコンラッド（ロジャー・ゼラズニイ）	188
和歌の浦波（宮本此君庵）	172
吾輩ハ猫ニナル（横山悠太）	92
わが羊に草を与えよ（佐竹一彦）	54
我が道を譲らじと思ふ―江口きちの生涯（三木紀伊子）	160
我無蔵泊（わがむぞうどまり）（翔民）	119
わが胸は蒼茫たり（大久保智弘）	132
我が家のお稲荷さま。（柴村仁）	221
我が家の神様セクハラニート（香月せりか）	273
わが家の誕生（雫石とみ）	112
我が家のできごと（町田てつや）	177
わかれ（斉藤逸子）	336
別れ作（小林英文）	269
別れ上手（両角道子）	17
別れてぃどいちゅる（大城貞俊）	351
別れてのちの恋歌（高橋治）	134
別れの風（小林友）	313
別れの谷（山田たかし）	350

別れの輪舞曲（ろんど）（並木さくら）	210	渡良瀬川（大鹿卓）	178
わかれみち（大矢風子）	355	ワナビーズ（紅）	132
別れ道（高田屋綾子）	6	鰐（菅野康子）	114
別れる理由（坂本公延）	174, 215	鰐を見た川（中浜照子）	78
別れ、別れ、別れ（増山幸司）	355	ワバッシュ河の朝（高林左和）	152
脇差の記憶（石野緑石）	319	ワーホリ任侠伝（ヴァシィ章絵）	154
吾妹子哀し（青山光二）	74	笑い宇宙の旅芸人（かんべむさし）	249
惑星〈ジェネシス〉（内藤淳一郎）	281	蕨香（日髙麟三）	126
惑星童話（須賀しのぶ）	272	草鞋（畠山武志）	24
惑星のキオク（田中明子）	356	草鞋（わらじ）（宮崎吉宏）	130
枠の中（小泉一）	104	「童（わらし）石」をめぐる奇妙な物語（深津十一）	110
わくら葉（佐宗湖心）	173	わらし物語（吉田タキノ）	300
理由（わけ）あって冬に出る（似鳥鶏）	15	藁焼きのころ（中村公子）	79
分けこし草のゆかりあらば（中谷周）	113	ワリナキナカ（沢木まひろ）	267
和紙（東野辺薫）	8	悪い仲間（安岡章太郎）	8
鷲の駟り（服部真澄）	361	悪い夏（間嶋稔）	78
忘れ扇（加藤建亜）	114	悪い病気（小見さゆり）	211
忘れた夏（塩田梨江）	41	悪い魔法使いはいりませんか？（矢貫こよみ）	148
わすれないよ 波の音（下鳥潤子）	302	悪い指（伏見丘太郎）	151
忘れ村のイェンと深海の犬（冴崎伸）	261	ワルツ・過ぎゆく日々の記（山本裕枝）	216
忘れられた島（桑田研一）	363	我らが隣人の犯罪（宮部みゆき）	54
わだかまる（笹本敦史）	48	我ら月にも輝きを与えよ（工藤雅子）	281
私は今九十歳（北峯忠志）	24	湾岸バッド・ボーイ・ブルー（横溝美晶）	158
わたくしはねこですわ（金子朱里）	143	ワンダフル・ワンダリング・サーガ～世界を救うのはパンダと女の子とサラリーマンと女子大生～（矢治哲典）	37
わたしを抱く空（みるもりちひろ）	177	ワンちゃん（楊逸）	309
私を悩ますもじゃもじゃ頭（渡辺淳子）	161	湾内の入江で（島尾敏雄）	73
私が語りはじめた彼は（三浦しをん）	333	ワンルームの砂（吉岡健）	116
私が殺した少女（原寮）	235		
わたしたちの闇（井上美登利）	174, 214	**【英字】**	
私にとっての八鹿高校事件（幹ヒロシ）	253		
私の男（桜庭一樹）	236, 334	A・B・C…（佐藤竜一郎）	308
私のおふみさん（柳本勝司）	243	A/Bエクストリーム（高橋弥七郎）	221
私の神様（宮川直子）	79	abさんご（黒田夏子）	12, 382
私の彼はジャンボマン（宇佐美みゆき）	140	ACCESS（アクセス）（誉田哲也）	330
わたしのグランパ（筒井康隆）	367	Afterglow―最後の輝き（藤村邦）	94
私の結婚に関する予言『38』（吉川英梨）	267	AGE（若木未生）	271
私の券売機（栗林佐知）	153	ALIVE～そして君とさあ行こう（桜井ひかり）	284
私の自叙伝（竹野雅人）	275	ARIEL（笹本祐一）	192
わたしの好きなハンバーガー（北園耕二）	309	A&A アンドロイド・アンド・エイリアン（北川拓磨）	183
私の童話（松瀬久雄）	206	A2Z（山田詠美）	367
わたしのヌレエフ（井上荒野）	291	B.A.D―繭墨あざかと小田桐勤の怪奇事件簿―（綾里けいし）	37
私の花ごよみ（北峯忠志）	25		
わたしの牧歌（田村加寿子）	350		
わたしのマリコさん（青木千枝子）	151		
私の労働問題（松井健一郎）	196		
私はコレクター（脇田浩幸）	306		
私は残る（沢令二）	26		
渡守（海賀変哲）	311		
轍（ふじおさむ）	3		
渡座（佐野嘉昭）	336		

BARABARA（向井豊昭）	382
Because of you（宇木聡史）	267
Beurre･Noisette（プール・ノアゼット）（藍上陸）	184
BH85（森青花）	260
BITTER。○（秋桜）	254
BLACK JOKER（あくたゆい）	300
BLACK ONIX（石川考一）	139
BLAIN VALLEY（瀬名秀明）	250
Blue sky（松永安由）	364
BOCCHES（千尋）	63
Bridge（堂場瞬一）	159
B29の行方（花木深）	128
B（ビリヤード）ハナブサへようこそ（内山純）	15
Caos Kaoz Discaos カオス・カオズ・ディスケイオス（小野正道）	37
CATT―託されたメッセージ（新井政彦）	129
COME ON MY DEAR（掛川直賢）	59
Crossing（松原正実）	297
Cry for the Moon（植田紗布）	41
C.S.T. 情報通信保安庁警備部（十三湊）	223
C+P（小野みずほ）	147
Dancing Electric Bear（北野夕作）	281
DANZIKI（江尻紀子）	216
DARK DAYS（橘恭介）	182
DAY LABOUR（デイ・レイバー）（松崎美保）	309
DEAD MAN（河合莞爾）	359
DEADMAN'S BBS（蒼隼大）	140
Dear Mother（藤木優佳）	144
D.I.Speed！（ダイヴ・イントゥ・スピード）（井筒ようへい）	184
DJヌバ（草部和子）	322
DMAC（小竹陽一朗）	317
DNAは宇宙の支配者か（阿部真幸）	344
DOY（早島悟）	323
Draglight/5つ星と7つ星（篠宜曜）	185
D港ダスビダーニア（大西功）	209
D-ブリッジ・テープ（沙藤一樹）	263
EQUATION―イクヴェイジョン―（竜ノ湖太郎）	183
F（井谷昌喜）	266
FADELESS（桜沢みなみ）	284
FLEET IN BEING PEARL HERBER（天羽謙輔）	373
FL無宿のテーマ（有明夏夫）	151
FOREVER STREET（富山陽子）	371
FUNFUNFUNを聴きながら（やまもとはるみ）	348
F1～フェイドイン～（山川真理恵）	42
GEAR BLUE―UNDER WATER WORLD―（神田メトロ）	183
GO（金城一紀）	235
GOTH リストカット事件（乙一）	331
GUN（木村久美）	215
GUNNER（てつまよしとう）	36
HOROGRAM SEED（雅彩人）	220
HYBRID（カシュウタツミ）	263
H丸伝奇（小松滋）	125
ID（波多野都）	177
Identity Lullaby（北原なお）	355
ID01（ねこ）	254
if（知念里佳）	145
I MISS YOU（塩月剛）	271
Innocent Summer（小笠原日記）	49
-I-S-O-N-（一乃勢まや）	289
ISORA（貴志祐介）	263
K（三木卓）	19
KAGEROU（齋藤智裕）	330
KI.DO.U（杉本蓮）	248
KISSTHEDUST〈抜粋〉（小松美奈子）	297
KI・YO・TAN（結城はに）	325
Kudanの瞳（志保龍彦）	198
K医学士の場合（久米徹）	124
Kの残り香（雨宮町子）	180
Laugh,You're Laughing！（亜壇月子）	284
LA心中（羽根田康美）	309
LC1961（伊崎喬助）	147
LITTLE STAR（河出智紀）	139
LOST CHILD（桂美人）	358
LOVE BOX～光を探して～（矢口葵）	254
LOVE GENE～恋する遺伝子～（相戸結衣）	267
Magicians Mysterion-血みどろ帽子は傀儡と踊る-（夜森キコリ）	147
M.G.H.（三雲岳斗）	248
mit Tuba（ミット・チューバ）（瀬川深）	203
MMM（相川藍）	340
MONOKOとボク 渡邊道輝（田口大貴）	144
NAGASAKI 夢の王国（典厩五郎）	301
NANIWA捜神記（栗府二郎）	220
New Dawn（森下ひろし）	25
NOTTE―異端の十字架―（弓束しげる）	148
One-seventh Dragon Princess（北元あきの）	34
one's first love…初恋（石井菜保子）	364
OUGI！（八樹こうすけ）	37
OUT（桐野夏生）	258
P（森田早生）	363

PRESS ENTER■（ジョン・ヴァーリイ）…	190
P・W・ヴェラエティー俘虜演芸会（山口清次郎）………………………………………	202
〔pɔrtrɛ〕―ポルトレ（真鍋寧子）……	177
Qの風景（窪庭忠雄）…………………	70
RANK（真藤順丈）…………………	329
RAT SHOTS（天羽沙夜）……………	139
Ray After Lover（宙目ケン）………	279
Re（伊藤圭一郎）……………………	297
REAL×FAKE（ひずき優）…………	380
Re：ALIVE ～戦争のシカタ～（壱ол龍一）…	146
RECYCLE（半田美里）………………	229
RIGHT×LIGHT（ツカサ）…………	146
RIKO―女神の永遠（柴田よしき）……	358
RINGADAWN 妖精姫と灰色狼（あやめゆう）……………………………………	134
Road（今村真珠美）…………………	143
rose（川本俊二）……………………	317
Seele（ゼーレ）（五代剛）…………	271
Shadow & Light（影名浅海）………	184
"She's Rain"（シーズ・レイン）（平中悠一）……………………………………	317
SILENT VOICE（橘有末）…………	272
Snow Dawghter―雪娘の憂鬱（前田浩香）…	354
『s.o.b.』―くそったれ！―（渡辺真子）……	137
STAY WITH ME（柾弥生）…………	283
STOPOVER（途中下車）（水野晶）………	336
SUGAR DARK―Digger&Keeper―（新井碩野）……………………………………	183
SWITCH スイッチ（さとうさくら）………	267
TAKARA（森厚）……………………	270
TENGU（柴田哲孝）…………………	43
The Blue Rocket Man（CHEROKEE）……	27
The end of Asia（杉江和彦）………	138
The Unknown Hero：Secret Origin（鹿島建曜）……………………………………	198
Tiny,tiny（浜田順子）………………	317
TOKYOアナザー鎮魂曲（上段十三）……	151
TRIP TRAP トリップ・トラップ（金原ひとみ）……………………………………	50
TUGUMI つぐみ（吉本ばなな）………	351
TVJ（五十嵐貴久）…………………	129
TVレポーター殺人事件（モリー・マキタリック）……………………………………	128
Type Like Talking（葉嶋圭）………	182
U.F.O. 未確認飛行おっぱい（大橋英高）……	37
under 異界ノスタルジア（瀬那和章）……	222
Virgin Birth（桐井生）………………	296
Wandervogel（相磯巴）………………	146
Whaling Myth―捕鯨神話あるいは鯨捕りの乱痴気―（七緒）………………………	141
Where Is The Love？（白井貴紀）………	364
Wizard's Fugue（すえばしけん）………	29
World's tale ～a girl meets the boy～（矢塚）……………………………………	34
YES・YES・YES（比留間久夫）……	317
YOU LOVE US（黒田晶）…………	317
ZERO（映島巡）……………………	139

小説の賞事典

2015年1月25日　第1刷発行

発　行　者／大高利夫
編集・発行／日外アソシエーツ株式会社
　　　　　〒143-8550 東京都大田区大森北 1-23-8 第3下川ビル
　　　　　電話 (03)3763-5241(代表)　FAX(03)3764-0845
　　　　　URL http://www.nichigai.co.jp/
発　売　元／株式会社紀伊國屋書店
　　　　　〒163-8636 東京都新宿区新宿 3-17-7
　　　　　電話 (03)3354-0131(代表)
　　　　　ホールセール部(営業)　電話 (03)6910-0519

　　　　　電算漢字処理／日外アソシエーツ株式会社
　　　　　印刷・製本／株式会社平河工業社

不許複製・禁無断転載　　　　《中性紙三菱クリームエレガ使用》
〈落丁・乱丁本はお取り替えいたします〉
　　ISBN978-4-8169-2517-7　　Printed in Japan,2015

本書はディジタルデータでご利用いただくことができます。詳細はお問い合わせください。

読んでおきたい「世界の名著」案内
A5・920頁　定価(本体9,250円+税)　2014.9刊

読んでおきたい「日本の名著」案内
A5・850頁　定価(本体9,250円+税)　2014.11刊

国内で出版された解題書誌に収録されている名著を、著者ごとに記載した図書目録。文学・歴史学・社会学・自然科学など幅広い分野の名著がどの近刊書に収録され、どの解題書誌に掲載されているかを、著者名の下に一覧することができる。

日本近現代文学案内
A5・910頁　定価(本体18,000円+税)　2013.7刊

1989〜2012年に刊行された日本近現代文学(明治〜現代)に関する研究書の目録。18,948冊の図書を「小説」「戯曲」「詩」「俳句」など各文学ジャンルの下に、「自然主義」「北杜夫」「断腸亭日乗」などテーマ別、作家・作品別に分類。

現代文学難読作品名辞典
A5・340頁　定価(本体9,400円+税)　2012.7刊

平成元年以降に刊行・発表された難読作品名8,000件の読みを調べる辞典。長編単行作品、雑誌掲載短編、連載ミステリー、ライトノベルなどの小説作品以外に、戯曲・詩集・歌集・句集なども掲載。読めない漢字の作品名も、漢字の画数・漢字の音訓から引くことができる。

小川未明新収童話集　全6巻
小埜裕二編　各定価(本体3,000円+税)　2014.1〜3刊

明治・大正・昭和の半世紀にわたって活躍し、日本の児童文学に大きな足跡を残した小川未明の既出の全集未収録作品454編を収録した童話集。社会童話、生活童話、大人の童話、戦争童話、戦後のヒューマニズム童話など、今まで知られていなかった小川未明の多彩な世界を知ることができる。

データベースカンパニー
日外アソシエーツ　〒143-8550　東京都大田区大森北1-23-8
TEL.(03)3763-5241　FAX.(03)3764-0845　http://www.nichigai.co.jp/